本书的出版受到中国传媒大学"广播电视艺术学学科体系研究"重大项目及北京市"高精尖"学科建设项目资助。

博士生导师学术文库

A Library of Academics by
Ph.D.Supervisors

电视叙事文化学

———·———

施旭升 著

光明日报出版社

图书在版编目（CIP）数据

电视叙事文化学 / 施旭升著 . -- 北京：光明日报
出版社，2019.9

（博士生导师学术文库）

ISBN 978 - 7 - 5194 - 5554 - 5

Ⅰ.①电… Ⅱ.①施… Ⅲ.①电视文学—叙事文学—
文学研究 Ⅳ.①I053.5

中国版本图书馆 CIP 数据核字（2019）第 211709 号

电视叙事文化学
DIANSHI XUSHI WENHUAXUE

著　　者：施旭升

责任编辑：宋　悦　　　　　责任校对：赵鸣鸣

封面设计：一站出版网　　　责任印制：曹　净

出版发行：光明日报出版社

地　　址：北京市西城区永安路 106 号，100050

电　　话：010 - 63139890（咨询），010 - 63131930（邮购）

传　　真：010 - 63131930

网　　址：http：//book. gmw. cn

E - mail：songyue@ gmw. cn

法律顾问：北京德恒律师事务所龚柳方律师

印　　刷：三河市华东印刷有限公司

装　　订：三河市华东印刷有限公司

本书如有破损、缺页、装订错误，请与本社联系调换，电话：010 - 63131930

开　　本：170mm×240mm

字　　数：375 千字　　　　　印　　张：23

版　　次：2020 年 1 月第 1 版　印　　次：2020 年 1 月第 1 次印刷

书　　号：ISBN 978 - 7 - 5194 - 5554 - 5

定　　价：95.00 元

内容提要

　　《电视叙事文化学》是从叙事学的角度来研究电视的艺术表现、传播接受、文化功能的专著。本书所讨论的内容涉及到电视叙事艺术的形式特征、形态规律与叙事技巧及其审美文化的价值属性等诸多方面。其中包括：电视叙事主体、电视叙事文本、电视叙事模式、电视叙事功能以及电视叙事的传播与接受等。进而对于作为当代大众文化叙事的电视进行学理上的反思，并且就作为电视叙事主体的媒体知识分子的责任、使命和良知进行了深入的思考。

序

张凤铸

广播电视艺术学是戏剧与影视学一级学科下属的二级学科，是艺术与电子技术结合而产生的新兴学科。国际上广播媒介出现于 20 世纪 20 年代，电视媒介出现于 20 世纪 30 年代。20 世纪 50 年代以来，广播与电视迅速发展，成为 20 世纪后半叶影响社会各个领域的强大的视听媒介。广播文艺是以电子技术、广播技术为传播手段，以声音为唯一物质媒介，诉诸人们听觉的时间艺术；而电视艺术则是以电子技术为传播手段，以声画造型为传播方式，运用艺术的审美思维，把握和表现现实世界，通过塑造鲜明的屏幕形象，达到以情感人的目的的特殊屏幕艺术形态。在传播新闻等即时和实用信息的同时，广播电视还与源远流长的中西文化和多种艺术形式结缘，形成丰富多彩的广播电视艺术，如广播剧、电视剧、广播音乐、电视音乐，广播戏曲、电视戏曲、广播文学、电视文学、综合文艺以及各种晚会，各种电视选秀活动、益智类、情感类、竞技类、游戏类节目等，显现出独特的艺术个性和美学风貌，被称作是继诗歌、音乐、绘画，雕塑、建筑、舞蹈、戏剧、电影之后的又一种受众面广、影响力大的新的艺术形态。作为当代世界艺术形态的重要组成部分，广播电视艺术在精神文明建设中起着难以替代的重要作用，在此基础上构建并发展起来的中国广播电视艺术学学科体系经过初建、探索和发展阶段已初具规模，形成了类型多样、互相渗透、动态发展的学科发展格局。学科体系建设和发展的根本在于其解释、指导实践的功能和预测未来发展趋势等功能的充分发挥。中国广播电视艺术学学科体系的建设和发展，不仅指导了广播电视艺术创作实践，而且也起到了一定的理论预测作用，促进了中国广播电视事业的繁荣和发展。

一般来讲，学科体系的确认标准有三方面：其一，有明确的研究对象和研究范围，有相对独立的概念、范畴、原理和方法，并正在或已经形成学科范畴的概念体系；其二，有专门的研究者、研究活动、学术团体、传播活动、代表性著作等；其三，该学科的思想、观念和方法已经在实践中被应用、被检验，并发挥其特有的功能。以这样三个方面的标准来衡量，中国广播电视艺术学学科体系至今还并不成熟和完善；虽然已经初步确立起了应有的门类和框架，但从具体的学科建设进程来看，无论是在深度，还是在广度上，都还不能按学科建设的原则和标准进行具体规划和严格落实。就中国广播电视艺术学学科体系的现状而言，其中各具体门类及形态类型的研究还存在着不平衡现象。有些门类的研究起步较早，已初步形成了较完整的体系；有些门类本身又分为若干个分支，学科研究向着更加深入的层次、更加广阔的领域发展，处于成熟或继续发展期；有些门类的研究尚处于初创阶段，趋于形成。这种不平衡性在一定程度上正反映出中国广播电视艺术学学科体系尚不完善。虽然重视了学科的创建工作，但这种"创建"还停留在表层，缺乏在理论积累、纵向拓展的基础上的深层次创新。另外，中国广播电视艺术学学科体系的建设尚未与新时期以来传媒业改革问题的研究建立起互动机制，尚未走上同改革实践同步发展、相互促进的轨道；同时，对于发展变革中所产生的新的艺术形式、艺术手段还没有予以足够的关注并开展全面、深入和系统的研究，以致更缺乏理论上应有的概括、提炼和总结。

学科的发展需要在坚实的理论思维基础上，首先必须明确学科的体系和研究的对象和范围，因为研究对象和范围的确定乃是学科建设的第一步，学科体系的庞杂和混乱只能导致对实践指导的盲目。学科发展的历史也表明，在开放的环境中，学科必须按社会发展的要求调整自身的目标与价值尺度，一个学科的成熟要引发这个学科与相关学科的集成。因而广播电视艺术学学科在媒介环境变化的情况下，必须进行集成才能达到更大规模的优化，而这个更大规模的范围就是广播电视艺术学学科的研究范围。在构建适应中国文化产业发展和精神文明建设需要的广播电视艺术学学科体系的过程中，我们遵循了如下原则：

（一）继承性原则。随着中国改革开放的不断深入，媒介环境的巨大变化，使得广播、电视媒介的生态环境有了巨大的变化，但广播电视仍在我国占据很大比例，发挥着重要作用，因此在当前环境下构建广播电视艺术学学科体系仍不能抛开以往的内容另起炉灶，继承性原则必须遵循的重要原则。

（二）发展性原则。虽然在构建广播电视艺术学学科体系时必须坚持继承性原则，保持该学科发展的相对稳定性和延续性，但时代的前进促使广播电视艺术创作发生重大变革，与此相对应，广播电视艺术学也应当得到进一步的发展。广播电视艺术学学科体系只有不断地进行自我调整和完善才能顺应历史潮流，更好地指导广播电视艺术创作实践在新技术层出不穷的时代中展现新的风貌。

（三）现实性原则。数字技术和网络技术的兴起，对广播电视艺术的形态、特征都产生了革命性的影响。但是由于中国的网络覆盖率、人们的知识更新程度、对网络的认识观念以及网络自身的负面作用等多种因素的影响，社会还处于从印刷秩序、模拟技术向数字秩序、电脑技术的转变和过渡阶段。因此构建广播电视艺术学学科体系应考虑到这些现实因素的存在，一切从实际出发，要兼顾媒介技术发展的现状，把现实和未来有机地结合起来，使所构建的广播电视艺术学学科体系能够指导当前的广播电视艺术创作工作实践和广播电视艺术学研究活动。

（四）预见性原则。21 世纪科学技术呈现出加速发展的态势，新的媒介技术不断涌现，作为与技术发展紧密相关的传播媒介，广播电视艺术学势必随之发展。但是作为学科发展的结果，广播电视艺术学学科体系框架却不应当随着广播电视艺术学的不断发展而产生经常性的位移和变更。因此，在构建广播电视艺术学学科体系时，必须具有预见性地为广播电视艺术学的发展预留出适当的空间，当然这种预留是建立在科学预见和对未来的观测的基础上，而不是毫无根据地胡乱猜测。

基于这种思路，综观当代广播电视艺术实践和相关领域研究的最新发展，本课题组经过认真研究和探索，形成了如图一所示的学科研究领域，基本可以概括为五个方面。

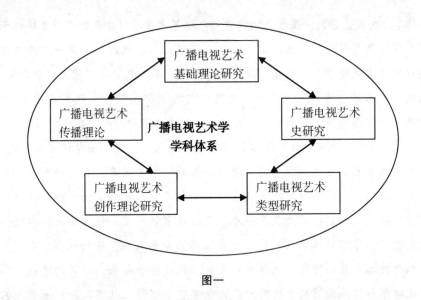

图一

从图中可以看出，广播电视艺术学学科作为一门独立的学科，其研究领域包括五个部分。这五个研究领域之间不是线性的关系，而是一种互补的关系。虽然研究工作可以集中在其中的某一个领域，但也需要熟知其他相关领域的理论与实践。

广播电视艺术学学科体系研究关系到该学科的发展方向以及对艺术创作实践的指导范围。随着我国文化产业的繁荣发展以及传媒全球化的进程，广播电视艺术学学科体系蕴含着进一步发展的巨大潜力，将向成熟和完备的方向不断发展。这套研究丛书较为全面地体现了广播电视艺术学学科体系的特点，希望能够为今后中国广播电视艺术学学科体系的建设和发展提供一个坚实的基础和有效的借鉴。中国广播电视艺术学学科建设离体系完善还有很长的距离，任重道远，中国的广播电视理论研究工作者应有广阔胸襟、恢弘气度、大家风范和严谨的治学态度，把中国的广播电视艺术学学科体系建设不断向前推进，达到日臻完善的程度！

作为《广播电视艺术学学科体系研究》重大课题之一的电视叙事学研究，主要着眼于电视艺术作为当代叙事文化的属性和功能，阐述其叙事价值和立场，揭示其本质与规律。在总体的文化过程中，来把握电视叙事的信息、文本、形态、样式、技巧和意义。这一方面与作为人文学科方法的叙事学研究引进中国是分不开的，另一方面更是电视艺术理论自觉的产物。

　　施旭升教授在电视叙事文化研究方面着力甚勤，而且怀着"十年磨一剑"的刻苦精神，在电视艺术基础理论领域孜孜以求。自该项目立项十多年来，他对于当代中国的电视叙事文化进行了长时间的深入思考和全面梳理，使得这部《电视叙事文化学》成为广播电视艺术学学科体系研究的重要学术成果之一。

　　是为序。

目 录
CONTENTS

目 录
CONTENTS

绪　论

　　相对于自然而言，文化，从来都是人为的，属于人的精神建构与交流沟通的符号存在形式。而理解一种文化，就无疑需要从其存在的方式及途径入手，并进而理解其与人类经验的深度契合。只有这样，才能深刻领会和把握这种文化的实质。本书就是从叙事的方式及途径来理解当代电视文化的尝试。

一、叙事的文化属性

　　众所周知，在人类文明的形成与发展的过程中，文明的传播从最初的一代又一代人的口传心授，到以各种文字或图像符号为主的记录与叙述，再到摄影、录音及电子传播技术发明以来各种声画复制、数字化处理，已经经历了一个漫长而久远的历史进程。在这个历史进程中人类的传播又大致可以区分为几个大的历史段落，也就是从古老的口头传播的时代发展到后来的印刷传播的时代及现代的电子传播的时代。如果说，在人类文化的口头传播的时代，人们接受文化是以对于口头宣讲的倾听为主，在印刷传播的时代，是以对书面文字的阅读为主，那么，到了现代电子传播的时代，人们则进入了一个对于各种信息视听合一的"读图"的时代。然而，在人类文化的不同的传播阶段，尽管其传播的媒介、样式及交流沟通方式各有不同，但是作为文化传播的基本方式和属性却并没有发生根本的改变，甚至可以说是一以贯之的。这种一以贯之的文化传播的基本方式和属性就是叙事。或者说，在人类文化的不同的传播阶段，虽然有着不同的传播媒介与途径，却有着某些基本上相同的文化传播的内在机理与属性。这就是通过"故事"的演示或讲述来传达人类文化的各种信息，显示人类生命的精神与智慧，交流人生的感悟及思考；或者说，正是在各种各样的"故事"的演示与讲述中，人们表达着各民族、各群体的集体情感与生活体验，尤其是普通人对于生活的万般丰富的感知、理解和体会。

由此，可以说，"叙事"乃是人类自古以来最基本的文化行为方式之一，也是人类的生活生存的基本方式之一。因为，事实上，自古至今，在人类的文化生活当中，"叙事"几乎是无所不在。恰如美国学者博格（Arthur Asa Berger）所指出的：每个人都生活在叙事之中，"我们都是作家和剧作家，而我们的生活亦即重演，这就是文本。"① 确实，在人类文明的历史进程中，原本就充满了各种叙事。自古至今，人们无不生活中各种"故事"当中：从襁褓之中的摇篮曲，孩提时代的童话故事与歌谣，到各种民间传说、笔记小说、戏剧传奇，再到现代大众化的图片、广播、电影、电视、网络当中，从广而告之的新闻到私人的日记、博客空间、微信朋友圈，从耳闻目睹、真实记录的到道听途说、想象虚构的，"叙事"无疑都是一种广泛存在且超强有力的交流、表达与文化存在的方式。

追根溯源，从人类文明的本性来看，叙事，既是一种关乎人类本能的行为和认知的方式，又是与人的感受体验、精神生活乃至社会交往等有着密切关联的感性的生活样式。或者说，一方面，叙事深深地根植于人的各种生命本能与生存欲望之中，成为人类生命的一种内在潜能和交往愿望的体现；另一方面，叙事又是作为人们社会实践、文化传承的一个重要途径，在人（无论是个体还是集体）的社会化进程以及人类经验的传承中体现出某种特殊的历史和文化的意义。

如前所述，从各民族早期大量的神话传说到少年儿童所喜闻乐见的各种童话故事，从古老的历史记录与叙述及纪实性的讲史、演义到各种虚构性的小说、电影、戏剧，乃至今天充斥于社会生活各个方面的新闻事件、逸闻趣事、小道消息，等等，无不显示出人类对于叙事的一种本能的欲望与文化的需要。即使是在我们的日常生活中，也可能时时都遭遇到各种叙事却未曾觉知，这些"故事"只是以其司空见惯而往往为人们所视而不见，故而，我们常常是身在叙事

---

① 博格. 通俗文化、传媒和日常生活中的叙事［M］. 南京：南京大学出版社，2000.

之中却忘记了叙事的存在，人们对日常中的"叙事"未曾知觉从而也就不足为奇了。然而可以说，正是在叙事之中，人类认识了自我，确证了自己的历史与传统，显示了自己的精神与血脉，并且使得人们的社会交往和文化交流有了可能。所以，重要的是，叙事不止是个人的行为，而是人类的一种文化本能，关乎人类文化的传播与交流。在各种叙事行为当中，包含着各民族各种文化信息传播的一些基本密码，保存了人类各民族文化的鲜活的生存记忆，显示出种种独特的民族性格与精神特质。从而，历史上长期形成的种种叙事规则也就与各种具体的文化形态、民族精神密切相关，与各民族文化的智力及情感的因素密切相关。正如德国学者 W. 舒里安（Walter Schurian）所指出的："在文化史的前景下，在人类种系发生史上……早在符号语言或文字语言出现之前，一种特色鲜明的故事讲述文化无疑就已经存在了。人总是向他人讲述自己的人世经验，也总是乐意听别人的人世经验。这些经验被接受、被加工，然后又被继续传播。这种讲述以及添油加醋的奇幻虚构形式在人类种系发生史的范围内构成了文化史的本质核心之一。这种形式接下来一步步固定、成形，于是出现文字记载的故事、传奇、小说之类——它们在很大程度上都基于这一根本机理。"①

由此，可以说，叙事既是发自人们的生命本能的需要，也是每个人成长过程中所习得的技能；它既是人们生活中的一种基本素养，更是人作为一个社会成员的文化修能以及某种必要的人与世界的沟通与关联。进而，客观上，叙事已经构成了人类历史上一种非常重要的文化事实。对此，美国文化批评家杰姆逊（Fredric Jameson）也曾有过准确的解释，他指出："文化从来就不是哲学性的，文化其实就是讲故事。观念性的东西能取得的效果是很弱的，而文化中的叙事却具有很重要的作用和影响。"②

在这个意义上，叙事从来就不仅仅只是一种技巧，一种交流传达的技能，而是人类与生俱来的一种基本的人性冲动。它构成了人面向世界、与世界交流沟通的重要管道，甚至成为人类文化及其传承的基本方式之一。从而，亦如美国学者华莱士·马丁（Wallace Martin）所指出的，"叙述……是理解过去的一

---

① W. 舒里安. 影视心理学［M］. 罗悌伦，译. 成都：四川人民出版社，1998：16.
② 杰姆逊. 后现代主义与文化理论［M］. 北京：北京大学出版社，1997：66.

种方式。"① 或者，亦如博格所言，"叙事是人们将各种经验组织成为有现实意义的事件的基本方式……叙事既是一种推理模式，也是一种表达模式。人们可以通过叙事'理解'世界，也可以通过叙事'讲述'世界。"② 从而，不仅需要把"叙事"作为人的一种文化技能以呈其一技之长，更应该将其放到人类文化和人类心理生成建构的大背景上来加以考察，以揭示其社会文化的机理和历史生成的本质。

二、叙事媒介的意义

基于以上讨论，可以说，叙事，作为人类文化的基本的存在方式，既根植于人类的一种文化本能，同时又属于人们的一种自觉的文化实践。它既是技术，又是艺术。在技术的层面上，叙事关系到叙事文本叙事文本的种种结构、技巧、表现符号及媒介材料，涉及叙事表达的一些基本规则和程式技巧；而在艺术的层面上，叙事则关系到叙事文本的形式与意义，关系到叙事者的审美趣味、情感体验、文化素养乃至一个社会的精神文化的传统，甚至关系到叙事媒介的性质以及受众的接受态度与倾向。而无论是作为技术还是艺术，要完成故事的叙述和传播，实现叙事的价值，都必须依赖于一定的媒介。这种媒介就是叙事行为所赖以进行和传播的介质。或者说，叙事媒介也就是完成叙述过程、并将其传送给接受者以实现叙事价值的载体。而且，古往今来，叙事媒介的不同，不仅带来了不同的叙事样式和类型的差异，更重要的是造就了各不相同的叙事文化的特质。甚至可以说，叙事媒介的不同制约着叙事的方方面面，显示出不同的特点、优势和不足。

如此，人类历史上某一社会的叙事状况就可以通过对其不同类型的叙事样式和叙事媒介所构成的文化叙事的整体格局来加以考察。总的来看，各种不同类型的叙事样式与媒介构成了一个社会的文化叙事格局，而在其中往往就有某些种类的叙事样式与媒介或者为国家意识形态所"钦定"，或者被广泛地运用于

---

① 华莱士·马丁. 当代叙事学 ［M］. 北京：北京大学出版社，1991：1.
② 博格. 通俗文化、媒介和日常生活中的叙事 ［M］. 南京：南京大学出版社，2000：11.

某些日常交往与公共领域，从而具有独特的功效与影响力，成为强势化的主导型的叙事媒介样式。因而，在一个由不同类型的叙事样式与媒介所构成的社会文化叙事格局当中，人们可以根据不同的标准，对于叙事媒体进行不同的分类。比如，前述人类文明传播的三个大的历史阶段，就可以根据传播媒介的不同，将叙事媒体分为口头叙事媒体、文字叙事媒体和电子叙事媒体三个大类。这三大类中的一些类别又可分为若干小类，譬如，口头叙事可以分为日常口头叙事与仪式性口头叙事；文字叙事媒体可分为手抄叙事媒体和印刷叙事媒体；印刷叙事媒体又可分为木刻、活字印刷、照排印刷等叙事媒体；电子叙事媒体可分为广播、电影、电视、互联网、手机等叙事媒体等。即使是同一叙事媒体，也还可分出不同的叙事类别，如文学叙事可以做出历史的或纪实的叙事以及小说、传奇的虚构叙事等文类上的区分。仅就电子叙事当中的电视叙事而言，就可以区分为新闻纪实叙事与艺术虚构叙事；而在电视虚构叙事中，也可以做出历史剧和现代生活剧、战争剧和警匪剧等题材上的区分，等等。这些叙事样式与媒介特质的发生演变构成了人类叙事文化的历史发展的历史阶段性和具体丰富性。

　　显然，人类的叙事活动又和社会的发展及技术的进步紧密关联。当代叙事文化中，随着电子信息传媒的发达，以广播影视艺术为代表的现代大众叙事已经越来越明显地成为一种强势的叙事文化。正如托夫勒（Alvin Toffler）曾在《第三次浪潮》中曾预言性地指出的那样：人类生活在一种巨大的信息潮流之中；人们需要更加频繁地与社会与他人交换信息以维持自己的生存。而这样的生活方式要求人们必须借助一种更加简洁、清楚、直接的声像化的叙述方式，以便于在取舍信息的过程中减少时间和思考成本，并实现信息效益的最大化。因为，在大多数情况下，由于人们需求的是信息本身，太多的个人价值观的渗入会导致信息传递的障碍，而缺少一种在不同信息道路上流动所必备的兼容性。

　　在这样一个信息化、图像化的时代背景下，电视叙事媒体的兴盛也便是理所当然的了。或者说，电视也许正是当代社会追求信息效益最大化的一种简洁而恰当的叙事媒介。它无疑属于当代文化叙事的重要载体形式之一，是当今全球范围内信息交流、文化传播、大众娱乐的重要媒介。电视中的信息传播方式与节目样式如新闻、广告、影视剧、访谈节目、综艺娱乐节目、真人秀及生活服务类节目等对大众生活的影响越来越广泛，"看电视"乃至电视屏幕的影像消费已构成了当今一种最具普遍性的文化消费景观。电视也已进入千家万户，人们获取信息、消遣娱乐往往都离不开电视。甚至，电视已经人们参与社会生活、获取文化认同的重要手段。因而，通过电视来"讲故事"，或者通过电视的叙事来获得对于自然、社会、日常生活以及历史传统的认知与理解，也就成为当代文化传播和接受的一种越来越重要的方式和途径。

三、电视叙事文化学：关于本书的研究构想

本书就是基于电视艺术在当今发展迅速且影响广泛的文化事实，以当代电视中的各种叙事文化现象为主要研究对象，深入探讨电视叙事文化的内在机理以及其创作、接受、传播的规律。换句话说，本书主要立足于电视叙事的研究，吸收、借鉴一般叙事学的理论成果和思想方法，将电视作为当代一种最具普及性的大众文化叙事形式来审视其叙事风貌，总结其叙事技巧和规律，分析其叙事模式，特别是对于电视的叙事者、叙事文本、叙事语言以及电视叙事的价值与功能、电视叙事与传播的关系等方面展开深入具体的探讨。其中还必然要涉及多样化的电视叙事文本样式的分析，从新闻报道到综艺节目、从纪录片到电视剧，从脱口秀到充斥于电视的各种广告，都将是本书所要讨论的对象；而且，更重要的是，电视艺术的发展已越来越显示出其作为一种大众文化叙事的形态与品格，并以其自身的表达方式，使得传者和受众形成沟通、互动，体现出现代社会人们在传递信息、获取意义过程中所特有的文化体验方式和审美交流形态与心态。

近十多年来，国内关于叙事学的研究已由一个学术热点而渐成燎原之势，不仅在叙事学的观点和方法方面有所深入和拓展，而且出现了不少从叙事学的角度来研究小说、电影以至电视剧乃至新闻、广告等多方面的专门论著。然而，其中除了对西方各种叙事学理论的系统介绍之外，大多数还是以西方叙事学理论来阐释和解读文学或文化现象。其中，尤其以小说和电影的叙事学研究方面的成就比较突出。对电影叙事的研究，已陆续翻译出版了许多经典性的著作，如法国的雅克·奥蒙（Jacques Aumont）、阿·贝尔卡拉（Alain Bergala）、米歇尔·马利（Michel Marie）、玛·维尔奈（Marc Vernet）的《影片美学》（1985），弗郎索瓦·若斯特（Francois Jost）的《当代电影叙事学和电影符号学》

（1986），匈牙利贝拉·巴拉兹（Béla Balázs）的《电影美学》（1982）等；国内学者李显杰也出版了《电影叙事学：理论和实例》等著作，对于电影叙事的经验与特征进行了系统的讨论。就电视叙事研究而言，目前境内外已出版的如《电视剧：戏剧传播的叙事理论》（蔡琰著，台北三民书局 2000 年 5 月版）《电视虚构叙事导论》（周靖波著，文化艺术出版社，2000 年 8 月版）《电视剧"叙事研究"》（杨新敏著，文化艺术出版社，2000 年版）《电视叙事学》（黄昌林著，电子科技大学出版社，2003 年版）《电视剧叙事艺术》（卢蓉著，中国广播电视出版社，2004 年版）《电视剧叙事话语》（张育华著，中国广播电视出版社，2006 年版）《电视剧音乐叙事研究》（吴爱芳著，中国电影出版社，2009 年版）《电视剧视像叙事美学》（宋永琴著，中国广播电视出版社，2011 年版）《中国历史电视剧叙事艺术》（李鹏飞著，上海文化出版社，2012 年版）《电视剧叙事艺术研究》（张智华著，中国电影出版社，2013 年版）以及《新闻叙事学》（曾庆香著，中国广播电视出版社，2005 年版）《电视广告叙事与批评》（孙会著，中国传媒大学出版社，2015 年版）等著作，主要还是着眼于电视剧的叙事学研究，着重分析总结电视虚构叙事的话语、结构、类型及手段、元素的特点及意义等，基本上还没有涉及电视剧之外的其他广泛多样的电视节目类型和样式。与此相关的一个重要热点就是关于电视新闻的叙事研究。譬如，曾庆香的《新闻叙事学》就是将新闻作为叙事来分析其话语结构、事实形态等，其中尤其是对于各种新闻的叙事文本结构就有着相当深入的探讨，且颇具启发意义。但是，该书主要还是对新闻叙事理论的一般的展开，而并非对于电视新闻的专论，仍然缺乏对于电视叙事媒介及其属性的专门的探讨。此外，像肖锋等著《媒介融合与叙事修辞》（中国传媒大学出版社，2012 年版）虽然不是关于电视叙事的专论，却是在媒介融合的时代背景下，立足于叙事修辞的理论视野，展开了对于包括电视叙事在内的诸多类型的叙事形式（如游戏叙事、广告叙事、新闻直播叙事、微博叙事、塔罗纸牌叙事等）的讨论，也可谓电视叙事研究视野的进一步拓展。

当然，除此之外，尚有数量相当可观的关于电视叙事相关领域的专题研究论文散见于国内外的各类学术杂志；加之随着传媒教育的兴盛，几乎每年都产生一批关于电视叙事的博士硕士论文。这些论文从各自的角度、在不同的层面上对于电视叙事的理论和实践问题进行了具体的探讨。如果按不同的专题对这些论文加以归纳，则可能几乎涉及电视叙事的各个方面。但是，大体上，对经验的描述或者个案的分析还是要大于理论的总结，或者说，其中大多涉及对具体叙事规律的探讨，而较少上升到学理层次上的思辨。

总而言之，关于电视叙事，至今大体上还是处于借鉴叙事学的观念和方法来具体地分析和解读电视叙事现象的阶段，虽然也陆续出现了一些较为系统的研究，但是明显还缺乏对于电视叙事学的理论建构。或者说，现有的研究基本上还是分析电视虚构叙事（电视剧、电视电影、动画片）或者电视纪实叙事（电视新闻、纪录片、"真人秀"）等的技巧与模式的居多，而较少从大众文化叙事的层面上来展开对于电视叙事艺术的本体特质及其多种节目样式的广泛深入的系统研究。

事实上，叙事学本身从结构主义与符号学、解构主义、阐释学、接受美学发展到当今的后现代批评、女权主义、后殖民主义文化研究，已经有了立场和观念上的很大的变化。如果说，结构主义、符号学及解构主义的叙事学等都还是将其研究的重心设定在叙事技巧、文本结构等方面，那么，到了接受美学、后现代批评那里，叙事学则明显地转向了叙事的主体（包括叙述者和接受者），转向了对叙事现象的文化分析和意识形态批评，以及与叙事文本相关的广泛领域。所以，在本书中，和西方结构主义叙事学理论偏重文本内在构成的研究不同，也和上述国内一些论者侧重于电视虚构叙事的技巧及模式不同，本书的论者主张电视叙事的分析除了应该关注于电视叙事文本所蕴含的社会政治、伦理和文化身份及意义的解读，还要更加关注作为电视叙述主体的媒介知识分子的文化姿态、立场和方法的选择，注重当代中国电视叙事的自觉文化建构。

所以，本书所讨论的"叙事"，不仅只是关于电视叙述故事的技巧，而且属于电视叙事的艺术特质、文化属性与精神传统。它不仅更关乎一种叙事的文化事实和文化立场，而且还涉及电视叙事主体的审美趣味、艺术品格、文化修养，涉及当代中国电视叙事的文化精神的传统与自觉。或者说，电视叙事，不仅在于"讲什么""怎样讲"，同时也在于叙事者的审美经验和文化品味的表达；不仅在于叙述故事的方式方法是什么，而且关注电视所叙述故事的意义和目的。或者说，更重要的，电视叙事的价值不仅在于讲述的技巧、对媒介的驾驭、文本的构造，而且还在于叙事者立场的选择、知识的修养、价值的预设。从而，对电视叙事的研究，也就不仅关乎技术层面上的修辞学的种种规则和技巧，而且关乎美学、人类学、文化学；不仅关乎人类表达的各种（语言的、符号的、身体的、声、光、电子等物质的乃至当今数码技术的）媒介的技术层面，而且更关乎媒介的精神文化的价值层面，关乎人们所讲述的故事的种种原型、模式、规则乃至深层意蕴；关乎叙事者作为主体的精神体验、文化立场与价值认同。

故而，如前所述，本书的"叙事"概念应该是广义的，一切"有秩序的记述（或讲述）"的行为及其成果，均可视之为"叙事"，简而言之，所谓"叙事"，就是对于人们的动作、行为、事件过程及其结果的陈述。人类迄今为止的各种文化形式中多少都蕴涵着人类的叙事智慧。就其属性而言，叙事还可以分为两大类型：日常叙事和艺术叙事，或者也可谓之历史叙事和审美叙事。所谓"日常叙事"或"历史叙事"，乃是以现实表述和历史著述为主，注重对于现实或历史事件的"实录"，需要揭示生活与历史的规律；"艺术叙事"或"审美叙事"（包括戏剧性叙事）则是以满足人们的审美娱乐的需要为主，往往根据人们的兴趣、爱好、心境的差异而有不同程度上的虚构加工。这两大叙事类型成为人类文化叙事的主体在各种叙事媒介及文本当中一直延续至今。

由此观之，电视叙事既有着一般日常叙事和历史叙事的特性，又有着艺术叙事或审美叙事的品格。或者说，在功能及形态上，电视叙事乃是二者兼而有之。它既有着日常化和纪实性的一面，就像电视新闻报道、访谈、真人秀、纪录片以至各类广告中那样，同时，在诸多的娱乐性节目中更有着大量的虚构和想象的因素。这里，且不说纯粹虚构的电视剧，就是在结构一般的电视节目组织内容材料、设定目标受众的过程中，都不免需要运用"叙事"的技巧，需要"悬念"的设置与"细节"的捕捉。因而，在诸多类型的电视节目制作中，表面上看来似乎都不过是一些叙事技巧、手段、手法的选择和运用，但是，电视叙事的建构更需要的还是用心去"发现"，用一种理性态度去审视，需要以一种自觉的文化叙事的立场和创造性的叙事观念为基础，才有可能创作出高水平的电视节目来，才能不断推进电视叙事艺术的发展。

故而，本书所追寻的并不纯粹是关于电视叙事技巧的分析，也不仅仅是关于电视节目编导制作中的叙事方法运用的指南。作者更多的还是想通过对电视叙事的文化立场、观念及技巧的讨论，展开关于电视叙事的文化的和美学的研究，并由此获得审视和理解电视的一个新的学术视阈。或者说，本书乃是在叙事学的视野中，开展对于当代电视的美学的思考和文化的批评，追寻电视叙事的审美属性和文化意义，探究当代中国电视的文化精神与价值体系。所以，在本书中既注重理论描述，也注重个案研究；既思考电视叙事的一般逻辑，也探究中国电视叙事的历史规律。故而，本书中除了必要的理论探讨，就是具体的文本批评和大量的现象分析。在研究方法上，本书不仅汲取结构主义叙事学的文本分析方法，而且注重叙事话语及其历史语境的文化分析和价值分析，强调叙述主体的精神结构、文化素养和立场选择。从而，在本书的讨论中，作者有意将心理学、文化学甚至人类学的方法引进叙事学的研究，将叙事作为主体的一种文化心理的需求和机制来看待，研究叙事与人（包括叙述者与接受者）的心理活动及其文化环境的关系。与此相关，本书还从叙事能力成长史的角度，研究电视影像叙事能力的本质和规律。

由此，也可以说，本书著述的主要目的还是对于电视节目创作及其模式的递嬗进行了叙事学的技术分析和文化分析，注重电视叙事的艺术手法、文化策略及其意义内涵，揭示电视叙事的文化智慧和艺术规律，并且在一定程度上也是针对当前中国电视节目制作与电视文化传播当中的某些缺失以及电视制作与电视受众的观赏接受之间关系的必要的调适和整合。可以说，电视节目的策划与编导、电视文化的传播与接受，如果缺乏一种明确的文化叙事意识，缺乏其理念、立场与方法的自觉，就难免会造成电视叙事话语及其表现手法的贫乏，甚至难免被人视为平庸与"弱智"。

本书以《电视叙事文化学》为题，并不奢望在本书中能够构筑起一个系统的关于电视叙事文化研究的概念范畴体系，而是倾向于直接关注中外当代电视叙事的文化现实，甚至可能深入当代电视艺术文化传播的纷繁复杂的现象中去发现问题、提出问题、分析问题，却未必能够很深入地探讨和解决这些问题。基于此，全书包括"绪论"及以下七章的篇幅，具体探讨电视叙事艺术及文化传播的各个环节与诸多元素，分析研究电视叙事的艺术规律和审美文化的价值。其中，第一章从对于叙事学的兴起及中西叙事观念的形成及其所蕴涵的文化智慧等问题的开始讨论，着重揭示电视叙事文化的方式、属性、形态、意义及其观念的变迁；第二章至第六章从经典叙事学的理论体系出发，分别就电视的叙事者、电视叙事文本、电视叙事模式以及电视叙事功能等方面对于电视叙事的主体、形态、结构、样式、功能特征等展开具体探讨，广泛总结电视叙事的艺术经验、技巧及其所蕴涵的文化智慧。特别是本书的第四章，着重探究电视叙事的模式，侧重于对电视叙事的文本（节目、栏目）类型的讨论，以展开电视叙事文化的类型学的分析；第五章重在讨论电视叙事的艺术功能及其文化价值，揭示电视叙事在当代文化场域中的特殊意义及价值担当；第六章则重在总结电视叙事的文化传播方面的品格，特别是从电视叙事的媒介特质、传受关系等方面入手，展开对于电视与人的关系的进一步的思考；第七章属于本书"余论"部分，试图进一步展开对于电视叙事的文化批判。因为电视叙事对于现代社会所产生的积极或消极的影响，无疑都需要进行理性的分析、合理的评判。这种批判之所以是必要的，就在于随着电视文化的普及以及数字化时代的到来，铺天盖地而来的是娱乐化与消费化滚滚浪潮，人们在感性的沉醉中太缺少一种理性的沉思了。或者说，人们总是习惯于对于电视叙事的感性接受，没有对电视叙事产生更多的理性诉求和价值反思。从而在深入理解电视叙事的现象与机理的同时，更需要总结电视叙事在文化精神建构及传承中的得与失，需要透彻地思考作为电视叙事主体的媒体知识分子的责任和良知。

目前，虽然叙事学的研究在国内外已成为一门显学，但是，由于电视文化的学术研究还处于一个学科基础建设与全面展开的阶段，学识积累并不深厚，学术规范也不甚严密，加上作者的学识修养及文化实践的不足，本书的思考与探索也基本上还只是属于初步的甚至是粗浅的，而电视技术的进步及叙事艺术的发展却是日新月异的，所以，本书在相关领域及诸多方面的缺陷和不足也就在所难免。本书在具体论述过程中，对于国内外叙事学及电视媒介研究与批评的成果多有借鉴，引证材料都有注释，在这里也就一并致谢，而挂一漏万及论说不当之处，更需要同人的宽容与谅解。

作者期待着广大的读者、电视业者及各方面学界专家的批评和指正。

第一章

电视叙事：理论与实践

追根溯源，在人类叙事的历史进程中，电视叙事虽属晚出，但是根本上却离不开千百年来人类所积累的丰富的叙事经验和智慧。自结构主义以来的现代叙事学的兴起，使得人们明确地意识到叙事的价值和意义，而随着当代大众文化的兴起与繁盛，电视作为一种大众文化叙事的形式已越来越成为一个不容忽视的文化事实。故而，可以说，如果没有千百年来人类叙事经验的广泛积累，特别是从传统的神话传说、民间故事、小说、戏剧到 20 世纪兴起的广播、电影等大众媒介，当今电视叙事的兴盛与空前普及则是不可想象的。正因为如此，如果我们不能认真地清理并广泛地吸收和借鉴古今中外叙事文化传统的思想资源，也就难以展开对于电视叙事艺术的深入探讨。

所以，回顾和总结人类叙事智慧的积累以及现代叙事学的历史进程也就成为我们审视当代电视叙事艺术的理论与实践的一个适当的逻辑起点。

第一节　叙事学的兴起与发展

如前所述，人类的叙事文化源远流长，传统叙事的智慧深厚丰富。然而，叙事学的兴起却是相对晚近的事。因此，本书关于电视叙事研究，既需要深入总结东西方自古到今的叙事文化智慧，更需要广泛借鉴现代叙事学的理论成果。在历史发生和理论建构的维度上来正本清源也就成为本书研究的一个出发点。

一、叙事学之产生与发展

确实，叙事学（Narratology，亦译作"叙述学"）乃是一门古老而又年轻的学问。它虽然有着一个久远的过去，但从其获得命名至今却还只有短暂的数十年的时间。

早在古希腊时代，人们就开始了对于叙事的总结与反思。就古希腊的叙事艺术而言，起码包括神话传说以及其影响下所兴盛的悲剧和史诗等多种类型。对于这些叙事作品的关注与研究也较早地开始了。柏拉图就曾在他的《理想国》第三卷中具体阐述了"描述"和"模仿"的差别。亚里士多德的《诗学》则是着意于全面总结悲剧的艺术特质，他认为：悲剧所模仿的是一个完整的、具有一定长度的行动；情节、性格、言词、思想、形象与歌曲是构成悲剧的六个主要的艺术成分。① 亚里士多德认为，故事或情节是对一个完整行动的模仿，即某些事件的组合。亚氏非常重视故事或情节的地位，认为以动作来演示情节才是悲剧的目的和根本，是悲剧的灵魂所在。亚里士多德在《诗学》中还区分了两种类型虚构的叙述：模拟（表演）和描述（讲述）。模拟属于戏剧的范畴，在戏剧中，各种事件都依靠演员的表演模拟而"自行显示出来"；描述则是属于史诗的范畴，它是由一位有时可信有时不可信的叙述者所讲的故事。这种区分也就为西方叙事学奠定了最初的基础，亚里士多德的《诗学》通常也就被视为西方叙事学的滥觞。

然而，西方现代叙事学的产生却是很晚近的事。关于现代叙事学的诞生，按照北京大学申丹教授的看法，其重要标志便是巴黎出版的 1966 年第 8 期的《交际》杂志。该期是一期以"符号学研究——叙事作品结构分析"为题的专刊。其中发表了一组系列文章而将现代叙事学的基本理论和方法公之于世②。而另一位中国学者罗钢教授则认为：西方现代叙事学的形成应该是以 1969 年茨维坦·托多洛夫（Todorov，Tzvetan）第一次提出"叙事学"这个术语的时间为标志。1969 年法国学者托多洛夫在《〈十日谈〉语法》一书中写道："……这部著作属于一门尚未存在的科学，我们暂且将这门科学取名为叙述（事）学，即

---

① 亚里士多德. 诗学［M］. 北京：人民文学出版社，1962：第六章，第七章.
② 申丹. 叙述学与小说文体学研究·前言［M］. 北京：北京大学出版社，2005：4.

关于叙事作品的科学。"① 不管怎样，西方现代叙事学的兴起和发展以至成为 20 世纪后半叶的显学之一，乃是与 20 世纪西方结构主义思潮的兴起分不开的，是结构主义的思想方法在文本批评领域的独特体现，特别是经过法国学者罗兰·巴特（Roland Barthes）、杰拉尔·热奈特（Grard Genette）、托多洛夫（Todorov, Tzvetan）、格雷玛斯（A. J. Greimas）、布雷蒙（Claude Bremond）等理论家的努力，而逐渐成为 20 世纪影响世界的诸多重要的人文学科领域的一门基础性学科。当然，随着结构主义的衰落、后现代主义的兴起，叙事学也发生了新的转机。

从思想渊源及其演进历程来看，叙事学的源起亦受惠于 20 世纪 20 年代的俄国的形式主义批判及弗拉基米尔·普洛普（Vladimir Jakovleoic Propp）所开创的民间叙事研究的先河。特别值得提及的应该是这位苏联著名民俗学家弗拉迪米尔·普洛普，他在 1928 年就发表了其代表作《民间故事形态学》，在这部被西方誉为结构主义的奠基之作中，普洛普对俄国一百个民间童话作了极为细致的功能研究，提出了"叙事功能"的概念，即对故事发展产生意义和作用的人物行动展开集中探讨。正是通过对大量俄罗斯童话故事的剖析，普洛普发掘了蕴含在所有故事中的一个共同的叙事结构，归纳出了故事的 31 种功能，并得出四个重要结论：其一，人物的功能在童话中成为稳定的不变的因素，人物功能构成童话的基本要素；其二，童话已知的功能数量是有限的；其三，功能的次序总是一致的；其四，就结构而言，所有的童话属于同一种类型。普洛普关于民间故事形态学的理论直接影响了后来的一些叙事学大师如列维—斯特劳斯（Claude Levi – Strauss）、克洛德·布雷蒙（Claude Bremond）、A·J·格雷马斯（A. J. Greimas）等人对叙事结构的研究，从而对于 20 世纪 60 年代法国结构主义叙事学的兴起产生了十分重要的奠基作用。

法国结构主义思想家列维—斯特劳斯于 1960 年撰写了《结构与形式》一文，向法国学术界介绍普洛普的理论。正是在他的大力倡导下，法国一段时间内出现了许多关于叙事作品结构分析的批评实践。这主要表现在以下两个方面：一是关于古代初级叙事形态（即民间故事和神话传说）的研究，以格雷马斯的神话分析和布雷蒙的民间故事分析为代表；另一方面，是有关现代文学的叙事

---

① 张寅德. 叙述学研究·序言［M］. 北京：中国社会科学出版社，1989：1 – 2.

形态研究，以罗兰·巴特（Roland Barthes）、茨维坦·托金洛夫（Tzvetan Todorov）以及杰拉尔·热奈特（Grard Genette）等人的小说研究为代表。

　　正是由于受到法国结构主义理论的启示，20 世纪 60 年代叙事学才得以骤然兴盛，并进而形成一股国际性的文化研究的潮流。结构主义叙事学将注意力从文本的外部转向文本的内部，注重文本构造的科学性和系统性，着力讨论叙事作品内部的结构规律和各种要素之间的相互关联。从而使得叙事作品的文本结构特别是其中的成分和要素得到了人们更多的关注。譬如，作为结构主义的经典之作，罗兰·巴特（1915—1980）在其《叙事作品结构分析导论》一文之中，揭示了叙事是一个由众多零件和各种动力系统构成的复杂结构。罗兰·巴特认为：叙事乃是由功能、行为、叙述三个层次组织而成，每一个层次均包含了各种成分的互相作用，同时，这些成分的意义又不断地从一个层次过渡到另一个更高的层次。在《S/Z》一书中，罗兰·巴特就曾把巴尔扎克（Honoré·de Balzac）的一篇不太引人注意的短篇小说，切割成 561 个基本语言单位，并分别将其纳入 5 种代码系列当中，再就其中的 93 个单元做出了详细的分析。这种做法几乎可以算得上是自古至今人们所能看到的对于文学作品或文本结构做出的最具有科学色彩的叙事解析。罗兰·巴特从过去那种单纯地运用符号学和结构主义叙事学的相关语言及文学理论，把文学作品当作一个完整的对象，当作一个具有相对独立性和总体性的精神现象来看待的指导思想，转变成了把文学作品看成是一种单纯的文本，一种文本构成的动态的建构过程，而且更多地呈现为一种片段性、发散性和游戏性特征的解构观念。在这里，文本就不仅是一个固定的分析对象，而且它自身就处于符号游戏活动的过程之中。可以说，在罗兰·巴特的思想体系当中已经明显蕴含了后来解构主义的某些思想方法和因素。

　　故而，在结构主义看来，叙事主要指话语层面上的叙述行为、方法与技巧的体现，因而他们也就更为注重对叙事文本的故事结构及其话语方式的深度剖析。这里，事实上也就产生了"叙事"和"叙述"两个概念。如果说"叙述"一词总是与"叙述者"及其"叙述行为"紧密联系在一起的，那么"叙事"一词则更适合涵盖包括故事结构和话语技巧乃至叙述行为的施动和受动等在内的诸多层面。在《叙事学辞典》中，普林斯（G. Prince）曾将"narratology"定义为：其一，受结构主义影响而产生的有关叙事作品的理论。其中的 narratology 研究不同媒介的叙事作品的性质、形式和运作规律，以及叙事作品的生产者和接受者的叙事能力。因而，其重心还是在于探讨包括"故事"与"叙述"在内的文本的结构层次以及"故事"与"叙述"之间的关系。其二，将叙事作品作为对故事事件的文字表达（话语）来研究，这一倾向，尤其是以法国叙事学家热奈特为代表。在热奈特那里，"narratology"甚至可以无视故事本身，而主要聚焦于叙述话语层面的研究。其三，采用相关理论模式对某一个作品或一组作品进行研究的批评实践活动。从而，事实上，在西方现代叙事学的研究中，第一个定义中的"narratology"似应译为"叙事学"，即有关整个叙事作品的理论；而第二个定义中的"narratology"则应译为"叙述学"，即有关叙述话语及其行为的理论。其实，理论上，在这两者之间，联系远大于区别，甚至两者间在许多场合是可以互换的。

由此，到了普林斯，也就逐渐形成了一种被称为"总体的"或"融合的"叙事学。它的研究对象包括从关于叙述话语的理论与实践到诸多叙事作品的文本分析，并且为各种叙事学研究提供了一种整合性的研究方法。或者说，叙事学理论已逐渐演变成为一种"元叙述学"。受其影响，米克·巴尔（Mieke Bal）在其修订版的《叙述学：叙事理论导论》一书中，就曾对叙事学做了这样的界定："叙述学是关于叙述，叙述本文，形象，事像，事件，以及'讲述故事'的文化产品（cultural artifacts）的理论。"①

从而，作为一门当代显学的叙事学（或叙述学）在学科对象及学科方法上最终得以确认。在学科对象上，它所关注的人类的一切叙事行为，即以"叙事"为特征的各种文化活动。因为"'讲故事'是'叙事'这种文化活动的一个核心功能。"② 所以，事实上，人类远古的神话传说便作为一切叙事作品的原生性类型，而受到叙事学者的关注，对它的追寻与探究也应该可以适用于后来的几乎所有的叙事作品。于是，叙事研究的对象便也拓展到人类各种叙事行为，以及各种符号化的叙事文本及其话语方式。在学科方法上，叙事学不仅得益于结构主义及符号学的思想方法，而且也使得基于叙事文本的话语分析的结构主义方法得到更为广泛的运用。

---

① MIEKE BAL. Narratology：Introduction to the Theory of Narrative. Second Edition ［M］. Toronto：University of Toronto Press, 1999, P3.

② 浦安迪（ANDREW H. PLAKS）. 中国叙事学 ［M］. 北京：北京大学出版社，1996：5 -6.

正如叙事学的产生得益于对民间叙事的研究，叙事学进一步的发展则使得叙事学理论向着跨文化、跨媒介、跨学科的方向演进。或者说，叙事学的跨学科、跨文化、跨媒介研究表明，对于人类文化的进程来说，许多其他种类的叙事和文学叙事长期并存、同样重要。亦如罗兰·巴特在《叙事作品结构分析导论》一文中所指出的：虽然叙事是人类在开化发蒙、发明语言之后，才出现的一种超越历史、超越文化的古老精神现象，但是，叙述的媒介却并不限于语言，它可以是绘画、雕塑、幻灯、哑剧，甚至是电影、电视，等等，也可以是上述各种媒介的混合。自古至今，叙述的体例更是十分多样，或神话，或寓言，或史诗，或小说，甚至也可以是教堂窗户玻璃上的彩绘，报章杂志里的新闻，乃至朋友之间的闲谈；甚至，任何时代，任何地方，任何社会，都少不了叙述。它从远古时代就开始存在，古往今来，哪里有人，哪里就有叙述。归根结底，叙事就是作者通过讲故事的方式把人生经验的本质和意义传示给他人。在这个意义上，可以说，当代电影电视叙事成为一种全新的大众文化叙事，并与传统的民间叙事有着天然的血脉相连，电影电视无疑应该成为当代叙事学所关注的重要领域之一。

二、后经典叙事学的兴起

至今，受结构主义影响而产生的叙事学理论，已走过半个世纪的发展历程。近年来，越来越多的学者意识到了结构主义叙事学的封闭性和局限性。叙事学研究的最新的发展，显然已经进入了一个后结构主义的时代。它从结构主义的思想体系中走出来，形成了一些新的叙事学研究的路数与派别。如果说，前者被称为经典叙事学或结构主义叙事学，那么，后者则被称为后经典叙事学。按照申丹的说法就是："经典叙事学旨在建构叙事学语法或诗学，对叙事作品之构成成分、结构关系和运用规律等展开科学研究，并探讨在同一结构框架内作品之间在结构上的不同。"而"后经典叙事学将注意力转向了结构特征与读者阐释相互作用的规律，转向了对具体作品之意义的探讨，注重跨学科研究，关注作者、文本、读者与社会历史语境的交互作用。"① 作为对经典叙事学的发展和变形，后经典叙事学将经典叙事学中的故事层面、文本层面和叙述层面进行了有

---

① 申丹. 叙事学 [J]. 外国文学，2003（3）.

机整合。而且，事实上，经典叙事学的一些概念和术语，在更为开阔的视野中，可以转换为更丰富的批评方法。正如戴卫·赫尔曼（David Herman）在他主编的《新叙事学》的第一部分的标题就提出"经典的问题，后经典的方法"的思想①。因为"叙事学是一个共同的资源，它那一套有限的术语与概念，可被各种不同兴趣的批评家所使用"②。后经典叙事学将注意力转向了结构特征与读者阐释相互作用的规律，转向了对具体叙事作品之意义的探讨，将批评放在认识论上。美国叙事学者杰恩（M. Jahn）就曾指出：后经典叙事学"是'叙事学＋X'的研究模式"，这里的"X"，无论是女性主义还是性别研究，是文化研究还是后殖民研究，无疑"都很有研究价值"。③

　　显然，后经典叙事学的兴起不仅与后工业时代的到来有关，而且是与后结构主义思潮有关的。特别是作为后现代社会的重要表征的大众传媒与后经典叙事学关系尤为密切。法国后现代思想家波德里亚（Jean Baudrillard），既像本雅明一样，洞悉媒介文化的蕴含，同时又像批判的社会理论家阿多诺那样对大众媒介甚为反感。波德里亚认为，正是大众传播媒介从根本上瓦解了现代社会和现代主义，"如今，媒介只不过是一种奇妙无比的工具，使现实与真实以及所有的历史和政治之真全都失去稳定性……我们沉迷于媒介，失去它们便难以为继……这一结果不是因为我们渴求文化、交流和信息，而是由于媒介的操作颠倒真伪、摧毁意义。人们渴求作秀表演和仿像……便是对历史及政治理智的最后通牒做自发的全面的抵制"。④ 通过对于现代媒介社会进行的全面分析，波德里亚概括出后现代社会大众传媒图像制作的拟像性或仿像性，于是，他宣布：我们的时代即所谓"后工业时代"或"后现代"，事实上就是一种以电视为中心的仿像社会。故而，随着文化语境的不断变迁，特别是大众传播媒介的日益发达，叙事学的研究出现了明显的转型。

　　具体说来，自20世纪80年代以来，经典叙事学遭到后结构主义和历史主义的夹攻，发展的势头渐趋回落（在美国尤为明显）。随着后殖民主义、女性主

① 戴卫·赫尔曼. 新叙事学 ［M］. 北京：北京大学出版社，2002.
② 马克·柯里. 后现代叙事理论 ［M］. 北京：北京大学出版社，2002：150.
③ 唐伟胜. 国外叙事学研究范式的转移 ［J］. 四川外语学院学报，2003（2）.
④ 波斯特. 让·波德里亚文选 ［M］. 英文版. 帕拉阿图：斯坦福大学出版社，1988：217.

义批评、读者反应批评、文化研究等学派的兴起，后经典叙事学也更多地关注读者、媒介和语境。依据其研究目的，后经典叙事学也大致可分为两类，第一类是旨在探讨不同体裁、不同文类的叙事作品的共有特征。与经典叙事学相比，这一类后经典叙事学的理论立足点至少出现了以下几个不同方面的转移：其一是从注重叙事作品本身结构的探讨而转向了读者的阐释过程，譬如赫尔曼就在其《故事逻辑》（2002）一书中，十分关注读者对于故事逻辑的建构，着力探讨读者与文本结构特征的交互作用；其二是从符合规约的文学现象转向偏离规约的文化现象，或从文学叙事转向文学之外的文化叙事。理查森（Richardson，2001）就针对某些后现代主义小说先"叙述一件事，然后又加以否定"的结构特征，提出了"解叙述"（denarration）这一概念，并对"非模仿性"小说中的时间错乱进行了系统分类。理查森的做法很有代表性，面对以往的叙事语法所无法涵盖的复杂现象或新的现象，当今欧美叙事学家会提出新的概念或建构新的模式来予以描述；其三是在探讨叙事作品的结构规律时，后经典叙事学家更多地从其他领域借用了一些新的分析工具。譬如莱恩（M. Ryan）在《可能的世界、人工智能与叙事理论》（1991）一书中就充分借鉴了人工智能的分析方法，来描述不同体裁的叙事作品的结构特征。有的后经典叙事学论著则是综合体现了上述三个方面的转移。譬如，弗吕德尼克（M. Fludernik）在《"自然"叙事学初探》（1996）一书中主要借鉴了分析口头叙事的方法研究读者对叙事进程的阐释，研究对象从最为口语化的"面对面"式的交谈开始，直到最为晦涩的后现代叙事文本；其四是从共时的叙事结构转向了历时的叙事过程，更多地关注社会历史语境与意识形态如何影响或导致叙事结构的发展与变迁。这一流派于20世纪80年代中后期至20世纪90年代中期曾经风行一时，至今其研究势头已经明显回落；其五是从关注文本的形式结构转为关注文本形式结构与意识形态、文化心理的关联，尤以女性主义叙事学为其代表。但是这种关注往往需要以具体作品阐释为依托，比如出于某种社会的或历史的原因，某位叙述者会在某一作品中选择某种特殊的叙述形式，某种叙事风格何以会在某个特殊的历史阶段风行，等等。

另一大类后经典叙事学的学者则以阐释具体作品的意义为主要目的，其特点是承认叙事文本结构的稳定性和叙事规约的有效性，采用经典叙事学的模式和概念来分析作品（有时结合分析加以修正和补充），同时更加注重读者和社会历史语境，注重跨学科、跨文化的研究，甚至有意识地从其他学术派别中吸取有益的理论概念、批评视角和分析模式，以求扩展其研究范畴，克服自身的局限性。譬如，美国当代文化批评家弗雷德里克·杰姆逊（Fredric Jameson，一般译作詹姆逊，亦有人译詹明信）在其《政治无意识》（1981）一书中，就是将一切文本（包括批评之批评的文本）都与意识形态联系起来，而提出了他的独特的文本阐释与批评的叙事分析方法。他指出：叙事艺术乃是与人类一种复杂的思维方式有关，人们通过叙事方式去了解历史，形成历史的叙事，但是历史既指事件也指存在方式，它由生产方式决定，因此必须认识历史主体对于历史的理解和阐释行为，因为阐释行为本身也是叙事，是历史和意识形态的体现，从而，文化产品和叙事形式本身形成一种"形式的意识形态"。在《后现代主义，或后期资本主义的文化逻辑》（1991）一书中，他主要就是通过以辩证的方式分析文学、绘画、建筑、音乐和电影等大众传媒及大众文化制品，特别是对生产方式与文化和意识形态之间的内在关系，对历史意识和时空变化的关系，做出了颇有说服力的论述。他认为，现代社会使得整个人类文化正经历一次革命性的变化：从以语言为中心转向以视觉为中心。以电视、电影以及电脑的发展为表征，具有"后现代社会"生产方式所产生的一种特殊的时间性，就是说，一切事物都有最短暂的闪光，但一切事物都不会有长时间的重大的滞留，虽然它们不断地产生和消亡。于是，杰姆逊断言，现代文化的一切都服从于时尚和媒体想象的不断变化。这种以视觉为中心的文化不仅改变了人们的感受和经验方式，而且改变着人们的思维和情感表达的方式。所以，20世纪90年代以来，杰姆逊非常重视影视文化或影像叙事，非常重视解析影视文化的内在逻辑，因为他认为，影视文化不仅能够向我们展示文化意识中的经济、权力和政治与社会生产方式之间的想象性关系，而且更集中展示出特定社会文化主体的意识形态、价值定位和身份立场。

从而，在后经典叙事学的视野中，叙事学的转型乃是根植于人类广泛的文化实践和生产活动以及将心理体验感受带入到叙事整体的演变之中。事实上，叙事文化在有了语言文字之后就已然发生了一个根本性的转化。凡是能够在某一专门形态中进行叙事的存在都可以被分列出来，如诗歌叙事、历史叙事、农耕和围猎中的技术叙事、政治与战争中的叙事、宗教中惩恶扬善的叙事、神秘观念的巫术和自然多神教的叙事，等等。叙事从整体走向分化，人类的精神世界也在叙事秩序的展开中得以形成。某种意义上，人类的精神体验与知识分类也正是在长期的叙事中形成体系。叙事，已经不再可能只是用一种浑整的形式装载如此多的故事内容和交叉形态，而是通过人类的交流传播，显示出叙事的媒介及形态等多重价值与功能，并进行了必要的区分。这既有助于人类知识和文化的不断创造和发明，也使得知识叙事在传播中更加扩大化和规范化。故而在叙事的体式中人类得以进入到一个多种哲学、科学、艺术、宗教和道德知识体系的创造时期。

正是在这个意义上，可以说，叙事活动开始于人类最基本的生命活动，并且表现出丰富的生存智慧及热切的生命关注。人类的原始先祖带着他们的肉身认这个天地宇宙，然后才有"首生盘古，垂死化身。气成风云，声为雷霆，左眼为日，右眼为月，四肢五体为四极五岳，血液为江河，肌肉为田土，皮毛为草本"之类的神话叙述。可以说，现代意义的叙事也是从肉体生命遭遇威胁或精神生命陷入危机的时刻开始的。最初，饥饿、战争、性爱或较低层次上的凶杀、色情等往往成为叙事文本的古老的母题。而大多优秀的叙事文本则以最基本的生命形式开掘人性、彰显美丑，以死亡之恐怖、虚空衬托生命精神的充实与绚丽，在集中记忆的传承中渲染生命渴求的崇高与悲壮。

而且，当人类原始叙事整体分化的时候，其多样化的叙事文本当中也就必然包含了理解人类精神特质的多种文化原型。其中不仅沉淀了人类早期文明的精神智慧与集体无意识，而且随着叙事整体在广泛地域内大规模的扩张与传播，人类文明与文化在地域上的差别也就随之而来。由于各种文化原型的生成与当时的环境、观念、地域不同，以及传播的规模与方式不同，人类文化时空在叙事整体的存在中也就随之发生根本的分化。比如，纵观人类各种文化不同的叙事存在，围绕着天地与人的起源、大洪水神话等知识与传播的内容便形成了截然不同的文明与文化圈。

诸如此类，构成了经典叙事学向后经典叙事学转型的文化逻辑。如果说，经典叙事学的兴盛及沿革，秉承的是形式主义乃至结构主义批评的某些品格，那么，后经典叙事学在其发展过程中却又不能不关注意义，不能不依据某种文化的传统和现实的语境而做出某种价值的评判。特别是后现代的文化语境更是赋予叙事学一种元话语的性质。在后经典叙事学的范畴内，叙事文本与其说是关于"故事"的语言学建构，不如说是各相关叙事主体之间关于意识形态的对话。在后经典叙事学的视野中，似乎一切都成为叙事，一切都离不开叙事。叙事成为人的生命存在与文化存在的本质，成为维系人类精神传承的重要纽带。由此，"叙事"也几乎成为一切人文社会科学共有的概念和共同关心的话题。

归结起来，流行于当下的后经典叙事学主要体现出以下几个方面的特点：其一，走出经典叙事学研究的形式化、技术化、封闭化、平面化的格局，在传承叙事学的基本观念及其探索实践中以一种新的开放性的视野来重新审视或者解构此前结构主义叙事学的理论框架和诸多理论概念，并使其得到有效的转化与衍生；其二，为了超越经典叙事学的文本化和技术化的倾向和局限，在建构理论或分析文本时，往往更为注重读者（接受者）和社会、历史、文化及心理语境的相互作用以及寻求更为宽阔的社会历史的视野，获得文化批评的价值；其三，突破了经典叙事学的单一化的符号与结构的分析路径，而极力寻求叙事学的跨学科、跨媒介、跨文化、跨历史的研究方法、视角和路径。

在中国，对于西方叙事学理论的引入大致可分为前后两个阶段。前一阶段主要是对经典叙事学的翻译和引进，而晚近的第二阶段才开始注重对后经典叙事学的翻译和研究。所以，直到 21 世纪初，才由北京大学申丹教授主持，编辑出版了一套《新叙事理论译丛》（北京大学出版社，2002 年版），开始了对于解构主义叙事理论、女性主义叙事理论、修辞性叙事理论、后现代叙事理论和跨学科叙事理论等诸多方面较为系统的翻译和介绍，向中国读者揭示了国外后经典叙事学研究的一些最新成果。但是，仅此就想全面地理解西方后经典叙事学的学术内涵和精髓还是远远不够的，故而还需要有更多的译介和论著的问世。与此相关，大部分学者对叙事作品的分析大多还局限于小说这一形式上，对其他形式的叙事作品研究还远远不够。总体上来看，目前，国内叙事学研究的学者基本上均是直接应用西方经典叙事学理论对国内叙事作品进行分析，而忽略了中西叙事作品源流的不同，还没有能够把整个东西方的文化背景作为叙事文本符号的生成土壤来历史地加以辨析，更重要的是，还没有充分理解传播媒介之于叙事文化的价值及意义。

从而，汲取从经典叙事学以来的西方叙事学思想资源，特别是对于后经典叙事学的理论立场和学术成果大力借鉴，建立起中国特色的叙事理论的框架，解析包括当代电影电视和国际互联网在内的大众叙事文化，无疑是十分必要且切实可行的。

三、叙事与媒介

从历史进程来看，传播媒介从叙事整体中脱颖而出的时候，人类文化文明就开始进入到了一个新的纪元。在西方，经历了漫长的中世纪之后，从基督教文化中逐渐产生了科学技术的意识和知识形态，特别是经过 16 世纪和 17 世纪初天文学的辩论，17 世纪后期和 18 世纪牛顿经典力学所带来的世界观的转变，还有 19 世纪末达尔文学说的挑战，以现代科学技术为主导的知识形态在基督教叙事的传统中成长了起来。其间，一个必不可少的条件就是印刷媒介的产生，它甚至改变了世界的整体面貌，也同样在媒介传播上完成了人类历史上第一次的整体存在形态的描述以及当代媒体的技术架构，使得人类文化的叙事整体在更大的时空中的传播与拓展成为可能。

从而，随着科技的进步，现代媒体的发达，特别是随着现代电子及数码科技的发展，以广播、影视、网络等为代表，形成了人类文化传播媒介的又一场革命性的裂变。由现代电子传媒所构筑起来的"仿像文化"逐渐形成并进而成为一种主导性的文化，甚至成为后现代文化区别传统文化的一个时代性的标志。后工业社会之所以被称为"仿像社会"，就是在于它是依靠技术复制、广告宣传、媒体传播以及由此带来的消费幻像支撑起来的。与此同时，也形成了对于仿像文化的经验总结、审美批判与文化反思。

如前所述，自 20 世纪初以来，西方文化界受结构主义尤其是索绪尔变历时性研究为共时性研究的现代语言学的影响，以及受俄国形式主义文学批评尤其是普罗普的民间故事形态分析的启迪，开始了对于叙事文本的内在的、抽象的研究，建立起一套术语错综、见解互殊的叙事学理论体系。甚至有人宣称，20 世纪中后期的西方艺术批评与文化理论中值得引人注目的一些进展，都是与叙事学有关的。源于西方的叙事学研究在 20 世纪 60 年代开始兴盛，叙事学试图将文学研究引向科学研究的道路，走向纯技术的形式分析。西方结构主义叙事学致力于分析文本叙事背后的深层的模式、结构、原则，如有论者所言："正如语言学家们从复杂多变的语句中总结出了一套语法规律，叙事家们相信，他们也一定能够从纷繁复杂的故事中抽象出一套故事的规则，从而把变化多端的故事简化为容易把握的基本结构。"① 叙事学固然打破了古代神话、民间故事、传奇、史诗、罗曼司小说、新闻报道、电影电视以及网络音频、视频等各种具体的文本界限，把叙事作为人类的一种普遍的精神现象与文化形式来展开研究。然而，结构主义叙事学却又摒弃了制约着具体叙事行为的社会、历史、心理诸因素，把叙事作品的文本视为独立自足的封闭体系，探究它的叙事者、所叙故事和叙事行为方式，力图抽象出能够贯穿各种叙事文体的模式。这种强调文本内在分析以及沟通文体界限的研究角度，原本是颇具创造性的，它对叙事层次、视角、时间诸方面的研究，确实有不少令人佩服的建树。② 但是，由于其忽略文本生产的社会历史语境、忽视文本间的相互影响与关联、否定媒介乃至主体的价值，结构主义叙事学的理论视野及其阐释机制的局限也就十分明显了。

当今时代，以整合为特征的当代叙事文化已然实现了一个转型。以广播、电视、电脑网络等为代表的电子媒介使得信息的传播瞬息万里，地球上任何一地所发生的重大事件都已经完全可以借助电子传媒实现同步化，空间上的距离和时间上的差异似乎已经不复存在。麦克卢汉（Eric Mcluhan）指出，传播媒介是人体的延伸，而"电视是人的听觉和视觉的同时延伸"③，是人对于自身接受和感知能力的强化和泛化。电子时代的人已经成为一种感知整合的人，或者说，他们生活在一个相对封闭的由电子媒介调节的空间里，而这些空间又必然受到种种形象的制约。以至于在 21 世纪初始期，就不断有人宣称一个"视图时代"的到来，言称"我从不阅读，只是看看图画而已"④。

早在 20 世纪的 90 年代美国学者乔纳森·克拉里（Jonathan cary）在讨论"观视者的问题与现代性"时，就使用过"大众视觉文化"这一术语，他明确指出："在大众视觉文化（mass visual culture）中所产生的'现实'印象其最为普遍的一些意义，实际上是基于一种对视觉经验的根本提取与重构，因此也重

---

① 罗钢. 叙事学导论 [M]. 昆明：云南人民出版社，1994：23 - 24.
② 杨义. 中国叙事学 [M]. 北京：人民出版社，1997：3 - 4.
③ 马歇尔·麦克卢汉. 理解媒介 [M]. 北京：商务印书馆，2000：388.
④ 阿莱斯·艾尔雅维茨. 图像时代 [M]. 胡菊兰，张云鹏，译. 长春：吉林人民出版社，2003：1.

新提出一个关于 19 世纪'现实主义'是什么的思考。"① 而更早的是海德格尔（Martin Heidegger），他在其《世界图像的时代》一文中曾明确指出：世界成了图像，人才能成为主体，也只有当存在者作为对象而达到持存状态，才能够获得存在之镜像。法国存在主义哲学家萨特（Jean - Paul Sartre）在其《影像论》（一译《想象心理学》）中对影像本质的研究表明：影像的最大特征就在于模糊。模糊来源于一切运动都在其自身中包含着宇宙的运动的无限性，来源于人类大脑接受的无穷变化，而与这些变化相符合的只能是一种模糊的思维，它包含无限多的清楚观念，这些观念也与每个细节相符合。可见，模糊性、总体性、开放性构成了当代视觉思维的基本特征。文字与图像属于两套类别不同的能指系统。但是，虽然图像能指系统远离了形而上学的话语霸权，却承认了后现代大众视觉文化的平面感，它以放弃叙事的思想深度来拒斥形而上学话语的霸权。

美国学者丹尼尔·贝尔（Daniel Bell）在解析资本主义的文化矛盾时就曾经指出：当代文化正在变成一种视觉文化而不再是一种印刷文化。他认为："电视新闻强调灾难和人类悲剧时，引起的不是净化和理解，而是滥情和怜悯，即很快就被耗尽的感情和一种假冒身临其境的虚假仪式"。② 包括电影电视在内的现代电子影像产业，乃是现代大众文化和消费社会的产物，它通过图像化的媒介手段、工业化的生产制作而得以广泛传播，进而深刻地影响到现代社会生活的方方面面。特别是当今以数字化为代表的复制技术把古典的个性化与体验化的艺术从传统的形式和领域中解脱出来，取代了原作独一无二的存在形态和价值属性。由于它使复制品能为接受者在其自身的环境中去加以观赏，因此也就使得复制对象产生了新的活力与样式，从而导致了传统艺术观念的崩溃。机械复制打破了传统艺术作品的唯一性，使其变成大众唾手可得的东西，而且，机械复制和资本主义的意识形态的结合，最终谋杀了现实主义的客观的实在性，而创造出一种现代"仿像"的社会现实。

这里的问题却在于：如果按照法国著名的叙事学家热奈特的说法，叙事学

---

① 乔纳森·克拉里（JONATHAN CRARY）. 19 世纪的视觉与现代性及其观视者的诸种方法（Techniques of the Observer On Vision and Modernity in the Nineteenth Century）［M］. MIT Press，1991：9.

② 丹尼尔·贝尔. 资本主义的文化矛盾［M］. 北京：生活·读书·新知三联书店，1992：157.

研究的范围应该只限于叙事文学，即以语言为媒介的叙事行为，那么，叙事学又如何应对当下以电视、网络为代表的"读图时代"呢？如果说，叙事学研究的主要对象也就是反映在故事与叙事文本关系上的叙事话语，包括时序、语式、语态等，那么，媒介的价值与意义也就意味着叙事不再仅仅是文本，叙事本质上乃是沟通与交流的过程。

我们知道，在人类古老的图腾仪式当中，参加者既是表演者，又是观看者，同时又是体验者，超现实的力量就是来源于身体和视觉的体验。这种图腾意识形态所形成的观念，也是人类美感经验的基础，维柯（Giovanni Battista Vico）在《新科学》中称之为"诗性的智慧"，构成了人们所呼唤的"精神的家园"，是人类精神的一种"存在"之根。在人类理性还未普遍觉醒的情况下，人们就生活在直觉的图像中，图像决定一切，甚至作为言说着的神话，叙述着神灵们的形象性的故事。比如，远古时代的图腾就是视觉文化中最为原始的范型，它依靠各种图像和符号形成一种图腾的意识形态，表现出人类最原始的神性智慧。它不仅在原始社会发挥着各种功能，而且孕育了后来的各种不同的艺术形式。图腾崇拜是与不发达的原始社会相适应的，通过石器、彩陶技术等表现出来，其交流方式是面对面式的口头表演的仪式。图腾指向的是一个神秘不可知的"灵力"，使其包含了通往形而上学的神性发展的维度。借用拉康"镜像时期"的理论，这时人类还只能在水边或陶盆的水中照见自己的朦胧的影子，自我意识还没觉醒，只能把希望寄托给图腾崇拜物。但图腾崇拜的形式中，已经包含形象创造、情感体验、文字创造、绘画雕塑等造型艺术的萌芽；也包含社会组织结构、逻辑分类等现代理性精神的胚胎。

四、叙事研究关键词

依照亚里士多德的看法，范畴，就是对客观事物的不同方面进行分析归类而得出的基本概念。正是这些概念和范畴，为人们认识客观事物的形态和规律提供了一个基本的认知的框架和理解的前提。这些范畴也就构成了一种理论叙述的"关键词"。因此，这里首先就有必要对于叙事学的一些基本概念或"关键词"进行理论上的界定，以便在本书此后的相关论述中涉及这些基本概念时不至于产生过多的歧义，也可以避免一些不必要的误解。需要说明的是，本书所涉及的叙事学的概念范畴既有着从经典叙事学传承而来的一贯性，又有着对后现代叙事理论的一些引申和发挥；同时，还需要结合电视传播媒介的特性以及当代大众文化的特质在概念范畴的内涵及外延方面有所拓展。

　　叙事　叙事就是"讲故事"，原本就是对于某件事的叙述。叙事总是体现为某种话语形式，进而才延展到叙事行为和叙事文化。罗吉·福勒（Roger Fowler）认为：叙事是指"详细叙述一系列事实或事件并确定和安排它们之间的关系。"从而，"一般而言，该术语只用于虚构作品、古代史诗、传奇和现代长、短篇小说。"① 罗钢也指出：叙事"就是对一个或一个以上真实或虚构事件的叙述"②。人们正是通过叙事去"理解"世界，也正是通过叙事来"讲述"世界，进而建构起一种人文的或精神的世界。

　　所以，"叙事"的概念有着诸多层面上的意义。通常的用法大多还只是将其与"抒情""议论"等相对应，只是将其作为一种表现手法和技巧来看待。这种理解显然还只是将其局限在人类口头或书面文字表达的范畴。在一个更为广泛的意义上，叙事不仅仅是作为叙事行为或文本的存在，而且更重要的是作为一种叙事文化的存在；就故事叙述行为而言，也不仅关乎一种技巧，更关乎人类的文化行为背后的心理结构、文化意味和精神历程。在此基础上，如有论者所指出的："叙事是人们将各种经验组织成有现实意义是事件的基本方式……叙事既是一种推理模式，也是一种表达模式。人们可以通过叙事'理解'世界，也可以通过叙事'表达'世界。"③ 本书所论，也就是在历史进程中，在与现代大众媒介的结合的视野中，来理解和把握叙事，并且广泛借鉴叙事学的理论观念和实践经验，来建构起一种以电视媒介为审视对象的新的文化叙事学的方法和媒介叙事批评的视野。

　　叙述（narration）乃是指具体的叙事行为和方式。在叙事过程及文本当中，主要是通过叙述来实现的，而叙述的具体方式和途径就是通过"讲述"以"展示"一个事实或事件的过程。"叙述"强调的是具体的表达行为——"做口头或书面的说明和交代"，进而可以归纳出种种叙述的技巧。可以说，"叙述是从人的叙述的思维出发，来对文本进行主观能动性的制作。"④

① 罗吉·福勒. 现代西方文学批评术语词典［M］. 成都：四川人民出版社，1987：172.

② 罗钢. 叙事学导论·引言［M］. 昆明：云南人民出版社，1994：2.

③ 伯格. 通俗文化、媒介和日常生活中的叙事［M］. 南京：南京大学出版社，2000：9.

④ 董小英. 叙述学［M］. 北京：社会科学文献出版社，2001：17.

　　"叙事"和"叙述"既有联系，又有区别。就两者的联系而言，叙事和叙述，在概念上是同源的，在基本义项上也是同质的。就两者的区别而言，叙事和叙述，体现出叙事研究的两个层面，即"叙事"重在整体和文化的层面，而叙述则侧重于具体的方法的层面；"叙事"属于文本概念，而"叙述"则属于行为的概念。可以说，"叙事"属于种概念，而"叙述"则属于属概念。本书中两者都有所沿用，但是在不同的语境中，意义各有侧重。

　　叙事学是托多洛夫在 1969 年正式提出并加以论述的概念，原本是指"关于叙事结构的理论"。法文"叙事学"由拉丁语词根 narrato（叙述）加上希腊语词根 logie（科学）构成，新版《罗伯特法语词典》将其定义为"关于叙事作品、叙述、叙述结构以及叙述性的理论"。在英文中，"叙事"是"Narrtive"，"叙事学"则是"Narratology"，"它被翻译成汉语后就有了'叙述'和'叙事'两种意思，前者指话语层面上的技巧，后者则包括故事结构和话语技巧两个层面。"① 叙事学经历了从 20 世纪 60 年代以来的结构主义的经典叙事学发展到当下的后经典叙事学，而成为复数形式的叙事学（Narratologies），即"演化出叙事分析模式"②。在结构主义者看来，叙事学就是关于叙事文本的理论，它着重对叙事文本作技术分析；而后结构主义叙事学则突破文本技巧分析的层面而使得叙事学研究进入到社会文化背景以及语境分析层面。本书所着力探究的正属于"叙事学"的前后两个层面的贯通，也就是说，本书不仅是从"故事"和"技巧"两方面去展开对于电视叙事的分析，同时更注重的从历史语境及语意背景的探析。

　　叙事者　又称"叙述者"，也就是"讲故事的人"，属于叙事行为的主体或主要承担者。叙事（述）者的身份及其功能呈现是叙事学所关注的对象。在叙事文本分析当中，叙事（述）者主要作为一种功能呈现；他可能置身于故事之外，也可能被编织在故事之中。事实上，叙事（述）者是故事叙述行为的组织者与驾驭者，但是在具体的叙述过程中却又不免为某种外力（权力）所驾驭和控制。从叙事功能上讲，叙事者所采取的姿态和立场，特别是叙述者的视角、

---

　　① 张进. 元叙事［M］// 汪民安. 文化研究关键词. 南京：江苏人民出版社，2007：469.

　　② 戴卫·赫尔曼. 新叙事学［M］. 马海良，译. 北京：北京大学出版社，2002：1.

态度、语势、人称等，直接影响到故事表达的过程和效果。

元叙事　所谓"元叙事"指的是"叙事中的叙事"，即一个在其中讲述第二叙事的第一叙事，也就是"讲述具有普遍意义的故事"。在让—弗朗索瓦·利奥塔（Jean - FrancotsLyotard）看来，元叙事作为一种调和力量，主要是"通过包含与排斥来发挥作用，把杂乱无章的世界整顿成井然有序的王国；以普遍的原则和共同目标的名义压制和排斥其他理论和其他声音。"利奥塔在他的《后现代状态》一书中，将"元叙事"指涉为"宏大叙事"或"启蒙叙事"。"元叙事"中，人们可以按照一条故事主线来描绘历史，把纷繁复杂的历史事件规划于一条井然有序的故事叙述当中。而"后现代"就体现为对于"元叙事"的一种"不信任态度"（incredulity），以及对于"合法的元叙事手段的淘汰"。后现代主义的特征之一就是要摧毁和消解现代主义的"元叙事""元话语"，对于其意义和深度进行放弃和拆解。

本事、故事、情节　这是一组构成叙事学的文本内涵的概念。"本事"乃是指客观的事实本身，是未经加工的客观事实。"本事"的意义乃是相对于"故事"而言的，"故事"是经叙述者讲述出来的，是对于"本事"的某种程度上的加工改造的结果。"情节"则是故事的具体安排布置，是叙事研究的中心概念。"本事"与"叙事"作为西方现代叙事理论中的一对重要概念，虽然其含义略有分歧，但是，一般认为"本事"指未经任何特定视点和表述或歪曲过的客观事件结构；而"叙事"是指被叙述出来的"故事"。其中涉及叙事文本的分层问题。① 福斯特区分了"故事"和"情节"。在他看来，故事是"对一些按时间顺序排列的事件的叙述"。比方说，早餐之后是午餐、星期一之后是星期二、结婚之后是生子、死亡之后便是腐烂等。就故事而言，它往往有一个优点：使读者想知道以后将发生什么。反过来说，它也往往有一个缺点：使得读者总是想知道以后将发生什么。"情节"体现在事件的叙述过程当中，且特别强调某种因果关系或逻辑关联。"情节"中也有时间顺序，但却被因果关系所掩盖。"国王死了，然后王后也死了"，这可以看作是故事；而"国王死了，皇后也伤心而死"，则可以称之为情节。对于王后已死这件事，我们问"以后呢"，这便是故事；而要是进一步想问是"什么原因"，则属于"情节"范畴。而且，在

---

① 华莱士·马丁. 当代叙事学［M］. 北京：北京大学出版社，1990：125 - 126.

福斯特看来，人们阅读故事只需要好奇心，而对于情节则需要智慧和记忆力，需要推理的能力。故事强调时间关系，情节强调因果关系，故而，福斯特倾向于认为，因果关系是一种更为高级的逻辑。①

叙事之"事"，也就是叙事的对象，从来都不是自为的或自在的，而是缘自叙述主体的一种主观的选择及其评价。从普罗普所期望的可以衍化出无限多故事的功能模式，到布雷蒙所概括出来的"可能性——现实——结果"的叙事序列，还有托多洛夫的"原情节平衡——不平衡——平衡"的叙事转化，都未曾实现"在世界上所有故事中找到一个单一情节"模式的目标。因为"每个有意思的故事都是对于日常生活'叙事'的多义的偏离。"当人们以习惯性的社会行为模式来建构自己的叙事序列，其出发点本身就是非美学甚至反美学的。叙事文本中的"事"，是叙事者克服了大千世界的琐屑芜杂、摆脱了个体蒙昧之后的一种自觉、自由的选择与提炼的结果。在叙事行为连续的每一个点上，都有着无数的可能性。在叙事虚拟的无限多样的可能性当中，叙事者往往需要排除那些非人性、无生命及文化价值、不能构成审美形式的诸多事件，而注重选择那些敞开生命本真或实现生命超越的"事实"连缀而成自己的故事，形成叙事文本，从而表现自己的生活体验与审美理想。

其实，叙事学的事本体之下还隐含着其深层的理本体或情本体。也就是说，叙事学的本事之下总不免隐藏着某种深层的理念或叙述者的主观意愿。叙事在表层上一般总是发端于事，以事为本，然而，在更深的层次上它却又是发乎情，止乎理，情理为上。叙事之本事往往处在话语与情感理念之间的中间层，因而，它还较为活跃，有着实有之事、未必然之事、虚构之事以及文生之事之分。事实上，这些不同形态与质地的"事"之所以都叫"事"，关键一点就在于它们都合乎"理"、关乎"情"，"理"与"情"可以说是事本体之所以能够由实有之事逐级变化至文本之事的主要根据。

进而言之，叙事学之区分"事件"和"叙述"两个概念范畴。法国叙事学家热奈特的叙事话语理论曾把"事件"当成了叙事本身，就难免有将两者混淆之嫌。其实，叙事文本是由"叙述"和"事件"两部分所组成的，而且，两者又是可以相互分离的。"事件"是相对客观的、自足的，是叙事艺术的具体对

---

① 福斯特. 小说面面观 [M]. 广州：花城出版社，1981.

象。它可以超越一切时代和艺术的发展阶段，在不同艺术的媒介样式当中，通过不同的"叙述"方式展现为不同的文本。"叙述"则是属于主体的行为过程，叙事艺术经常是通过具体的叙述方式使得主体的创造性得以充分发挥，也就是通过"叙述"将自足的客观的事件的可能性从掩蔽状态下引导出来，加以实现。在这个过程中，作者始终处于对事件的观看和审视的状态，作者的所有作为（即引导可能性）都是对事件有所见的。

民间叙事与文人叙事　从叙事主体来区分，民间叙事（Folk Narrative）的叙述者是广大民众，有着明显的从众性，基本上用口耳相传的方式进行传播。文人叙事的叙述者是各类知识分子，往往有着鲜明的价值立场，其传播方式主要是书面的、文字的传播。民间叙事包括民众的日常叙事和民众的艺术叙事（神话、传说、故事、叙事诗、谚语和民间小戏等）。文人叙事包括官方叙事（官修国史、某些官方行政文书）和私人的艺术叙事（文人创作的各种体裁叙事类文学艺术作品）。叙事既受文化传统、文化精神的制约，又表征着文化传统、文化精神的特质。文人叙事与文人传统、精英文化相联系，民间叙事与民间传统、大众文化相联系。就两者之间的关系而言，民间叙事不仅为文人叙事提供了丰富的素材，而且也积累了大量的叙事技巧：民间叙事为文人叙事提供了从故事题材，人物形象，情节模式，民俗场景、细节言语，到伦理、价值、审美（爱憎、是非、美丑）等一系列观念和充满生活气息的语言。历史上，民间叙事从来都是文人叙事的深厚的土壤，而文人叙事则使得民间叙事精致化，从而体现出更多的个性化的色彩。

历史叙事和虚构叙事　即以对历史真实的叙述和对虚构情节的表达而显示出两种不同的叙事路向，因此也构成了文化叙事的两大基本类型。与其相近的概念就是"日常叙事"（或"纪实叙事"）和"艺术叙事"。一般的理解，前者属于客观真实型的叙事，后者则属于主观变异型的叙事；前者是纪实性与日常化的，后者是虚构性与情绪化的；前者属于新闻或历史的范畴，后者则是艺术的本质。然而，新历史主义批评认为，"客观的历史"是根本不可能存在的，历史文献与文学文本一样，也有着叙事的情绪化甚至虚构性，要通过历史文本来把握真实的历史完全是天真的幻想，因为历史只是前人所记述的文献材料而已。历史叙事和虚构叙事之间的差异也就消弭在相对主义的新叙事观念当中了。美国马克思主义批评家弗·杰姆逊（Fredric Jameson）就一再强调"叙事艺术是一种复杂的人类思维方式"①。他认为"历史"乃是属于认识论问题，"历史"既是指实际发生的事，也是指一种存在方式，人们通过叙事这种话语方式去了解历史，并形成历史的叙事，而历史又决定着生产方式，因此必须重视认识主体对过去的理解和阐释行为。换言之，人类的阐释行为本身就是叙事，或者说，叙事也就是历史自身意识的呈现。可见，历史叙事和虚构叙事在大众媒介中所形成的明显的趋同也就是理所当然的了。

个人叙事和宏大叙事　现代叙事学一般是从叙事语态、方式等方面来区分出两种类型的叙事格调："宏大叙事"（Grand narratives）与个人化"细琐叙事"（Little narratives）。两者相互对应，分别来自法文的 grand récit 和 petit récit。让－弗朗索瓦·利奥塔尔于 1979 年出版《后现代状况：关于知识的报告》以后，"宏大叙事"一词被广泛使用。利奥塔尔指出："我用'现代'一词标识任何自我合法化的科学，其自我合法化是根据一种明确地诉求于宏大叙事的元话语，比如精神的辩证法，意义的诠释学，理性主体或行为主体的解放，或者财富的创造。"这里，所谓"宏大叙事"，就是要使人的行为或者生命得到意义，其中，人们把自己描述为一个业已书写在叙事之中的角色，而叙事的最终结果却已经是被事先注定了的。所谓"个人叙事"，则是以抛弃这种高超的目标为特征，将自己限定在一个比较具体的叙述语境和解释模式当中。从而，个人叙事和宏大叙事构成了一个叙事行为的两种态势：一者注重展现个体的、琐碎的亲历亲为的细节，一者注重展示整体的、宏观的、重大的历史场面；一者以个性化的抒写为目的，一者则以重大精神价值的追求为目标。

叙事时空　托多罗夫 1966 年在《文学叙事的范畴》中，将叙事时间划分为时间、语体和语式三大范畴。热奈特在《叙事话语》中所讨论的"顺序""时距""频率"三个部分的内容就是直接对叙事时间的研究，而且几乎占据了全书的大半篇幅。热奈特正是因为对叙事时间的详尽研究而在叙事学界获得了很高的地位。此后，追随热奈特的里蒙—凯南、与热奈特论争的米克·巴尔（Mieke Bal）等都在各自的著作中以专门章节论述了叙事时间与空间；华莱士·马丁在对叙事学研究进行回顾时，也不忘就叙事时间和空间问题进行讨论。

---

① F. 杰姆逊. 快感文化与政治 [M]. 王逢振，等译. 北京：中国社会科学出版社，1998：3.

事实上，叙事时间是相对于故事时间而言的，至今，学界对于叙事时间的理解还不尽一致，出现了"写作时间"与"情节时间""故事时间"与"演述时间""本文时间"与"编年史时间""讲述时间"与"被讲述故事时间"等的区分。而且这些划分又不乏交叉并用，使得叙事时间显得非常复杂。同时，叙事时间的安排同样要表现出某种叙事评价。托多罗夫就曾指出："叙事的时间是一种线性时间，而故事发生的时间则是立体的。"① 因此，人们可以从文本中的"情节时间"和叙事时间的顺序入手，来理解因叙事文本的"时序"变形而导致美学效果上的差异，通过分析"时序"变形对叙事评价的影响。

与叙事时间相联系并且相对应的是叙事空间。如果说事件的进程和情节的断续是属于时间的，那么，叙事中事件的组合、结构的编排则是属于叙事的空间。叙事空间属于情节发生的空间环境与背景，与时间一起规定着故事情节的地点、过程与走向。正如叙事时间不同于故事时间，叙事空间也不能等同于故事主人公的生活空间，而是事件所赖以展开的空间。故而，叙事时空表面上乃是与故事的情节进程、情境设置相表里，它们交织成为叙事的话语体系和文本结构。实质上，叙事时空更代表着一种意义的寄寓之所，属于一种与现实相对应的叙事话语的精神的文化的场域。

电视叙事　简而言之，就是以电视作为媒介的叙事，是由电视的发明与普及所带来的一种影响广泛的当代叙事文化形式。作为现代大众传播的一种以视听合一为特征的媒介形式，电视叙事以其巨大的技术容量和产业化的体制，展现了一种前所未有的叙事格局。它不仅方式特殊、手法多样，影响面大、后来居上，而且事实上已成为当今社会主流且强势的媒介叙事之一。电视叙事是以声画语言来进行的叙事，在叙事的观念与技巧、叙事文本的话语及样式、叙事主体的立场与姿态等诸多方面显示出独特的叙事品格。相应的，电视叙事无疑也需要建立起自己的叙事研究的方法论体系。仅就其素材来源而言，归结起来，电视叙事的方式可能大致有着以下四种：一是现在进行时态的"纪实"拍摄素材；二是在"纪实"拍摄过程中摄入的或通过其他渠道获取的与该片相关的具有"表现"意味的素材；三是依靠过去已经拍摄的主人公自身或与其相关、与该片相关的"再现"类素材；四是与电视虚构叙事相关联的表演素材。这些素

---

① 张寅德，选编. 叙述学研究［M］. 北京：中国社会科学出版社，1989：294.

材进而经过电视策划及编导编辑制作的过程，以节目（栏目）的文本样式经由各种类型的电视机构和媒介（电视台及网络公司）面向大众播出，这就意味着电视叙事文本的产生及其传播交流的过程。从而，电视叙事以其特定的媒介进入到人们的现实政治、经济、文化过程乃至普遍的日常生活当中，成为当今最具影响力的视觉文化的主要形式之一。在这个意义上，电视叙事既继承同时又超越了以往的人类叙事文化传统，表现出诸多新的形式、观念和方法。

电视叙事，作为本书所要讨论和研究的重点概念和核心范畴，也就不仅有其相对确定的概念内涵和意义指向，而且还有其不同层面上丰富的义项。对于电视叙事从概念内涵、实践意义、形态特征到文化价值的阐述，以及强调在电视叙事中媒介知识分子的价值的坚守，也就成为本书的主要内容和重心所在。

第二节　从中西传统叙事的观念与智慧看电视怎样"讲故事"

其实，电视叙事与人类长远的叙事历史及文化传统相关联，一方面表现为对于传统叙事经验的传承与借鉴，另一方面就是新的媒介技术条件下的电视叙事自身经验与观念的创造和总结。前者构成了电视叙事的历史之渊源，后者更是成就电视叙事自身品格的根本。恰如莎拉·孔兹洛夫（Sara Kozloff）指出的："电视的确具有'游吟'意味，因为尽管电视具有先进的科技，它却常模仿最古老、最简单的叙事方式。"[1] 作为 20 世纪迄今最为重要的媒介形式的运用，电视叙事不可避免地承续着世界各国不同民族的古老文化传统，并进而在此基础上展现出其当代品格与价值取向，显示出其当代大众文化的精神特质。

一、中国和西方的叙事智慧

如前所述，叙事学虽然于晚近才得以兴起和发展，但是，在中外历史上却都有着非常悠久的叙事文化的传统和叙事艺术的历史。或者说，从历史上来看，

---

[1]　ROBERT C. ALLEN：Channels of Discourse：Television and Contemporary Criticism ［M］.
　　台北：台湾远流出版公司，1996：79.

东西方各民族都有其悠久的叙事传统，既有蕴涵着各种民族记忆的历史叙述，更有闪烁着丰富的灵感之光的艺术创作，并且正是在其中体现出了东西方传统中各自丰富的叙事智慧。

在西方历史文化中，叙事传统是悠久而深厚的。从古老的《荷马史诗》到中世纪的民间故事，再到文艺复兴时期塞万提斯（Cervantes）《唐吉诃德》、拉伯雷的（Francois Rabelais）《巨人传》，以及近现代以来的各种类型的小说与戏剧，都体现了各自成熟的叙事体例。这种叙事智慧与传统，一方面根植于古希腊的神话传说，它以神人同形同性的特质深刻地影响到西方艺术的叙事品格，特别是在以《荷马史诗》为源头的诸多经典叙事文本中有着集中的体现；另一方面，随着希伯来文化的传播，以基督教的《圣经》为代表的宗教文化所体现的叙事智慧，更是成为自中世纪以至文艺复兴以来所不容忽视的另一个传统。这二者当中的"神与人"的关系也一直制约着西方人的叙述表达。可以说，近代以来，由"两希文明"的交织所呈现的西方叙事传统源远流长，影响巨大，并且随着西方殖民势力的扩张而成为一种强势的力量，特别是作为一种现代性话语，在世界范围内一直或隐或显地影响着各种现实的文化叙事。

相对而言，中国的叙事文化传统则呈现出另外一种面貌。原始先民最初以口耳相传的方式来叙事，世界各民族原本别无二致。而事实上，至迟从"结绳而治""刻木为契"开始，我们的祖先就已经在尝试着用身体和语言之外的手段来叙事记事，使之能够传达信息并将故事诉诸人们的传诵与记忆。再往后，文字的发明和书写的技艺更使得这种叙事和记忆得以长久地保存和流传。"古者伏牺氏之王天下也，始画八卦、造书契，以代结绳之政，由是文籍生焉。"① 原本就与图画有着密切关系的汉字，由于"完全是按叙事要求来构形的，它是一种为叙事而诞生的文字，在表事方面它比世界上任何主要文字都来得直接"。从此，汉文字也就成为中华民族文化叙事的有力工具。于是，也便有了甲骨问事、青铜铭事，以及后来各种史地书和诸子书的记事。从《山海经》《尚书》到《春秋》《左传》再到诸子百家，在中国古代，叙事行为不能说起源不早，叙事现象不能说不纷繁多姿。其中，一些杰出的叙事作品，就有文学（虚构）的，也有史学（纪实）的，或者是文史相兼的。在此基础上，进而形成并体现出中

---

① 《尚书·序》

国古代叙事的两大传统："诗骚"与"史传"。"诗骚"传统，就是以《诗经》和《楚辞》为代表，带来的是强烈的抒情与审美境界的开掘；而"史传"传统，则以先秦纪传体文献为代表，带来的是鲜明的"实录"精神和强烈的历史褒贬，即所谓"春秋笔法"，也就是在历史的叙述中既要秉笔直书，又讲究微言大义。

　　所以，相对于西方叙事有着自身久远历史的"史诗"传统和宗教渊源而言，中国传统叙事智慧则是以一种世俗化、抒情化的价值取向作为它的先天素质。如前所述，西方传统的叙事中有着丰厚的宗教精神的资源，有着全知的叙事视界甚至全能的精神超越。与之相反，中国传统的叙事文化则体现出更多的世俗的情怀和入世的精神。譬如，作为中国智慧形式的禅宗虽然是以宗教的面目出现，却又是一种非常接近世俗的智慧，是一种真正的民间叙事的智慧。这种智慧跨越时空，从对世俗一切事物的观察中产生，主体与对象之间有着冷静的距离，因为禅宗的主体不像基督教徒那样负有救世使命。禅宗智慧冷静的内面是一副大慈大悲的心肠。与这种慈悲心态为表里，产生出对于现实人生的深广的同情，而又不流于肤浅的感伤。这种智慧是于佛家观察一切世俗事物而生的"智"，是一种包容一切的襟怀，颇有观音式的普度众生的意味，因此其叙述的主体总是将众生与一切事物看得分外明细。禅宗还是对众生平庸而具体的生活的一种深切的体察，一种充满兴味的呈现欲望，一种民间社会的叙述自觉。因为慈悲，对众生的"浮萍"般动荡的生命流动最为关切；因为冷静，所以能够从容细腻地表现外在生活，建构起属于中国人所独有的众生叙事话语。这种话语重全知而不显全能，让叙述从意识形态的实用控制与纠缠中解脱出来，从而赢得真正的民间性与世俗性。

　　正是与上述种种文化智慧相关联，中国宋元以来的诗赋、话本、讲史、演义以及各种文人笔记等叙事文体异常丰富，而且，它们不止是为了感悟人生、追求人生的超脱，也不完全是出于政治与道德的教化。更重要的是，这种文化叙事能够成为一种普遍的民间交流与娱乐的形式而得以绵延流传。

　　随着东西方文明的交流碰撞，特别是数百年来的汇通融合，西方或中国的叙事传统已逐渐摆脱了各自孤立的格局而趋于一体化的状态。可以说，古往今来的人类叙事文化作为一种整体性的存在与共时性传播有着某种结构性的关联。其中容涵着人类历史中发生的全部内容和文化特质。可以说，人类正是在叙事

当中奠定了文化和发现了知识，建构了宗教并创造了艺术。传统叙事文化的整体是人类智慧的最早存在形式中最远古的形态，它为后来的知识谱系、宗教信仰、艺术存在和道德说教、文化传播准备了共同建构的基础，并且折射出人类远古文化传播的原型、智慧和创造力。可以说，如果没有这种叙事文化整体的存在，人类文明也就不复存在。

从而，对于东西方传统的叙事观念和智慧进行实践性的整合，以期获得一个更广阔的阐释视野，也就成为现代叙事学尤其是构建全新的叙事文化所不可回避的问题。如果说，此前各民族的文化叙事还不免有着某种程度上的片面性与局限性的话，那么，现代叙事文化的建构就必然是在整合东西方传统叙事智慧的基础上加以融通。

如今，叙事文化整体的存在观念或实践技巧，业已成为每一个人都必须面对的现实。我们无疑都生活在这样一个叙事文化整体的时代氛围当中。这种叙事的整体文化来自于人类千百年所积累起来的各种文化认同、非语言表达和语言文字的精致表达训练。如果说，人类叙事的存在融合了各民族知识共同体和传播媒介的各自优点，那么，作为当代大众叙事的一种整体存在，现代叙事也就必然蕴含了整个社会真实的思想、文化、观念的流动和传播，甚至它更加注重每一个人的主体创造精神对于人类主体文化的贡献。它是每一个人都天然会进行交流和叙述的文化行为选择，因而也就必然要超越知识共同体的限制和媒介技术的约束，使得人类叙事文化获得一种融合东西方精神传统的某种整一性的品格。同时，各地域间文化交流也是在媒介的融合当中得以保持自身存在和发展特征的内在创造力。

二、电视叙事的技术之维

叙事学大致起源于 20 世纪 20 年代末的苏联，并在结构主义大背景下于 60 年代正式诞生于法国。而几乎与此同一时间，广播电视也是历经了一个从诞生到不断成熟的过程。两者之间的关联是一种历史的必然还是仅仅出于某种巧合呢？从某种意义上讲，恰如电视理论家萨拉·科兹洛夫（Sarah Ruth Kozloff）在《叙事理论与电视》一文中就曾明确指出："广播电视从发明、问世到不断成熟的这几十年也是对新批评领域内一门学科的发展起着主导作用，这门新学科就是叙述学，或简而言之，就是叙事理论。"

广播是电视媒体的近亲，这不仅仅是因为二者共同的产生基础都是无线电技术，更重要的是，广播也属于家用媒体，尤其是早期民用的广播更是如此。1923 年，在电视诞生之前，美国无线电公司的总经理戴维·萨尔诺夫（Ddevoted Sarnoff）就曾经设想过一种叫作"radio with pictures"（带图像的收音机）的美妙东西："……当所有的住所不仅安装上收音装置，而且还配备有反映生活情景的屏幕时，那将多么的惬意啊！你不妨想象一下你的家庭，全家人坐在舒适的房间里聆听演员对白的同时，还可欣赏他们的动作，他们的一招一式、一颦一笑，那会给我们带来多大的享受！"①仅在十年之后，这位广播公司负责人的美妙想象就变成了现实。人们家里原来摆放收音机的位置终于逐渐被电视机所占据了，电视也同收音机一样成为一种普通的家用媒体。

同时，电视媒介与叙事学的结缘当然不仅仅是一种历史的偶然。有论者曾经指出，电视融图像、声音、文字等叙事媒介为一体，能现场同步地对事件进行记录描述，它已成为"人类目前所掌握的最佳叙事媒介"。正是由于电视对叙事媒介的整合性、对叙事内容的包容性、对叙述技巧的依赖性决定了在后经典叙事学略显庞杂的版图中开辟一门电视叙事学的分支尤其显得很有必要。电视叙事学的研究就是对于包括电视剧、电视新闻、纪录片、娱乐节目、体育节目、社教节目、广告等在内的一切能用以电视叙事的节目形态进行进一步的分析、总结。任何电视叙事作品都可以用叙事理论进行分析评价，并得出与过去的分析并不雷同的结论，这也许就是电视叙事分析能够吸引无数学者前来"淘金"的魅力所在。确实，电视叙事在当代中国的崛起与普及，不仅对代表传统叙事文化的文字叙事产生重大冲击，也使民间口头叙事、戏剧叙事乃至电影叙事等叙事样式倍受冲击，并且在一定程度上为传统艺术的当代发展提供了新的契机。

从电视叙事的发展历程来看，电视科技（如摄影棚和器材、无线电影像传送技术和设施以及电视机等）的发展无疑是决定性的。正是在不断地技术进步的基础上，电视才得以成为当代社会一种强势的信息交流传播的大众媒介。它可以是传送新闻或公共事务信息的"新闻电视媒介"，也可以是被利用来进行商务宣传及商品买卖的"商业广告媒介"，还可以成为进行远距教学活动的"教育电视媒介"等。原则上，这些建立在电视科技成果之上的不同的电视媒介特性，

---

① 张讴. 世界电视史话［M］. 北京：中国文联出版社，1992.

既体现了不同类型的声画符号的系统或语言（audio – visual language）的运用，也通过各类镜头的构成以及蒙太奇手法或剪辑美学等整合了人们的视听知觉系统；同时，在节目内容、传者与受众（阅听人）的关系、传播体制以及传送的范围（时段及区域）等诸多方面更是创造出一种新型的文化体系。正如传播学者麦克卢汉所言："任何媒介（即人的任何延伸）对个人和社会的任何影响，都是由于新的尺度产生的；我们的任何一种延伸（或任何一种新的技术），都要在我们的事务中引进一种新的尺度。"①

　　从技术上看，与其说是电视拉近了观众之间的距离，还不如说是现代技术改变了世界，改变了人们的生活。在这个意义上，电视既是一个技术媒体，更是代表着一种现代传媒文化。固然，如果没有通信卫星、没有跨洋光缆和电子工程以及微电子技术的发展，就不可能有今天这样的影响全球共同视线的电视叙事，就不可能有像迎接新千年以及各大全球体育赛事直播那样的"全球一体化"的电视叙事现象。尽管在电视诞生的初期是以直播一些真实的社会场景开始的，但其后的相当长时期内，电视基本上还是以播出新闻报道、情节剧、娱乐节目、广告等为主。电视直播时，不仅使得不同地域的受众感受到"天涯共此时"，而且那个同步的"现场"更使人宛若置身其中。这种"场"的信息对受众来说之所以非常重要和有效，原因就在于：电视对"现场"的展现缩小了世界的距离，而世界范围内的"现场"则让人们直接感受到麦克卢汉的"地球村"的概念内涵。

　　以美国电视为例，恰如美国电视学者萨拉·科兹洛夫（Ruth SarahKozloff））所指出的："在当今的美国社会里，电视也成为最主要的故事叙述者。"② 到了1960 年代末和70 年代初，美国几大电视网的新闻节目也都在半个小时左右，而其大部分时间段还是以播出好莱坞电影、虚构性的电视剧特别是一些日常生活情境的肥皂剧为主。即使到目前，美国几大电视网的黄金时段播出内容排在前20 名的电视节目仍以叙事性的电视剧、访谈节目等具有一些情节化的娱乐节目为主。

---

①　埃里克·麦克卢汉，弗兰克·秦格龙，等. 麦克卢汉精粹［M］. 何道宽，译. 南京：南京大学出版社，2000：226.

②　罗伯特. 重组话语频道［M］. 麦永雄，等译. 北京：中国社会科学出版社，2000：45.

事实上，电视技术就是为了保证电视节目的生产、制作、传输；通过大量的、各种类型的电视节目，"电视形象和信息每天有规律地在晚间流动，把所有地方的零碎东西聚集在一起，在拼贴技术和表面模仿的基础上建构他的节目序列"①。由此，电视技术的发展基本保证了节目内容制作与编排的故事化或者说剧情化，甚至这种故事化成为当前电视节目生产制作的一个基本方向。这也说明，何以很多节目的成功在于"讲故事"，可以说，在中国，几乎所有的电视节目大体上都是在讲述各种故事，即时的新闻在将眼下的故事，历史的纪录在讲往昔的故事；《百家讲坛》是在讲故事，《大国崛起》是在讲故事，《变形计》是在讲故事，《鲁豫有约》是在讲故事，纪录片、专题片如《舌尖上的中国》《京剧》甚至像《开讲了》《百家讲坛》之类也莫不如此。

无疑，每一次技术的进步都可能深刻影响着电视节目生产制作乃至电视叙事表达的发展。一方面，在历史上，电子技术被用于摄录像设备（ENG），大大缩短了胶片摄影无法比拟的制作周期；微波和卫星传输系统在重要新闻事件的播报中的使用加速了"同步传播"的进程。以中央电视台为例，正是由于1996年购买了DSNG（数字卫星传输系统）才使得中央电视台可以在任何一个地方进行直播报道，电视传播的时效得以大大地提高。另一方面，仅就新近的DV（Digital Video 数码影像）技术而言，如今，无论是在专业领域还是在民用领域，一个崭新的电视DV时代已经来临。DV产品从各个方面超越了传统的模拟摄像机。国内一些著名的传媒机构举办的DV影像大赛和独立影像节，正在培养出一个业余的、同时又是热情很高的专题片和纪录片的从业者群体；并且，随着技术的进步，可以想象，这个群体的人数还在不断地增长。在这个意义上，DV技术不仅培育了一个崭新的IT产品市场，更有可能的是它培养出了一种民间影像、自我叙事的崭新文化。DV技术所带来的，绝对不仅仅是拍卡拉OK、家庭晚会或者烛光晚餐、宝宝秀，或者参与电视台的自拍活动那么简单。DV技术在影响并改变着电视观众对于传播的习惯观念：观众都是被动的，电视里放什么就看什么。DV时代则开始了明显的改变：你我不仅是作为观众，也可能成为作者；你我想做什么，自己去拍；想表达什么，自己去拍！所以，DV活动影像的

---

① 多米尼克·斯特里纳蒂. 通俗文化理论导论［M］. 阎喜，译. 北京：商务印书馆，2000：254.

表达工具已经被越来越多的人所掌握。在新闻现场，经常可以看到手持 DV 的新闻记者频繁出现；在日常生活中和没有新闻记者的突发新闻现场，往往都有不止一台 DV 从远近不同的角度在同时记录和拍摄。大到中国成功地申办并举行奥运会、世博会，小到百姓生活中的鸡毛蒜皮，都可能有 DV 爱好者记录下了许多令人难忘的片段和瞬间。可以说，DV 技术让大众化和专业化之间已经不再那么界限分明；一个超越了电视霸权的"平民影像"的时代已经到来。

总之，从电视技术的发展来看，电视的"现场""真实""同步"和"过程"等成为衡量其技术进步的四大关键性元素。据此，有论者认为："对于这四个元素的认知与开发，成为电视节目能否吸引观众的核心问题。"事实上却不仅是如此。电视的"真实"与"同步"常常被视为电视传播的本质，但对于电视叙事来说，其魅力更主要的还是来自"现场"和"过程"。可以说，电视叙事将传统的模拟（表演，Show）和描述（讲述，Talk）两种"讲故事"的方式结合起来，形成了一种以"现场"展示和"过程"体验为中心的更为复杂的方式和媒介，从而也就需要掌握着更多的叙述技巧，而且，电视既传承着传统的虚构性的叙事，更是以专门讲述"真实"的故事为己任。既承担着古老的叙说历史的职责，又重构现实的想象。在传统的虚构叙事中，比如，"悬念"的设置，将可以正面、直接铺叙的内容、情节、人物等用暗示、隐喻、烘托等方式或暂时搁置，或"引而不发"，造成完整叙事中一个不确定的因素。"悬念"的设置，往往在常规叙事被阻断后，可以引发观众强烈的期待欲望，从而达到很好的叙事艺术效果；而在电视的非虚构叙事中，同样可以借鉴"悬念"来增强叙事表达的效果，却是在"过程"的展示中来实现的。

所以，随着大众传播技术的日益发达，电视叙事的职能也不可避免地产生分流：电视一方面保留着它的强烈的意识形态宣传教化的功能，不断地被用来表达历史的宏大叙事；另一方面，又不可避免地走向大众文化市场，走向人们的日常生活，成为当代社会最普通的大众日常生活的叙事，且这倾向已越来越突出。从而，作为当代大众文化形式的电视叙事也就必然要走向与个性化相对应的模式化，走向与人们的日常消费相一致的工业化的生产、制作与传播的体制化进程当中。而当技术进步使得大众有了越来越多的收视选择的时候，电视叙事也就不免越来越注重叙事品格，讲究叙事技巧与结构、追求叙事的效果。同时，随着传媒技术的不断地发展，以数字传输、"三网合一"、公共社交平台的建构为特征的网络自媒体也构成了电视叙事的一个强有力的竞争对手。电视叙事将何去何从？

三、电视叙事的社会历史品格

1998 年《新周刊》杂志发表《弱智的中国电视》①一文，将电视（特别是中国电视）贴上一个"弱智"的标签，此文一出，电视似乎也就成了"没文化"的代名词。然而，自 20 世纪后半叶开启的电视时代却是与后工业文明相伴生，电视成为当今社会最重要的媒介形式之一，电视叙事的品格也就非但不是简单的"弱智"所能概括，反而要体现出其独特的文化机理与文化智慧。研究电视叙事，也就不仅是要具体地分析电视究竟怎样"讲故事"，而且还要追问电视讲故事的意义与价值究竟何在，需要讨论电视如何通过"讲故事"来呈现一个"非现实"的镜像的世界。

现代叙事理论认为，一切的故事都是遵循"讲故事"的规则才成其为故事的，不论是故事的空间结构，还是说故事的方法和故事的时间线索的安排。一般叙事理论研究故事的规则就是探讨如何支配故事的情节并根据故事规则安排它们的出场秩序及其话语风格的。事实上，那些探讨故事的形式与规则时提供出的思想足以让我们把社会历史的内容当作超级叙事，并且获得研究包括电视在内的现代传媒中的社会日常生活叙事的经验。美国历史学者海登·怀特曾经指出："叙述，远不仅仅是一种话语形式，可以填充不同的内容，不管它们是实际的还是想象的，相反，在用演讲的或写作的方式使内容现实化之前，叙述已经具有了一种内容。""为了去描述在过去'什么事情真的发生了'，历史学家必须预见作为可能的知识客体的、存在于文献中的一整组事件。"② 由此，他认为，叙述不单单是一种表述形式，同时也是内容本身。从而，正如通过研究一个社会叙事规则，可以看到社会意义组成的新景观；研究包括电视在内的当代大众传播媒介的叙事规则，也可以看出一个社会的日常景观及其所蕴含的叙事规则。因为，作为说故事的高手，电视编织的一切故事，除了体现出一个社会

---

① 《新周刊》杂志社. 一本杂志和一个时代的体温：上册 [M]. 北京：现代出版社，2013.

② Hayden White. The content of form, Narrative discourse and historical representation [M]. The Johns Hopkins University Press，1987：11，30.

普遍的说故事的规则外，它们似乎还在掌握以规则选择和整理的事件后，又以或真实的或虚构的方式发布在大众传播媒介信息的平台上，使得这些故事既获得代表真实的合法性位置，又包含了人们关于一个社会的日常生活景观的全部经验性的想象。

所以，问题的实质在于，在叙事学的视野中来审视电视叙事的文化形式与功能，也就是要具体地分析电视究竟怎样"讲故事"的同时，还要追问电视"讲故事"的意义与价值究竟何在；而电视叙事学的主要任务也就是从理论上论证作为当代大众文化叙事媒介的电视在再现现实的前提下，能否进行叙述和怎样叙述。

可以说，自20世纪的后半叶以来，以广播电影电视为先导，现代传播迅速地改变并重组了人类的生存空间和生活经验。日益发达的大众媒介使得人生世界被区隔为原子化的社区与家庭，人被编织在一个世界化的信息网络之中；人和人之间的联系和交往随着电子信息传播技术的日新月异，被迅速地扭结在一起。至今，由于广播电影电视及电脑网络的介入与普及，人和世界的关系都需要重新来加以定义。因此，以电子网络文化为轴心而启动了一根巨大的文化链条，开创了当代文化叙事的全新的景观；而且迄今为止相当长的一段时间内电视都是在其中扮演着十分重要的角色。恰如美国学者萨拉·科兹洛夫所指出："在当今的美国社会里，电视也成为最主要的故事叙述者。"电视作为影像叙事媒介，可以说是处处浸透着叙述，也可以把社会生活的方方面面转换成叙事文本。"大多数的电视节目——情景喜剧、动作系列片、卡通片、肥皂剧、小型系列片、供电视播放而制作的影片，等等，都是叙述性文本。"同时，"叙述不仅是电视上起主导作用的文本类型，而且在很大程度上叙述结构就像是座大门或一只格栅，即使是非叙述性的电视节目也必须穿其而过。我们在电视上看到的世界是由这一叙述话语规则构成的世界"①。正如同任何时代的文化叙事都是在其内容与形式的交织中，电视之"讲故事"作为电视叙事的核心功能也就必然显示出其既是手段又是目的的双重属性。从而电视叙事的包容性和整合性，在很大的程度上改变着我们的生活习惯，也改变着我们以前的经验。

---

① 罗伯特·艾伦. 重组话语频道［M］. 麦永雄，等译. 北京：中国社会科学出版社，2000：45－47.

诚然，人类的叙述行为是一个过程，是线性的、流动的，也是历时性的。这也恰好与电视呈现的声画合一的特质是相通的。因此，电视声画主要承担了电视的叙述媒介功能，电视亦主要通过声音（语言）叙述及画面的展示来呈现。当然，由于电视传播的声画关系是以语言为基础的，所以，语言的叙事仍应为其本质的一面。在这个意义上可以说，电视主要通过声音叙述和表现、画面描写与再现，体现出声画功能互补的声画一体的关系；电视叙事本质也就表现在声音和画面的叙述表达当中。电视声画负载了其全部具象性符号，并以流动、动态的空间，横向的集中展示，来承担电视叙事的描写和再现的功能。

其实，麦克卢汉早在 1961 年就曾指出："电视是一种整合性的媒介，它迫使长久分离和分散的经验成分之间产生相互作用。"① 电视具有兼容其他艺术的巨大容量和令人难以置信的艺术弹性与活力，所以，它不仅是成为一种具有高超表现力的叙事的影像手段，而且还是一种达到了高度逼真和即时传播的叙事艺术；甚至通过电视叙事足以满足人们按照世界本身的形象来重构世界的观念的愿望。如今，电视等现代媒体已然成为我们日常生活中不可或缺的一部分。它不仅是作为一种信息传播的媒介，而且是作为一种审美娱乐的对象。电视这只"潘多拉的盒子"一经打开，就再也不可能让它关上。现代社会的各种故事和信息，无论好坏，都会从中源源不断地流出；它对普通人的吸引力，也是如此之大，使得人们总是习惯性地、心甘情愿地坐在电视机前获取信息、娱乐消遣、打发时光。应该说，电视作为一门再现时代、娱乐人生的叙事艺术形式，乃是在继承传统叙事智慧的基础上技术创新的产物，而绝非是对时代简单的"照相"和"翻版"，也并非是对现实的刻板的印象记录。因为，叙事作品毕竟是以启发人们的智慧为目的，在娱乐人生的同时给人以各种生活的启迪，而且古往今来的叙事艺术的文化精神与人生智慧本来就应该是隐藏在故事的叙述里的东西，所以，说到底，电视叙事的当代社会性品格也就体现为叙事表达当中的文化精神与人生智慧的呈现。

唯其如此，从表面上来看，各类电视节目无非都是在喋喋不休地讲述着各种故事，真实的或者虚构的，历史上的或者当今发生的，个人的或社会的，但

---

① 埃里克·麦克卢汉，弗兰克·秦格龙等编. 麦克卢汉精粹 [M]. 何道宽，译. 南京大学出版社，2000：439.

是，电视之于大众的影响，绝非止于故事本身。在这个意义上，电视叙述故事，对于电视制作来说，就不仅意味着"怎样说"，而且，更重要的还在于"说什么"以及"为什么说"；它不仅要讲究故事应该怎样吸引人，更重要的还得考虑究竟赋予故事怎样的文化内涵与意蕴，以及要体现出怎样的文化智慧。而且，电视"讲故事"是离不开其受众的；对于电视的受众来说，不仅仅是为了听故事而看电视，也不仅仅是一种打发日常时光或旅途寂寞的消遣，而且，还要在对电视讲述的故事的接受中获得不一样的心灵的慰藉和情感的满足，甚者，还会成为人们了解人生、融入社会的可能性的途径和方式之一。

众所周知，电影在刚刚诞生的时候就只是被当成一个技术产品，卢米埃尔兄弟以及爱迪生的发明都还只是让人们感受到了新奇与刺激，并未能使人觉得感动。直到梅里爱等从戏剧那里学会用影像来叙述故事，电影才得以从一种纯粹的技术产品转变为具有艺术感染力的传播和表现的媒介。事实上，电视也是如此。从最初实用性的信息传播媒介到自觉地以电视来"讲故事"也无疑经历了一个相对长的时期。而其间电视的性质与形态的转变则是耐人寻味的，甚至可以说其中就隐含了电视叙事发生与发展的全部文化奥秘。

那么，作为一种当代最具影响力的历史的和审美的叙事形式，电视究竟是怎样"讲故事"的呢？简单说来，电视以节目（栏目）为叙事单元，向人们讲述新闻和历史，讲述种种真实和虚构的故事。电视叙事以其声画结合的方式，通过展示（Show）具体的生活情境和各种生活细节，达到故事的讲述或呈现。所以，日常化、情境化、细节化的表现也就成为电视叙事的主要方式。这种以满足人们的视听感知为特点的叙事方式貌似是客观的，似乎给人一种"眼见为实"的感觉，而实质上仍然离不开种种人为的制作与操纵。譬如，电视需要主持人的组织与贯穿，需要前期策划，需要即时拍摄和后期编辑制作；更重要的，电视叙事还需要考虑到电视目标受众的设定和家庭收视的特点而加以取舍和限定，特别是当今数字电视的兴起，更强化了这种供需之间的双向互动性。

应该说，电视叙事并不是一个突如其来的怪物，也不是某人在一夜之间的天才发明，而是有其自身的文化渊源和历史继承性的。其中，电视对于戏剧、电影、广播乃至传统的文学、绘画、音乐、舞蹈等叙事方法和技巧的借鉴都是不容忽视的；而技术的进步则构成了电视叙事表达的基础。其中，从技术特点、表达和传播方式上来看，电影、广播无疑是电视天然的近亲。然而，进一步探究，就可以发现，人类源远流长的戏剧文化传统，更是成为电视生长所不可或缺的艺术母体和文化土壤。如果说，电影和广播，在声音和画面叙事潜能的开掘等方面为电视叙事积累了丰富的经验和技巧，那么，可以说，戏剧则在故事讲述与展示的功能和内涵方面为电视叙事提供了种种述说与感受的模式以及其艺术表现的种种可能性。或者，确切地说，首先在传播方式上，无线广播（Radio）的传播路径直接催生了电视；而在声画结合的表现方式上，电影又给予了电视表达以直接的形貌；但是在文化精神及价值取向上，电视则更与传统戏剧、小说（评书）、民间故事等叙事艺术血脉相通。因此，电视叙事也就必然需要继承和借鉴广播、摄影、电影、戏剧乃至小说、皮影戏、民间歌谣、歌舞故事等诸多方面的叙事技巧、表达经验和文化智慧，需要在不断更新的现代科技发展成果的基础上满足人们的新的信息和娱乐的需求，还需要直面和表现种种复杂的社会人生的境遇，通过诉诸人们的视听感官而呈现出对社会的整体关注。

当然，相对于社会日常生活本身的绵延流动而言，电视叙事却常常在总体上是非连续性的、片段式的。这不仅是由于电视节目形态样式及其播出方式的限制，而且也是电视摄取和叙述生活故事中不可避免的选择性的体现。电视叙述的对象固然就是我们置身于其中的日常生活本身，但是，却显然又是对于日常生活的有意无意的截取、加工甚至一定程度上的虚构。亦如德国学者克拉考尔所指出的："'日常生活'提供了一个重要的线索。这些琐小的，跟你我以及其他人所共有的经验有联系的、随便碰到的瞬间，可以说是构成了日常生活的领域——现实的一切其他形式的母体。这是一个非常具体的领域。""这个世界毋宁说是由零碎的偶然事件组成的，它们的流动代替了有意义的连续。"① 某种意义上，电视叙事无疑就是以其破碎的绵延与流动重新编排了我们的日常生活，甚至赋予世界以新的意义，以至于在今天的世界，电视叙事甚至成为一种不可或缺的存在，仿佛没有了电视，也就没有了我们对于日常生活的感知。

如今，相对于其他媒体而言，电视已然成为当代社会的一个强势媒体；电视叙事业已构成当代大众文化的最重要的社会景观之一。然而，电视叙事何以能够获得这样一种强势地位？电视在当代社会所扮演的角色究竟是什么？或者说，究竟是些什么因素促成了电视强势社会地位的形成呢？

---

① 齐格弗里德·克拉考尔. 电影的本性［M］. 北京：中国电影出版社，1981：385.

固然，电视叙事不仅是为了娱乐大众的，因为电视叙事在继承了宣传教化传统的同时，还不可避免存在着当今社会"图像时代"所特有的意识形态的钳制和世俗化的价值取向。故而，所谓"电视叙事"，实际上也就不仅仅意味着通过电视的媒介来"讲故事"，而且电视叙事本身也成为人们经营国家形象、构建社会共识、打造娱乐品牌、引领消费时尚潮流等非常有效的手段。

诚然，从20世纪30年代英国人发明电视并进而建立最初的电视台时，能给观众看的就是直播的街景、街上的行人、来往的车流，偶尔还有一些突发事件的现场，比如城市某处的交通事故及火灾现场等。但这时的电视还只是将直播功能作为其唯一的展示和表现的手段，并没有发掘其作为深度展现和改变人们娱乐方式的全新的手段。直至20世纪60年代，这种状况才在欧美的电视中得以改变。随着电视节目制作与播出技术的不断进步，最初的电影胶片拍摄与播出到了20世纪70年代逐渐被电子录像以及晚近的数字技术的制作与播出所取代；播出方式也由无线载波发展到有线网络和卫星信号的全球覆盖。如今，只要技术条件具备、政治环境许可，人们似乎都可以通过电视了解到地球任何一个角落发生的任何一个事件，甚至这样的"看见"会是同步与共时的。在面对空间和时间意义上的"地球村"概念时，人们能够产生那般深刻的认同和共鸣，电视的功劳是最不可忽视的。譬如，就在期待2000年新千年来临的那一刻，全世界总共有47个国家和地区的电视机构进行了全球联播。这是世界电视媒体一次史无前例的合作，它让不同国家和地区的观众可以同步目睹由于时区不同而先后进入新千年的那一个个经典瞬间。人们在那一刻依次看到的是悉尼大桥的焰火和北京世纪坛前欢腾的中国青年、巴黎铁塔的彩灯、伦敦的穹顶、华盛顿时代广场的狂欢……世界在这一时刻真的变成了一个小小的村落，使得世界的瞬间景象就像发生在自家客厅的窗外，人们随时可以观望。

也许，电视叙事最突出的秉性就是让"图像"活起来，并配合语音媒介，以不间断的"图像流"的方式记录和展示现实生活、表现人们的情感流程。从渊源上看，电视图像叙事不仅"复制"了电影图像叙事的文本与叙事手法，而且还以自己的叙事特征超越了电影图像叙事。"蒙太奇、闪回、平行并置"等各种手段和技法，如果在电影叙事中属于打碎现实事件的顺序、追求艺术化的表达手段的话，那么，这些技法则在几乎完全被电视的图像叙事沿袭的同时，也在造就电视叙事"真实化"和"图像流"效果当中，被明显地有所选择乃至摒弃。因为，电影属于"虚构叙事"，而电视则更注重"事件（故事）"直观呈现；特别是在现场直播类的电视叙事过程中，其事件发展的同步播报几乎完全改变了电影叙事"事件（故事）"与"叙事"之间的时间差异，从而一改电影虚构叙事的审美空间与距离感，也就使得电视叙事全面介入人们的日常生活而超越了电影叙事的特质，并使得电视叙事的这种"真实性"和"日常化"达到了空前的高度。

然而，这里的问题是，在当代大众文化的历史背景下，电视能否成为一种历史的"宏大叙事"呢？其实，本质上电视并不适合一个时代的"宏大叙事"，虽然，电视时代的任何重大的事件都免不了要经过电视的折射与过滤，但是，除了那些为那只看不见的大手所刻意操纵的或者出于商业利益的考虑而精心炒作的之外，电视叙事本身能够成为某种宏大的历史进程的一部分或者能够真正表征历史的重要性吗？一般情况下，电视有可能成为历史某些重要时刻的见证，或者记录某种历史的瞬间，但其本身难以成为真正的历史的丰碑。也许，这正是由电视叙事的日常化的和工具性的本质决定的。在当代大众文化的浪潮汹涌之下，电视充其量只是一个弄潮儿，虽然也不免推波助澜，但是某种意义上电视也许永远也难以担当起真正的历史的主角，却有可能成为一个不可或缺的角色。随着电视制作与传播技术的日新月异的进步，各种"现场直播"使得许多历史的"现场"直接呈现在受众面前。举国瞩目的节日狂欢（如中央电视台的"春节联欢晚会"）、世界性的体育盛会（如奥林匹克运动会）、重大的历史性的突发事件（如美国的"9·11"事件等），乃至现实中的伊拉克战争、朝核危机等，电视都成为其中重要的角色之一。事实上，尽管如此，电视仍难以成为一个真正的"当代英雄"。这从电视虽大举参与，却仍然屡遭非议之中就可以找到说明。在这个意义上说，电视所显示的宏大的历史叙事与世俗个人化的叙事并非总是对立着的。

应该明确的是，随着当代审美文化的发展和变迁，图像文化形象的增生和物化也凸显出以电影电视为代表的当代审美文化空前的形象塑造力和强烈的形象表达的欲望。毋庸置疑，今天的人们已生活在包括电视在内的各种媒体营构的图像世界的重重包围之中。图像对于当代生活的特别意义也许正在于：图像所负载的超额压力不仅导致了以意义被消解为代价的视觉产品的过剩，而且导致了图像对日常生活的超现实的重构。有一种与电视叙事相关的图像文化理论的核心论点认为：摄影机实际上并不只是再现现实，而是生成或建构现实。现实并不存在于经验论者所谓的客观性之中，而是话语叙述的产物，摄影也只是对现实的译解而非记录。约翰·菲斯克在《具体现实的视像》一文中也认为，在媒介工业生产的视像和消费视像的大众之间，存在着一种张力性的关系，一种并合和离析的关系。视像意义的产生与大众在社会历史背景中的特定处境及他们的日常生活情境密切相关。可以说，摄影的民主化特质也就是指向这样一种内涵。

进而言之，电视图像，只是作为图像叙事，也才有可能构成了一种新的现实，一种镜头之下、幻象当中的超"真实"。事实上，图像转化为实在，一方面成为人们观念的物化现实，另一方面也必然伴随着一种意义的增生或增值。这种图像的物化与其意义的增生，不仅改变了电视与现实的影像和本体的关系（因为它本身确实已经构成一种本体了），而且改变了它与人的主体间的关系（因为它已不再只是作为人的作品，而是作为一种新的现实，而与人相对峙）。因此，电视对日常生活的趋近及超越也就必然归结为一个新的图像世界的生成当中。

故而，电视营造的图像已然成为当代人的一种精神的寄托，仿佛人们在无家漂泊的旅程中的暂时的营地。应该说，图像的物化力量，是在新的媒介技术对形象的全面操控中形成的。新媒介技术在对形象的制作中，使形象的再生产达到了极限，以至转化成为纯粹的直观景象。当代社会正在由文字文化向图像文化转变，以摄影、电影、电视、多媒体为代表的新科技确实孕育着一场新的视觉革命。本雅明（Walter Benjamin）早在20世纪初就曾敏锐地指出：现代社会正处于一个重大的历史转折期，由手工劳动社会向信息社会转变，这个转变也使与手工劳动社会相对应的以叙事艺术为主的古典艺术走向终结。本雅明在其著作《机械复制时代的艺术作品》中揭示了视觉文化的来临所具有划时代的意义。他认为机械复制艺术，特别是摄影丰富了我们的视觉世界，展示了我们日常视觉未察觉到的东西；而电影电视乃至网络视频等当代科技的迅速发展更是把图像文化迅速推到了历史的前台。

事实证明，如果说人类为了寻找失落的精神家园需要什么方式和途径的话，那么，以电影电视为代表的当代图像文化的回归也许可以成为一种不错的选择。一方面，图像文化在早期人类历史中的出现以及在当代大众传媒时代的回归都是人类文明发展的一种必然。另一方面，以图像来叙事更是人类本性使然，关乎一种以理性为主导的视觉文化的建构。因此，当电视以其生动直观、色彩丰富、图像逼真的镜头画面叙事来建构起一种当代世界的图景时，它成为当代人视觉的关注与注意中心也就是势所必然的了。电视图像叙事也由此而极大地丰富了人类对自我与自然的认识，广泛地缓解了人类对于自身命运及未来的深层焦虑；特别是电视的普及，稳定了近代以来已经开始风雨飘摇的理性文化，甚至在某种程度上使得人们摆脱了释义与解释的重负，以轻松的感性来纾解甚至替代了现代化进程中的理性的重负。

在中国，长期以来，家族（或氏族）化的生活方式，"瓦肆"听书的文化传统，以及传统叙事艺术的文化观念，都使得电视叙事有着一个较为适合的生长的环境和土壤。无疑，当下的电视叙事在技术进步的基础上，几乎承载着中国传统叙事艺术（包括小说、戏剧和电影等在内）所有的文化意义和美学功能，以"适俗"的大众趣味，实现着"开蒙""启智""导愚"的教化功能，以现实的政治、经济、文化生活中的具体事件报道或者一些"奇"思"妙"想、花样翻新的叙事形式，讲述悲欢离合的社会人生故事，制造各种中国梦想，在境内外电视不断的竞争当中，尤其是当收视率与市场效益挂钩之后，电视叙事甚至到了"穷极奇巧"的地步。

本雅明在《说故事的人》一文里，就曾十分缅怀并称扬人类历史中的"说故事"传统，认为那是一种具有手工艺性质的叙事艺术。他指出：以往的故事之所以能够一再地被转述，正是因为说故事和听故事的人"越是遗忘他自身的存在，他所听到的越能深印其心，当他沉浸在工作的节奏中时，他便以一种特定的方式听故事，而这又使他在未来具有可以转述故事的能力"。无疑，到了当今电视时代，电视叙事在当代文化中所扮演的恰是这样的一个时刻倾听故事并不厌其烦地转述故事的角色。而且，既然电视在当代社会中已经承担起这样一个"说故事"的角色，那么，它又是如何做到既听且说以及怎样获得它的"转述"能力的呢？这恰恰就是需要我们进一步加以追问和阐述的。

譬如，过往的历史片段的视觉形象的再现，也是作为电视叙事的重要策略和手段之一。中央电视台的《故宫》（纪录片）《国宝档案》，香港阳光卫视的《国宝背后的故事》《寻找历史的碎片》（和美国电视的历史频道 History Channel 合作）以及个体性的人物传记《人物志》《百年婚恋》《未解之谜》《杨澜访谈录》《真实的故事》等，大多并非个人所曾"真实"体验（或目睹）的视觉形象，而是一些可被召唤的集体记忆。属于寓言性的历史再现甚至神话性的经验，创构出某种特殊的"家国叙事"及个人与"历史"交接互动的可能。通过这种编织的形式与互动的可能，香港阳光卫视曾经在自制节目方面形成了以一批家喻户晓的品牌为核心的访谈及纪录片类节目为主干的格局。如《阳光卫视·真实的故事》就是以"大众文化传奇故事系列"为题，充分运用镜头讲故事的功能，选择普通百姓中比虚拟生活更真实、比真实生活更传奇的生活经历和冲突性的人生故事，用朴实无华的纪实风格讲述真实的故事，使观众感叹人生之变幻莫测，并相信有时奇迹会发生。

而在当前电视叙事的多种节目样式与表现形态之中，电视剧显然是非常重要的一个大类。可以说，特别是适合家庭收视的各类电视剧，业已成为大众电视叙事消费的主要对象。对于中国人来说，"家"应该是最方便、最理想的享受"故事"的环境。电视剧通常是被看作独立完整的叙事艺术文本，插播的广告无非是中场休息时的茶水瓜子，对于每日几个剧集的时间间隔，也有"且听下回分解"的心理准备。也正因此，电视剧在中国得以成为"人们生活中最基本、最主要的'叙述故事'和'消费故事'的渠道"①。而同样作为虚构电视叙事，电视小品则是以趣味性的情境表现为主。比如，以赵本山为代表的中央电视台春晚电视小品显然不具备一般影视剧那样长篇而连续的叙事结构，它往往只是一个较小的情节，属于截面，所以，电视小品当中，语言的双关、谐音，服饰的滑稽，显示出"赵本山式"幽默，以人物语言和造型语言完成小品叙事。如果说，电视剧（集）展现的是时代叙事的长轴画卷，那么，电视小品就可视为这个时代人们随处可见的时代剪影。

总而言之，电视叙事以其声画一体的语言叙事展开对当下世界的图像形构，或喋喋不休，或形形色色，甚至各种电视节目（栏目）的叙事絮絮叨叨、反反复复，充满套路；然而，正是在其浅俗的外表之下，又不免留下各种时代的激情和精神的烙印，因此往往显示出其特有的文化智慧和精神意蕴，而成为人们日常叙事文化消费中十分重要的一部分。

---

① 尹鸿. 意义、生产与消费［J］. 现代传播，2000（4）.

第三节　作为当代大众文化叙事的电视

在叙事文化与大众传媒的双重视域下，电视叙事究竟体现出怎样的文化品格？这正是本节要追问和探讨的问题。一个不容回避的问题就是：电视叙事的文化属性究竟是什么？它是单纯的政治或政府的"喉舌"，还是宗教或道德说教的场所，或者只是文化市场上的赢利的工具？它是属于个人或者小众的情绪的宣泄、意见的表达，还是属于公共的或者大众的文化消费？而对于这一问题不同处置与回答，也正体现了中国电视的现实的价值定位与历史走向。

本书正是基于把电视作为当代一种最具影响力的大众文化叙事形式来理解电视叙事的文化属性、价值取向以及其叙事主体的立场选择的。

一、电视叙事与媒介文化

我们知道，随着当代叙事学的发展，所谓"叙事"，首先已"不是一种主要包括长篇和短篇小说的文类概念，而是一种人类在实践中认识世界、社会和个人的基本方式"①。因此，不仅在概念上，而且在实质上，"叙事"都已远远超出了以往有关故事讲述的技巧和表达的层面，而进入到一个涉及人类文化的价值和意义的层面；或者说，叙事，已不仅是作为一种人们表述自我的手段，而且更重要的是作为一种文化生存的样式而建构起人类对自我的体验和对历史的认知。

故而，从当代叙事学的角度来看，人类在面对自己存在的世界时，既是作为受体而承受着整个历史叙事的影响，同时，更是作为主体通过文化的叙事来构建自己对于当下乃至未来的体认；也就是说，人类文化叙事的价值也正在于其可用来构建人们对历史的认知以及对当下的社会人生的体验；或者说，通过这种文化叙事而呈现出整个文化的形态与景观；一个由人类的社会文化叙事而构成的整体存在影响着我们的每时每刻。

在这个意义上，在众多的大众传媒中后来居上的电视已责无旁贷地承担起

---

① 伍晓明. 当代叙事学译后记 [M] //当代叙事学. 北京：北京大学出版社，1990：325.

主导当代大众文化叙事的角色。

相对于报刊、广播等大众传播媒介，电视传播以其独有的视频与音频信号相结合的传送方式以及利用具体的场景与画面的呈现，刺激观众情绪的音响设计，直观与鲜活的镜头语言为其受众提供着一种快捷且身临其境的信息管道。电视不仅以此取得了对报刊、广播等媒体的比较优势，更有甚者，随着20世纪后半叶以来电视的迅速普及，它已经深深地融入了千家万户而成为其中的一分子。电视还因为人们根深蒂固的"眼见为实"的信条，而始终充当着大多数人认知世界的最普遍和最忠实的信息来源，成为人们接受和倾听的对象。因此，电视已不仅成为人们日常生活中的一种必需品，更成为当今人类社会最有影响力的文化叙事媒介。

目前，"电视"一词不仅在社会语言学的维度上其外延得到了极大的延伸，几乎已成为各种信息与交流的代名词，而且在文化人类学的意义上业已成为人们的一种表达和述说的方式。各类电视节目一方面因其直接呈现现实世界的特性，去掉了各种经验的、逻辑的和语言的遮蔽，有效地扩大了人们同外在世界的接触面，展示出万花筒般的社会现象，另一方面又通过电视传播的有效的栏目划分而延伸出无数的触角，就像人体当中的无数的神经末梢，延展到人们日常生活的每个角落。正如罗杰·西尔弗斯通在《电视与日常生活》一书中所指出的："电视融入日常生活的明显之处在于：它既是一个打扰者，也是一个抚慰者，这是它的情感意义；它既告诉我们信息，也会误传信息，这是它的认知意义；它扎根在我们日常生活的轨道中，这是它在空间和时间上的意义；它随处可见，这么说不仅仅是指电视的物体——一个角落里的盒子，它出现在多种文本中，——期刊、杂志、报纸、广告牌、书、就像我的这本；它对人造成的冲击，被记住也被遗忘；它的政治意义在于它是现代化国家的一个核心机制；电视彻底融入日常生活中，构成了日常生活的基础。"①

可以说，电视不仅仅是作为一种叙事媒介渗透到我们的文化中，而且已经构成了人们的日常生活的一部分，甚至是无处不在。特别是21世纪以来，中国已经明显地表明了一个电视时代的来临：人们日常视听的空间，几乎都被电视

---

① 罗杰·西尔弗斯通. 电视与日常生活 [M]. 陶庆梅，译. 南京：江苏人民出版社，2004：4-5.

播放的各种新闻报道、广告、肥皂剧、商业性的娱乐节目所笼罩，其中不仅充斥着各种真实的或虚构的故事，而且更显示出这些故事背后的人们各种各样的精神向往与价值诉求。

那么，当代中国的电视叙事究竟体现了怎样的文化品格与文化属性呢？

对此，曾经有论者以商业文化、主流文化、精英文化三者并举来界定当代中国电视的文化属性①。这种界定不能说没有道理，但是，电视的发展毕竟不是这三者的简单的排列组合。事实上，在中国电视历史发展进程中，主流文化、商业文化、精英文化三者从来都没有占有同等的地位。由于中国电视的特殊体制，所谓"主流文化"（占统治地位的意识形态）一直占有主导地位，特别是"改革开放"以前的中国电视；其次才是"商业文化"（服从于市场规则的消费文化）与"精英文化"（拥有启蒙话语权的知识精英）之间不断的博弈。而20世纪90年代以来，随着市场经济的逐步确立，消费文化逐渐兴起，对于中国电视来说，意识形态控制也好，启蒙话语与市场规则之间的博弈也罢，都不可避免地面临着一个明显的事实：全球化浪潮之下的大众文化的博兴。某种意义上甚至可以说，正是20世纪90年代以来的大众文化的兴起为中国电视带来了一场深刻的文化转型：从意识形态主导的"宏大叙事"转向以市场消费为特征的大众文化叙事。

由此，可以说，作为一种大众文化叙事的当代电视，既区别于传统的民间叙事，又有别于以意识形态为主导的国家叙事；或者说，它既是一种当代大众传媒中的历史叙事，又是为了满足大众审美娱乐需要的审美叙事。这种以大众文化消费为主导的电视叙事，与其说是一种全新的叙事文化形式，还不如说只是在人类叙事文化传统之根上生长起来的一种新型的叙事类型。

从具体的叙事形态来看，电视叙事最直接的源头固然就是广播和电影。广播，以其诉诸受众的听觉而见长，而电影则是基于诉诸人们视觉的摄影的发明。仅就其表现手段而言，电视叙事正是在综合广播和电影的媒介特质而体现为一种视听一体化的过程。事实上，电视叙事的视听一体化的特性也正使其有别于人类传统的单纯的视觉的（从古老的岩画、壁画到各种绘画、摄影等造型艺术）或听觉的（从远古的口耳相传的史诗、音乐到近现代民间文学、讲唱文学等）

---

① 杨新敏. 电视剧叙事研究 [M]. 北京：文化艺术出版社，2003：2-30.

叙事形式，而走向视听的再次综合，走向叙事情境的再现与再造。

进而言之，电视叙事所依赖的最有力的躯干也许还是人类古老的戏剧文化。从原始巫术中一路走来的人类戏剧文化，其精神内核就是 PLAY，是观演之间的交流与交融；电视，虽然作为大众传媒主要功能还是在于信息的传达，但是，在古老的戏剧文化的浸染之下，不仅明显保留着观演的规则，而且更营造出一种现代的大众"秀"（SHOW）场。

然而，作为一种现代大众文化叙事，电视还是体现出更多的自身所特有的文化品格。

具体说来，首先体现为电视叙事的消费化倾向，在电视叙事诸多功能当中突出地体现出满足大众化的信息、服务、娱乐等多方面的价值需求。恰如有论者所指出的："大众文化是他律的，这种文化的生产受到外在的物质因素的控制，或者说它是为了满足市场需要的制作。大众文化是一种复制的活动，市场的需要是它的唯一准则，除此之外没有任何标准。"① 电视叙事显然不能例外，虽然将市场选择作为其唯一的评判标准还有待商榷。

其次是电视叙事的平民化姿态。作为大众文化叙事转型最明显的标志，就是中央电视台的《东方时空》栏目自觉地以"讲述老百姓自己的故事"为自己的目标定位，并且开始以平民化的视角而不再是高高在上的姿态来审视人们生活中的一切。从而在当代中国电视的发展趋向上，也明显地表现出对于以往各种隐含的话语霸权的消解，使得电视的传播与接受形成良性的双向交流与互动，甚至随着电视栏目与频道的增加、数字电视的推广而更加强化了电视受众的主动性以及电视收视可选择性，等等。

再次是电视叙事的模式化特点。作为大众文化叙事，电视根本上是非个性化的；并且，就其具体的节目构成的性质和方式而言，表现出显而易见的普及性、通俗性及平面化的特点，而其中更多地表现出思想深度和历史感的消弭。恰如前文所述，与电视叙事的日常化相关，电视叙事的模式化与平面化适应着人们的感性需求，批量生产出各类电视产品，使得人们对于视听感官的快餐式享受替代了以往对于精神信仰的追求。

当代中国的电视文化叙事，更多地还体现出一系列二元对立的结构，雅与

---

① 陈刚. 大众文化与当代乌托邦 ［M］. 北京：作家出版社，1996：36.

俗、崇高与滑稽、教化与娱乐等都可以在其中得以涌现。作为大众文化叙事，电视在整合大众的同时也使得人们在前所未有的复杂社会中感受着前所未有的孤独；电视在传播各种传统的文化遗产的同时，又在无形中改变着这一切；电视在拥有各种鲜活的、有着广泛的发展可能性的艺术表现手段的同时，其内容与形式又难免芜杂不精、良莠不齐。诸如此类，使得电视文化叙事拥有着一片拟像与仿真的领域，拥有一个跨越了地域文化界限的各种象征和各种观念的共同市场，并由此而呈现出一种典型的以电视的普及为表征的后现代的社会景观。

总之，电视叙事虽然曾被赋予浓厚的意识形态色彩，成为社会统治的有效宣传工具，但是，电视叙事本质上却是属于大众文化的；并且，作为当代消费社会的文化产品，电视最突出的品格就是大众文化叙事。它需要关注大众生活，形成社会舆论，也编织着大众的梦想，讲述了种种现代大众生活的日常的神话和传奇。

二、电视叙事的文化属性

如果再做深入一步的剖析，就有必要进一步追问：作为大众叙事文化的电视究竟体现出怎样的文化机理与文化属性？

如同其他叙事文化形式，电视叙事当中无疑隐藏着某种社会权力关系。美国女性主义叙事学的创始人之一苏珊·兰瑟曾经指出："无论是叙事结构还是女性写作，其决定因素都不是某种本质属性或孤立的美学规则，而是一些复杂的、不断变化的社会常规，这些社会常规本身也处于社会权利的关系之中，由这种权利关系生产出来。作者和读者的意识、文本的意义无不受这种权利美学的影响。这种权利关系涵盖作者、读者和文本。"[①] 比较而言，电视叙事对于大众文化的依存，在其"作者、读者和文本"的关系中更明显地表现出某种权力关系与美学规则。

就电视与传统视觉文化的关系而言，在一个信息全球化的时代，人类文化仿佛突然间一窝蜂地在电视屏幕上重演着最为古老的图像机制。人们之于电视，与其说是在当代高新科技的基础上发生的人类划时代的媒介革命的表征，还不

---

① 苏珊·兰瑟. 虚构的权威——女性作家与叙述声音［M］. 北京：北京大学出版社，2002：5.

如说又回到了人类童年的岩画或象形文字的时代。因为人们之于电视视觉图像，已不仅仅是出于获取信息的需要，而是表现出一种明显的心理依赖。电视文化所带来的这种返祖与回归的现象，正意味着电视叙事对于人类文化之根的回归。马丁·海德格尔（Martin Heidegger）指出："世界图像……并非意指一幅关于世界的图像，而是指世界被构想和把握为图像了……世界图像并非从一个以前的中世纪的世界图像演变为一个现代的世界图像；不如说，根本上世界变成图像，这样一回事情标志着现代之本质。"① 在某种意义上，电视叙事业已成为现代世界"图像化"本质的重要体现。它不仅重构了一幅世界图景，而且更重要的是给予人们的心灵以一种直接的慰藉和寄托。

然而，电视毕竟不是乌托邦，电视叙事毕竟不是把他的观众带往纯粹的乌有之乡。在当今人类社会的信息网络中，电视作为其中一个十分重要的节点在与人类社会生活的其他节点之间建立了各种复杂而现实的链接关系。从而，"电视必须跟人们的实际生活相联系，包括现实生活和想象中的生活；如果在电视中看不到我们自己的生活、愿望及梦想，那么电视对我们来说就毫无意义可言"②。惟其如此，电视叙事才表现出一种对于社会现实既趋近又疏远的矛盾关系，其中既满足人们想象中重构世界的冲动，又不免隐含着某种现实的权力关系。就像法国社会学家皮埃尔·布尔迪厄曾经分析过的各种体育运动与社会各个阶层之间的联系。比如，工人阶级喜欢拳击或者举重，富裕阶层喜欢滑雪、骑术或者登山、高尔夫球。这与他们的社会生活条件相互呼应③。而在当今世界各国的电视叙事当中，一方面很大程度地模糊甚至解除了不同社会阶层之间的界限，不同阶层的人们的欲望与快感都可以在电视叙事的视听空间中得到解放；另一方面，电视叙事又明白无误地揭示出不同阶层的人们的性情和趣味，特别是数量巨大的大众趣味和爱好。

如果说，电视叙事也可以称之为一门艺术的话，那么，电视叙事艺术绝非传统意义上的精英艺术，而应该是以大众趣味和大众想象为基础的通俗艺术。

---

① 马丁·海德格尔. 林中路［M］. 孙周兴，译. 上海：上海译文出版社，1997.

② 古德温，惠内尔. 电视的真相［M］. 魏礼庆，等译. 北京：中央编译出版社，2000：69－70.

③ 皮埃尔·布尔迪厄. 如何才能做一个体育爱好者［M］//罗钢，刘象愚. 文化研究读本. 北京：中国社会科学出版社，2000：326.

法兰克福学派的代表人物本雅明认为，精英文化的叙事乃是建立在膜拜价值和礼仪功能之上，是在精英文化的立场上对于文化贵族性的守护，它创造了一个与社会生活相离异的世界；而"随着艺术的世俗化，真实性便取代了膜拜价值"。追求世俗之真（大众想象中真实的感觉与体验），也就成为电视叙事艺术的通行条律。正如肥皂剧所追求的世俗之真主要就是满足家庭主妇们的想象，迪斯尼的卡通也主要是需要满足孩子们的想象。

当然，作为大众文化叙事的电视毕竟后来居上，形成了一种事实上的强势媒介与文化霸权。如麦克卢汉所言："电视是一种整合性的媒介，它迫使长久分离和分散的经验成分之间产生相互的作用。""电视屏幕把能量倾泻在你的身上，使你的眼睛瘫痪。不是你看着它，而是它看着你。"① 电视发展到今天，确实在满足大众趣味与大众想象的基础上积极地借鉴了各种文化的精华，并且经电视从业者主动地吸收与扬弃，使之转化成为自己的文化；以至于当今的电视，仿佛能够跨越雅俗、融汇古今，从而也就难免模糊了人们对于电视作为大众文化叙事的基本品格的认识。

因此，如何才能有效地发展和繁荣当代电视文化以及究竟应该选择怎样的文化立场，也就成为关心电视的发展及未来走向的人们不可回避的问题。

在叙事学的视野中，电视就是用来"讲故事"的，正如千百年来，一代又一代的人们在那些古老而又常新的故事的讲述中认识自我、理解自然与历史，进而形成文明的传承。当今的电视甚至业已成为当代人"讲故事"的最为普遍和最具有影响力的一种形式。因此本质上，电视文化叙事既与传统有着一脉相承的一面，又有着自身特定的方式与途径。

那么，怎样认识电视文化叙事的特殊性进而把握当代电视文化的未来走向呢？作为大众文化叙事的中国电视，首先是作为一种当代的大众文化传播与文化消费现象。而这种建立在消费化浪潮之上的大众文化传播构成了我们理解当下中国电视叙事一个特定的文化语境。也就是说，只有联系这样的文化语境，才有可能准确地把握当代中国电视叙事的策略性走向。

具体说来，当代电视的文化叙事大致体现出以下两个方面的发展趋向：

---

① 埃里克·麦克卢汉，弗兰克·秦格龙，等．麦克卢汉精粹［M］．何道宽，译．南京：南京大学出版社，2000：226，439．

其一个方面，是电视叙事的审美化，或者说是一个不可阻挡的娱乐化趋向。电视已成为人们所不可或缺的感性娱乐的对象，所以，人们在现实生活中的一切感性欲望似乎都可以在电视的叙事中得以呈现。而且，在电视叙事当中，日常性和神圣化、公共领域和个人空间是这样奇妙的交织在一起，相反相成。它离人们的生活是那样的切近，却又是那样的遥远。它在满足人们的一切的感性需要的同时，也越来越深刻地改变着人们的生活方式，甚至塑造着人们的生活理想。正如波德里亚所描述的，如今电视媒介已成为一种奇妙无比的工具，使现实与真实以及所有的历史或政治之真全都失去了稳定性①。在电视的叙事当中，仿佛一切都被付诸人们的嘻嘻一笑，而被加以娱乐化的改造。

电视叙事的审美化或娱乐化，既是一种大众文化的特性使然，又是适应世俗的感性心理需求的结果。既然人们沉迷于电视，仿佛失去了它，人们的生活便难以为继，那么，娱乐搞笑似乎也就成为电视唯一的存在理由。这种情形不只是因为人们渴求外在的信息与交流，更主要还是出于对自我情感的依恋，以至于那些孤独的人往往对电视产生一定的依赖性。所以，从消极的意义来看，电视对于大众的操纵甚至到了颠倒真伪、摧毁意义的境地；人们渴求在镜头前作秀、表演与戏仿，已成为一种普遍的社会心理。如今，作秀与戏仿充斥于各类电视栏目，以至于成了一种时尚，也正印证了这一点。

另一方面，则是电视叙事的人本化。作为一种最具影响力的大众传播媒介，电视叙事根本上延伸了人的本能，超越了传统的人际化传播而实现了更大范围内人们同步性的共时空体验。电视的叙事依托人类文化的积累，多方位、多渠道综合利用各种人类文化成果，实现了整体性、鲜活性、全方位性的文化传播。由此，电视成为当代最具影响力的一种叙事文化形式，电视传播成为一种人的生命状态的传播。不仅纪实性的电视节目以其声画一体的同步记录传播，在人类科学技术高度发展的基础上实现了人本化的回归，真人、真事、真情、真景，显示出与人具有生命的同质性；即使是那些更多的虚构性电视叙事，也以其声画同步的视听语言，使得人物活动、环境氛围、语言声响等生活现场的信息得以逼真呈现。从而，以人为中心，以满足人们的信息交往及感性娱乐为旨趣，真正做到以人为本，应该成为电视文化叙事的理想的价值追求。

---

① 马克·波斯特. 第二媒介时代［M］. 南京：南京大学出版社，2000.

应该说，电视叙事的审美化或娱乐化与人本化是可以并行不悖、相反相成的。固然，作为当代大众叙事文化的电视是都市工业社会或大众消费社会的特殊产物，是大众消费社会中通过大众传媒所承载、传递的文化产品，这是一种人工合成的文化产品。而且，电视叙事所面对的大众，并不是一个整体，不是充满智慧的"理性的群体"，而是一个相对松散的感性群体。如果说，与"大众"相对应的是"精英"，那么，电视叙事主要不是满足精英的需要而是满足大众的欲望，所以，其明显特征是主要为大众消费而制造，以标准化和模拟个性为特色。从而，满足大众文化消费的电视叙事往往一方面回避现实生活的复杂和严酷，另一方面却大肆渲染"娱乐"和"消费"：它们所培育的，是演艺明星、流行时尚、都市恋情、"小资"格调，等等。但是，大众文化又往往是包含在社会主流文化之内的，因而往往最能体现主流意识形态中的人性价值。它是一个在社会体制内与公众舆论、价值观念、社会时尚和生活方式大致趋同、基本适应的、又是与传统文化核心内容有直接传承关系的文化形态。诚如一些批评者所指出的，虽然大众文化有着地域性、通俗性、消费性、娱乐性、商业性、产业性、类像化等种种特征，却也有着对于主流文化一统天下的消解之功。所以，一方面，作为大众文化的电视叙事在对人们审美情趣的感性化呈现中表现出明显的包装、表演与戏拟，甚至往往通过精美的包装向大众提供一个虚幻美好的世界；另一方面，它又能在其形形色色的娱乐化的节目样式中呈现出某种性情之真与流行之美。或者说，电视叙事往往是在大众文化的大背景下，展现出人们的审美情趣的多样化与流行化的追求。在这个意义上，当代中国的电视叙事正为人们提供了更为一个室内化的生活空间，向他们展现了一幅既喧嚣又孤独的生活图景，既为他们提供各种各样的消费方式和多样化的生活选择，又使得人们沉浸在个人的狭小窗口之内。

综上所述，在当下的世界，随着电视业的兴盛和发达，一个以视听传播为主要叙事文化的时代已经来临。尤其是电视叙事中的视觉图像似乎在成为人们的精神图腾的同时，也有越来越多的人对其烦不胜烦。但是，正如丹尼尔·贝尔所指出的："目前居统治地位的是视觉观念。声音和景象，尤其是后者组织了美学、统率了观众。在一个大众社会里，这几乎是不可避免的"①。应该说，电视叙事所面对的接受大众，并不是一个社会的整体，起码不是充满智慧的"理性的群体"，而只是一个相对松散的感性群体。一般说来，与"大众"相对应的是"精英"。在知识精英的意识和品格相对缺失的电视文化领域，作为大众文化的电视叙事往往一方面回避现实生活的复杂和严酷，另一方面却是在大肆渲染着"娱乐"和"消费"——在不断制造各类演艺明星的基础上，制造着流行时尚与消费浪潮。对于不断发展与变迁中的电视叙事文化来说，唯有在一种不可避免的过度审美化的趋势下，坚持电视文化叙事的人本化立场，才有可能避免成为单一的政治意识形态的"传声筒"，或者在激烈的市场竞争中避免走上迎合时尚、一味媚俗的歧途。

第四节　电视叙事与电视思维

电视思维是根据电视的本性、以电视语言符号为介质，反映和揭示电视活动的规律及过程的一种特殊主体思维方式与类型。它直接或间接地制约、影响着电视节目创意策划、生产制作的类型、样式、风格、结构、流派、表现手段等一系列问题，涉及到电视叙事的方方面面。因此，把握电视思维的规律也就成为建构现代电视理论体系中最为核心的一个层次。从理论上来说，任何电视节目的生产制作以至传播接受，都离不开作为创作与接受主体的电视思维的支配与制约。

在这个意义上，电视思维之于电视叙事，构成了电视艺术表达的一体两面。如果说，电视叙事体现的是电视文化特质的表征，那么，电视思维就是电视精神品格的揭示。电视叙事如果没有电视思维的支撑，就做不到充分的电视化；同样，电视思维如果不能体现在叙事过程当中，也就难以发挥电视艺术表达的潜力。故而，电视叙事艺术的发展，根本上也就有赖于创作者的电视思维的深化、创新及电视叙事能力的提高，还离不开电视受众的接受与理解过程中相应

---

① 丹尼尔·贝尔. 资本主义文化矛盾［M］. 赵一凡，等译. 北京：生活·读书·新知三联书店，1989：154.

的思维层次和水平的提升。一个社会或族群的较高的电视思维水平也正体现出相对发达的电视叙事所营构的文化传统与现实氛围当中。

一、电视叙事的思维特质

电视叙事观念的确立与电视思维方式的形成有着千丝万缕的联系。如果说，"叙事"不仅是作为电视的主要的表现手段，而且还代表着一种观念和文化的话，那么，在电视的主体思维的层面上也就必然体现出对于叙事规则的认同与遵从，或者说免不了要以故事为纽带来表达对于世界的理解和认知。

总的说来，个人必须超出自我本身去分析和解释那个环绕我们的世界，或者说，只有将每一个人独特的感受通过共同性的直接方式纳入一个思想观念的叙述框架之内，人们才可以做出整体的综合判断，陈述自身以及所处的时代。电视叙事可能就是这种当今时代能够使个体得以超越自身、陈述社会的方式之一。然而，电视叙事何以会有和特征表现出其自身独特的思维品格的呢？每一个个体生命的存在为什么要寻找整体和综合性呢？历史发生的断裂性和生命的短暂及有限性，文化创造的多样性与习惯道德的历史积淀性，使得人们的叙述观念形态被媒介传播和历史记忆所变形，并保留在一个人类共同叙事的体系之中。人们得以从各个层面上看到了他者的存在，发现人类总是被一个共同的叙述氛围所环绕。于是，那些每一个时代的人们反复共同探索的意义、价值以及面临的必然选择，也就历史地建构起了人类叙述存在的共同性。

无疑，当代电视叙事已责无旁贷地担当起构建这种人类叙述存在的共同性的责任。正如人如果要超越环境和群体看到整体，就必须要有一种超越性的思维形态，电视叙事作为当今人类对于自身叙述存在整体性的找寻和发现，也必然在思维的整体性和超越性上显示出自身独特的品格和特质。

显然，就电视思维的属性与品格而言，其一是技术性。如前所述，电视首先是一个技术媒体，似乎在此前的人类传播史上还没有任何媒体像电视这样依赖于技术。技术不仅是其得以存在的前提，更直接影响其传播的内容质量和方式。对电视技术、特别是新技术的认知和掌握，决定着电视节目的制作形态、运作方式及传播效果。可以不夸张地说，技术就是电视的第一推力。电视是如此依赖着技术、技术是如此控制并影响着电视。以至于正是通过一次次的"技术事件"而极大地影响着电视发展的进程，从而造就了不断更新的电视理念，更带来电视思维方式的深刻变化。故而，这样的推动不仅仅是"物理的"，也是"化学的"，当然更为内在的还属思维上的：技术的支持既是电视发展的强大外力，促成了电视与相关媒体的合纵连横，同时技术的发展与创新也决定性地支配着电视传播与接受的思维规律、深刻改变着电视主体的创作观念和观众的需求。从而影响到电视主体思维层次上，更需要建构起一种与之相关的思维方式。所以，除了一般的逻辑思维和形象思维之外，在技术层面上，无疑还需要一种镜像思维，这也包括具体的电视生产制作的层面上所必需的"镜头思维"；电视，似乎又回到了人类原初的"看"和"听"时代，甚至在电视思维当中，也就难免一种原始野性的质素，一种"原始思维"的品格。这也就是以表象为主要的思维材料，一种以联想律和互渗律为特征的直感和想象。

其二是日常性，其思维材料的选择，以日常生活的记录与表达为主；电视成为一个"家用媒体"，"看电视"本身已经成为人们日常生活的一部分，电视的呈现也因此而成为一种"家庭艺术"。或者说，电视就像其他日常生活用具一样具有"家用属性"。家庭的结构、功能以及家庭这个小环境中的人际关系、家庭中特有的经济行为、情感交流、教育活动、休闲活动等不同的习惯，都与电视媒体的传播接受的特性密切相关。人在家庭，应当是媒体从业者对电视观众的最基本的理解和认知，一切的传播设计与传播目的，应当以这个认知为前提、以这样的理解为起点。在家里，光线是明亮的，观赏环境是自由的，观众可以边看电视边干其他的事，因为周围总是同时存在和发生着其他的家务和家人，观赏注意力可以是分散而随意的。它往往伴随聊天、接电话、做卫生、带孩子等活动同时进行。由于是在家中，一切都是自由和随机的，没有人要求你必须正襟危坐才能开音响听音乐，也没有人能够要求你应该必须西装革履严肃庄重地观看电视节目。遥控器就在你的手里，新闻评论、大奖赛、电视剧、整点新闻、名人访谈，还有那些满场搞笑的娱乐节目，无非都是在手指的移动中选择而已。

当然，一个明显的事实是：电视一旦走出家庭，就可能具有了完全不同于家庭收视的特点，比如，移动电视由于接受环境的特殊而更注重的是其观赏性的一面；手机电视则以其便携而成为个体化的移动信息终端；网络电视则可充分强化了电视叙事的互动性；等等。但是，由于其生产制作及收视过程中的技术规则、"传—受"关系乃至视觉原理的一致性，不管是何种电视终端，其叙事形态基本上还是同一的，究其根本，当然还是电视叙事的思维原则的一以贯之。

其三是娱乐性，也就是电视在娱乐大众、满足人们的审美需求方面的特性，亦即电视叙事的观赏性、趣味性与消遣性的一面。电视从一开始的信息媒介逐渐转变成为重要的娱乐媒介，显示出电视叙事功能的更新与拓展。这种电视功能的娱乐性拓展和强化既使得电视叙事具备了明显的消费属性和市场意识，同时在电视思维的品格及其形态表现上，已不再是板起面孔、一本正经，而是服务于观众、立足于市场；更重要的，娱乐作为当代电视的一个重要的价值取向无疑影响到电视思维主体价值立场的选择以及视野和材料的取舍，不仅制作者的电视思维兴奋点总是与观众喜好及其变化相一致，而且电视叙事文本的呈现更是以悦人为本、以悦人为上。电视叙事的消遣娱乐所带来的是巨大的情感消费市场，不仅形成了肥皂剧之类的虚构叙事，而且"真人秀"甚至新闻报道之类的节目也大量地增加娱乐性的内容。

然而，电视似乎不仅仅是单纯给人"看"和"听"的，而且更主要的是给人类带来了一种全新的生活体验。至今，电视业已成为现代社会人们生活方式的一部分，成为认识和理解世界的一个"窗口"。电视叙事更是当代人参与世界的一种方式。对于电视的制作和接受来说，电视思维是如此的不可或缺；以至于人们面对电视，是如此的习以为常、司空见惯。而离开了电视，又似乎与世界有了隔阂。电视成为人们鸟瞰世界的窗口。所以，电视是一种从观赏者角度重组一个虚拟世界的逻辑。电视固然也有制造的一方，但是，电视的创造是面对世界，以不同的频道展现着多样性的世界。

从历史发展的维度上来看，一种新的媒介出现，人类就会有一种新的表达和体验的方式，形成一种新的思维方式。有很多人认为媒体最重要的不是"形态"，而是"内容"。但是，麦克卢汉却在1964年就提出了这样的观点："传播样式的变化可以改变人们的感觉，可以改变人与人的关系。"故而，"对媒体而言，重要的不是内容，而是媒体本身，是媒体的形式规定着媒体的内容。"[①] 可以说，电视叙事媒体的变化不仅意味着电视生产、制作及传播的技术水平的革新，而且更涵盖着某种综合的文化整体的观念和思维层次的建构。在这个意义上，可以说，电视科技的进步与发展的同时，也赋予了电视的表达和思维以独

---

① 马歇尔·麦克卢汉. 理解媒介 [M]. 北京：商务印书馆，2000：46.

特的性质和面貌的改变。比如，20 世纪 80 年代以来，ENG 的出现，使声画同步的摄录成为可能。电视声画同步记录，使人物活动、环境氛围、语言声响等生活现场的信息得以直接传递。由此，电视传播拥有真实生活存在的全部外在形态：时间、空间、人物形象、语言声响、相互关系环境氛围、运动状态，观众就能运用自身的感官和思维接收其中的信息和含义，恢复了人对运动，对事件发展的体验、感知能力。

然而，如伊格尔顿指出的，正如历史上的现实主义文学并"不允许读者看到它们所包含的事实是如何挑选的，排除了什么，这些事实何以以这种特定的方式组织起来，什么样的前提支配着这一过程，怎样的加工形式构成了文本的基础，以及这一切在什么情况下会有所不同"①。电视叙事也同样如此。它所隐含的也正是这种思维方式上的独特性的一面。

作为当今社会的强势媒体的电视通过其栏目编辑和频道体系显示出了一种中心化与强制性的思维原则。如前所述，每一个时代都有一种综合的叙述，整体地表达着人对世界认知或他人世界的叙述。在当今这样一个电视称雄的时代，也无疑是这样。当人们一次又一次目睹新技术的发展带动节目形态创新的时候，当人们享受着新技术创造新媒体的传播方式，新媒体的出现又改变并创造新的生活方式的时候，人们会更加深刻地理解为什么麦克卢汉会说："人和技术都是渐渐地创造出全新的人类环境，'环境'不是被动的包装，而是能动的过程。"②仅此，我们就有必要重新回过头去认真打量这位先哲，是否应该以他的基本哲学主张为基础，重新审视这个媒体技术不断更新的时代，并需要重新做出评价。媒体确是以内容为王，但内容的传播却受到媒体技术形态的规定。

事实上，观众在选择观看电视的方式上是自主而自由的，而观众的选择又往往是通过遥控器来实现的，因此，电视叙事的实现与其说是电视业者的电视思维与表达的产物，还不如说主要是为遥控器所选择和控制的结果。因为，如果说，电视时代的世界图景主要是通过电视的镜头影像呈现出来的，那么，电视叙事的实现则明显是以一种遥控器的逻辑而组织起来的。这里，如果说电视节目本身还具有某种属于自己思维方式的一致性和体系性的话，那么，在电视

---

① 特里·伊格尔顿. 文学原理引论 [M]. 北京：文化艺术出版社，1987.
② 马歇尔·麦克卢汉. 理解媒介 [M]. 北京：商务印书馆，2000：27.

制作与播出的过程中，这种一致性和体系性总是要会被遥控器打乱，并进而以一种碎片化的方式编织并呈现出来。同样一个时段的所有节目，在每一个掌握遥控器的人的手中，都会根据各人不同的兴趣而以一种千奇百怪的组合方式，出乎意料地呈现出来。观众正是通过对遥控器的掌握而把不同的节目和频道、不同的言说和画面组合在一起，产生了一个类似于万花筒般令人眼花缭乱的后现代效果。因此，遥控器的主导地位显示了电视叙事时代观众的主动性和主导性，也显示了观众的随意性和主观性。而更为主要的是，观众的接受和消费还真正构成了电视叙事的逻辑终点。或者说，遥控器的逻辑也就成为后现代时代人们观看和消费世界的一种主要方式，同时也影响着人们思考世界的方式和世界的呈现方式：伊拉克战争、波黑战争、印度洋海啸、希腊金融危机、日本大地震、世界杯足球赛和网球公开赛、巴西的狂欢节、香港的赛马、巴黎的时装周、周杰伦的演唱、美国的大选、中央电视台的《名人访谈》和周末《购时尚》，等等，均在遥控器的逻辑主导之下，向人们呈现出一种典型的由后现代的碎片组织起来的当今世界日常生活事件的生动景观。

由此，可以说，电视叙事的基本思维特质就是：在不断的技术进步和媒介创新之下，通过种种碎片化的故事讲述和情境展示，在一种日常化、娱乐化的叙事状态中呈现现代人的生活世界。

二、电视叙事的思维方式

电视是叙事的，构成了现代大众叙事文化的世界生活图景，故而，无论制作还是接受，电视无疑都需要一种围绕着"故事"的叙事性而展开的思维方式与规则。这种电视叙事化的思维方式与规则，也就是需要通过电视化的符号与手段来实现其叙事的目的。这里，所谓"电视的叙事化"，也就是相对于传统的民间叙事或小说叙事而言，要用电视的语言、电视的介质及手段来给人们讲事情、说道理。在这个意义上，可以说，叙事说理不仅成为电视传播交流的一项重要方式与功能，而且也成为电视思维表达的一个重要目的之所在。

就电视叙事所体现的思维整体特质而言，电视叙事的种种手段和技巧，其目的无非都是为了达到一种全息性的再现。对于电视叙事来说，所谓"全息性"，就不仅体现在技术手段方面，同时也体现在传播效应之中。故而，可以说，"全息不仅仅是个纯技术概念，大众符号活动的发展从某种意义上说也就是全息化的过程"，因为"电视具备了声音、画面和运用多种维度的信息，现场采访与报道、实况转播等方式提供了一种环境信息，从而使电视节目表现出全息化的身临其境之感"①。如今，覆盖全球的电视信号网络几乎可以在同一时间，在全球范围内，以最快的速度把情况统一传播，这种时空形态的高度自由无疑是其他传播媒介无法比拟的。

因而，无论是编导制作，还是传播接受，电视叙事本质上无疑都需要具备一种电视人所特有的思维方式。而这种思维方式的实质和内含就是如何用电视来叙事说理。电视思维，即获得一种叙事的能力，应该成为电视采编、摄、录的一项基本功。因此，围绕电视的叙事，在选取材料、加工制作、处理素材、陈述意见，即电视叙事文本的生产过程中，电视人思维方式上就根本有别于作为纯虚构叙事的电影的生产，也有别于作为舞台叙事的戏剧。

就电视思维的形成机制而言，它无非是以声画结合的手段，实现从技术到艺术的转化。无疑，电视的思维材料是以某种技术手段记录下来的声画符号系统。当然，任何思维都是离不开具体的思维符号材料的，比如语言、符号、形象等。电视思维既有着语言的逻辑思维，更有着依赖于画面和图像的形象思维，甚至不免灵感思维的渗透。电视，得益于先前就已存在的广播和电影，其思维表达的语言符号不外乎声画二者。声音方面，既有有声语言，也有各种音乐音响，甚至日常噪音；图像方面，则不仅有着各种日常的生活图景，也包括各种虚构化、表演性的生活场景，甚至是纯粹梦幻中的景象。"图像化"无疑成为当代电视叙事的主导型叙事思维模式。以电视图像叙事为代表的视觉化叙事类型开始成为主导型的叙事类型，开始占据社会叙事格局的主流。

电视思维终究离不开电视叙事的文化制约，或者说，往往体现出电视叙事的目标指向，常常是围绕着电视叙事而展开。但是，电视的技术特性又决定了它的单向度传播特质。

从电视叙事的思维方式来看，电视叙事是一种以声画（或影像）为媒介，用图像材料来把握和理解现实的方式。在电视叙事实践中，视觉思维与听觉思维往往是综合在一起，同步进行的。这种综合的存在方式符合人在感知世界过程中视听思维组合进行的基本规律。因此，电视在思维方式上，体现为一种碎

---

① 高小康. 大众的梦［M］. 北京：东方出版社，1997：96.

片式的思维，也就是一种意识流式的。正如维克多·维坦查所言："文字与图像谁更卓越，今天是图书和电视的卓越之争，电视以其随机的不连续的图像与线性传统作对，打破了逻辑和思维的习惯。"①

从电视叙事的思维过程来看，电视叙事表达的过程，实际上也就是电视思维展开的过程。这种电视叙事的思维进程大致可以分为三个阶段，即思维材料选择与获取、思维材料的加工以及思维成果的表达。首先，电视叙事需要"镜头思维"，也就是通过"镜头"来创造一种"生产性文本——一种大众性的作者性文本"（费斯克）（John Fiske），它既是通俗易懂的，又是开放的。"它依赖于文本提供的意义框架和空白，又依赖于读者或观众积极地参与和创造。"② 电视思维的表达，要有"画面感""节奏感"，还要运用镜头来叙述故事。

其次，电视叙事当中，由于现实中的时空界限被打破，各种事实往往碎片化地融为一体。情景、回忆、分析和感情等，不再是一些单个的零件，而是在各种节目中构成一股混沌一体的"叙事流"。如果说这种"叙事流"还不足以分析电视叙事的技巧，电视编导们还经常混用了声画延宕与声画提前、虚化画面与实景拍摄相交错等手法，打破了观众视角的局限，冲出表现手段的约束，达到了美国传播学界所推崇的那种"用现在时（PRESENT TIME）表现过去时（PAST TIME）的叙事方式"的表述效果。电视节目生产制作作为电视思维的表现成果，是以一种超现实的逻辑复现和概括社会过程而呈现出的一些具象符号流。

再次，电视以其传播媒介特性，决定着其思维的迅速与"快捷"。这种快节奏既是相对于戏剧、电影等艺术表现媒介而言的，也是相对于报刊、广播等信息媒介而言的。电视媒介以其声画合一、栏目频道的传播方式而呈现出直观、快捷的特性；它既具有报刊、广播等高强度纪实的本能，又有着戏剧、电影等虚构叙事的品格，从而电视思维具有既"高保真"又"超现实"的思维特质。

那么，究竟如何理解电视叙事的"高保真"而又"超现实"的思维特质呢？现实，作为电视叙事不可逾越的一个重要参照物，既要求电视叙事符合现

---

① 熊澄宇，编选. 新媒介与创新思维 [M]. 北京：清华大学出版社，2001：249.
② 约翰·费斯克. 理解大众文化 [M]. 王晓珏，宋伟杰，译. 北京：中央编译出版社，2001：33.

实生活的事理经验，符合人们认知习惯的逻辑；又必然要经过了重新组织与处理；既真实，又超越了真实。因此，其使得电视叙事"在复现外部世界的运动形态时，现场和过程的复现成为其独特之处，现场是客观事物存在的空间状态，过程是客观事物发展的时间轨迹"①。或者说，这种超现实的逻辑既是以现实时空为准绳，同时更是以打破现实时空为前提；也就是在呈现现实的同时又超越了现实本身。

故而，电视思维的核心问题并不是如何通过剪辑制作电视文本的问题，而是如何通过拍摄乃至剪辑、合成技术以实现逻辑地复现社会生活的问题。其中，电视叙事就不仅是以"故事化"的方式和手段来再现现实，更主要还是离不开其既复制现实又超越现实的思维品格，并且，这一点还有可能成为电视叙事的中心原则之一。

在这个意义上，电视作为一种信息媒介确已不只是教育大众、娱乐大众的工具和手段，而是成为当今社会人们的一种自我学习、自我体验的感觉和思维的器官，成为人们当今感性的生活方式的一种印证，这也才是电视叙事的生命力之所在。

综上所述，电视思维的方式方法的核心究竟是什么呢？这就是对不同空间和时间的信息高度自由的组织和结构的思维法则。它不仅作为摄影摄像、编导、剪辑乃至导播的思维准则，体现在电视节目文本的构成当中，而且也是维系着电视受众的接受与阐释的行为，体现在电视叙事文化的传播与交流的进程当中。

第五节　电视叙事观念的嬗变与实践的选择

如果说，电影艺术在其历史演进中而逐渐获得某种美学的统一性的话，那么，电视叙事则在对世界全方位与共时态的覆盖的同时而强力获取了美学上的合法性。它通过把各种不同领域的内容都整合到自己的节目表和栏目框中，而形成了一种多元并置、异质化的文化格局。事实上，在电视播出的节目体系当中，节目前后之间可能并没有一个统一性的经验秩序，从时事政治到幽默小品、

---

① 钟大年. 纪录片创作论纲［M］. 北京：北京广播学院出版社，2000：15.

从历史追忆到电视购物、从经典影片到体育直播，不同的内容、不同的逻辑都被编排一个前后并置的节目播出系统之中；即使是在一个节目的播出过程中，还经常不断地穿插广告，形成大相径庭的两种叙事。但是，仅此，并不足以否认电视对于自身的某种统一性的美学品格的追求。可以说，电视虽然不断地在现象上分解着现实世界，但是同时又执着地企图在本质上通过叙事结构着一个本质的世界。因而，从叙事的观念及实践及其嬗变当中来把握电视，也就成为理解电视的美学统一性的一个十分重要的途径。

一、电视叙事观念的嬗变

　　理解电视叙事的观念和实践，我们不妨从电影观念的自觉谈起。众所周知，电影发展史上，在电影历经了一段曲折的发展进程之后，巴赞曾提出一种电影的"真实美学"原则。在《电影是什么》一书中，他认为：我们所追求的应该是一种客观纪录现实幻景的"完整电影"，一种"逼真地对大自然的描摹"[1]。此后的柴伐梯尼也提出了电影"新现实主义"创作六原则，即"用日常生活事件来代替虚构的故事"，"不给观众提供出路的答案"，"反对编导分家"，"不需要职业演员"，"每个普通人都是英雄"，"采用生活语言"等。[2] 诸如此类，使得电影终归于一种现实的艺术。它区别于那种梦幻电影的美学原则，虽然后者在电影史上的影响也许更为巨大。

　　如果说，正是电影观念中的"真实"与"梦幻"的美学原则的分野带来了电影发展的不同路向的话，那么，什么才是电视叙事观念与实践的实质呢？究竟是怎样的电视叙事的实践决定其观念的演变呢？

　　虽然在不同体制、不同类型的电视节目中，电视叙事往往总是带有某种明显的经验模式，但是，电视叙事观念却不是从来如此，也不是永远如斯、一成不变，而总是处于不断的变化之中，处在一个历史发展的进程之中。电视叙事已越来越显示出观念嬗变和实践选择的多元化。

　　固然，从技术的角度观察或定义电视叙事似乎还是简单而明确的，但是，

---

① 安德烈·巴赞. 电影是什么［M］. 北京：文化艺术出版社，2008.
② 《电影艺术词典》编辑委员会. 电影艺术词典［M］. 北京：中国电影出版社，1986：115.

电视不是简单的技术媒体，故而不能只是从技术的角度去理解电视叙事，更重要的是需要从电视文化、从媒体市场的角度去认识电视叙事的技术与艺术。只有这样似乎才能抓住本质，看到技术乃至市场是如何改变了电视节目、怎样体现了技术的审美化、消费化的过程，以及如何影响着电视叙事与观众的审美接受、文化消费之间的关系。

故而，从来还没有一门叙事艺术需要像电视这样复杂的创作条件，像电视这样多地借助了技术、物质和体制的力量，然而，电视叙事的本质依然是基于人们视听感官基础上的。特别是叙事主客体的复杂状况更是决定了叙事文本的复杂内涵。电视作为当今的强势媒体，对人类文化精神的传播与表达责无旁贷，同时也确实在不断地丰富拓展着人类的体验的范围。因此，电视叙事又可以说是一种厚重有力的叙事艺术。电视叙事文本中包孕着众多的人生情态，蕴藏着丰富的人性发展成果和可能性。

其实，意义的存在生成文本审美性质的同时又常常遮蔽了它的审美存在。电视叙事文本的意义存在最终成为一种审美的存在，并且其审美意义实现了对其现实意义的超越，体现出了电视叙事文本的审美本质。

另一方面，电视叙事的审美化本质与趋向也使得电视的纪实功能不可避免地受到遮掩。即使以"真实"为标榜的新闻类节目、纪录片等也难免经过一些审美化的修饰。

就电视叙事文化的审美化的过程而言，电视叙事艺术是最不纯粹的艺术，因为它离现实太近，并且，电视包含了太多的非审美的因素。我们也知道，电视叙事，从最初也是最基本的信息传播，到如今的家庭娱乐，无疑经历了一个明显的审美化的发展过程。而审美化，实质上也就意味着电视的消遣性、娱乐性、时尚化，或者说，一种日常生活的泛艺术化。审美化之所以成为电视叙事的重要特征，就在于电视叙事毕竟不同于古老宗教的神谕，也并非单纯的政治宣传鼓动的工具，而是以大众娱乐为价值取向。

总之，电视叙事的观念体现出人们对于电视本质理解的深入。如果说，电视叙事本质上是人为的、虚构的，因而难免与其对"真实"的诉求相悖反的话，那么，电视叙事总是在给人提供娱乐的同时，提供给人们一种想象中的满足；或者说，也正是在电视叙事当中，日常生活获得了一种审美化的改造。

二、电视叙事的实践选择

如前所述，电视叙事首先是现代技术的产物。技术的发展为电视叙事观念的产生提供了可能性。通常来说，一个电视频道一般只有三分之一至三分之二的图像是首播的，其余部分都是重播、复制或再利用的。正是因为有了录像技术以及更先进的数字化存储技术和设备，各电视频道才能够连续播出十几个小时，甚至实现24小时连续播出。正因为这样，才有了各种频道和栏目，才有了相对稳定的电视与观众的约会机制，观众就像听惯了广播和读惯了报纸一样，也能够在相对固定的时间找到自己所期待的电视节目了。

录像机的出现结束了原始直播的一次性问题之后，电视播出的内容不仅可以被记录、被重播，而且素材也可以不断地被复制和重复使用。而录像技术的微型化与数字化还进一步改变着电视的叙述方式，同时也改变着电视叙事获得事实与素材的手段。比如，微型化的秘录设备使那些以追求社会真相为己任的记者可以获得显性采访或者公开化采访所不能得到的一些新闻事实，可以使得许多内幕和真相大白于天下。因此，"隐秘拍摄"或者叫作"隐性采访"，如今已成为最富表现力的电视叙事手段之一。

事实上，事件的真相与进程之上，还有着一个意义的世界。电视叙事更是以现实生活为材料构建自己的审美结构形式，其创造过程始终离不开超越现实的意义世界的建构。二者以不同的方式交织于叙事文本之中，并发挥其应有的作用。一般说来，意义是对文本所包含的现实生活材料的抽象，文本系统中不同层面的叙述被解释为知性意义并向中心凝聚。如果说，意义的解读本质上是对特定历史阶段中心话语的认同，同时也是确立权力话语的过程；那么，意义与外部语境直接关联，意义之间是"互文性"的，其中的各种意义往往互为印证、深化，却又难免互相干扰、否定，使得意义的解读不断复杂化。电视的节目制作和栏目设置在叙事的形式上也许没有那么复杂，也没有相应的观念上的自觉，但是对于意义的呈现的追求却是必不可少的。

故而，当代电视媒体，既需要宏大的历史叙事，也需要个人化的日常私语，更需要在历史与个人之间创造出一种独特的叙事"众生话语"。这也就是让－弗·利奥塔尔所说的，使"叙事（通俗）文化重获尊严"，"叙事不再是合法化过程中偶然的失误"。或者说，"在当代社会与文化——后工业社会和后现代文化——中，无论它应用何种整合模式，也不管它采取的是思辨型叙事或解放型叙事，宏伟叙事总归已经失去了它的可信性质"①。某种意义上，当下电视媒体的兴盛与电视叙事的普及也许正暗合了这一历史需求。

另一方面，在电视叙事高度发达的今天，作为接受者的你我往往都可以拿着遥控器无拘无束地从一个频道切换到另一个频道。这一点已足以呈现出一幅后现代社会无中心的播散图景。可以说，电视叙事正以一种崭新的方式凸显出这样一种后现代的社会景观。或者说，后现代的哲学和美学都可以在电视的叙事与传播中得到了具体而生动的体现：平面化的追求与深度感的消失，碎片化的生存与整体意识的消解，中心与边缘的错置，结构与解构的往复，原意与诠释的博弈，等等。诸如此类，无不在电视叙事的形式中得到了新的后现代式的呈现。无疑，如果说，电视叙事作为一种典型的后现代文化现象，展现了后现代美学的普遍的精神与特质，那么，后现代主义作为现代主义的极端扩张，也正是借助于包括电视在内的大众媒体而发挥效应，并进而导致其文化霸权局面的瓦解，具有了杰姆逊所归纳的平面感（深度模式削平）、断裂感（历史意识消失）、零散化（主体消失）、复制（距离感消失）等诸多方面的美学特征。

所以，一个电视叙事的时代，无疑有着自身的文化逻辑与美学规则，从而需要建构起一种契合现代叙事观念的电视美学和电视文化学。亦如让-弗·利奥塔在描述后现代状态时所指出的："我将使用现代一词来指示所有这一类科学：它们依赖上述元话语来证明自己合法，而那些元话语又明确地援引某种宏伟叙事，诸如精神辩证法，意义阐释学，理性或劳动主体的解放，或财富创造的理论。例如，按照理性的双方可以达成一致意见这一观念来判断，具有真理价值的陈述在陈述者和倾听者之间导致共识的规律便能够成立：这就是启蒙叙事，在这类叙事中，知识英雄总是朝着理想的伦理—政治终端——宇宙的和谐迈进。"② 也就是说，电视叙事也无疑从这种启蒙叙事开始的，它属于人类现代性神话的一部分，所以，从一开始它就具有一种宣传与教化的观念和立场；而随着后现代（也就是所谓后工业社会）的到来，电视更是成为人们日常文化消

---

① 让-弗·利奥塔. 后现代状态：关于知识的报告［M］. 北京：生活·读书·新知三联书店，1997：80.

② 让-弗·利奥塔. 后现代状态：关于知识的报告［M］. 北京：生活·读书·新知三联书店，1997：1-2. 此处译文有所改动。

费的一部分，其启蒙叙事的立场也就难免被取消甚至被置换。电视叙事也便随之走向、走进大众的日常生活，成为后现代的大众文化景观的非常重要且异常精彩的一部分。

　　总而言之，电视叙事观念的自觉与发展乃是基于电视艺术的实践和电视文化的发展。同样，电视叙事观念的嬗变也离不开当代电视艺术传播的现实的文化语。从"宣传教化"到"大众娱乐"，从政府"喉舌"到文化产业，电视叙事文化也就必然要走上一条世俗化与市场化之路。这无疑也是被世界各国的电视发展历程证实了的。

第二章

电视叙事的主体：谁在说？

——作为叙述主体的电视叙事者

古往今来，叙事行为无疑都是为了叙述某种共同的感受，建构交流的手段和彼此认同的价值观念、审美理想、伦理意识和宗教精神的。或者说，这一切都体现为叙事过程当中的主体的建构。因为，归根结底，"叙事就是作者通过讲故事的方式把人生经验本质和经验传示给他人"①。故而，叙事行为根本上是离不开一个叙述的主体的，或者说，叙事行为总是受制于一个叙述者。在这个意义上，正如杨义在《中国叙事学》中所指出的，"叙事作品不仅蕴含着文化密码，而且蕴含着作家个人心灵的密码"②。

"叙述者"原本就属于西方经典叙事学研究中的一个重要问题。米克·巴尔曾将"叙事人"定义为一种"语言的主体，一种功能"，认为叙述者是"表达出构成本书的语言符号那个行为者"③。从而，米克·巴尔也主要就是从叙述行为出发研究"叙述者"所具有的叙述特征、种类及其叙述风格等方面的问题。应该说，结构主义叙事学的一个重要缺陷正在于其所研究的文本对象的封闭性，他们明显是把"叙述者"仅仅作为一种抽象性的叙述机制来理解。作为对于结构主义叙事学的一个明显的纠偏补缺，本书主张应该把"叙事者"从文本中解放出来，赋予其真正主体的地位。因为，叙事，不唯是文本技巧，更是一种主体间的交流。如果"叙述者"被完全封闭于"文本结构"之中，那么，叙述行为也就仿佛处于一种无主甚至无助的状态，"叙述者"又怎样表现"自己"，又

---

① 浦安迪. 中国叙事学 [M]. 北京：北京大学出版社，1996：5.

② 杨义. 中国叙事学 [M]. 北京：人民出版社，1997：204.

③ 米克·巴尔. 叙述学：叙事理论导论 [M]. 谭君强，译. 北京：中国社会科学出版社，1995：138，139.

怎样表现与语言文本及话语结构的主从关系呢？如果按照结构主义叙事学的理解，既然"叙述者"是叙述行为本身所塑造的特殊形象，那么，"他"又怎能左右其所"身处"的话语结构呢？赵毅衡认识到了这种尴尬而将其称为"苦恼的叙述者"。事实上，这一难题的背后所表现的恰是人类叙述行为本身所具有的一种深层矛盾，由此可以探究其更多的文化关联。如赵毅衡所指出的："叙述者身份的变异，权力的强弱，所起作用的变化，他在叙述主体格局中地位的迁移，可以是考察叙述者与整个文化构造之间关系的突破口。"①

有鉴于此，本书更愿意把"叙述者"范畴扩大为"叙述主体"。在历史的语境中，主体指的是"历史的行为者，即事件的有意识的设计者，而不是事件的无意识的工具"。其实，从笛卡尔（René Descartes）以来，"主体—客体"问题，或者说主体与客体的分离，就一直被看作是西方思想的根本问题。在马克思看来，主体之间的关系与互动甚至是社会发展的原动力。"生产不仅为主体生产对象，也为对象生产主体。"② 而所谓"叙述主体"，就是叙事活动中的诸种主观因素的承担者，也就是叙事行为的组织者和体现者。叙述主体在叙事文本中往往以两种形式存在：其一，叙述主体等于作者；其二，叙述主体等于隐含的作者。从而，一方面，"叙述主体"不仅融合了"叙述者"与"作者"这两个范畴，而且对于那些类型化的"作者"来说，其文化心态、叙述观念及其叙述风格的在文本呈现中的作用就显得尤为重要；另一方面，结合本章所论，我们把电视的"制片人""电视编导""节目主持人"等也都作为"叙述主体"的重要类别之一，由此探讨电视"制片人""电视编导""节目主持人"等在电视叙事中的重要作用及其文化功能。故而，张扬电视叙事的主体属性与品格，力图走出结构主义叙事学的窠臼，也正是本章所论之主要意图所在。

由此，对于电视"叙事主体"的探究也就成为本书连接电视叙事的内部研究与外部研究的一个最为重要的因素，成为我们全面探讨电视叙事的文化特征与美学奥秘的一个新的切入点，也是我们进一步把握电视叙事的理论与实践之关键所在。因此，本章首先需要追问就是：究竟谁是电视的叙述者？电视叙事话语的主导权究竟为谁所掌握？这不仅关系到叙事者的态度与立场的选择，体

①　赵毅衡. 苦恼的叙述者［M］. 北京：北京十月文艺出版社，1994：1.
②　马克思，恩格斯. 马克思恩格斯选集：第二卷［M］. 北京：人民出版社，1972：95.

现出叙事主体对事件的选择与作品深层意义表现之间的深刻关联，而且也涉及电视叙事文本的形态表现与风格样式，成为下一章关于电视叙事文本研究的一个起点。

第一节　谁是电视叙事者

叙事学告诉我们，不管故事怎样被人讲出来，讲故事的人都是不可缺少的。讲故事的人就是叙述者。一般来说，叙事者可分为"现身式"（explicit）的叙述者和"隐藏式"（implicit）的叙述者两种。然而，在一般的叙事文本当中，即使是"隐藏式"叙述者也不可能把他的存在和痕迹完全掩盖起来。更为重要的，正如本雅明所言："一个伟大的说故事者总是扎根于人民之中。"① 无论是"隐藏式"还是"现身式"，都是或隐或显的故事的叙述者，不仅掌控着叙事话语及故事进程，而且其可能是单数，也可能是复数，因而其主体身份也许更值得人们去关注。因为，叙事者，不仅是作为一种叙事功能的建构，而且也是有其人格化的呈现。

对于电视叙事来说，追问"谁是电视叙事者"，实际上也就不仅是为了确认电视叙事者的价值属性与身份类型，更主要的还是要揭示出叙事者的文化立场与姿态，以及他们又是怎样在叙事文本中发挥作用并得以呈现的。故而，这里讨论的"谁是电视叙事者"，也就成为理解电视叙事时至关紧要的第一步。

一、电视叙事主体的建构

叙事者，也就是所谓"叙述主体"，乃是指叙事文本中的"陈述行为主体"②。叙述主体的本质具有一定的抽象特征，西方经典叙事学多是从人物行动代码、叙述机制等方面进行实证研究。如结构主义叙事学就把"作者"分为"真实作者"与"隐含作者"，认为文本研究只能通过研究"叙事者"来接近

① 本雅明. 说故事的人［M］//启迪——本雅明文选. 香港：香港牛津大学出版社，1988：93.

② 托多洛夫. 文学作品分析［M］//叙事学研究. 北京：中国社会科学出版社，1989：71.

"隐含作者"，而"真实作者"（包括解码一方的"真实读者"）则是不可追问的。20 世纪上半叶的结构主义者曾经宣布："作者死了！"然而，到了后结构主义者，作者重新又被加以追问，但这种追问并非是要让作者"复活"，而是从某种意义在追查作者的"死因"及其"遗嘱"。比如，福柯（Michel Foucault）就不把作者当成写作文本的说话者个人。在福柯那里，作者仅代表着一种文本话语的统一性和连贯性。因为人作为主体本身就是语言的构成物，没有语言可以有"人"（生物的人），但不会有"主体"。作者作为一个主体，当然也是由话语构成的。作者并非想说什么就说什么（或者在电视叙事中想拍什么就拍什么），其是不免要受到"外在控制过程""内在控制过程""应用控制过程"等一系列的禁止、排斥、限制和监督。普林斯从叙述主体介入故事的程度的角度对叙事者做出了以下区分。他认为，叙事者在人物的层次上可以依次表现为纯粹的旁观者或见证人（mere observer or witness）、行动的次要参与者（a minor participant）、较为重要的参与者（a relatively important）以及主人公（protagonist）[1] 等，可以将叙事主体与故事中的人物联系起来加以考察。

　　对于叙述主体（即叙述者，甚至包括读者或接受者）的研究，在 20 世纪的文化研究中，更是备受关注的。特别是将"作者/读者"作为一种"主体"，引入有关意识形态的研究之中。英国学者理查德·约翰生（Richard Johnson）就是把这种"主体性"问题界定为文化研究的主要对象，他认为："文化研究是关于意识或主体性的历史形态的。"[2] 而所谓的"主体性的历史形态"，就是指由社会和文化建构并在历史过程中不断变化的主体性的独特形态。阿尔都塞（Louis Pierre Althusser）的意识形态理论表明：就如语言只是提供了一种对现实的描述而非现实本身一样，意识形态也只是一种思想框架，不存在真实或虚假的问题。但是，就和"不是我在说话而是话在说我"的道理如出一辙，个人作为"主体"以为自己是在独立的思考、自主的判断甚至自由的把握着现实，而实际上其"主体"却是早已被一系列的思想体系和再现体系所限定。你以为你在说话、在思考，其实，都不过是你对自我的一种想象和虚构而已。在这个意义上，阿

---

① GERALD PRINCE. A Dictionary of Narratology [M]. University of Nebraska Press, 1988：24.

② 理查德·约翰生. 究竟什么是文化研究 [M] //罗钢，刘象愚. 文化研究读本. 北京：中国社会科学出版社，2000：10.

尔都塞把"意识形态"定义为："个人与他的现实存在条件之间的想象性关系之再现"①；"它是社会的历史生活的一种基本结构"，"它们首先作为结构而强加于绝大多数人，因而不是通过人们的'意识'。它们作为被感知、被接受和被忍受的文化客体，通过一个为人们所不知道的过程而作用于人"②。其实，阿尔都塞对"意识形态"的界定，显然从法国学派精神分析学家雅克·拉康（Jacques Lacan）的"镜像理论"中汲取了许多灵感，就连他对"意识形态"的分析，也多少有点精神分析的味道。比如，阿尔都塞就曾强调意识形态对于人的控制往往是在无意识中进行的，人们"内化"了意识形态，所以并不能意识到它的存在和效果。进而，阿尔都塞指出：人的无意识也是属于意识形态的；意识形态从外部建构了人们的"本质"和"自我"，所以人们所谓本质的自我只是一种虚构，而真正占据其位置的只是一个有着社会生产身份的存在，即人的社会"主体性"。所以，人对其自我的看法不是自己产生的，而是文化所赋予的。

因此，在阿尔都塞看来，叙事者（或"作者"）作为一个"主体"，实质上乃是一个被意识形态建构着的虚幻自我。从而，叙事主体的"创作"并不都是"自由"的。他本身就是意识形态建构的结果，是各种具体的叙事规则的实现者而已。这样，从"传者—受众"或"作者—读者"的关系上来看，"主体"并不是凌驾于一切之上的，而是必然要受制于他所置身于其中的各种现实的或审美的关系。

由此观之，要认识电视叙事中的叙事者或叙述主体，也就需要把隐匿在具体的电视叙事者"个人"乃至"集体"背后的生产关系、意识形态、符号规则等都揭示出来。或者说，对于电视叙事来说，其叙述主体究竟是谁？也就关系到对于其本身及其背后所隐匿的体制、规则及对惯例的理解和把握。

其实，电视叙事的作者常常都是匿名的。相对于以往的小说、戏剧或电影来说，这种"匿名"，看起来似乎是迫不得已，但是，实际上却是由电视体制所带来的。一方面，电视节目的作者往往不是某一个人，特别是在某些高度强化的意识形态体制下的宏大叙事，电视只能成为一种"传声筒"或"喉舌"，作

---

① 路易·阿尔都塞. 意识形态和意识形态国家机器. 李迅，译 [M] //李恒基，杨远婴. 外国电影理论文选. 上海：上海文艺出版社，1995：645.
② 路易·阿尔都塞. 保卫马克思 [M]. 北京：商务印书馆，2006：229.

者的隐匿或消失更是势所必然。另一方面，这种"匿名"的叙述，还有着一种莫名的威力，它可以使"我们的注意力不是被引向陈述的行为，而只是引向了陈述本身"。因此，在电视叙事中，我们看到的一切似乎都是真实而自然的，仿佛同我们的现实生活如出一辙，可是我们往往忘记了这一点，即电视上那些正在发生的事实际上并非现实本身，而是一种涉及许多人的行为与观念的高度复杂的"结构"而已。这种"结构"即是一种意识形态。而这种意识形态又不仅是指"定义、表达、维护现有权力结构的经济、社会、政治、宗教、文化以及其他多种错综的体制与手段"，而且，某种程度上，"它们融入了日常生活的经验和体验，发挥着一种温和的效力，其构成方式复杂之至，以至于抵制和颠覆都难之又难"①。

当然，电视叙事中作者的匿名却并不意味着叙事者的缺席。相反，有时甚至更能够体现出叙事者的在场，即以集体的身份在国家或道义的名义下形成某种宏大叙事，或者在各种琐碎的采访、随机的拍摄及其不断的复制中使得叙说者归于无形，从而造成电视叙事主体身份的一种幻象或者象征。

也许，电视叙事的特殊性和复杂性正在于，电视叙事所表达的生活似乎是一些随意涌现而又可以随意消失的片段，就像生活中的一朵朵浪花。但是，实际上，每一个叙事片段的"浪花"都早已编排在电视台依某种程序组合而成的节目播出的流程当中了。从而，一个个日常生活中最常见的和最微小的视听元素，都被有意无意地安排或编织在一切可以想象的节目片段的呈现中，以显示或者印证某种想象的逻辑和对生活的认知。从而，电视叙事正是由于有了这种似乎无处不在的叙述者对于故事的驾驭，故而可以将诸多视听元素聚合成为一个整体，可以创造出繁多的社会性的悲剧或者喜剧，可以对受众产生各种心理影响：它使人们或悲悯，或激愤，或欢笑，或忧伤，也可能使人们或司空见惯、漠然视之，或沉思与品味，甚至念念不忘。

就叙事者的个体叙述能力发生而言，一个人从孩童的简单叙事到成人的复杂叙事；从直观的真实叙事到复杂的虚拟叙事；从看图说话、学写纪实短文到学会虚构地创作小说、戏剧，并使之达到可以乱真乃至再造"第二自然"的程度，要经历漫长的过程和艰苦的训练，而这个过程和训练某种意义上也就非常

---

① 劳拉·斯·蒙福德. 午后的爱情与意识形态 [M]. 北京：中央编译出版社，2000.

类似于人类叙事能力成长史的缩影。由此也可以说，叙事主体的叙述能力的成长乃是一个从低级到高级不断积累与发展的历史过程。故而，迟至今天的电视叙事，由于它在人类叙事行为发生的序列上最为晚近，其叙述能力和叙事技巧也应该为复杂和高级才是。然而，事实却并非如此。对于电视的叙述人来说，电视叙事所依赖的真实直观的材料和话语却似乎又回到了人类的从前，回到了简单明了的原始直观之中。它一方面是图像的直观，是视听的欢愉，是日常化的生活情境的再现，然而另一方面，却又是集真实叙事与虚构叙事于一体，熔民间叙事、文人叙事乃至各种宏大叙事于一炉。从而，就电视叙事的主体品格和能力而言，其主体性特质究竟何在呢？

根本上，在电视节目时间表及各式各样的节目预告的背后，人们似乎还总是可以感觉到那只"影像的巨手"——作为超级叙事者的存在。这些电视的超级叙事者不但能够像上帝那样客观俯视一切的节目叙事，而且还掌控着叙事的总的进程。但是它似乎并不具体参与整个节目叙事的流程，并进而影响其结果，但却有着种种鲜为人知的潜在的情节走向的裁判权甚至节目生杀的决断权。确实，在世界各国现有的电视体制下，几乎所有的节目差不多都得经他们的检视和技术性处理之后方可通过播出的关口来呈现给受众。同时，为了某种需要，他们还可以任意改播、插播、重播、延后或者搁置一些节目。因此，从特定意义上讲，这种"超级叙事者"才是电视文本的真正叙事人和"特征化的虚拟者"。他们仿佛既是"生产者"又是"把关人"，既是"运动员"又是"裁判员"，在电视媒介的日常生活叙事中不仅调整和控制着电视节目的播出与流动，而且也从宏观的角度隐述着电视文化传播的迁延轨迹和历史发展的趋向。

惟其如此，我们所理解的电视叙事的主体的建构似乎就是始终处于这样一个矛盾且不断变化的状态之中。

二、主体何为？

那么，在电视叙事文本生产的过程中，叙事主体究竟有着什么样的价值和作为呢？

确实，诚如英国学者罗杰·西尔弗斯通（Roger Silverstone）所言："创造性与约束力、个人与集体的不断融合与交叉的过程，正是现代或后现代文化的特质。"① 作为叙事主体，在各种现代传播媒介中整合社会意识、传承文化经验、宣示意识形态立场的，与其说是编辑、记者、主持人、制片人甚至包括媒介技术专家，还不如说是那只无形的"影像的巨手"。或者也可以说，正是作为超级叙事者的这只"影像的巨手"使得电视叙事中"创造性与约束力、个人与集体的不断融合与交叉"。事实上也是如此。只要支持电视节目生产的技术基础和社会基础没有根本的改变，那么，当代电视中的超级叙事者的存在就是难免的。而且，不论人类社会如何发展，每一个人的主体性和创造性都必须由文化传统、社会制度、技术条件等所赋予的新的创造活力来显现。所以，也许只有到了像互联网这样的叙事媒介广泛存在和普及的时代，其真正的叙事主体才有可能逐渐突破超级叙事者的掌控，而让媒介叙事的主导权还给我们生活中的每一个普通的参与者。

在这个意义上来看待电视叙事的主体价值，才有可能是现实的、合理的。如前所述，就像历史上其他诸种叙事文化形式，电视叙事固然离不开一个故事的叙述者，但是其主体的话语表达及其价值功能的呈现却是要复杂得多。叙事者是每一个叙事体所不可或缺的，尽管某些叙事文本看上去好像没有叙事者，但那也可能只是一种相对潜隐的叙事状态，叙事者虽不曾彰显，却还是时刻在场的。因此，可以说，"无叙述者的叙事，无陈述行为的陈述纯属幻想"②。所以，电视中，我们不仅要追问："究竟谁在讲故事？谁是电视的叙事者？"而且更为重要的还是要理解讲述故事背后的主体权力、意义和规则。或者说，对于电视叙事者的追问，实际上也就是对于电视叙事的话语权力和意义本源的追寻和把握。

一般认为，后现代叙事理论同结构主义叙事理论的重大差别之一，就在于其对叙述者的意识形态立场的重视和对文化权力的特别关注。结构主义叙事学中的"叙述者"一般被定义为"陈述行为主体"，体现为文本中的"声音"或"讲话者"。从而，对于叙事者的主体性他们已然做出了一种实质性的揭示："叙

---

① 罗杰·西尔弗斯通. 电视与日常生活 [M]. 陶庆梅，译. 南京：江苏人民出版社，2004：80.

② 热奈特. 叙事话语 新叙事话语 [M]. 王文融，译. 北京：中国社会科学出版社，1990：251.

述者代表判断事物的准则，他或者隐藏或者揭示人物的思想，从而使我们接受他的'心理学'观点。"① 后现代叙事理论之强调主体在叙事中不可或缺，不是在于体现为叙事文本中一种必不可少的行为机制，而更主要的还是在于他代表着一种意识形态的立场，他的声音当中隐含着一种话语权力或者社会权威。所以，两者之间对于叙事者主体性的揭示还是有着明显的传承关系的。

从叙事学的一般观点来看，电视叙事通过文本产生出来的叙述声音及"讲话者"的主导性权力，必然涉及有关文化传统、社会体制及技术条件等诸多问题，并且由此而形成某种叙事权威的。这不仅是因为"叙事者的地位在何种程度上贴近这一主导社会权力成了构成话语作者权威的主要因素。同时，话语权威的构成因素还包括随历史进程而变化的文本写作策略"②。作为大众文化叙事的电视，其叙事者的叙述行为就不仅体现在文本之内，也涉及文本产生的过程，甚至还关系到行为人的身份和立场。

另外，进一步的问题则是，电视叙事者立场的选择和身份的确认，究竟是依赖于其自身的特质？还是体现其叙述功能的发挥，抑或是在文本结构以及具体的关系中呈现出来？结构主义叙事理论往往强调文本或结构本身的自律性，他们在有意无意地漠视创作者的主体地位的同时，更愿意把叙事文本的作者转化和替换为文本中隐含的叙事者。其实，作者与叙事者之间既不能相互替代，也不能简单割裂，两者之间有着种种复杂的关联。对于电视叙事来说，叙事者作为一个人为设置的角色，一个叙事行为的"施动者"③，与其说只是某个个体，不如说乃是一个复杂的群体。在具体电视节目的编导制作的层面上，电视的叙事者，当然既不仅仅是一个有着某种叙事话语权力的制片人，也不只是包括节目的策划、主持人、记者、编导等在内的各类创作者。叙事者是在电视叙事文本中的具体表达的层面上一个"说故事的人"。其可能就是故事中的主人公，也可能是节目的主持人，甚至可能就是一个隐而不显的角色，一个"旁白者"，或者可能只是默默无闻的电视镜头。虽然，镜头构成电视叙事文本的主要

---

① 茨维坦·托多洛夫. 文学作品分析 [M]. 北京：中国社会科学出版社，1989.

② 苏珊·兰瑟. 虚构的权威——女性作家与叙述声音 [M]. 北京：北京大学出版社，2002.

③ 沃尔夫冈·凯瑟. 谁是小说叙事人？[M] //王泰来，等，编译. 叙事美学. 重庆：重庆出版社，1987：111 – 112.

话语形式，但是它还必须要有与之密切配合的剪裁编辑才能形成语汇，带来意义的表达。而电视节目支持人以及纪实或虚构故事的主人公也无非是构成电视叙事的一个元素、一个符号而已。作为电视的叙事者，无疑还需要在主体身份确认的基础上进一步追寻其隐含在文本结构及其叙事行为背后的价值立场与叙事态度。因为，也正是这种立场和态度成为叙事者对于事件叙述过程、叙事节奏的驾驭乃至话语风格的呈现的主要依据所在。

以中国大陆的电视为例，它曾经仅仅是作为一个"喉舌"，成为占统治地位的意识形态的"传声筒"。如果说，这种境况本身可以理解成电视叙事主体的一种"佚名"或"失语"的状态的话，那么，造成其自身的主体性缺失的根源究竟何在，也就有必要加以进一步的追问。事实上，就像中央电视台《东方时空·百姓故事》的那句有名的广告词——讲述老百姓自己的故事——所说的那样，弄清楚究竟谁在"讲述老百姓自己的故事"，也就成为一个关键性的问题。因为，从表面上看，影视中的主人公多是在"自述"，节目的编导们也确实采取了一种以纯客观的记录来避免外在干预的叙事策略，但是，若要追问真正的叙事者，却并非是"老百姓"在自说自话，而必然与节目策划、制片、编导、摄像们的态度与立场的选择有关。故而可以说，像中央电视台这样的电视媒体，其电视叙事的主体行为基本上是一以贯之，但是，在主体的态度和立场上，从仅仅作为"喉舌"以传达统治者的意志到"讲述老百姓自己的故事"，已然有了很大的转换，这也许才是更耐人寻味且有着独特的意义的。

当然即便如此，在那些电视叙事文本的背后，也仍有着一个巨大的看不见的手，在操纵着整个电视的表达。正如北京电视台《往事在说》栏目，虽然并非是在栏目命名中就有意淡化甚至隐藏其叙述主体，而事实上却仍是在提醒观众："谁在说"。显然，主体是在其叙述行为中建构起来的。主体何为？也就显示出一个栏目甚至一个媒体的根本的价值和立场究竟何在。

从而，究竟"谁在说"，不仅意味着主体叙述行为中的立场和价值方式的选择，而且往往也是一档节目乃至一个媒体自身的意义和魅力所在。北京电视台的名牌栏目《第7日》（原《元元说话》）以主持人元元为显叙事者，以市民新闻的评说为主要内容，确实赢得了广泛的市民受众。当然，该栏目中许多节目也自然有着隐含叙事者。人们在看主持人元元演播室导语的时候，如果仅仅感觉到了她纯真自然的京腔京韵、亲近率真的语气的话，那还仅仅是外在的，更主要的还是以她独特的视角去观察世间百态，以敏感的触觉和个性的语言去感悟、评说生活道理。《元元说话》在整个栏目及主持人元元整体包装的效果上，有其独到之处。更重要的是该栏目在内容上有着明显的叙述优势。《元元说话》的叙事视角非常独特，叙事者善于抓住别人看不到的，或者说别人看到没有说出来的东西。就像其中一期节目《心疼牛哥》，从对主人公牛哥的捐赠行为表示心疼的角度，善意地对牛哥的"没有节制"的捐赠做出批评，因而巧妙地涉及社会慈善和个人权益之间的矛盾与平衡。而另一期节目《蟑螂的自白》，则从一个小蟑螂的内心感受来叙述，用模拟蟑螂的口气来说，不但俏皮，而且新颖。城市灭蟑似乎司空见惯，小事一桩，常人不会过于关注，作为电视叙事的素材就更少，但是经过在《元元说话》，却能够以小见大，揭示城市管理与市民生活质量的大问题。其中，元元的叙事技能，使得观众都被纳入营造的蟑螂世界里了，设身处地地感知人们城市生活中那些鲜为人所知的一面。从而，《元元说话》节目在故事叙述及其起承转合方面显得比较得心应手，故事结构也显得合理流畅。从《元元说话》到《第7日》，再到《7日7频道》，节目中民间性的话语及其俏皮、犀利的风格则一直在保持下来。北京电视台对于民生的关注的媒介品格，在这样的一些栏目的电视叙事中得以鲜明地体现出来。

作为显在叙事者的主持人所主导的叙事主体风格在香港凤凰卫视的一些知名栏目中得到更多的体现。从较早的陈鲁豫主持的《新闻早班车》开创"说新闻"起，到延请一些台湾地区及大陆的名嘴如李敖、陈文茜、赵少康、余秋雨等开办时事评论、文化批评、财经分析乃至娱乐报道等栏目，其中多以个性鲜明的叙说来进行节目定位和建构起栏目形象，从而树立起凤凰卫视的一些标志性的符号和品牌，甚至成为其媒体运营战略的一部分。即便如董嘉耀所主持的军事评论节目也拟态十足，欧阳娱乐报道更是夸张搞笑。陈晓楠所主持的《社会能见度》和《冷暖人生》则是以朴实地讲述社会案件和平民故事为主，内容多以百姓日常生活中发生的或惊险或普通的故事为核心，通过讲述故事以揭示人生道义、社会冷暖。而像《文涛拍案》，更多的是取材于各种现实案件，并在一种人性的立场上加以评述。主持人窦文涛，采取中国古代说书人的叙述方式，其似乎有意模仿民间评书的叙述样式和技巧，造就了一种诙谐逗趣、嬉笑怒骂皆成文章的效果。另一档也是窦文涛所主持的品牌栏目《锵锵三人行》，作为一个典型的谈话类节目，其叙述主体却是以嘉宾为主，主持人更多地是引出话题，激发嘉宾叙述的欲望，并加以句读和标点。可见，适度的引导与控制也是节目主持人的应有的主持技巧。这些栏目的设置，在价值立场上，就是要把一些社会上的"灰色地带"变成"透明地带"，通过对于社会公平正义、道德良知的维护，给每一个生命以应有的尊严，以达到促进社会民生问题的妥善解决，展示以人为本的媒体形象的目的，从而也使得这些节目得到了政府和民间的较为广泛的认同。

总之，主体何为？正是主体的叙事行为决定着电视叙事栏目甚至媒体自身的立场的选择和价值的实现。在电视叙事中，作为社会活动的主体，"人"的存在是建立在与他人的关系之上的。因此，研究作为电视叙事主体的创作者，必须结合他的叙事行为及传播方式密切相关的主体（作为事件的行动主体的事件人物和作为电视叙事文本的接受主体的受众）的关系来进行。电视叙事的主体行为固然有着个体性和人格性的一面，但是本质上却不是属于个体的甚至是匿名的。这一点使得作为大众文化叙事的电视明显地区别于追求精英化叙事的小说、戏剧和电影。故而，对于电视时代的叙事来说，主体究竟选择怎样的立场、能够在何种程度上发挥自己的价值和潜能，以便有效地拓展社会文化空间，至今仍成为一个问题。或者说，电视叙事主体的声音只有汇入到一个时代的宏大声响之中，才有可能成为文化的重整和发现，使得社会文化的整体形态与时代叙事的普遍性发展。

三、电视叙事主体的裂变

正是由于电视的社会角色及其技术与体制诸多方面的原因，电视叙述主体的身份及其叙述行为变得异常复杂起来，而现代文化的危机往往体现为主体的身份裂变及其价值认同的危机。正如英国学者斯图加特·霍尔（Stuart Hal）所说："主体在不同时间获得不同身份，再也不以统一自我为中心了。我们包涵相互矛盾的身份认同，力量指向四面八方，因此我们的身份认同总是一个不断变动的过程。"① 诸如此类，也强化了电视叙述行为的一些本质特征：

其一，电视意识形态属性与其日常化叙事之间的矛盾，带来了叙述主体的

---

① STUART HALL. "The Question of Cultural Identity", in Modernity and Its Future, edited by S. HALL, D. HELD AND T. MCCREW, Cambridge: Polity Press, 1991: 277.

身份的"分裂"。这里，所谓"意识形态"是指内在于人们思想、行为中的个人与其外部世界的关系，或者如阿尔都塞所言的"个人同他存在于其中的现实环境的想象性关系的再现"①。电视叙事一方面体现为这种意识形态之镜，另一方面又是作为家用媒体叙述日常生活的伦理。在电视叙事文本中，作为叙述主体并非"叙述层"中承担叙述行为的"本质的我"，可能是叙述者即电视节目中"故事层"的"叙述的我"，也可能体现为行动主体即"故事层"中"参与事件的我"、故事的主人公或参与者。在一般叙事学看来，这三个各自分裂的主体（"我"）本质上是无法复合的，尤其是叙述主体（叙述层中叙述行为"本质的我"）已经"抽象"为一种叙述机制，无法具体表征。而叙述者（"故事层"中"叙述的我"）和行动主体（"故事层"中"参与事件的我"）只是叙述主体语言叙述行为中的"面具"式的人物，表示着叙述主体"具象化"的不同形态。② 其实，电视叙事中的这种"我"的分裂某种意义上则可能更为明显，特别是电视叙事的意识形态属性赋予了其叙述主体一种被操控的特点，使得其一切叙述行为只能在既定的轨道上、围绕着某些主题、朝着某个既定的目标行进；而电视叙事的日常化的品格又使得叙述者总是在喋喋不休、絮絮叨叨，话题内容蔓延到生活的各个角落，其叙述者无疑也是形形色色。从而使得电视叙事的主体身份无法弥合。

其二，由电视体制所带来的叙述主体行为的多重分裂，产生了叙述主体与行动主体之间叙述行为的"时间差"问题，同时也深刻地揭示出电视叙述行为的"时间"差异特征。我们知道，电视叙述的本质在于人们讲述接受主体一般都未曾经历的事情。也就是说，叙述主体本质上是在叙述过去的事件或未来的虚拟事件，而很难叙述"现在时"的事件。叙述的"现在时"事件是正在目击的事件或叙述行为本身，叙述主体对正在目击的事件"边看边说"并非不可能，然而如果接受主体"不在场"，这一叙述行为也就失去了价值。叙述行为本身是一般属于"元叙述层"，本身也是几乎"不可自说"的，就像"观看者"一样几乎无法"看到"自己（人们通过镜子来了解自我应该是人的一种特殊的

---

① 罗刚，刘象愚. 文化研究读本［M］. 北京：中国社会科学出版社，2000：12，16.
② 茨维坦·托多罗夫. 文学作品分析［M］//王泰来编. 叙事美学. 重庆：重庆出版社，1987：34.

"看")。现代广播、电视叙述的"现场直播"看似解决了这一问题，然而，其中的"出镜记者（或主持人）"充其量只是"叙述者"（"故事层"中"叙述的我"），其真正的叙述主体还是摄像机、话筒背后的"眼睛""声音"以及其他几乎机械化的叙述主体机制。一旦图像叙述"直播"的主要场面完全展开时，所谓的现场"出镜记者"或主持人就会被摄像机、声讯传播设备等组构的传播机制"抽象"而去，从而明显地显示出了不同主体之间无法弥合的裂痕，也导致电视叙事的主体叙述行为不再是个体的和随意的，事实上反而常常是被扭曲和被抽象的。

其三，电视叙述主体的身份分裂，常常导致不同节目叙述主体之间风格差异和类型差异。诚然，历史上各种叙述文本（包括历史叙述和虚构叙述），其叙述主体间的肯定、否定、怀疑、讥讽等多种情感关系的形成，促进了各种叙述技巧及效果的产生，进而也带来了叙述主体的不同的人格类型，形成了不同的叙述语调和叙述风格，成为其语言修辞的一个重要组成部分。电视叙事唯其具有某种程度上的杂糅性，所以，其叙述主体身份的分裂也带来了电视叙事形态类型的丰富多样与相互竞争，客观上也促进了电视叙事技巧的演变与修辞的进步，当然也必然带来了电视叙事媒体及栏目（节目）上的优胜劣汰。

然而，在电视叙事者的多重的人格面具之下，究竟隐藏着什么样的秘密呢？发展至今的电视叙事又是为何没有因为叙事者的主体裂变而走向一盘散沙、各行其是，相反还保持着作为一种强势媒体的巨大的整合态势呢？这种分裂与整合又是怎样的一种关联呢？

确实，可以说，电视叙事主体的裂变带来的可能是双重乃至多重人格面具的呈现，甚至呈现为某种"文化的碎片"。作为电视的一对矛盾范畴，显性与隐性的叙事者的区分显然是其中的一个方面的表现。主体的裂变同时还使得电视叙事既有主旋律，又有多声部；既有大叙事，又有小叙事；既有整一性，又是碎片化的。也许，这种矛盾或悖论的状态才是电视叙事的真实的常态。

很显然，从叙事主体的角度来看，如果仅就作为一般的叙事形态的故事情节和叙述主体两大构架要素而言，民间故事、戏剧、小说乃至电影等虽然都曾以艺术的整一性见长，而并非是一种"自由自在的叙事"，其叙事主体的个性化的品格显而易见。而到了电视叙事中，故事情节的弱化与叙事主体的增强一度成为明显的趋势，叙事者和受众之间就不是能够随意接触并融入对方，而节目形态本身的发展却又更多地受到一些外界因素的束缚。从而，面对电视播出中常常发生的一些非技术性中断以及广告插播等碎片化的现象，电视叙事的主体也就只能通过电视叙事的形式架构要素以各式各类的节目时间表和节目预告来加以框定。

从而，一方面，电视叙事中的每一个节目固然都事先编排在电视台的节目播出单中了，它是零碎的、片段式的；另一方面，在节目时间表与节目预告的背后，人们也随时都可以感受得到作为统合手段的超级叙事者的那只"影像的巨手"的存在，将那些破碎的镜像统合而为一。或者可以说，也正是这个超级叙事者才保证了电视叙事形式的整合，才显示出电视叙事多重面具背后的文化的权力和体制的真相。

四、电视叙事的主体类别

无疑，对于电视叙事来说，主体既是一种机制，同时也有其人格化的呈现。这里的叙事主体，既可以是集体的，又不妨是个体的，但同时他又绝非某个单一的个体。正如有论者所指出的：电视叙事主体是群体化的。"策划、采编、撰稿、制作等过程无疑是群体化的过程，在其运作过程中每个叙述主体的个性化功能都受到一定限制，他们都受制于传习下来的叙事规范。"[①] 或者，与其说电视叙事的主体品格是个体性的，还不如说其是某种人格化的集体意志和权力的体现。

电视的叙事者不是某个单一的个体，而是体现为着某种目的而聚合的集体意志，而其中的个体又因分工的需要，往往各自职责不同、角色有别。然而，从本质上讲，电视叙事主体作为叙述行为的施动者，更主要的还是显现在具体叙事文本中的主体的意志与品格。它不仅是从电视叙事文本（节目）的叙事态度、立场、语气和修辞中体现出来的，而且还包括某种"隐含的作者"及某种社会的集体意志。从而，作为电视叙事者，看似其似乎只是镜头前的主持人、出镜记者，但电视叙事的真正的叙述主体却不仅仅是包括作为实际决策者的制片人、创意总监，以及作为负责节目编辑与制作的电视编导、摄影、录音、后期制作等在内的电视节目创作人员的一整个庞大的群体，而且，更主要的还有

---

① 于德山. 大众传媒时代的电视文化和当代中国叙事格局［J］. 中国电视，2001（12）.

着他们身后的一个"看不见的巨手",即所谓"超级叙事者"的存在。

从而，无论是作为个体还是作为群体，正是在电视叙事主体的身上，总是显示出某种立场的选择和价值的设定，体现出必要的叙事态度和策略（如叙事人称、视点等），乃至整个节目的修辞方法和风格特色。一般来说，电视节目的叙事者作为整个叙事行为的施动者，所起的是这样一种关键性的作用，即他可以牵引着整个作品的叙述主线，赋予作品一个基本色调，甚至构成节目的风格样式要素。无疑，叙事者的在场首先就表现在叙述者的出席，画外音甚至主持人成为其主要标志；其次还表现在对于叙事过程的有效控制，即参与并调控事件叙述的进程；再者表现出叙事的节奏，甚至体现出叙事文本的风格特色来。诸多此类结合起来，才足以显现出电视叙事主体的存在。

当然，在电视虚构叙事中，情形或许还要复杂得多。例如，电视剧《雍正王朝》固然是以叙说正史为主旨，因而其叙事者就不免需要以一个历史史实的澄清者的面目出现。作为编剧或导演，其叙事者需要在掌握大量清宫史料的基础上试图拨开历史迷雾，还雍正皇帝一个励精图治的改革者的本来面目；但是，电视剧本身又毕竟只是一个虚构叙事文本而不是正史。电视剧的叙事主体既要努力秉承中国悠久的史家传统，同时更是满怀着当代"改革"情调的历史叙述者。相反，电视剧《宰相刘罗锅》开篇便打着"不是正史"的旗号，进而"戏说历史"，其故事叙述中极尽调侃、幽默、讽刺，隐含在其中的故事的叙事者当然也就要尽量表现出一副诙谐、风趣、调侃却又不乏慎思明辨的面孔。其实，不管是哪种类型，电视虚构叙事的主体都表现出与传统戏剧、电影的明显的趋同。

那么，就现有的电视技术水平及生产体制而言，究竟是谁在承担着电视叙事者的主要职责，体现电视叙事主体的基本功能的呢？

首先，制片人。很显然，作为电视节目生产制作的负责人，制片人属于节目经费的筹划者、节目选题的审定者，又是节目制作的参与者。因而电视制片人的职责主要也就表现在：把握节目方向、节目定位，设定节目的主题、监督节目的生产与制作，以达成内容传播的目标以及节目传播的实施。事实上，电视制片人的职责和意义就既在文本之内，又在文本之外。文本之外的属于节目的价值取向与舆论导向，文本之内的就主要体现在节目的主题立意及选材等诸多方面，属于质量管理。前者是意向性的，后者当是参与性的。这样，虽然电视制片人所承担的电视叙事主体的功能是显而易见的，但是，制片人之于电视叙事文本的呈现毕竟还是间接的，还必须进一步借助于摄影、编导、主持人等的劳动。

其次，电视编导。电视节目的编导显然不只是一个技术职称与工作流程中的一个环节。其职责固然是具体负责电视节目拍摄制作、编辑加工、生产制作，从选题、拍摄、文稿写作到后期编辑、声音和图像的处理，直到节目的最后完成，都应该属于电视编导的工作范围。但是，电视编导似乎还应该有着更明确的角色意识和职责担当。因为，相对于制片人，电视编导不能超然于文本之外，而只能入乎文本之内。所以，可以说，编导应该是电视叙事的具体组织者和践行者，是电视思维的具体实现者，是电视叙事文本的直接生产者。编导的创新意识、叙事能力及编辑制作的水平直接影响到节目本身的质量。所以，从电视叙事的角度来说，编导的技能的发挥不仅在于熟练地运用电视符号手段、掌握叙事话语规则，而且更主要的还在于其叙事观念和意识上的创新，是对于整个电视节目叙事文本的掌控的主体意识与情感的投入。

再次，节目主持人。节目主持人属于电视节目的一种人格化的体现者，是以"面对面"的方式进行叙述交流的组织者和中间人。在口传叙述传统中，"面对面"是叙述交流的必要条件，表示着叙述主体与接受主体双方的"在场"。因此，在口传叙述中，无论"在场"的叙述主体以何种"人称"出现，叙述信息交流的本质都是"我"对"你"讲。"口传叙事一律展示出一个权威的和真实的叙述者，他具有能力观察来自各个方面的动作和告知一个人内心的秘密。"①叙述主体以"我"的身份控制着叙述语言，要么作为"故事层"的参与者或见证人（"我"说着"过去的我"所遇到的"故事"），要么成为"叙述层"的叙述者（"我"说着"我"现在的叙述行为）。在口传叙述中，叙述主体的形象、语调、表情、姿势等因素虽然外在于所叙"故事"，但是这些因素左右着"故事"的种种感情表达，具有极强的"视听"可感性，无疑是叙述行为的一个重要组成部分。这与作为文字叙述的文学就有着很大的差异。在文学作品的文字叙述中，口传叙述的"在场"特征遭到破坏，叙述主体众多可感因素都"消融"到文字中，"叙述主体"蜕化为"不在场"的抽象叙述主体，"叙述主体"

---

① S. ROBER, K. ROBER. The Nature of Narrative [M]. Oxford University Press, 1981: 51.

由此变成了一个文字逆推出来的"虚拟形象",一个永远无法复归"原形"的主体"投影"。电视叙述中,节目主持人以其面对面的直接在场弥合了节目与受众,虚拟出一个"在场"。

最早的电视节目主持人出现在 20 世纪 50 年代初美国电视新闻节目中,随后从美国迅速推广到了世界各国。在电视叙事中,节目主持人(包括出镜记者)的角色使得电视叙述又仿佛具有了"面对面"的特点。其实,由于电视技术的局限,电视节目的受众则始终是被动的倾听者。在这个意义上,电视的叙述始终仍然是单向度的,难免有着。比如,中央电视台《新闻调查》的叙事者显然就是采用了第一人称的出镜记者。中央电视台《新闻调查》的简介中曾宣称:"我们的调查通过记者来完成。记者既是调查主体,同时也是一个节目的结构元素,他是调查行为的实施者、调查过程的表现者,所以,调查记者就理所当然地成为这个栏目的外化标志和品牌形象。"如果说,记者的价值属于"我问故我在",那么,某种意义上可以说,正是出镜记者的调查和提问成就了《新闻调查》这档新闻评论节目。

其实,在具体的电视叙述文本当中,如前所述,电视节目(栏目)的主持人、出镜记者等属于显叙述者;而电视编导、制片人乃至策划人则只是潜叙述者。虽说在"潜"与"显"之间,职能上可以相关一体甚至互为表里,但是,问题的关键却在于:两者之间又体现出怎样的权力关系?他们各自的职能简单相加难道就等于电视叙事的主体职能吗?特别是作为潜在的叙述主体,与那个"超级叙事者"到底又有着怎样的关联?

确实,电视叙事主体的特殊性和复杂性也正在于,电视叙事属于现代大众媒体的"议程设置"的一部分,其中每一个节目似乎都早已编排在电视台依某种程序组合而成的节目播出体系之中,而且在节目时间表与各式各样的节目预告的背后,我们随时都可以感受得到作为超级叙事者的那只"影像的巨手"的存在。所以,更为重要的,可能还是电视节目中的那个"隐含的叙事者",那只隐藏在幕后对整个电视节目进行操控的"巨大的手"。因为电视需要面对大众说话,需要明确设定自己的身份,电视需要扮演的是一个公众形象,一个舆论的代言人,故而,电视叙事者又往往需要顺从民意,甚至只是民意想象的产物,从而它又是超人格的。以中央电视台为例,即便有些节目以节目主持人命名的如《一丹话题》《小崔说事》等,其在增强其人格化的同时,却又不可避免地使其符号化。因为这些节目中的"一丹"和"小崔"显然又与现实生活中的敬一丹、崔永元不是一回事。另外，在各电视台播出曾赢得广泛声誉的像《杨澜访谈录》《鲁豫有约》等节目，其中的节目主持人，更是以"我问故我在"的使命感来塑造着一个洞悉世事真相、尽阅人生历程的叙事者的形象。

事实上，作为一种"超级叙事者"的存在，它虽然不是人格化的，但其所代表的也可能是某种集体意志——某种占统治地位的意识形态、某种价值取向或审美趣味，却由于是整个外显系统的叙事者且以不同的方式进行过拟人化、个性化处理的结果，所以，却也总是以"我（I）"或作为复数的"我们（We）"的名义。其不但能够从旁俯视一切的节目叙事和不受节目叙事的干扰与影响，而且还最具有种种鲜为人知的潜在性操控和生杀权力，电视播出的所有的节目几乎都是在经过这个"超级叙事者"的检视和技术性处理之后方可通过关口来呈现给受众的。甚至，为了某种传播的需要，在超级叙事者的操控下还可以任意插播、延后、重播或搁置一些节目。因此，从特定意义上讲，这种"超级叙事者"才是电视媒介的真正叙事人和"特征化的虚拟者"，其不仅在日常生活中调整和控制着电视节目的播出与流动，而且也从宏观的角度隐述着电视文化传播的迁延轨迹和历史发展趋向。

总之，电视叙事中，从外在形态上来看，"谁在说"也许真的并不很重要，重要的是，"谁在说"关乎叙事者的身份与立场，更关乎叙事行为的价值与效果。作为电视叙事主体的叙事者无论是人格化还是符号化的，事实上都离不开一种功能性的呈现，即对于电视叙事的过程及目标的调控，显示出叙事价值实现的途径。故而，从叙事功能的角度来探究电视叙事的主体属性也许更为切实可行。

第二节　叙事态度

当然，如果将叙事主体的功能再加以细化的话，那么，叙事者的态度、叙述人称以及叙事视角等都无疑是需要进一步追问的问题。

如前所述，电视叙事的主体虽然在具体的电视叙事文本中总是或隐或显的，但是，无论如何，他都应该是一个在场者，而不仅仅是一个闯入者或旁观者。

或者说，叙事者总是可以主动而有力地见证并控制着叙事的一切，而不可能只是置身于叙事进程之外，完全不干预叙事、漠视叙事的演进。因此，在这个意义上，电视叙事的一切话语形式就不可能是纯客观的，而总是代表着主体的态度、体现出主体的选择、充满着主体的色彩。

而如何体现主体的在场，态度应是其首要的因素。态度总是关系着主体的立场、姿态与视点，意味着主体的认知与评价。一般而言，态度，本是人的心理认知与情感倾向，进而作用并表现于人的言语和行为。有什么样的态度，就会有什么样的言语和行为。在这个意义上，可以说，态度决定一切。叙事行为当然也不例外。① 从而，理解和把握叙事态度也就成为解析主体的叙事行为及其效果的一个必要的路径。

一、叙事态度决定叙述行为

叙事态度，作为叙事主体的叙事行为中的首要的因素，它所体现的首先就是叙事者的立场与姿态的选择。或者说，叙事态度乃是与叙事主体的性格、话语及行为密切相关的。现实生活中，态度往往决定着人们对事实的认知、陈述与评价。一般说来，人们陈述一个事件，总是不可避免地要表现出一定的态度和立场，并且自然而然地体现出对于事件过程以及其中人物性格和行为的某种认知和评价。同样，电视叙事中，主体的叙事态度决定其叙述行为，并且进而表现在电视叙事文本当中。如英国学者马克·柯里（Mark Currie）所言，"电视中不同的叙事采取不同的态度以适应讲述故事的权威性。它一方面有报道、新闻故事和纪实现实主义的权威；另一方面，又有开玩笑的、讽刺性模仿和公开声明的虚构气氛"②。显然，这里的叙事态度所显示出的就不只是简单的肯定或者否定，而是与叙事文本风格相一致的主体姿态和立场、认知和评价。

所以，可以说，在电视节目中，叙事态度也就往往表现为叙事主体是站在何种立场上或以何种姿态来展开叙事的，当然也包括他们的赞成或反对、肯定

---

① 董小英在其《叙述学》中指出："叙述的态度是指叙述者对所叙述的事物是抱着肯定的态度还是否定的态度。"（社会科学文献出版社，2001年，第96页）这种对于"叙述态度"的界定和理解就显得过于褊狭。

② 马克·柯里. 后现代叙事理论［M］. 宁一中，译. 北京：北京大学出版社，2003：107.

或否定，而且，常常还是一以贯之、体现出鲜明的主体色彩。以中央电视台为例，如果说，在人们的心目中，中央电视台一贯是以代表国家意识形态的严正姿态来宣传教化的，所以《新闻联播》以数十年一贯制的面孔来播报新闻的时候，人们习以为常。但是，当中央电视台的《东方时空·百姓故事》栏目第一次打出"讲述老百姓自己的故事"的招牌，人们可以发现，央视已明显产生了一种叙事态度的转变。《东方时空·百姓故事》从一开始就试图站在普通百姓的立场上来叙述百姓身边的日常故事，从而一改高高在上的教化姿态而以亲民的立场来面对受众。同样，当《星光大道》从当初的《梦想剧场》走出来，着力打造"百姓的舞台"，展开草根叙事，坚持平民造星，走的也就是叙事态度的转换这条路。这些栏目，以叙事态度的转换为标志，带动了中央电视台的一批栏目的改革。它们在根本性的叙事态度上追求以平白的语言叙述民众和民间的故事，而不仅在叙事技巧上尽可能地着采用传统的或现实的普通民众的叙事资源，进而在叙事的观念上吸纳传统民间的叙事智慧，从而使得中央电视台在叙事态度上真正实现了一次创造性的转换。

那么，落实到具体的电视叙事文本中，主体态度究竟是靠什么来体现的呢？是靠主体的行为和实践，还是仅仅靠贴个标签、喊个口号来表态呢？

一般说来，叙事态度首先是通过叙述的声音显示出来的。确如华莱士·马丁（Wallace Martin）所强调的，在任何一个叙事文本中，"无陈述者的故事，无陈述行为的陈述纯属幻想。'声音'在叙事学中一般用来指称叙述行为本身，在更狭窄的定义中，'声音'回答的是一个问题：'谁说的？'"。所以，在马丁看来，"在一部作品中，透过一切虚构的声音，我们可以感受到一个总的声音，一个隐含在一切声音之后的声音，它使读者想到一个作者——一个隐含作者——的存在"①。固然，这里所谓叙事的"声音"还只是一个广义的或隐喻的说法（即"用来指称叙述行为本身"）。但是，在人类最初人际传播的一些叙事文本中其叙事态度靠的是主体的叙述声音来呈现，却是确凿无疑的。原始神话、民间故事是这样，后来的小说叙事也是这样，只是在小说中这种"声音"已从口头的语言转向了书面的文字。

就现代电子媒介而言，最初的广播就是靠声音来叙事，到了戏剧影视才主

---

① 华莱士·马丁. 当代叙事学［M］. 北京：北京大学出版社，1990：160.

要是靠人物的行动及影像来叙述故事。然而，本质上，电视影像叙述主体与小说、报刊等语言叙述主体以及戏剧电影中行动和影像的叙述主体，在声音及影像的呈现上还是有着明显的不同的，从而其叙事态度之表达也就有了不同的行为模式及其多种可能性。

如果说，电影或戏剧叙事中作为叙述主体的"我"往往是"隐形的"，那么，电视叙事中的"我"或"我们"则可能在不同类型的节目样式中得以频频出现，或者就是在叙述过程中反复现身。而且，有时这个"我"也可能蜕变为一个"人物"或"行动者"，而凸显其"叙述主体"的叙述功能。故而，在叙事态度的呈现中，电视叙事也就有了更多的直接性和人格化的特点，有着更为具体的叙述"声音"的呈现。其中，电视现场直播中与摄像有关的"引导人"（出镜记者）及"主持人"也许是电视叙述主体直接现身的较为普遍的例子。然而，即使是在电视直播的"现场主持人"手持话筒"面对面"的讲述中，"现场主持人"的声画形象仍是通过"无形"的摄像机及其叙述系统来展现的。一旦"现场主持人"向接受者呈现他所目击与见证的事件，那么，他（她）就会"隐身"于呈现的影像之外，充其量只能用"画外音"来交代影像的叙述流程。因此，如前所述，从电视影像空间中所逆推出来的"叙述主体"一般都是功能相对单一而远非性格化的，通常只是表明"观看的"一种逻辑机制，与小说、报刊等语言叙述主体的抽象本质一样，乃是一个阅读（看）行为逆推出来的"特殊声音"。从而，电视叙事态度的表达也就有了更多的声音话语的直接性。这在电视新闻节目、电视纪录片及诸多"真人秀"节目中有着更明显的体现。

相比较而言，小说语言叙述主体根植于口头叙述主体，虽然"它"丧失了现实的"在场性"，可是"它"在文本叙述中仍试图建立一个"我—你"的交流系统。这一点在中国古代通俗小说中以"说书人—看官"的模式化形式体现得极为典型。一些学者认为，电视影像叙述方式主要是"呈现的"而非"叙述的"。但，难道电视影像叙述中就不存在叙述主体的声音乃至叙事态度地呈现了吗？对此，我们的回答是，从本质上看，电视的影像叙事作为一种叙述行为，其中必然存在着叙述主体的声音以及其与影像的配合。电视影像叙事态度的特殊性在于：其叙述是"隐性的"，其叙述是一个限制"范围、内容、角度和清晰度"等方面的"看"的过程，一旦某人在"看"这个影像，他也就代替了

"叙述主体"的叙述位置。因此，电视影像叙述及其视听接受就具有一定的自为性和自在性，"看"电视也就成为接受者与影像之间的双向交流过程。或者说，影像叙述的接受也就是一个"观看"的替代过程，很难形成类似于语言叙述明晰的"叙述主体—接受者"的交流语境。由此也可以看出，电视影像叙述声音的独特之处在于它把语言叙述的"你听"转化为"我看"。其间的叙述态度也就更主要的是在接受感应的交流中而得以呈现。

　　然而，由于电视影像叙事的叙述主体与接受主体的"阅读（观看）位置"上的趋同，叙述态度的表现也似乎是"无中介"的，叙述接受者很容易就可以感受到所接受的影像"呈现"的事物本身之是非；但是，也是由于"无人引导"，叙述接受者意欲看出其中的事件的"意义"就又显得相对困难。同时，也由于上述原因，叙述接受者的"目光视域"就大于影像中的任何人物。如果说，语言叙述中的"视角人物"及其"视线"消失了，那么，接受（看）的目光也在这里就变成了影像叙述主体的"全知"视角。其实，作为"视角人物"，在小说语言及声音叙述中其是丰富叙述"多调性"或增强抒情真实性的一种重要途径。然而在电视的影像叙述中，"视角人物"（新闻现场的主持人、访谈节目的嘉宾以及电视剧中的"旁白"等）的诸多叙述功能就可能得到强化，其结果却也是电视影像叙事的叙述与抒情的方法都变得相对"单调"甚至困难重要原因之一。

　　确实，对于戏剧和电影艺术来说，因为"叙述者是用一种历史的眼光来观察和评价剧中发生的事情"①，其叙述态度虽然鲜明，却也往往是越隐蔽越好。虽然电视剧之类的虚构叙事则可能更接近于戏剧、电影乃至传统的章回体小说，但是，在电视纪实叙事中，叙述主体态度的呈现则大体上有着更多的选择，其中有些是靠节目主持人的直接言说，有些还是靠影像自身的声画关系来呈现。甚至可以说，哪怕只是电视纪录片中的一组单纯的影像，也必然渗透着叙事主体对世界也包括对自身做出的认知和评价。故而，实际上，无论采用何种叙述方式，无论是为了达到何种效果，电视叙事中的叙述态度显然都是有着鲜明的体现并显示其出决定意义的。

---

① 高行健. 我与布莱希特［M］//对一种现代戏剧的追求. 北京：中国戏剧出版社，1988：54.

二、叙事态度的自觉与抉择

电视叙事态度的自觉，意味着叙述主体立场的强化；而叙事态度的转换，则显示出电视叙事主体的立场的改变。对于电视叙事来说，态度在"我"。而"我"又有着"大我"与"小我"之分。在"小我"（我）与"大我"（我们）之间，究竟是泯灭"小我"来追求"大我"，还是突出"小我"来淡化"大我"，此所体现的也许正是不同叙述主体的态度的自觉和立场的选择。

当然，电视叙事毕竟属于一个社会的"公共领域"。这个领域乃是由特殊的社会政治秩序、家庭伦理关系、接受者的体验状态等所规定的各种特定的环境所构成的。一方面，电视叙事是以作为个体的人的感知接受为出发点和归宿，因而其叙事的焦点必然聚集于个体，尤其是现实中那些个鲜活的个人；另一方面，电视属于社会性的媒介，电视叙事尤其是以其区域化甚至全球化的传播而影响社会，从而又往往使个人融为集体。从而，电视叙事主体也就一方面体现为社会化的"大我"，另一方面则是电视叙事中的众生话语且总是体现为众多的"小我"，其附着于一些个人生活的细节，甚至是十分琐碎而连绵不绝。但是，事实上，电视中，那种"大我"的叙事，往往由于其叙述声音显得宏观、抽象且具有劝谕意味的，故而难免被人影射为"上帝之声"。或者说，这类"大我"的叙事态度和话语方式因为不见叙述者的私人痕迹，受众所面对的仿佛无主体的传播，从而也就很难进入真正意义上的叙事交流。而"小我"却是与日常生活直接相关，它一般远离意识形态，却有着毋庸置疑的历史精神的价值。它以说话般的平白语言来叙述和传达大众的生活趣味，创造一个非意识形态的民间世界。在这个意义上可以说，宏大的历史叙事与世俗化的个人叙事也并非总是对立的，相反是可以互补甚至同体的。

这种作为电视叙事主体的"大我"或"小我"，究竟有着怎样的关联与转换，进而体现出电视叙事态度上的呢？

这里，首先必须明确的是，电视叙述主体无疑具有一定的"群体化"或"类型化"的特征。如前所述，在中国传统语言叙事中曾形成"记言者"和"说书人"两大叙述主体类型，二者分别源于先秦史官和唐宋以来的民间"说书人"，它们不仅而且都具有非角色化叙事主体的全知、自信和隐形等特征。"记言人"和"说书人"一般极少在叙述中自称，而是自觉的归从于其身份所规定的"笔录"与"演说"的严格功能界定。而电视叙事既然传承着传统语言叙事的，因而其叙事态度的表达也有一定相似性。

如果说，以《新闻联播》为代表，中央电视台的大多数节目的叙事态度都明显意味着一种国家意识形态的立场的表达，那么以《东方时空·百姓生活》的推出为标志，以及像北京电视台等地方或城市电视台，如北京电视台的《元元说话》《第7日》等作为一档社会新闻栏目（频道）的设置则明显转向社会民生，而这些栏目之所以能取得一定的社会反响，其中作为叙述者的主持人作用明显，其以一种较为平实质朴的主持姿态，告诉人们的是老百姓的日常琐事，而其中的立场的选择也无疑更具平民化与个性化。而以"点滴纪录中国法制进程"为宗旨的中央电视台《今日说法》栏目，其叙事态度当然以公正执法为依据，叙述的也多是现实生活中一些典型的司法案例。该栏目试图通过具体的司法案例的介绍与评说，以法理为依据，达到普法之目的。所以，一个既不同于立法者也有别于司法机关或律师的态度与立场的选择，也就成为该栏目叙事的一个重要的特色。应该说，这种态度和立场的定位，既是出乎其电视主体媒介意识的自觉，也是电视叙事的艺术表达的自主性的体现。

当然，在一些特殊的电视节目中，作为一种宏大叙事的叙述主体，着力追求与叙述对象之间一样深刻的历史认同，试图以一种全知全能的视角、一种对复数众生的关怀，而不是以往夹着私人恩怨得失或某种个人化情绪的叙述，这是一种用同情心理取代自以为是的批判的众生话语。另外，一种超越个人化的思维框架，在叙述主体的背后，着力表现的是一个富于历史智慧、摆脱个人好恶的精神价值的发现者。这样的叙述主体的建构，力图由个人化向普遍化、众生化发展的经验叙述，其叙事态度也是以权威自居，可以说是在一个经过否定之后的更高层面上的创造，成为一种独特叙事的"众生话语"。从纪录片《望长城》到《舌尖上的中国》，从历史专题片《故宫》到文化纪录片《京剧》，等等，无不如此。

所以，电视叙事态度的选择本质上既关乎个人化的叙述，体现出主体意识的自觉，更是对于"小我"的超越。事实上，包括专题片在内的一些的电视纪录节目，都离不开而且应该允许并尊重一种叙述者个人的视角以及其虽归属的某种文化的立场的存在。

有些类似于传统的"史官"，在电视叙事中，作为"文人化"的叙事主体，其类型化的特征及抒情意味也就比较明显的。这种类型化特征的文人叙述主体强调文人叙述主体的"体道乐感"和自我美感形象的表达，其呈现出的"抒情性"也就成为其叙述态度的明显表达。如纪录片《望长城》中，在其关于长城的历史叙事当中，就纠缠着从民间传说到官方的历史叙述以至实物拍摄的影像记录，故而，其中一个"望"字，所带给观众的无疑是一种对于长城这个物化传统的个人化的凝视与顾盼，而其中暴露出的究竟是希望还是失望？是个体的体验还是历史的喟叹？总之，其中所表现的无非是一位目击者深藏着的欲望，一份在冷静的凝视中隐抑的激情。

而与"说书人"的传统相一致，随着电视叙事文化的演进，一个重要的变化就在于其叙述者说话的个性化的趋势与日常化的倾向已越来越明显。正如电视新闻不再总是板着面孔一本正经的播报，而是可以讲述与话说。比如，凤凰卫视《凤凰早班车》自主持人陈鲁豫一改"播"新闻而为"说"新闻，其个性化的叙事风格得以彰显。北京电视台也是自《元元说话》以来，其生活频道的大部分节目的叙述基调就是一种生活化的口语，语调中不乏鲜明的个性痕迹，甚至可以推测为北方城市青年女性，咬字清楚、语言流利而语调婉转。同样，在《探索》中虽然也是面对客观存在的事理的叙述，而其电视的个人色彩也是非常鲜明的。其中的解说和叙述，一方面是口语化，在其中文版的配音中，基本上一直保持着随意和亲和的叙述声音与叙事态度，并且每句解说词都配有字幕，从而消解了其中一些戏剧式的文本特征；另一方面也是以事实陈述、事态展示的叙述者取代了那些潜心情与思的作者。而凤凰卫视窦文涛主持的《文涛拍案》更是对于中国传统民间评书的直接效仿，其传统民间话语的格调尤为明显，却也是与主持人的一贯的幽默而不失油滑、嬉笑却又不乏真情的风格相一致。

总之，叙事态度的自觉与抉择不仅事关电视节目的具体叙说样式，而且还必然关乎叙述主体立场的选择，关乎其节目风格的呈现和价值的坚守。

第三节 叙事人称

作为主体叙事态度的呈现，在具体的叙事过程及文本结构中，叙事人称的选择乃是必不可少的一个方面。因为人称涉及叙事当中对于故事人物或者叙述对象的称谓，体现的是叙事者与其叙述对象之间关系的远近、情感的亲疏以及故事进程中人物之间的相对位置，而且，叙事人称的变换还有着明显的主体情感的色彩，进而体现出某种叙事修辞的功效。同时，叙述人称还与叙事接受者还有着某种明显的关联，或者说，叙述人称实际上还是属于叙事交流对话的范畴。

总之，叙述人称既是叙事者的立场及态度的具体体现，同时也是叙事文本存在方式的重要表征。叙事当中，选择什么样的人称，也就意味着以什么样的方式来呈现故事、处理故事中的人物关系以及以怎样的面目去应对受众，乃至寻求怎样的叙事效果。所以，认识和把握叙述人称，对于理解叙事主体的精神属性甚至确认叙事文本的价值内涵无疑都有着十分重要的意义。

一、人称之意义

我们知道，在具体的叙述过程中，与叙事态度紧密相连的就是叙事人称，而且，叙事态度决定着叙事人称。或者反过来说，正是由特定的叙事人称及其转换之中而体现出叙事者的某些具体的态度和立场的。在这个意义上，叙事人称正可以与叙事者的态度和立场相表里，成为叙事主体功能呈现的一个关键性的表征，显示出一些重要的叙事价值及机理。

同电影一样，电视也是一种影像艺术，它所采用的主要是以一种"展示"的方式将人情事理栩栩如生地展现在人们的面前。因此，作为一种"讲故事"的媒介，电视的叙事曾被某些人概括为一种"非人称叙事"，认为这种叙事方式的最大特点就在于："它既创作和建构故事，同时又暗示它好像是先于语言表现行为活动而自主存在的。"① 确实，经典叙事学的研究告诉人们，在每一个看上去似乎是事件在"自行讲述"的故事背后，仍然有一个"叙述人"作为叙事源而发挥着组织、导引、暗示和推动故事进程的功用……那些似乎故事是自然发生的，是由观众自行建构的，但真正操纵人物活动方式和交流关系的都是隐身于幕后的叙事者。因此，归根到底，可以说，电视叙事虽"貌似客观的'自行

---

① 罗·伯戈因. 电影的叙事者：非人称叙事的逻辑学和语用学［J］. 世界电影, 1991 (3).

陈述'，仍然是叙述人'驾驭故事'的产物，是叙事操纵的策略。"①

在经典叙事学中，对于叙述人称的规定一般都与某种人物关系的设置有关。但事实上，在所有的叙事文本中，大概主要有着两种不同的人称观，其一是"功能性"的，其二是"心理性"的。所谓"功能性"的人物观，乃是与人物在故事叙述进程中的地位有关，而"心理性"的人物观，则是侧重于人物。如果说前者主要体现叙事中的人物关系，那么，后者应该事关接受者的感受与体验。

在电视叙事中，"叙述主体"究竟是以"我"还是以"我们"的口吻讲述故事，不仅在叙事态度上大有分别，而且在叙事效果上更是有着明显差异的。"我"是单数，属于个体；"我们"是复数，属于群体。然而，"我"或者"我们"又不仅仅是一个单复数之别，更主要的还代表着叙述主体的一种角色定位和话语立场。虽然，在中国，"我们"这个主体，似乎有着一种天然的合法性，因为"我们"代表着一种公众的代言人的合法身份。然而，事实上，在具体的节目制作中，这种角色定位也是有着千差万别的。

尽管这种多个"我"的叙述使心理呈现和意识交流更为容易，也使得电视节目当中最主要的参与者的形象更为完整。某种意义上讲，作为叙述者的"我"的作用，的分开术达到了对事件过程最大限度地描写和阐释。正如日本电影《罗生门》，由于作为叙述者的"我"的不同，所见所言也就有着明显的差异。

电视叙事的人称，既可从功能的角度也可以从心理的角度来加以解析。正如同其他一切叙事文本，电视节目中明显可概括出一些基本的叙事人称类别。

相比较广播以声音的叙述为主，对于电视叙事来说，由于图像叙述的主体无法直接以"我"的身份进入图像之中，同时又让这个"我"承担起叙述的功能。因此，图像叙述的主体就显得相对"抽象"，图像叙述的直接抒情也显得比较困难。在主体的体验状态中，自然的主体化比较容易，然而，要把这一主体体验的自然"物象化"并叙述出来却有一定的困难。图像叙述是具象性的，"自然"与"叙述主体"之间"物我"的形体差别难以混同，图像叙述的自然形象描绘得越"逼真"，与叙述主体的"距离"就越大。因此，自然物象融合主体

---

① 罗·伯戈因. 电影的叙事者：非人称叙事的逻辑学和语用学 [J]. 世界电影，1991 (3).

情感，除了需要语言叙述及其意义阐释模式"帮助"之外，还有两个呈现途径。其中，一是由画幅逆推出来的叙述主体具有特殊的情态特征；一是叙述主体改变物象的逼真形态，对自然物象进行变形，变形程度可以组成一个从小到大的谱系，一般来讲，图像叙述的图形变形程度越大，其表现的叙述主体意图就会越明显。

因而，特别是有些电视剧、电视纪录片的叙述，就可以视之为是"我"的自言自语的一个过程，"我"的叙述是一个自我阐释的过程。事实上，小说叙述者终归只有一个"我"。"我"一边作为一个自言自语的主体在描述心理变化和意识流动，一边作为一个与自我保持一定距离的审视者来阐释自己。那些由自传体的小说改编而成的电视剧，也往往通过第一人称"我"的叙述来呈现。如艾芜的《南行记》（王志文主演）。老舍的《我这一辈子》（张国立主演），"我"之人生经历，让接受者去品味。当然，更多的电视栏目中，以一些记录自然风光及人文历史为主的纪录片中，正是"我"引领着作为受众的"你"或"你们"，去领略那些自然或历史的胜境。"我"之见多识广，值得人们信任。可以说，《探索·发现》《国家地理》中的许多节目均属此类。

相比较而言，第三人称（"他"或"她"）的叙述，则明显体现出叙述者与叙述对象之间的一定的距离感，即叙事者对于叙述对象的相对明显的疏离。这不仅是新闻报道的主要人称形式。因为对于大多数电视观众来说，新闻总是关乎"他"人的事，而且也是属于大多数虚构性质的电视剧的人称表述形式，尤其是在诸多人文历史的纪录片、传记片中有着更多的体现。因此，犹如古往今来的诸多的纪实或虚构的故事叙述，电视中关于"他"或"她"的故事，也许永远也讲不完。从而，电视的叙事也就有了无穷无尽的叙述空间，以讲述并品评着"他"人的故事。

因为"第二人称（'你'）"叙述在传统小说、戏剧中实在是较为罕见，所以人们对于"第二人称（'你'）"的叙述关注很少，甚至鲜有提及。但是，这并不等于"第二人称（'你'）"的叙述可以忽略不计，甚至有理由被舍去。恰恰相反，"第二人称"的叙事先是在一些20世纪以来的现代小说中被加以试验，并随着文体及媒介的融合而其新的叙事功能不断地被发现并被有效地加以利用。那么，这种"第二人称"的叙事究竟有着怎样的表现技巧与表达效果？在电视叙事当中，"第二人称（'你'）"的叙述当是属于第一人称叙述的必然的延伸。

显然，如果不是直接面对着的受众，作为"我"的倾诉对象，这个"你"就应当是属于故事层面上的一个角色。当然，面对这种"你"的叙述，受众也就相应地有着更多的感同身受，就仿佛电视直接面对着自己在诉说。所以，更多的时候，电视叙事中是节目主持人为了营造现场感而刻意面对镜头直接称呼"你"，也就是用第二人称"你"来对观众直接发话。这种情形在纪实性的新闻专题片、纪录片中有明显的体现。在一些现场访谈或对话节目中，"你"可以是嘉宾，也可以是现场观众；可以是亲历者，甚至就是故事的主角，也可以是参与者，或者只是与叙事无关的旁观者。但无论如何，电视节目中的第二人称（"你"）的叙述都显示出"传—受"之间的一种密切的关联。

二、人称之类别与转换

电视叙事中，叙事人称的使用，是用"第一人称"（"我"）还是"第三人称"（"他"或"她"还有"它"），是单数（"我"或"他"）还是复数（"我们"或"他们"），是取决于不同的节目类型及其具体的叙述语境的，各取所需、各有定则，自不待言；当然，有时也可能用"第二人称"（"你"），甚至还有人物"无名指代"的形式等，当是属于一些规定情境中的特殊指称。诸如此类，不仅构成了电视叙事人称变化的主要类别，而且也是推动电视叙事进程的重要技术手段之一。

这里，需要进一步追问的是：电视叙事中的人称类别及其变化究竟为了什么或意味着什么？其意义和价值何在？而决定着这一切的到底是技术的进步还是观念的更新？

从技术层面上讲，如前所述，广播和电视共同的家用属性，使得幼年的电视曾经从成年的广播那里移植了很多的节目形式，如新闻报道、谈话节目、娱乐竞猜、情景喜剧等，因而早期的电视节目无疑多是广播节目的电视版。这些节目虽然几经电视改造已看不出多少广播的痕迹，但实际上早期的电视肥皂剧、脱口秀、娱乐竞猜等节目都是原广播电台的人员在操持与制作，不仅从主持人到编导都是如此，而且其节目形态上也明显带有广播节目的述说与交流的性质，以至于当美国 CBS 著名的播音员爱德华·默罗（Murow Edward）由广播转向电视时，他干脆就把原来的广播节目《现在请听》改成了《现在请看》。可以说，美国电视至今还保留的并且收视率较高的一些节目内容，基本上都是对广播节目家用属性及述说形式的传承和改造。

由此，唯其都是家庭的媒介，无论是广播还是电视，都类似于一个唠叨起来就没完没了的家庭成员，跟你道古论今、谈天说地；唯其是述说的方式，不再是义正词严、谆谆教导、耳提面命，而是谈天说地、娓娓道来，故而，其叙述人称也就多局限于作为叙述者的"我"与电视机前的"你"之间。

进而，由于电视传播技术的进步实现了从录播到直播，而且节目呈现及传送方式的改变和多样化也为叙事人称的发展提供了多种可能性。从宣教式的新闻节目，到服务类的时尚节目，再到各类"娱乐至死"的竞技游戏、"真人秀"等，都有了节目主持人与电视机前的"你""我"的直接交流。从而，一方面，是电视技术的进步发展所带来电视叙事模式和格调的多样化的体现；另一方面，更重要的，电视叙事本身的形态和样式，显示出了电视叙述者立场和姿态的改变，显示了电视媒体政府"喉舌"走向大众化、日常化和市场化的进程。故而，当代电视中叙述人称的演化与变革以及其多样化的表达方式，正显示出电视叙事面临多媒体的竞争所形成的百舸争流的局面。

从叙事观念的演变来看，瑞士学者埃米尔·施塔格尔（Emil Staiger）认为："叙事是'面对面'，即把过去的事情放在眼前（呈现）；抒情式的诗走进过去或现在发生的事情里并与之融合，即是说，他'召之入内'。诗是'回忆'，应当是表示主体与客体之间没有间隔距离，表示抒情式的'互在其中'。"① 这实际上也就显示出叙述主体在"叙事"和"抒情"中的不同状态以及叙事人称变化的由来。在电视的"叙事"中，叙述主体要确立自己的身份"位置"，要确立讲述者"我"与其所讲述的"客体"之间的关系，同时，还要关注"我"所面临的接受者。可以说，围绕着叙述主体所形成的这三重关系也表现出了人类原初叙述的一般状态。"叙事是'面对面'，即把过去的事情放在眼前（呈现）"，就表明叙述主体是外在于叙述的"客体"和"接受者"的，这种叙述的"距离"给叙述主体营造了讲述、见证和发表见解的"空间"。"面对面"在叙述中所发挥的作用至关重要，这也就是在文字叙述"破坏"了口传叙述的"在场"特征之后，依然需要努力营造叙述"拟在场"的根本原因。惟其电视叙事是一种"拟在场"，所以其叙述主体之"面对面"就既有着"议程设置"的性

---

① 埃米尔·施塔格尔. 诗学的基本概念［M］. 北京：中国社会科学出版社，1992：52.

质,又必然有着鲜活的"口述"的特点,在"你"与"我"的叙述人称中而力图直接呈现事件的真实过程及结果。比如,当中央电视台新闻调查类的名牌栏目以《面对面》来命名时,显然就是要追求这种刻意呈现的"在场"效果。因为其取材多属社会所关注的一些热点,所以,体现在该栏目在叙述人称的设计上就是要直接面对当事人,特别是在一些关键细节上总是让当事人无可回避,且大多数情况下是让当事人自己把真相说出来。

当然,更为重要的,还是如热奈特所曾经指出的:"人称的转换其实就是叙述者与其故事之间关系的变化,具体地说就是叙述者的变化。"① 如果循此来理解电视叙事当中复杂的人称变化的话,那么,就不仅显示出电视叙事类型的多样性以及相应的叙事技巧的应用,更重要的还包括电视叙事的主体立场的设置与传播效果的追求。例如,江苏卫视的《人间》栏目中每期节目都是由多个同叙事者的讲述而构成一个完整故事的叙述,所以,不管故事多么复杂,栏目组总是尽力把与故事有牵连的人找到,让其以第一人称的口吻讲述自己独特的心理历程,以求节目所涉的内容能够出自个人的心理深处,解读生活与命运的奥妙。如在《寻情记》这期节目中,被请到现场的讲述者就有九人之多。其人称称谓完全是与叙事主线的绵延而不断的转换;对于受众来说,似乎多角度的感受和体会故事中不同主人公的身世、情感和经历而感同身受,并进而在同情的理解之中还能够出乎其外,得出某种情感上的或道德伦理上的评价。

而像中央电视台的《艺术人生》、凤凰卫视的《鲁豫有约》、北京卫视的《谁在说》等这样一些以嘉宾访谈为主的节目,虽然也属于较为典型的"面对面"的叙事,但其主持人与现场嘉宾之间的"'我'—'你'(您)"之称确乎要随性和温情得多。东方卫视《今晚80后脱口秀》以一个明星主持贯通全场,与中国传统的单口相声异曲同工,其调侃、逗乐及各种故事的叙述中人称的变换多以现场效果为主。而江苏卫视的"婚恋类"节目《非诚勿扰》一直如其主持人孟非所宣称的是"一档大型服务类节目",但是其"真人秀"的特质,决定着其节目形态的呈现,其中,男女嘉宾们皆以第一人称叙述的个人情感故事

---

① 热拉尔·热奈特. 叙事话语 新叙事话语[M]. 王文融,译. 北京:中国社会科学出版社,1990:248.

以及他们各自的情感选择，是这档节目引人注目、得以成功的最后的奥秘所在。就该栏目的叙述人称而言，从男女适婚青年的角度，当然都是关于"我"的展示，即关于我的爱情、我的过去、我的现在、我的理想、我的选择；而就主持人和男女评述嘉宾以及广泛受众的角度而言，则无疑又是关于"他"／"她"或"他们"或"她们"的故事。因而，人称的类别由于视角的不同或身份的差异而各不相同且有所侧重。

总之，叙述人称的类别显示出电视叙事的人际关系和叙事位置的选择，因而与电视节目形态及其传播效果都大有关联。

第四节　叙事视点

在具体的电视叙事文本中，如果说，叙述人称还只是叙事态度的一个方面的显现，那么，叙事视点的选择可能当属于叙事态度表达的更为内在也更为本质的方面。

从叙事主体的角度来看，叙事视点乃是主体落实到文本的构成中的具体位置及其出发点。它既代表着叙事主体的视野和立场，同时也显示出叙事文本构成当中更多隐性的叙事规则与技巧应用。从而，分析电视叙事的视点问题，实际上也就是在思考和总结叙事主体的立场的选择、视野的差异的前提下探讨叙事本文的构成规则及其价值的实现。

一、视点：视野与立场

叙述人称的呈现、叙事态度的设定，归根结底是和叙述视点的选择分不开的。从概念上讲，叙述视点，亦可谓之叙事视角。可以说，视点（point of view）首先是作为一种观看和接受的方式为人们所理解的。托多罗夫曾经说过："一个物体的各个方面都是由为我们提供的视点所决定的。"[①] 后来，视点的讨论被扩展到整个叙事领域，即认为叙事本身就是一种视点的选择，是构成一部叙事作品的出发点。华莱士·马丁在其《当代叙事学》中，以"视点"来泛指叙述者

---

① 张寅德. 叙述学研究［M］. 北京：中国社会科学出版社，1989：65.

与故事的关系的所有方面。一般认为，视点包括距离（distance），即细节和意识描写的详略，密切还是疏远；视角（perspective）或焦点（focus），即我们透过谁的眼睛来看——视觉角度；声音（voce），即叙述者的身份与位置等。或者，如托多罗夫所言，"构成故事环境的各种事实从来不是'以它们自身'出现，而总是根据某种眼光、某个观察点呈现在我们面前的"。因此，"视点问题具有头等重要性确是事实"①。所以，在这里，视点作为一切叙事的规定性特点和出发点，确实决定了叙事过程中"看"（谁看、位置）和"说"（谁说，人称）这样两个不可忽视的相关方面。亦如路伯克所指出的，一切叙事文本，"都要受视点问题——叙事者所站位置和对故事的关系问题——调节"。② "视点"不仅显示出叙述的聚焦，而且决定着叙述者"说什么"（叙事内容）和"怎样说"（叙事话语）以及"为何说"（意义目的）的不同。

相比较而言，"视角"的概念可能意涵要狭窄一些，在功能上，虽然如杨义所指出的："叙事视角是一部作品，或一个文本，看世界的特殊眼光和角度……叙事视角是一个综合的指数，一个叙事谋略的枢纽，它错综复杂地联结着谁在看，看到何人何事，看者和被看者的态度如何，要给读者何种'召唤视野'。"③显然，它更多的还是立足于"看"的；而且，因为"传统上的'视角'（point of view）一词至少有两种常用的所指，一为结构上的，即叙事时所采用的视觉（或感知）角度，它直接作用于被叙述的事件；另一为文体上的，即叙事者在叙事时通过文字表达或流露出来的立场观点、语气口吻，它间接作用于事件"④。并且这两方面又常常为人们所混用。基于此，在本书的讨论中，我们宁愿取用"视点"的概念来代替"视角"的概念。

不过，结构主义叙事学对于叙述者及视点问题的探索还仅仅局限在叙述人的语法、人称和文体技巧等具体操作性层面上，而对于叙述者的内在意识，即在更深层次上制约着叙述者及视点的价值观念、意识形态、文化立场等外部因素，却都是将其有意无意地割裂开来而加以排斥了。当然，这也正是结构主义叙事理论的局限和弊端之所在。所以，在后现代主义叙事理论中，就有学者有

---

① 茨维坦·托多洛夫. 文学作品分析［M］. 北京：中国社会科学出版社，1989.
② 王先霈，王有平. 文学批评术语词典［M］. 上海：上海文艺出版社，1999：320.
③ 杨义. 中国叙事学［M］. 北京：人民出版社，1997：191.
④ 申丹. 叙述学与小说文体学研究［M］. 北京：北京大学出版社，1998：197.

意地加以纠偏补缺。比如，马克·柯里就认为："叙事学在 20 世纪的前 50 年沉浸在对于叙事视角的分析，恐怕不能说是夸大其辞。"① 而在一些女性主义批评学者看来，影响视点的最重要因素——性别视点在此前种种叙事理论中往往都是被遗忘和遮蔽了。从而，如何有效地通过叙事视点来揭示叙述主体的特质也就成为各种超越结构主义叙事研究的重要学术趋向之一。

当然，任何事物都有其一体两面的特点，关于"叙事视点"，就既有其问题讨论的便捷，也不免其理论阐释的盲点。就像马克·柯里已经敏锐地觉察到的："'视点'一词有一种潜在的误导作用，暗示着有关某一话题所持的观点和立场。将该词的叙事学意义理解成某种视觉隐喻会更准确。"② 故而，一方面，叙事视点的"视觉隐喻"的特性明显的被凸显了出来，另一方面，它与当下人们对于电视叙事的关联也就显得更加水到渠成了。

一般来讲，电视作为一种声画叙事，其叙事主体主要就表现在"他"的"看"的方式及其展示之中，由此形成了电视声画叙述主体的三个支撑，即视点、位置与方向。当然，这也是电视叙述文本得以确立的三大主导因素。这里，"视点"作为电视叙事的视角和焦点，是虚拟于电视叙事中的叙述主体的视觉集中点上。马克·柯里指出："叙事中的视角总是处于某个地方，或于事件之上，或于事件之中，或于所涉及的一人或多人之后。叙事声音亦可四处移动，从一个视角转向其他视角，常于不知不觉中由外观而转向内视。"③ 故而，"视点"一旦形成，就暗示着"叙述主体"站立的"位置"及其无形的目光及其相对的视野。这样，电视的声画叙述的主体就成为一个具体可感的"他"，即"他"既是一个"引导人"，是一个"观者"。但是，另一方面，电视叙述主体又是"无形的"。因为"他"只能"站在"镜头的后面，无法像一般人面对镜子一样反观自己，而一旦镜头中出现了"叙述主体"的真实形象（如出镜记者或主持人），那么，作为"叙述主体"的身份也就发生了分裂，镜头之中的"叙述主体"就蜕变为一位被画面外的"他"所观看的特殊对象。其作为叙述主体的身份之中那些原有的叙述功能肯定变得相当弱化甚至消失。

---

① 马克·柯里. 后现代叙事理论［M］. 宁一中，译. 北京：北京大学出版社，2003：22.
② 马克·柯里. 后现代叙事理论［M］. 宁一中，译. 北京：北京大学出版社，2003：22.
③ 马克·柯里. 后现代叙事理论［M］. 宁一中，译. 北京：北京大学出版社，2003：22.

所以，正如华莱士·马丁指出的："叙事视点不是作为一种传送情节给读者的附属物后加上去的，相反，在绝大多数现代叙事作品中，正是叙事视点创造了兴趣、冲突、悬念，乃至情节本身。"它代表着叙述者的视野，"在很多情况中如果视点被改变，一个故事就会变得面目全非甚至无影无踪"①。进而，华莱士·马丁还特别强调了叙事视点的转换之于叙事进程的动力意义和功能。他指出："为了理解视点的功能上的重要性，我们必须扩展其意义范围，使其不仅包括人物与叙述者之间的关系，而且包括人物之间的关系。每个人物都能够像叙述者所做的那样，提供一个透视行动的角度。"② 由此来理解电视叙事的视点，它固然与电视镜头所拍摄的画面中的"焦点"有关，而本质上却关系到节目叙事进程中的情节安排、悬念设置以至人物关系、矛盾冲突等诸多方面的因素。而且更重要的，视点还代表着一种电视叙述主体的视野，它体现在电视节目叙事的进程当中并控制着叙事的效果。换言之，电视叙事中，叙事主体的态度和立场的确定，叙事人称的选择，都与其叙述的视点直接相关，并且决定着叙事视角的安排与叙事进程的走向。从而才有不同电视节目的不同叙事视点的选择以及不同类型的配置。

二、叙事视点的类型

结合古往今来人类叙事的经验和历程，我们大致可以当下电视叙事视点中归纳出以下一些基本类型。

从经典叙事学的角度来看，叙事视点无疑应该是人们看得最重、研究得最多的话语技巧之一。如前所述，不同的视点体现出不同的叙述方式和表达效果，更为重要的是视点的选择决定了叙述者（主体）与故事及人物的关系。叙事者（主体）叙述视点的选择本质上乃是叙事者（主体）与世界情感关系的设置。传统上以叙述人称来区分视点，第一人称的叙事显示了叙事者对故事世界的参与愿望与亲和关系，第三人称叙事则属于传统的叙述者全知全能型，它仿佛像上帝那样，"可以从任何角度、任何时空来叙事：既可高高在上鸟瞰概貌，也可看到其他地方同时发生的一切；对人物的过去、现在和未来均了如指掌，也可

---

① 华莱士·马丁. 当代叙事学［M］. 伍晓明，译. 北京：北京大学出版社，1990：159.
② 华莱士·马丁. 当代叙事学［M］. 伍晓明，译. 北京：北京大学出版社，1990：178.

任意透视人物的内心"①。这种视点显示出叙事者极度的自信及其对接受者的一种启蒙和拯救的努力。

应该说，20 世纪初以来，随着科技的进步和社会启蒙进程的加速，加上上帝意识的消失，在叙事文本特别是小说叙事中的各种叙事视点都应运而生，构造出一种新型的世界关系和叙述情调。所谓"冷静的展示"（"照相机式"的第三人称叙述）、"平等的对话"（戏剧式的叙述、第三人称主人公内视点及第一人称的经验视点）等成为叙事的主调，与传统叙事中那些相对单一的叙述视点不同，往往表现出以表面上否定叙事者情感参与的方式实现了主体的强度参与。从而，在当下后经典的叙事学的视野中，对于叙事视点的重视也就与主体角色的强调与定位密切相关。

据此，我们不妨将古往今来传统的叙事视点的类型大致归纳为以下几个方面。

第一类，是主观视点。这是一类以叙事者的口吻或作品中人物的眼睛，直接观察和表现生活和抒发情感的视点和角度。它主要采取自述体的风格或主观式的叙述方式，往往具有鲜明的主体性和感情色彩。

第二类，是客观视点。它是一类叙事者处在旁观者的立场，主要依据事物本来面貌来再现社会生活的视点和角度，而不是注重创作者主观感受、直接显露和抒发，从而表现出较强的客观真实性和表现形态上的自由性。

第三类，是主客观交替的视点。这是一类主客相结合的特殊角点：有时在客观视点中表现出主观的情怀，有时则是在主观视点中插入客观的叙述。正是在主观和客观视点的交替与互换中，使得叙事过程兼有客观的叙述性和主观的抒情性的双重特征。

第四类，是多维视点。它所提供的是对于生活的多角度多视点的呈现，主要是站在叙述者或作品诸多人物的不同的角度上，共同阐明同一对象的本质及特征。由于每个叙述视点都从各自的角度来观察、认识和评判，从而形成了同一对象的多侧面描述，同时也比较有利于对事件过程或人物性格的完整刻画。

可以说，上述几个方面的叙事视点的类型，基本上都是属于一些传统叙事文本的经验总结，而且也确实基本囊括了以往各种叙事视点的类型。然而，在

---

① 申丹. 叙述学与小说文体学研究［M］. 北京：北京大学出版社，1998：204.

其背后，却由于文化及媒介的差异在视点的选择与表达中就有着十分丰富而具体的内涵。故而，这里既需要从文化传统（特别是艺术）的深厚土壤与具体语境中来把握各种类型视点的意义内涵，更需要结合电视的媒介特征和艺术实践来进一步地解析电视叙事视点的特质。

"叙事视点"的特质有些类似于西方传统叙事的"定点透视"的方法。西方美术史上的图像叙述，一般都是要在画幅中标出了一个虚拟的"聚焦点"，由此以表明叙述主体观看景物的某一最佳位置，表明"叙述主体"的"在场"和"视角"甚至"视野"。"叙述主体"成为叙述的"实施者"或"见证人"，从而迎合了追求科学、讲求真实、理性客观地反映世界的文艺复兴时尚。由此看来，"定点透视法"只是确立图像叙述主体功能的一种极端形式而已。英国艺术史学家贡布里希（E. H. Gombrich）认为，"透视法"的发明和使用乃是基于西方的"见证原则"①，体现了艺术逼真摹仿现实的叙述准则。的确，现代摄影与摄像技术的发明与发展提供了"眼见为实"的心理基础，并且证明了对这一视觉实境摹仿再现的可能性和多样性。因此，"定点透视法"成为西方艺术发展的一个重要步骤阶段，对西方摹仿型再现艺术传统的成熟与发展意义非同寻常。②"定点透视法"不仅强调科学地看，而且要求把所看到的物象"逼真地"描绘出来，这其中既包含着叙述技巧上的新的革新和叙述接受上的新的维度，也包含着叙述观念的新的变化。而图像叙述主体基于视觉现实的聚焦点、明确的定点位置、理性思考等概念也就成为西方近现代图像叙述重要的"关键词"。这种"定点透视法"对其他媒介叙事的影响在于：它不仅增强了西方19世纪以来文化叙事中主体对于摹仿现实的信心，而且更培养出一种全知全能的自信的语言叙述主体的自信。由此，叙述主体既可以对环境进行目击般的细致描写，时时提炼着语言叙述的中心（聚焦点），并且也可以"见证者"的自信身份对现实进行客观理性的思考评论。

故而，由西方艺术（绘画及文学）传统的"定点透视法"中所培育出来的叙述主体，无论"他"是全知自信的"讲述者"，还是客观默然的"观看者"，无疑都彰示出一种叙述主体与所叙述（看）对象之间的一种无法弥合的距离与

---

① E. H. 贡布里希. 艺术与科学 [M]. 杭州：浙江摄影出版社，1998：63.
② E. H. 贡布里希. 艺术与科学 [M]. 杭州：浙江摄影出版社，1998：85.

差别，这也就是一种主客二分的形制。其中的叙述主体往往都是外在于甚至高于其叙述对象的。例如，达·芬奇所谓的"绘画与自然争胜，并超越自然"的观念，不仅是现代图像叙述由科学理性所确立的信条，也成为其他艺术描写现实、再现自然的自信原则。

与"定点透视法"相对应的是所谓"多视点叙事"，实际上也就是所谓"散点叙事"，或称"非聚焦"叙事。其中最为重要的是以多重视角的运用，实现了对于现实时空进行一次切割重组：它给受众所带来的当属一种不完全恢复性。同一个事件经过叙述再现，并且只要两次的叙述有吻合与互证的部分，人们就很自然会觉得是故事的本来面目得到了恢复甚至还原。受众在其中往往表现出某种程度上的主动参与，自然也是一种有意义的再创造和再阐释的行为。但是，实际上任何局部的视角都难免有着一种催眠与替代作用。也就是说，人们处在谁的视点之下，就很容易不知不觉地被这种视点所左右，或者说，很容易与之发生"视界的融合"。人们自以为是用自己的眼睛在看，实际却是借别人的眼睛在看。所以，真实的情况是我们借助三个人的眼主观地拼接出了一个自以为是的真实的故事。

在中国，其叙事传统明显就属于这种"散点透视法"，也就是说，叙事的焦点是飘移和游走的。比如，张择端的《清明上河图》就是其例。相比较而言，其中的叙述主体（讲述者）更具超然的姿态和自由游走的立场。而与此相关，在叙述风格的呈现上就既有着日常化的一面，又往往表现出某种传奇性的一面。这在宋元以来的白话小说和戏曲中表现尤为明显。它所偏重的是一种"戏剧性的巧合"，也就是所谓"无巧不成书"的传统说法。诸如有意设置的误会、巧合、夸张等，都可以制造改变人物命运的手法。在中国，这种叙事方式最为典型的表现于古代的评书（说书）艺术当中。当代小说名家王安忆曾指出："说书，简直是将叙事的方式推到了最前沿。它与听众是面对面的……它将表达的条件限制在最低点……一切全归结于说话。"① 评书的特点就是说话人将自己的视野凌驾于事件进程之上。或者说，这种叙事视点的特质就是叙事主体在"全知全能"的基础上来有意设置机巧、驾驭着整个叙事的进程。

---

① 王安忆. 专家荐书［J］. 解放日报，1998 – 11 – 14；同文又见《人民政协报》1998 年 10 – 24.

其实，无论是"定点"还是"散点"，这种"全知全能"的叙事视点基本上都是可以说来自于传统的一元论文化，如西方的基督教或东方的佛教。故而，在文化史上，"全知全能"（omniscient）一词在宗教层面上的含义也就是"上帝"，或者说，这种"全知全能"的叙事视点在西方小说叙事中的地位就与其基督教文化的背景有着不可分割的联系。而欧洲的小说兴起大致上是与《圣经》的大量印刷及宗教改革同步的，所以，正如《圣经》对于人们世俗生活的渗透，基督教（和天主教）使徒的日常生活也强劲地渗透在小说叙述中，人与上帝的联系方式也就在小说叙事中涉及人与人的关系的叙述中反映出来。就像上帝在告诉人们：我就是天道，我就是真理，我就是生命和方向。因为上帝或佛祖的话它总是直指人心并且引领人生的，不仅俯视着世俗人生中的一切，而且是生命运动的强大动力，所以，很明显，他既是全知者又是全能者。在西方小说乃至戏剧影视当中，人们日常化的宗教生活方式也明显反映到叙事中来，如通过弥撒方式让人们在上帝面前袒露人们的心灵，通过忏悔方式经由神父探知个体心灵体验的原委。这一切使得福楼拜尔（Gustave Flaubert）、陀思妥耶夫斯基（Fyodor Mikhailovich Dostoevsky）之前的小说基本上都是采取全知全能的视角，叙述主体就像上帝般无所不知，接受者只是随着叙述者的牵引而游走四方，叙事文本中的一切都是由全知全能的创作者安排妥帖，由全知全能的叙述者来指点江山。或者说，叙述主体总是站在故事之上，俯瞰式地指挥并有步骤地协调着整个文本的情节布局与进展。故而，我们也就很自然的能够理解，从西方叙事艺术的历史发展来看，何以一个有着鲜明的宗教倾向的古典式的叙述者也就必然地选择全知全能的叙事视点，而到了宣称"上帝死了"的大众传媒的时代，无论是小说、戏剧，还是电影，一般都会有意无意地规避这种全知全能的叙事样式。

然而，作为一种全方位的或定点或散点的叙事视点的体现，在当今的电视叙事中，"全知全能"的叙事却又是另当别论。因为，电视不仅是人类迄今为止唯一能达到的"全能文化"而吸引各种媒介的表现手段，而且还能够融高雅文化和通俗文化为一体，创造出一种人类乐于接受的普及型的大众叙事文化形式。"电视文化的高度融合，不仅体现在它对各种文艺的兼容并蓄，也体现在它对各

种民族文化的吸收和融合。"① 因为电视作为 20 世纪科技与文化结合的后起之
秀，深受此前各种叙事文化文本的影响，特别是 20 世纪以来各种叙事文化文本
的影响，故而电视叙事的"全知全能"的属性不仅有了技术上是可能，而且也
有其文化上的必然。

　　从电视作为叙述媒介来看，因为电视所面对的受众，并非书斋的学者，而
是各种类型的"家"里的成员；接受环境也不是封闭的影剧院，而是作为家庭
中心的起居室或客厅。故而，在一般的电视节目及其镜头表达中，它还往往有
别于电影的叙事，一般节目都较少采用跳跃、突兀和省略等叙述手法，更多的
还是注重平铺直叙，讲究平实易懂、明白晓畅，从而在电视叙事文本中也因此
而常常有头有尾、顺序下来，直达目的，总是力求在叙述中尽可能做到有条不
紊且面面俱到。在这个意义上，对于电视叙事来说，"全知全能叙事"也许仍不
失为一种"智慧型的全知叙事"方式，并且"全知全能"的叙事视点也并不排
斥多种视点的选择。

　　如果说，电视编导或节目主持人所充当的即是古代"说书者"的角色，那
么，电视受众即类似于勾栏之中的"听故事的人"。这种全知全能的叙述，以
"话说……"的模式开始进行讲述，其长处也就在于叙述者虽然不出面，却可以
安排调遣一切，可以根据需要随时转换话题，即"花开两朵，单表一枝"。同
时，在故事展现的时间和空间中，叙述者也是无处不在、无所不知，其可以描
述和交代影片中的任何人、任何事以及任何人不知道的细节与秘密，叙述者可
以通过故事的结局肯定或否定故事主体的价值观念、思想行为，告诉观众该做
什么不该做什么。诸如此类，就较多在电视叙事中得以运用，成为电视虚构叙
事进程的一大助推器。而视点的全知全能带来的叙事手法上的"传奇性"特点，
恰恰是中国传统叙事美学在电视叙事艺术中的突出影响的表现。如凤凰卫视的
《文涛拍案》，就是有意模仿中国明清公案小说的叙事技巧来展示当下的社会案
件，为了追求"拍案惊奇"的效果，以吸引受众的注意力，不仅在结构上常常
讲究峰回路转、跌宕起伏，而且更为重要的是在叙述品位上追求一种格调和境
界，一种为你逗乐、为你解愁的讲故事的高手。

　　当然，实质上，电视叙事的视点也无疑立足于叙述主体之于故事及人物的

---

　　① 吕萌. 试论信息时代的电视文化 [J]. 安徽大学学报（哲社版），1995（1）：48.

关系来加以建构的。因而在当代电视叙事中，像"全知全能叙事"那样叙述主体的"在场"也就并非具有天然的合法性。

就当代电视叙事的视点类型而言，其中有一种，就是叙述主体先不现身，而是通过别的人物的转述来诱发接受者的想象，这是小说叙事作品所惯用的招数。小说的叙述者可能就是其中的一个角色，或者说使其隐身于故事之中。如果说，电视叙事中无所不在的镜头充当了这样的一种叙述主体，那么，事实上它又常常为镜头的拍摄对象所充任和取代，其中就包括主持人和行为人。可以说，任何电视事件的现场总是离不开叙述主体的适度控制的。另外，还有一种乃是基于主观视点的"内聚焦"。同那些传统的"全聚焦"相比，"内聚焦"的最大特点在于明确控制了叙述者的话语权限，有所知有所不知。如此一来，不仅在形式上消除了叙述者与观众的不平等的关系，而且作品的真实性也大大地提高。在电视叙事中，各种电视秀虽然都离不开叙述主体的"内聚焦"，但事实上却有着更多的叙事材料的取舍与选择，且由此也可以造成了一些事件进程中必要的盲区和空白，从而给观众留下某种悬念，甚至带来某种惊奇的效果。

当然，电视叙事中全知全能型叙述主体主要的乃是以教化者的视点和眼光来看待一切。这种眼光的智慧程度使得叙述者与对象保持着相当程度的距离，从而赋予电视叙事一种高高在上的姿态和地位。故而对于大多数受众来说，电视仿佛就是一个喋喋不休的说教者。

而后两种以主观视点来展开的叙事，则是创作者与叙述者的身份基本接近或大体一致，表现出某种平民化的姿态和立场。叙述者以见证人的身份做全知全能叙事，叙述主体个人的直接与间接的经验世界自然地转化成为叙述的视界。在这种视界中，我们可以看到电视镜头下当今都市与乡村生活的形形色色，可以看到众生的永恒的群体漂浮的命运的展示。当然，人们看到的不仅是一个经由理性梳理的活泼细腻的感性的经验的世界，而且，更是经过某个权力话语系统所建构的秩序的世界。大到国家历史的叙事，小到人们的衣食住行、声色气味、柴米油盐等日常生活叙事，概莫如此。

正因为如此，在一些电视剧或纪录片的创作中，如果叙事者只是一味地以全知全能的视角，端着权威叙事的架子不停地告诉观众：我这是历史正剧，那就是犯罪分子，或者，我就是历史权威，我掌握着全面的资料，从而根本无视观众的智慧，那么，这种叙事的立场恐怕离受众的讥讽甚至鄙弃也就不远了。

特别是在当下一种后现代语境中，更多的人似乎更认同"全知全能的叙事"是一种落后的方式，而主张叙事者从故事中退出。所以若电视制片人和编导们对于接受者的讥讽乃至不屑都视而不见、充耳不闻甚至把漠视作为默契，电视叙事所应有的真实性和真实感在娱乐市场和受众消费当中也就成为一种稀缺产品。

基于有人对于小说叙事视点的归纳，本书也将电视叙事的视点归结为"鸽子视点"与"鹰的视点"两种。① 因为，究其根本，"鸽子视点"与"鹰的视点"的区别不仅在于立场之高下，而且还在于秉性之差异。在我们的常识中，鸽子通常就是以平原上的人类为伴，它明显不同于寄居在万仞峰顶的鹰鹫；"鸽子"常以白日晴空中的冷冷哨音给人以慰藉，而不像"老鹰"在风高月黑中枭啸唬人；"鸽子"以人间的同情慈悲为任，"老鹰"则以对于自然的攫取批判为能。故而，比较所谓"鸽子视点"和"鹰的视点"，一则乃是一种邻近世俗的智慧，它在真正的民间叙事的土壤里成长；一则属于超越世俗的视点，仿佛只是俯视天下。两种智慧之区别，就在于前者是从对一切世俗事物的观察中产生的，主体往往处于一种生活近距离的位置，后者则往往超然于事实之上，主体与对象之间有着相对冷静的距离。在"鸽子视点"下，主体就像宗教圣徒般的负有古道热肠的救世使命；而在"鹰的视点"下，主体智慧显现出超然冷静的一面，其叙事的情怀乃是大慈大悲的心肠，与慈悲为怀的心态相表里，并进而进而生发出一种深厚广博的同情，而不只是流于某种肤浅的感伤。前者更多地表现出"人性"及"温情"的一面，后者则表现出"神性"的一面，所以它又有着超越世俗关怀的终极关怀的意味。

诚然，电视叙事根本上属于大众文化的世俗叙事，但是，如果没有了精神的超越，一般的电视节目也就只能将眼光牢牢地盯在眼前的人事与物件上，其中的言说与叙述便也总是被局限在一个非常有限的视野之中。所以，非常矛盾的是，虽然电视叙事以其技术的可能性所构成的一个全知全能的视界，但是充其量只是一种"鸽子视点"，由于缺乏真正精神上的超越和伦理价值上的深切关怀而难以成为真正的"鹰的视点"。故而，怎样才能使电视叙事在人间性的视点选择中体现出超越性的情怀，便也成为电视叙事视点选择的十分重要的价值尺

---

① 白彩霞. 在仰视中体味王安忆的"鸽子视点" [J]. 现代语文（文学研究版），2009 (12).

度之一。

三、叙事视点的选择

如前所述，电视叙事视点的选择不仅取决于电视叙事主体的态度与立场，而且与电视叙事的观念、电视栏目设计的理念乃至各种叙事技巧的应用都有着密切的关联。无疑，当电视镜头面对丰富复杂的社会现实时，电视叙事者所追求的，究竟需要的是立场还是技巧、观念还是技术？或者说，电视叙事的视点的选择根本上还是明显体现出主体的价值理想及其实践的定位。

如果说，电视叙事原本就是属于意识形态的，然而，随着电视技术的发展，其家常日用的属性又决定了电视叙事的日常信息消费及其满足娱乐需求的特质，进而电视叙事的接受对象是因为"大众"而不是"精英"，所以，电视叙事的本质上是"平民化的"而不是"贵族化的"。从而，体现到叙事视点的选择上，叙事者如果能够意识到这样一种区别。一个人以领导者身份在台上做报告提要求，和这个人以朋友的身份到家里做客，两个情形下的心情及语态绝对是不一样的，电视的叙事者应该把自己定位为走进观众家中的一个朋友，或者充其量是一个见多识广的朋友，以客人的身份在人家的客厅里讲述着自己的见闻，讲述着一些真实而新鲜的事情，虽然偶尔也可以带进去一些自己的见解，但绝非是一味地教化指责，或者反客为主、滔滔不绝、夸夸其谈。

在这个意义上，电视叙事中叙述视点的选择，恰恰体现了一个特点。因为电视叙述主体在寻找到自己的身份自知和角色定位的过程中，自然会越来越加清楚应当是用怎样的说话语气和态度：如何告诉观众我们所知的新闻和故事、如何让他们高兴和快乐、如何让他们相信并接受、如何帮助他们解决生活和工作中的烦恼和困难、如何与他们分析真善美和假恶丑……而这一切既离不开真诚的态度，更离不开一种平等的立场，离不开一种关切的视点。就像曾经中央电视台的文化类的栏目中的《文化视点》，从栏目创意及命名来看，其就是明显地以"视点"的选择来报道和观照文化现状，总结、评述乃至反思当代中国的文化进程的。而《东方时空·生活空间》，曾经在几经改版不能成功的情况下，率先以真诚的态度和平民化的视点对那些往往"最不引人注目"的百姓生活予以关注后，其效果自然也就能在受众当中引起强烈的反响与共鸣。

所以者何？

故而，作为中央电视台新闻评论部于 1996 年春季推出的一个新栏目《实话实说》，节目形式为群体现场交谈，通过主持人、嘉宾、观众的共同参与和直接对话，在生动活泼的气氛中，展开社会生活或人生体验的某一话题。该节目往往通过嘉宾（也是故事主人公）的叙述，来呈现事件过程与原委。后来延伸出来的《小崔说事》，虽然基本上延续了同样的一个叙事视点，但是其立场与话题的选择，显然受到更多的局限而趋于就事论事，实际上不久便难以为继也是可以理解的了。

相比较而言，美国电视节目的生长周期则相对要长得多。有资料显示，作为美国哥伦比亚广播公司（CBS）王牌节目的《60 分钟》，曾是美国历史最长的收视率最高的 10 个节目之一，连续 22 年高居排行榜前 10 名。而且，更为重要的是，作为中央电视台的名牌栏目《东方时空》的制作"母版"，《60 分钟》的节目形式和主持人风格可以说一直是中国电视新闻制作特别是电视新闻叙述体式与技巧的范本。①

那么，《60 分钟》究竟是如何"结构故事"与"选择视点"的呢？按照《60 分钟》最初的制片人丹·休伊特（Don Hewitt）的说法，其策略就是："找到有趣的人，讲有趣的故事"。丹·休伊特认为，《60 分钟》节目的成功的秘密就在于："一定要讲述最有趣的故事，持续地刺激观众的兴趣和注意力。"② 一个很重要的因素就是：我们的故事主角比我们会讲故事；我们所做的只是帮他或她讲好故事。恰如丹·休伊特所指出的："好故事的标准是：晚上播出的节目是第二天早上人们的话题。"也就是说，故事的视点是属于故事的主人公的，是内在于节目当中的。

其实，早在 1968 年，已是 CBS 的王牌制片人丹·休伊就特向 CBS 的管理层递交了一份关于创办一个黄金时段一小时新闻节目的设想。他所设想的节目将由三个部分组成。每个部分是一个故事，由一个记者在故事中采访或讲述故事。三个部分中间用广告来加以穿插。这种结构可以把不同品味、不同向度的故事放在一起。其中，由嘉宾讲故事，丹·休伊特称其为"个性化的新闻"，并将其

---

① 如曾为上海教育电视台编导的陆生就这样描述："当我拍摄专题片《一代名师》时，一位同事给了我一盘用 VNS 录制的《60 分钟》，让我学习采访的技巧，以及如何更好地结构故事。"见陆生. 走进美国电视［M］. 上海：复旦大学出版社，2008：289 – 290.

② 陆生. 走进美国电视［M］. 复旦大学出版社，2008：91.

概括为："既让观众看到玛丽莲·梦露的衣橱，又可以让观众看到奥本海默（原子弹发明人）的实验室。在不牺牲新闻的严肃性的前提下，让新闻有了娱乐和欣赏价值。"创办这样一个电视《生活周刊》，是丹·休伊特的梦想和希望。幸运的是，CBS的管理层采纳了他的设想，并从他所提交的报告中摘出了"60分钟"的字眼作为该节目的名称。《60分钟》栏目也就由此而诞生。世界电视业也从此引入了一个崭新的概念：电视新闻杂志。

由此看来，《60分钟》的成功实践，本质上属于电视叙事的规律特别是关于叙事主体价值的探索的结果。首要的正是其立场和视点的选择恰如其分。正如其制片人丹·休伊特所说："我们所擅长的，是向黑暗的角落里投下光亮。如果有人躲在黑暗的角落里从事不应该的勾当，我们所做的只是把灯光打开。"①这个"光亮"代表着一个视点，无疑也显示出《60分钟》的价值立场和叙事策略。丹·休伊特表示：曾经有这样的一段时间，每天晚上7点钟，美国的各个家庭坐到电视机前等着收看克朗凯特的晚间新闻，以便了解这一天里世界上都发生了些什么事。如今，这样的时代已然一去不复返了，因为，只要打开电脑，你可以知道一秒钟前发生的事；开车的路上，你也可以从GPS或实时广播中知道你所要走的路况以及可选择的其他线路的路况。确实，"人们已不需要坐到电视机前了解世界发生了什么事"②。虽然世界各大电视网都在通过各种手段应对这种挑战，比如，各大电视网都建立了自己的网站和主页，并实现了网上滚动播出新闻，存贮各类电视节目，甚至直接进行网上新闻直播。但是，这些似乎都还远远不够。故而，对于当今的电视叙事传播来说，更需要建立起自己的全方位的视点

当然，更多的电视纪实或虚构叙事还是有赖于一种社会历史的宏观大视野，这种宏大叙事本身不仅成为一种自觉的立场，而且作为一种技巧规定着或体现出具体节目中叙事视点的选择。比如，以中央电视台的《新闻联播》《焦点访谈》为代表的主流电视栏目，很明显就是要将电视的镜头聚焦于社会热点，目的就是对于人们所普遍关心的问题进行深入的发掘与探析。这种电视叙事视点

① 程晓鸿. "60分钟"的35年神话——专访总制片人丹·休伊特 [J]. 中国新闻周刊，2003（24）.
② 程晓鸿. "60分钟"的35年神话 [J]. 中国新闻周刊，2003（24）.

的选择体现出很强而且自觉的国家意识形态和主流的社会价值观念，占有一定的社会公义和道德的制高点。它不仅是与电视台的定位有关，更主要的还须将其落实到叙事视点上来。

相比较而言，伴随着当代传媒技术的发展，社会民主化和知识化进程的加速，中国当代电视叙事也逐渐趋向多元视点的选择。中央电视台及全国各地大量卫视频道的开播在 20 世纪末已极一时之盛，各类电视栏目亦如雨后春笋。其中，最值得关注的，也许不是电视节目播出量的激增或者电视节目的全覆盖，而是电视叙事的视点从宣传教化到重构中国人的文化精神系统、满足大众文化娱乐多方面需求的明显位移。

仅就一些纪实频道及纪录片（栏目）而言，以中央电视台纪录频道的开播为标志，纪录片（栏目）尤其是人文纪录片的创作与播出渐趋活跃。因为人文纪录片既有对于历史的叙述又有对于过去时代的反思，其中大多采取选择回顾式的叙述视点。究其原因，这种视点的选择可能主要体现在两个方面：其一，是以再现过去时代的情境方式；其二，叙述方式上主要是通过对当时的风土民情、社会文献、乡野民谣等的引用，以及时时打断叙事流的议论，全面地展现和评判那个故事发生的时代。这里的"回顾"，无疑需要有一定的距离，以便于受众的静观与品味。

那么，不妨以湖北电视台的大型谈话节目《往事》为例。

《往事》曾与中央电视台品牌栏目《实话实说》并肩荣获"中国广播电视新闻奖"社教栏目的一等奖，而且曾一直是湖北电视台对外树立频道形象的重要品牌栏目。秉着"追忆似水年华，感悟人生悲欢"的宗旨，《往事》在选材上，主要是通过讲述大的历史背景下主人公跌宕起伏的命运，来折射一段民族的历史，人们在历史回眸中以理性反思，并从中获得对人生、命运的深刻体认和感悟。这种以故事折射历史的栏目定位，在全国谈话节目中可谓独树一帜，由此《往事》也在全国享有一定的声誉。其中，十三集大型系列片《往事·中国》，一方面按历史时代的划分，将这一百年来的中国历史分为十一个历史时期来分别进行讲述；另一方面该栏目又从精神、文化的层面切入，在每一个具体的历史时期中寻找最能代表该时期精神的故事，从而将《往事·中国》演绎成 20 世纪中国百年的精神文化史。

确实，近代中国已经翻过了风雨百年的坎坷历史。一个多世纪以来，中国历经从民族危亡到振兴中华的艰难曲折的漫长过程。可以说，如果没有这一个多世纪以来民族灵魂的痛苦、觉醒、摸索、抗争、徘徊，特别是没有改革开放，也就没有 21 世纪的今天中华民族的文化自觉、自信与自强。以讲述历史、反思历史为定位的电视栏目《往事·中国》就是以这样一种开阔的襟怀、磅礴的气势、深刻的理性来勇敢解读中华民族的百年历史。故而，该系列片不同于一般的历史文献纪录片，虽然在叙事立场与视点上，《往事·中国》沿袭的是《往事》栏目"以故事讲述历史"的独特解读历史的方式，即在每一个时期只选择一个具有代表性的历史断面，通过记者访谈、新闻影像、遗址实拍等方式，讲述一个个充满戏剧性的冲突与场面而往往又鲜为从知的故事。另外，在具体点叙事视点的选择上，采取俯瞰式的历史背景的铺写，并将其与真实生动的历史故事的演绎结合在一起，从而使得《往事·中国》把史料性的发掘和可视性的叙说统一起来。显然，《往事·中国》的拍摄者就曾沿着历史事件的发生地和历史人物的足迹而走遍大半个中国。其间，每一段曾经被尘封历史的发现讲述，都是以全聚焦的方式来展开。

由此看来，不同的视点的选择，不仅是电视叙事技巧的显现，而且也是主体叙事立场及评价的显现，并由此而成为众多电视栏目设计定位的关键，甚至成为电视节目创新突破的关节点之一。

第三章

电视：故事与话语

——电视叙事艺术文本

确实，任何叙事作品都有着自己的现实的文化语境和具体的叙事文本。按照苏联符号学家洛特曼（Juri lotman）的"文本"定义："文本是完整意义和完整功能的携带者。从这个意义上讲，文本可以看作是文化的第一要素（或曰基础单位）。"① 从而，把握文本也就成为人们解读电视叙事文化的关键所在。

电视叙事当然也并不例外。正如罗斯·钱伯斯（Ross Chambers）所曾经指出的，应该认识到"叙事是一种社会存在，一种影响人际关系并且由此获取意义的行为：叙事之所以成为叙事，依赖于一种隐含的社会契约关系。这种契约关系使得叙事作品与社会之间具有一种交换性质，而交换就意味着存在于社会的欲望、目的和各种制约力量之间的综合关系"②。从电视传播与接受的角度来说，其文本生成及构造无不与叙事有关。故而，如萨拉·科兹洛夫（Ruth SarahKozloff）所言，"多数的电视节目——情景喜剧、动作系列片、卡通片、肥皂剧、小型系列片、供电视播放而制作的影片等等，都是叙述性文本"。而这些"叙述不仅是电视上起主导作用的文本类型，而且在很大程度上叙述结构就像是座大门或一只格栅，即使是非叙述性的电视节目也必须穿其而过。我们在电视上看到的世界是由这一叙述话语规则构成的世界"③。

这里，实际上已经触及经典叙事理论的最为核心的两个问题，即"一是故

---

① 转引自康澄. 洛特曼的文化时空观［J］. 俄罗斯文艺，2006（4）.

② ROSS CHAMBERS. Story and Situation［M］. Minneapolis：University of Minnesota Press，1984：4.

③ 罗伯特·艾伦. 重组话语频道［M］. 麦永雄，等译. 北京：中国社会科学出版社，2000：46 – 47.

事，也就是说什么人碰到了什么事；二是话语，也就是说，这个故事是怎样被人讲出来的"①。这种有着其内在的话语规则和结构原则的电视叙事文本，正因为不是自为的，而是人为的，所以，作为一个艺术生成与交流的过程，它的构成一方面就体现为从故事到话语的叙述展开的过程，另一方面这一过程又不能脱离其具体的现实的文化语境，不能脱离叙事者和受众之间的交流。换言之，故事也好，话语也罢，电视叙事文本的生成建构终究离不开其叙述和接受的主体。也就是说，电视叙事文本固然有其相对独立的品格，却仍然离不开其创作与接受主体的精神与品格。所以，正如罗兰·巴尔特所言，"理解一部叙事作品不仅仅是理解故事的原委，而且也是辨别故事的层次，将叙事线索的横向连接投射到一根纵向的暗轴上"②。故而，更为重要的是，"文本分析不应只限于文本的最终形态，也不应只限于确定起源，而应理解为所处理的是话语主体的特定动态，这个主体因为互文性的缘故，不是个体（在'主体'一词的词源意义上），也不是身份……主体通过将自己放在不同层次的文本复合的交合点上而创造一个文本……这导致我将创作主体性理解为一个万花筒，巴赫金称之为'复调'，而我却称之为'过程中的主体'"③。

故而，就电视叙事的文本构成而言，其故事、话语、叙述等三个层面相互联结而又相对独立。本章所论电视叙事文本，既包括电视叙事中的故事层面上的情节创造和情境营构，即以电视叙事的即时性、在场性来展开纪实的或虚构的故事叙述，还体现为电视叙事的话语层面上的"点·线·场"的时空结构和叙事节奏，进而显示出电视叙事所特有的叙述话语及其多样化的叙事风格。在这个意义上，可以说，由故事、话语、叙述所构成电视叙事文本，也就是通过电视屏幕的界面人们所看到的"由这一叙述话语规则构成的世界"④。

这里，为了论述的方便，我们不能不将文本构成的诸多要素和层面分别逐

---

① 罗伯特·艾伦. 重组话语频道［M］. 麦永雄，等译. 北京：中国社会科学出版社，2000（47）.

② 罗兰·巴尔特. 叙事作品结构分析导论［M］//张寅德. 叙述学研究. 北京：中国社会科学出版社，1989：9.

③ ROSS MITCHELL GUBERMAN ed. Julia Kristeva interviews［M］. New York：Columbia University Press，1996：190.

④ 罗伯特·艾伦. 重组话语频道［M］. 麦永雄，等译. 北京：中国社会科学出版社，2000：45.

一做出论述和阐释。

第一节　电视叙事的情节和情境

正如历史上其他文化叙事文本，故事也构成了电视叙事的最基本的层次。作为叙事学奠基人的俄国学者普罗普，以及法国的布雷蒙、格雷马斯等早期叙事学家，均聚焦于既定故事"事件"之间的结构关系，没有走出情节的营构基于事件的选择这一基本的层次。此外，热奈特在《叙述话语》中，也是将故事"事件"视为既定的事实，仅仅探讨如何对这些既定事件进行组织安排，也就是"情节"究竟是如何构成的。而事实上，故事的构成，既体现为情节的营构，也包含了情境的设置。特别是对于后者，以往的叙事研究大多忽略甚至漠视的。因为关于"情境"，长期以来都被视之为戏剧影视的理论范畴，而与叙事学基本无关。其实，自从叙事学由小说、民间故事拓展到戏剧、电影、电视的研究以来，叙事情境已越来越受到人们的重视。故而，对于电视叙事的文本研究来说，既需要关注情节，也需要关注情境，甚至后者可能包含有更多的叙事奥秘。

一、电视叙事与情节营构

如何理解情节及其构成，也就成为叙事文本研究的首要问题。

何谓"情节"？"情节，就是被叙述的事件。"① 情节是相对于故事而言的。福斯特曾就"故事"与"情节"的区别做过这样的描述，他指出："故事（story）是按其时序叙述一些事件，情节（plot）同样是叙述这些事件，但是重点落在因果关系上。'国王死了，后来王后死于悲痛'则是个情节。时序依然保留着但是其中因果关系更为强烈……如果是个故事，我们问：'然后呢？'如果是个情节，我们就问'为什么呢？'这是小说中故事与情节的基本区别。"② "故事"指的是作品叙述的按实际时间顺序排列的所有事件，"情节"侧重指事件在作品

---

① 赵毅衡. 当说者被说的时候——比较叙述学导论 [M]. 北京：中国人民大学出版社，1998：172.

② 爱德华·福斯特. 小说面面观 [M]. 广州：花城出版社，1984：76.

中出现的实际情况。故事之为故事，重要的还不是使得死亡得以被成功延宕，而是使得生活本身有了"意义"。它是人类构筑精神世界的特殊方式，人类正是通过故事来理解世界、理解自身，理解过去、现在与未来的。

以色列的叙事学者里蒙—凯南（Shlomith Rimmon - Kenan）曾对"故事"进行了这样的界定："'故事'指的是从文本中提取出来，按照时间顺序重新建构的所述事件。"① 也就是说，在某种意义上，故事是预设了一整套可以想见的细节的事件之连续体，那些细节是可以依据物质世界的通常规律来投射的。②

如前所述，电视作为一种影像叙事媒介，我们可以把社会生活的方方面面转换成各种叙事文本，可以说是处处浸透着叙述。因为电视是以声画结合的全息式的方式来展开叙事，所以，情节的创造和情境的营构也就成为电视叙事的核心，即电视以直播或录播的方式，通过声音和画面来实现故事的叙述，从而展示一种即时性与在场性。而且，电视也正是通过声画语言的运用、电视表现手法的发展，为故事的叙述提供了更多的可能性。这是一个开放的公共的叙事空间。

电视叙事艺术最大的功能是将受众带到"现场"。这个"现场"曾经是作为故事发生的外部世界的情境，但后来这类情境由于更好地在其他的媒介中得到传达，于是，文字的传播特别是文学作品便渐渐放弃了这类情境，转而集中力量描述"人的内在体验"。而所谓"人的内在体验"未必一定要在收视反听、闭目骋怀的时候才能发生，事实上，这种内在体验始终伴随着人们的外在体验，正如在"眼耳鼻舌身"的"五根"之外，佛教还揭示出一个"意根"。确实，每时每刻，人们大脑的思想意识都在川流不息地汹涌流动，它和我们的所见、所闻、所说、所做混杂在一起，汇集成一种意识总体的体验之流、精神之脉。

当然，这里说"伴随"仍然是远远不够的，因为内在意识的体验绝非是一种被动的、由外在或偶然决定的背景声道，而是一种能动地不断地进行着整理和改变世界以及人对世界的体验的努力，它还能超越诸多外在的情境而进行一

---

① SHLOMITH RIMMON – KENAN. Narrative Fiction ［M］. 2nd edition. London：Routledge，2002：3.

② SEYMOUR CHATMAN. Story and Discourse ［M］. Ithaca：Cornell University Press，1978：28.

些完全无关的自主活动。例如，在一种超越个体的理性符号系统中活动乃至忘却自己肉身所处的场景。

如前所述，讲故事和听故事的行为，以及对这两者的强烈兴趣，都是人类经验中一个非常古老而常新的部分。更为极端的是，甚至于人的内在体验，当它已成为过去或正在成为过去的时候，人们也能够感受到一种试图将它讲述出来，使它转化一种叙事艺术品的冲动。然而，较早时期的人类很难认识到故事讲述的是人的体验（Experience），人们朴素的心灵被那些貌似简单的陈述句所蒙蔽，以为自己听到的不过是些目力可及的事实（fact）。而事实上，如果没有想象和体验的参与，纯粹的外部的举止是永远无法完成一个真正的故事的叙述的。仅仅一个最为简单的故事的开端"从前……"，其中就包含了一种为人类的内在体验能力所独具的时间感，在一个纯粹的物质世界中，是没有"从前……"的，也就是说，"从前……"只存在于讲故事和听故事的人的想象和体验之中。因为，"叙事讲述的任何事件都处于一个故事层，下面紧接着产生该叙事的叙述行为所处的故事层"①。

不同于戏剧电影的虚构叙事，电视主要属于非虚构叙事。如果说，大多数叙事类的电视节目还只是讲些日常生活的一般性的故事，即使各种新闻事件，也多带有偶发性质。因为现实本身大多是平实甚至平庸的，每天原本就没有那么多震撼人心的事件发生。那么，电视叙事又是怎样才能摆脱平庸而创造奇观呢？难道只有在平常的事件中来捕风捉影、故弄玄虚、夸大其词？

其实，追根究底，历史上那些伟大的、杰出的叙事艺术，其最大的特点就在于它的内在体验的真切性，这里的"真切性"也就是一种所谓"情感的真实性"，或者说"内在的真实性""精神的自明性"。诚然，一个思想，一个意象，一个形体，一个感触，甚至一个命题，只有当它对人的内在意识造成强烈的、无法摆脱的作用，使我们的整个身心沉浸在其中，乃至于平时仿佛分裂着、麻木着、沉睡着的精神也苏醒了，才有可能使我们变得激动、敏锐、丰富而完整。这种体验，无论其内容为何（宗教或哲学上的开悟、审美的愉悦、科学或文学的灵感，等等），我们都可以视之为"真实"的，甚至是"现实"的。

迄今为止，还没有一种媒介能够不借助叙事性的语言来较为清楚地讲述人

---

① 热奈特. 叙事话语　新叙事话语［M］. 北京：中国社会科学出版社，1990：158.

的内在体验，甚至于当对象面对面地直接呈现在我们眼前时，我们也常常渴望能有一个声音能为我们穿透我们与对象之间的深渊来为我们讲述对象的故事。

改革开放初期，中国人确实在自我身份认同的过程中不可避免地产生出一次集体性的焦虑。

例如，辽宁卫视的《王刚讲故事》，江西卫视的《传奇故事》，均属此类。其中，《传奇故事》作为江西卫视 2005 年元月开播的一个日播节目，以"金飞讲故事，我们看传奇"为主题，每期讲述一个涉及真善美、德义理的故事。数年下来，该栏目不仅位居全国"观众最喜爱的电视栏目"的第 12 位，而且也创造了自身的一个传奇。很显然，《传奇故事》似乎十分注重故事的传奇性。

由此可见，为了凸显叙事文本的完整性，可以将故事进行必要的片段化的处理，或者将完整的故事进程划分为若干相对独立的段落，也是很有必要的。而叙事段落的划分，基本上以故事情节发生发展的过程为核心，将正面跟踪拍摄、描述与背景铺叙穿插在"纪实"的段落中，形成了一个个较为饱满的叙事段落单位，从而构成电视节目的"纪实"段落。

由此，我们可以从中央电视台《背后的故事》来看是电视如何"制造"故事的。当然，这里的"制造"绝不是凭空捏造或虚构的意思，而是以新闻事件、议程设置为背景，将现实生活世界当中与之相关的呈分散状态的人和事按照故事的情境有机地整合起来，使得那些看似没有相关性的新闻故事表现为具有一个完整的叙事流程。比如，在一期讲述长沙某大型超市发生的解救人质案的节目中，主持人分别请来超市店长、现场的记者、刑警队长、警方谈判人员、人质、目击者等从各自角度展开叙述，但多维叙述都统一在"案发（开端）、部署行动（发展）、与罪犯周旋（高潮）、营救成功（结尾）"的叙事逻辑下进行。这种安排即符合电视线性传播的特质，又迎合了观众从事情发生的接续过程中推导前因后果的收视习惯。然而并不是所有的题材都有较强的时间性，这就需要以情节推动故事的延续。又如，曾经感动过许多观众的一期节目《又见马咏梅》，讲述的是一位倔强的四川姑娘马咏梅的故事，她在历经了选美竞赛的坎坷之后，最终站到了 2003 年"环球洲际小姐"季军的领奖台上。节目中通过马咏梅与热心观众的交流、与各国对手及裁判的斗智斗勇、与父亲磕磕碰碰的亲情等若干精彩感人的情节的叙述和展示，很好地架构了这位选美姑娘背后的生动的传奇故事。可见，在制造悬念和戏剧性效果方面，该栏目也是深谙此道。其中的每一期节目都准备了若干资料性的小短片安插于节目中，使现场的谈话仿佛置身于过去与现在、历史与现实的时空交错中。短片中或设置悬念，或凸显矛盾，或展示细节，使得节目整体节奏显得跌宕起伏，引人入胜。

也许，电视之"讲故事"更需要的是增加开放性，适当提示这个故事复杂性的空间，但又不能将因果关系处理得很简单直接，或者相反，故弄玄虚，将简单的故事复杂化，又甚者，人为地制造各种悬念，兜出一个偌大的圈子，结局却让人大失所望。就像中央电视台《走进科学》栏目中的一些节目，原本以普及科学知识为目的，却在一些编导那里，以增加可视性、娱乐性和趣味性为由，人为扭曲，故弄玄虚，节外生枝。故而，电视叙事更需要的是开放性，要把其中的人物、事件放到特定的社会环境和背景当中，凸显出叙事情境的意义。故而，不仅需要将人物和故事更加生活化和具体化，而且更要使得故事的进程显示出某种普遍的社会意义和影响。同样是中央电视台，曾经的《激情广场》就是把节目设置为一种特定情境中的大众娱乐。而同样是为了强化情境的可信度，《超级震撼》则是把场景搬到了外部，场景一般选择在大型商场或广场等公众聚集地，每一期都有一个随意让观众参与的节目，从而不仅营造出节目所需的情境氛围，而且也无疑拉近与受众的距离。

二、电视叙事的情境创造

从根本上说，叙事乃是对过去的真实或者虚构的事件的述说。而过去的事件可选择的很多，应该采取何种方式叙述何种事件，则往往取决于这一事件对于后续事件的影响。因为，那些"被讲述的最早的事件仅仅是由于后来的事件才具有自己的意义，并成为后事的前因"，而且，正是这一"前因"使得叙事中的评说多显现为"后见之明"。从时间上看，"是时间系列的结尾——事情最终演变的结果——决定着是哪一事件开始了它：我们是因为结尾而知道它是开端……因此，历史、小说、游记都基于一种逆向的因果关系。知道一个结果，我们在时间中回溯它的原因"①。虽然，这种"回溯"往往是针对叙述者的叙述动机而言的，某个叙事文本中完全的"回溯"（即整体上的倒述）却主要属于

---

① 华莱士·马丁. 当代叙事学 [M]. 北京：北京大学出版社，1990：81.

一种叙事技巧。但是，由于前后事件之间的因果关系则始终是潜在的，不论是倒述、预述还是倒述和预述的交错，"叙述的时序关系总是隐含者因果关系"①，所以，也就为我们理解叙事文本中的总的情感基因和背景关系提供一个可靠的基础。

在这个意义上，对于一个"完整的"故事叙述来说，情境就不仅是不可或缺的，而且也是增加故事的感染力的有效途径，故而也就需要加以精心设置和选择的。当然，这里的所谓故事的"完整"性，主要还不是指情节的有头有尾，更主要的还是指叙事情境构成的整一性。因为，叙事情境整一性不仅属于叙事进程，而且关乎叙事的逻辑构成。如罗钢所指出的："叙事情境是由叙事者与故事之间的不同关系构成的。"② 所以，所谓"叙事情境"，不是简单的"情"与"境"的叠加，也不是一般意义上的"情"中见"境"或以"境"传"情"。叙事情境，还意味着情节生成的态势和发展的动因。

所以，叙事从来都不仅是一种时序的关系及其变形，或者是反过来，叙事不仅是在变形的时序中寻找一种因果关系和逻辑顺序，而且更重要的还应该是一种整体性的叙事情境的设置和情节合理性演变的内在动因。

但是，正如一些现代小说正日益表现出对情节的漠视，在电影电视叙事中，诸如事件的零碎，片段的插接，时间、空间上的无序混乱，因果逻辑的破坏，人物的支离破碎等，也是屡见不鲜。这不仅是由于影视语言及其语法的性质所致，而且也是影视艺术的本性使然。因为，电影电视的影像叙事无不是在零碎、片段的镜头剪辑中呈现叙事的逻辑与进程的，从而影视叙事怎样呈现叙事的逻辑与进程，叙事情境的设置也就显得尤为必要。

实际上，情境乃是属于戏剧艺术的本体概念。在传统的戏剧审美理论当中，狄德罗主张为适应时代的要求，应创立一种介于悲剧和喜剧之间的"严肃戏剧"，这种戏剧着重表现的就是"情境"。他指出：情境乃是戏剧作品的基础；因为人物性格取决于情境，所以，在戏剧中情境比人物性格更重要。这里，狄德罗所说的情境是由"家庭关系、职业关系和友敌关系等等形成的"，从而，正

---

① 赵毅衡. 当说者被说的时候——比较叙述学导论 [M]. 北京：中国人民大学出版社，1998：197.

② 罗钢. 叙事学导论 [M]. 昆明：云南人民出版社，1994：163.

是人的社会处境及关系才成为戏剧艺术的创作源泉。① 黑格尔(G. W. F. He-gel)认为,"情境"乃是"一种机缘,使个别人物现出他们是怎样的人物,现为有定性的形象";"艺术的最重要的一方面从来就是寻找引人入胜的情境,就是寻找可以显现心灵方面的深刻而重要的旨趣和真正意蕴的那种情境"②。在他看来,"情境"作为一个整体性概念,既包含着戏剧的动作和矛盾冲突,也包含着人物性格及其相互关系,并且能够显示出人物心灵的深刻旨趣和丰富意蕴。普希金(Александр Сергеевич Пушкин)曾在《论人民戏剧》一文中所指出的:"在假定情境中的热情的真实和情感的逼真——这便是我们的智能所要求于戏剧作家的东西。"③

可以说,所谓"戏剧情境"(situation of play),正是指剧情发展过程中的具体的情势与境况。这里,所谓"情势",呈现出一种戏剧动作和冲突的时间状况;所谓"境况",呈现出一种戏剧冲突的空间状况。设定一个戏剧"情境",是为了要在其中展开丰富复杂的"情节"与"情感",为剧情的展开选取一个"时间"和"空间",则是为了给剧中人的戏剧动作和冲突以有力的支撑。故而,所谓"戏剧情境",实则也就代表着一定时间内决定人物行为和心理活动的所有事实。它本身是一个整体,其中包括人物与人物之间的关系、人物与他所意识到的环境相互作用,并在平衡机制的作用下推动剧情的发展。

在这个意义上,可以说,情境的设置,乃是因为时序关系的外衣下掩盖着的某种因果关系,而因果关系又是我们理解电视叙事文本的必经之途。从而,在各类电视节目中的电视叙事,情境的设置与构造不仅成为电视叙事十分重要的规则与技巧之一,而且也是其所追寻的目标与效果之一。

确实,对于电视叙事的规则与技巧来说,叙事进程中往往会通过引起因果关系或明或暗的变化,以调节叙事效果及评价。比如,电视叙事中常常使用一种明晰的倒叙和预叙,用时间上的明晰性使事件之间的因果关系明晰化,致使其叙事效果不至于比线性叙述时的评价难以理解,而且,倒叙与预叙还可以产

---

① 狄德罗. 关于《私生子》的谈话 [M] //狄德罗美学论文选. 北京:人民文学出版社,1984.

② 黑格尔. 美学(第一卷)[M]. 朱光潜,译. 北京:商务印书馆,1979:275.

③ 斯坦尼斯拉夫斯基. 斯坦尼斯拉夫斯基全集(第二卷)[M]. 北京:中国电影出版社,1962:27.

生某种线性叙述所缺少的审美接受的效果，这些审美接受效果使也就可以事件之间的因果关系更加突显，从而强化叙事效果。而这些审美接受效果中主要的一点就是制造悬念、产生。因为，所谓"悬念"，就是通过事先提供的有关情况（某种情境的安排与设置），让接受者对这一情况产生寻根究底的兴趣。就此而言，倒叙和预叙颇有类似之处。因为倒叙是先有事件的结果，然后回溯原因，可以说是一种结局性悬念，而预叙是预先知道了某个事件的相关情况，此后事件的进展过程中果然出现了这一情况，可以说是一种过程性悬念。① 而无论哪一种悬念，无非都是为了达到引人注目，追求一种身临其境的效果。

在这个意义上，悬念的制造根本上还是与一种引人入胜的情境的设置有关。特别是对于虚构叙事的影视剧来说，它不仅可以赋予人物行动的某种机缘，而且无疑也是强化情节进程的主要动因。故而，从技巧层面上来看，所谓倒叙和预叙都只是相对而言的。如果故事的自然顺序是 ABC，叙述时变成了 BAC，那么，相对于 A 来说，B 是预叙；相对于 B 来说，A 则是倒叙。故而，有时候倒叙和预叙有时很难区分；而且在电视叙事文本中倒叙和预叙的侧重点则明显不同。人们通常所说的倒叙和预叙是就叙事的总体情况而言的。就结局性悬念来看，从结局中寻找原因，寻找过程中便会产生"原因到底在哪里"的疑问，这一疑问使事件的因果关系显得很突出，叙事效果也很明显。就过程性悬念来看，在过程中寻找结果，在寻找过程中会产生"情况到底是如何形成的"疑问，从而无形中增强了事件的因果关系，从而增加了叙事效果的强度和情绪感染的力度。对于侧重于纪实叙事的电视节目而言，悬念也许并非不可或缺，倒叙或预叙等叙事技巧的运用也就显得运用也就更需要慎重，以免叙事显得过于机巧。

当然，无论是纪实还是虚构，电视叙事当中的情境都必然还具有动力性的一面。由于叙事情境涉及人的情感愿望，所以，作为一种推进事件进程的客观的推动力，可以促进人物凝聚起具体行为动机，它可以是导致人物行动的主因，同时也是一些社会性的冲突的产生和发展的前提和条件。或者说，它既是人物性格展现的条件，也是叙事情节发展的基础。只有把人物投入具体情境中，提供足够的条件和刺激力，才可以使得人物通过行动进行性格的自我展现。从而，

① 赵毅衡. 苦恼的叙述者［M］. 北京：北京十月文艺出版社，1994：161.

情境的创造也就为叙事行动中的人物行动和情节发展提供了一个有力的推动因素，往往构成一个强有力的事件的前因，并显示出情节发展的基本态势。

总而言之，叙事情境的设置之所以是不可或缺的，不仅在于其提供故事叙述所必要的空间背景、时代氛围，而且更重要的还在于情境所赋予人生命运的机缘，人性变迁的基础，情节发展的动因。

第二节　电视叙事的时空结构

如前所述，情节与情境构成了电视叙事文本故事层面的主导性因素。情节是属于线性的，处于时间的流程中的；情境则是属于块状的，处于空间的体验中的。所以，电视叙事的文本构成，就不仅是在线性的时间维度中展开，而且也是在空间的维度中的呈现。或者说，电视叙事的文本也就总是表现为一种具体而独特的时空结构。

美国学者罗伯特·思库斯（Robert Scholes）曾在其《语言，叙事和反叙事》（*Language*，*Narrative*，*and Anti – Narrative*）一文中着重讨论叙事文本的时空结构，而且特别强调叙事的主体性与时间的延续性之间的关联。他指出："一个被叙述事件是一个真实事件（一个亲历事件）的时间的符号化。一种叙事是一个事件结果的符号化表述，这个事件不仅与主体有着关联，而且与时间也有着维系。"[①] 也就是说，叙事文本的符号化必然与其在时间空间中的呈现有关，并且也只有在一定的时空结构中才得以建构起来。故而，基于此，可以说，在电视叙事中，时空构成不仅是叙事过程中情节的展开和呈现使然，同时也成为其文本结构的一个基本存在要素和维度。追问电视叙事文本的时空属性及其表现规律，也就成为对于其情节和情境的进一步总结和归纳。

一、叙事时空之本性

时间和空间，原本属于物理学的概念，乃是物质存在的最基本的状态和形

---

① 罗伯特·思库斯. 语言，叙事和反叙事 [M] // [美] W. J. T. 迈提克保尔. 论叙事（Robert Scholes，"Language，Narrative，and Anti – Narrative"，in On Narrative，edited by W. J. T. Mitcbell, The University of Chicago Press，1981：205.）

式。也就是说，任何物质的存在都离不开具体的时间和空间。恰如恩格斯所指出的："一切存在的基本形式是时间和空间，时间以外的存在和空间以外的存在同样是非常荒谬的事情。"① 时间和空间不是独立存在于现实中的两个实体，而是物质存在的相互联系的两个方面的维度和属性。时间与空间互相联系、相关一体，并且同运动着的物质存在不可分割，或者说，时间和空间也只能通过物质的存在和运动才能呈现出来。

进而言之，时间和空间还是关乎人的一种心理的存在，亦即与人们对于时间和空间的主观感受和体验分不开。爱因斯坦（Albert Einstein）曾经说过："对于个人，存在着一种我的时间，即主观时间。"② 其实，不仅在时间方面，空间方面也同样如此。时间和空间的心理属性构成了人类的历史体验、文化感知乃至审美想象的主要内容。"秦时明月汉时关"，就是这种主观时空的鲜明体现。

时间和空间是相关一体的物理的和心理的存在，所以，爱因斯坦相对论中就曾用"时空体"来表述事物的存在状态。而巴赫金（Mikhail Bakhtin）进而将"时空体"用来指称文学艺术的存在属性。他指出："文学中已经艺术地把握了的时间关系和空间关系相互间的重要联系，我们将称之为时空体……对我们来说，重要的是这个术语表示着空间和时间的不可分割（时间是空间的第四维）。我们所理解的时空体，是形式兼内容的一个文学范畴（这里我们不涉及其他文化领域中的时空体）。"而在"艺术时空体里，空间和时间标志融合在一个被认识了的具体的整体中。时间在这里浓缩、凝聚，变成艺术上可见的东西；空间则趋向紧张，被卷入时间、情节、历史的运动之中。时间的标志要展现在空间里，而空间则要通过时间来理解和衡量。这种不同系列的交叉和不同标志的融合，正是艺术时空体的特征所在"③。确实，相对于现实时空来说，艺术之"时空体"有着更多的变形、聚合和人为的改造，有着艺术家的主观情感和想象的介入，而且还有着艺术表现符号的种种限制。

应该说，这种艺术时空体的变形和改造最早甚至可以追溯到人类原始的神

① 马克思，恩格斯. 马克思恩格斯选集（第三卷）[M]. 北京：人民出版社，1972：91.
② 爱因斯坦. 相对论的意义 [M] //爱因斯坦文集（第1卷）. 北京：商务印书馆，1976：156.
③ 巴赫金. 小说的时间形式和时空体形式 [M] //巴赫金全集（第三卷）. 石家庄：河北教育出版社，1998：274–275.

话思维中。卡西尔（Ernst Cassirer）曾指出："在神话思想中，空间和时间从来未被看成是纯粹的或空洞的形式，而是被看作统治万物的巨大的神秘力量；它们不仅控制和规定了我们凡人的生活，而且还控制和规定了诸神的生活。"① 也就是说，在原始神话思维中，时间和空间作为一种异在的力量不是外在于人们的生活，而是体现在人们对于外在世界的体验和认知当中。它既是经验性的，又有着某种超验的性质，并且也正是通过时空的聚合、变形与改造，神话以及与神话相关的巫术仪式才有可能寄寓原始先民的激情和想象、理想和诉求，也才有可能经过逐渐演化而成为人类最初的艺术样式。

人类社会在经历个体感受的时空中，最先存在的是普遍叙事性的发生。在远古时代，口语文化交流——神话、传说、史诗、寓言、故事等形式非常发达。当时，叙事整体正是当多种社会存在的载体融合创造出来的，它以开放和不加区别的文化传播交流形态，在人类历史上构成了叙事交流的规模（部落、家族、区域）后来到社群和国家等政治形态。叙事的存在方式连接着人们的思想观念文化的存在。艺术、宗教、道德、伦理、习俗还没有分离成为知识的具体分类形态，混淆在一起和叙事体原型结构，共同表达那个远古时代文化存在与发展的最初形式。

一般说来，就叙事时空而言，西方叙事重视时间，中国叙事重视空间。但无论是西方还是中国，叙事都是讲究时空的统一，西方较重视时间并不排斥其空间因素，中国较重视空间也不排斥其时间因素。说西方的叙事总体上较重视时间，有其神话的、哲学的和思想观念上的原因。就神话来看，《荷马史诗》中记载的神话有连贯的情节，其时间的线索很清晰。就哲学来看，赫拉克利特宣称"人不能两次踏进同一条河流"，在强调万物流动的同时，也强调了时间的重要；亚里士多德在谈到"本体"时，也指出时间是"本体"的三个特性之一。② 就思想观念看，西方在"逻格斯"传统的强大影响下，非常重视因果关系；"由于古代神话在西方文学史上占有的崇高地位"③，神话中清晰的时间线索，使后

---

① 恩斯特·卡西尔. 人论［M］. 甘阳，译. 上海：上海译文出版社，1985：54.

② 蒋孔阳，朱立元主编. 西方美学通史（第一卷）［M］. 上海：上海文艺出版社，1999：11.

③ 蒲安迪. 谈中国长篇小说的结构问题［M］//李达三，罗钢. 中外比较文学的里程碑. 北京：人民文学出版社，1997：334.

来的叙事也往往以时间为脉络。哲学界对时间的重视，使叙事无法不关注时间，因果关系更直接导致了"线性的、基本上是时间性"的情节结构。① 中国的叙事总体上较重视空间，其实可以从神话和世界观等方面来找原因。较之于西方神话，中国神话体现出"非叙述、重本体、善图案"的特点，② 《山海经》便"主要记录当时人对空间的观察……以山川海荒为经，以东南西北为纬"，其中"几乎看不到时间的流逝"，呈现出"静态叙述"的特点，给人以强烈的空间感。③ 中国人的世界观有一个特点，即"天人合一"，其基本精神是：宇宙是一个独立自足的和谐的整体，宇宙的各部分是有机组合在一起的，很难说一个部分是另一个部分的原因。神话中强烈的空间意识，反映出先民的思维方式是一种空间性思维，它不注重事件在时间流程中的变化，而注重事物在不同地域中展示的姿态。从叙事的角度来看，它使叙事"不以故事为主，而是以论述关系和状态（或者是宇宙的顺序和方位的安排），作为叙事的重心"④。

由此，我们可以运用格雷马斯、布列蒙等人的理论以及中西时空意识的差异来具体分析电视叙事文本中的时空结构。因为，从叙事时空结构上讲，文学本文与电视本文在叙事结构方面显然有着相对的一致性。法国学者热内特曾特别提出了文学叙事中的时态问题，认为文本构成中的任何动词都可能涉及时态，所以任何行为动作也都关系到时序及其变化。而电视中的时间顺序，事实上也有这种情况，但是其表现则因为其日常化媒介表达的需要，一般也就显得相对简单和直接。

一般说来，文学叙事文本中基本的时序变形只有倒述和预述两种。"倒述"是指某个事件的叙述在迟于"故事"应该发生的时刻来进行，或者是对某个人物的交代在迟于应该交代的时刻来进行，"预述"则与之相反。易言之，倒述"是在事件发生之后讲述所发生的事实"，预述则是"提前叙述以后将要发生的事件"⑤。如果严格按时间的顺序来叙事，叙事评价一般是可以理解的。但有

① 林顾夫. 小说结构与中国宇宙观 [M] //李达三，罗钢. 中外比较文学的里程碑. 北京：人民文学出版社，1997：344.
② 浦安迪. 中国叙事学 [M]. 北京：北京大学出版社，1996：43.
③ 傅修延. 先秦叙事研究 [M]. 北京：东方出版社，1999：140 - 141.
④ 浦安迪. 中国叙事学 [M]. 北京：北京大学出版社，1996：44.
⑤ 张寅德. 叙述学研究 [M]. 北京：中国社会科学出版社，1989：62.

时，倒述和预述的介入，使时间交错，时序错乱，如果叙述者又不出面加以交代，则很容易使人对叙事产生混乱感，也容易使叙事评价隐藏于错乱的叙事之中，让人难以把握。一般而言，单纯的倒述或预述基本上不会弱化叙事评价，因为单纯的倒述或预述容易识别。也就是说，叙述者对时间的交代还是比较清楚的，叙事评价在清晰的时间中较容易获得。如果倒述和预述交错在一起，相互包容，则很难找到一个时间的基点。叙事文本中，分不清过去、现在和未来，整个叙事像一个解不开的线团，此时叙述者的评价包裹在这个"线团"中，由于"线团"的难解而使评价弱化。时序错乱的一个重要原因是叙事时缺少明确的"现在"，这主要通过两种方式来实现。一种方式是一句话中包含了过去和未来，现在在过去和未来之间游移，既包含过去，又包含未来，难以确定。

从人类叙事的整体进程来看，时空的体验及其叙事模式的演变成为一种人类文化的历史性的存在，因为，人类叙事以其整体的综合、开放及整合的形态，将人类文化观念带入到普遍叙事的时空过程之中。从而，人类社会的所有存在也只有在叙事过程中被记忆、传播和创造，叙事整体的时空构成便恰是人类文化历史时空中的自由和开放形态的一个典型的表征。

也许，相对于叙事时空之空间性，其时间性更值得引起人们的关注。因为时间性一般是指对事件进程的安排和展示，它不仅表明文本层面上故事与叙述者之间的关系，而且也代表着时间维度上叙事者经验的层次以及叙述技巧的运用的娴熟程度。从而，一般而言，人们可以依照叙述的次序、频率和跨度分析和把握其叙事时间。

按照里蒙·凯南的观点，对于故事的叙述来说，时间关系比因果关系更为根本，"时间顺序已足以认为构成把事件组合成故事的最基本要求"。在她看来，因果关系可以演化为某种时间关系。[1] 叙事学注重时间，就是因为故事在时间中发展，因果关系在时间中显现，时间的任何一点变化都会影响情节的发展方式。故而，在特定的语境之下，叙事者因为很少将一个故事进程原原本本地展示出来，从而也很少严格地依照现实的原有的时序来讲述一个故事。某种意义上可以说，故事是通过时间而建构起来的。

---

[1] 里蒙·凯南. 叙事虚构作品［M］. 姚锦清，译. 北京：生活·读书·新知三联书店，1982.

　　而在保尔·利科尔（PaulRicoeur）看来，时间具有三重结构："在时性"（within-timeness）、"历史性"（historicality）和"深层暂存性"（deep temporality）。这三者反映在叙事时间意识的三种经历和表述上："在时性"反映在时间意识上为"在什么时间事件发生了"；"历史性"强调在重复中时间的延伸，将结尾联系开始的时间的连续延伸；"深层暂存性"反映在时间意识上为努力抓住"未来、过去和现在的多元统一。"在历史的叙述中，正是叙述性"把我们从在时性带到历史性，从'清算'时间带到'收集'时间。简言之，"叙述的功能提供了一种从在时性到历史性的过渡"，而这一切又是通过展现暂存性本身"像情节"（plot-like）的特点而实现的。"暂存性是存在的结构，它达到了叙述的语言，叙述性是语言结构，它以暂存性为最终的参照。"① 由此，也可以说，叙事，正是其在时性、历史性和深层暂存性的统一的体现，叙事也由此而成为以时间为经的历史本质的话语形式。

　　显然，如果将叙事仅仅理解为一组发生在时空中并被因果联系在一起的事件组合在一起，那肯定是不够的。在叙事文本中，叙述时间与故事时间常常是不一致的，所以经典叙事学将其归结为两种时间，即一种叫作故事时间，一种叫作文本时间，或者将其称之为"叙事时间的二重性"。其中，所谓故事时间是说故事中虚构的时间过程，而文本时间则是另一个概念，属于文本的存续时间，换句话说，是与作者和读者的现实生活有直接关系的时间，也就是电视叙事文本的实际上的时间长短。它不仅决定了故事情节的长短，而且更直接呈现为文本存在的样式。

　　进而言之，文本时间实则是对故事时间的一种变形。这种变形可以分为两类：时长变形与时序变形。对于文本时间，热奈特区分了"实在时间""被叙述时间""阅读时间"。其中，"实在时间"，也称"底本时间"是故事本来存在的方式，是按照时间的一维规律先后排列的事件顺序；"被叙述时间"，是对实在时间的加工和变形；"阅读时间"是指读者受众持续阅读叙事的时间。正是基于对这三种时间及时这三种时间的关系的处理，可以引发大量叙事技巧的运用。比如，可以通过倒叙与闪回以描述过去的事件，也可以通过预叙及闪前来描写未来的事件，以表达人们对于未来的事件预感、预期；可以用"一年过去了"

---

① 　PAUL RICOEUR. Time and Narrative［M］. Chicago, 1984-1988：171, 178, 169.

之类将某些时间段加以省略；可以多频率地描写数次反复发生的事件，也可以重复叙述一个事件以完成一次单次叙述。总之，通过诸多叙事技巧的运用，将时间（包括与其相关联的空间），在文本中被设置和被结构起来。

二、电视叙事时空

正如人们可以将自己在不同阶段发展来的意识形态、思想观念、审美情感重构在一个新的文化传播的空间之中，可以借助媒介技术的发展来重构了叙事文化的综合和整体的时空观念。

电视叙事，正是在一种真正的时空运动当中、在众多的貌似毫无关联的事件叙述的过程中，才能实现电视的全息传播。

如前所述，电视叙事研究的主要任务是从理论上论证作为大众传媒的电视在再现的前提下，能否进行叙述（narration）。而叙述一个故事意味着叙述者策略上的某些运用和变化，这种运用和变化一方面表现为叙事结构和时空观念的转换，另一方面表现为叙事语式和时态的变化。人们可以运用格雷马斯、布列蒙等人的理论来对待电视文本叙事中的时空结构。也可以说，从叙事时空结构上讲，正因为文学的叙事本文与电视本文在叙事结构方面有着相对的一致性，所以法国叙事学的学者热内特所提出了文学叙事中的时态问题，因其任何动词都涉及时空属性，所以任何行为动作也都关系到时空状态。而电视中的时空状态与秩序，事实上也正可以作如是观。

如前所述，所谓"电视叙事时空"，其实也有着双重的意义：一是故事时空，一是文本时空。故事时空属于故事本身的，而文本时空则是与叙述主体的叙述行为分不开。所以，电视所叙述的故事，必然是"在一个特定环境中叙述出来的具有时空演变过程和因果关系的以文本方式存在的事件"①，而体现出电视媒介对于时空秩序的独特建构。

如果拿电视与戏剧及电影的时空状态相比较，可以看出，它们既有联系，又有区别。"屏幕效果决定了电视与电影语言的同一性，并使我们有可能把它作为同一种艺术的不同门类来谈论。电视语言的那些重要的特性元素，诸如镜头、景别、拍摄角度和剪辑，跟戏剧是那样地格格不入，正如它作为电视素来所固

---

① 李显杰. 电影叙事学：理论与实例［M］. 北京：中国电影出版社，2000：29.

有一样——这是由于电视的屏幕效果这一不可分割、不可改变的内在属性的原因。"① 也就是说，电视的叙事文本不像戏剧或电影那样只占用 100 分钟，因而也不再像看电影那样只是偶然地进入生活，而是断断续续地，甚至是有节奏地插入人们的日常生活中，实际上可以说成了日常生活的一部分。

如果一个人沉迷于看一部电视连续剧，那他就会形成一种习惯化了的生活期待，即每当这部连续剧开始播放的时间，他就进入了观看电视的心理准备。这样一来，他就把每天的这段生活时间支付给了观看电视的活动。假如这个人看这样的电视剧上了瘾，还会形成超出这部特定的电视剧的生活期待，也就是说，假使这部连续剧播放完了，他可能会产生失落和空虚感，因而需要再找另外一部电视剧来填充这段空闲出来的时间。

而产生这种习惯的原因往往并不是因为他所看的每一部连续剧都很好看，值得花费这么多的时间和精力，而是因为他需要把这段时间消耗在观看电视剧上。在一些电视迷的生活过程中，定期插入的意象时间体验改变了他的日常生活，使他的实践时间体验有节奏地被打断。我们可以设想一下，如果这个人的实际生活已经走在了期待日渐渺茫的人生下坡路上，那么这种间歇的、可期待的打断就具有了重要的心理意义，即它使自己在被迫等待着生命不断销蚀的同时却又在等待着意象时间体验的不断更新。这样，一个人就可能在日常生活的过程中形成双重时间经验：一重是自然延续着的实践时间，它在不断地消减；另一重是电视叙事所制造的意象时间，它则是在不断地发展。这种与实际生活的时间过程并行的意象时间过程便成为一个人摆脱自己的生命有限性感觉的致幻剂，就好像自己除了生活在平庸的现实中之外同时也生活在电视的意象中一样。

确实，如论者所言，"时间也许是'循环整一的——一种完美的存在空间'，它可以统一过去和现在，从而赋予'某种永远存在的现时以深度'。空间可以变成'多重透视'（Multiperspectival），'也即一个有着诸多变体的范围'。'后现代人可以把自己再度置身于同更大的意义力量相关联的位置'"②。电视时间空间无疑属于一种社会的"公共空间"。如果说 J. 哈贝玛斯的"public sphere"

---

① A·尤罗夫斯基. 电视的本性 [J]. 当代外国艺术，1987（5）.

② 佛克马，等. 走向后现代主义 [M]. 北京：北京大学出版社，1991：27.

（公共空间）主要讨论的还是一种社会和政治空间①的话，那么，电视所建构起来的公共空间。

故而，就电视叙事的时空结构而言，电视叙事对空间的逼视与铺陈，证实了影像的力量并使空间呈现出一种可触摸的生活质感，但是由于其叙事主体多是以多是以第三人称介入叙事进程，从而多是在一种自我克制中保持着与被叙事物的距离，使得电视叙事的空间意义在这种距离中获得更大的包容性、亲和力。

比如，作为电视叙事的空间结构对比的一个明显的例证，纪录片《沙与海》叙述的便是并没有明显的外在联系的两个空间里的人生故事。一个是生活在沙漠里，一个是生活在海岛上，两个故事几乎平行叙述。沙漠深处，一户农民的日常生活状态不是艺术；东海之滨，一户渔民的日常生活状态也不是艺术。但是，当两种生活状态以对比方式共存于电视纪录之中就构成了艺术。纪录片《沙与海》并未改变纪录对象的外观，而是通过比较的纪录方式使其存在结构发生变化。它不仅改变生活的日常结构而激活生活本身的含意，而且使得生活的日常存在因获得人文精神结构。

再如，伴随 2000 年的到来，中国、日本、澳大利亚、英国、美国、法国等，多国电视机构曾联袂制作播出一部世界一体化性质的电视节目——《迎接新世纪的曙光》。该节目没有就事论事地将世界各国、各地区、各民族迎接新世纪的庆典予以直接纪录、作集锦式报道，而是以把握时间的方式改变纪录对象自在的空间状态，让那些迎接新世纪的庆典从各自所在的空间转向同一的"阳光"式存在，使之获得"艺术时间"的存在方式。其结果，不仅让每个地方因新世纪太阳的流转而获得新的存在状态，而且新世纪的太阳也因空间变换而获得新的存在状态，从而显示出：21 世纪是全球一体化的世纪，21 世纪是解除地域间经济文化差别的世纪，21 世纪是科学人类与自然人类磨合的世纪。

当人类社会在更大的时空中建构一种宏大的叙事空间框架时，整个人类文

---

① Jürgen Habermas, The Structural Transformation of the Public Sphere：An Inquiry into a Category of Bourgeois' Society. Trans. By Thomas Burger 〈Cambridge, Mass.：MIT Press, 1989〉

化的创造就被纳入整体表达的时空。传播媒介因为其技术条件的限制，以及无法预测和把握中进入到一个更广泛的叙事文化的整体时空。

那么，进而言之，电视叙事的时序结构到底体现了怎样的文化逻辑呢？如果说，叙事学告诉我们，时序就是时序，因果就是因果，所谓"前因后果"以因果来理解时空结构早已被拉丁修辞学家们驳倒了，① 因而他们对"前因后果"也颇有微词。如米克·巴尔便认为，"时间先后关系和因果关系总是相互关联"，是"一个屡屡出现的错觉"。② 那么，应该说，这种错觉在电影电视的时代业已彻底地被打破。这不仅是由于电影电视的视听语言及其蒙太奇语法构造所带来的一种特殊的镜像模式，更主要的还表现出一种独特的叙述方式。因而追问电视叙事的时空结构背后的文化逻辑也就显得尤为必要。

如果说，传统社会中表现的主要是线性时间，特别是传统农耕文明中，人们习惯于日出而作，日落而息，虽然一年中有四季的轮回，有节令的调节，但是，农耕文明的本质却是一年又一年的周而复始，绵延不绝。现代社会则更多的是属于时间的横截面上的，它将传统社会的线性时间截分成若干段落，上班或下班，工作或娱乐，等等，从而给予人们的生活以更多的时段选择和空间配置。而到了被称为"后现代"的当下，如弗·杰姆逊（Fredric Jameson）在他的《晚期资本主义的文化逻辑》一书中指出的，电影、电视、摄影等媒介的机械性复制以及商品化的大规模生产，这一切都构筑了一个高拟真的"仿像社会"。受波德里亚的启发和影响，在这个"仿像社会"中，我们看到了消费社会作为一个巨大的背景，将包括影视及网络视频在内的各种影像推至文化的前台的历史过程。从时间转向空间，从纵向转向平面，从整体转向碎片。而这一切正好契合了人们对于视觉快感的追求。所以有人据此指出，消费社会乃是视觉文化的温床，它召唤着人们进入到这种文化当中，享受它的愉悦。据此，杰姆逊指出，在现代主义阶段，文化和艺术的主要模式是时间模式，它体现为历史的深度阐释和意识；而在后现代主义阶段，文化和艺术的主要模式则明显地转向空间模式。所谓"视觉文化"时代的来临，也就体现为杰姆逊所谓的一种"以复制与

---

① 赵毅衡. 当说者被说的时候——比较叙述学导论 [M]. 北京：中国人民大学出版社，1998：196.
② 米克·巴尔. 叙述学：叙事理论导论 [M]. 北京：中国社会科学出版社，1995：47.

现实的关系为中心，以这种距离感为中心"的空间模式。① 其实，电视作为一种大众视觉文化的快餐，其叙事进程就足以建构起一种属于其自身的时空界域。电视叙事的时空属性虽然本质上有别于电影叙事的白日梦般的幻觉时空，而大体上趋于碎片化，表现出与日常现实的趋同，却也正是以其"超真实"的品格时空而建构起"近乎自然"又"超乎自然"的电视叙事情态。

三、电视叙事时空的结构模式

在电视叙事中，由电视媒介的特殊性而显示出其独特的叙事时空的结构模式。它不仅构建起其叙事时间的二重维度，而且更主要的是通过电视的接受而与观众的两种时间体验交融起来，并且总是穿插并不断地扰乱着人们时来已久的习惯了的时间感觉。

先从与电视叙事相近的电影来看，根据大卫·波特华（DavidBordwell）的分析，经典好莱坞的叙事特点，就是在叙事情节设计上必定有一个起承转合时间段的安排，而且其结尾部分也一定设法结束故事的因果关系。故此，一般的叙事时态上较为喜欢用顺时间的叙述，以达至推动叙事发展的因果关系，并令人有一目了然之感。而后来一些影片插入了闪回或闪前的方式把时间的顺序打乱而进行叙述。一般说来，电影中的闪回、闪前的方法的应用，和文学叙事中将时间顺序打乱进行的叙述是不同的，因为电影中的时序效应，可以由音乐、对话、画外音或独白等所造成。传统好莱坞式电影叙事中的画外音或独白等打破时序的叙事策略，一般而言，仍是服务于叙事发展中所要到达目标的那个因果紧扣的时间过程。例如，1950 年代美国电影《关于伊芙的一切》中，就是应用多角度画外音的方式来进行叙述，虽然叙事时间的顺序是被打破了，但是，剧作者的叙事概念仍然是建立在叙事事件进程的统一性上，其影片中的多视点画外音应用，最后也只是令观众一步一步发掘出伊芙这个人物的真正面目。

好莱坞电影叙事的时空结构模式具有某种普遍性，它强调故事时间的明了性与连贯性。其基本的原则往往是由一组因果关系组成，并且很容易为观众所接受和理解。这种清晰并易于被理解和接受是最基本的准则。成为好莱坞追求

---

① 詹明信（亦译"杰姆逊"）. 晚期资本主义的文化逻辑［M］. 北京：生活·读书·新知三联书店，1997：37.

相对统一的叙事时间模式。也就是说，在整个电影叙事中，一个因应该造成一个果，一个果又反过来造成另一个因，一串串事件互为因果，连续不断，并且在故事的结尾，其后果也不再是一个留给观众的悬念。例外的仅仅是那些准备拍续集的影片，在这些影片中，在故事的结尾往往会带有一个悬念，为续集的叙事做准备。而且，这个悬念也是毫不含糊、毫不朦胧的，其给观众以暗示关于续集中人物命运发展的方向。

事实上，现代影视的叙事艺术十分强调作品与观众的这种契约关系，追述叙事的观赏性和可读性。从 20 世纪 60 年代开始，以《精神病患者》《群鸟》等一系列影片为标志，以希区柯克为代表的现代电影叙事风格已经在时空结构模式追求一种更为开放和更具有可看性的叙事风格，这种叙事结构与好莱坞经典叙事结构恰恰形成了鲜明的对比。

在王家卫的电影《东邪西毒》中，其多视点的画外音的应用的叙事观念就是明显的例证。王家卫的叙事过程中，并不重视传统观念上的各叙事时间阶段与进程——开端、展开、冲突、危机、高潮、结局，而更侧重表达的是人物内心的情感世界。故其画外音独白的应用是导演所采取的最佳解决方法。另外，由于导演关注的并不是单一的角色或轴心人物的内心世界，他所关心的是由英雄片、武侠片等类型包装之下，各式各样都市人的心灵体验，所以，王家卫在电影中一再应用了多视点、多角度的画外音独白进行叙事，形成一种多视点、碎片化的叙事时间模式。从而，王家卫的电影中对叙事时间的处理，基本上体现了一种后现代人日常生活中所感受到的时间体验的一次真情书写。它不仅是对于传统电影剧作叙事时间模式的连贯性与和整一性的突破，而且其创作中大量应用并不为统一叙事时空服务的各种画外者和独白，能够直指人物内心情感，并向传统电影顺应单向叙事时空的方式做出了挑战。

与电影叙事时空相类似，电视叙事既是一种虚拟的影像时间空间的创造，也可能是一种高度集中了的意象性的时空体验。但是，从本质上讲，电视叙事并非电影的相对完整的虚构叙事，而是以影像纪录为主，呈现为高度日常化和碎片化的纪实叙事。这是由电视的媒介特性所决定的。以纪实为主的电视媒介对于包括文学、戏剧及电影在内的传统叙事无疑是有着一定冲击甚至解构的意义。由于电视媒介的特性，其叙事文本不断地从这一对象向另一对象、这一地点向另一地点、这一时间向另一时间转移，构成了一种碎片化而又流动性的叙事流。每日诸如新闻报道、电视剧集、专题片纪录片、真人秀等栏目的叙事流程，充斥着电视银屏，它们被一些栏目所区隔开来或固定下来（如每日相对固定时段的"新闻联播"、电视剧集、娱乐节目等），形成电视时代特有的时空体验。同时，看似整一的日常电视叙事流程，却也每每会被日益频繁的广告所中断。广告的叙述时间也许只有数十秒，但却尝试以最吸引人耳目的方式和影像宣传其产品、灌输消费理念。广告过后，叙述又继续回归有关的电视节目中来。另外，观众习惯性的以手指指挥遥控器快速转台，随意挑选及转换电视媒体叙述的方式，更令现代消费社会语境下的人们接收到的是一大堆没有多少内在关联的资讯的碎片。由于这些资讯碎片之间并不存在任何关系，而只是随意浮现在观众面前，所以，大多数观众根本没有时间也无必要去理解或组织所有资讯。这也为当下的电视观众钩织出一种"精神分裂"式时空结构所展示出来的叙事模式。

这种日常化与碎片化的电视叙事流程并非平铺直叙、一览无余，事实上，也是有大量的叙事技巧充斥其中的，甚至需要通过一些必要的叙事机巧来修饰时空、弥补情境。比如，电视新闻叙事中倒叙方式就曾得到广泛运用。应该说这是"因新闻基本规律和电视传媒特点做出的理性选择"，在新闻报道对于叙述时序的处理中，"只有打乱事件本身的发展顺序，将一些最吸引人的信息提前抛出才能赢得受众。"而电视深度报道和调查性报道节目更是为此做出了详尽的注脚。① 像《焦点访谈》之类的节目，实质上就是通过大量的采访与材料以回溯和还原一些焦点事件真相与原貌。

归纳起来，当代电视叙事还有如下一些常见的时空结构模式。

第一，对比或反差模式。作为《超级女声》主要借鉴对象的美国选秀节目《美国偶像》（*American Idol*），曾经催生了华裔草根偶像孔庆翔（William Hung）。孔庆翔唱歌十分业余，跳舞僵手僵脚，讲英语带着中国腔。在海选中，他面对的是被媒体形容为"臭名昭著"的评委西蒙·考威尔。这位傲慢刻薄而又权力巨大的评委与选手之间的冲突，犹如强有力的大哥大与弱势的小马仔之间的对决，这种冲突设计令无数观众把同情的天平向选手倾斜。孔庆翔上场后，载歌载舞地表演了瑞克·马丁的《She Bangs》，令人啼笑皆非。

---

① 刘红明. 试论电视新闻的叙事时间与叙述视角［J］. 广西社会科学，2003（9）.

西蒙·考威尔评委以其惯常的轻蔑问道："你既不能唱，又不能跳，下面你还有何话说？"可孔庆翔接下来的两句话却赢得观众好评如潮，并使他一举成为美国家喻户晓的明星。他回答道："我已经给出了我最好的，我无怨无悔！"观众对他的肯定，当然不是冲着他业余的表演，而是针对他敢于蔑视强大权威的勇气。确实，如果没有海选环节的冲突设计，没有这种冲突设计为他提供的展示性格的平台，也就没有"性格最容易在冲突中闪现光彩"这样的叙事对比或反差的出现，或者毋宁说就是一中时空结构模式在起作用。也正是在这种对比或反差的时空结构模式之下，也才有了红遍英伦的"苏珊大妈"的出现，以及中央电视台《星光大道》成功的移植，而且成为电视媒体的"群众造星"成功案例之一。

第二，"前/后"相续模式。时间维度上，事件的叙述都有一个前后相续的问题，而在电视叙事时空中将其构成一个关乎"前/后"的二元结构模式且得到普遍的运用，则是在中国。比如，"解放前/后"：儿童歌曲《听妈妈讲那过去的故事》，也就有以此为素材的 MTV 和电视专题节目，讲述的是"解放前"与"解放后"的身世命运的对比；"改革开放前/后".春天的故事》MTV，以鲜明生动的视听语言展示"改革开放前"与"改革开放后"中国社会历史的巨大变迁；"从前"/"今天".城市的故事——讲述天津的故事》（天津电视台）更是以天津城市发展的前世今生。诸如此类，都使得"前/后"相续成为一种普遍性的时间性的叙事结构模式。它在给予人们一种意象性的时间体验中，最大程度上满足了电视叙事时政宣传的需要，强化了一种"今胜于昔"的观念。而在电视等大众媒介所带来的当下消费社会中，这种"前/后"二元的时空结构叙事模式在电视广告叙事中常用来表现某种商品的使用效果。事实上，这一结构模式与20世纪以来中国社会的"新/旧"对立一脉相承，也与一种进化式社会发展观念相一致，因而有其巨大的潜在的意涵。

第三，"真/幻"叠加模式。电视叙事本质上离不开虚幻影像，而电视媒介中的新闻报道、纪录片乃至电视综艺或者真人秀节目，都十分注重其逼真性的时空叙事构架。不仅使电视演播厅有别于传统的舞台，更重要的是，力图造就一种全新的观演环境和切实的社会人生的体验。比如，众多的电视综艺节目，真实的演播空间，使得人们走进其中，就犹如进入一个五彩缤纷的万花筒，其热闹的音乐、变幻的舞台灯光、主持人颇具个性的穿着以及或庄重或幽默诙谐或智慧灵巧的主持风格，使观众和嘉宾得到视觉上的刺激和心理上的愉悦感，使他们从日常生活中离析出来，进入一个假定的"快乐空间"。从一个镜头转到另一个镜头，一个场面转向另一个场面，这种弥漫全场的快乐情绪可以形成一股漩流，使观众和嘉宾相互感染，失去了自我意识和自我判断关闭理性，进入纯粹感性状态。这个"快乐空间"是虚拟的、模仿的，是一种典型的后现代的虚幻状态。电视叙事使得在乱真现实的领域内，模拟与真实之间的区别发生"内爆"，真实与想象不断地倒向对方或发生倒置。模拟的东西可能会让人感到比真实的东西更加逼真——"甚至比真实的东西更好"。① 当然，电视叙事的"家庭化"的收视环境中，观众的精神和身体又都处于一种相对封闭却又相对宽松的状态。正是这种封闭且宽松的个人化的接受，往往使得人们在电视画面的虚拟状态之中形成一种与其现实状态的亦真亦幻的悄然对比。

第四，"看"与"被看"模式。电视镜头所拍摄记录等一切无疑都是给人看的，但是，在另一些电视叙事的特定的时空情境之中，"被看"却可能成为一种巨大的荣耀、一种神圣化的仪式。正如一些古老的传统中，"被看"往往是神灵或者英雄乃至领袖接受群众膜拜的形式之一。人们总是在对所崇拜的神灵、英雄或者领袖的仰视之中承领着他们形象的光辉。也许，这与以往神灵式的英雄人物、领袖人物无法频繁地在公众场所露面有关，从而他们的"被看"成为一种极其罕见的恩赐。电子传播媒介的出现理想地解决了"看"与"被看"当中的诸多悖谬。如今，政治或宗教的领袖人物现身于电视之中已经成为日常生活的一幕。而在电视娱乐文化当中，演员（特别是那些明星演员）就是因为"被看"而成为公众的偶像，也可以理解为偶像是承袭膜拜形式而来的文化产物。电视叙事，也许正是当代社会中营造这种仪式的有效媒介之一。现代社会生活中的一些大型仪式的电视直播也可以说就是这一功能的体现。然而，非常吊诡的是，也正是在这样的一些电视直播当中，传统仪式的神秘意味或神圣体验在其日常化的接受当中莫名其妙地被解构、被打破。比如，在当今的电视收视中，再隆重的加冕、再神圣的庆典，在人们的凝视或者一瞥之中，都不可能再像往日那般神圣，那般激动人心，以至于往往在电视转播曲终人散之后难免都归于日常的平静而一切都显得波澜不惊了。

---

① 约翰·司道雷. 文化理论与通俗文化导论［M］. 南京：南京大学出版社，2001：256.

　　通过以上几种电视叙事时空结构模式的分析，不难看出，电视叙事虽然与电影的"梦幻工厂"有类似之处，但是，电视仿佛一种社会人生的万花筒，能够给人以某种虚幻而真实的时空体验的同时，还有着明显的传媒价值的诉求。它一方面可能构造出一种非常真实又非常虚幻的世界，另一方面也可能很容易使观众对节目产生参与感和亲切感，从心理上产生认同。电视叙事的时空结构模式的运用，既可以让人产生身临其境的感觉，又明显呈现出一种现实的疏离感。在这个意义上，电视叙事的一个基本要求并非是要让观众沉浸到虚构的或真实的故事之中，而更主要的还是在叙事中建立起一种交流与认同的关联，一种"看"与"被看"的模式。

四、电视叙事的时空策略

　　其实，任何叙事的时空结构中都可能蕴含着一个秘密，那就是叙事时空结构的强制性角色注入与个人特性之间的矛盾与冲突。也就是说，某种叙事时空结构已经在先在地规定了处于该结构中特定位置的个人的角色定位与关系，同时，这个角色位置与关系的特征也是先在规定的。因而，就叙事时空结构而言，"所谓'完整'，指有头、有身、有尾"。"里面的事件要有紧密的组织，任何一部分一经删削，就会使整体松动脱节。要是某一部分可有可无，并不引起显著的差异，那就不是整体中的有机部分。"① 显然，这个结构中的某个角色及其关系原本就是以其自身的逻辑来思考事件组织有机性的。并且随着人类精神的发展与演进，叙事时空结构得以不断"内化"和"优化"，从而呈现为叙事进程与主题意蕴的合理表达。

　　对此，结构主义叙事学中的"二项对立""语义方阵"都表现出相关方面探索的积极成果。他们基于人类文化心理结构的二重性的矛盾运动进行概括，使他们的成果具有高度的适应性，然而对于对立性的过分强调又难免显得有些过于武断。人类叙事活动总是复杂而充满变化的，常常是有序当中有无序，无序中又有规律，只有到艺术审美活动中动态地把握体现精神有机性的深层叙事结构，才能体验到叙事文本结构之规律性。当然，与传统叙事学结构理论注重文化心理结构中心理内容对立有所不同，我们更主张从叙事话语活动形式中去

---

　　① 亚里士多德. 诗学 [M]. 罗念生，译. 北京：人民文学出版社，1962：24，28.

寻求深层结构的一般规律。生活是零乱的，但心灵永远是历时顺序的，以历时建构共时结构是叙事的基本特征。顺序的介入，使不可知变得可知，使不可感变得可感。比如，叙事结构中的模式化的重复、对比与心理运动的层次反复性同构。不同层次的重复可以使心理反应不断强化，而不同模式下的对比很容易形成受众心理体验上的落差和动能，而心理回溯才有可能使得千里之外的"草蛇灰线"得以贯通，结构模式也才得以尽显伏应之妙。

在这个意义上，与传统叙事相比较，用电视媒介来叙述一个故事就意味着叙述者在叙事方法和策略上的某些变化，它一方面表现为叙事结构和时空观念的转变，另一方面就表现为叙事语式和时态的变化。虽然电视叙事由此而呈现出某种明显结构模式，但更有可能会在叙事技巧的运用及模式化的选择中取得良好的叙事效果。

应该指出的是，电视叙事时空结构的产生至少有几个主要的因素来决定。在某个电视节目中由基本叙事单位或本文的核心所组成的叙事结构，起码体现出两个较高的或较为复杂的层面构成。其中之一乃是从叙事话语特征发展所组成的层面，另一则是由编导者所有的计划和主题所组成的层面。于是，叙事时空结构实可视为这两个层面在某一重要主题呈现下的叠合。同时，透过对电视节目叙事时间的重新编排，进而甚至可以把一些关键的时刻通过特写、定格等手法加以凸显，使其所呈现出的过去、现在和未来的不可分开性和超越传承性加以掌握。

所以，以叙事结构来理解电视叙事，就不仅是叙事技巧的借鉴，而更关乎叙事立场、观念及策略的选取。固然，随着文学叙事中同故事叙述、意识流等现代主义叙事方法的引进，充斥于一些探索电影电视中的得失大量的时间交错，空间被切割的现象，很难分清其究竟是倒述还是预述。这也就使得电视叙事的线性时间受到破坏。电视叙事中，叙述可以不再关注时间的顺序，倒述也好，预述也好，都不是那么重要了，甚至出现了"无时间"的"静态叙事"。由于对倒述和预述的随便态度，使得电视叙事中出现倒述和预述的可能性大致差不多，较之过去倒述占主导地位的情况，预述的分量显然有所增加。而更多代之而起的，是时间的往复交错。因为叙事时间的往复交错中，不仅有倒述，预述也占相当大的分量。究其原因，主要有两点：其一是逻辑分析传统的破坏；其二是媒介技术的日益发达。如果说，在西方，德里达从根本上解构了西方的

"逻格斯"传统，瓦解了逻辑分析的哲学基础。

在德里达看来，"本文之外，别无他物"，那么，就电视叙事来说，它不再追求更多的寓意，不再需要进行意义深层解读，"文字就足以使本身永远不朽"①，影像也就具备了本体的意义。

当然，如前所述，电视叙事当中，适当地运用倒述一般会先安排一个扣人心弦的场面，来激起受众寻根问底的兴趣，从而产生悬念，受众能较容易被倒述的内容所吸引，全身心地投入到虚构的或纪实的故事中去。同时，虚构的一个目的是故事看起来不是虚构的而是真实的，为此，叙述者"应当看上去好像在讲述故事的同时发现故事"②。而预述是叙述者首先直接现身或借人物之口，交代故事的主旨或故事进程中的某个阶段所蕴含的寓意，由于叙述者预先的交代，接受者会有一个明显的感觉，即这只是一个故事，是叙述者为了某种目的向我们虚构的一个故事。因为接受者首先强烈地感觉到故事的虚构性，对其真实性可能会有所怀疑，因此一般影视作品中预述都比较少。叙述者虽然想强化自己对所叙述的事件和人物的看法，但一般不是通过预述的形式先直接说出自己的看法来强化评价，而是通过倒述的形式，让读者沉浸到故事之中，慢慢领会自己的意图，产生强烈的印象，从而强化评价。

另外，电视叙事由于空间的呈现，往往也可以呈现出一种特别的复调结构。除了电视"纪实"而外，叙述者还不免要依靠一些必要的想象性虚构来建立其基本的叙事框架。电视叙事一般不会像文学创作（如小说叙事）那样，让接受者通过不断变化的立场来形成某种多变的视角，它通过电视镜头的蒙太奇组接而得以呈现。如果一个节目的叙述角度需要不断地调整，复杂性的成因在于叙事主体的精神状况的复杂，"我"在历史与现实之间穿行以寻求精神力量，其多向度的探索之间的交叉不能不以复杂的方式呈现。在中国电视荧屏上，最初出现的电视纪录片《话说长江》《话说运河》《长城》以及晚近的《舌尖上的中国》等系列，都是在试图构筑一个漫谈式的叙述空间，除了记载在整个中国社会历史中起着重要作用的大江大河等壮丽图景、民俗文化的深厚外，不仅在节目的拍摄中加入了与对象（即人"与"自然（历史））的交流，更重要的是建

---

① 胡经之，王岳川. 文艺学美学方法论 [M]. 北京：北京大学出版社，1994：369.

② 热拉尔·热奈特. 叙事话语　新叙事话语 [M]. 北京：中国社会科学出版，1990：39.

立了审视对象（即人"对"自然（历史））的叙述空间。

于是，电视"讲故事"的能够将庞大而复杂的题材分解为若干个小巧而单纯的单元。单纯，可以将一件事讲述得更精彩；小巧，则是让受众不至于疲劳。

事实上，电视叙事，正是借助于那些既传统又现代叙事媒介文化存在形态或开放叙事的结构，可以将人们所有记忆中曾经发生的或者正在发生的事件纳入当下文化时空的创造和重组之中。

电视叙事话语中的时空操作体现出将意义扩展纳入人们日常现实生活之流的努力的明显倾向。杨义曾在《中国叙事学》中对中国传统的文学作品中"时间观念上的整体性和生命感""时间幻化""时间入文化和独特的时间刻度的选择"等所包含的文化隐义做出了较为翔实的考辨。因为，中国文学叙事当中深邃的文化隐义初始于无数叙事者对生命有限的感悟和追求无限的生存努力，然而千百年来都还只是局限于文人的想象世界。而当今电视却以其包容性极大的媒介特性，可以通过叙事情境的营构去穿越时空，仿佛真的能够使人"精骛八极，心游万仞""观古今于须臾，抚四海为一瞬"[1]。但是，事实却往往与之相反，电视叙事的价值指向只能是将人生的万千意味纳入当下人们的日常生活的流程之中。各种类型的电视叙事中，无论时事新闻，还是家庭伦理，草木人生，虽咫尺千里，心骛八极，在电视叙事中都可得以展示，但不管其展示崇高，或显示时空游戏的味道，却始终需要观众。"瞬间千百年"的时间幻化，人文化时间刻度上的生日节庆的放逸与狂欢无不指向对生命有限的超越，也指向叙事文化的最终目标。以观者自己的双脚去丈量驿路，以日常的心灵去感应大千世界。

第三节　电视叙事的节奏

如前所述，电视叙事中的时间和空间都具有二元性：其一是故事时空，即事件发生、发展实际存在的时间、地点和场景；其二是文本时空，即电视节目播出所用的时间以及电视传播与接受所属之空间。由于故事时空与文本时空不仅性质不同，长短、顺序及样式有别，而且两者之间既有聚合，也有背离，于

---

[1]　选自刘勰著作《文心雕龙·神思篇》.

是，这两种不同的时空之间的相关及其矛盾也就形成了叙事文本结构中的张弛有间的节奏特性。或者说，电视叙事文本的时空构造有着不同的维度与节律，故而也就使得这种电视叙事的节奏不仅体现在叙述频率和时长变形之中，而且也体现在情节的发展、情境的转换以及话语的表达当中。

大致说来，在具体的电视叙事文本当中，电视叙事的节奏主要体现于文本的"点·线·场"的处理当中，一般说来，它大致包括三点。首先，电视的叙事视点的选择，即其表达的焦点究竟何在、如何展开；或者说，主要体现为电视节目情绪表达的节点安排；其次，电视叙事的情节线索处理、叙事展开的结构安排；它可以使得电视叙事不至于一览无余，而是显得跌宕起伏，体现出情节展开的节律的品格；再者，电视叙事的情境设置、场面选取以及空间结构的安排与处置，进而在意蕴的表达中显示出感人的灵韵和深致来。正是这几个方面的相互契合，才显示出电视叙事所特有的美感魅力。电视叙事节奏的奥秘庶几也全在乎此。

一、电视叙事节奏的意义

"节奏"概念在其具体所指上含义广泛，是指事物存在及其运动的方式与节律，它包括外部节奏和内部节奏、视觉节奏和听觉节奏、整体节奏和局部节奏、运动节奏和心理节奏、有机节奏和无机节奏，等等。节奏的产生，有其普遍的规律，更有其普遍的意义。

节奏，甚至成为一切艺术表现当中最为重要的一种修辞表达的手段。电视叙事的艺术表现自然也不例外。电视叙事的节奏乃是指电视叙事的话语运动方式的体现。电视叙事固然离不开电视的观众，任何电视节目都可以通过控制节奏来影响观众情绪，但到底主要还是需要依赖于电视节目编导制作，及其具体的多种多样地表现手法的运用。节奏具体表现为电视叙事在电视节目中的长短、快慢、张弛程度。明快的编辑手段、和谐的内在运动规律、有序的表现手法，都会使电视节目呈现出应有的活力，让观众能够在流畅、自然的节奏中感受电视叙事的独特魅力。所以，电视叙事节奏的合理处置，要依据创作者情感的表达，充分考虑观众的接受心理，该长则长，该短则短；宜快则快，宜慢则慢；该张则张，宜弛则弛。只有富有变化，方能形成鲜明而生动的叙事节奏。

独特的电视节目的叙事节奏不仅可以加强其感染力，而且也是其应有的品格之一。例如，电视新闻播报，很容易给人造成一种比较刻板的印象，而要想改变人们这一印象，需要在其多方面的改进，但其中无疑都离不开节目节奏方面的调整，如《凤凰卫视》的"新闻早班车"就曾一改"读新闻"的沉闷而通过"讲新闻"使得整个节目节奏明开起来；电视纪录片创作题材广泛，为避免"千人一面"，就应该与其表现对象的差异而选取不同的叙事节奏，《敦煌》《茶马古道》《故宫》等以其展示历史的厚重而凝重舒缓；《舌尖上的中国》为了让人品味中国独特的风味而尽显其时空上的纵横开阖。至于电视剧，则往往还有更多的节奏处理，有些以紧张的情节节奏扣人心弦，如《潜伏》《甄嬛传》；有些则以舒缓的节奏让人心旷神怡，如《空镜子》《浪漫的事》等。

电视叙事节奏的处理显然属于电视编导之功，所以有"编辑节奏"一说。所谓"编辑节奏"是指电视专题或栏目在素材完成之后的进行后期编辑制作过程中的组合章法。这种章法乃是根据传播者的需要和观众的收视要求及节目的形态类型与社会价值而确立的。它要求编辑节奏符合节目的运动特点和规律，并适应其的内部联系再现其运动状态。

一般来说，编辑节奏主要包括电视镜头的编辑组接节奏和电子技能应用的组接节奏两个方面。

首先，电视镜头编辑组接节奏。作为电视影像叙事的基本单位，一个镜头在屏幕上停留的时间越短，作品的节奏便越快；一个镜头在屏幕上停留时间越长，作品的节奏也便越慢。也就是说，短镜头，造成快节奏；长镜头，造成慢节奏。编辑节奏要充分和电视叙事的内容结合起来，反映改革创新、工程建设、体育运动的电视专题片、纪录片，在编辑节奏上显得相对快速，而反映大自然风光、历史遗迹、人文反思类型的电视专题片、纪录片则可能更多地需要长镜头，须讲究景深，注重悠扬舒缓的节奏，让人在节目的节奏中放松心情，享受情绪上愉悦。比如，《大潮来的时候》讲述的是在市场经济到来的时候，人们迟疑、惊恐，不安却又敢试、敢闯、敢干、敢为的那种精神。这部电视片以快节奏的方式展现在人们面前的时候，就有一种明显地冲击力，在编辑节奏上，每个镜头的组接大都用了3—4秒钟的短镜头，有些镜头只有1—2秒，而且用了连续特写的编辑手法，即便是有大景或景深较大的镜头，也大都用了单切的手法。这种编辑上的技巧，不仅使得电视专题片的运动节奏加快，给人以强烈的震撼力，而且让受众在收看节目时，也会受电视编辑手法的影响，产生情绪上的波动。

其次，电子技能应用组接节奏。这种运动节奏主要是通过现代技术对视频及音频进行制作上的立体强化效果，使其音视更显张力，让观众在接受这一效果的一瞬间，能得到一种超强的引力，并形成深刻的印象。它主要包括片头、片花、片尾制作包装上的节奏手段。特别是随着影像技术的发展，三维特技在电视上的应用，电视片的片头、片花、编辑以及节目包装上的特技应用就越来越广泛。正是由于这种技法的应用，使很多电视作品大放光彩，即便是电视专题片的前期预告与包装宣传，就能使观众受到情绪上的震撼。《深入独居户》有一个极富特色的包装片头，即使用了长镜头＋远景镜头的拍摄手段，以表现弯弯山路上的挑夫和他身后的那只大黄狗，森林地里升起的是袅袅炊烟和蹲在石碾旁抽烟的老汉等。这些镜头的运动节奏，能使人感受到一种情绪，即恬静、安适、自然，或自信或无畏的抗争情绪，而这情绪就在于其中的编辑制作节奏。

对于任何一部大型电视叙事作品来说，节奏的把握和表现水平，都是检验其叙事艺术水平的一个重要标尺。例如，将可以形成对比、对照乃至对立的素材内容拼接在一起，从而形成鲜明的节奏。如《母亲河的孝子》中，将主人公于保法为一老妇患者看病，及于保法办公室墙上他母亲的遗照两组镜头拼接在一起，形成一种对照、类比，使本片自然形成一种拨人心弦的节奏。《阿春赶海》中，攒钱买回大船（旧船）的阿春兴高采烈、兴奋不已，而父亲在一旁却沉默寡言，充满忧虑。这些题材内容本身即存在对比、对照乃至对立、反差，拼接在一起，自然形成了鲜明的节奏。

电视叙事在电视专题片、电视栏目的创作中，虽然可以体现为多种节奏方式，但是这并不是说所有这些节奏状态都同时存在于某一类的作品当中。在一档电视节目当中，一般至少有2—3种运动节奏的存在。这些运动节奏相互依存、相互作用，起到互为烘托和强化氛围的作用，形成张弛有度、效果明显、快慢相宜的运动节奏。如果在几种语言运动状态同时存在于某一节目的时候，只要有一个运动状态不协调，就会使电视节目失去和谐，让节目大失水准。因此，在电视叙事的节奏处理上，必须处理好节奏混乱、节奏单一以及节奏随意的弊端。如果在画面编辑的过程中充分考虑了电视节目的运动节奏，画面长短，快慢要处理得当，讲求有序合理，章法有度，讲究起伏有高潮，有落点，高潮迭起，形成运动节奏曲线，方能有效地激发起观众的情绪和波澜，从而避免一慢到底或一快到头的做法。

电视叙事当中还有着"有机节奏"与"无机节奏"的区分。电视媒介天然秉承着一种移情倾向，叙事者将生命感知外化为一个影像的过程，从而表现出对人类的生命节奏的再现或者表现，因而体现为一种起承转合的有机的节奏。电视叙事虽有媒介技术的介入，但绝非是对于生命感觉的逃避；如果电视叙事中时间感觉已经不复存在，其生命本身也就无所谓开始、展开和完成，生命意识也会因此而消解。这样，电视叙事的有机的生命节奏可能就不复存在，充溢其中的只是一种令人眼花缭乱的无机节奏，没有内在的统一性，可以任意中止，也可以任意增加。然而，如果说，电视叙事中的无机节奏只是一种单纯的循环，是对一个有限过程的反复模拟、复制而得到的，那么，电视叙事中人的一切行为、过程都可以有机地延续、拉长，呈现为内在的生长、展开与终止过程，呈现为一种生命的有机节奏，并且可以在任何一个环节斩断或者终止，即使是结束，也只是任意的插入，可长可短，可激烈可平缓，而不受情节发展与叙事结构本身的制约，从而可以任意地加以处置。相反，尽管有些节目通过人为地设置节奏，却由于没有内在的情绪依据，也不是缘自事件进程本事，故而也就总给人一些冗长拖沓、故弄玄虚之感。

电视叙事的节奏还包括外部节奏和内部节奏、视觉节奏和听觉节奏、整体节奏和局部节奏、运动节奏和心理节奏等。情绪节奏主要是指情节发展的节奏或人物内心情绪起伏，以及创作者的思绪波澜而产生的节奏，还包括观众欣赏的情感接受节奏。情绪节奏是关系着电视叙事能否受到欢迎和接受的极为重要的组成部分，把握好电视节目创作的情绪节奏，才能相应地调整好电视叙事作品的编辑节奏和其他语言节奏，同样，电视叙事作品中的所有语言节奏，都依托情绪节奏而展开，依托情绪节奏而运动。因为，它作为整个电视叙事的核心节奏，主导着整个电视叙事运动的快慢。

与电视叙事的情绪节奏相关联的是叙述频率。叙述频率是指文本话语与事实内容的重复关系，它是造就电视叙事节奏的有效方式之一。这种重复大致包括两个基本类型：事件重复与话语重复。前者是指某一类型的事件反复出现，后者是指对一个事件的反复叙述。

电视叙事节奏的舒缓、流畅和叙事结构的简单平易，并不意味着否定叙事技巧，恰恰相反，这一切正是为了使电视叙事结构更好地适应丰富、纷繁、错综复杂的现代人的生活，给观众更多的思考和回味，从而受到更多的启示。

在电视叙事作品的创作中，情绪节奏因所表现的对象展示状态不同而形成起伏，因人物内心状态的不同而产生跌宕，从而创作者可以根据总体表达的需要而刻意营造出不同的节奏效果。在创作过程中，电视叙事作品的情绪节奏还因为创作者的世界观不同、认识事物的方式不同，以及因创作者的思想、文化、修养而产生的好恶则有着直接的联系。从而，某种意义上，电视叙事文本中节奏的构成，就离不开叙事过程中有效的断续，或称"断点"。因为，对于电视叙事来说，"虚构世界和历史世界都是不完整的。构建一个完整的可然世界需要一个无限篇幅的文本——这是非人力所能完成的。如果虚构和历史的可然世界都是不完整的，那么它们宏观结构的普遍特征就是断点"。① 在电视叙事中，断点的出现，还常常表现为没有充足信息填补的空缺和不可按照常理得出的结论。某种意义上，这些断点恰如一篇文章的句读和标点，成为电视叙事文本的有效构成成分之一。从而，断点的选取，就不是可有可无，而是势所必然且不得不然。

例如，电视专题片《决战太行》是一部反映太行山人克服重重困难，劈开太行，打开太行通道的电视叙事艺术片。在该片的前期策划中就曾产生了两种不同的意见。一种观点认为，它反映的是一个宏大的工程，历史跨度很长，其中发生了很多曲折，有着很动人的故事和刻骨铭心的事件，应该以纪实性为主，其运动节奏以慢为主；另一种观点则认为，虽然事件具有历史性、故事性和曲折性，但是要表现一种波澜壮阔的大事件，其中有一种伟大的精神，一种奋进的声音，就必须用快节奏的手法。为了使意见达成一致，创作人员请专家进行论证，达成了以快节奏为主，在故事性、曲折性和重大转折的片段里，适当调整节目的运动节奏，以适应新闻事件发生发展的内部情绪的起伏。在充分考虑到《决战太行》的内容特点，并依托新闻事件的内部联系，创作人员从前期拍摄开始就注重了运动节奏的选择。在整体格调上的转接，故事情节的展开，细节的展示上，注重运动节奏的调整。如开山炮使用连续短镜头的组接，体现的是决战太行的气势；抢锤打钎的短镜头和特写镜头的组接，是决战太行的艰辛与决斗的精神体现；静静的月夜传来悠扬的琴声，慢慢推近一位人物，那是一

---

① 戴维·赫尔曼. 新叙事学［M］. 北京：北京大学出版社，2002：189.

个年轻的小伙子，他坐在一块高高的山石上，弹着心爱的吉他，吉他上有一个形象的心的卡通图案。这些长镜头的组接隐喻出那位小伙子对心上人的思恋，因为修路，因为开山，他们天各一方四年。四年的日子里，只有在夜深人静的时刻，小伙子寄情于如水的月光，用琴声表达对山外那位心上人的思念之情。在《决战太行》中，许许多多的故事，有许许多多的情节，有许许多多多壮怀激烈的场面，创作人员客观地依托《决战太行》整个事件发展到内部联系来调整和运用其运动节奏，让节奏为主题服务，为节目服务，真正使节目与语言的运动节奏达到和谐统一，形成激情饱满、活力四射的一个整体。

二、电视叙事节奏的营造

对于电视叙事来说，无疑需要营造出一种应有的叙事节奏。为了充分实现叙事者的意图，随心所欲地控制文本中的一切叙事元素是十分重要的。这一控制正是通过具体的叙事节奏来实现的。张弛相间的叙事节奏对于电视叙事艺术水平的提升，高水平叙事节奏的把握与体现，是增强电视叙事外在与内在艺术张力至为关键的一个部分和环节。

为此，越来越多的叙事技巧与方法正在电视叙事领域内得到大范围的表现和运用。这不仅在于电视以其视听直观的表达方式，拉近了受众与所述事件之间的距离，使得受众感觉从心理上见证甚至参与了事件的过程，同时也能帮助受众较为切实地进入叙事情境，感同身受，并且准确地做出价值判断。

归结起来，在电视叙事的进程中叙事节奏的营造大体不外乎以下几个方面：

其一是将一些可以形成对比、对照乃至对立的素材内容拼接在一起，从而形成反差，以造就一种相反相成的节奏模式。这些题材内容本身即存在对比、对照乃至对立、反差，拼接在一起，自然形成了鲜明的节奏。如纪录片《沙与海》，就是以沙的王国和海的世界来交错展示。

其二是从形式上将动与静、快与慢、大与小相对立的电视声画、视听语言拼接在一起，形成具有视听冲击力和表现力的叙事节奏。纪录片《沙与海》当中，主人公忙个不停，给人以"快"的印象，而当他面对摄像机，讲述他自己的故事时，往往娓娓道来，不急不躁，给人以"慢"的感觉，电视叙事也就将这种"快"与"慢"拼接组合在一起，形成一种自然流畅的节奏。

其三是将不同来源的素材拼接、组合在一起，形成电视片的叙事节奏。将不同来源的素材拼接、组合起来，既能有效地拓展、挖掘素材的背景与深度，又能形成多变的、可以减轻视听疲惫的叙事节奏，收到良好的视听效果。

具体说来，以上三个方面又明显体现为动作节奏和声音节奏两大类型：

动作节奏。在话语表达的层面上动作节奏的呈现，主要表现为电视叙事进程中动态镜头本身所表现出的动作内容，主要包括：被摄景物是运动的物体，并表现着一定的运动节奏；摄像机使用者的运动节奏，其中有摄像机的运动与被摄物体的同步运动，有摄像机功能开发与技术上的应用形成的动作节奏。

可以说，几乎所有的电视叙事类节目（如纪录片或专题片）中所拍摄物体的运动节奏，都可称之为客观运动节奏，如画面上快速奔跑的马群，缓缓流动的云层，都形成了一定的运动节奏。前者为快节奏；后者为慢节奏。被摄物体本身所体现的动作内容在拍摄过程中客观上不以节目编导的意志为转移，飞奔的骏马，奔驰的列车，滚滚而下的洪水，涓涓流淌的溪流等，其本身的运动速度决定了客观上的节奏规律，这就需要用镜头的动作节奏，去合理地把握节目的节奏。如果把浩瀚沙漠中飞奔的骏马与南国的小桥流水组接在一起，就会因为节奏不一致，使观众在视觉上感到很不协调甚至很不舒服，给人以不伦不类、不知所云的感觉。只有把飞奔的骏马与一望无际的大漠组接起来，才显得辽阔而有气势、有力量、有张力，而小桥流水唯有和轻快的小船，洗衣的少妇，趟河而过的红衣少女组合起来，并配以悠扬的歌声，才有诗情画意，才能给人以南国水乡的美感。

故而，电视叙事场面中的运动构图强化了它的叙事节奏。一般来说，电视剧中构成叙事节奏的元素很多，但剧中人物身上的元素尤为重要，如主人公的内心情感活动、运动形态速度、言语速度等。人物内心情绪急躁、步伐的快捷、言语的快速等都为快节奏的形成提供了依据。摄影师通过运动构图从外部运动所构成的节奏与画面中人物的运动构成了整体的节奏。另外，运动构图中又有动与静、快与慢的对照变化，使整体节奏快慢有机、有序。而这种有序恰恰又是内心情感在节奏上的表现，从而使节奏成为叙事元素。当然，一味强调节奏快也未必合情合理。主要还要从人物的情感、戏剧矛盾出发，该快就快，该慢就慢，快中有慢，慢中有快，相与呼应，才是真正的艺术节奏。

电视拍摄时摄像机的运动节奏，也叫主观运动节奏，法国电影理论家马赛尔·马尔丹（Marcel·Martin）曾经说过："摄影机不停地运动，每时每刻都在改变观众的视点，这就起着与蒙太奇相似的作用，最后使影片有了它自身的节奏。这种节奏也正是构成影片风格的主要因素。"① 主观运动节奏中既有摄像机自身运动节奏，又有功能上的运动节奏，还有操作者有意识地变换镜头的运动节奏。前者如操作者对摄像机的把握，摄像机速度的调整，推拉的快慢，手动镜头的使用等，后者如摇、移、跟等摄像技法的使用。这种主观运动节奏，可以有效地改变被摄客体的运动节奏，改变其动作运动形象，使其或具有夸张的效果，或具有内涵的魅力等，通过充分调动运动节奏，使电视专题更好地服务于节目内容。

摄像机运动节奏的开发，目的是为了更有效地表现被摄物体。所有技术、技巧、功能上的运动节奏，必须为电视专题片的整体节奏服务，并与整体节奏达成一致。在速度的调整上，既可以调整为与运动物体相同的速度，又可以调整为慢速度，还可以调快速度。表现奔驰的骏马，相同速度可以使骏马表现得更矫健，慢动作可以使骏马表现得更强劲，快速度则可以使骏马表现得更有冲击力，而速度的调整还可以使骏马的速度快得像闪电。因此，摄像机的运动节奏的开发，往往可以使电视专题更真切地体现节目内容，有时还具有一定的张力，有动感，从而调动观众的情绪，刺激观众的感官，实现节目的最佳效果。

其二是声音节奏。声音节奏主要是有声语言的运动节奏，它是指电视专题片中所有有声语言因节奏运动变化而产生的效果。这种效果为节目内容服务，又因内容而产生节奏形态。它包含着人声语言节奏、音乐语言节奏和音响语言节奏三种节奏形态。

首先，人声语言节奏形态。人声语言节奏形态的主体是人发出的声响，也是因人发出声响速度的快慢、高低而产生的效果。它主要是指以电视解说的解说语言、主持人语言、播音员语言为主的语言节奏。解说有现场解说，旁白解说和配声解说，电视解说词中语调的运用，语速的快慢把握与电视片的节奏有着直接关系。一般情况下，现场解说语速较快，适用于快节奏电视片的应用；旁白则不同，它用于哲理性语言的配声，或用于往事的回忆，以及过去时的情景再现语言，这时的解说，节奏比较平缓，给观众留下一定的思维空间，因而，

---

① 马赛尔·马尔丹. 电影语言 [M]. 北京：中国电影出版社，1982：27.

它的节奏就适用于慢且紧凑的电视片，但它在解说中有空间距离感；而配声解说则显得有较强的伸缩性，如政论性电视片的配音，电视风光片的配音，故事性电视片的配音、电视纪实片的配音都可以使用配声解说。但是，不同类型的电视专题片，其配声风格则又有所不同，如政论性专题片与故事性专题片，政论性专题片讲求说理，故事性专题片讲究叙事。除此之外，电视专题片的配声也因主持人的风格和个性特点的不同，显示出不同的风范。

其次，音乐语言节奏形态。音乐语言节奏形态的主体是通过后期艺术加工塑造的适合于电视节目内容的音乐节奏效果。如背景性、戏剧性音乐语言状态，抒情性、描绘性语言状态，说明性语言状态、主题歌、主题音乐和插曲语言状态。在电视专题片中，音乐语言的运动节奏必须依托电视专题片的内容和节目形式来进行。一般情况下，抒情性音乐、描绘性音乐、主题歌等音乐语言，主要是应用于风情片、风光片等电视专题片，它的运动节奏不算太快，也并不太慢，它的音乐运动节奏比较舒缓。而作为背景性音乐，主题歌，主题音乐和插曲等，其运动节奏必须依附于电视专题片节目的内在运动节奏。在一些电视片段中可能主题音乐和插曲比较激昂，如波澜壮阔的劳动场面；而在另一些电视片中，主题音乐和插曲可能因电视专题表述的内容不同显得舒缓一些。如专题片《决战太行》的一个片段：两位民工牺牲后，镜头从远山摇起，那林涛中略过的山鹰，那山鹰飞越的大山，那大山中蜿蜒着的盘山公路。这时，音乐起，音乐忧伤且饱含着悲壮，悲壮中又有一种豪然的力量。

再次，音响语言节奏形态。音响语言节奏的主题是自然音响发出的有声语言，是电视片中原始自然声响的体现。它包括动作音响语言、特殊音响语言、自然音响语言和机械音响语言。动作音响语言节奏，如奔跑的脚步声，与犯罪嫌疑人搏斗声；特殊音响语言节奏，如炮火声，洪水的咆哮声，野兽的怪叫声；自然音响语言节奏，如风声、雨声；机械音响语言节奏，如飞机的轰鸣声，汽车的马达声。这四种音响语言形态还可以通过后期编辑和组接，让语言节奏发生变化，延伸节目的内涵，提升节目的效果。譬如，有一部电视专题片，反映的是抓逃事件。在警察与逃犯短兵相接的时候，摄像记者也是毅然地加入了擒拿凶犯的队伍，记者将开着的摄像机放在地上，电视画面静止了，观众只能看到几棵模糊小草，而听到的是从潜伏到抓逃格斗的声响。这时，动作声响的节奏快慢及高低也就成了这个片段的主要语言形态。而正是这种语言形态成了整个专题最精彩的部分和赢取受众的亮点。在特殊音响语言节奏里，如洪水来临的声音节奏，"轰隆隆，轰轰隆隆"的节奏是洪水已经来临，并伴有洪水撞击建筑物的声响，而"呜——！呜——！"的节奏是洪峰即将到来但还有一段距离的声响。在自然音响语音中，风声节奏，如狂风、微风、山风和戈壁沙漠中的风响各有不同，其不同的节奏频率，构成了不同的效果。在常用的机械音响中，节奏效果则表现得更为突出，挖掘机的轰鸣节奏，锤声叮当的节奏，汽车声响的节奏，都可以使观众在收看电视专题片时，感受到因机械声响节奏带来的情绪感染。事实上，音响语言的节奏变化，某种程度上是电视专题片或得或失的重要表现，很多时候，观众不看画面语言，仅听音响语言节奏，就能受到情绪感染。在现实生活中，很多自然音响很真实，但是在电视叙事节目的运用中，因其声响的模糊性，听觉上的不确定性，往往让受众产生视听上的误解，也很难让观众获得最佳视听效果，因此，自然音响的运用，必须选择具有特点和观众普遍能够接受和认知的音响语言，只有这样才能达到最好的境界。

其实，电视叙事节奏的营造并不仅仅是符号与技巧的问题，还与创作者对于内容的深度体验及鲜明表现都有着直接的关联。在电视剧《大宅门》中，其背景音乐的使用特色鲜明，尤其是其中的京韵大鼓、京剧曲调及其京腔京韵的背景基调，既以其鲜明的节奏渲染气氛，又体现了老北京人的生活气息和北方古都文化的深厚底蕴。

再以中央电视台曾经播出的几个节目为例。2004 年 7 月 7 日，是"卢沟桥事变"67 周年的日子，中央电视台《新闻调查》栏目制作播出了《幸存者证言》。该节目的内容是："南京大屠杀"的幸存者、现年 83 岁的南京市民李秀英老人，曾经蒙受日本侵略军的残酷强暴，此时正向日本东京地方法院提起诉讼，而日本侵略势力的辩护者松村峻夫却在其著述中竭力否认李秀英案件的真实性。《幸存者证言》以电视媒介的视角调查了李秀英本人及其健在的小学同学和危难救助的护士等，并以当年在南京的德国商人拉贝、国际红十字会美国医生威尔逊、南京红十字会主席马吉医生等人留下的文字、图片和图像资料为旁证，证明李秀英其人及其遭遇的客观真实性，并借以表达一种正义的诉求：希望此案能尽快得到公正判决，让日本就侵华战争向中国人民谢罪，今后两国人民之间能够长期友好下去。当然，这也是当今世人共同的良好愿望。只是由于该节目采用就事论事的新闻调查、取证、论证的方法，整个节目显得很拘谨，比较沉闷，其结论也就缺乏应有的力度。

　　同类的主题与相似的内容，在另一期节目《羊泉村记忆》（中央电视台2004 年 7 月 14 日播出）里也得到了相当精彩的呈现：中央电视台记者千里迢迢地来到山西盂县，寻找到当年惨遭日本侵略者蹂躏的幸存者万爱花、刘面换、赵润梅三位老人，请她们叙述惨遭蹂躏的地点、经过和伤害。同时，更表达出对于目前她们向日本东京地方法院提起诉讼的公正立场。片中，记者曾询问道：如果得不到满意的判决，你们会怎么样？"这种探问之所以是必要的，原因就在于：这场跨国诉讼案，无论她们能不能打赢，作为中央电视台新闻主打栏目的《新闻调查》，都不应当仅仅在于关注案情本身，也不应当仅仅关注最后判决的结果如何，其关键之处应当在于：通过电视叙事的深度的"新闻调查"，揭示出事件背后所包含的现实历史内容和社会精神道义。因为，追问事件背后的道义，不仅是节目主题表达与内容呈现的需要，也是电视叙事的职责所在。电视叙事追溯事件本身毕竟不是目的，该节目所呈现的"记忆"，不仅是主人公个体的，也属于民族集体的。也许，倾诉苦难易，追寻公平正义难，何况，这迟到了数十年的公平正义，已经深深地嵌入痛苦无告的中国劳动妇女生命血肉里。——这，才应该是该节目所要表达的深度所在！

　　当然，就以上电视节目的叙事节奏的营构而言，编导们基本上都是在几个场景转换关头，别出心裁地借用了中国北方民间乐器唢呐悲怆的音乐，配以黄土地沧桑壮阔的场景，点染了这些曾经为民族蒙受了奇耻大辱的平凡而又伟大的女性们的命运主题。这种节奏的安排，以无言之歌来映衬人生命运的跌宕起伏与深沉悲怆，它不仅打破了节目的沉闷，而且唱响了新闻事件背后人物生活与命运的悲剧意蕴。但是，令人遗憾的是，类似的电视节目中多处背景音乐基本上都还是片段的、无言的，因而其题中应有之深意也就难以深刻而细腻地表现出来，缺乏其应有的震撼人心的力度。

第四节　电视叙事的话语

　　"话语"（discourse）乃是结构主义叙事学的核心命题。结构主义把包括叙事在内的一切人类文化行为都理解成一种主客体之间的对话形式。从而，作为言语行为的话语，也便成为结构主义理解和把握世界的一种十分重要的方式和尺度。在经典叙事学理论中，美国学者赛姆尔·查特曼（Seymour Lhatman）首先注意到了叙事文本的底本和述本的二元结构，将它们分别命名为"故事"（story）和"话语"（discourse）。查特曼关于"故事"和"话语"的定义是：前者是"什么"，也就是说什么人发生了什么事；后者则是"如何"，也就是这个故事是怎样被人讲述出来的①。到了后经典叙事学中，话语分析虽然开始关注主体和过程，却仍然被视为相对独立的文本分析的中心，如戴卫·赫尔曼（Darid Herman）也就曾明确指出："用认知方法解决叙事语法问题，离不开整合性的与语境相关联的模式；分析故事的结构，还需要分析话语层面的特征及其连带的处理策略。"②

确实，叙事话语不仅体现为文本构成当中故事叙述的一种方式，而且代表着叙述者的一种主体意识的姿态。话语的生成建构机制不仅并非完全出自主体意图，而且更重要的还体现出特定传统之于文化叙事的制约与预成的约定，并且也由此而体现出不同媒介的话语类型和风格。

一、叙事话语的意义

一般说来，"叙事"（narrative）之所以成为一种话语模式（a mode of discourse），乃是因为这种话语模式是对来源于种种个人的不同事件及不同行动进行普适性的规范，以便建构起一种序列关系或者逻辑关系，并将其按顺序进行排列。这种顺序不仅是指事件行动发生的时间顺序，更重要的是它还可能提供一种完形的理解力（configurational understanding），最终使来源于种种个人的不同事件及不同行动遵守普适性的法则，构成一个具有体系性及合法化的整体。

在结构主义看来，人类的任何叙事活动都离不开"话语"。"话语"并非仅仅是一般人所谓的语言，而是代表着某种言说的行为及方式，是能够表达一个完整意义的言语。结构主义语言学家索绪尔曾将作为语言学研究对象的语言区分为"语言"和"言语"两个方面。他认为：语言是一种脱离它在日常生活中

---

① SEYMOUR CHATMAN: Story and Discourse: Narrative Structure in Fiction and Film [M]. Ithaca, NY: Cornell University Press, 1978: P82. 转引自赵毅恒. 当说者被说的时候, 17.

② 戴卫·赫尔曼. 新叙事学 [M]. 马海良, 译. 北京：北京大学出版社, 2002: 9.

的实际使用而可以进行分析的形式系统，而言语是为了完成目标而对语言的使用。语言不是由使用者创造的，而言语则恰恰相反。言语的表达需要使用语言，但是，与派生而来的语言的形式系统相比，它的规则较少，变化则更多。话语的概念在内涵上则比语言要丰富得多。"话语不仅反映和描述社会实体与社会关系，话语还建造或'构成'社会实体与社会关系；不同的话语以不同的方式构建各种至关重要的实体，并以不同的方式将人们置于社会主体的地位。"① 或者，亦如福柯所指出的："话语实际上是一种活动。首先是书写活动，其次是阅读活动，最后是交换活动。这种交换、书写和阅读只涉及到符号，所以，话语在现实中将自己置于能指支配之中时，也就是取消了它自己。"② 福科已明确指出：话语事实上是主体的一个运作过程，是人类的主要活动之一；人类的历史文化都是由各种各样的话语所组成的；而影响和控制话语运作的最根本因素乃是一整套由"权力"关系所决定的话语规则。话语意义的确定不仅要取决于话语自身，而且在很大程度上是由语境所决定的。语境的构成包括对话者所处的自然和社会环境和对话者的心理状态、文化修养等因素。

所谓"叙事话语"（discourse），在结构主义叙事学当中，就是指那些用来讲故事的一整套的方式和手法。它"包括视觉（谁在看），声音（谁在说话），持续时间（讲述某事所需的时间），频率（惟只一次讲述还是重复讲述），和速度（一段话语涵盖多少故事时间）。"③ 而所有这些，落实到叙事行为的运作过程当中，不仅体现出叙事主体的姿态与立场，体现出某种显在或隐含的话语权力，而且构成了叙事者与接受者之间最为直接的交流与沟通。话语几乎包含了叙事文本的全部奥秘。所以，"人们常说，叙事是对于世界的一种话语。而一到舞台上，叙事则首先表现为世界，然后才是话语。相反，言语的叙事先是话语，后是叙事。"④ 当人们讲述过去的事时，就是在将过去的世界通过话语与自己联系起来，当人们讲述他人的故事时，是在通过话语把他人与自己联系起来。

---

① 诺曼·费尔克拉夫. 话语与社会变迁 [M]. 殷晓蓉，译. 北京：华夏出版社，2003：3.
② 周宪. 20 世纪西方美学 [M]. 南京：南京大学出版社，1997：388.
③ 詹姆斯·费伦. 作为修辞的叙事 [M]. 陈永国，译. 北京：北京大学出版社，2002：170.
④ 安德烈·戈德罗. 从文学到影片 [M]. 刘云舟，译. 北京：商务印书馆，2010：119.

电视的叙事话语当然并不例外。如前所述，作为一种当代大众文化叙事，电视的叙事话语，一方面，与广播电视所特有的视听语言分不开，也就是与广播有声语言以及电视的"声—画"语言分不开；另一方面，电视叙事话语的表达又不仅仅依赖于其自身的一套"声—画"或者说是"音—像"话语系统，直接关系到听众或观众的视听接受，而且更重要地体现为现实的话语规则及其所隐含的权力机制。已经深入到人们的日常生活当中的广播电视，其话语过程也就总是处在与其受众的不断地交流与沟通当中，而且不可避免地受到各种权力关系的结构性制约，表现出鲜明的意识形态倾向或者道德的、审美的价值取向。亦如巴赫金所指出的，"实际上，我们任何时候都不是在说话和听话，而是在听真实或虚假，善良或丑恶，重要或不重要，接受或不接受等等。话语永远都充满着意识形态或生活的内容和意义。"①

与电视相接近的是电影。E·本维尼斯特（Emile Benveniste）曾经指出：类似好莱坞式的"传统电影是作为历史故事，而不是作为话语来呈现的。"而另一位学者麦茨（Christian Matz）则指出：它们同样"也是一种话语，如果我们看到它与电影制作者的意图，与其对观众的影响等因素有关联的话。但是它的确切性质以及它作为一种话语的效力的秘密却在于，它抹消了话语陈述的一切标记，并伪装为一种故事的形式。我们知道，历史永远与'完成了的'事件有关。同理，透明性电影包含着叙事内容，它打算讲述一切事情，这样的电影正在于否认任何事物的不存在或任何事物有待于去寻求。"② 如果说，电影的叙事话语主要还是属于非现在时的，它往往拒绝承认观众的在场，或者说，它让观众采取窥视者（voyeur）的立场，这种立场依赖于一种可靠的、连续的注意程度。那么，电视的叙事话语则主要是属于现在时的，对于电视的受众来说，电视的叙事需要与观众日常生活中一般的注意对象相竞争。也就是说，电视叙事话语在总体上也就更具有即时性与参与性，它向观众致意，并努力引起观众的兴趣，力图把观众卷入对话中来，叫他们看、听，参与到那些供我们看、供我们听的东西中来。电视的叙事话语已经消融到人们的日常生活当中，甚至成为人们日

---

① 李彬. 符号透视：传播内容的本体诠释 [M]. 上海：复旦大学出版社，2003：295.
② 克里斯丁·麦茨. 历史和话语：两种窥视癖论 [M] //结构主义和符号学. 北京：生活·读书·新知三联书店，1987.

常生活的一部分。

故而，相对于电影而言，电视的叙事话语所诉之于受众的，与其说是述说虚构的或真实的故事，还不如说广播电视是"打算讲述一切事情"，从而"抹消了话语陈述的一切标记"，使得人们感受到的仿佛只是各种现实的或虚构的故事本身。也因此，广播电视叙事话语的表达不仅依赖于其自身的一套"声音""声—画"（或者说是"音—像"）话语符号系统与观众的视听接受，而且，还体现为话语符号系统背后的技术支持、创意设计以及意识形态等诸多因素的影响。所以，广播电视叙事话语也从来就不是纯粹的技术或技巧的问题。

所以，如前所述，从话语发生及其特性来看，电视之于广播就明显更具有某种亲缘性。当然，广播与电视的"声"与"画"并不是同步的。广播向电视的发展，单一的声响向声响与图像结合转变，更是把随意的听众转变为听众加观众，或者说，把听众插入观众，让电视介入家庭化的日常生活。于是，通过声音与图像的结合实现了对于现实的日常化的叙述。声音原本是基于人们的一种本能式的心理反应，而声音与图像的结合，特别是图像功能被有意无意地加以强化，使得电视更是以一种超强而迅猛的态势介入人们的生活当中，甚至其触角已经伸展到生活的方方面面。

事实上，"图像"在中西传统叙事中长时期未能发展成为一种成熟的叙事方式，即使是近代电影的出现，也因为局限于"非现实"的艺术领域，其叙事能力受到了很大的限制。只有到了电视时代，才真正释放了图像的叙事潜能，使其成为当代大众文化叙事的最有力的媒介和工具。恰如有论者所指出的："电视图像叙事真正创造、释放了'图像'叙事的威力与作用，以电视图像为代表的视觉文化强势阶段开始形成……以电视图像叙事为代表的视觉化叙事类型开始成为主导型的叙事类型，开始占据社会叙事格局的主流。电视叙事铺衍着社会的话语，构成了西方后现代现实典型而驳杂的叙事文本。"[1] 中国的电视图像叙事自然亦不例外。

在这个意义上，可以说，电视的叙事话语乃是社会的无意识选择和有意识挤压的结果，也是属于技术创新和精心设计双重作用的产物。所以，电视叙事的话语规则，与其说是属于编导的，还不如说是属于社会的和时代的。

---

[1] 于德山. 视觉文化与叙事转型 [J]. 福建论坛（人文社会科学版），2001（3）.

二、编码/解码：电视的叙事话语机制

众所周知，电视叙事话语的符号材料主要是由话筒与镜头组成的。话筒之于声效，亦如镜头之于影像，或者说，有声语言、音乐音响形之于话筒，而画面、道白和音乐音响三者结合成一体而构成了镜头。可以说，它们构成了电视叙事的最基本的话语形式和意义单位。

事实上，电视的"声音"或"声—画"表现的符号系统一经建立，便具有了这一系统的内在机制。这也就是电视的声响及"声—画"话语系统之间的编码与解码的规则。当声音系统在电视画面系统侵入自己的功能时，其内在机制便会自发地摄取负熵、排除正熵，以维持系统内部的稳定有序状态。这一维持的机制就是所谓"互斥机制"与"互文机制"；或者说，从一开始，电视的声音系统与画面系统彼此之间既互相对立、相互排斥，又互为耦合、相互协同。这也说明，对于电视叙事的话语构成来说，何以声音系统与画面系统在功能上是无论如何也不能相互取代的。

电视叙事话语体现出不同的声—画关系。作为蒙太奇在更为广泛的意义上的延伸，人们把声音和画面的配合修辞称为"声画蒙太奇"。对于电视叙事话语来说，声音和画面的互斥与互补机制取决于它们各自承担着的不同的功能；而它们各自所承担的功能的融合才构成电视叙事的符号系统。在电视媒介当中，画面和声音各自功能的负载并不意味着它们处于封闭状态，恰恰相反，这两大系统都处于开放状态。一方面，声音和画面各自都从相邻艺术和相关范围汲取营养。从认识论的角度看，电视声音和画面符号的构建，独立品格的形成是一个过程，是从较低水平的有序向较高水平的有序上升的过程。在这两种有序状态之间，电视声音和画面以其互补机制，通过与外部环境（其他艺术形式）的交叉与联系，刺激与反应、"同化"与"顺应"，打破旧的有序，导问新的无序状态。这是电视叙事中声音和画面互补机制表现出来的独具特征的形式。电视叙事虽然晚出，但是，电视画面从电影画面汲取营养，电视声音从广播声音延伸，形成一种原初的有序。随着互补机制的形成，电视声音和画面均需脱离其母体，进而建构自己的独立品格及样式。因而，随着广播电视艺术的发展，人们致力于电视叙事话语的声画两大符号系统的构建，努力寻电视艺术的"个性"，终于为其争得"第九艺术"的地位。

另一方面，自从电视产生以来，它就同其他各种叙事艺术形式不断地产生交流互渗，许多原有的艺术形式也在与电视联姻乃至交叉渗透的过程中，形成了电视诗歌、电视散文、电视小品、电视舞蹈、电视音乐，电视戏曲乃至电视综艺等多种新的艺术样式。这种交叉渗透，莫不反映出电视叙事话语的互补机制与包容品格的强大作用，也使得电视叙事的声音和画面两大话语系统内部就一直存在着一种不平衡状态，并且不断地促进电视叙事话语声画关系的调整及表达的完善。

中国电视理论学界曾有过一场"画面和声音谁更重要"的讨论。这场讨论从另一个角度说明了电视叙事话语中画面和声音关系的复杂性。"声画蒙太奇"涉及面大，有解说词与画面的配合修辞，有音乐与画面的配合修辞，有同期声与画面的配合修辞，等等。它既涉及前期的拍摄，也涉及了后期的编辑。另外，电视节目的风格、内容的呈现及主题表达的需要等也会影响到声画关系的协调。比如，在"格里尔逊式"的作品中，解说词是第一位的，画面附和解说；而在一些纪实性的节目中，画面则可能是第一位的，解说词只是对画面起着补充、深化、整合的作用。从而，电视叙事话语的音响与画面之间就有声画对位、声画异位等多种修辞手法，音乐与画面也有着音画同步、音画对立、音画并列等修辞方法，而它们在电视叙事节目创作中的具体运用无疑都是要视表达的内容、呈现的风格来决定。

确实，作为电视叙事话语的重要载体，声画系统中画面（图像）的重要性也与视觉在人的感官中的特殊地位有关。心理学研究证实：除空间感外，视觉还能够提供给我们速度、方向、颜色、形状、大小等大量信息，以至于单靠视觉所提供的信息，人们就能够组成可被理解的事件及意义了。据统计，现实中人们所获得的信息百分之九十是依靠视觉再加上听觉所提供的。或者说，人们往往首先是通过视听来了解事物，然后才付诸语言和行动。摄影及录音技术既然可以原封不动地拷贝人们的所见所闻，其被选择作为电视叙事的主要表现手段也就是顺理成章的了。所以，在声画俱全的情况下，人们几乎可以叙述任何事件了，如果再加上角度、景别及光影的变化，辅之以音乐及音响，以至于可以用来表达包括丰富复杂的心理感受和精神体验的一切人类经验了。

在这个意义上来理解电视叙事的镜头，可以说，电视镜头虽然具有一定的纪实功能，具有一定客观属性，甚至伴随运动主体的运动构图，往往会形成较为客观的叙事视角，或者伴随运动主体的运动，可以展示出更大范围内的自然环境与生活空间，尤其是一些长镜头的运用更是其纪实和展示的优势，但是，作为是一种"叙事话语方式"的电视镜头，其话语功能却不仅仅在于客观记录与描述，而是经过了一个明显的符码化的过程；它不仅是通过"描述性"构图再现客观对象，而且，更主要的还表现为符码化过程中必须服从各种编码/解码的规则，必然受到其背后的各种话语权力以及话语主体的倾向性的制约。由此，电视镜头才能够在保持着纪实和再现功能的同时而有着某种独特的表现力。

确实，在一种文化符号学的视野中，所有的存在物都成为符号。电视叙事的文本形式虽然已融入人们的日常生活，但是毕竟不能与现实相等同，就是因为连接文本与现实之间的是符号；而符号又并非一个纯净的"真空地带"，它不是透明的、自足的，而是需经过一系列的编码/解码程序才能为人们所理解和接受。

就一般的"编码/解码"过程而言，作为一种理想化的传递模式，传递者参照"代码"将"内容"符号化成"信息"方式，此即"编码"过程；而经过某种"信道"抵达的"信息"的接受者，经"接受者"参照同一"代码"，解读符号，还原"内容"，则为"解码"过程。只是，实际上社会现实中的绝大多数信息传递过程都要比这复杂得多，特别是涉及人的精神创造的社会文化领域。因为构成社会语言符号的"能指"与"所指"之间，并非都是一一对应的，而且，"各种表现媒介不是趋向于用明确的概念来界定符号的指涉意义，而往往是使指涉意义模糊，呈现出'多义'或'歧义'状态。"① 从而，这种符码系统所构成的文本"意义"也就永远处于一种漂泊的状态，而需要不断地被重新加以释读。

对于电视叙事的文本话语来说，其编码与解码的过程也必然纠缠于符码背后众多的因素制约当中。英国文化批评家斯图亚特·霍尔（Stuart Hall）在论及电视的视觉符号的编码/解码时曾指出："尽管有证据表明，明显的'先天'视觉符码甚至都是文化——具象。然而，这并不意味着没有符码介入，而是意味着符码已经被深深地'自然化'了。对被自然化的符码操作并未指证语言的透明性和'自然性'，而是揭示了使用中的符码的深度、习惯性及近似的普遍性。

---

① 俞建章，叶舒宪. 符号：语言与艺术［M］. 上海：上海人民出版社，1988：196.

这些符码生产明显地'自然的'认知，这就产生了隐藏在场的编码实践的（意识形态的）效果。但是，我们一定不要被种种表象所愚弄。……利用指称对象的概念清晰地表达一个任意的符号——无论是视觉的还是语言的——不是自然的而是约定俗成的产物，话语约定论需要符码的介入和支持。因此，艾柯认为图像符码'看起来像真实世界里的事物，因为它们再造了电视观众感知的各种条件（即符码）'。"① 显然，对于电视来说，就不仅涉及到一个叙事话语的"语境"与意义再生的问题，更揭示了隐藏在叙事话语背后某种真实的权力和意图。电视叙事话语的接受语境固然是不可忽视的，因为，即使是同样一幅画面、同一组镜头，在不同的语境当中也会有不同的含义；故而，决定电视话语意义的最主要的因素还是其背后的那些真实的权力和意图，某种约定俗成的编码/解码的规则，正使得它们在那些看似自然却是约定俗成的叙事话语后面，仿佛总是受着某只看不见的手在操控。

对此，可以以中央电视台《背后的故事》栏目播出的几个叙事类节目为例，大致解析其中的一些奥妙。其实，所谓"背后的故事"显然就是针对人们对于名人（明星）的崇拜和窥视的欲望，制作出一些揭秘性质的节目；当然，更主要的还在于其价值的寻求和意义的表达。譬如，该栏目中曾有一集为《谁把刘晓庆送上法庭》，述说的是影星刘晓庆和她的前经纪人之间的一些恩怨纠缠；而《魂断伊拉克》则讲述了在联合国伊拉克武器核查中遇害的郁建兴生前与妻子的恋爱和婚姻；另有一集《郎平与五连冠背后的故事》，具体叙述了中国女排明星郎平在其体育生涯中曲折的情感经历，等等。这些故事的内容大多涉及到作为公众人物的主人公独特的人生经历和背后许多私密的甚至敏感的话题，电视叙事节目则通过访谈和追踪将诸多的私人领域转化成公共话题，不仅显示了电视叙事话语的"街谈巷议"的特性，而且充分满足了观众对名人生活窥私探秘的消费欲望。当然，在这些充满娱乐元素的名人故事的叙述背后，还不免掩藏着众多的支撑这些叙事话语的社会文化及意识形态因素. 谁把刘晓庆送上法庭》就涉及到市场经济的法制化的主题，以刘晓庆的个人悲剧警示人们要尊重法律，讲求诚信；《魂断伊拉克》则是一曲英雄人物的主旋律化的赞歌，它以生命和爱

---

① 斯图亚特·霍尔. 编码/解码［M］//罗钢，刘象愚. 文化研究读本. 北京：中国社会科学出版社，2000.

情的崇高价值呼唤着人们珍爱和平，反对战争；而《郎平与五连冠背后的故事》则表达的更是属于一种高调的爱国主义、集体主义及奉献精神的思想主题及励志格调，该片正是借郎平百折不挠的坚韧意志鼓励人们树立理想、为国争光、成就辉煌，等等，无不体现出中央电视台所代表的主流意识形态的公共话语权力和国家意识形态的主导立场。

三、电视叙事的话语风格

诚然，电视不仅是作为主流意识形态的舆论工具，而且也越来越成为一种大众传播与娱乐的媒介，因而其叙事话语也就不只是出于某种强势意识形态的指令，还必然更多的受制于大众趣味、时尚需求、市场规则、商业利益，等等。电视的叙事行为与话语过程不仅能够集聚强大的社会激情，代表着社会的主流民意，引导着社会舆论的走向，而且还往往寄予着大众的梦想，关注大众生活，引领大众消费，制造流行和时尚，其触角甚至延伸到社会日常生活的各个角落。惟其如此，无论是维护既定的社会秩序还是反思现有的意识形态，也无论是制造平庸的大众娱乐消费还是有效地提升社会文化水准，电视的叙事话语都将成为当下社会一个不可忽视的存在因素，而对于人们的现实生活施加广泛的影响。在这个意义上，电视叙事话语无疑是一柄双刃剑，既可以制造出无数个社会共同的话题，参与社会生活的公共领域，同时又不可避免地受制于社会主流话语和受到时尚消费的引领，以至于随波逐流，甚至被消解于无形。

于是，由电视叙事话语的生产机制而追问其话语表达的风格与特色也就是自然而然的了。进而言之，电视叙事话语风格的呈现究竟是取决于观念与体制，还是取决于技巧或方式，也就成为进一步追问的两条必然的路径。

从观念与体制上讲，由于电视叙事话语与人们日常生活的贴近，特别是由于电视自身的视听传播的特性，一种以"真实"为标榜的话语风格曾经为人们所推崇和尊奉。然而，电视叙事话语的生产制作却告诉人们，不该轻率地将其叙述内容视为现实本身。那些故事或者意象，毋宁说是一种按照话语成规所生产出来的现实，或者说，话语成规之中隐含的意识形态、主体倾向等都已经无形地参与到了这种生产与制作过程之中。的确，人们时常用"真实"作为衡量是否接受某种电视叙事话语的尺度，"真实"仿佛是一个不受话语成规或者意识形态左右的概念。每一个成熟的观众似乎都有能力直觉地做出电视节目"真实与否"的判断。然而，通过对电视叙事话语生产过程的考察，可以说，人们所获得的"真实感"同样是符号制造的产品。美国批评家乔纳森·卡勒（Jonathan Culler）在《结构主义诗学》中曾经列举了文学话语制造"真实"与"自然"风格的五种工序：即"实在材料""文化逼真性""体裁模式""约定俗成的自然"以及"扭曲摹仿与反讽"①。在卡勒看来，这五种工序的交叉使用将把读者引入种种既定的文化标准，让读者不知不觉地附和这些文化标准所承认的"真实"。对于电视叙事来说，其话语的制造又何尝不是如此呢？

如果我们将电视叙事话语风格的"真实"呈现比之如文学中的现实主义，也许就能够更清楚地认识这种"真实"话语风格的实质。法国批评家罗兰·巴特（Roland Barthes）等早就对于现实主义叙事话语提出过质疑。如果将现实主义视为一套叙事成规，承认这套叙事成规内部隐含的意识形态密码，那么，人们将为现实主义叙事话语保留一个正当的历史地位。可是，现实主义叙事话语常常做出了过分的许诺：似乎只有现实主义叙事话语才能书写唯一的真实。作为话语生产与批评的一个分支，叙事学就必然对此提出自己的怀疑。就像罗兰·巴特曾反复阐明的那样，叙事学揭开了一个基本的事实：作家所使用的叙事话语并非透明的、中性的、公正无私的；种种权力与意识形态隐蔽地寄生于叙事话语内部，作为语言体系的规则而形成一种专横独断，一种语言的暴力。罗兰·巴特发现，事实与价值之间的距离已经在写作的字词空间内部消失；字词既呈现为描述，又呈现为判断。在这个意义上，罗兰·巴特指出，现实主义已然给人们造成了一个错觉：人们可以避免话语的干预而真实地体认现实。现实主义试图隐蔽叙事话语的相对性与社会性，它把叙事话语装扮成天然的、与对象合二而一的符号；现实主义不像浪漫主义或象征主义那样歪曲世界，它的唯一任务仅仅是展现事实的"真面目"。罗兰·巴特曾经特地指明，这其实是一个圈套，语言符号本身是有"重量"的；语言符号结构仅仅是一种人类精神的地平线，一种镜像与象征，而并非世界本身。如果人们将叙事话语视为天然的透明符号，那么，人们必然将艺术所呈现的世界当成一种非意识形态的天然存在，而这无疑是一种叙事话语生产制造出来的巧妙伪饰。所以，即使是一些较有影响的广播电视叙事节目或栏目，其叙事话语风格呈现当中必然已经包含了

---

① 乔纳森·卡勒. 结构主义诗学 ［M］. 盛宁，译. 北京：中国社会科学出版社，1991.

对某种生活模式、价值观念的预设。而且，更重要的，广播电视叙事话语的生产不可能放任自流，无拘无束，社会文化体系通常需要配备这种话语生产的督察系统。这样的督察系统时常充当电视叙事话语与社会文化互动的中介，并且以复杂的方式参与到广播电视叙事话语的再生产之中。

从技巧或方式的角度来看，电视叙事话语风格的生成还必然与一些特定的话语技巧及方式的选择分不开。如前所述，声响、画面、道白、音乐等作为广播电视叙事的话语符号，对于制作具体节目而言，何者最适宜表达出创作主体的意象和观念，何者能够成为节目构成的主材料，毕竟需要在具体的叙事语境当中得以确定和运用。故而，在一个节目当中，电视叙事话语，或以画面为主，或以声响、音乐为主，有的节目从头到尾以解说词为中心，也有的节目则以音乐为中心或以画面为中心，似乎都无关宏旨。然而，作为电视节目形态与意旨的承载体的叙事话语主要还是根据叙述主体的意图、叙事观念的需要等来加以选择和运用的，并由此呈现出不同的叙事风格。当然，作为一种叙事规则的体现，电视叙事话语又总是越贴近实际生活的原貌越能取得"真实"的效果，但由于叙述对象本身的丰富和复杂，以及叙事者主观意图表现的多样性，话语方式和技巧的选择对于电视叙事话语风格呈现的意义就显得不同一般。

诚然，"声响"与"画面"作为两种最主要的传播符号在电视叙事话语中有着各自的特点与优势，两者的协同才可以使电视的叙事功能得以充分有效的发挥；也只有在此基础上才足以呈现出成熟的多样化的电视叙事话语风格。在电视叙事的话语表达中，正如声音的无线传输延伸了人们的听觉与体验，摄影画面也无疑是对于人们的视觉无意识的一种解放。麦克卢汉（Marshall McLuhan）就曾指出："从技术上说，电视是趋向于一种特写镜头的媒介。特写镜头在电影里用来取得使人震撼的效果，可是它用到电视上却成了家常便饭。一张电视屏幕那样大的照片可以非常详尽地表现十多张面孔的细部，可是十多张面孔出现在电视屏幕上就只能是模糊不清的一团。"① 于是，特别是电视叙事中包括长镜头在内的多种镜头的运用也就切合人们的心理体验与心理愿望，造成一种对生活的直视乃至于凝视。例如，人们不难觉察，在电视叙事的影像空间中的身体意象就非常明显地显现出对于人们的某种欲望的隐秘呼应。通过这样一

---

① 马歇尔·麦克卢汉. 理解媒介 [M]. 北京：商务印书馆，2000：391.

种电视叙事，人们意识到，人们的视线始终渴望遭遇身体。电视摄像机力图切割出各种理想的视觉景框，而将焦点集聚到人的身体之上，并且提供了种种观看身体的特殊方位、角度和距离——尽管这些方位、角度和距离时常会遭到现实的否决，或者由于过分熟悉而为人们所视若无睹。

特定的叙事话语风格还与特定的叙述对象及话语技巧分不开。比如，中央电视台于2001年8月18日开播的《记忆》栏目，就是以历史记录为主旨，尝试采用"真实再现"的创作手法，以营造一种浓烈的怀旧氛围与叙事风格，收到了良好的收视反响。该栏目在镜头语言的运用上，动用升降车、摇臂、轨道、斯泰尼康、成组色片、组合灯光等大量特种拍摄器材，综合使用了广告、电影、MTV、电脑动画等视听语言，不仅达到高品质的画面水准，而且，更重要的是在忠实于历史真实的前提下，运用大胆假设与小心求证的方法，揣摩与营造出当年的历史氛围，用极具观赏性的新闻和艺术的手法再现历史场景，还原历史人物的行为和心境，弥补了大量历史细节只有少量的照片和文字记载的缺憾。

此外，电视叙事话语风格还表现在其叙事话语的语态与语调的选择上。叙事语态就是把看到的事件及对事件的看法表达出来的某种叙述方式。语态是在话语叙述过程中叙述者的主观情感和态度，它本身常常会构成叙述的切入和展开的特殊角度。确实，"对电视而言，新的叙述方式不仅仅是指电视节目解说词的写作文风，更重要的是如何用其特有的语言吸引观众，而这些改变首先必须从转变态度开始。"① 叙述语调的使用也是属于叙事话语的一个必要的组成部分。可以说，叙述语调的运用既是一种习惯，更是一种追求。比如，在一档电视节目当中，由于节目定位及品格追求的差异，其叙述语调的运用追求也有所不同：有的追求叙事语调的色彩感，有的追求叙事语调的畅达感，也有的追求叙事语调的拙朴、平实，还有的追求叙事语调的内在气势和诗意。正是这种语态与语调的选择与协调，构成了电视叙事话语风格的外显形态。

再者，随着中国各地方卫视的崛起，一方面他们需要更大范围传播时空的拓展，都试图在全国电视市场上占有更大的份额，另一方面，在方言日益边缘化的危机下，对于自身身份的确认和本地文化认同的需要也就显得更加迫切。

---

① 孙玉胜. 十年——从改变电视的语态开始 [M]. 北京：生活·读书·新知三联书店，2003：48.

因为语言是人类文化认同的工具之一，人们往往用讲同一种语言而将周围的人分为"自己人"和"外人"①。甚者，特色鲜明的地域文化也总是借助于地方电视媒介这一独特的地域文化生产场域，借助于电视这种适合方言文本生产的视听传媒，用"方言言说"这一形式为普通大众保留一种对主流话语系统进行窃窃私语、评头论足的机会，也为后现代社会中颠覆一切权威包括语言的权威提供了一个小小的空间②。

总之，电视叙事话语风格的呈现乃是基于一种对于叙事主体价值的肯定，这包括建立在不断的媒介技术创新基础上的主体观念的更新、价值立场的坚守以及表现方法与技巧的选择等。从而，强调电视叙事话语风格的独创性，不仅可以有效地抵消某些外在的话语权力的挤压，而且还可以通过其多样化的风格表达来显示电视叙事话语自身的美感与活力。

四、电视叙事的话语类别

如前所述，"话语"就是指能够表达一个完整意义的言语行为和过程；话语意义的确定不仅要取决于话语自身，而且在很大程度上是由其语境来决定的。语境的构成应该包括对话者所处的自然和社会环境、历史传统和对话者自身的心理状态、文化修养等因素。因此，相对于语言表达来说，不确定性、模糊性和非规律性成为话语的一些主要特征。所以，语言学意义上的话语类型是语句之流的集合与规范，一种话语类型的结构同时具有语法与语义的双重涵义。而且，不同的话语类型分别拥有自己的风格、语汇以及基本表述方式。巴赫金曾将话语类型视为语言与社会的交叉地带。也就是说，话语类型不仅是语言自身的产物，同时也是社会语境的产物。在一个相对独立的话语体系当中，人们可以看到，众多的话语类型组成了一个扇形的社会话语的光谱，显示了社会文化的意义生产方式与配置方式。每一种话语类型可能都承担着不同的社会文化功能，而众多话语类型之间的冲突、抗衡或者合作更投射出社会文化内部的主流、支脉、矛盾或者对立因素。故而，在一个叙事文本中，按照热奈特的说法，"叙

---

① 刘双，于文秀. 拆解文化的围墙：跨文化传播［M］. 哈尔滨：黑龙江人民出版社，2001：43.

② 吴飞. 方言播报，还能走多远？——方言新闻节目的现实基础和发展空间［J］. 中国传媒报告（China Media Reports），2005（1）.

事与其说包含一个话语，不如说包含两个或多个话语。"① 也就是说，作为完整的叙事话语基本上都是以复数形式存在的，它往往不是单一的、独语式的，而是必然包含着某种"对话"或者"复调"的品格。

电视叙事话语是大众传媒主导下的现代社会的产物。其话语生产的意义并不亚于一个社会的物质生产。与当下电视强势媒体地位相关，其话语生产意味着规定一个社会的主导词语库，意味着让这些词语的意义成为社会的强大信念。在这个意义上，电视叙事话语的生产无疑是意识形态建构的重要组成部分。因此，话语生产并非一种自然的积聚与意义的增生，相反，话语生产过程充满了冲突与斗争，字斟句酌，事关重大。诚如布迪厄（Pierre Bourdieu）指出的那样："社会世界是争夺词语的斗争的所在地，词语的严肃性（有时是词语的暴力）应归功于这个事实，即词语在很大程度上制造了事物，还应归功于另一个事实，即改变词语，或者更笼统地说，改变表象（例如像莫奈那样的绘画表象），早已是改变事情的一个方法。政治从本质上说是一个事关词语的问题，这也是为什么科学地了解现实的斗争，几乎总是不得不从反对词语的斗争开始。"② 显然，在电视叙事话语的生产中所形成的话语关系乃是与其所处的社会关系遥相呼应；其中是政治话语、商业话语还是知识话语占据主导地位，不仅与其相应的权力关系的配置相一致，而且也与电视叙事话语类型的表达息息相关。于是，对于电视叙事话语的生产来说，无论是谁掌握话语生产的权力，谁掌握话语生产的技术，以及谁掌握话语生产督察系统，都有可能催生出不同叙事话语类型来。

基于此，如果我们把电视叙事文本作为一种自足的话语体系来解读的话，那么，其叙事话语大致可分为官方话语、知识分子精英话语和民间话语这三种主要的话语类型。官方话语最集中地体现在主流新闻节目、新闻评论节目以及官方背景的综艺节目当中，如《新闻联播》《焦点访谈》、"春节联欢晚会"以及主旋律电视剧等，它以叙事话语的霸权性、主流意识形态的属性以及教化式的语势语调为其主要表征。知识分子精英话语主要体现在《探索·发现》《话说

① 热拉尔·热奈特. 叙事话语　新叙事话语［M］. 王文融，译. 北京：中国社会科学出版社，1990：197.
② 布迪厄. 社会学危机与争夺词语的斗争［M］//文化资本与社会炼金术. 上海：上海人民出版社，1997.

长江》《望长城》《东方时空》《舌尖上的中国》等自然或历史纪录片、人文类专题片以及以知识分子为受众的部分谈话节目当中，它以话语的知识性、启蒙性、人文性为其主要表征。民间话语则体现在前几类节目之外的流行性节目类型中，如为数众多的游戏节目、娱乐节目、益智节目、大部分谈话节目、平民选秀，等等，主要以话语的大众消费性、满足大众的娱乐需求、刺激大众的感性欲望为表征。在当代中国，此三种主要的电视叙事话语类型有着各自的话语语汇、生产机制及风格呈现，但是三者之间又不是相互绝缘的，而是随着电视业的发展必然有着某种程度上的兼容之势。只是在不同的社会语境或历史阶段中会出现以某种话语类型为主导的态势。当然，至少在急速变化的当下中国，在特定社会现实的文化语境之下，三者还不是齐头并进、均衡发展，而是在不断的相互冲突与竞争当中，随着各种话语权力的消长，呈现出主流化与多样化相并存的局面。与三种类型的电视叙事话语的竞争相一致，而表现出当代中国电视的频道专业化、节目栏目化、地方卫视与中央电视台差异化发展与核心竞争力的提升之不可忽视的历史趋势。

其实无论哪一种电视叙事话语类型，在其生产与消费（编码/解码）过程中都会表现出其应有的对话性。这里，不妨以同样是以知识分子话语为主导的美国电视品牌栏目《探索》和中央电视台《东方时空·生活空间》（以下简称《生活空间》）为例来解析此种叙事话语类型的形态表现及其内在机理。

有资料显示，作为美国电视品牌的《探索》，其成功运作的背后，除了一种近乎苛刻的科学主义精神的支撑，还更多地仰仗于其制作者不断更新的现代传播理念。或者说，它的独到之处主要还是在于其非同寻常的叙述话语与表现方式。《探索》高成本制作在商业上取得了高回报却又不媚俗，可以说乃是与它对传播技巧、叙事理念的科学合理的运用密切相关；而更主要的还体现在其叙述方式和文本话语的具体运用等方面。相比较而言，中央电视台《东方时空》的成功，则是源自一种人文立场的转型。长期为主流意识形态代言的中央电视台，《东方时空》的推出无疑具有标志性的意义。特别是《生活空间》，标榜"讲述老百姓自己的故事"，凸显对民生的关注。事实上，《生活空间》的出现与其说实现了从官方话语立场向民间话语立场的转变，还不如说本质上还是属于以知识分子话语为主导的叙事角度与叙事策略的选择。

可以看出，从《探索》到《东方时空·生活空间》，都十分注重叙事话语的策略和技巧的运用。比如，同样是人物采访，在《探索》中，人物采访往往突破戏剧式的构建三维事件时空的纪录，为了传达的需要，所有的媒介手段和表达方式都可以信手拈来、无所拘泥。换句话说，《探索》的叙述策略乃是建立在有效传播的观念背景之上的，它着力于个人化地演示对象的结构、着力于叙述的技巧；而《生活空间》则更多的是从主题学角度处理题材，同期声讲话被视作对象展开的要素和手段，并且人物常以正面特写对镜头"直诉"，或者是超出事实空间的资料旁证，作者独特的情与思的戏剧化展开是它孜孜以求的深度模式。如果说，前者可以称之为一种"个人化叙述"，那么，后者就可以名之为一种"个性化叙述"。两者的区别在于："个人化叙述"突出的是叙述者的"在场"，叙述者可以通过多种手法人为调节、掌控叙事节奏；而"个性化叙述"则尽量避免叙述者的"出场"，主要是通过镜头造成一种"不在场的假定性"，甚至刻意避免媒介或叙述者擅权进入纪录的话语空间。

于是，在《探索》的系列当中，一种科学性强且近乎精致的话语表达，使得几乎每一档节目都点缀着一组别出心裁的声画小品，即使是一些富有视听冲击力度的片段、一些快节奏的音画组合，它们消解了可能出现的叙事沉闷或停滞，使得其叙事话语在各个层面上仿佛都不能容许哪怕一处不生动、不精彩。这种精致化的话语追求使得在一个节目甚至一组镜头中摄像机光轴的变化就足以透露叙述者对纪录性的理解：探索在一组镜头中对同一对象（特别是人）很少进行多镜头强化表现，即使有也纯粹是为了景别形式感的变化，追求丰富多彩、具有视听冲击力的顺序型镜头的组合效果。对于同一对象，《探索》的观察角度也一般少于三条光轴并且方向基本相近。

某种意义上，中国中央电视台的《生活空间》则是基于一种电视本体意识的自觉之上的电视叙事话语转换的明显探索。它本于人文知识分子的话语立场，恪守一般纪录片的叙事话语规则（即所谓镜头"不在场的假定性"）。虽然《生活空间》也明显借鉴了《探索》多种叙事话语技巧，但它更多的还是以戏剧化的"场面"为其基本的拍摄单元，他们也许更习惯于采取多角度、多视点拍摄以建构出具体时空、突显人物之间的关系或者捕捉细节以刻画人物心理、外化内心情感。因而，它的分组镜头的拍摄方式一般更讲究视点匹配和景别的序列关系；且竭力避免那些没有依据、缺少动力的运动镜头，因为那些镜头的使用很可能导致其叙事话语要么滥用了观察者的权力，要么削弱了镜头记录的假定性；而那些泄露作者"在场"的摄影技法往往是有悖于电视叙事"客观纪录"的理念的。从而，与同为中央电视台以往的《中国纪录片》《地方台三十分》等栏目的作品相比，《生活空间》的叙事话语的表达更为简洁和细腻，镜头语言也更有章法，在处理叙事节奏和提炼意义的平衡关系时更能切合现代观众的心理。中央电视台的"戏曲频道"以及晚近推出的"纪录频道"等，在排除广告收入方面的考量之外，还凸显了对于电视叙事的某种纯粹性的追求。

其实，作为一种以知识分子话语为主导的电视叙事话语类型，无论是《探索》还是《东方时空·生活空间》《读书时间》以及《开讲了》《朗读者》等，它们并不是与以意识形态为主导的官方话语及以大众消费为主导的民间话语相隔绝，某种意义上甚至不可避免地需要相互借鉴、相互兼容。若要排除一些政治的或经济的因素的干扰，试图保持某种相对独立的精神品格与审美趣味，则又要付出何等的努力呢？

事实上，20世纪80年代以来，中国电视叙事当中的精英文化以文化专题片、人文类纪录片为代表，似乎已经风光不再。像《读书时间》之类的以知识分子为目标受众的栏目悄然退场。电视叙事中的精英话语出现了明显的分流。这大致有着两个流向：其一是走向对象性接受的频道或栏目，它主要针对特定的受众群体，而仍基本保持其精英文化品格，如中央电视台《文化视点》《百家讲坛》《美术星空》，凤凰卫视《世纪大讲堂》、陕西卫视《开坛》等。当然，即使是《百家讲坛》这类以人文知识讲座为特点的栏目，也不免走上要么迎合主流意识形态，要么迎合大众叙事口味之路。其二是走向与大众文化的合谋，成为可以被广泛消费的话语，如中央电视台《对话》《实话实说》。前一节目是一档收视率很高的、具有知识分子/知识经济的话语特征的节目，满足了大众对于财富经验、文化体验以及科学认知方面的求知欲和共享需求，在这个意义上其定位明显具备一定的大众性，甚至进而蜕变成面向大众的"脱口秀"。比如《实话实说》栏目，最初的设计就是以小人物作为叙事的主角而登上舞台，使节目具有了民间话语的性质，而该节目的选题策划又构筑在专业社会学知识与人文关怀的现实联系的基础之上，实际上就是以民间话语为载体而传达出精英话语的意义，某种意义上可视为一档知识分子话语与民间话语成功嫁接的范例。但是，《实话实说》之所以难以为继，确也是与中国电视精英话语自身空间的逼仄有关。

　　自 2004 年以来，以湖南卫视《超级女声》、中央电视台《梦想中国》和《星光大道》、浙江卫视《中国好声音》等为代表的电视选秀造星节目在荧屏上迅速飘红，由此而来的各种"造星"工程更是层出不穷、空前繁荣，全国范围内掀起了一场如火如荼的"造星"热潮。事实上，电视叙事中的选秀、造星类节目之所以能够红遍中国，节目形态上的突破与改造也许并不是其根本原因，大众传媒的推波助澜或者还至多是其产生的机缘，肯定还有更深层的因素在起作用。追根究底，这种深层原因其实也就是电视等大众传媒的普及所带来的一种娱乐消费的价值观念以及电视叙事话语的现代转向。甚至可以说，这种价值观念的转向已经超出了审美娱乐的范畴，而具备了社会历史的文化转型的意义。它折射出的是改革开放以来中国社会价值观念的巨大变化与文化转型。电视选秀造星节目产生之初虽然明显是受商业利益的驱动，但其后能够迅速蹿红且被纷纷效仿，就必然体现出其社会历史发展的潜在动因。媒体"造星"的兴起乃至盛行恰恰反映出娱乐消费时代人们的消费价值与理念，体现着人们渴望情感表达和交流的行为与心理。它生产和消费着人们的欲望与诉求，某种程度上正契合了大众价值观、审美心态以及传媒角色等方面的变化。在当今中国这样一个大众消费文化的语境中，艺术消费的意识形态内核披上了商品消费的包装，艺术产品的生产和消费也像其他一切产品一样，被纳入商品经济的法则。因此，电视媒体也只有和经济联姻，和文化结合，不断的制造出像选秀、造星、炫技、益智等这样的"媒介事件"，才能在满足个体文化消费需要的同时获得巨大的社会效益和经济效益。

　　电视叙事话语毕竟是与社会化的生产体制有关，它离不开具体的社会历史语境，更离不开现实的各种权力的制约以及大众文化消费的市场规训。那种超现实、超时空的叙事话语显然是不存在的。

　　这里以凤凰卫视《一虎一席谈》节目为例。作为一种时事评论类节目，《一虎一席谈》注重从不同的立场来审视社会热点问题和焦点事件。作为节目主持人，胡一虎，主导着叙事的进程，让站在不同立场上的嘉宾进行激烈的论辩和争议。节目中论辩双方往往形成尖锐的对立，形成激烈的话语交锋。这种以对话和争辩为主的电视叙事话语表面上受制于表现对象，实则与主流的意识形态、伦理准则、法制观念等都有着密切的关联。而像纪录片《舌尖上的中国》的走红，究其原因，当是在更深的层次上体现出精英话语与大众审美趣味的一次完美的合谋。在展示中国的饮食文化的魅力上，《舌尖上的中国》可谓成功之作。导演陈晓卿确实抓住了大众的味觉，《舌尖上的中国》选择以美食为主题，以中国独特的风土民情为背景，执行导演任长箴为主创的团队纵横千万里，在幅员广阔的中国版图上搜集舌尖美味，展示源远流长的饮食文化。比如，《舌尖上的中国》有一集是关于一个蒙古族家庭和酸奶的故事。其解说词："清早，那日松推开家门，呼吸了一口新鲜空气，今天他家的毡房要转移到下一个地点。妻子正在为这场转场准备着一天的干粮，酸奶已经做好了，乳清和蛋白自然分化，这种酸奶，是城市人无论如何也见不到的，因为城市中的乳凝剂，已经使乳清消失掉了。酸奶是那日松一家转场最重要的热量来源。"这种平实而又充满人文关怀的解说词，在最后的成片中得以延续，也获得了良好的传播效果，温暖、感人。通过画面，人们所看到的不只是一个那日松和奶渣的故事，还有一群中国人，他们在吃着什么，他们在过着怎样的生活。他们每天重复着一种动作，但其实他们坚守着一种信仰、一种对生活的执着。该片的成功引起了仿"舌尖体"在网上的风行，这某种意义上也可以视为其话语消费的进一步延伸。

第五节　电视叙事的话语修辞

电视叙事的表达不仅是某种意义的呈现，而且还显示出某些独特的修辞品格。这不仅取决于电视叙事话语的性质，还取决于电视叙事行为及其主体的品格。有论者甚至认为，叙事本身就是一种修辞①。电视叙事的话语修辞一方面离不开具体的叙事语境，另一方面也离不开电视受众的日常化与家庭化的接受，离不开电视媒介的社会角色与地位的变迁。前者构成了电视叙事中具体话语的上下文关系，后者更显示出电视叙事中具体"传—受"的文化场域。两者对于电视叙事的意义和功能的实现无疑都是至关紧要的。

电视叙事当中，叙事话语修辞风格往往与叙事主体的立场与姿态的选择有关。举凡电视叙事所涉及的"现实""事件""真实"都须关乎主体的姿态和立场，才能被思考、言说和传达。换言之，只有经叙事主体选择被圈入取景框中

---

① 詹姆斯·费伦. 作为修辞的叙事［M］. 陈永国，译. 北京：北京大学出版社，2002.

的"现实"才有可能在电视叙事话语中得以表达和呈现，并且只有经过电视叙事话语的形式规则的过滤，或者是经过某种叙事模式的重塑才足以成为电视叙事中的"故事"的"现实"。

一、修辞与语境

修辞就是依据题旨情境，运用各种表现手法，提高语言表达效果的一种活动。修辞就是对语言的修饰和调整，对语言进行综合的艺术加工。按照柏拉图的解释，人们之所以讲究修辞，在于他们甚至"不需要知道事情的真相，而只要发现一种说服的技巧，这样他在无知者中出现时就能显得比专家更有知识"①。修辞学的基本前提条件在于：大多数人都有依附于他们所处的时代和地区的普通或正统的观念或意见的倾向，这些观念或意见又因时因地而大不相同。换言之，修辞离不开语境。

电视叙事的话语表达离不开一定的语境，同时更追求某种语境中的具体的表达效果。罗斯·钱伯斯指出："叙事作品的语境——没有认识到叙事是一种社会存在，一种影响人际关系并且由此获取意义的行为：叙事之所以成为叙事，依赖于一种隐含的社会契约关系。这种契约关系使得叙事作品与社会之间具有一种交换性质，而交换就意味着存在于社会的欲望、目的和各种制约力量之间的综合关系。"② 从而，关注电视叙事的话语修辞，显然就离不开对于其具体的叙事语境的把握。

应该说，"修辞模式"是电视叙事话语形式中极其重要的一种模式，它源自20世纪三四十年代的广播播音。更准确地说，它得益于"点对点"的传播科技——电话与电报的出现。1951 年，美国著名节目主持人爱德华·默罗（Murow Edward）在由其所创办的电视节目《现在请看》中率先使用了这一叙事形式。它的出现不但充分展现了电视新闻现场性的迷人魅力，而且也打破了传统的平面化报道模式，为新闻传播实现进一步的平和、平衡与平实奠定了基础。在各国电视的新闻节目、综艺节目、脱口秀、科教节目、体育竞技节目以及诸

---

① 柏拉图. 柏拉图全集：第一卷［M］. 王晓朝，译. 北京：人民出版社，2002：334.
② ROSS CHAMBERS, Story and Situation［M］. Minneapolis：University of Minnesota Press，1984：4. 转引自王丽亚. 分歧与对话——后结构主义批评下的叙事学研究［J］. 外国文学评论，1999（4）：32.

多的商业广告与公益广告中，这种叙事形式屡见不鲜。穿过审美愉悦的娱乐化感知层面，观众逐渐明了，在此种修辞模式中，说者和听者都被公开标明立场位置。并且，说话者还往往会被拟人化或特征化为播音员、主播记者、主持人、特邀嘉宾或现场观众、演员以及其他"框中人物"角色等，来直接同电视机前的观众进行沟通和交流。与此同时，电视机前的众多观众也无须按捺自己，只要愿意投入和参与，便能够迅速通过热线电话、有奖竞猜或接受外线记者的后续采访等诸多方式参与到节目中，而成为信息链内的一个显明因子——即实现由听者向说者的转化。另外，尚需注目的是，那些原本是用以呈现节目的科技设备及相关设施非但没有加以隐蔽，反而被演化成了某些必要的修辞手段，受到了开放性的刻意强调和突显展示。

应该说，修辞话语模式在当代各国电视文化传播的日益流行和凸显，不仅改变了电视人对"媒介本质"的认识，更令观众在较为深沉的接受中进一步地认清了现实社会及人本身。同时，随着社会转型的加速、知识经济的拓展，电视叙事的修辞模式也以各种客观存在的现象提醒着人们：对于电视叙事来说，在社会文化的多元解读里，保持一种清明的理性，维护和发展国家和地区的民族文化底蕴，在正确认识和评价科技至上与"工具理性"的作用的基础上开展文化的启蒙，进而全面防范后工业时代的电子殖民主义侵略，将是一件不容忽视的、愈来愈重要的工作。

当然，由于电视是一个集体创作与参与的媒体，再加上声光影视的结合与流动等，使得对其研究变得极为复杂。因而要真正弄清其叙事法则及异质性特征，仍须进一步去检视它的架构要素与传播过程。更为重要的，电视叙事的故事化叙述本身就体现为一种意识形态的修辞方式，不仅需要服务于具体的意识形态的表达，同时还需要追求叙事表达的最佳效果。。

故而，如前所述，从叙事修辞理论研究的角度来看，普通叙事形态包括故事和叙述两大构架要素，短篇故事、小说与电影等均可被视为"自由自在的叙事"，说解人和观众能够随意接触它们，而作品本身的发展却很少受到外界的束缚。然而，电视叙事中的话语修辞，如面对灌水、拖戏、策略性中断或固定暂停等电视播出中常常发生的现象，人们需要在电视叙事形式的架构要素里再补进节目时间表和各式各类的节目预告。这是因为，电视叙事的特殊性在于，每一叙事都早已编排在电视台依某种程序组合而成的节目播出单中了，而且在节目时间表与各式各样的节目预告背后，我们也可以触摸到那只"映像巨手"——超级叙事者。由于他们是整个外线系统的叙事者，且以不同的方式进行过拟人化、个性化的处理，因此，这些人不但能够从旁俯视一切的节目叙事，不受节目叙事的干扰与影响，而且还最具有种种鲜为人知的潜在知识和生杀权力，所有的节目在经过他们的检视和技术性处理之后方可通过关口来呈现给受众。同时，为了某种需要，他们还可以任意插播、延后、重播或搁置一些节目。因此从特定意义上讲，超级叙事者才是电视正文的真正叙事人和"特征化的虚拟者"。他们在日常生活中不仅调整和控制着电视节目的播出与流动，而且也从宏观的角度隐述着电视文化传播的迁延轨迹和历史发展趋势。所以，注重和加大对超级叙事者及其观念的研究与解读，才是我们透过现象看本质并进而获取电视叙事形式整合印象的唯一途径，更是叙事理论必然阐释的重点所在。

那么，电视叙事话语究竟体现出哪些常见的修辞风格和模式呢？这是我们接下来所要探讨的问题。而电视叙事话语表达对于某些修辞风格的追求，比如直陈、隐喻、反讽、悖谬等，显然不仅仅是一个策略或者技巧问题，而是关系到电视叙事话语的主体姿态与立场，关系到与电视叙事话语相关的叙事伦理、意识形态、权力关系等。

二、电视叙事话语修辞格

1. 直陈与隐喻

电视叙事话语最直接的呈现方式或修辞规则主要是两种：一是直陈，一是隐喻。

所谓直陈，顾名思义就是平直的话语陈述。它与一种"平白"或"白描"的修辞格有关，其意指直接描绘、直陈其事，或者说，直陈就是叙事者以直白的话语来陈述事实，形成一种以"个人说话体叙述"的表现样式。直陈当中即便是制造一些"悬念"，也不过是集中于事实本身，体现的是叙事者对社会万象、现实人生的真切关注。在直陈当中，那些看似单调实为单纯的叙事话语，往往都是叙述者对于现实深思熟虑的结果。故而，所谓直陈，本质上不只是外在的直白浅陋，作为一种话语修辞方式，它更为注重的是直白背后的思虑，也就是说，直陈往往是叙述者经由三思之后，变曲折深奥为平易直接。

与直陈相对应的是比喻。比喻事实上有很多种，如隐喻、换喻、提喻和讽喻等，这些比喻言说的方式常常控制着人们日常的话语，而且其中尤其以隐喻最为常见。隐喻，即言在此而意在彼，是一个从具象到抽象的表意过程。作为一种影像话语的修辞手法，隐喻往往具有"多相性"的特征，也就是通过对影像符号超越其具象涵义的阐释，可以探寻到由具体意象抽象出来的深层意蕴。在电视叙事话语当中，隐喻意味着一种扭曲和隐晦的表达。之所以在某些特定的历史语境中被"中心化"，其实是与某些意识形态及权力运作有关。

　　本质上，隐喻之于直陈，似相反而实相成。正如罗杰·菲德勒（Roger Fidler）所指出的那样，人类叙事的口口相传，在穿越时空的过程中往往是不稳定和不可靠的，"当故事从一个族群传递到另一个族群或是代代相传时，他们势必丢失了许多他们原有的意思和来龙去脉，最终变得不可理解或成了隐喻。"① 而隐喻得以成为一种"旨在能唤起诗意的"话语方式，其本源其实还在于人的生命体验本身。人生美丽而短暂的本质，再生的可能和死后的向往，都是不可捉摸、难以言表的，因而人们往往会借助于隐喻，将那些属于灵魂的体验存留下来。相对于直陈，隐喻是更深层次的表达方式，直接与人的内心相连。人们相信信息世界里的新生事物将给隐喻以更广阔的空间。罗曼·雅各布逊（Roman Jakobson）认为："话语段（discourse）的发展可以沿两条不同的语义路线进行；这就是说，一个主题（topic）是通过相似性关系或者毗连性关系引导出下一个主题。由于这两种关系分别在隐喻和换喻当中得到了最集中的体现，看来最好用'隐喻过程'这一术语来称谓前一种情形，而用'换喻过程'来说明后一种情形。"② 其实，这里所说的"相似性关系"或"隐喻过程"，也就是索绪尔所说的"聚合关系"，而"毗连性关系"（相邻性关系）或"换喻过程"，也就是索绪尔所说的"组合关系"。而无论是前者还是后者，都是叙事话语所不可或缺的。

　　事实上，直陈与隐喻，作为电视叙事话语最主要的修辞手段和表现手法，在当代电视叙事文本中之所以得到广泛运用，主要还是出于电视叙事表达本身的需要。巴赫金在谈到欧洲小说重要源头——"古代的新闻体"时就曾指出，

---

① 罗杰·菲德勒. 媒介形态变化：认识新媒介 ［M］. 北京：华夏出版社，2000：51.

② 罗曼·雅各布逊. 隐喻和换喻的两极 ［M］//张祖建，译. 载伍蠡甫，胡经之. 西方文艺理论名著选编（下卷）. 北京：北京大学出版社，1987：429.

其特征之一就是其中"充满了当代政治生活和精神生活各领域里在世的和故去不久的著名人物的形象,'精神主宰'的形象(或用真名或用代名),充满了对时代大大小小事件的暗喻"①。在电视叙事话语当中,直陈固然属于首选,故而多提倡"纪实"甚至"抓拍",以直陈显示真相。但是由于诸多意识形态的桎梏,或者说,一般难以将事实直接表达出来,但又不想放弃自己的言说,于是隐喻就成了最好的选择。因而,隐喻之功,实则可以有效抵御来自政治宣传方面的压力,甚至可以通过隐喻以曲陈其事,表达一种对"真实"的虚构和想象。

无疑,作为电视叙事话语的修辞表达方式的直陈和隐喻,不仅需要配合高超的叙事技巧,更需要切合电视媒介素养的文化自觉。相对于书面文字而言,电视图像叙事既是直观的,又有着明显的隐喻性。如果说,直陈正代表着电视媒介的纪实品格,切合了电视大众文化的需要,而隐喻则明显指向一种非现实意义的世界,而且一直都是与大众流行的尚简文化背道而驰。这些尚简文化给人带来一种容易消化的感觉,却也丧失了文化原有的矛盾性与批判性。在这个意义上,隐喻确实能够给人一种更深邃的空间,尤其是情感体验的空间。

2. 重复与互文

电视叙事的话语修辞,进一步表现为重复与互文当中。

所谓"重复",也就是"对某一事件的反复叙述"②。电视叙事话语中,常常出现经典叙事学所谓的重复叙事,也就是热奈特所谓"几次讲述发生过一次的事"而不厌其烦。这种重复叙事,有时可能会在叙述者、聚焦者、主题及表述方式等方面有些许微妙的变化。但是,由于所有文本的叙事必然同时在一种文化与历史的语境中进行的,属于一种社会化的表演过程,所以,任何叙事的重复都不止是为了重复而重复。重复叙事的意义显然不仅仅是其文体层面上的,而应该理解为"文化常常采用的一种修辞术",通过它,人们可以捕捉到那些事件背后非同寻常的价值或隐曲幽微的气息。

作为一个叙事话语的修辞手段,重复亦来源于传统的民间叙事。在民间叙事中,重复乃是最基本的一种手法,往往构成最重要的情节内容。但这种重复

① 巴赫金. 陀思妥耶夫斯基诗学问题 [M] //巴赫金全集(第五卷). 石家庄:河北教育出版社,1998:156.
② 余弦. 重复的诗学 [J]. 当代作家评论,1996(4).

有时候显得很单调，让人们觉得它跟生活一样枯燥乏味。实际上，民间故事中的这种重复修辞与民间的生活状态密切相关，它变相地赋予原本重复单调、枯燥乏味的民间生活一种形而上的光环。重复在民间故事中有被"神圣"化的嫌疑，因为它总是与英雄、正义、善良相伴而生。"重复的言辞具有巫术般的力量，并且，通过言辞的重复，人赋予事物以本质。"① 其实，民间故事中的重复隐含着一种民间的生活艺术。民间故事多采用儿童的叙述视角，表面上看是为了给儿童讲故事，其实在更深一层的意味中，是一种对新奇生活的渴望与召唤。而与民间叙事中的重复不同，现代叙事学的"重复叙事"对于同一个事件的重复讲述，既与电视叙事的对象有关，也与电视的媒介属性有关。换言之，电视叙事中之所以有着大量这样的重复叙事，显然不仅是出于其结构文本的需要，而且，作为一种叙事话语的修辞策略，重复还是为了适合民间的受众，乃是由于接受大众在接受过程中的"心不在焉"以及电视节目接受的随意性所致，因而特别需要给予其加深印象。

不同于重复，所谓"互文"（intertextuality），亦被译作"文本间"或"间性"，一般是用来指称两个或多个文本之间相互作用的一种关系。巴赫金曾强调，一切话语都具有对话的因素，所以，其论文《小说话语的史前史》特别注意到"戏仿"（parody）和"滑稽"（travesty）在现代小说叙事中的应用。热奈特也就曾用"显文本"（hypertext）和"潜文本"（hypotext）指称互文本和互文关系，比如在叙事文学当中，乔伊斯的《尤利希斯》和荷马的《奥德修纪》，就是一个典型的"显文本"和"潜文本"的实例。在《语言的欲望》（1980）一文当中，克里斯托娃则是明确将"文本"界定为"一种互文性的文本排列：在一个给定的文本空间里，来自其他文本的不同话语相互交合"。罗兰·巴特甚至认为所有的文本都是互文性的，"任何文本都是以往之引文的新的组合"②。电视叙事话语之互文性尤为明显。且不说电视媒体对于历史上经典文本的传播，凸显出电视叙事所特有的媒介功能，或者，电视叙事根本就离不开对各种材料的剪裁、利用与借鉴，以至于"改编"成为电视叙事的通行且有效的手段之一。可以说，电视叙事话语本质上就是以模仿与复制见长，"跟风""克隆"成风。

---

① 张闳. 《许三观卖血记》的叙事问题 [J]. 当代作家评论, 1997 (2): 20.
② 杨惠琳. "诗性"的诠释与"灵性"的诠释 [J]. 长江学术, 2006 (1).

在电视叙事中，一档节目一旦走红，后起者纷纷仿效。

当然，对于电视叙事而言，重复与互文之所以是必需的，不仅在于其文本建构，更在于其文化属性。

从电视叙事的文本建构来看，互文，既是电视叙事文本文献性的体现，也是文本开放性使然。而重复，一方面构成了叙事时间的节奏或周期性的揭示，另一方面也是通过重复的叙述以强调所叙述事件的细节或人物的重要性。电视叙事话语体系当中，为什么从一开始就离不开互文？而某种东西又为什么可以一再地被重复？根本上在于电视叙事的，也就是电视叙事文本的文献性与开放性使然。

从电视叙事的文化属性来看，作为当代电视叙事话语修辞的表现方式，重复和互文，无疑都积极参与了大众文化叙事文本的建构。电视叙事的大众文化属性决定了其文本构成的日常性，而伴随着这种日常性的是信息方式的便捷与互动。所以，即使是电视叙事的一些经典文本如《新闻联播》之类，也不排斥大量的重复和互文的存在。

故而，作为大众文化叙事的惯常手法，互文与重复成为电视叙事话语的有效修辞手段之一。如果说，重复是叙事者有意为之，那么，互文则主要还是叙事规则使然。当然，一种更为普遍的"互文"还体现在电视叙事文本对于传统的借鉴与化用，或者说，所有碎片化的电视叙事文本终究都是需要镶嵌在历史的进程之中。正如美国学者阿瑟·伯杰（Arthur Asa Berger）对于麦金托什广告片《1984年》的分析中所指出的，该"广告片中那被咬了一口的苹果的商标也有其互文（在这里是神话上的）意义，因为它暗指伊甸园里的亚当和夏娃。这一口可理解为代表亚当所咬的一口，那一口给了他关于善与恶的知识，导致了人类被逐出天堂。"[①] 其实，不只是那只"苹果"，那些充斥于电视银屏的无数品牌，诸如此类，都是通过重复与互文来展现。当代电视叙事话语实现了与传统、时尚的连接，在这个意义上，可以说，当下的电视影像依然叙述着人类古老的故事、制造出永不止歇的神话。

---

① 阿瑟·阿萨·伯杰. 通俗文化、媒介和日常生活中的叙事 [M]. 姚媛，译. 南京：南京大学出版社，2000：130－131.

3. 狂欢与讽刺

电视叙事话语修辞不只是形式上的互文与重复，更有着精神上的狂欢与讽刺。

"狂欢"体现的是人类早期巫术叙事所引发的一种群体性的情绪状态和效应。对于文明社会来说，"狂欢"则是一种特殊的生活状态，这里的一切行为举止和心理体验都与人们的日常生活截然不同，巴赫金认为，"狂欢"节庆"不能从社会劳动的实际条件和目的中引出解释，也不能从周期性休息的生物学（生理学）需要中引出解释（这种解释形式更庸俗）"①，这说明"狂欢"体现了或者说是形成了一种特定的时空统一环境，是一种"神圣的时间"和"神圣的空间"。

在巴赫金看来，"狂欢"的产生是和更为广泛的民间诙谐文化背景联系在一起的。在《拉伯雷研究》一书中，巴赫金发现了民间诙谐文化在中世纪和文艺复兴时期的巨大规模和力量。他认为，正是这种文化的存在保证了人们可以用一种全民性的方式来抗衡教会和封建中世纪的官方和严肃文化。民间诙谐文化按其性质可以分为三种基本形式：其一是各种仪式—演出形式，包括狂欢节类型的节庆活动，各类诙谐的广场表演等；其二是各种民间的诙谐的语言作品，包括文人的戏仿体的作品；其三是各种形式和体裁的、不拘形迹的广场语言，包括骂人话、指天赌咒、发誓、民间的褒贬诗等。以狂欢节文化为核心的民间诙谐文化被作对日常生活制度与意识形态暂时的超越。

"狂欢"的实质，正像巴赫金所指出的，"它处于艺术和生活本身的交界线上。实际上，这就是生活本身，但它被赋予一种特殊的游戏方式。"或者说，狂欢是一种体制化之前的人类生活，一种非自觉的生命状态。在狂欢当中，人与自然还没有脱离开，首要的是一种"强大的自然力量与内在本能从内外两方面使人类在不自由的处境中时时感受原始的生命激情"。② 如果说，狂欢也足以作为一种戏剧的精神原型，那么关键就在于狂欢这种人们本然的生活如何转化为一种埋藏于内心深处的体验和记忆。

在科学理性自觉和意识形态规范秩序的环境中，"狂欢节"形成了整整一套感性形式语言，"从大型复杂的群众性戏剧到个别的狂欢节表演，这一语言分别

---

① 巴赫金. 巴赫金集 [M]. 上海：上海远东出版社，1998：138.

② 王建刚. 狂欢诗学——巴赫金文学思想研究 [M]. 上海：学林出版社，2001：111.

地，可以说是分解的表现了统一的（但很复杂）狂欢节世界观，这一世界观渗透了狂欢节的所有形式"，① 这些狂欢节的庆贺活动的总和就是"狂欢式"，由此，"狂欢"逐渐摆脱了笃定的时间和地点，渗透到人类生活的各个方面，成为一种具有普遍意义的文化和心理的形式。"狂欢式是没有舞台，不分演员和观众的一种游艺"，② 在狂欢中所有人都是积极的参与者，人们不是消极地看专门的人来狂欢，或是自己表演狂欢的状态，而是真正生活在狂欢中，是一种"翻了个的生活"。它的时间是节日，地点在广场；话语方式是开放的、杂乱的并具象征意义的广场语言；它的形式是笑谑性的加冕脱冕，讽刺性的模拟；它的感受是"随便而又亲昵的接触""插科打诨""俯就"和"粗鄙"；它的精神是自由与平等、交替与变更、死亡与新生。狂欢使底层社会群体被压抑、封冻的生命激情开始复苏并喷爆出来，冲向占统治地位的主导阶层和规则制度，揭示它的虚伪和荒谬，并且去葬送它；由此让人们能够率性相对，达到忘我的沉醉和情绪的宣泄。从"狂欢"到"狂欢节"再到"狂欢式"，乃至狂欢化的文化，叙事始终是其中重要的表现形式之一。可以说，"狂欢"是叙事文化尤其是喜剧文化诞生的源泉和土壤之一，它的话语方式几乎就是喜剧的话语方式；"狂欢式"几乎包括了叙事文化（特别是喜剧文化）所有的形式和审美体验。

讽刺主要是一种言语方式和修辞方法，它把不合理的事象通过曲折隐蔽的方式（利用反语、双关、变形等手法）暴露突显出来，让明眼人看见表象与本质的差异。在这个意义上，讽刺乃是属于传统喜剧精神的核心。讽刺固然离不开其讽刺的对象，效果也不外乎反差、谬误或讹错，对于人性的弱点进行揭示，但事实上，讽刺并非总是意味着恶语相向，它也可以是善意的，欢快的，甚至肯定的与欣赏的。总之，讽刺话语所追求的就是这样一种广义上的喜剧效果。

作为一种当代大众娱乐文化形式，电视叙事修辞话语的狂欢带来的往往是消费的浪潮。与狂欢相对，讽刺则明显甚至成为某种批判的精神和解构的力量的体现，而且其中总是隐含着一种民间的睿智。这里，狂欢是其表，讽刺则是其里。这也说明了为什么电视叙事一方面是体制的产物，另一方面又不免隐含

---

① 巴赫金. 诗学与访谈 [M]. 白春仁，顾亚铃，译. 石家庄：河北教育出版社，1998：161.

② 巴赫金. 诗学与访谈 [M]. 白春仁，顾亚铃，译. 石家庄：河北教育出版社，1998：161.

着某种"解构体制"的基因。且不说中央电视台"春晚"的"狂欢"品格，作为电视"大众造星"的各种选秀栏目如《星光大道》（中央电视台）《中国好声音》（浙江卫视）等也都是在全民狂欢的同时，在叙事话语当中也都离不开一种广义上的"冷嘲热讽"的机锋。

4. 反讽与悖论

如果说，直陈与隐喻尚属于电视叙事话语中基本或常规的修辞格，那么，反讽与悖论则是属电视叙事话语修辞中的变格或"破格"。

首先来看悖论。所谓"悖论（Paradox）"，也就是指一种"表面上荒谬而实际上真实的陈述"。悖论的产生源自表里不一、心口不一，逻辑与事实的悖谬；而电视叙事中的"悖论"更与其媒介的属性分不开：逻辑的陈述和事实的呈现往往不一致。事实上，如果继续追问电视叙事的诸多悖反现象的深层次原因，人们还可以做出一些基本的判断：它一方面是电视传媒在一种二元对立的文化结构所表现出的被某种一元结构所取代的趋向；另一方面，整个电视叙事又处于一种片段的、破碎的和无中心的状态中。而生活在现代社会的人们，在不断的建构自我的主体性品格的努力中，又始终被笼罩在一种片断感之中而无可奈何。于是，一种无奈中的荒诞感以及一种作为解脱之道的反讽艺术便应运而生。

当然，当今电视叙事话语的悖论还在于：一方面追求的是真实，另一方面却总是"失真"。如果说，真实成为电视介入日常生活的根由的话，那么这种"失真"，却向来是电视叙事传播难以避免的一个通病。因为，尽管电视有着包罗万象的功能，能够很大程度的反映和关照世界，甚至出现了现场直播这样共时的传播方式，但是，电视叙事带给我们的世界却依然是有选择地被编织出来的，因而难免失真。电视叙事当中，明星是被包装过的明星、言论是被筛选过的言论、剧情是被编织过的剧情、广告更是一种被美化了的"陷阱"。所以，电视叙事中所呈现的世界，可能永远只是"类似"于真实世界，一种"仿真"的世界，它在根本上永远无法取代现实的世界。

显然，这就是一个明显的悖论。电视叙事话语的本质，必然会因其失真而受到不断的诘问，或者总是在迷惑观众的同时，也迷惑了电视叙事的主体自身。比如，正如同一切造星现象，"超女""好声音"等就是一种失真的现象。这种失真来源于电视叙事将"超女现象"之类过度普及化和民主化了。本是普通的年轻貌美的女孩参加了一次歌唱比赛这样再简单不过的现象，却因为电视极其强大的影响力，成为一种全民关注的现象。正面与负面的评价与言论一起迸发，给普通带上了沉重的枷锁，恶意的中伤、诋毁，更是让年轻的女孩站在了流言的中心，也让歌唱比赛掺杂了太多的利益的因素而丧失了艺术的神圣和纯洁。

再来看"反讽"。从语义学立场来看，"反讽"本是指一种"正话反说"或"所言非所指"的语言现象。从语源上来看，"'反讽'一词来自希腊文，原为希腊戏剧中一种角色典型，即佯装无知者，在自以为高明的对手面前说假话，但这些假话最后证明是真理，从而使高明的对手大出洋相。""所以反讽的基本性质是对假相与真实之间的矛盾以及对这矛盾无所知：反讽者是装作无知，而口是心非，说的是假象，意思暗指真相，""这个基本的格局在反讽所有的变体中存在"。英美"新批评"之"反讽"理论的主要阐述者是布鲁克斯（Cleanth Brooks）。用他的说法："语境对一个陈述语的明显的歪曲，我们称之为反讽。举一个最简单的例子，我们说'这是个大好局面'；在某种语境中，这句话的一丝恰恰与它字面意义相反。这是一种最明显的反讽——讽刺。"①

那么，"在古代修辞学中，他与反讽的区别还是比较明确的：悖论在文字上就表现出一种矛盾的形势、矛盾的两个方面是同时出现、而在一个真理上统一起来，例如，我越想他，就越不想他，或'知者不言，言者不知'。而反讽则没有说出来的实际意义与字面意义两个层次互相对立，悖论是'似非而是'，反讽是'口非心是'。""但是，反讽和悖论还是有相同之处的，那就是他们表现了一种矛盾的语义状态，而他们都是一种旁敲侧击的表现法。""反讽概念被新批评派扩张以后，我们就发现这两者的界线难以区分了。"特别是在新批评"反讽""悖论"理论的主要阐述者——布鲁克斯手里，"这二者没有根本区别"。"大多数理论家自古以来就认为悖论是反讽的一种特殊形式，而新批评派是用反讽一词比悖论更多。"② 按照赵毅衡的分析和论述，"狭义的悖论的确只是反讽的一种，而广义的悖论与反讽是一回事"③。基于这种认识，也就可以进一步有效地展开对于电视叙事中悖论与反讽的修辞效果及其张力结构的分析。

---

① 赵毅衡. "新批评"文集［M］. 北京：中国社会科学出版社，1988：335.
② 克林斯·布鲁克斯. 悖论语言［M］//赵毅衡. "新批评"文集. 天津：百花文艺出版社，2001：354.
③ 赵毅衡. "新批评"文集［G］. 天津：百花文艺出版社，2001：115.

在反讽中，符号的意义与它在字面上的意义有所不同甚至截然对立。根据语言学观念，任何一个符号都存在于一定的语境当中，符号的意义会因语境而产生变化。"反讽"产生的原理同样如此。在"反讽"现象当中，语言符号巧妙地使用某个特定的语境，从而让一个符号不再表达其本义，而是表达另一个完全相反的意义。这样，一个"反讽"就产生了。从符号学能指与所指构造角度看，"反讽"实际上是一个符号能指与所指的断裂情形。语言本是一种约定俗成的符号体系。能指与所指的关系是确定不移的、无可更改的。然而，"反讽"的出现却使一个符号的能指不再指向其约定俗成的固定所指，而指向另一个能指。反讽最显著的特征即言非所指，陈述的实际内涵与它表面意义相互矛盾，瑞恰兹曾指出，反讽来自"对立物的均衡"；"反讽"使得文本中互相冲突，互相排斥，互相抵消的方面，结合为一种平衡状态。"反讽"有多种类型，赵毅衡在《新批评》一书中就把"反讽"分为"克制叙述""夸大叙述""正话反说""疑问式反讽""复义反讽""悖论反讽""浪漫反讽"和人物主题与语言风格上的"宏观反讽"等多种类型。而无论哪一种类型，都呈现出语义叠加和语义多重的特征。语义的叠加和矛盾必然会导致叙述的张力。布鲁克斯在其《反讽与反讽诗》一文中就论述了诗歌由于反讽而产生的张力。"反讽是承受语境的压力。""诗人把他的词在语境中赋以确切的含义时，不得不持续的些微的修改其含义。它记录下诗中不相容成分的张力关系，这些张力关系被合成一个整体。诗人必须考虑的不仅是经验的复杂性，而且还有语言之难制性；它必须永远依靠言外之意和旁敲侧击，要把词新鲜的使用，这种张力关系始终存在。"

由此，"反讽"一词就不仅被用于分析艺术作品的形象、主题、结构等方面，而且更主要地被用来阐释包括戏剧影视等在内的叙事艺术的策略及效果。正如有很多学者用"反讽"理论来分析小说，其实将其用来解读电视叙事也许会有更多的揭示。因为，"反讽"之于当下的电视叙事，不仅意味着一种技术手段的运用以及两者风格上的切近，甚至可以作为一种语言策略，"它把怀疑主义当作解释策略，把讽刺当作一种情节编排模式，把不可知论或犬儒主义当作一种道德姿态。"①

---

① 海登·怀特. 后现代历史叙事学·序［M］. 陈永国，等译. 北京：中国社会科学出版社，2003：131.

20世纪以来，作为一种修辞的反讽更加速了从修辞学层面推向更为广阔的人文学科中的历史学、人类学、心理学和哲学等领域的转换。海登·怀特（Hayden White）认为，"历史诗学"中存在隐喻、转喻、提喻和反讽这四种转义形式，"反讽、转喻和提喻都是隐喻的不同类型，但是它们彼此区别，表现在它们对其意义的文字层面产生影响的种种还原或者综合中，也通过它们在比喻层面上旨在说明的种种类型表现出来。隐喻根本上是表现式的，转喻是还原式的，提喻是综合式的，而反讽是否定式的。"① "反讽则是辩证的，元分类的，自觉的；它的基本策略是词语误用，即用明显荒唐的比喻激发对事物性质或描写本身的不充足性的思考。"② 从而根据反讽和悖论的基本概念内涵来分析电视叙事中的话语修辞策略。

在某种意义上，作为当代大众文化叙事的电视，其反讽与悖论的话语修辞格调体现出的乃是对于传统理性秩序的颠覆与反抗。正如贝尔所指出的，电视等所构成的现代世界景观，代表的是这样"一种秩序，尤其是对资产阶级酷爱秩序心理的激烈反抗。它侧重个人，以及对经验无休止的追索……他们把理性主义当作过时的玩意儿。"③ 惟其如此，电视叙事话语中的反讽修辞与悖论现象，就不仅是作为一种话语修辞的手法，更主要的还是代表着电视叙事的一种精神特质。

在中国，赵本山的小品一路走红，几乎雄霸中央电视台"春晚"二十年，可以算得上是中国电视史上的一个奇迹了。赵本山小品固然代表着一种民间的情调与农民式的狡黠，实质上就是以其充满着悖论与反讽的话语吸引观众，就像郭德纲及德云社的相声、周立波的"海派清口"一样，赵本山之《卖拐》系列小品所营造的反讽情境，也不免成为中国电视叙事反讽话语的很好例证。而在电视剧《马大帅》《乡村爱情》系列当中，赵本山又不自觉地陷入一种自身的悖论之中。

① 海登·怀特. 元史学：十九世纪欧洲的历史想像［M］. 陈新，译. 南京：译林出版社，2004：44.

② 海登·怀特. 后现代历史叙事学·序［M］. 陈永国，张万娟，译. 北京：中国社会科学出版社，2003：8.

③ 丹尼尔·贝尔. 资本主义文化矛盾［M］. 北京：生活·读书·新知三联书店，1989：31.

所以，在那些强情节叙事的电视剧中，其叙事话语按理说应该多属于"平实"一类。但是，人为制造的悖论式的情境设置与情节编排往往更可以出其不意；而且，为达到引人入胜的目的，反讽叙事话语也是屡见不鲜。在一个缺少英雄的时代需要制造出英雄，在一个温情匮乏的时代则不免各种煽情。电视叙事话语的悖论和反讽的意义也许正在于此。

如果说，反讽体现出一种变化了的电视叙事的思维和表达的方式：叙述者并不把自己搁在明确的权威地位上，虽然他也发现了认识上的差异、矛盾，并把它们呈现出来，然而在常规认识背景与框架中还显得合情合理的事象，一旦认识背景扩大，观念集合体瓦解而且重组了，原来秩序中确定的因果联系便现出了令人不愉快的悖逆或漏洞。因此，反讽的意义应该不是由叙事者讲出来的，而是由文本的内在结构呈现出来的，是叙述者自我意识出现矛盾的产物。或者也可以说，反讽乃是在电视的叙事结构中所出现的自身解构和瓦解的因素。

所以，无论是反讽还是悖论，作为一种成熟的修辞手段，唯有对其积极引导，才有可能充分利用其积极的修辞表达效果，在精神与情操上不断强化电视人的主体责任感、道德意识、信心、信仰；特别是在后现代这样一个反讽转义的时代强调反讽叙事，唯以不断地嵌入新的时代精神方有可能将反讽推向一个新的叙事阶段。正如赵毅衡所指出的："我们无可挑选地面对一个反讽时代，反讽式社群构成有其难处，但是不见得没有任何好处，只有如此理解，这个文化才能找到新的演进方向。"①

三、电视叙事话语修辞的文化根由

事实上，电视叙事的修辞风格的形成，一方面离不开具体的文化语境，另一方面也离不开电视受众等接受对象。电视叙事作为一种大众文化形式，在受众的接受认同中存在着一种明显的"他者性"（Otherness），即文本与现实的同质与差异。换言之，电视叙事文本除了其表层话语的意义，还不免隐含着某种寓意。这也就构成了电视叙事中所常见的一些话语修辞的根源。从而，作为满足大众或者家庭观看欲望的一种叙事话语修辞手法而得以广泛使用。于是，电

---

① 赵毅衡. 符号学 原理与推演 ［M］. 南京：南京大学出版社，2011：223.

视叙事中的某些"身份"也就成了指涉现实的一种"原型"形式。而所谓"原型"，根本上不同于以往的文学典型，它是作为电视接受中受众无意识过程作用机制的基本模式之一，指的应该是某些人物类型表达某种既有观念，它可能蕴含着若干相互联系的联想链，并且在这些联想链的交接点上表现出不同的现实指向。

如果说，"传统"与"现代"并不是两个不可拆解的、按时序排列或者前因后果式的板块或模式，那么，在电视叙事话语当中大众与精英之间的对应也正可以作如是观。事实上，那种把"传统"与"现代"、大众与精英当作截然对立的两个时代、两种取向的看法，作为一种电视叙事话语的思维和修辞模式，往往迎合着一种民间化的功利论和目的论的话语机制。在当下，中外的电视叙事话语是否就一定最具有"现代"性质？它是否天然地排斥"传统"的介入？这一切，似乎都可将其置于一种民间化与消费化的语境中来加以讨论。

那么，这里需要进一步加以追问的则是：在电视叙事话语修辞中，这种既为大众消费又有着各种现实指涉的力量究竟是什么？它所具有的文化强势正是电视这一具有"现代性"的媒介文明的某种隐喻吗？

其实，电视叙事的修辞风格的形成显示出当下的文化立场或者文化策略。在这里，"当下"与其说是一个透明的此刻，而毋宁说是某种强大的文化逻辑和具体的文化语境所设定的当下场域。这样，当下就不仅是一个时间切面，而且也是一个"在场"，一个容纳了多重文化势力而交汇、重叠的"场"。

确切地说，作为大众文化的电视叙事的话语修辞，文化之根无非体现在两个方面：一则是其"市场化"的取向；一则就是其"民间化"的努力。因为，一方面，"电视与资本的关系促成了从微观模仿到宏观社会在内的许许多多比喻活动"①；另一方面，也正是电视叙事不断地回归民间、回归娱乐，才使得电视扎根深厚的社会土壤，有了不绝的生命之源。从而与这种电视叙事话语的"市场化"倾向相一致的，是一种电视叙事话语修辞的民间化或民本化的进程与努力。

如果说，平民化叙事和精英化叙事代表了两种不同的电视叙事的修辞风格，

---

① 理查德·戴恩斯特. 形象/机器/形象：电视理论中的马克思与隐喻［M］//王逢振. 电视与权力. 天津：天津社会科学出版社，2000：45.

那么，二者结构性的存在于当代电视叙事之中，体现出鲜明的二元对立和动态平衡，使得电视叙事内部充满了一种张力，并且转化为电视叙事的多种形态和节目样式。

回顾中国电视的历程，如果说 1993 年中央电视台《东方时空》的创办，曾改变了一般中国人早间不看电视的生活习惯，同时也开辟了电视叙事话语一种早期的"平民语态"的话。那么，到了 2003 年之后，随着中央电视台"新闻频道"的推出以及随后更多的专业频道的开播，中国的电视叙事才真正进入了一个频道化、专业化的时代。而且，这个发展的历程基本上是与中国社会的改革与进步几乎是同步的。这里，不妨以中央电视台的电视新闻叙事为例，我们不难从电视新闻叙事的历史演变进程中看出，20 世纪 80 年代以来的中国，由于改革开放的决策和方向往往都是自上而下的，新闻的改革发展也必然是随着改革开放的时代推进而在不断变革。特别是 2007 年，中央电视台取消了新闻评论部，《焦点访谈》的节目形态也随之发生了变化；到了 2008 年，四川"5.12"大地震之后，中央电视台也明显加快了新闻改革的步伐。通过电视新闻的披露、现场直播等，不仅在还原新闻的魅力方面实现了跨越，更为重要的是对于电视受众新闻敏感度与自信心的重建。在其根本的叙事立场上就从以往的教化至上走向民间娱乐与大众消费；电视叙事的话语方式也就从以播报、训导为主走向更多的交流、沟通和对话。

这一趋向的形成，相比较而言，倒是中央电视台以及各地蜂起的卫星电视中的那些综艺栏目、游戏娱乐节目、明星选秀节目等或许更具备一种大众性与平民性的话语品格。这些节目的内容大都比较贴近接受大众的世俗生活，甚至为博得受众青睐而趋向于他们的喜好。这些栏目里可能有众多的明星出现，但它们并不刻意地追求明星效应，甚至可以把企业经理或下岗女工等都请为座上嘉宾，比如河北电视台的《明星同乐会》。这些节目真正将"位尊权重者与卑微贫贱者，伟人与无名之辈，智者与愚夫结合到一起"①。它们所表达的某种特定的社会立场和人生态度，也许与那些传统的"正经严肃的力量"并不十分吻合甚至是截然相反的，但是，电视叙事正是以其民间化的立场、狂欢与谐谑的姿

---

① 尼古拉斯·阿伯克龙. 电视与社会［M］. 南京：南京大学出版社，2001. 巴赫金. 巴赫金全集：第五卷［M］. 白春仁，顾亚铃，译. 石家庄：河北教育出版社，1998.

态，才能够承续长远的叙事文化的传统血脉。

总之，电视叙事话语的民间化立场或民本化品格显示其深植于叙事文化的传统当中，而电视叙事话语的市场化的努力更使其关注当下，两者之间的角力促进了当代电视叙事话语的实践。电视叙事既要尊重传统，又要关注现实。通过民生、维护社会的公平正义，也许这才正是电视叙事应该努力的方向。在这一点上，电视业者的努力也许是举步维艰，却也坚定不移。

第四章

模式化生存

——电视叙事艺术模式

电视叙事的大众化属性决定了其模式化生存的品格。作为一种技术复制时代的产物，电视叙事曾经以其视听媒介的便捷而辉煌一时，而如今，电视更以其非精英的话语模式，市场化的运营，成为当下社会一种很重要的文化产业。

因此，对于电视叙事文化的历史变迁以及不同叙事模式的把握也就成为当代叙事美学所不可回避的重要课题。

第一节　叙事模式的含义

何谓"模式"？简单地说，模式（pattern）乃是人们在从事生产与生活实践时必需的一些范例、套路或方案，是人们对于某些问题经过长期的应用和研究，进行抽象与归纳后，所形成的解决同类问题的一些规则、套路或方案。模式的意义正在于，因为有模式的规范，必将有助于做出一个优良的设计方案，有助于寻求到某种解决问题的最佳办法，也有助于提高效率，达到事半功倍的效果。"模式"首先是对事物的既成且相对稳定状态的一种总体表述。倘若事物尚未定型，尚处于未知的、不确定的状态，则不能称之为模式。

模式总是相对而有效的，是人们社会行为的某种惯例或习以为常的方式。比如某种社会意识形态，西方马克思主义批评家特里·伊格尔顿（TerryEagle-ton）曾指出，就是"那些与社会权力的维护和再生有着某种联系的感觉、评价、理解和信仰的模式"。并且，由于"模式不可避免地具有不完整、过分简单以及含有某些未被阐明的假设等缺陷，适用于一切目的和一切分析层次的模式无疑是不存在的"①，从而，这种作为社会行为模式的意识形态还往往通过大众文化的网络制约人们的思维方式和行为准则。

在人类的叙事艺术中，模式似乎一直存在。比如，童话的叙事中经常使用的公式简单概括为："从前……从那以后，他们过着非常美满幸福的生活"。这种模式一直延续下来，在近代以来的小说叙事中也有着明显的体现。曾有论者就小说叙事的角度给"叙事模式"下了这样一个定义：所谓"叙事模式（narrative mode）是指叙事体中用于创造出一个故事传达者（即所谓'叙述者'）形象的一套技巧和文字手段。"② 进而言之，按照叙事学的观念，许多故事都有一个共同的、终极性的叙事意象的结构模式。在人类最早的叙事类型神话叙事中，"神话深层叙事原型的追寻只能有三个方向：一是历史事件模式，二是自然更替模式，三是两性关系与家庭生活模式。"③ 这些源于远古神话的叙事模式在人类叙事艺术的历史发展过程中留下了深深的印辙，就像一条从远古流淌至今的河流，构成其河床的就是种种不同的叙事模式。

从叙事学的角度来看，大多数的电视节目诸如新闻报道、访谈节目、情景喜剧、专题片、卡通片甚至广告片等，显然都可以视为叙述性电视文本。而且，作为当代大众文化叙事的电视，叙述不仅仅是作为结构故事的一种手段，而且代表着一种文化形态和属性；即使是在那些供人们消遣娱乐却有着描述、教育或论证之类目的的一些电视节目也是如此，例如电视综艺游戏节目，体育赛事直播节目、记者招待会、法制宣传、访谈节目、音乐舞蹈演出类节目、健康顾问或卫生保健类节目等，其结构节目的方式固然不是叙述一个完整故事，而有其自身的一些规则。但即便如此，其文化叙事的功能仍然在起作用。比如说，一场足球比赛就可以看成是由体育竞赛播音员来叙述的一支球队胜利和另一支球队失败的故事；一档《星光大道》的平民造星节目也无疑可以看成是灰姑娘如何实现自己梦想的故事；卫生保健知识宣讲中无疑会有着许多的正确或者错误使用医药的个案；而法治类节目更是离不开违法或者守法的案例分析。因此，

---

① 丹尼斯·麦奎尔，斯文·温德尔. 大众传播模式论［M］. 上海：上海译文出版社，1985.

② M．D．维林吉诺娃. 世纪转折时期的中国小说［M］. 胡亚敏，等译. 华中师范大学出版社，1990：56.

③ 张开焱. 神话叙事学［M］. 中国三峡出版社，1995：11.

叙事作为电视节目中起主导作用的文本类型，在很大程度上决定着电视节目的形态类型及结构样式；我们通过电视所看到的正是一个由各种叙事话语类型和规则所建构的世界。

现代的电视叙事也同样离不开这样的叙事结构模式。《60 分钟》的缔造者，执行制片人唐·休伊特在一段话中提到了该节目的"叙述结构"。他认为《60 分钟》之所以能够广受欢迎，就是因为它继承了这样一种"叙述传统"。这种"叙述传统"实际上形成了电视的叙事模式，实质上就是电视如何通过某种惯常的方式向观众说话。模式之于电视叙事之所以十分重要，是与电视的媒体特性及文化属性分不开的。在那本《重组话语频道》的著作中，作者在历数了情景喜剧、动作系列片、卡通片、肥皂剧、小型系列片、晚间新闻、广告、音乐电视、游戏节目、体育节目、记者招待会、访谈节目等电视节目样式之后，指出各种节目当中所存在一个共同的奥秘，这就是叙事的模式。作者对此特别加以提示："电视即使最无关紧要的那些瞬间我们都会看得有味，可从中获得乐趣。何至于此，这个问题是值得思考的。"事实上长期以来，人们"对电视在如何向我们说话，吸引住我们，向我们播报新闻，让我们享受娱乐，表述电视本身及表述世界，等等方面，综合起来，予以关注甚少……人们与电视打交道时什么情况在发生？换言之，人们是如何理解电视和从电视得到乐趣的？"① 这也就是说，如果我们要追问"各种类型的电视节目各自是以怎样的方式为人们传递信息、提供娱乐的？"那么就应该看到这些节目究竟有现在出哪些叙事模式，以及这些叙事模式又是在叙事进程中怎样发挥效用的？诸如此类，确实需要人们进一步加以探究。

诚然，就电视节目的类型而言，新闻节目、情节剧（包括肥皂剧、情景剧和警匪片等）固然总是有着一定的叙事模式，即使是综艺节目、电视广告甚至MTV 都明显地带有某种明显的叙事惯例或模式。确实，正如 MTV 往往离不开音乐故事的讲述，商业广告也因为它们需要传达一种思想而必须在几十秒内完成一个故事的叙述和意义的表达。更重要的是，当代电视节目的工业化生产制作以及经营管理的商业化运作，也要求电视叙事作品能够成规模、大批量的生产发行。从这个意义上讲，电视作为大众叙事媒体，往往就是通过某种叙事模式

---

① 艾伦，等. 重组话语频道［M］. 北京：中国社会科学出版社，2000：21，33.

的确立来向人们提供了解世界的途径和向别人讲述我们了解世界的方式。正如一些叙事学者所发现的,在小说戏剧当中,"习惯性的社会行为模式提供了一个组织情节的时间过程的意义模式"①,电视节目的叙事模式也就从根本上离不开特定文化传统、社会体制之下人们的一些"习惯性的社会行为模式"。

故而,电视的叙事模式,所涉及的就不仅仅是叙事技巧的问题,而是与其内容性质、价值取向以及表现形态等方面都密切相关;不仅在叙事的时间、空间、节奏的维度上,而且在叙事主体的立场选择、精神素养、艺术表达等诸方面,成为电视节目类型的生成之根与形态之源。而且,电视的叙事模式还十分典型地体现了大众文化(大众文化语言)的社会功能,即以大量的信息、流动的和模式化的文体、类型化的故事以及日常氛围来满足公众对信息的审美需要。当然,如果从电视叙事模式的产生及其特质的角度来追问,可以说,电视的新闻报道以其即时、准确的特性体现了与现实的最为贴近;电视新闻背后的是非得失则往往需要通过新闻专题的形式来进行深度追踪和解剖;电视综艺晚会本质上属于节日庆典式的文化叙事,有着即时和娱乐的双重特点。而电视纪录片和一些专题访谈类型的广播电视节目则是属于时效性相对减弱以后的叙事类型,因而,往往可以采取回顾式的叙述方式。电视剧本质上应该是属于一种纯粹虚构的叙事模式,它可以是文献式的,带有某种记录人生的特点,但绝大多数电视剧都属于一种虚构叙事的艺术类型,价值取向上也主要趋于一种审美娱乐。与之相反,广播电视的广告叙事,虽然也不免某种程度上的艺术虚构,其目的上却是指向商品销售,具有明显的实用性、市场性的价值取向。

然而另一方面,人们也应该看到,在电视叙事模式形成的背后,却是以电视为代表的现代大众传媒的一种流行的策略,也就是所谓"跟风"。因为,在中国电视荧屏上,你会不时的发现,一个节目的成功运营之后,很快就会引发一批同类节目的出现与风行。这种"跟风"现象既是电视叙事模式化的结果,也是大众叙事文化的陋习之一。

下面将结合中国电视的一些流行的节目形态来具体解析几种主要的电视叙事模式,并进一步分析其形成、特质及其得失。

---

① 华莱士·马丁. 当代叙事学 [M]. 北京:北京大学出版社,1990.

第二节　电视新闻：即时模式

电视，从一开始就是以大众新闻传播媒介的面目出现的。发展至今，它已成为世界各地普通民众获取新闻信息的最主要来源之一。因此，新闻报道成为广播电视节目中最为普遍的一种。或者说，作为一种新闻媒介乃是广播电视最主要的功能体现。

"新闻是对新近发生的事实的报道。"这也正是当前新闻学界比较盛行的一种对新闻的定义与诠释①。可以说，"新闻"的要义正在于：通过媒介告诉受众，此时此刻，世界正在发生着什么。新闻材料的选取正是根据其自身的价值而定，而新闻价值的判定标准包括即时性、接近性、显著性、重要性、趣味性。一般所谓"新闻报道"，就是人们通常所说的"硬新闻"，主要包括消息、通讯、报道和评论等。"报道"成为新闻的基本手段，而"报道"则离不开叙事。在英语中，新闻报道一般都是用 news story（新闻故事）来表示的。事实上，新闻报道的叙事文本就是由故事和表述构成的。而故事又有两个部分组成：事件（行动、事情）和存在（人物活动及其环境）。也就是说，新闻的"五 W"（包括事件及其存在语境）无非都是通过媒体角色而叙述出来的。

电视新闻作为一种重要的叙事方式，由于其媒介技术条件的快速发展而成为当今人们获取新闻信息的最为重要的管道之一，成为与人们的日常生活中的信息需求最为接近的一种叙事方式。电视新闻叙事无疑需要遵循以往叙事的一般规则，同时又明显体现出电视媒体诸多特点。也就是说，它既有别于传统报刊的新闻报道，最能体现电视媒介的"即时"和"现场"等特性，同时也因为其"即时"传播而表现出一系列的相关属性。

在电视新闻的叙事文本中，透过其符号系统所呈现事件或故事的语境特征通常被称为再现或表征（representation），其中包含了新闻叙事的时间性、媒体、聚焦以及评述等几个方面的要素。所以，电视的新闻叙事，不仅涉及诸多的叙

---

① 斯蒂文·小约翰. 传播理论［M］. 北京：中国社会科学出版社，1999：126；李良荣. 新闻学概论［M］. 福州：福建人民出版社，1995：22.

事技巧，更重要的是必然要涉及电视媒介的叙事态度和立场的选择，一种对于现实的、积极的、即时、快捷的介入。确实，就节目制作接受而言，电视新闻可以通过为观众"提供现场的、全方位的、整体的信息，使新闻的主客观关系有了一个清晰的距离，为观众对新闻的理解提供了较为活跃的时空，便于观众进行个性化的观察与思考。"① 而为达到这一点，就不能不要求电视的新闻业者从新闻叙事的态度与立场的选择，到叙事策略与技巧的训练都务必要遵从这样一种新闻理念，这也就是：电视新闻需要讲故事，需要把受众关心的事实真实地、及时地传达给他们；并由此而形成一种"即时"性的新闻叙事传播模式。其间，事件（故事）固然是电视叙事文本所要表达的主要内容，而且也只有生动的、有冲击力的故事，才能够更容易为人所接受。但是，电视新闻叙事所要把握的却并非仅仅是事件本身。从本质上讲，电视新闻叙事的冲击力，更多的还是来自所叙述事件的关联性、时效性、个人化以及现场化。或者说，强有力的电视新闻必须是即时的，现场化的，有声有色的，而且是经过电视媒介有层次有深度的深入发掘，只有这样才能使其产生应有的新闻效应，使其在人们的头脑中形成鲜明的印象。

应该说，新闻叙事的理念与模式的新变不是始于电视媒介的产生。但是，某种意义上，电视媒介的出现却大大地促进了这一新变的历程。

早在 20 世纪上半叶，本雅明在论及新闻的属性时就指出："新闻是对文学生活、对精神、对精灵的背叛。闲聊是其真正本质。每一次连载都重新提出关于愚蠢与怨恨之间关系的难以解决的问题，这种关系的表达方式就是流言蜚语。"② 这种观念虽然有偏颇之处，但是却揭示出新闻对于传统的"一切纯真美好的东西"的背离，以及新闻的现代本质就是"闲聊"，还是十分具有预见性的。"闲聊"其实就是讲故事，它代表着一种新闻叙事理念和立场的转变，是从"事件中心"转向"观众中心"，从着眼于"让受众知道什么"转向着眼于"受众想知道什么"，从满足接受者的求知欲转向满足接受者的好奇心，从传播新闻转向传达即时信息，从提供知识转向提供奇观，从关注"这是什么（真）""这有何用（善）"到关注"这是否令人眼红耳热心跳（趣）"，从"求知"到"好

---

① 朱羽君，殷乐. 信息社会的活跃时空：电视新闻节目 [J]. 现代传播，2001（3）.
② 本雅明. 本雅明文选 [M]. 北京：中国社会科学出版社，1999：218.

奇"、从"意义"到"娱乐"……而所有这一切，随着电视的普及，无不融入到一种"即时"传播与日常消费相结合的现代新闻叙事理念与模式当中。

比如，数十年来长盛不衰的美国 CBS 电视新闻专题节目《60 分钟》就是一个很好的例证。有论者在考察了《60 分钟》的诸多播出节目之后，就从中归纳出三种独特的叙事模式：侦探式、分析者式和游客式。基于这三种模式，《60 分钟》的每期节目都可套用其一。并且，这三种叙事模式分别赋予《60 分钟》编导制作者们以侦探、分析者和游客三种隐喻身份进行叙事报道，数十年来即时地向世界传达着美国主流价值观念以及制造出一个个以中产阶级受众为主体的接受神话①。而在中国，中央人民广播电台的早间新闻节目《新闻和报纸摘要》以及中央电视台在晚 7 点黄金时间的《新闻联播》，可以说是中国广播电视新闻的一个特例。到了 1994 年 4 月 1 日，脱胎于《焦点时刻》的《焦点访谈》诞生，成为收视率仅次于《新闻联播》的又一个中国电视新闻的神话。换言之，《焦点访谈》在某个时期几乎成了近 1/3 中国电视观众每天晚饭后的日常生活内容之一。《新闻调查》作为国内深度报道的代表性节目之一，一直在探索新的表达方式。一方面，中央电视台的《新闻联播》《焦点访谈》《新闻调查》等节目作为中国电视受众新闻消费的主渠道，其中明显的内含着善与恶、美与丑、正义与邪恶等一系列的二元对立，而且"只有通过二元对立的叙事策略才能最大程度地制造叙事文本的精髓——矛盾冲突"；而另一方面，《新闻调查》等节目的最大魅力也许正是在种种即时性的冲突的制造与解除的叙事模式当中"为观众提供了一场胜负未卜的对抗性游戏，且在游戏的展示过程中让观众得到叙事快感"②。

对于电视新闻叙事来说，"即时"的要义还在于：捕捉典型的动态画面，寓情理于"经典性的镜头"之中，电视画面叙事比静态的摄影照片之所以更富视觉冲击力，就在于它能够展示动感强烈的画面语言。比如，1998 年长江流域"抗洪"电视报道中，由湖北电视台记者拍摄的"人民警察勇救小江珊"这一场景，打动了海内外无数观众的心，丝毫不亚于美国大片的叙事魅力。其原因就在于那些经典性镜头的捕捉，在于它的不可重复性和不可表演性。在肆虐的

---

① 王纬，刘浚. 保持中间地带——论《60 分钟》的叙述模式 [J]. 现代传播，1997 (3).
② 李德刚. 电视新闻调查性报道的叙事策略 [J]. 声屏世界，2004 (7).

洪水中，弱小的6岁女孩江珊紧紧抱着赖以生存的小树，而乘着冲锋舟的人民警察在接近小树的刹那间一把抱住了小江珊，倘若稍一失手，后果就不堪设想。摄像机将这一瞬间记录下来，经过电视画面的广泛传播，使人们久久不能忘怀。那些宏大的抗洪场面固然惊天地、泣鬼神，但激流中的小江珊被救的过程，也同样令人荡气回肠。

当前的电视新闻报道，作为一种重要的叙事方式，在遵循着各种新闻叙事的规律与模式的同时，也不可避免地有着种种模式的转换。有的虽然只是一种方法的改变，但从叙事模式转换的角度来看，很可能会为人们打开另外一扇窗户看世界，能看见许多从未见过的风景。比如，自凤凰卫视陈鲁豫主持《凤凰早班车》以来，"播新闻"与"说新闻"就成为两种不同的电视新闻叙述形态，其实也就是由电视新闻叙述主体的姿态与立场的选择不同而导致的电视新闻叙事模式的转变。相比较而言，前者强调的是叙事语法与语态的书面化、官方化、训诫化，而后者强调的是口语化、个性化、日常化。隐含在两者差异背后的，则是广播电视新闻叙事主体在态度和立场上的官方与民间、教化与交流的不同。正因如此，在当下的一些广播电视新闻节目当中，一种民间化的、即时交流式的新闻叙事模式才越来越受到业界和受众的欢迎。

总而言之，作为对已经发生或者正在发生的新闻事实进行叙述与建构的产物，电视新闻无疑是在给接受者叙述着一个又一个真实的"故事"，是在对客观真实的新闻素材即时地加以捕捉与编播的结果。它既包括对于事件、行为者和场景等在内的诸多因素的把握，也是对于以家庭为主体的新闻消费与接受方式的塑造。或者更确切地说，作为一种叙事模式的电视新闻叙事，其价值立场和叙述规则的选择也就显得意义非凡：它不仅体现出一般新闻叙事的取舍详略与客观公正，不掩饰、不渲染，而且还应该追寻乃至努力即时呈现或还原事实真相与事件过程，而不是以假代真、以偏概全；同时更造就了一种空间上的家庭式的新闻共享与时间上的新闻追踪的叙事模式。因为，电视新闻叙事只有做到即时与客观公正地报道，适度而正确的引导，而不是有意的表演与"作秀"，才有可能取信于民，为更多的受众所接受与认可。如果说，报纸（特别是各类晚报）的新闻叙事曾经造就了一个现代市民社会的话，那么，电视新闻叙事带来的应该是一个当代公民社会的家庭化的新闻消费与社区化的新闻接受的模式。

第三节　电视访谈：对话模式

电视"访谈"，包括广义上的所谓"谈话类节目"和狭义上的对于人物的专访，它以主持人及访谈主人公的出场、"面对面"的述说以及"对话"为主要的形态特征，乃是电视媒体自己创造出的一种特有的叙事模式。这种"访谈"原本于美国广播电视中一种以采访谈话为主的节目形式 talk show（港台地区最早将其译为"脱口秀"），它由主持人、嘉宾和观众在谈话现场一起谈论各种社会、政治、情感等各种人生话题为节目呈现的样式。电视访谈节目制作一般不做事先准备的文稿，内容往往都是谈话者围绕"话题"脱口而出。在美国，广播和电视中的谈话节目都可以溯源到这两大媒介的发轫期，在 20 世纪 80 年代真正甚至成为一股潮流并对进而社会产生重大影响。如今，电视"访谈"已经成为各国电视媒体中播出容量很大的一种成人节目。和美国一样，中国最早的谈话节目也是出现在广播当中。20 世纪 90 年代初期电台广播中采用嘉宾和电话参与的谈话节目广受听众的欢迎。但是随着电视"第一媒介"地位的确立，电视谈话节目以绝对的优势取代了广播的位置。虽然东西方具体的社会语境及其所面临的社会问题有所不同，但从本质上来讲，"脱口秀"这种节目形式基本上都是通过建立一种全国或地域性的谈话系统来实现它作为"公共领域"的功能。它为大众提供了一种类似于古代议事厅那样的公共话语空间。与古代不同的是，当代电子媒介的平民化性质造成了这种公共空间的私人化和对话性。"脱口秀"也因此而成为大众传媒时代公共领域私人化的一个明显的表征。

我们知道，"公共空间"的概念最早是由汉娜·阿伦特（Hannnah Arendt）提出来的，哈贝马斯（Jürgen Habermas）将其发展为"公共领域"的概念。"公共领域"主要是指在意识形态所主导的政治权利之外，作为民主政治基本条件的公民自由表达以及沟通意见，达成共识的社会生活领域。"公共领域"与"私人领域"相对应，在现代社会之前，私人领域和公共领域是泾渭分明的，后者主要用于讨论公共事务。在哈贝马斯看来，随着公众由主要依靠阅读书籍（文学）变为依靠画报、杂志、广播、电视等现代传媒来进行沟通，文学的公共领域就消亡了；文化批判的公众逐渐转变为文化消费的公众，"公共领域本身在消费公众的意识中被严重的私人化了。"这主要表现在那些原本高高在上的公众领域变成了发布私人生活故事的领域。包括电视在内的当代传媒在公共领域的这种结构转型扮演着非常重要的角色。就像当今现实中所呈现的那样，充斥于在广播、电视、报刊、网络中时事新闻与娱乐节目的故事性都大大地加强了。其结果就使得"这些材料逐渐以消费的充足度代替现实的可信度，从而导致对娱乐的非个人消费，而不是对理性的公共运用。"①

显然，以广播电视为代表的当代电子传媒在这一点上表现得尤为突出。对于它给社会带来的重大影响，哈贝马斯指出："不管怎样，大众传媒充当了个人疾苦和困难的倾诉、生活忠告的权威人士：它们提供了充分的认同机会——在公共鼓励和服务的基础上，私人领域获得了再生。原先内心领域与文学公共领域之间的关系颠倒了过来：公共领域相关的内心现象逐渐让位于一种与内心领域相关的客观化现象。在某种程度上，私人生活的问题被吸收到公共领域当中，在新闻机构的监督下，这一问题即便没有得到彻底地解决，也至少被公开化了。另一方面，正是通过这样一种公开化过程，由大众传媒建立起来的领域获得了内心领域的特征，而私人意识也得以提升。"②

在这个意义上来理解电视叙事中的访谈模式（特别是"脱口秀"），可以说，某种意义上，"脱口秀"之类的电视访谈倾听个人的心声、直面个体的境遇，并以"公开化"的方式引发公众的兴趣与理解，因此也就成为沟通个体与社会、构建当下社会公共领域的一个必不可少的路径。

如今，各种类型的电视访谈（"脱口秀"）确实已成为各国电视中一种非常重要的节目形式。因为，与以往的纸质媒介相比，以广播、电视为代表的当代电子媒介则是更为平民化的，它们对受众的素质要求也相对较低。这种受众定位也就确定了它们所传播内容的价值取向。当代媒体开始关注普通人的生存状态，这在以声画为主要传播介质的电视中表现得更为明显。就现代传媒的理念来看，电视的生命在于对人的关注：关注各种各样的人的命运，关注人内心的不同感受以及他们的深层心理状态，关注与他们生活相关联的社会大背景的变迁，等等。人们在不断地寻求表达对人的关注的最好方式最具体的路径时，各

---

① 哈贝马斯. 公共领域的结构转型［M］. 上海：学林出版社，1999：196－198.
② 哈贝马斯. 公共领域的结构转型［M］. 上海：学林出版社，1999：196－198.

种电视访谈（包括"脱口秀"）也就应运而生了。公众终于能够在媒体上发表自己的感受、听到自己的声音。在网络出现以前，几乎所有的传播模式都是单向的。而"脱口秀"等电视访谈的出现则是对大众传播学说中的"枪弹论"的突破。它开创了一种双向交流的模式。从主持人、嘉宾、随机采访的观众以及现场观众，再到电视机前的听众与观众，人人都既是传播者，又是被传者。在这个意义上，可以说，几乎毫无例外，中国和西方广播电视中的"脱口秀"节目都是从讲述一些与人们的日常生活密切相关的故事和问题出发，通过一种小众化的私人叙事，来达到对人类普遍生存状态的关怀与思考。

　　故而，电视媒体所体现出来的这种平民化倾向可能成为访谈类"脱口秀"节目兴盛的直接原因。在"脱口秀"的语境中，就其与受众的关系而言至少是表面上看起来的是平等的，且这种平等关系使得大众对其产生一种虚拟的信任感：他们可以把自己关在钢筋水泥的丛林中，从来不和自己多年的左邻右舍说一句话；他们可以害怕街上的陌生人，怕他们是潜在的罪犯——他们对整个世界都充满了不信任感。然而，这些越来越孤独的人们却要在电视语境中感受真实生活，越来越多的人愿意在电视中谈论几乎所有的事情，包括他们自己的痛苦和心灵创伤。"电视和广播的谈话节目已经成为影响我们思想和行为的一种权威。他们像城镇中社区集会场所，在这个日益数字化和原子化的地球村中把大家集合在一起。"① 只不过和以往社区集会、街头宣传议论公众事务不同，他们更为关注个人生活中的难题，对从历史事件、社会悲剧和个人丑闻到人际关系故障等，都表现出前所未有的兴趣。从这一点来看，访谈类"脱口秀"节目兴起的重要社会原因就在于在工业社会或者后工业社会，人们的话语空间被分割的越来越小，大众有要求沟通和倾诉的欲望，迫切需要一个公共的话语空间，一个"公共论坛"，"脱口秀"就正好为人们提供了这样一个平台。正如《实话实说》的制片人在谈到创办《实话实说》节目的动机时所揭示的那样："因为社会变化给人带来的困惑需要交流，需要与人分享自己的经验；长期的封闭使人少有所思或思有偏颇，需要沟通，需要得到他人的理解；而面对未来，人们似乎永远处于选择之中，渴望答案……其实我们干的事儿很简单，就是告诉你

---

① 吉妮·格拉汉姆·司科特. 脱口秀——广播电视谈话节目的威力和影响 [M]. 苗棣，译. 北京：新华出版社，1999：1.

别人想什么和怎么想的。"①

事实上，像《实话实说》这样的电视访谈节目的叙事话语模式就建立在这种交流与沟通之中。有译论者指出：电视谈话节目的"特征就在于'叙述'二字上，既是话题的叙述，也是事件的叙述；既是主持人的叙述，也是当事人的叙述。"② 它包括主持人与嘉宾、采访者与受访者、传者与受众、现场与场外等多种层次。从外在形式上看，谈话节目，首先是"说话"。叙述者往往以"说话"的方式来交代，现场人物相互之间的关系不被限制在特定的地点时间之内，而是以流动的经验过程的特点与总结来显现。事实上，"说话"的方式原本是中国传统的民间叙事所擅长。试想象一下中国古代说书艺人，如柳敬亭、王少堂在书台上，一边在模拟书中形形色色的角色，一边以全知身份话说事情的进展，又一边以世俗的道德规则来衡量世事、臧否人物，叙述者何等自由地出入于人、事、古、今。中国传统评话就是一种讲究"说话"的艺术，"说话"者总是平易近人，十分注重与听众的沟通，使其自然而然地融入所叙故事的氛围与情境当中。

电视谈话节目（"脱口秀"）无疑需要一种"说话"交代的叙事方式，它不仅为语言调度与表达提供了极大的便利，而且，叙述者不断地由这一话题向另一话题、从此一对象向彼一对象、这一地点向另一地点、这一时间向另一时间转移，进行自由灵活的交代与讨论。然而，电视访谈类"脱口秀"本质上更是一种"对话"。这里，"对话"不仅是一种话语交流，而且更是人与人之间思想的碰撞、观念的交锋、心灵的沟通。或者说，"对话"原本是作为社会的人的一种存在方式，是人与人之间的一种敞开状态。正是通过对话，心灵才得以向世界敞开。由"说话"到"对话"，也正显示了一个由电视等大众传媒所带来的民主化或平民化时代的到来。

在电视访谈类"脱口秀"当中，"对话"的另一功能还表现在参与者的评论。我们知道，源于西方小说传统的评论常常有着一种作者干预叙事进程的生硬感，而以"说话"方式为主的中国传统叙事则有着随时参与议论的特权；中国古代文人写作更是历来讲究"夹叙夹议"，也就是在叙述中保留某种评述和议

---

① 时间主编. 实话实说 [M]. 北京：华龄出版社，1997：1-4.
② 杨宪泽. 谈话类节目的叙述方法及运用 [J]. 电视研究，2004（5）.

论的自由感。而在电视访谈当中，以往书面的"夹叙夹议"就转化成为话筒前和镜头画面上的"即述即议""叙议结合"。在叙事的同时，或表现着故事之外的明哲的眼光，或表现着一种深入人心的道德情理，或表现着某种推心置腹的同情态度。从而将参与访谈的对话者的人生态度或直接或隐性地融入到叙事之中。

当然，电视谈话节目（"脱口秀"）的"对话"模式的建立还必然体现为一种对叙事话语策略的选择。并且，这种叙事话语策略，其社会价值并不在于是否能够彻底地解决那些不断困扰人们的问题，或者能为问题的解决寻求到一条切实的解决之道，而是在于将这些问题公开化或公众化，成为一个社会的"出气孔"。就像美国学者吉妮·格拉汉姆·司科特（Gini Graham Scott）所指出的，谈话节目使在一个无序、绝望、愤怒的时代里为社会和个体提供的一种解毒剂。它把普通人的悲欢展现出来，让人们知道不仅仅是自己在饱受磨难，别的人也同样在恼怒和痛苦，挣扎和奋斗，从而使人们平静下来，以一种平常的心态来对待生活，对待现实①。

从技巧上来看，电视谈话节目的叙述方式大致有三类：主持人的引导叙述、当事人的主体叙述和电视画面的辅助叙述。一般都是"经由开始时的引导，中间的串联，结尾时的总结，主持人在节目中的穿插引导发挥了不小的结构作用。"尽管如此，"整个谈话类节目依然是以当事人为主的叙述。'进入'真实的生活情景后，当事人会按照自己的生活逻辑，对事件的发展过程做出条理清晰的叙说。"此外，使用补充式或镶嵌式的电视画面组合来交代当事人的经历、背景等，亦是电视谈话节目中常用的手法②。电视谈话类节目之所以经常采用主人公自我描述的方法来再现心灵的真实，并辅之以旁白式的心灵独白，有时还加以旁观者的感受来丰富和印证，就在于这不啻是将谈话节目的叙事时空延伸到了人物的内心世界，使人物的心灵世界得以直观呈现。

从世界范围来看，"脱口秀"是一种符合当代广播电视节目发展趋向的节目样式。如前文所述，"脱口秀"所涉及的并非只是一种私人化的话语空间，本质

---

① 吉妮·格拉汉姆·司科特. 脱口秀：广播电视谈话节目的威力与影响［M］. 苗棣，译. 新华出版社，1999：4.
② 杨宪泽. 谈话类节目的叙述方法及运用［J］. 电视研究，2004（5）.

上更应该是一种平民化的"公共空间"或"公共论坛"。特别是当代社会中公共领域私人化的趋势和电子媒介平民化的特质,使得这类节目的产生与兴盛具有了客观的必然性;与此同时,社会大众不满足于在现代社会中所拥有的公共空间越来越被挤压的现实,而强烈渴望进行交流和沟通的愿望又为它提供了主观上的某种必然性。追根究源,可以说,中外"脱口秀"节目的兴起都离不开这两个方面的原因。只不过由于和西方社会的历史语境不同,中国"脱口秀"节目的发展轨迹必然会呈现出自身独特的风貌。

人们不难看到,如今西方"脱口秀"正处于消极面不断扩大的趋势之中。在广播电视各节目类型激烈竞争的今天,美国的"脱口秀"节目大多数是以收视率为指挥棒,更为强调的是其娱乐性和消费性。它们大体上可分为两大类:其一是喜剧式的,主要的表现就是搞笑娱乐,其中多以明显夸张式或者幽默式的表演为主,主要由特具喜剧天赋的主持人担纲主持;其二是争论式的,其中是观点越显尖锐对立越好,在国外的很多节目都是以当前最敏感的社会焦点问题进行现场争论,甚至会出现真正的争吵和打斗。故而,在欧美,"脱口秀"节目一方面竞争激烈,另一方面则是越来越明显的平庸化,其消极面不停地扩大。为了吸引更多观众,国外很多谈话节目注重选题的猎奇、猎艳、哗众取宠,肆无忌惮地把社会混乱和个人痛楚公开曝光,从而使得这些现实问题更加严重。也正因为如此,美国前教育部长威廉·J.本奈特把美国日间电视谈话节目定义"文化腐败",甚至将其斥之为一种"大众文化的红灯区"①。

在中国,自 1996 年 3 月 16 日中央电视台开播的《实话实说》,可以说是国产式"脱口秀"节目的一个成功的范例。它在一个较高的起点上,创立了中国电视谈话节目的典型的对话式的叙事模式。所以,用《实话实说》作为个案来研究中国的谈话节目是很具有代表性的,它的发展历程可以全面地折射出"脱口秀"这种在西方土壤中成长起来的节目形式是如何在中国得以本土化并且一步一步发展起来的。可以说,中国式的"脱口秀"更强调节目的对话性质,即人与人之间现场交流沟通的本能。正如《实话实说》为人们提供的就是一个相互对话与交流沟通的场所。其间,在中国,比较著名的节目就包括:中央电视

---

① 李宏宇. 脱口秀的"红灯区"——美国谈话节目的尴尬事 [J]. 南方周末,2001 - 12 - 07.

台的《对话》《艺术人生》，凤凰卫视的《鲁豫有约》《冷暖人生》，北京电视台
的《大宝真情互动》《国际双行线》，湖南卫视的《新青年》等。这些节目都大
致形成了较为明确的节目定位，呈现出较为成熟的节目风格以及拥有较为稳定
的受众群，且以各自的方式发挥着自己的社会影响力。东方卫视以喜剧"明星"
面目呈现的《壹周立波秀》《今晚80后脱口秀》等，确实也明显强化了节目的
娱乐色彩甚至社会批评的意识，显示出当代中国电视叙事应有的入世精神和现
实情怀。而相比较而言，东方卫视的《金星秀》当属其中观众反响较大的，《金
星秀》自2015年1月28日开播，直到2017年8月30日，一共制作播出了132
期节目。用主持人金星在节目中的一番话来说：这132期《金星秀》就像是一
本日记，它是通过嬉笑怒骂的方式，分享了我们的经历和故事，以及很多其他
普通人的故事。确实，别人的故事是一面镜子，通过别人的故事的分享与交流，
大家不仅能照到自己的影子，更借此构成一个大家都可以参与其中的真正的话
语空间。

第四节　电视纪录片：纪实模式

　　作为电视叙事的一种典型的文本样式，电视纪录片最为独特而可贵的价值
在于其忠实地"纪录"着人们社会生活的活的历史、讲述那些已经发生或正在
发生的故事。

　　如果说，电视访谈的对话叙事模式体现了电视对于现实社会的直接介入，
那么，电视纪录片则是以其纪实叙事模式表现出对于现实人生的生动摄取。因
为，电视纪录片无疑需要生动记录现实，贴近现实人生，这一原则使得电视纪
录片叙事的价值目标的设定得到呈现，它不仅使观众从中得到一种人生的视野，
并从媒介的关注中体会到来自主流社会的关怀，而且电视纪录片的人文精神也
由此而得以体现。然而，作为一种艺术的尺度，单纯的记录或纪实却并不代表
一种高级的品位。对于电视纪录片的叙事来说，其关键还是如何在朴素的纪实
中寻找诗意。

　　无疑纪录片的叙事需要讲述好的故事，但是，首先还是要纪实，其次才是
要把故事讲好。在这一点上，电视纪录片要想通过叙事讲好一个故事，还必须

要找到自己真正的美学精神源头。

罗伯特·弗拉哈迪应该就是这样一个会通过纪实叙事来讲故事的人。因此，现在的纪录片理论批评在评价其《北方的纳努克》时往往显得勉为其难，因为《北方的纳努克》中的"扮演"常常被认为是违背纪录片真实性原则的。其实，如果从讲故事的角度看，就应该明白弗拉哈迪这么做完全有他的理由：他就是要向大家讲述好一个故事，而且在片中全家人抓海象的那个镜头，历来被当作长镜头的经典，其实该镜头本身尽管是有意拍摄，却又极富戏剧性，当然也说明弗拉哈迪是有讲故事的明确意图。在传统的叙事观念看来，编制好故事是一切叙事艺术包括小说、戏剧、电影、电视剧等文体的共同目标。叙事作品多是以故事为中心进行虚构的艺术作品。纪录片除了不能虚构外，完全适用于讲故事这一条。而且纪录片如果与人类生存、社会历史等关联在一起，他讲的故事就更贴近生活，更具真实可信的特性。故事是艺术欣赏中一个很重要的关注点，人人都喜欢故事，人人都能用自己的经验阐释故事。无论皇帝与乞丐、学者与文盲、男人与女人、南人与北人，不同的只是接受美学上所谓的"先在结构"的差异和选择故事类型的差异。从而以《北方的纳努克》为代表，造就了纪录片一种以纪实为主导的叙事模式，它不仅使得一个好的故事可以为所有人接受，而且更为重要的是使得纪实叙事成为纪录片故事情境展现的主导模式。

对于中国电视纪录片来说，1993 年 5 月 1 日应该是值得记住的日子。一个由体制外从业人员、国家意识形态宣传的巨型媒体以及巨额广告所共同打造出来的早间纪实类杂志栏目《东方时空》开播，其中的节目多是介于新闻报道与专题节目之间的"真实的纪录"，从而其宗旨实则就是源自一种纪录片的"纪实模式"。《东方时空》节目被有意无意地区隔为三个空间·东方之子》以人物记录为主，以"浓缩人生精华"圈点当代政治、经济、文化精英，其中所采访的多是社会各阶层的精英人物；《生活空间》以平民立场纪实底层生活，讲述老百姓自己的故事；《焦点时刻》则沟通前二者以政治、经济、文化精英的视角对底层民众实施"关怀"。《东方时空》的播出在整体上获得了巨大成功，1998—2000 年的年度收视率分别为 2.07%、2.11%、1.98%。

《东方时空》是如何体现电视纪录片的"纪实叙事"的呢？这里仅以其中的《生活空间》为例。《生活空间》将自身定位于"讲述老百姓自己的故事"，其叙事风格成了冷峻、不干预、沉思的代名词，这一风格都是采用了纪实的手法才得以实现的，它突出表现在长镜头、同期声、严格的时间顺序上。因为纪实手法的应用，纪录片才得以高举"真实"的大旗而得以大行其道。

《生活空间》于1999年岁末播出的《为了那声军号》：

传奇：每到黄昏时分，60多岁的河北老农常梦兰总在村口眺望，40年前的往事一直压在他的心头。以传奇的形式开篇是当代传播的标准模式，解决了叙事的由头，即初始的叙事动力。但《生活空间》的由头往往是一个完整的意义段落，其情境和氛围都类似戏剧而迥异于日常生活。它的展开过程在两分钟左右，叙述完整需要接受者凝神以观，所建构的时空"场"域在意味上与其下文又常常有所不同。

过程：解放战争时期解放军排长常梦兰在一次突围中负责断后，事前与连长约定听见军号声就撤退。但后来不知是没听到号声还是连长忘了吹军号，七、八个人一直坚持战斗最后只有常梦兰一个人活了下来，却又与部队失去了联系。几十年来，那军号声使常梦兰魂牵梦绕……在此，编导使用大量情绪画面，寻求某种情感的表达而疏离了纪录行为。

常态：一所军校的分部建在村外，常梦兰不时到这里来，军号的故事不知讲了多少遍……这部分的声画结构造型特征较弱，相反其时空结构最为明确，它类似纯叙事的新闻而不涉情感，但这一形态在全片中笔墨最少，仅仅用来粘连那些情绪型的"场"和戏剧式的段落，由此可见《生活空间》叙述策略的"非新闻"倾向。

结尾：常梦兰在烈士陵园找到老团长的墓地，在镜头前用颤抖的手敬了军礼，说："团长我终于找到你了，上级交给我的任务我们完成了。"至此，所有的叙述能量得到释放，一种寓言自我合围，称其为"寓言"是因为事件层被超越，一切归于寓意。

《生活空间》的叙事策略是以若干个意义段落多视点、环形地接触和展示人物的各个侧面，由各个片段的叙事构成全片的主题呈现。在这种情形之下，即使事件过程复杂、人物冲突激烈，其起伏跌宕的速率也被这种环绕所迟滞了。这是叙述众生的漂流，却不是随波逐流，他们有着精神上攀的努力，如《铁道边上》，"众生"的价值取向是生活的兴趣和形式，他们拥有的是人类本来所有的生活。

相对而言，美国的《探索》频道由国内有线台协作体引进后二次包装为《探索奥秘》与《天下》两档节目在黄金时间播出，其高成本制作的影像效果、强烈的专业精神，以及题材的广度、深度……其中所展现的自然界与人文世界无疑都令人耳目一新。它的高收视率与《生活空间》一起奠定了世纪之交中国纪录片在大众传媒中的地位，纪录片的纪录性或纪实精神得以广泛地传播，不仅促进着中国电视文化的品格提升，而且为一种良性的大众文化生态的建构提供了新的可能。

譬如，《探索》之《庞然大物》（BIG STUFF）系列就是介绍航空母舰、人工海滩、飞机、厂房、大型铲车、石油钻探平台等最壮观的工业文明物事，此类题材在电视科教频道节目中比比皆是，然而其纪实性的叙述方式和姿态却有其独特之处。仅就《探索》之《铲车》这一集来加以分析：

传奇：在加利福尼亚大型露天金矿的采集场，专用的超级铲车硕大而无用，它的铲斗可装三十二吨矿石，堪称现代工业奇观，这同《生活空间》一样，只有非常态现象才能进入传播者的视野。新异之处在于《探索》的开篇与下文的叙述在功能上是相当的，也即淡化传奇、淡化情节、淡化对象本身的自我叙述、自我展开。

过程：铲车一天耗油多少，它的发动机运行机理，司机的感觉和评价……在纪录的过程中，介绍轮胎、分解车体、剖析动力部分、展示驾驶舱等细部评介构成着节目的主干。纪录活动沿着铲车的自身功能构成行进，由对象的各个子系统纽结而成的结构决定了节目的叙述法则。在这里，西方传统的唯理精神及实证态度统摄着纪录片叙事的求知冲动，《探索》往往充溢了发现和探索过程中特有的自豪，因而在节目表面的科技主题背后，人的主体性和叙述的快乐显露为纪实叙事中的细微与严谨。

常态：披露、体验、探索在已往意味着回溯事件本身。作为高成本制作，《探索》的影像别致而精良，并且超大广角、显微镜头、航拍、水下摄影、高速摄影或宏观远察或极端接近等的拍摄手法，"上穷碧落下黄泉"，无所不用其极。相形之下，《探索》语言方式对观众的冲击却是第一位的，它的独特在于近乎偏执的求真；亲切缘于超拔俗常、耦合了人们好奇的本能。在《探索》中人们又一次体会到西方社会的文化共识，正像观众们分享这类纪录片以理性的法则看世界潺潺而来的透明与清澈，虽然这种透明与清澈也带有西方认识世界的特定色彩。

结尾：远离寓言，《探索》好像在任何地方都可以结尾。叙事对象的各部分、各细节之间相互作用的力学关系聚合成叙事的势能；强化纪实而弱化故事，叙述对象的内部图景在电视镜头的视野中展开，决定了其叙事过程是开放而有序的，而其自我闭合的能力则远低于《生活空间》。

同样是由纪实对象自身展现所主导的叙事逻辑，《生活空间》与《探索》明显有所不同.生活空间》以作者的表达为基点，刻意选择对象，在编导设置的亚戏剧情境中，对象总是"自动地"展开，而后才呈现出一种貌似不经意间流露出来的意义。以媒介的传播为基点的《探索》意在把对象的来龙去脉交代清楚的同时，又往往能够体现出一种强烈求知精神烛照下对象所展开与呈现的逻辑。尤为引人注目的是，《探索》式的理性话语空间对当下的中国具有独特的借鉴价值，因而为中国观众所激赏；同时，若将其作为个例来细加探究，其文本在纪实叙事的模式则又明显类同于《生活空间》。

客观地说，《探索》更加符合艺术传播的规律，就意义的角度来看，作为艺术范畴的纪实叙事，《生活空间》的对象与制作者在想象界共同演绎着关于人性的寓言，并肩负着探讨人的文化生命，也包括人与社会性的关联的时代重任。如果说《探索》凭借一种方式，一种个人化纪实叙述，最终体现了纪录的意义，那么相比较而言，《生活空间》的纪录性则更为纯粹，它的叙述方式和叙述的内容同样闪耀着纪实的光彩，纪录的精神无处不在，因而单就其叙事价值而论，《生活空间》要高于《探索》。在东西方各自的文化背景下《生活空间》和《探索》同样呈现出纪实叙事纪录的品格，只是在一种全球化语境下，前者的纪实叙事的方式仿佛更具备跨文化交流的属性，中央电视台纪录频道的开播以及电视纪录片备受瞩目就是明证。

在纪实叙事模式的运用方面，《探索》的故事化技巧更为成功。这既包括善于发现或组织事件发展的逻辑链条，有时人为强调上下文的因果关系；也包括以扮演、模拟等"真实再现"对象运作的机理，详尽、严密地展示事件逻辑关系和具体环节（比如对一些刑事案件）；还包括某些拟人化的叙述，就往往是以"伪故事"的手法来强化叙述的张力、调节观众的情绪。

其实，像《探索》等解释类纪录片，在其纪实叙事模式上，它的那些具体的解说、代言人式的语调与特定的对象事件相结合，构成了一种典型的传播语境，其结构主要是基于对象自身话语逻辑的连接手段和节奏控制方式，而不是以段落为单位的意义提炼，线性地勾连起对象的各顺序部分。在它的叙事思维框架内，其解说语言、声画结构、音乐音响、现场采访等都是开放的，而且事实上也是竭力寻求多种方式以弥补叙事的单调和不足，丰富视听感知、调节叙事节奏。相对而言，《探索》的叙事话语一方面表征着人类的自信、拓展知性、深化体验等方面的纪录（纪实）性，另一方面也是与西方悠久的叙事文化传统相一致，其中又包括在美国文明背景上表达的有效与透明。如果说这也是一种叙事话语权力的显现，那么在跨文化的交流中突破其话语霸权，寻求自身的话语空间，彰显自己的话语风格，也就成为中国纪录片纪实叙事创作重要的创新突破口之一。

　　世纪之交的中国纪录片在纪实叙事的模式下寻求创新突破，从故事的叙述走向对于故事背后的深层意蕴的开掘。就陈晓卿导演作品而言，他于 1993 年拍摄的电视纪录片《远在北京的家》，还是刻意讲述的是一群安徽农村的姑娘进城打工谋生成为改革开放之初"北漂"的故事的话，那么，于 2012 年 5 月 14 日中央电视台首播的《舌尖上的中国》（共七集），则主要是围绕中国人对美食和生活的美好追求，用具体人物故事串联起中国各地的美食生态。《远在北京的家》当中刘春花、张菊芳、谢素萍等"外来妹"的打工故事由一个核心事件和若干附属事件构成，集中展现了她们各自不同的经历，真实地记录了普通北漂生活的艰辛及其奋争。该片就是通过核心事件和卫星事件在内容上的详略建构，形成疏密相间的纪实叙事结构，使人看后久久难以忘怀，并从中获得启迪。而在纪录片《舌尖上的中国》里，中国美食更多地是以轻松快捷的叙述节奏和精巧细腻的画面，向观众尤其是海外观众，展示出中国的日常饮食流变，中国人在饮食中积累的丰富经验，千差万别的饮食习惯和独特的味觉审美，以及上升到生存智慧层面的东方生活价值观。《舌尖上的中国 2》，不仅延续了第一部纪实拍摄的模式，而且立足于探讨中国人与美食的关系，成为一部以食物来呈现人文历史的文化纪录片。在《舌尖上的中国 2》的八集当中，每集都有一个主题，如第一集《脚步》就是重点讲述了各种美食在不同地域的演变以及食物中对中国人"乡愁"情节的一种演绎；第二集《心传》讲解了中国美食文化中的血脉传承与师徒衔接的历史；第三集《时节》讲的是关于食物与季节演变的关系；第四集《家常》表达了家中的"酸甜苦辣"，是对中国人基本日常食物的解释。而于 2018 年春节期间播出的《舌尖上的中国 3》（共八集），虽然遭遇了一些网友的吐槽，但其主旨及表现仍可视为一种纪实模式探索的继续，也就是通过对于中国"味""道"的叙述，把天南地北无数个隔绝的空间连接在一起。叙述者通过对饮食味道的叙述，将厨房与民生联系在一起，烹调的"气味"与各种人物、各路风情的出场构成了一道充满了人间烟火的独特的中国人的生活场景。

总之，电视纪录片的纪实叙事是以探寻者和发现者的眼光，采取电视采访和编辑的手段，运用电视本体语言（即镜头语言和一定的文字表述）对所关注事物的发生发展过程的真实记述（包括对于历史人物、历史事件等题材所采取的真实再现手段）。

具体说来，电视纪录片的纪实叙事模式大致可从选题、结构（谋篇布局）和镜头语言这三个方面来加以描述。

首先，关于选题立意。作为长于叙事的纪录片，在题材选择上，虽然范围十分宽泛，甚至也可以说是无所不包，然而，电视纪录片多叙事题材和主题的选择却是最为关键的一步。选题的好坏，直接关系作品的成败，而选题立意的高低更是直接关系到作品的品格和艺术价值的高低。纵观中外成功的电视纪录片，无不是在立意上有着较高的追求，即使是同一个题材，但由于立意高度不同，呈现的结果也会不一样。

譬如，中央电视台《走进科学》栏目中的一期节目，讲述山林中一位猎人与一头有着特殊外形特征的凶猛野猪的对抗故事。猎人家人被野猪伤害致死，决意报仇，要杀掉野猪；而野猪伤人是因为受了非法捕猎者的伤害，因而见人就攻击。整个节目表现该猎人和那头野猪的冲突，其间一波三折。最后，猎人因遇见母野猪被猎套套中身亡，恻隐心起，将嗷嗷待哺的几头小野猪带回家中喂养，而那头凶猛的野猪也中套身亡。猎人终于意识到，无休止的对抗在毁灭野生动物的同时，迟早会危及人类自身，于是上缴了猎枪，停止了猎杀生涯。这原本是一个非剧情类叙事节目，但是其中对于人物（包括人格化动物）形象的塑造却颇具个性特色。特别是其中对人与兽进退的叙述，更突显了选题立意上人与自然的冲突与和谐的主旨。

所以，就选材立意而言，电视纪实叙事的感人之处，也许并不在于它拍摄到了社会生活中那些突发性的传奇故事或惊险事件，而是撷取了日常生活中的那些丰富而具体的细节，其叙事表达也并非依赖于夸张或渲染，而是使纪实镜头更加大众化和生活化，在叙事的话语方式和叙述结构方面力求做到真实和朴素，并且尽可能地兼顾电视受众的欣赏习惯。叙事话语与结构的清晰明了，叙事节奏与情境的生动有致，都足以成为电视纪录片的魅力之源。也只有这样，才能使接受者在一种亲临其境、轻松自如的心境中观赏接受，且能够自主地对其中的人和事做出合情合理的评判。

其次，关于谋篇布局。如果说谋篇布局是指纪录片表述方法中的结构技巧，虽然我们在一些成功的纪录片中看不到刻意的结构安排，也没有情节上的跌宕起伏，但是细加品味就不难发现，凡是好的纪录片在电视叙事的结构布局上无疑都是十分讲究的。虽然电视纪录片并不一定都具备完整的故事性，但是不可否认，一部好的作品应该是不乏动情点和感人细节的。所以从某种意义上讲，电视纪录片的编导往往要比故事片的编导要求高，工作难度大。因为在一部电影故事片拍摄中导演可以通过编剧完成自己的设想，并据此调度演员，安排情节，他可以完全按照自己事先预定的目标和方案进行工作，它具有前期拍摄的可重复性和后期剪辑的随意性。而一部纪录片，因为是在真实时空内发生的真实事件，这些事件是一次性的，因此纪录片的编导和摄制人员就必须具备很强的现场把握能力，必须有较高的预见力和应变能力（尤其是对偶发事件和突发事件的把握和捕捉能力），电视纪录片的结构也是在拍摄过程中随机调整和布局的。正是因为纪录片自身所具有的这种不确定因素，纪录片的拍摄也成为一种极富挑战性的工作，要求编摄人员必须具备较高的综合艺术修养，具备把握和驾驭现场的能力，在前期拍摄中不断选择和调整结构，在运动中谋篇布局，随时捕捉生动有趣、感人肺腑的细节，给后期编辑留下充分的余地。有人说，纪录片的谋篇布局完全可以放到后期编辑中处理，其理由是因为事件的不确定因素，过早的结构有碍于前期创作的发挥，也可能会干预事物发展的正常轨迹。如2002年拍摄的纪录片《红火》为例，按照最初的创作意图，编导们原打算完整地记录山西娘子关具有数百年历史的一项民俗活动——"跑马"。这项活动在每年农历正月十六举行，如果按原计划拍摄，只能把拍摄的重点锁定在正月十六这一天。但从纪录片的成片角度考虑，活动纪录得再全面，镜头拍摄得再理想，这也仅仅是接触到了事物表面，而作为一项流传数百年的民俗活动，必然有其形成的历史和文化背景。一部纪录片表现的主体必然是参与这一活动的人，如果只有场面和活动本身的交代，而缺乏细节和人物故事的展现，那么整个作品的创作也就只能舍本逐末，内容也难免显得很单薄。于是编导们便需要改弦更张，比原计划的时间提前一周赶到拍摄地，通过细致的调查了解，发现了许多与"跑马"活动相关的人和事，编创者根据掌握的情况，对这个片子做了大致的构思，如怎么开篇，谁是主要人物，活动的发起、准备、高潮以及故事结束都做了拍摄前的准备和日程安排，经过一周的拍摄，其结果是令人满意的。回放素材，不仅事件线条清晰，人物个性突出，因"跑马"活动而产生的各种人物之间的矛盾冲突也不断发生，很多与主题相关的偶发事件，都在参与拍摄的人员有准备的状态下捕捉到了。因此把谋篇布局这样重要的结构问题放到后期去考虑，其结果将会是十分被动的。故而，一部优秀的纪录片，从观众角度说，首先应该是好看的，虽然纪录片不可能像电影、电视剧那样具备离奇的故事情节、丰富的人物形象和动人心魄的火爆场面，但纪录片至少也应该有一个明确的主题，有一条清晰的主线，一个较为完整的故事和若干个鲜活的人物。如果因题材所限，故事性不强，至少也应在整体结构上做到环环相扣，高潮迭起，不断地给观众以兴趣点。"叙事过程情节化""叙事对象个体化"已成为当今国际纪录片的一个总趋向。因此，那种不加限制地任意拍摄，而期待在后期编辑中谋篇布局的做法是有很大局限性的。还有一种倾向，是按照编导个人的主观意志，主题先行、编造故事、虚构人物、制造矛盾，这种人为的导戏，放在电影创作中无可厚非，用在纪录片创作中是极不可取的，它有悖于纪录片的宗旨，有损于纪录片的品质。纪录片创作必须尊重事实，一部纪录片所展现的必须是真实的时空、真实的人物、真实的情感和真实的故事。纪录片的创作者只能在真实中捕捉事件，而不能以破坏真实为代价凭想象编造故事。

再次，关于构造镜头叙事话语。电视叙事离不开镜头语言。依赖解说词，而忽视电视的镜头语言，乃是电视纪录片生产制作中长期以来存在的问题。事实上，这种情形的产生由来已久，而绝非一日之"寒"。电视纪录片必须强调运用自己的语言，用画面语言和同期声说话，也就成为电视纪录叙事的基本前提。可以说，在纪录片纪实叙事当中，文字解说词只能是一个说明性的辅助工具，只有调动全部的镜头语言捕捉生活的细节，运用运动影像记录事件的现场，才有可能在作品中更准确地表达原创者的意图，造就出具备卓越品质的作品来。让镜头本身来叙事，无疑是电视纪录片纪实叙事的重要原则之一。

　　学会用镜头语言遣词造句、展开叙事，也是每个纪录片编导和制作者应该具备的基本能力。面对一个好的题材，如果不能用准确精辟的镜头语言来表达，那么再精彩的内容也将变得平淡无奇、苍白无力。学会运用镜头语言叙事，扩展电视镜头叙事语言的信息含量，还可以帮助纪录片摄制人员在最短的时间内，准确捕捉到许多精彩的细节。2001年在福建举办的全国卫视旅游节目大赛中，一部《烟雨茫荡山》曾备受关注。茫荡山位于闽北地区的南平市境内，尚处在待开发阶段，在一种命题式的易地采访中，创作者所拍摄到的内容材料大抵只是些近乎流水账式的记录。经过及时调整思路，创作者尽量从细节上入手，寻创意、抓重点、以小见大，努力扩展镜头语言的含义，发挥电视镜头语言的叙事功能，增加同期声的采访。这部后来易名为《茫荡山记游》的旅游纪录片，通过一组又一组的镜头叙事，精彩地呈现出茫荡山之美，远远超出了一般叙述语言所能表达的深度。这一点在2014年中央电视台纪录频道播出的纪录片《大黄山》更是得到近乎完美的呈现。该片的叙述，从湖光山色、历史传说到生态人文，内容之丰富，犹如一部影像版的"黄山百科全书"，并且在其拍摄的过程中创作者充分运用数字视听影像技术和纪实叙事的表达技巧，从而达到让观众领略一座"从未见过"的黄山的效果。

　　显然，镜头语言的运用直接关系到纪录片纪实叙事的成败，一些纪录片刻意在镜头的构图、用光、变焦乃至影调上下功夫，而对镜头特有的表意功能却有所忽略，尽管镜头拍得很漂亮，但无法掩盖其内容上的苍白，原因可能就在于镜头的表达尚停留在技术的层面上。这种一味追求镜头漂亮花哨的做法，必然会助长华而不实、堆砌镜头的不良风气，它与镜头的粗制滥造一样是十分有害的。因此，加强纪录片镜头叙事语言能力的锤炼，也就成为纪录片纪实叙事所不可忽略的问题之一。

　　在电视音乐纪录片《梁山伯与祝英台》中，从试图纪录小提琴协奏曲《梁山伯与祝英台》开始，结果在纪录过程中不仅将音乐本身作为纪录对象，而且更是将音乐形象及其象征作为纪录对象，使音乐结构在对其形象的纪录中发生变化，令其不再仅仅是可以"听见"的音乐，而且是可以"看见"、可以体验的音乐。而舞蹈电视《梦》，则是以色彩表现舞蹈的蕴涵，通过色彩重构舞蹈，从而使电视纪录改变舞蹈的存在结构，似乎不是舞者在舞蹈，而是电视在舞蹈；不是电视在纪录对象，而是对象走进电视的镜头。

总而言之，所谓电视纪录片的纪实叙事，从电视叙事的素材开始，就是取自生活的自身，是从真人、真事、真实场景中精选出来并加以呈现，使其不仅具有生活的质感，更呈现艺术的真实。更为重要的是，电视纪录片的纪实叙事本质上无疑是一种人本化的传播。这种人本化传播就是指从人的最本能的状态出发，调动人的全部潜能和感官，以达到信息的有效传播与交流的境界。它是一种以生命的有机状态进行信息的传播交流的状态，具有传播的动态性、全息性、本真性等特质。确实，电视纪录片的纪实叙事正可视为这样一种以其声画一体的同步记录为手段的人本化传播。

在中国，可以说从20世纪80年代《话说运河》《半个世纪的爱》《藏北人家》，到90年代《沙与海》《望长城》《重逢的日子》，电视纪录片从对电视纪录本体的认识逐步深入，事件过程的叙述成了纪实取材的主要内容，尤其是以《望长城》的纪实方式，给当时电视纪录片的纪实叙事带来明显的转型。在电视记录的叙事话语呈现中，不仅声画同步，与生活同步取材，向未知的事物同步取材，达到素材的鲜活性，而且在结构与思维方式上，由过去点状结构变为团块结构，形成了一个"场"性结构。正是在这个完整的"场"性结构中，氛围、气氛、语言交谈、环境构成无不包容在其中，不仅让人从其中体验到更多人本化的东西，而生活本身的哲理性和戏剧性也正是通过其中某些完整的叙事段落而得以呈现。

而自中央电视台的《探索·发现》以娱乐纪录片定位开始，就在其选材立意、布局谋篇、镜头叙事等多方面表现出一种明显的转型。其中一些著名栏目当中，如《见证》《讲述》《家庭》《人物》《纪事》等，无不都是通过摆脱某种说教模式走向真正的纪实叙事，或者说，通过其纪实叙事的观念和实践的自觉而取得了良好的收视效果。虽然受到影响，难免都不同程度地表现出娱乐化的趋向，但因其纪实叙事的自觉而取得叙事艺术上长足的发展。

以表现"人与自然"主题著称的王海兵，他的电视纪录片"三家"（《藏北人家》《深山船家》《回家》）系列和《山里的日子》，无疑都是思考我们民族生存状态和精神状态的杰出作品。尤其是他的《山里的日子》，叙述方式极为独特。在这部电视纪录片纪实叙事中，有两只眼睛在交替地看待发生在大巴山区的事件。其一是拍摄者和编导者王海兵的镜头眼睛，冷静地记录着事件当事人平淡的故事；另一个就是画家罗中立的眼睛，相对情绪化地讲述着他三次回访自己的成名画作《父亲》的原型和原型后代的感慨。在该片中罗中立有着一种双重的身份，他既是叙述者，同时又是片中一个重要的被叙述的对象。而让王海兵与罗中立两双眼睛遇合的，则是片中大量的旁白，这是对事件发生的一种交代，每一次旁白仿佛是故事的连缀，更重要的是，旁白把两双眼睛的叙述连接在一起，共同完成了对事件的叙述。这种叙述方式的采用，毫无疑问使这个作品赢得了更多的人文意义。

如果说生活本身就充满了"戏剧性"，那么，以真实反映社会生活为己任的电视纪录片的纪实叙事，当然也就不能回避这种"戏剧性"的真实体现。故而，即使在纪录片中，"展示，不要告诉"也应该是问题的关键所在。换言之，也就是将叙事戏剧化①。在中国，1991 年《望长城》的播出具有划时代的意义，电视纪录片全方位地接受了"真实再现"的叙事理念，被号称是一部中国电视纪录片史上的里程碑式的作品。它的长镜头和率先使用的跟踪拍摄开创了一种跟随式拍摄的先例。在《望长城》里充满了这种戏剧性，特别是"寻访民歌手王向荣"那个精彩的片段。在 20 世纪 80 年代末期拍摄的《望长城》中的一集《寻找歌手王向荣》，给人们的冲击力就是因为它有完整的段落和"场"信息，有相互关系的冲撞和积累。在主持人焦建成带领观众一起寻找王向荣的过程中，形成了几个完整的"场"信息结构。一路上，他向地头的两位农民问路，基本是两个团块。在这两个团块中，从两位农民的歌声和与记者的对话的憨态中，我们了解了长城脚下陕北人的憨直与朴实。背柴的妇女指给焦建成去王向荣的家，记者进院与王向荣的婆姨交谈，与王向荣的母亲交谈、请她唱过去的民歌并让要她听儿子王向荣唱歌的录音带，一气呵成，互为因果。尤其是焦建成请王向荣母亲唱几句民歌时，王母还清了清嗓子，说了句："我这嗓子不好吧！"就唱起了"大红公鸡毛腿腿……"在王母听儿子唱歌的录音带时的神情，以及当儿媳一连问了几句"听见了没有"，婆婆表现出来的气派"听见了"，并伴有表情的变化。憨态中没有一句解说，而这一段落里所蕴含的人文信息和个性化

---

① 罗伯特·麦基. 故事——材质、结构、风格和银幕剧作的原理［M］. 北京：中国电影出版社，2001：389.

的特征却融入观众的心理，观众看到这里每个人都会心有体验，心领神会，并从这一系列人本化的信息中，体会出一种厚重的乡土文化气息和长城脚下陕北人家的家庭关系，生存空间，人与人之间的古朴的传统。在记者拍摄完离开后，走出好一段路程中，远处的山梁上出现了一个小小的人影，那分明是王向荣母亲的身影，这时又响起了王母唱的民歌——从遥远山梁上拉过来的镜头延续了一段时空。这段时空是人情绪的延伸，是思维和联想的伸展；在这段时空里，观众的思维已飞出画面本身的含义，或许想到五千年文明的延续。

因此，人文关怀与平民视角成为电视纪录片纪实叙事模式的显著的特点。如果说，20 世纪 90 年代中国出现了一个前所未有的纪录片运动，那么引领这一运动的，除了以《东方时空·生活空间》为代表对纪录片艺术形态不断探索外，还有各电视台开办的几个纪录片栏目，如上海电视台的《纪录片编辑室》、中央电视台的《纪录片之窗》、《东方时空》栏目中的《生活空间》等。它们不仅开启了一个新的阶段，引领了一次中国纪录片运动的潮流，更重要的是自觉地遵循了以纪实为主导的电视纪录片的叙事模式。这种纪实叙事模式高举人文关怀精神，创作者们开始将镜头对准平民大众，对准社会弱势群体，对准非主流的边缘人及默默无闻的小人物。而这种对准，又要求是一种平视，纪实主义杜绝俯视式的"关怀"，俯视与人文关怀无关。无论是创作者还是被摄对象，无论是上层白领还是底层劳工，都只是平等的生命个体，都需要尊重，虽然这在实际创作过程中并不容易做到。

比如，湖南卫视《背后的故事》栏目在叙事话语风格上既不同于《面对面》《对话》里激烈的话语对抗及思辨性话语阐述，也有别于《艺术人生》中相对浓郁的主观与情绪性的话语宣泄，它所体现的乃是一种新的纪实性叙事话语。在这个意义上，《背后的故事》为纪实方式提供了另一种可能，那就是纪实性叙述。该节目呈现的是一个过去时的故事和一个现在时的叙述，故事叙述者绝大多数情况又是故事的主人公，这造成叙事线索主要是从主人公的角度展开，让观众跟随主人公去观察、感受及思考，从中来获得故事的面貌。也许会有观众怀疑讲述者所述事实的可信度，但是这样的讲述仍具有不可替代性，因为人物的经历和感受只有主人公自己最清楚，其他任何方式包括旁观者转述或借助影视蒙太奇的叙事手段等都是一种他者的体验与再现。从这一层面来看，经验主体（故事的主人公）的讲述完全可以成为纪实的另一种视角。至于和讲述人共同组建叙事场的主持人则是维护节目纪实性的另一重要环节。《背后的故事》中的主持人既不是挑战讲述人话语公信力的谈话对手，也不是参与故事的第二讲述人，他的角色介于讲述人和现场观众之间，身兼调度现场、控制节奏、沟通情感、调和气氛等职责，但更多的时候他仍是一个置身故事之外的倾听者，平静地维持着叙事的和谐。而该节目也正是凭借着对富有戏剧性及悬念感的细节的选择，通过控制有度的叙述，达到了融话语真实与人的真实于一体的境界。

一个叙事符号，可能就是某种文化身份的标识。电视纪录片中的纪实叙事也常常使用这样的叙事符号。如漠北的长城、江南的小桥流水、古老的水车、悠扬的驼铃、牦牛（《藏北人家》）等。湖南卫视的《变形计》之《网瘾少年》，这是一档真人秀节目，以网瘾少年魏程与贫穷农村少年高占喜互换身份为节目卖点，在七天的时间里，魏程能够在艰苦的农村里生活，而从未接触繁华都市的高占喜在经历七天"奢华"的城市生活之后，继续回到落后困顿的农村，能否依旧保持农村少年的纯朴？可以说，这是一个集煽情与悬念于一体的故事，节目开播之前，如此"噱头"已经撩拨起观众的兴趣，而节目开播后，百度贴吧中的"魏程吧""高占喜吧"更是很好地说明了该节目的影响力。电视纪录专题片《难圆绿色梦》中在治沙功臣徐治民老人坐车前往园子塔拉的途中的表情；老人下车后看到树被砍的痛苦神情；老人用拐杖来回擦树桩的动作，在这些记录的场景信息中所蕴含的氛围和情绪是用语言文字所难以描述的，但观众却被老人的行为和情绪深深地感染。老人痛心，观众也随之痛心，并深深感到沙并不是最可怕的，可怕的是人的麻木与自私以及对自然生态平衡的淡漠。这是通过"场"信息展示给观众的。这个信息场将事实摆在面前，留给观众思考的空间，让观众去判断、去思索。

电视纪录片的纪实叙事本身天然地就有着某种文献性，或者说这也是电视叙事所应该承担的一种文化传承与弘扬传统的功能。CCTV经济频道曾经耗时三年制作的《大国崛起》，就是以生动的故事叙述来讲民族崛起的大道理，全片在对于葡萄牙、西班牙、荷兰、英国、法国、德国、日本、俄罗斯和美国这九个世界性大国的崛起历程讲述中，贯穿了诸多生动的故事，为观众建立起了一个立体的时代背景，比如从"伊莎贝拉女王御驾亲征光复西班牙"的故事中，观众就可以了解到基督教在欧洲影响力的增强；从"独裁英国女皇伊丽莎白宽容莎士比亚"中，观众可以感受到英国的政治文化氛围；从"法国皇后玛丽安东奈特"一句名言"法国老百姓吃不起面包，可以吃蛋糕"中，观众可以领悟到法国大革命爆发的必然性，等等。这些故事不仅在叙事技巧上而且在叙事效果上也使得全片更加生动、丰满和亲近。

从《话说长江》《话说运河》再到《再说长江》，人们更容易看到中国电视纪录片叙事模式的变化。从过去较多反映自然风貌，而现在更多是呈现人与自然，天、地、人的融合。最初出现的《话说长江》《话说运河》系列，就试图构筑一个漫谈式的叙述空间，除了记载这两条大河的壮丽图景外，不仅在节目的拍摄中加入了与对象即人"与"自然的交流，更重要的是建立了审视对象即人"对"自然的叙述空间。总编导戴维宇说："如果说，我们在涉足于长江的时候，注意力还集中于祖国山河的风貌，那么我们在选择运河这一题材时，则总希望通过电视节目去追溯我们民族的悠久历史，志在表达中国人民创造东方文明的艰苦历程，去话说运河身上所凝聚的中华民族的智慧和散发出的人情味和乡土气。"① 20世纪90年代的《望长城》是非常纪实的跟拍，主持人的脚步把观众的视野带到了长城内外。80年代上海电视台有一个纪录片《毛毛告状》，就是讲述一个小孩子的户口问题，它也曾牵动所有上海人的心。从这些也能感受到，纪录片也在悄然发生着转变，从主题的开掘方面，纪录片的主角在发生着变化，从最初的自然风物，逐渐在向人发生转变，反映人的生存状态，反映人在社会变迁中的命运，这也与"人本主义"紧密相连。《再说长江》第九集，就是选取了成都早晨的卖花人、服装师、说书人、开茶楼的人等普通市民在十几年当中的变迁，来反映时代的变化，它触及到人的心灵，不再是像过去那种只是单纯地反映自然或者人的自然状态，而现在着力表现的是人的命运、城市的命运，也包括了我们国家的命运变迁。通过普通人的视角来反映时代的变迁，来反映宏大叙事、宏大主题。近些年的纪录片《故宫》《大国崛起》，是在宏大的主题下，更注重细节，更注重故事，将思想性融入其中，同时也要关照到人的命运。《故宫》在过去的专题片当中就是介绍故宫的建构、故宫的发展史，而现在看到的纪录片《故宫》将故宫当中人的命运也与故宫联系到一起了。纪录片《大国崛起》这样宏大的叙事，在很多地方都不可能顾及所有细微之处，但

---

① 朱羽君，殷乐.生活的重构——新时期电视纪实语言［M］.北京：北京广播学院出版社版，1998：69.

在该片当中它采访到很多的人，包括一些外国的专家、史学家，也包括片子当中的一些故事，都是细致入微的，通过这些细节的挖掘，使得观众能够真切地看到美国、英国等国家真正崛起的原因，同时片中也不乏正论的色彩。

纪录长片《我在故宫修文物》历经了五年的项目调研，四个月不间断纪实拍摄，总长三集，每集展现几类关系密切的文物修复和性情各不相同的修复大师。纪录片将叙述视角转向了故宫一角高墙大院里的文物修复专家，通过他们的日常生活和对文物的特殊情感，触及观众的心灵深处。该片将视线放在性格鲜明、各有所长的"人"的身上，刻画了文物修复团队的群像，全景式地呈现了文物修复工作的完整意义。该片突破对历史本体构建的宏大叙事的窠臼，像是在历史文化的细节深处探寻真实的质感，记录现实、反思现实、为改造现实提供镜鉴。

当然，电视纪录片纪实叙事的模式化并不排斥个性化。电视纪录片创作中的个性化的实践追求非但没有排斥纪实品格，甚至成为电视纪录片呈现纪实精神的有效的途径。像王海兵纪录片的选题的陌生化策略，他的"三家"和《山里的日子》的多重视角和复线结构，多是介于传统和现代之间的生活记录，其中的大量乃至重叠的旁白与对话等，成为其鲜明而独特的叙事策略。而像孙曾田《最后的山神》的意象和文化符号的影像化处理，则明显展示了萨满神奇的精神家园。可以说，孙曾田是边缘少数民族生活之文化记录的代表人物。像张以庆的纪录片，则有着强烈的编导意识的渗透，其代表作《舟舟的世界》《英与白》《幼儿园》等作品都极具影响力。其中的《幼儿园》舍弃了电视纪录的一些概念性的东西，选择了看似常态而瞬间流露、意想不到的东西，捕捉了与众不同的思想内涵，既完美地展现了丰富的童年生活本身，又非常清晰地展现了儿童世界是成人世界价值观折射的观念，在弯下腰审视孩子的同时，也审视了自己和这个世界，成为一部"寓意式"的作品。《英与白》中人与动物的交往交流，被看作"异类"，也充满着强烈的人生哲理。作品所采用的"平视"和"窥视"视角，从平等乃至隐匿的视角观照人在生活中最本真的行为和最微妙的关系，有着比其他非纪实性作品更直观的视觉和心灵上的冲击力，它的隐喻功能和细节呈现，通过声画语言展现人的生存现状并折射人性的光辉，体现了人文纪录片所独具的艺术价值。在北京电视台制作播出的《我们的留学生生活——在日本的日子》中的一集《小留学生》中，在小张素第一次进入异国的课堂时，"唱歌"一段完整记录了小张素的心理变化，而从中更能折射出她倔强的性格和个性。这一段没有任何解说，只有完整的场景记录，却给人留下了极深的印象和感受。

当然，电视纪录片中还有一类主流以外的作品，还常以一种文化现场目击者的冷静眼光，以对基层生活广泛真切的注目，深入揭示了在当下这个经济、政治剧烈变迁的时代，人所经历的移置与重构。一些历史文献性质的纪录片，更是着力描述了一种生活中的隐痛，从中折射出不仅是个体生命的脆弱，而且更触及到在整个时代，个人在找不到一个确切的位置与归属时所遭遇的身份危机与认同危机。所以，一些非主流纪录片所讲述的往往是那些"宏大叙事"背后被忽略和被遮蔽的东西，或者更多的是利用乡土与民间资源所进行的叙述。

总之，关注人、触摸人的本真，尤其是以纪实话语来记载和呈现普通人的生存状况，应该成为电视纪录片纪实叙事模式的重要表征。特别是对于普通平民个体生存状态的反映，所触及的都是小人物的内心情感，表达了对他们的忧虑与喜乐。如《远去的老马》中的达斯木汗和老马库卡、《母亲，别无选择》中的孤独症孩子和母亲、《远在北京的家》中的小保姆等，都洋溢着温馨的人性内涵。作为经典的电视纪录片《英与白》，通过对一个有着外国血统的女人"白"与一只能进行表演的熊猫"英"之间的"非常态"的记录，反映了当代人内心的孤独和悲哀，触及的人文内涵远高于其他作品，产生强烈的心灵震撼。这种从平民视角反映人类社会各种关系和文化现象的纪录片电视叙事，显然都十分注重对于生活应具有独到的发现，并且最终都落实在"人"的主题这个不可替代的重心之上。就像BBC（英国广播公司）曾耗时56年拍摄的纪录片《人生七年》的系列纪录片那样，该片通过记录14个孩子的人生轨迹，呈现了英国社会半个多世纪的历史变迁。这些来自不同阶层的孩子，他们有的家境优渥，有的出身贫寒，从1965年开始，7岁、14岁、28岁，一直到56岁，让人们在电视银屏上窥见他们半生的缩影。岁月流逝，世界沧桑，现实比任何虚构都残酷。在这14个人当中，大多数孩子的人生轨迹，就如同导演所假设的预期那样成长发展，某种意义上，其实也就是该片所应有的对于人性的预设。

第五节　电视广告：类像模式

电视广告，主要包括商业广告和公益广告两大类。随着消费社会的兴起和商品经济的日益发达，广告已渗入到人们社会生活的方方面面，甚至在一定程度上已经控制了整个社会的生产和消费。特别是在电视当中，广告的无所不在，似乎已成为信息传媒时代的一个显著特征。广告不仅充斥于人们媒介生活的每一个角落，而且事实上已经潜移默化地影响着受众的思维方式和行为方式。

在一个市场经济的社会里，广告之于商品，总是如影随形。"广告充实了人类的消费能力，也创造了追求较好生活的欲望；它为我们及我们的家庭建立了一个改善衣食住行的目标，也促进了个人向上奋发的意志和更努力地生产。广告使这些极为丰硕的成果同时实现，没有一种活动能有这样神奇的力量。"① 但有一点值得深究，即作为一种纯粹的商业性诉求活动，广告的心理学功能在于最终说服和打动受众对某种商品的认可，进而促使他们产生购买和消费的行为。这种纯粹的商业心理学的功能，却往往是通过广告的叙事在一种极具迷惑性的诗意呈现中得以实现的。从而，广告已然成为一种文化主角，获得了一张现代社会的合法许可证。

众所周知，在中国最初的电视广告几乎都是商品名称加功效的直白表述，或者顶多再加上一些商品形态、包装、价格的描述，实行"三包"的承诺等。使得广告从根本上就缺乏一种叙事结构，或者说缺乏一种贯穿性的叙事意识。

随着中国社会主义市场经济体制的改革和不断完善，商品生产和消费水平的不断提高，中国的电视广告也越来越趋向以整合营销传播为核心，成为一种面对市场的"立体传播"和"整合传播"。这种整合营销传播的最大优势就在于通过一种叙事语境的营构，"以一种声音说话"，即用多样化的传播营销手段，向消费者传递同一诉求。由于消费者"听见的是一种声音"，他们也就能够从各种可能的渠道更有效地接受企业所传播的信息，准确辨认企业及其产品和服务。电视广告作为现代商业的利器，是被作为竞争策略和营销武器来使用的；同时，

---

① 现代企业管理百科全书［M］．北京：中国对外翻译出版社，1984：238．

它更是一种品牌宣传的工具，在建立企业与客户之间的互动关系方面，有着不可替代的价值和功能。

在当下中国的各类电视广告节目，总是以其新颖的造型意识、色彩、动感、音效、夸张的文字，向人们反复传达有关商品或者服务的信息，不断强化着各类商品或服务的印象。当然，还有另外一种广告，比如北京主办奥运会的宣传广告、"希望工程"、普法、扶贫等系列公益广告，无疑代表着一种社会主流的道德诉求与价值取向。它们总是旨在以点滴的感知印象来触动社会的神经、呼唤社会的良知、记录社会的进步。如今广告已不仅是一种社会现象，更是一份"文化档案"，一个时代的呼声，它印证着人们躁动的欲望、情绪、价值观念乃至流行时尚。甚至可以说，它是另外一种意义上的"意识形态"。事实上，这种商业化的意识形态大多并不具有深邃洞悉的思想或情怀，而是一种后现代语境下解构传统广告表现和消费社会大众生存现状后"思想的空壳"，更有甚者多是制造标新立异的文化流行语的语言游戏，是一种思想匮乏和意象破碎的"苍白意识形态"。同时，广告还提供了品牌消费的生活理念和方式，它为消费者述说一个又一个感人的品牌故事，演绎出快乐、时尚的流行话语。

由此，不妨可以说，电视广告业已成为当代大众文化叙事的一个典型的样本。广告必然是通过媒介传播来实现的，特别是在当今的广播电视等媒介中，就叙事的情节性而言，广告不属于"强情节叙事"，以至于有人会认为，广告的目的就在于宣传一种形象标志，而根本无关乎叙事。如果抛弃其叙事手法，而单是着眼于文化事实的属性而言，广告本身成为当今影响巨大的一种大众叙事文化形式，已属不争的事实。且不说，各种叙事手段的运用可以有助于广告的表现，增强广告的效应。正是通过无所不在广告叙事，使得广告在现代社会中时刻营造出各种消费的神话。

这里值得深入一步加以探究的是：电视的广告叙事究竟体现出什么样的叙事模式？有哪些制约着广告叙事模式的现实因素？以及当下电视广告叙事模式所代表的意义与实质究竟是什么？

本质上电视广告的叙事形式既要受影视技术的制约，又要受商品信息传播所限制。从而在表现形式上广告形成了两大传统：一是写实主义的纪实性传统；二是技术主义的蒙太奇传统。而且在当今大众传媒时代，当广告成为电视媒介主要的收入来源，广告也就有可能顺理成章的影响甚至控制了电视媒介叙事的产品。"电视网节目安排中充满了电视连续剧、比赛节目、情景喜剧或充斥暴力的成人节目，不管何种形式，许多节目都是可以预料的、重复的、缺少想象力的和全然单调无味的——这种文化产品是俗气的和平淡的，这些差劲的电视节目之所以能排斥好的电视节目，是因为这些差劲的电视节目为广告客户招来了大量受众。"① 广告叙事之于电视文化的隐性霸权也由此可见。虽然，在商业广告之外还有着各种公益广告，但商业广告和公益广告的功能在根本上却是难以调和的。商业广告的目标是"唯利是图"，而公益广告是以公共利益为起点；商业广告受市场化利益的驱动，而公益广告则是对于市场化效益的有效利用。从各自的逻辑起点来看，两者之间原本就存在着不可调和的矛盾。因此对于作为媒介叙事的电视广告的价值和属性也就有必要加以进一步的审视和甄别。

作为西方马克思主义批评家的路易·阿尔都塞，曾经十分关注资本主义社会的艺术与文化问题。他尤其对于充斥各种媒体的广告进行了反思和批判。他认为，电视的广告最主要的受众是由广大生产者组成的市民，广告把这些收视的个体构建为商品社会有权自主选择的消费主体。② 依据阿尔都塞的理论，就需要"质询"（Interpellate）这种广告的消费主体在广告的形象或形式的表征中如何进入到一种"想象"性关系当中，并努力发现这些想象关系背后的权力运作与意识形态幻象。

正是基于这种"想象"关系，电视广告不仅需要塑造出某类商品的形象及其表征符号，而且更需要连接起大众的消费欲望。所以任何电视广告都绝不只是关于商品本身的实用功能和样态的如实写照，而是一种"类像"，即关于某类商品或服务的理想化与符号化的形象表征，一种鲜活的消费欲望的表达。这种"类像"的呈现，既是广告传播的形式和手段，又是广告的目的本身。

在这个意义上，电视广告的类像叙事模式，不仅涉及到商品本身的符号意义，更重要的是商品与消费者乃至整个社会文化之间的联结意义与表征价值。它通过广告的类像叙事创造出一种能唤起消费者的潜在欲求的情境。或者说，透过情境的诉求，使该商品拥有生活上的意义。从而作为一种推销手段，它又

---

① 菲利普·伯顿，威廉·赖安和. 广告学基础［M］//当代世界广播电视. 上海：复旦大学出版社，1991：296.

② AITHUSSER，LUIS，Lenin and Philosophy and Other Essays［M］. London：New Left Books，1971：136.

必须制造种种"艳俗"的形象以满足视觉快感，以迎合受众急剧膨胀的"消费主义意识形态"。所以对于电视广告叙事来说，受众所需要的当然不只是那种有着强烈视觉冲击力的形象本身，而是广告所提供的更为丰富的类像化的消费意义。比如，一些卫生巾的电视广告，不只是对于卫生巾产品的直接展示，而是在一种女性生活的虚拟情境中，尽量创造出那些"没有不方便的日子"，有意将卫生巾之关于女性生理及社会文化禁忌的成分进行抽离，使卫生巾这一商品类像在受众视野中造成一种消费女性的"自由自在"的幻象，乃至逐渐取得一种与日常生活相关的"无拘无束"的意义，甚至使其符号成为这种意义本身。

电视广告的类像叙事模式不仅体现一种形象的"霸权"，同时更是由于这种形象大批量的复制和渗透导致社会现实与形象之间差别的混淆逐渐消失。在这个意义上，电视广告叙事中形象的生产作为一种消费"类像"的塑造，实际上就是在塑造着人们的消费欲望，并进一步引领人们的消费观念，导致人们的社会消费在"虚拟性和可模型化的意义上的"一种审美化倾向。这种现实消费的审美化造就了德国美学家韦尔施（WelschWolfgang）所谓的"审美人"①。英国社会学家费尔斯通则通过对这种"审美人"的社会学分析后指出，这些人的职业活动乃是"与公共领域和公共形象有关"②。从而可以说，现代社会的广告人正是从事这种类像化的"象征符号生产"职业的一类审美人。他们作为电视媒介广告的叙事者向社会提供着种种类像化的"象征商品"，即广告作品，不断地刺激、制造并引领着一个社会的消费欲望和流行趋向。

在电视广告这个商业化气息极浓的叙事文本中，人们可以看到的是：昔日的翩翩少年变成今日西装革履归乡的"游子"，早已是双鬓斑白的农家妇女，泪眼婆娑地拥抱着远方归来的儿子，其叙事情境的温情塑造显然呈现出"慈母手中线，游子身上衣"的古典诗意。然而，"衣锦还乡"的游子却总不会忘记母亲的恩情，紧接着献上随身带来的洗衣机、电饭煲、胃药、保健品，在这样一种"英雄—成功"的类像模式背后，牵引着的却是各种现实生活中的消费细节。诸如此类，不一而足。电视广告类像叙事使得屏幕上充溢着的种种欲望和想象的

---

① 沃尔夫冈·韦尔施. 重构美学［M］. 陆扬，张岩冰，译. 上海：上海译文出版社，2002：11－15.

② MIKE FEATHERSTONE, "Toward a Sociology of Postmodern Culture", in Hans Haferkemp, (ed), Social Structure and Culture (Berlin: Walter de Guyter, 1989), p. 164.

消费意象：西装革履、私车别墅、名牌品位、高级写字楼、或嬉闹或幽静或时尚或偏远的休闲场所。所有广告的目的无非都是在于唤起人们各种各样的消费欲望，并轻言许诺在消费中可以获得一种集体幻想性的满足。当然，在许多类似的电视广告的叙事中，也都不乏诸如献爱心、真情回报、诚信如金之类的道德承诺，如"小天鹅"的广告词是"全心全意"，"海尔"的广告词是"真诚到永远"，"爱立信"的广告词是"沟通就是尊敬"，"格力"的广告词是"让世界爱上中国制造"，等等。尤其是在那些以社会教化为目的的公益广告中，在道德信仰已然与"保守""僵化""传统""经典"等词语联系在一起的当下，电视广告的类像叙事却悄然复活了一种往日的伦理光荣，它们所唤起的不仅是人们潜在的道德憧憬，而且可以说更是要塑造出一个道德伦理上的审美乌托邦。

广告的本质在于说服，在电视广告的类像叙事中最常采用的方法便是利用消费者想要有所成就的干劲和急于仿效的心理，突出地营造出某种商品消费的类像情境，运用各种隐蔽的操纵术，对消费者的感情、态度和认知施以明显的影响，以期发挥最大限度地感染力。这种类像叙事的本质就是要排除各种具体的客观因素，甚至提出各种不合逻辑的假设，以放大消费对象的优点，极力渲染商品消费的品位与情境。

在当今世界，还有什么能比电视广告的类像叙事更具有煽情力和鼓动性的呢？消费者可能都乐意接受这样一种允诺，因为它本来就所费无几，又尽量适应消费者的接受限度，激励人们尽可能地用金钱买回一个梦中的憧憬。所以，当今的电视广告已然不再是某种单纯的购物指南，广告的类像叙事更重要的是通过电视创造了一个"世界"，一个"市民"的日常消费的世界。这种类像叙事在推销商品的同时，也在推销有关于消费者的各种欲望、利益、期待、价值观念、对世界的看法以及朦胧中的政治文化乃至精神生活的需求，并且总是给出各种虚幻的承诺。从消费者自身来说，如今从城市到乡村，习惯于各种广告的居民们多是利用电视广告来慰藉自己种种善良的欲望，或者鼓励着自己艰难生存的勇气和信心。他们要求的广告，不再是对现在的批评和揭示，而是要求一种对明日生活的美丽允诺。

众所周知，在当今都市社会遍布钢筋和混凝土的物化世界里，人文精神的失落已是不争的事实。人们渴望着社会的安全和秩序，青春和美丽，伦理和道德，电视广告叙事不失时机地对于人们的这些心理期盼做出种种允诺。"在这种允诺中，匮乏得到浪漫想象的虚假满足，人们的焦虑不安、躁动恐惧的心理获得了不同程度的安全缓释。"① 如果说，人们对于社会意识形态的控制还有一种源于恐惧和厌恶而有拒斥心理的话，那么，对电视广告叙事之"类像"形态的影响却往往是心甘情愿的接受。可以说，电视广告叙事的类像模式，作为一种"意象形态使意识成了不相干的东西。前者对后者从疏离冷落到取代，走的几乎是一条不战而胜的路"②。

电视广告的类像叙事所涉及的大众消费者其实都是一些冷漠的"空心人"、一些"时尚病患者"。因为电视广告的类像叙事只是属于生存游戏和仪式中的话语符号，所以它在大众传播中起到的多是一种精神形态的操纵和欺骗作用。当然，电视广告的类像叙事不可能逃脱一个时代的文化整体走向的制约，也不可能与人们潜在的社会心理相违背。就大多数电视广告叙事而言，重要的不是广告做出了怎样的类像化的处理，而是人们总能一看就可以明白它想要兜售的是什么。电视广告的类像叙事的本质在这里也就不言自明了。

总之，电视广告的类像叙事模式的产生既有其现代消费社会的现实合理性，更有其大众叙事文化形态发展中的必然性。一方面，电视广告的类像叙事不仅起到了沟通商品生产与消费的作用，而且培育并塑造了当今社会消费大众的群体欲望，另一方面，它还有效地影响并制约着一个时代人们的价值诉求与生活方式。

第六节　电视剧：情节模式

相对于电视的新闻、访谈、综艺等节目类型，电视剧当属于典型的强情节叙事，从而体现出一种明显的虚构情节的类型化叙事模式。

电视剧作为一种综合性的视听艺术，并不止是要制造一种满足视听感官要求的"声色"观赏。电视剧的本质在于一种虚构叙事，在于通过叙事来塑造人物形象、展示人生情态，体现为一种电视媒介当中的"剧"。或者说，电视剧无

---

① 蔡翔. 写在边缘 [M]. 成都：四川人民出版社，1997：203.

② 邵建. "意象形态"的时代 [J]. 现代与传统，1996 (10)：36.

非就是通过话筒录音或镜头记录演员所表演的"剧"。同时,电视剧还是一种客厅艺术,一种家庭观赏的"剧"。特定的收视环境,决定了收看时主客观条件的随意性、宽容性、休闲性、工艺性。至今,电视剧的娱乐性,受到越来越多的重视,情节设计的想象力和工艺性也逐渐得到加强。

事实上,理解电视剧还得从广播剧谈起。广播剧是一种利用广播传送,以人物的对白、音乐及其他辅助音响为表现手段,展开剧情和刻画人物的戏剧形式;或者说是一种由语言、音乐、声响效果三要素综合而成、以听觉为主要感知接受方式的戏剧艺术形式。广播剧是20世纪初随现代无线电广播技术的产生、发展而形成的。它主要通过诉诸受众听觉感官,发挥广播的听觉感染力,以声音、音乐、音响本身直接营构一种戏剧情境,打动受众的思想感情。

从利用广播来播出一些现成的戏剧作品到录制相对独立的广播剧经历了一个相当长的时期。利用广播来播出现成的戏剧作品只不过是戏剧传播手段的增加与延伸;而广播剧的出现则意味着在现代科技条件下一种与传播媒介相结合的新的戏剧形态的诞生。广播剧作为一种以语言、音乐和音响为表现手段,由机械录制而成并通过无线电波播出的戏剧形式,最早出现于20世纪20年代。1924年,英国广播公司(BBC)播出的《危险》是世界上第一部由电台录制的广播剧。在中国,20世纪30年代,一批戏剧家为宣传抗日写过广播剧,成为中国广播剧的先驱。1950年2月,中央人民广播电台录制并播放了中华人民共和国建立以后的第一部广播剧《一万块夹板》。从那之后,广播剧剧目日益丰富。据不完全统计,进入20世纪80年代以后每年制作的广播剧总数有500余部。由于广播剧的欣赏方式极为方便,许多国家都曾录制、播放长篇连续剧,有的可连续播放几年。

在欧美电视剧的发达则是与"肥皂剧"的兴起分不开。"肥皂剧"(Soap Operas)一词首先用来指称20世纪30年代美国经济大萧条时期由皮洛科特(Proctor)、甘博(Gamble)等肥皂粉制造商赞助的广播剧栏目①。这一栏目的主要收视群体是家庭妇女,针对这一收视群体投放的广告,当然与家庭用品相关。

电视与戏剧的结缘也是从利用电视转播戏剧的舞台演出开始,然后才有专

---

① 大卫·麦克奎恩. 理解电视 [M]. 苗棣, 等译. 北京: 华夏出版社, 2003: 26.

为电视播出而制作的电视剧。1930 年，英国广播公司（BBC）通过电视播出了
世界上第一部电视剧，就是采取现场直播的方式，把一出短剧直接变成电视信
号传输出去；在中国，1958 年 5 月 1 日北京电视台（即今天的中央电视台）播
出中国第一部电视剧《一口菜饼子》就是以"电视小戏"来命名的，而且由于
受当时的技术条件的限制，很大程度上也像是舞台剧的转播；1980 年 2 月 5 日，
中央电视台开始播出的第一部电视连续剧《敌营十八年》则是采用了情节剧的
模式制作的通俗电视连续剧。"与美国的'电视戏剧'，苏联的'电视故事片'，
日本的'电视小说'等概念不完全相同，在中国，人们将这种叙述虚构故事的
电视节目称为'电视剧'，这个概念也表明中国电视剧与戏剧之间的紧密联
系。"① 从而，电视剧作为一种依赖于电视摄录技术及传播媒介而存在的戏剧形
式，随着电视的普及而迅速走进千家万户，以至于成为当前最为大众化的一种
演剧形式。

在中国，伴随着电视而兴盛的还有一种被称为"电视小品"的演剧形式。
这种原本属于戏剧排演、练习的即兴表演，在中国 20 世纪 80 年代的电视晚会
中一经亮相就以其短小精悍、切近现实而受到电视观众的喜爱，成为当下电视
媒体中的重要的戏剧样式之一。

按照大卫·麦克奎恩（David McQueen）的观点，肥皂剧的叙事不仅影响到
剧情的构造，并且麦克奎恩指出："许多肥皂剧具有的一个积极方面是，剧中较
为年长的女性也有性别特征。肥皂剧几乎是唯一可以这样做的电视节目：允许
妇女不合乎苗条、年轻貌美的浪漫或性感的既定模式。"② 比如，在中国曾风行
一时的韩剧，就"不同于中国电视剧中女性形象的塑造，带给中国观众一种全
新的叙述视角。韩剧以独特的叙事模式与唯美的镜头语言，力图通过浪漫的故
事、唯美的女性形象建构一种世俗神话。"③

戏剧与现代广播电视传媒的结合在很大程度上依赖于技术本身的进步，同
时又不免受到技术的制约。缺少视觉形态的表现是广播剧的弱点，但这也是其
独有的特点。广播剧可以直接诉诸人们的听觉，不受戏剧舞台及时空的限制，

---

① 尹鸿. 意义、生产、消费：电视剧的历史与现实 [J]. 北京：文艺研究，2001（5）.
② 大卫·麦克奎恩. 理解电视 [M]. 苗棣，等译. 北京：华夏出版社，2003：39.
③ 耿明海. 论韩剧的女性化叙事与女性形象 [J]. 中国广播电视学刊，2006（3）.

能给听众丰富的形象感受和充分想象的余地。广播剧可以突破舞台限制，在表现的时空上更为自由，故而它可以利用其特有的录放手段，不限时空，而表现最大化的活动空间，实现戏剧场面的自由转换；它没有舞台，可以使得听众的思维任意驰骋，将剧情想象成任何一种环境和场景，并使得幻想、梦境、回忆等等成为广播剧理想的题材。由于广播剧只有听觉手段，一般不宜表现人物众多的场面、复杂而多头绪的情节，它要求剧情线索单纯清晰，剧中人物相对集中。同时，由于广播剧的听觉手段（语言、音乐和音响）可以充分调动听众的想象力，使其必须直接参加创造，并从中获得特殊的艺术享受，从而能够争取广泛的听众。电视剧则是通过电子摄录技术来叙述和展示一个或长或短的戏剧故事，并通过无线电子传播使其成为在庞大的电视节目系统中一个相对独立的节目样式。相对于广播剧或传统的舞台剧来说，电视剧不仅在编、导、演及其摄录制作的过程中有别于传统舞台剧的编导和排演，而且由于电视剧机械复制及电子传播技术的介入使得戏剧的观演关系发生了根本的变化，将舞台剧的直接的观演变成了间接的，传统戏剧观赏的集体性也逐渐被消解；由于电视通过无线电波、卫星传输或有线网络进入到千家万户，电视剧的观赏也就变成人们的一种家庭性、日常化、甚至个人化的行为。这与大众传播时代的文化转型相一致，电视剧的发展后来居上，甚至成为一种典型的现代文化工业和大众消费文化的产品。

　　电视剧既然是以情节叙事见长，"故事"自然也就成为其中一个不可或缺的元素，或者说，叙述故事乃是电视剧创作的一个中心任务。怎样把一个故事通过电视所特有的声画语言在相对有限的时段内叙述得有声有色、生动有趣、引人入胜、动人心魄，也就是电视剧创作从剧本编创到表、导、演、摄录等诸多环节所共同追求的艺术目标。甚至从某种意义上来说，电视剧创作的一切艺术手段都无不为其叙事服务。一方面，它离不开故事情节的编创与构造，以及故事情节所反映出来的叙述者的立场态度、个性特征和道德观念等；另一方面，更与电视媒介特殊的传播手段与环境分不开，从而造就出了有别于传统小说、戏剧、电影的全新的叙事文本样式。正是由于传播媒介的差异，特别是电视的空前普及，广播剧受众逐渐减少，电视剧则是一枝独秀。在当今中国，无论是资金投入、创作数量，还是观演规模，电视剧展现出强大的发展态势。继对"四大名著"改编之后，原创性的电视剧作品越来越多，电视剧的大规模生产已取得压倒性优势，从而形成自己的产业模式。

为论述方便起见，以下主要就电视剧的叙事模式展开具体探讨。细究起来，电视剧的情节叙事模式大体有如下几种类型：

其一，"剧影"模式。

考察电视剧叙事的缘起，无非有两大来源：一是戏剧（舞台剧），二是电影。因为，从一开始，电视剧就是从传播舞台剧与电影开始，进而从戏剧、电影中自觉或不自觉地借鉴了众多的表现手法与艺术经验；其后，随着电视的后来居上，才逐渐地从传统的舞台剧及电影的影响中独立出来，成为一种全新的戏剧品种和演出样式。

电视剧在相对成熟并获得相当的发展之后，电视剧的情节叙事也仍然保留着从小说、戏剧及电影那里所获取的广泛的艺术经验，并在电视剧的剧情构造中留下了深深的印辙，以至形成一种电视剧叙事的"剧影"模式。

这种电视剧叙事的"剧影"模式，并非仅仅是指电视剧从传统的情节剧中借鉴各种情节技巧并加以重新处理，或者从电影的叙事手法当中借鉴了音响与画面的经验及技巧，更重要的是，在剧情结构上电视剧秉承了一些经典舞台剧及电影的叙事模式，或者说，在电视剧的编创当中自觉不自觉地以戏剧或电影的情节处理方式来结构电视剧情，组织人物和故事，安排冲突与悬念。因为，特别是传统戏剧，因为受舞台时空的限制，特别讲究剧情的紧凑、结构的精巧，电影也因为受时长的限制（一般电影时长两小时左右）而特别注重自身声画语言的表现力及剧情表达的生动流畅。所有这些无不影响到早期电视剧的剧情构造，并且正是依托戏剧电影在组织剧情方面的经验技巧而使电视剧编创很快走向成熟，形成诸多以剧情构造见长的长篇或系列电视情节剧。

如果以1990年的电视剧《渴望》为标志，伴之随后出现的《爱你没商量》《皇城根儿》《京都纪事》，以及《东边日出西边雨》《英雄无悔》《儿女情长》《情满珠江》《上海一家人》等，可以说基本上形成了电视剧叙事的"剧影"模式。在这些电视剧作品中，社会的现实矛盾和权力较量、人们实际的生存境遇和体验都被淡化，人物大多作为平面的叙事因素，激化并最终从属于情节的运转。各种现实矛盾被转化为一种以人为的二元对立为基础的、具有先验的因果逻辑的戏剧性冲突，社会或历史经验通常都被简化为"冲突——解决"的模式化格局，通过对叙事策略性过程的处理，剧中主人公所面临的困境最终被"驯服"，随着那个早就被预订好的叙事高潮到来之后，一个善恶分明、赏罚公正的结局便翩然而至，这些电视剧作品就完成了它对现实的梦幻化改造。特别应该指出的是，20 世纪 90 年代出现的一些生活情节剧往往自觉不自觉地继承了中国民间叙事艺术如戏曲、评书的"苦戏"传统，如《九香》《孤儿泪》，都是用伦理冲突来结构戏剧冲突，用煽情场面来设计叙事高潮，用道德典范来完成人格塑造，许多忍辱负重、重义轻利的痴男怨女、清官良民都以他们的苦难和坚贞来换取观众的眼泪，剧中人物的千辛万苦、千难万难似乎可以给远离这一处境的观众以心理的平衡和知足。从而一些生活情节剧最终演化成为一个一个善恶有报、赏罚分明的古老的道德寓言。

　　"剧影"模式一般以其剧情的编织艺术而引人注目。如《潜伏》《借枪》等带有悬疑品格的电视剧无疑是属于剧影模式的一大类型。电视连续剧《悬崖》（全勇先编剧，刘进导演）则属于谍战剧中的一个另类。该剧的剧情设定在1938—1945 年间的中国东北，当时伪满洲国的重要城市哈尔滨。剧中男主人公周乙作为一名中共特工，潜伏在伪满哈尔滨警察厅内部。为了方便开展工作，组织派遣了一名女报务员顾秋妍假扮他的妻子，同敌伪周旋。然而面对伪满哈尔滨警察厅特务科科长、心思缜密的强大对手高彬，两人的真实身份面临着严峻的挑战，周乙甚至不得不忍痛看着原配妻子在自己面前遭受酷刑。与此同时，这对同床异梦的"假夫妻"之间的关系也在悄悄地发生着改变。当周乙安全撤离之际，顾秋妍却身处危急之中，在敌伪的步步紧逼下，周乙最终选择了回到哈尔滨、解救顾秋妍。然而，等待他的却是身陷囹圄的结局。《悬崖》的意义也许正在于：俗套之中却不庸俗；险情之中寓于人情。说其俗套，在于它没能脱离编剧的那一切用来吸引眼球的技巧，所以，剧中尽可能营造各种可能的惊险与刺激的情境。比如，为发电报而玩"老鼠戏猫"的游戏；为显示其国际反法西斯的正义性，参与共产国际的谍报事务，揭露谋杀斯大林的阴谋，在冰天雪地的森林里发报乃至遇险；等等。但是，这些又都是电视剧的观众想要看到的。它又并非是以宣教为目的，仅仅是为了塑造主人公的忠勇、坚贞，处处表现出创作者对于人性的思考。正因为环境的险恶，才会有这种不正常的"家庭"出现，才有着种种异乎人之常情的情节的构造。同时我们应该注意到，全剧的中心逻辑仍然是围绕着一种人性的"异"与"常"来展开的，通过"异"来展现"常"，而且，全剧在一种悲怆的气氛当中，创作者试图表达出的应该是一种

"幼吾幼以及人之幼"的人性光辉。

　　"剧影"模式的进一步演化，就是其舞台印记的淡化或情境聚焦的散化，也就是电视剧对于日常生活表现的趋近。其表征之一就是家庭婚姻伦理题材电视剧的兴起，特别是像《父母爱情》《金婚》等以年代剧形式呈现的家庭婚姻伦理题材的电视剧更是引人注目，成就也相对比较突出。比如，2005年的电视剧《半路夫妻》，是通过相对平常的爱情婚姻题材，围绕其中三个家庭而展开复杂的情感关系，显示出复杂的剧情组合，也使得剧情在展开过程中充满活力。按照中国传统的观念来看，结发夫妻之间的情感深度和稳定程度无疑要强于那些半路夫妻，然而在这部电视剧中却截然相反。在剧中，管军的第一个妻子在管军入狱后不久就和他办理了离婚手续，嫁给了一个有钱人，管军出狱后她又急着满世界的寻找管军，为的不是破镜重圆，而是要把孩子阳阳推给他，管军东山再起重新办起了灯具城，她又主动上门跟管军谈起了旧情，是个十足的小人。管军的第二个妻子——胡小玲，却是个难得的好人，在管军困难的时候是她伸出了援助之手把自己的房子抵押给银行帮助管军申请贷款，在新婚之夜为了寻找管军离家出走的孩子她一夜没睡，大街小巷找了一整夜。相比之下，这对半路夫妻远远胜于管军的第一段婚姻，在他们的婚姻中有关怀、有温暖、有患难与共、有不离不弃，是一段饱含情谊的婚姻。剧中的另一对半路夫妻是姜建平和郭芳，两个人是由于姜建平租住郭芳的房子而慢慢产生感情的。对蒋建平来讲这段婚姻更有爱、有激情，对郭芳来讲这段婚姻更平和、更温馨。姜建平与第一任妻子胡小玲之间的情谊更多的应该归结为兄妹之情，两个人从小一块长大，太过熟悉、太过了解了，缺少了一份神秘和激情，婚姻对他们来说太过平静了，每天向钟摆一样机械运动，毫无变化，毫无生气。而蒋建平与郭芳在一起的时候却找到了爱，找到了激情，拥有了和胡小玲在一起是没有的情感波澜，胡小玲也一样在和管军的婚姻中找到了同样的激情。郭芳的前夫是个性格粗暴的家庭暴力者，重男轻女的观念非常严重，郭芳和他生活在农村的时候经常挨打受骂，后来到了城里他又找郭芳，还禽兽般的强暴了郭芳，与前夫相比姜建平才是她的归属，他懂得体贴、关心郭芳，即使没有和郭芳相爱的时候他也经常帮助她们母女俩，是个有情有义的男人。剧中的两对半路夫妻，两个重组家庭，婚姻生活与第一次相比都是成功的，这颠覆了传统观念对于婚姻的认知，运用反讽的手法建构了一种新的认知，肯定了半路夫妻的婚姻，从而使得该电视剧的剧情构造充满了张力。

在电视剧《上海滩》中，许文强与冯敬尧、聂人王、丁力之间的对立关系是全部剧情构造的基础。在剧中，许文强原本是冯敬尧的得力助手，曾经帮助冯敬尧救出了被绑架的冯程程，收购了自来水厂，坐上了上海商会华董的位子，做成了很多大事，冯敬尧也非常欣赏他，一度希望他能成为自己的女婿。许文强也确实深爱着冯敬尧的女儿冯程程，且到死都未曾改变。他本来可以和冯敬尧成为最亲密的人，但最终却成为不共戴天的仇敌，并且间接地杀了冯敬尧。许文强与聂人王的对立颇具反讽意味，两个人本来是共同对付冯敬尧的合作伙伴，聂人王帮助许文强报了血海深仇，许文强也帮助聂人王成就了很多大事，可两个人最终也反目成仇，聂人王最后亲手杀了许文强的挚友——方艳芸。许文强与丁立之间的矛盾更是在一种二元对立的设置方式中得以体现，两个人本来是兄弟，是许文强把丁力从棚户区带入了上海的上流社会，两个人一起打拼，一起共事，可最终也因为冯程程成为仇人，丁力甚至到许文强家里用抢指着他的脑袋。许文强与这三个人的对立关系都是反讽的，是与本不应该对立的人对立起来，这使得每一对矛盾在发展过程中都伴随着人物自身的矛盾，人物在进与退之间不断的抉择，使电视剧富于张力，观众也会因为张力的存在、矛盾的发展而积蓄情感，最终因为对立关系的彻底破裂而痛心。

应该说，"剧影"模式电视剧在剧情构造方面得益于戏剧与电影，同时也难免留下太多的戏剧及电影的痕迹。

其二，纪实模式。

与新闻纪录片的纪实叙事不同，电视剧中，"讲故事"更多的是一种虚构，也就是所谓"虚构叙事"。一方面，广播电视话筒和镜头的"纪实"本性对演员的表演天然地具有一种自然、真实的要求；另一方面，电视剧作为一种"剧"，它不是在舞台上进行虚拟表演，不是通过虚拟动作的表演来完成叙事，而是通过生活化的表演来呈现叙事。固而电视剧对"表演"的最高要求应该是达到一种"无表演"的境界。这种"表演"实际上是一种"生活化"的艺术还原。从电视镜头的"纪实"本性和电视剧表演的生活化特性来说，电视剧往往是通过虚构叙事能够达到一种"纪录"而"平实"的审美效果，才是其最高境界。在这个意义上，一种电视剧叙事的纪实模式的形成也就是水到渠成的了。

确切地说，电视剧叙事的纪实模式，实际上是与电视剧审美的日常化表现相一致，从而在叙事方式上表现出一种"平实化"与"家常化"的发展趋向。相对于上述"剧影"模式，纪实模式首先是力图摆脱一种"戏剧化"或"舞台化"的效果，力图摆脱叙事上诸多华而不实的"技巧"游戏以及叙事表演的痕迹。电视剧叙事固然需要有个"好故事"，但并非只有那种"悬念迭出""离奇曲折""跌宕起伏"才算是"好故事"。如果说在"剧影"模式下，为了追求"悬念"，讲究情节的"曲折""跌宕"的戏剧效果，不仅在故事情节的设计上极尽"巧妙"之思，而且在叙事上极尽"技巧"之能，以至于某些电视剧难免会给人一种"巧"过了头的"虚假"之感。那么，随着电视剧题材的"平民化"，随着日常生活内容的充实、人物形象的真实性的加强，电视剧叙事也渐趋朴素与平实，或表现出"散文化"的叙事结构，或表现出"纪实性"的话语品位。无论是纯粹虚构还是有现实原形，这些电视剧都试图追求一种纪实风格。从某种意义上说，这种纪实模式是对此前"剧影"模式的一种挑战与反拨，或者说，是一种真正契合电视审美特性的电视剧叙事模式。于是，通过一种日常化的叙事语境，我们就很容易理解，"肥皂剧是如何日复一日、年复一年地把我们带进它的世界的，或者，情景喜剧是如何每周都让我们开怀大笑的……"①因为，从观众接受的角度而言，已经有越来越多的人习惯于从电视剧里来了解生活的原委、品味生活的甘苦，而使得电视剧越来越成为人们日常生活中的一种调味品与添加剂。

　　20集电视连续剧《贫嘴张大民的幸福生活》似乎可作为解析电视剧叙事纪实模式的一个较好的例证。该剧虽出自同名小说的改编，但是却实现了以纪实叙事为主的电视化的表达。全剧以张大民坎坷的人生经历为主线，叙述的是一个城市贫民大家庭的人生悲欢：大雨生活中的种种烦恼、大军商场上的挫折、大雪美丽而凄婉的爱情、大国在求学及感情问题上经历的种种困扰，以及兄弟姐妹五人在逼仄的家庭空间中生计，他们共同面临的赡养老人问题，等等。情节错综复杂而又错落有致，张弛有度，加之全剧人物个性鲜明，对白幽默风趣……可谓异彩纷呈，令人体味不尽。该剧基本上是按时间顺序来叙述张大民一家的命运和生活中的酸甜苦辣的，表现出中国改革开放初期社会底层百姓十分真实的生存状态。剧中没有复杂的回顾与补叙，显得特别充实自然，质朴无华，

---

①　艾伦，等. 重组话语频道［M］. 北京：中国社会科学出版社，2000：21.

很容易为一般观众所接受和喜爱。张大民在生活重压下的顽强挣扎，他用乐观的态度承受、化解生活的压力，以"贫嘴"和自嘲来抚平心中的伤痛，传达出的是一种乐观豁达的生活态度，很容易引起观众对自身生存状态的反思。同时，为增加观众与剧情的交流，剧中还提出了一些观众感兴趣的话题，有意识地在电视剧中埋伏下能激发观众思考和议论的种子，如赡养父母、传宗接代、下岗再就业，等等，使得观众在观赏的同时还能独立思考并表达自己的感悟。

当然，更为明确的纪实模式电视剧则是以《918 大案》《湄公河大案》等为代表。这类电视剧的取材即是以真实发生的案件为基础，

长篇电视剧"纪实"模式的进一步演化大致有着两种路向：一者是向日常生活的趋近；再者就是向史传的趋近，因为，今天的新闻就是明天的历史。前者如美国电视剧《成长的烦恼》，特别是家长里短、婚恋题材，越来越成为电视剧的热播题材。如《媳妇的美好时代》《我的父亲母亲》等；后者如《一年又一年》《金婚》《新结婚时代》《父母爱情》等纪年体的电视剧。

其三，史传模式。

"史传"原本就是中国古代叙事艺术重要的源头之一。在中国古代，先有纪实的史传著作，然后才逐渐过渡到以虚构为基础的小说。例如《国语》《战国策》《史记》和《汉书》等史传作品，它们上承神话，下启小说、戏曲、评书演义，积累了丰富的历史叙事的经验。尤其是《史记》，更是中国历史叙事的集大成者，无论记人还是叙事，都堪为后世垂范。然而，在中国这个有着悠久的"史官"传统的国度，一般都是通过"史传"来记述那些对国家、民族兴衰发展产生影响的"大事"，而不是人们的日常生活，不是市井小民的琐屑细事。所以，史传的地位一直都是高高在上的。修史者往往俯视着大千世界、芸芸众生。"究天人之际，通古今之变，成一家之言。"这不仅是作为史家的司马迁的个体的追求，也是中国历代史家内心深处所郁结而且挥之不去的一个共同的精神诉求。

确如影视传播学者尹鸿所指出的：在中国，"电视剧与章回体小说的叙事方式在某些方面有异曲同工之处。"因为，电视剧每集的讲述时间虽然有限，但这种讲述可以在同一地方或同一频道重复多次。它们在整个剧情故事遵循"开端—发展—高潮—结局"的经典叙事模式的同时每一集中又"集首有呼应、集

中起高潮、集末留悬念"而且核心情节的发展结局往往会留到最后一章。①

在这样的一个历史背景之下，一种"史传"式的电视剧叙事模式得以逐渐成熟并长兴不衰，也就一点也不足为怪了。这类电视剧试图以历史记录或再现历史为目的，讲究再现历史风貌、反映历史本质；但是，作为历史正剧，它又不能不从历史细节出发，力图客观真实，注重对历史人物的行为、性格、心理等展开具体细致的描绘。因而，从那些非历史题材（主要还是作为文学名著的改编）的电视剧如《三国演义》开始，《雍正王朝》《康熙王朝》到《走向共和》《汉武大帝》等，都不可避免地面临着一个两难选择的境地：究竟是追求一种历史的"宏大叙事"，还是立足于历史真实本身的艺术细节展示？而多以追求两者统一为目标的史传模式下的电视剧创作却往往是：要么只能逸笔草草，大而化之，徒有空洞的历史理念；要么就是拘泥于细节表达，而与历史真实无涉。当然，两者结合得较好的也不乏其例。从《雍正王朝》到《走向共和》，无论是精彩的剧情构造，还是实力派演员的出色表演，都为电视剧叙事的史传模式提供了良好的例证。

电视剧的史传模式追求的无疑是历史正剧的品格。如果说，《走向共和》的史传性就是，体现的是一种历史风格的追求；那么电视剧《亮剑》的史传性则是以虚构叙事为主，同样改编自同名小说的电视剧《白鹿原》也是以追求史诗品格为主。

还有一类，虽然主要是属于虚构叙事，但是却明显具有某种史传属性或史诗品格，如长篇电视剧《大宅门》《乔家大院》《闯关东》《走西口》《下南洋》等，或者以"家族传奇"的形式述说各种家的故事。这种"家"的叙事往往与"国"的历史密不可分。特别是号称"史诗"剧的《闯关东》，全剧以历史的演变为情节主线，反映了从1904年前后到1931年"九·一八事变"前后山东人闯关东的真实而悲壮的历史。《闯关东》在艺术上的成功，不仅明显承传了中国传统叙事的"史传"模式，而且其取材与一段真实的民族历史有关。"闯关东"是中华民族在特定历史背景下被迫进行的民族大迁移，该剧试图重新审视这段历史，描绘了汉民们闯关东路上经历的一次次的波折磨难，以及在苦难之中所

---

① 尹鸿. 家庭故事·日常经验·生活戏剧·主流意识——中国电视剧艺术传统［J］. 现代传播，2004（5）.

产生的悲欢离合的故事。它既是一部个人奋斗与群体奋斗相结合的成长史，也是一部人物命运的悲欢离合史，更是一部充满了传奇色彩的英雄史。

在电视剧《乔家大院》中，其叙事情境则是在清末的历史背景之下围绕着主人公乔致庸的家族命运展开。其剧情构造一直基于一种二元对立式的对比与反讽之上。比如，剧中乔致庸与慈禧太后之间的对立、朝廷日薄西山与乔家生意兴隆的对立都是反讽的。慈禧太后本是高高在上的老佛爷，几次要把乔致庸置于死地，她从乔家掠走了巨额财富，还把乔致庸打入天牢，囚禁山西，使乔致庸的雄才大略无从施展，只能装病保命，这对满腔抱负的乔致庸来说无疑是毁灭性的。可是八国联军入侵北京，慈禧太后西逃的时候两个人的地位发生了转换，为了筹措出逃的费用慈禧太后不得不伸手向乔致庸借钱，在乔家受乔致庸戏谑吃野菜团子，还要违背当初自己颁下的懿旨，允许乔家汇兑官银。此时慈禧太后和乔致庸的位置发生了颠覆性的转变，高高在上的老佛爷变成了向乔家乞讨的乞丐，而乔致庸由阶下囚变成了关乎慈禧太后命脉的救世主，讽刺意味十足，观众也会为这种对立关系的转化拍手称快。在电视剧最后还出现了朝廷日渐衰落和乔家日益兴旺的对立，朝廷因为割地、赔款日薄西山，而乔家却因为汇兑官银生意越来越兴隆，朝廷国库空虚，没有银两，乔家的白银却是堆积如山，满是尘土。以至于解救灾民、保住矿上这样的事都要由乔家代替朝廷完成，讽刺意味十足，有力的彰显了清政府的无能，引起观众更深刻的思考。在剧中还有乔致庸与自身梦想的对立这种悖论式的反讽。乔致庸一生都在追求汇通天下、货通天下，他为此被打入天牢，被囚禁山西，付出了一生的代价，而当梦想成真的时候，他看着堆积如山的白银，却突然发出了"这有什么用啊"的感慨，他对自己一生的追求产生了疑问，甚至最终否定了自己的追求和价值，觉得自己的一生都错了。这种悖论式的反讽发人深省，让观众也开始思索乔致庸的一生，评判它到底是对的还是错的。这部电视剧通过反讽的应用使对立关系更为复杂、深刻、更富有哲理，使矛盾凸现出的张力更有力量，更深层次地引起观众的思考，这比单纯的对立更有意义。

当然，这类电视剧即便不是讲述历史"大事"，其着眼点也依然不是日常生活，而是生活中的"奇""异"之事。这种"无奇不传"也构成了史传模式下电视剧的一个普遍的叙事策略。因为其是"英雄传奇"，而且作为当代大众文化叙事，所以它们大可不必拘泥于真实的历史，而是以塑造传奇式的英雄人物为重点，塑造出的是一种不同于传统史传当中的新的平民化、世俗化的英雄。早期的《霍元甲》《陈真》以及后来的《黄飞鸿》系列武侠电视剧无疑都属此类。

同样属于史传模式的电视剧，还有一些属于人物传记类的，如《秋白之死》《孔子》《唐明皇》以及《历史转折中的邓小平》等，以主人公的生平传记的表现为主，注重为人作传。其中，《秋白之死》作为较早的一部饱含着凝重、悲怆色彩的人物传记类电视剧，全剧以悲情的笔调，讲述了作为革命领袖、文化名人的瞿秋白对生与死的深刻体悟。瞿秋白被国民党反动派逮捕后写下了《多余的话》，编导者将其中许多深刻、精美的语言，演化为画外音、人物独白、人物对话、旁白等，声情并茂，音画迭现，成功地塑造了一个胸怀坦荡、严于律己、多思善感、诗情横溢的瞿秋白的形象。全剧立意高远，情思隽永，写实、写意、隐喻、象征等多种手法相统一，给观众联想、思考、品味的极大余地。无疑属于这类电视剧的精品之作。

但是，像《甄嬛传》《芈月传》之类，虽名为史传，却已突破了史传模式的史实追求，它不再以呈现历史细节的真实性为第一要务，而加重了后宫女性之间的勾心斗角，甚至加入了某些"戏说"成分。

其四，"戏说"模式。

在中国电视剧走向成熟的过程中，随着市场经济的发展，消费主义的盛行，电视叙事也开始了多样的"风格化"乃至"诗意化"的历程。其中，从20世纪90年代初开始，香港电视剧《戏说乾隆》《戏说慈禧》等在大陆荧屏陆续播出，引发了大陆及港台电视剧的阵阵"戏说"风潮。随后，《宰相刘罗锅》《铁齿铜牙纪晓岚》《康熙微服私访记》《还珠格格》《神医喜来乐》《天下第一丑》乃至《春光灿烂猪八戒》等电视"戏说"剧风行大陆和港台地区。

于是，一种电视剧叙事的"戏说"模式也便由此而产生。"戏说"模式本身源自民间叙事的传统，其风格正在于表面上的"一点正经没有"的戏谑，甚至正是基于对以往正剧模式或说教意识的颠覆，实质上当属一种喜剧精神的张扬。正如《宰相刘罗锅》的编创者所高举的"不是历史"的大旗，"戏说"模式下的电视剧创作更多的汇集了传统民间的叙事智慧，以及各种故事传说的特性。可以说，"戏说"模式的电视剧也许最能体现作为当代大众文化叙事的电视的特性，实际上更显示出电视剧的喜剧化倾向。

从题材形态上来看，"戏说"模式电视剧当然不只是如《戏说乾隆》《宰相刘罗锅》《康熙微服私访记》《铜嘴铁牙纪晓岚》《神医喜来乐》等古装剧；而且也包括现代生活题材的戏说作品，如赵本山执导的《乡村爱情故事》系列；甚至包括穿古装，却讲着现代语言的《武林外传》等。由于受到"二人转"的影响，赵本山式的"乡村爱情"系列，就明显表现出了"戏说化""小品化"的轻喜剧倾向。

从结构模式上来看，"戏说"模式的电视剧更多地采用二元对立的叙事技巧，运用大众化的通俗、流行、传统写作元素来编织故事。它们依靠朝廷—民间、皇帝—侠客、贪官—直臣、正史—戏说、贪欲—痴情以及善—恶、美—丑等一系列的两元对立的线性叙事来推衍情节。诸如此类，不仅体现出现代电视消费与民间文化传统的一种勾连、历史题材与现实诉求的一种嫁接，而且更显示出电视剧叙事对于传统叙事智慧及喜剧精神的一种传承。

从形象构造来看，"戏说"模式的电视剧的故事不过是两幅不同的社会景象的缩影：道德评价与"寓言"说教。像《戏说乾隆》《康熙微服私访记》，其中的主要角色，更像是某种道德理念的代言人；而他们的调查工作，则扮演了"吟咏"、评价的功能——解释评估剧情世界的道德架构，并同时提供了解决这些现实世界中冲突的方法。作为电视喜剧，"戏说模式"也可看作面对"现实"的戏说，并在这种意义上，成为一种"寓言"。在观众眼里看着的是古人穿着古装在表演，脑海里浮现的却是现实中的怪现状。

从审美品格上来看，"戏说"模式的电视剧有些可能是以正剧的面目出现，但更多的是作为一种庄谐混杂体叙事模式，它们所采取的无非都是一种"戏说剧"所特有的戏仿性文本策略。有论者曾将其归结为：阿凡提类型、微服私访类型、侠客类型等①。其原因在于它"没有史诗和悲剧的时间跨度，不是要回到神话传说般的遥远过去，而是反映当代现实，甚至是与同代人进行不客气但却亲昵的交谈。过去的神话人物和历史人物，到了这类体裁中就被有意地写得很现代化了。"② 这种电视剧的"戏说"模式在外在形貌上，因为"寓庄于谐"的喜剧样式甚至是闹剧风格，所以往往是在嬉闹的外表下彰显出作者对于人生

---

① 王欣. 论电视戏说剧的民间故事特性［J］. 当代电影，2004（1）.
② 巴赫金. 陀思妥耶夫斯基诗学问题［M］//巴赫金全集：第5卷. 石家庄：河北教育出版社，1998：142.

世事的洞察与审视。

当然，"戏说"模式电视剧的一个重要表现就是其媒介特性的突显，或者说是对于电视媒介的依赖，形成了以情景喜剧、栏目剧为代表的特殊的剧情构造模式。它们主要依赖于电视传播，成为电视垄断娱乐时代的一种非常流行的电视节目类型，且已形成了一套完整的准工业化的制作模式。其中，情景喜剧就是将各种日常化情境处理成为一连串的喜剧事件，并塑造出一批为人所熟知的角色，它的布局就是利用情景使节目生动活泼，各个角色以其确定的形象进行表演，以其显然可以预知的结果取悦于人。随着电视影响力的扩展，情景喜剧逐渐发展成为电视室内剧的一种。它一方面融合了常规电视剧和综艺节目的特点：现场演出，有固定的人物活动场景，有现场观众的反应；同时，它又是一个完整的故事，有一些固定的贯穿全局的人物推动情节的发展。情景喜剧并不要求深化人物性格和挖掘人物的心理活动，而是在角色限定的范围内，要求随心所欲的即兴表演。时空转换时，通过几个固定的外景的穿插，来完成对事件发生的时间和地点的简单交代。随着播出时间的逐渐固定，逐渐发展成为各剧集之间有联系又各自独立的系列剧。在中国，情景喜剧继《我爱我家》之后，出现了《家有儿女》《新七十二家房客》《闲人马大姐》《东北一家人》等系列剧，都是以"家"为背景建构剧情，此外像《候车大厅》是将火车站人来人往的候车室作为场景，实际上仍是以室内演出为主。只是这些作品的创作远未达到其应有的成就和影响，

其实，无论何种叙事模式，电视剧叙事它迎合的是大众心理的需求，需要切合当代中国社会的家庭伦理的现实。像长篇电视剧《牵手》《空镜子》《浪漫的事》《贫嘴张大民的幸福生活》等所表现出来的诗意化追求，则显然都是突破电视剧叙事模式化的十分可贵的尝试。

第七节　电视综艺：复合模式

"综艺"，顾名思义，乃是各种表演艺术的综合。一般说来，电视综艺节目是根据一定的主题创意，运用多种艺术手段将不同类型的表演、游艺等节目类型进行有机地组合。它既可以将音乐、歌舞、戏剧小品、戏曲片段、杂技魔术、

武术游戏、笑话故事等多样艺术体裁融为一体，也可以选择其中几项根据主题创意进行编排与组合，再运用广播电视的传播手段，在光色效果、时空变化、造型构造等方面进行设计与处理，录制或直播，以构成能够满足受众审美需求的广播电视综艺节目。

早在 1990 年，就有一档名为《正大综艺》的旅游知识问答及游艺节目在中央电视台第二频道播出，标志着电视综艺节目正式登陆中国内地。到了 1997 年之后，随着《欢乐总动员》《非常男女》《快乐大本营》等栏目的迅速崛起，综艺节目进入了一个黄金时期。一到周末，中国的电视荧屏就几乎成了综艺节目的天下，诸如"模仿秀""益智问答""征婚速配""明星访谈"以至"诗词大会""戏曲大会"之类，如燎原之火，迅速蔓延开来。其中《幸运 52》《开心辞典》《快乐女声》等余威不绝，新的综艺栏目诸如《中国好声音》《经典咏流传》等"模仿秀""竞技秀"依然在不断推出。作为固定的综艺栏目，从中央电视台的《综艺大观》开始，湖南卫视的《快乐大本营》，安徽卫视《超级大赢家》后来居上。曾经非常活跃的综艺节目包括：湖南电视《快乐大本营》、安徽卫视《超级大赢家》、北京电视台《欢乐总动员》、福建东南台《开心一百》、江苏电视台《超级震撼》、河北电视台《大家来欢乐》、辽宁电视台《七星大擂台》、黑龙江电视台《开心擂台》、天津电视台《开心娱乐城》、江西电视台《八仙过海》，等等。虽然，随着不同节目类型之间的竞争越来越激烈，其中有些栏目或改版或停播，但是，无论是制作还是观赏，综艺节目多年以来一直还保持着较为强劲的收视热潮。

其实，根据综艺节目的宗旨及定位，电视综艺节目大致可分为两大类：节庆综艺节目和行业主题综艺节目。前者最有名的当属近 20 多年来每年一度的中央电视台春节联欢晚会了。作为后者，则各行各业各有所长，因而其综艺娱乐也就各展特色。其中，最具特色的恐怕要算慈善业了。慈善事业是一个特殊行业，它代表着一个社会的良心，体现的是社会的道德理念与价值理想。它总是超然于各个行业之上，又渗透到社会的各行各业之中。所以，与慈善业相关的公益类综艺节目也就成为检测当代电视媒体良知的尺度。

从节目形态上来看，电视综艺节目又包括专题的综艺栏目与各种类型的综艺晚会。每提及"综艺"，人们关注更多的是各类综艺栏目，很容易忽略的当属各种综艺晚会；或者，由于太多的综艺晚会有着各种特殊的主旨与定位，甚至综艺晚会本身庞杂无比且影响巨大，所以，人们已将综艺晚会与一般综艺栏目区别开来，另当别论。其实，既然同属"综艺"，其节目构成及呈现方式就必然有着根本上的相同之处。因而，这里还是将它们结合在一起来加以审视。

所以，这里的问题是：究竟应该怎样理解作为一种现代大众文化叙事形式的电视综艺节目的结构与模式？其叙事话语的"综合"是否只是意味着一种杂合、一种"拼帖"？或者，是从根本上体现出一种有着内在秩序和意义的"复合"模式？

其实，电视综艺栏目中，人们无法找到一整套完整的叙事程序，所有综艺栏目几乎都是由一个个的片段构成，中间不断地有商业广告的插入，使得整个栏目无明确的叙事线索，常常是一种"无厘头"的娱乐模式。

随着电视节目对综合性和益智性的日益注重，电视叙事的模式也发生着相应的变化。固然，在叙事的结构与模式上，国内大多数综艺节目最初都有所沿袭和模仿。如《快乐大本营》就是模仿香港多年前的《综艺 60 分》；《玫瑰之约》和《相约星期六》则明显是台湾《非常男女》的翻版；而中央电视台的《幸运 52》更是与英国名牌栏目《智者为王》有着明显的相似之处。《智者为王》是从 BBC 引进的版权，该节目在英国的名称是"Weakest Linking"（最弱的一环节），曾是英国益智类节目中的王牌，在全球 80 余个国家播放，有着广泛的观众。但是，这些综艺节目被引进中国，在适应国内观众的收视习惯的同时经过适当的本土化的改造，已经得到了国内大部分受众普遍的接受和认可。特别是有中国特色的综艺晚会，则是很多受众所不可或缺的。因而，我们有理由认为，综艺节目的移植与再生不仅是成功而有效的，而且也逐渐建立起自己的一种复合性叙事话语模式。

其实，所谓电视综艺节目中的叙事，所涉及的大体不外乎两个方面：其一，从文化类型的角度来看，电视综艺节目本身就是作为一种文化叙事样式来体现出鲜明的后工业时代娱乐文化的特征；其二，在节目整体构成的层面上，电视综艺节目创作过程当中不可避免要"讲故事"，要有一些具体的叙事因素的介入并对其有效利用。叙事成为电视综艺节目的一个必要的结构性因素，从而表现为一种寓娱乐于叙事的情调和格局。

就前者而言，一般的综艺节目（特别是那些主题综艺晚会）本身，从选题立意到节目编排，无非都是要通过各种节目的组合以呈现特定的情境，营造娱乐的气氛，服从于某个鲜明的主题表达，从而，也就构成了一个个具体现实语境中的题旨鲜明的"大叙事"。正如中央电视台春节联欢晚会所设定的主题"团结、欢乐、祥和"等①，也无非都是为整个晚会节目设定一个叙事主调，并以此来调度整合各种类型的节目，构造出综艺节目的一种复合性的叙事结构。而这种"复合"结构，本质上也可以理解成一种"拼贴"。众所周知，在现代主义艺术的整体性被颠覆之后，拼贴也就成为后现代主义艺术的典型的时代特征。作为一种当代大众文化叙事形式，广播电视综艺节目的整体性的演出样态当中，一方面固然有着某种与特定社会语境相关的贯穿性的主题线索，另一方面却又不得不通过多种节目的拼贴来加以实现。至今，广播电视综艺节目仍不外乎由相声、小品、歌舞、戏曲等一些基本构件构造而成，故而在形态上，电视综艺节目不免有着一种后现代艺术的"大杂烩"之嫌。

就后者而言，综艺节目因其离不开拼贴，所以其本身就可能包含着若干个"小叙事"。也就是说，作为综艺节目的具体构成要素，往往有一些故事穿插其中。它往往具有某种天然的游戏与娱乐的性质。而游戏则是与人自身以及人所置身的世界具有最密切的相关性。当然，所谓"最密切的相关性"不是指的"意义"本身，而是指的参与游戏者的心理的宣泄与情绪的释放。从而，游戏与娱乐，本质上都是对现实的一种疏离，一种暂时的躲避。所以，广播电视综艺节目当中，凡是那些能够让观众开心一笑且经得起人们反复回味的故事才是好故事。综艺（包括游戏、娱乐、益智类）节目需要有一些"好故事"穿插其间，无论是时事、明星故事、家长里短，还是某种"噱头"甚至"八卦"新闻，都可能被组合在一种调笑逗乐或制造"噱头"的情绪氛围之中。因而，也可以说，一种特定的情境氛围的设定就可能被设计成为整个综艺节目的叙事主调或叙事节奏之节点。那些栏目化的综艺节目多安排在周末或节假日，就是为了适应受众的放松娱乐的需要，也是为了营造一个轻松的叙述情调和氛围。

综艺节目的"复合"叙事模式不是"大杂烩"，而是体现了大叙事—小叙事、主调—拼贴、宣教—娱乐、线性—非线性等一系列的二元对立。这也许正是综艺及游戏娱乐类节目的叙事奥秘之所在。也就是说，电视综艺栏目中无论节目采取怎样的板块拼贴，其间可能总有着某种叙事主线以及若干次要故事的

---

① 张凤铸. 中国电视文艺学［M］. 北京：北京广播学院出版社，1999：412.

单元。也就是说，在多种因素的综合中，仍然有主有次，仍有主调（主旋律）与复调，在线性的构造中体现出一种非线性的特点。作为一种"复合"型的广播电视综艺节目的叙事模式，因为不是随意掺和，不是无序组合，所以，其中往往隐含着某种内在的秩序和意义，某种潜在的迎合与控制。

就电视综艺节目当中的诸多娱乐元素而言，它们往往是作为叙事性因素的必要的补充而表现出多样性的结构方式和参与方式。归结起来，其中大致包括：一，明星的戏仿（parody）。电视综艺节目总是邀请众多明星参与其中，显然不只是向观众展现明星的风貌，更主要的还是通过明星的人缘与戏仿以及明星与观众间的相互沟通，以吸引观众的眼球；二、特别的竞技，尤其是明星或现场观众之间的才艺比赛，成为引人入胜的有效手段，比如益智节目中的竞猜和答题等；三、有效的博采，也就是以实利来诱惑人。比如安徽卫视的《超级大赢家》就有着一定的博采的性质。虽然博采在国内并不合理合法，但是作为人的趋利与赌博的禀性的一部分而常常被用来聚集人气，进而为电视综艺节目所袭用。当然，综艺节目中的博采往往是在娱乐至上的外衣之下来引起观众参与的欲望的。

接下来采取一些经典的电视综艺节目为例，通过对其中一些明显的娱乐元素的解析，来总结其如何利用文化叙事的技巧来博取观众的注意。归结起来，其中主要的大概有以下三个方面：其一是节目板块的设置老幼皆宜，如《小鬼当家》《小鬼辩论赛》以童趣为主题，锻炼了儿童的思维、智慧和口才，现场将小朋友分为正、反两方辩论队，由主持人担任主席来组成一个辩论会，小朋友出人意料的思路、言辞和辩才往往令人捧腹大笑。其二是在栏目的创意上强化娱乐色彩，如《超级剧场》，让主持人及嘉宾演绎经典影视剧剧情的故事情节，取得了较好的喜剧效果。又如《拳王争霸赛》请职业拳手与明星进行比赛，《超级俱乐部之伤心俱乐部》中节目主持人舍身取艺，悲伤演绎欢乐歌曲等。其三是节目的叙述板块与流程常换常新，有些板块在观众没看腻的情况下，只因播出时间较长，便毅然更新。如将一个曾深受新生代观众青睐的《青春美少女》及时更新为《超级新人秀》，就是为了主动调节受众的口味，以引领时尚，制造流行。

因此，所谓综艺娱乐类节目的一些"好的叙事"必然是在演艺与游戏娱乐之间寻找到某种平衡，"好的叙事"也就在一系列的二元对立当中得以实现。或者说，它们所采取的往往是一种相对封闭的因果结构，一种多面体的缝合结构。其中，对于参与者与观赏者而言，往往是刺激与抚慰交替，平衡与断裂交融，从而使得受众的感官与心灵都得到足够的刺激与满足。

当然，还有一些专题性质的综艺节目，是指向节目之外的自然或文化传统，如文化旅游性质的《正大综艺》，戏曲综艺节目如中央电视台的《过把瘾》、北京电视台的《同乐园》、河南卫视的《梨园春》、安徽卫视的《相约花戏楼》等，都是旨在宣扬戏曲文化、满足人们对戏曲的品评。

但是更多的综艺娱乐节目制作当中，包括现场灯光的闪烁，现场的哨声、口号声、怪异的音响声，在后期制作中加进的音响效果，以及每隔几秒出现的特技、字幕等视频效果，都可能只是在制造着某种能指本身的诱惑。在这个意义上，综艺节目叙事所采用的虚拟语态都不过是把那些熟悉的演艺节目与游戏方式不断地巧妙翻新，从而引发人们的一个又一个的接受的高潮与刺激。其中经典的编码/解码的程序就是：通过前后演艺节目与游戏之间的相互对应，以及前后重叠的功能和互为因果的语态，使得电视节目中的叙事文本产生某种不同寻常的意味或者某种新的语义功能。而且，这种叙事的虚拟语态事实上也就意味着，综艺节目的叙事过程永远只是在不断地编排与铺叙当中。

固然，当人们沉迷于"泛娱乐时代"的电视综艺节目时，对体察其中的叙事艺术往往不以为然，因为不少人认为广播电视综艺节目中所包含的叙事元素十分有限。然而，随着后现代文化在电视娱乐节目中初露端倪，综艺节目的叙事元素也开始引起了人们的关注。事实上，后现代社会就是以"小叙事"为特征的，而电视综艺节目编造的也正是一些无关宏旨、轻松愉快的"小故事"。因此，从这个角度来说，广播电视综艺节目作为由媒体组成的"狂欢"，凭借其叙事性的框架，对各种文化形式的随意组合，可以制造出一种平等的幻象，从而达到通过迎合大众的欲望去宣泄、消解压力的目的。

如前所述，所谓"狂欢"，最初来源于巴赫金对欧洲中世纪民间文化的概括。在巴赫金看来，"狂欢"为世俗大众提供了一次暂时拒绝上帝的世界与官方社会的机会。在狂欢节中，人与人之间的距离被抛在一旁，代之而起的是一种特殊的狂欢节式的关系，即人与人之间的自由自在的亲切随意甚至恣意妄为的接触。在巴赫金看来，正是在狂欢之中，人们脱离了一切既定的社会关系，摆脱了原有的社会角色，获得了一种激情化的生命的自由与精神的解放。诚然，电视综艺节目的最直接的价值体现就是狂欢化的娱乐。特别是一年一度的"春节联欢晚会"甚至表现为一种全民族的节日狂欢。确实，电视综艺节目中的这种狂欢化的景象，可以看成是一种现代的城市杂耍，一种新型的民间娱乐。在某种程度上，以《快乐大本营》为代表的中国电视综艺栏目所具有的狂欢化的特征，也就在于它能满足现代人的种种心理需求，如流行性、幽默、滑稽、以及适度的打闹调笑……，让人们在繁重的生活之余欣赏这些栏目，情感可以得到宣泄，身心也可以得到调节并重获平衡。但在后现代的传媒文化中，人们的平等感的升华与沉醉则呈现出另一种图景。

如上所述，电视综艺节目中通常都会邀请一些明星加入，但又常常改换他们的角色，使其赖以成名的本领被暂时搁置，而进入到与平常人一样的起点上，其潜在的意图是要颠覆其以往的一切价值秩序和知识体系。同时也造成了后现代文化对文化形式、知识价值的游戏态度，交错与混杂，拼贴与剪裁，不断造出新种类又不断加以摧毁，形成了后现代文化的独特景观。广播电视综艺节目在叙事方式上将游戏、小品、竞赛、体育项目等各种文化形式兼收并蓄，拼贴、混杂在一起。在此基础上，广播电视媒体的特征又被充分地加以利用：商业广告又被巧妙地融化于游戏之中，文娱表演、滑稽逗乐调节性地穿梭于节目各主要环节之间。后现代文化的精神本质上正是要打破中外古今的界限，为达到某种效果而不择手段。因此，电视综艺节目所追求的狂欢效应，就更是常常忘却界限，冲破藩篱，达到一种超越当下时空，寓永恒于瞬间，追寻无穷的感受与体验。由于不少娱乐节目将演播现场的"场内""场外"，以参与热线、幸运观众等形式串通到一起来，所以自然地打破了"中心—边缘"观念，那些最"边缘"的普通人也可以一下子被接入现场而成为娱乐现场的"中心"人物。

故而，在审视这些倾向的同时，还应该看到，后现代文化对价值秩序的颠覆与解构造成的当下社会的价值虚无化。电视叙事就试图用公正的游戏来掩盖、抚慰现实的不公，其精神审美上丰富的单调、逼真的虚假等值得反思的问题也暴露出来，这对当代精神文化的进一步发展有着深刻的警示作用。

诚然，20世纪90年代以来的中国社会，随着国民经济的快速发展，文化也愈来愈表现出大众化与普及化的特征，"人们迅速抛弃了所有的传统，整合社会思想的中心价值观念也不再具有支配性，偶像失去了光环，权威失去了威严，在市场经济解放了的众神迎来了狂欢的时代。"① 综艺节目业已成为当今电视媒体的重要的，甚至是不可替代的播出内容。这不仅是由于电视的家用媒体的属性，也与电视传播的功能转向关系密切。电视媒体娱乐功能的强调更使这一趋势得以强化。同时，自 20 世纪 80 年代以来，电视重新开始了"回归真实"的一个历史过程。其表现不仅仅是新闻频道、新闻杂志、探险和发现类节目的迅速增加并得到观众的广泛认可。更重要的是，即使过去的一些综艺娱乐节目也在走向真实，出现了所谓的"真人秀"，而且火爆异常。电视的这种回归真实的现象，其实，既是电视节目制作手段的本质回归，同时也体现了人们对于真实的渴求。从而，娱乐、狂欢与追求真实，成为电视综艺节目叙事价值的两极，作为一种二元对立的因素，相反又相成。

于是，一方面，与传统的综艺节目的教化立场相比较，现代综艺节目也许更具有大众性与平民性，另一方面，综艺节目却又不免有哗众取宠之嫌。一方面其节目内容既追求贴近生活，贴近观众，另一方面又往往刻意地追求明星效应。它们可以将"位尊权重者与卑微贫贱者，伟人与无名之辈，智者与愚夫结合到一起。"② 它既急功近利，却又试图表达出一种特定的世界观与价值取向，以求与一些"正经严肃的力量"正好截然相反。现在的电视综艺节目还存在着另一普遍倾向就是缺乏原创性。节目的内容重复，大同小异，歌舞杂耍、猜谜辩误、游戏竞赛乃至明星模仿秀，几乎贯穿于每一个综艺栏目当中。正如詹姆逊所认为的那样，"个人主体的消失，伴随着其形式上的后果，即个人风格日渐消失，产生了当今几乎普遍存在的实践，即所谓的模仿作品。"③

这也许正是电视叙事在所难免的尴尬之处。

---

① 孟繁华. 众神狂欢［M］. 北京：今日中国出版社，1998.
② 尼古拉斯·阿伯克龙. 电视与社会［M］. 南京：南京大学出版社，2001.
③ 约翰·司道雷. 文化理论与通俗文化导论［M］. 南京：南京大学出版社，2001.

第五章

叙述与价值
——电视叙事的艺术功能

诚然，对于当代大众文化的建构来说，电视叙事可谓功不可没。但是，电视叙事之于当代社会的价值与意义却还是受到不少质疑乃至于否定。美国学者怀特曾描述道：自己生平第一次在一个小型的电视屏幕上看到闪烁的图像时，便预测到"电视将是对现代社会的一种考验。我们获得了拓开眼界的崭新机会，从中我们会发现：要么是打破安宁的生活，使我们陷入难忍的困扰；要么是灵光照寰宇，福从天降。电视可以使我们立于不败，也能使我们溃倒，这是无疑的。"[1] 而法国思想家布迪厄在其《关于电视》一书中更是开宗明义地断言："电视通过各种机制，对艺术、文学、科学、哲学、法律等文化生产领域形成了巨大的危险"，"电视对政治生活和民主同样有着不小的危险"[2]。法国学者吉耶博德甚至宣称电视为"一种神秘的传播媒介"，"一种具有爆发性和危险性的工具"[3]。

如果说，以上对于电视叙事的社会功能的质疑有些危言耸听的话，那么，对于人类的精神成长特别是当代文化生态来说，电视叙事到底会发挥着什么的作用，究竟能产生什么样的影响？或者说，电视叙事之于当今的电视观众乃至现实的社会人生的意义究竟何在？其价值和功能具体体现在哪些方面？应该如何正确地认识、理解和发挥电视叙事的价值和功能？诸如此类的问题却是至今仍未能得到明确的解答，因而也就成为本章所要讨论的主要问题。

---

① 宇丹. 现代社会的一大文化景观——电视文化论稿之一 [J]. 思想战线, 1996 (1)：56, 53.

② 皮埃尔·布尔迪厄. 关于电视 [M]. 沈阳：辽宁教育出版社, 2000：1—7.

③ 张穗华. 媒介的变迁 [M]. 北京：中国对外翻译公司, 2002：96.

　　所谓价值和功能，并非纯然事物自身的属性，而主要还是相对于人而言的，即事物之于人所体现的有用性或利害相关的一面。电视叙事的功能，固然一方面与电视叙事的本体特质技术属性分不开，显示出其对于社会人生的特殊的价值与效能，另一方面也与叙事文化的自身话语逻辑密切相关。早在1960年，雅各布逊在其《语言学与诗学》一文中谈到"叙述话语"（Narratorial discourse）的概念时就曾分析了叙事功能的问题，他曾明确归纳出诸如叙述者的"情感"或"表现"的功能，导向接受者的"交流功能""说服功能"等几个方面。从而，功能的特性及其体现也就成为理解叙事价值的重要方式和途径之一。所以，本书理解电视叙事的功能，也就是从价值论的角度来审视电视叙事的存在和变化的意义。或者说，我们这里关注电视叙事的功能，也就是要把握和理解电视叙事通过叙事话语的展开与表述以达到其所实现的目的和所发挥的作用，并进而探究其所显示的美学的和文化的意义。

　　电视叙事一般可表述为：经由不同叙事过程中人与人、人与自然、人与社会、人与自我之间的那种多视点的连接和重组，人们必须将自己在不同境遇中的体验，转换为一种可以记叙的以及可以交流的形式，以最直接的视听语言传达着它此刻的存在性、感受性和记忆之复杂性。电视叙事就是将生活事件的不同形态纳入到其所表达与言说的过程之中，同时又应用视听交流和传播的形式扩大其叙事存在的范围。因为，在任何一档电视节目当中，无疑都有其具体的现实的制作目的和表达的意义。所以，在理解电视叙事的文本、话语和模式的基础上，就电视叙事所传达的意义和目的而论，其功能的表现也就在于电视叙事究竟"做了些什么"和能够"做些什么"。从而，对于当下电视人来说，就不仅可以避免电视叙事的随意性和盲目性，更主要的还在于发挥其积极的审美文化和社会参与的价值功能；对于电视受众而言，也正是通过电视叙事的日常化的接受以构成与世界的直接和间接的关联。恰如英国学者罗杰·西尔弗斯通（Silverstone Roger）在《电视与日常生活》一书中所指出的："电视融入日常生活的明显之处在于：它既是一个打扰者也是一个抚慰者，这是它的情感意义；它既告诉我们信息，也会误传信息，这是它的认知意义；它扎根在我们日常生活的轨道中，这是它在空间和时间上的意义；它随处可见，这么说不仅仅是指电视的物体——一个角落里的盒子，它出现在多种文本中——期刊、杂志、报纸、广告牌、书，就像我的这本；它对人造成的冲击，被记住也被遗忘；它的政治意义在于它是现代化国家的一个核心机制；电视彻底融入到日常生活中，构成了日常生活的基础。"① 而这一点，也许正可以成为我们理解电视叙事功能的出发点。

如今，电视叙事文本及其话语在大众传播媒介体系中已经占据着非常重要的位置，无论是其影响面还是渗透性都是如此。有论者甚至自豪地宣称："凡是没有进入电视的真实世界，凡是没有成为电视所指涉的认同原则，凡是没有经由电视处理的现象与人事，在当代文化的主流趋势里都成为边缘；电视是绝对卓越的权力关系的科技器物。"② 而美国后现代主义文化批评家弗·杰姆逊（Fredric Jameson）则从批判的立场上提出了自己的质疑，他的关于"后现代电视"的四大景观的论点，即深度感的削平、历史感的削平、本体性的削平、距离感的削平，无不是指向对于电视的存在功能和价值的质疑③。其实，推崇也好，质疑也罢，电视叙事之于当下社会的影响似乎已经成为一种不可改变的宿命。在这样一种历史情势之下，人们既离不开电视又需要反思电视。更为重要的是，随着数字传媒及网络多媒体技术的日新月异的发展和进步，电视"一统天下"的局面终究将会在网络多媒体及其新的视屏终端的竞争与互补中被新的数字媒介所渗透甚至所取代，电视叙事还能够像以往那样功能凸显、作用巨大吗？

故而，归纳起来，本章所要展开讨论的领域为电视叙事自身的功能价值，却又不仅仅是屈从于现存社会规范进而加以证实的"社会效用"，虽然理解电视叙事的这种功能价值也确实离不开具体的社会文化的场域和各种现实的权力关系。因为，艺术毕竟是经由自身的存在而实现其社会批判与审美介入的效用的。而电视叙事的功能价值毕竟更是与人性本身的价值诉求有着更为深切的关联。所以，这里还需要进一步加以追问的就是：在社会人文精神的向度上，电视叙事究竟还会有何作为？电视叙事究竟有着怎样的存在价值与意义？

概而言之，本书所要探讨的电视叙事的功能价值大致体现在以下四个功能

---

① 罗杰·西尔弗斯通. 电视与日常生活［M］. 陶庆梅，译. 南京：江苏人民出版社，2004：4-5.

② 尼古拉·米尔佐夫. 什么是视觉文化?［M］//文化研究：第三辑. 天津：天津社会科学院出版社，2002.

③ 杰姆逊. 后现代主义与文化理论［M］. 西安：陕西师范大学出版社，1986：171.

中，即信息媒介功能、象征表意功能、情感聚合功能以及逻辑转换功能。它们在逻辑的层面上构成一个体系，相互关联而又各有侧重。本章的讨论也便循此而展开。

第一节　电视叙事的信息媒介功能

毋庸置疑，电视首先是一种信息传递的媒介。从其诞生那天起，电视就是为了满足人们获取信息的需要而存在的。美国电视学者尼尔·波兹曼（Neil Postman）运用与麦克卢汉"媒介即讯息"同样的句式大胆断言："媒介即认识论"，其意在表达的是：每一种媒介都有着各自不同的话语方式，为探索世界、认识事物提供新的视角与定位，"能够引导我们组织思想与总结生活经历，所以总是影响着我们的意识和不同的社会结构。它有时影响着我们对于真善美的看法，并且一直左右着我们理解真理和定义真理的方法"①。

电视叙事惟其是通过诉诸人们视觉的和听觉的信息符号而展开的，且与人们的日常生活最为接近。在这一点上，电视不同于传统的文学、戏剧乃至电影。如果说，作为"活动的照相"的电影从一开始之所以能够获得人们的青睐，主要是因为能满足人们的好奇心的话，那么，电视则可以说主要是在弥补广播信息清晰度之不足（缺乏视觉因素）的基础上应运而生的。由此亦可见，电视叙事的首要功能即在于信息之传达。随着技术的不断进步与完善，电视叙事的信息媒介功能甚至可以达到"全息"和"仿真"的高度。所谓"全息"，当然是指电视叙事的视听传播的特性，可以全方位地展示和呈现事件和现场；而所谓"仿真"则是"通过各种模型生产出一种复制品：一种以假乱真的东西"②。

故而，电视叙事，首先不是用来说教的，其主要的也是最基本的功能当然就是为了传达某种信息。这是基于电视媒介的产生、发展的历史事实而形成的。所以，新闻报道、纪录片、专题节目等成为电视首要的和基本的叙事形式。即

---

① 尼尔·波兹曼. 娱乐至死 [M]. 章艳，译. 桂林：广西师范大学出版社，2004：22.
② 约翰·斯道雷（John Storey）. 文化理论与通俗文化导论 [M]. 杨竹山，等译. 南京：南京大学出版社，2001：256.

使是在电视的虚构叙事中，通过声画造型的手段以实现审美信息的传达与交流，也是其主要的任务。也就是说，电视首先是一个信息传播的媒介。电视叙事的文本作为一种信息传达与交流的"中介"，既需要对各种社会的或审美的信息的采集和制作，更需要寻求与受众的交流与沟通，是在与受众的交流之中真正实现其信息媒介的功能的。因而，电视叙事的信息媒介功能也就突出地表现在其信息的可传达性与可交流性上。

一般来说，人在传播过程中进行的信息交流是通过人与信息的相互作用而达到的。所谓人与信息的相互作用过程就是人接收信息刺激，做出反应，得到反馈，获得影响的过程。这里，传播过程的双方必要的反应是保证传播达到预期目标的一个重要环节。在电视叙事艺术传播过程中，没有受众的参与和反应，就不能有效地调动受众的兴趣与思维，创作者就不能了解受众的掌握程度和困难所在。传播双方参与和反应越积极、越频繁，传播交流的过程越顺利，也就越不容易中断。

电视叙事的信息媒介功能主要表现在信息传达和"复制现实"。作为信息媒介的电视似乎天然的就具有一种"复制现实"的功能，它不仅可以给人一种纤毫毕现的"逼真"感与"现场"感，甚至还可能记录下人的感官所难于发现与捕捉的东西。如前所述，电视叙事最大的功能就是将观者带入"现场"，使受众身临其境。这也就是所谓电视叙事的情境构造与空间体验方面的属性。

但是，电视叙事又不可能实现对于现实生活的完完全全的"复制"，某种意义上更是意识形态统领下的意义的生产。日常生活中一些不可预测的偶然性的事件，经过电视报道直播或转播，特别是经过电视叙事中人们所熟悉的节目（栏目）的编排，通过与其他日常的人物事件的组合，不仅在一定的相关度上获得一些具体的可传达的意义，而且可能被赋予一些新的意义。

故而，电视叙事的"复制现实"也并不意味着排斥虚构。即使是电视叙事的虚构，也不可能是面壁而为。虚构叙事作为电视叙事的一种形态，仍然离不开对现实生活逻辑的遵循，对生活素材的取用，甚至对现实的某种程度上的想象与再造。

确实，信息是人们通过采集、识别、变换、加工、传输、存储、检索和利用等过程获得的，其表现形式有数据、资料、消息、新闻、情报、符号及图像等。每种媒体使用的符号系统不同，有的媒体只能表达一种符号系统，传递一种信号；有的媒体能表达两种或两种以上的符号系统，传递丰富得多的信息。而电视叙事的信息则以其视听综合特性而成为一种全息性的传播媒体。通过直播或转播，而形成"在场性"，也就是说，电视叙事通过视听一体的信息的传播而生成"现场"的图景。也正由此，电视叙事在碎片化与可组织性上导致"信息的绝对过剩和相对缺乏"①，"在当代社会，电视在人们日常生活中占据着举足轻重的位置，据统计，现代电视收看在当代人的业余生活中占据了接近1/2的时间，它已经成为当代人不可或缺的信息来源。电视信息量的铺天盖地常常成为掩盖实质的匮乏的表象，量的平面扩充与质的深度进展很难达到平衡。重复信息的狂轰滥炸，冗长内容的不断复制，带给人们的是一片茫然；而价值的残缺，真理深度的削平，使人们变得浮躁"②。

我们知道，电视叙事的功能主要是通过"看"与"被看"来实现的，而在其主导方面有别于广播（Radio）乃至于更古老的人际传播中的"听"。可以说，电视以"视"为主，是在"听"之上的进一步拓展。从而，电视之"视"（"看"与"被看"）的实质究竟意味着什么呢？一般说来，"看"是一种享乐，"被看"仅仅是快乐的制造者。那么，谁拥有"看"的位置而谁又必须"被看"？这应该是视觉快感分配遇到的首要问题。"看"代表着主体的权利，"被看"意味了贬低为对象和客体；这曾经是中国古代戏曲演员（通常被称之为"戏子"）地位低下的原因之一。这也就意味着，电视叙事的"看"与"被看"之间其实也一直隐藏了视觉与权力的关系。

事实上，"看"与"被看"的关系还可以寓含多重内涵。"看"，可能是一种心领神会、一种秘密暗示、一种心理交换，甚至也可能是一种窥探、一种挑逗，甚至是一种挑衅。而现实中陌生的直视（"看"）则时常被解释为一种冒犯。譬如在电梯或者公共汽车这种狭小的空间内，赤裸裸的凝视就时常令人不安。人们经常形容某种眼光如同"锥子一般"，可见视觉是可以形成胁迫的暴力的。许多神话之中均有目光致命的故事，例如爱尔兰传说之中的巨人巴勒，塞尔维亚怪物瓦伊，特别是希腊传说之中的美杜莎，都有类似的魔力。视觉暴力拥有繁多的形式，斜视、漠视、盯视、监视、仇视，等等。人们可以根据现实

---

① 张国功. 电视：现代文明的两刃刀 [J]. 声屏漫议，1994（2）：18.
② 姚文放，等. 全球化与现代电视传媒 [J]. 媒介研究，2006（1）.

情境列出种种视觉暴力的梯度。在这个意义上说，人们的服装和寓所均是抵御视觉暴力的物质屏障。这时，被看也就是被主宰。

如前所述，"看"与"被看"始终隐含着一种复杂的主宰与被主宰的关系。"看"，看似主动，实则被动；而"被看"，则为有意地去满足人们的某种潜在的"窥视"的欲望。对于多数电视叙事节目来说，"被看"首先是为他人的视觉消费提供产品。

作为当今最为重要的信息媒介的电视，在满足人们的信息需求的同时，还承担着某种精神启蒙的功能吗？电视所提供的"信息窗"，其传播机理究竟是"敞开"还是"遮蔽"？霍克海姆和阿多诺的《启蒙辩证法》中，通过对启蒙的深刻反思而对现代性进行了尖锐的批判。"从进步思想最广泛的意义来看，历来启蒙的目的都是使人们摆脱恐惧，成为主人。但是完全受到启蒙的世界却充满了巨大的不幸。"这也就是所谓"启蒙的辩证法"。启蒙的理性精神其实已经隐含了某种技术的专制，统一的理想变成了不平等的压制，"启蒙精神都始终是赞同社会强迫手段的。被操纵的集体的统一性就在于否定每个人的意愿"①。事实上，正如《启蒙辩证法》所揭示的，经过电视叙事所包装的信息产品，其信息的"敞开"与"遮蔽"可以说几乎是同等的，在电视叙事的信息语义当中，既有其相对明确的能指与所指，也有其有意无意的取舍与遮蔽。因而，也可以说，电视叙事，既可能是信息的传播者、阐释者，也可能是某种假象的制造者。

电视叙事的信息媒介功能的呈现无疑还有着多种表达的形式。其中既包含丰富具体的日常生活信息的传达，也包括大量的审美情感信息的表现。在文化消费的意义上，电视叙事就是为"看"者组织"被看"的信息。而"被看者"却又不是纯粹自在的或偶然的，往往是被组织、被叙述出来的。正如热奈特所指出的，在某些叙事文本中，"既不能说故事是主人公自己叙述的，更不能说是由叙述者直接出面叙述的：这里所叙述的并不是故事本身，而是关于故事的'印象'"。② 故而，有人甚至宣称："所有电视都是教育的电视，唯一的差别是它在教什么。"③ 所以，为看而看，从吸引观众的眼球到将观众裹挟进入电视叙

---

① 霍克海姆，阿多诺. 启蒙的辩证法 [M]. 重庆：重庆出版社，1990：1，10.
② 热奈特. 叙事话语 新叙事话语 [J]. 中外文学报道，1985（5）.
③ 威尔伯·施拉姆、威廉·波特. 传播学概论 [M]. 北京：新华出版社，1984：261.

事的信息流当中，也就构成了电视叙事信息媒介功能呈现的主导性方式。电视叙事由此得以进入人们的日常生活，成为人们生活中一个絮絮叨叨的同伴。

这里，且不说在那些科教性、知识性、益智性的电视节目当中，即使是在一些娱乐性、情感性、服务性的节目当中，也不可避免地涉及到各种信息的传递与交流、阐释或遮蔽。缺乏明晰的信息，或者信息量不大，可能成为电视叙事的一大忌。那些被认为是单调而无味的电视节目常常首先就是其中所蕴涵的信息量的单一以及存在有意无意地选取或遮蔽。

然而，电视叙事的信息媒介功能究竟体现为怎样的特性呢？是日常的信息获取，还是特殊的审美娱乐？人们对于电视的依赖性何以越来越大？进而言之，在信息时代的当今，电视叙事究竟扮演了一个什么样的文化角色？

就电视叙事的功能呈现而言，英国文化批评家雷蒙·威廉斯（Raymond Henry Williams）曾提出一个被广泛接受的"流动"（flow）概念来指称电视的功能价值。对雷蒙·威廉斯来说，"核心的电视体验是流动的事实"。而信息究竟如何"流动"，威廉斯拒绝对电视系统内部做出进一步的区分，他认为"在所有发达的广播系统中，独特的组织以及因此而产生的独特的经验，都是一种序列的或流动的组织或经验。于是，这种有计划的流动的现象，便可能把广播的特征同时限定为技术和一种文化形式。"进而他强调了一种"从作为节目编排的序列概念向作为流动的序列概念的重要的转移"。威廉斯通过对于电视本体论的反思，最终把"流动"的概念与"电视体验本身"联系起来，好像技术本身足以保证各种跨越文化和产业体系的境况的相似性[①]。于是，在威廉斯看来，电视叙事无疑也就具备了一种信息"流"与情感"流"的特征，从而带来了受众的全息化的信息交流与体验。

具体说来，电视叙事的信息媒介功能首先体现在其信息的选择与传达上；电视叙事的信息源似乎无所不包，然而本质上却是经过细密筛选的。就其信息传达的指向而言，电视叙事客观上还是单向度的。从而可以说，电视叙事的选择与传达的途径也无非就是：从传者到受众；由点到面。而其反馈的方式也是间接的；受众只能被动地接受，只有通过收视（率）调查来显现或收视数据的

---

① RAYMOND WILLIAMS, Television: Technology and Cultural Form［M］. NewYork: Schocken1974: 86 - 95.

技术统计来呈现。于是，收视率也就成为评价其信息媒介功能的一个重要尺度。这种收视率，一方面是作为电视叙事的信息量及其度量方式；另一方面，却也由于其量化的偏颇而带来电视叙事信息的能量偏置。这里，收视率已然不再仅仅关乎信息量，甚至更主要的还关乎信息处理和议程设置。

其次，电视叙事的信息媒介体现为信息的交流与共享。电视媒介的特性决定了电视叙事的日常化品格。电视叙事以其生活流的特质而构成一种日常生活场景的一部分；也由此，电视叙事体现出明显的现场性。如果说，电视新闻的"即时性"品格满足的就是让观者走近（进）现场，那么，对于电视虚构叙事来说，更是为受众营造出一个虚幻的现场。正是这种现场性使得电视受众的参与性的交互性明显增强。很显然，与电影相比，电视增加了在现有频道范围内选择内容的可能性，但是，仍不能控制节目播出的时间和顺序；而电视重播的安排可以弥补一次过带来的信息流失性，媒体接收控制方面有了一定的保障。随着信息技术的飞速发展，数字化电视叙事交互的种类在不断增多，其交互性能更是有了明显改善。在这个意义上，媒体的交互性是对于传播效果影响极大的一个因素。相比较以往单向媒体，数字电视则是具备相当交互功能的媒体，它不只是提供由传者到受者的单一方向的信息；受者虽然还只能被动地接收信息，但却有了更多的选择的权利，以便于做出适应性的反馈和响应。

其三，电视叙事的信息媒介功能还体现为对于社会主流文化价值的坚守。电视叙事是指向大众的，所以其信息服务功能也就不可避免地受到主流价值观念的有效支撑，在社会服务、大众消费的同时，当然也难免受到市场的裹挟。如今，电视媒介对人们的日常生活已有了越来越深的介入，电视叙事自然不能随波逐流，因而其主流价值的坚守也就显得尤为必要。

故而，随着市场经济体制的建立与逐步完善，社会文化的快速发展以及民众生活水平的不断提高，中国全社会对文化、信息消费的需求日益高涨，特别是对丰富多彩的电视叙事文化（从满足感官娱乐与愉悦直至探询复杂微妙的人性精神世界）的需求，这种需求不仅规模巨大、数量惊人，而且多层次、多方位、多类别，时代已经发展到了人们越来越注重享乐、休闲和自我实现的时候。人们不仅关注那些或大或小的社会热点事件的过程，而且更希望探究事件背后的前因后果，甚至还不免要窥视其中所蕴含的人性的道德、情感、欲望等心理因素。在这个意义上，电视叙事总是以其声画并俱、视听兼备、直观可感，细节生动和表现形式多样化的优势，大程度地满足受众的窥视、亲历、共时体验等生活欲望。当然，电视叙事的信息功能的发挥是在媒介传播技术保证的基础上进行的。人的想象力和创造性，是电视叙事所发挥的作用乃是至关紧要的。

在信息管道越来越多样化的可供选择的时代背景下，电视叙事如何进一步发挥其信息媒介的功能，在信息多元化的条件下保有自身的优势？也就成为电视叙事必须面对的一个十分严峻的问题。

第二节　电视叙事的象征表意功能

电视叙事虽然以信息传达为其首要任务，但又不止于信息的传达，而必然还要指向某种价值的评判和意义的表达，以至于往往通过特殊的符号意象的创造而表现出电视叙事的象征表意的功能。从而，电视叙事在指事造型的同时就不免具有某种审美意识的意向性，甚至意识形态的倾向性，或者说，电视叙事的符号与意象也都必然的指向某种社会意识形态的表达和文化的意义的生成。

具体说来，电视叙事的表意象征，首先是属于本体意义上的，即作为一种文化的表征性。从作为国家意识形态的"喉舌"，到某个特定的社会层面上的民意的表达，电视叙事在其信息媒介功能之外无疑还要自觉地担负起其作为特定社会角色的意义呈现和价值传播的功能，并且成为一种意义的表征。譬如，当人们一早习惯性地打开电视，就会有中央电视台的《朝闻天下》、凤凰卫视的《朝闻早班车》之类的早间新闻类节目。其实这类新闻节目的电视叙事意义究竟何在？为什么能够引发人们习惯性的关注？正是这种新闻节目的电视叙事将人们生活格式化，使得人们宁愿去"闻"那些距我们万里之外与我们并无特殊关系的"大事"，却对发生在我们身边与我们关系密切的"小事"一无所知；而且，人们也没有意识到那些所谓"大事"之"大"，或者重要事件之"重要"，恰恰是由传播者，以及诸多与之相关的人或媒介机构所"建构"出来的，而不是由受众自己自主判断决定的。在这个意义上可以说，《新闻联播》之类的节目的象征表意功能也许要远大于其信息媒介功能。

其次，在价值实现的层面上，电视叙事的象征表意还必然体现为对于某种传统的价值认同和文化记忆。故而，电视叙事之于传统文化的传承、民族心理的认同、消费意象的形成等，无疑都具有十分重要的意义。譬如，中央电视台的"元宵晚会"和"中秋晚会"，都是以"月圆"为象征符号，在寓意"团圆""团聚"方面，"月圆"无疑成为最圆满的表意符号。从而，咏月感怀，也每每成为诸如此类电视晚会叙事的主题或主线，而歌舞、故事、传说等都可以被编织其中。其意义也就不仅体现在一个特定的节日之夜，而且，更为重要的是在表意象征的层面上，通过电视叙事而成为普通中国人的身份认同与文化记忆的一部分。

进而言之，电视叙事的象征表意功能究竟缘何而生？又是如何体现的？

从技术层面上讲，所谓电视叙事的表意象征，首先乃是指一种声画语言的运用及其意义的表达。它一方面源自声画语言本身，通过特定的象征寓意符号的创造来实现；另一方面，则是与接受语境相关而被赋予某种象征寓意。法国电影理论家马赛尔·马尔丹（Martin，M.）在《电影语言》一书中，曾将运动构图（摄影机的移动）的功能分为"节奏性""戏剧性"和"描述性"①。我们这里不妨借用"描述性"一词，来分析和解释电视叙事中的镜头象征表达及其寓意。比如，在电影《一个和八个》中，摄影师张艺谋以一种不完整构图作为象征的叙事方式，因为其影片的不完整构图主要是依据人物的某种不正常的心理因素而来的。由此看来，人们希望通过这种构图方法，展示扭曲的非正常心理状态，给观众视觉上和心理上造成一种由此及彼的联想。这使得这种不完整的反常规构图被赋予某种象征性叙事的功能。和电影的表达比较起来，大多电视叙事的镜头语言一般都显得比较直白，多采用"描述性"而较少采用"不完整"的或"戏剧性"的构图。因此，其间充满象征性的寓意符号乃至特定时刻的接受语境也就是必不可少的了。

一般看来，电视叙事的镜头"描述"是比较客观的，通过摄影机的移动方向、速度以及在技术掌握上的平稳与画面中的被摄体的运动方向、运动速度相匹配。从而观众的视觉感受往往在不知不觉中被摄影机的视角带动并容纳于其内，犹如与角色同处于一个时空之中；电视摄影机也往往是在拍摄过程中不知不觉完成了叙事。在1991年的电视纪录片《沙与海》中，对普通人命运的关注，尤其是对个人内心感受的关注，使得作品中的人超越了民族和国家的界限。

---

① 马赛尔·马尔丹. 电影语言 [M]. 北京：中国电影出版社，1982：27.

因此《沙与海》成为一个普遍意义上的人性主题的象征性的展示。其中，叙事主体的情感体验、表现技巧以及对拍摄对象的审美态度等均被深深地"隐藏"起来了，似乎不露修饰斧凿的痕迹。可以说，正是这种"隐藏"，既藏境又藏拙。藏境就是指将叙事主体要表达的思想藏了起来，让观众从叙事画面上去品赏、去获取美感体验，从而使得叙事文本的思想、情感及意蕴被抽离开来。藏拙，则是指将在技术表达方面容易产生的技术问题都有意识地加以掩盖起来。一般而言，藏拙也是为了藏境。从而，电视叙事也就在貌似平淡的镜头语言当中实现了一种象征寓意的境界的追求。

而在文化符号构成的层面上，对于电视叙事来说，其象征表意功能的实现，主要的并不在于画面、话语的修辞本身，而是在于一种意义的发掘、一种文化的表征。特别是在日常生活的细节展示中发掘意义，应该是电视编导叙事的十分重要的基本功之一。细节的处理对于电视叙事的纪实功能固然有着十分重要的作用，但是，细节对于表意象征的价值同样也是不可或缺的。但是，随着象征寓意的凸显，细节的叙事意义也就有可能逐渐被窄化。

在电视叙事中，有些节目，如为数众多的现场直播，特别是各种新闻发布会的现场直播，本身就是主办者的某种身份、姿态及立场的象征。从而，在"现场"或"在场"的意义上，电视叙事的表意象征，也就有了浓厚的仪式性的特质。因而，这种"仪式性"的呈现，也成为当代电视叙事所必不可少的一项功能。

所以，如前所述，一个叙事符号，可能就是某种文化身份的标识。电视叙事的文化符号，既有现实展示的一面，更有其象征指事的一面。电视叙事的表意象征既有表层的所指，更有深层的意旨。所以，电视叙事中的意义生成，显然不仅仅在电视所叙述的事件本身，更主要的还在它所显示的文化价值。即使是在电视动画节目中，显然已经大大地突破了儿童作为收视主体的范围，动画与新兴数字媒体技术的结合更使得其传播的范围大为拓展。从而使得电视动画叙事中的表意象征也指向更为广泛的人类心理，成为开启人类童心的一个神秘的万花筒。如迪斯尼的《猫和老鼠》，在娱乐儿童的同时，更成为众多成年人日常所需的心理安慰剂。

当然，电视叙事的象征表意功能的实现，离不开一个个现实的、具体的文化语境。正如每逢年节（包括传统民俗性质的春节、元宵节、端午节、中秋节等，也包括政治意识形态性质的国庆节、五一节等），电视叙事无疑都以自己的"在场"展示其象征表意的功能。其中，某种既定的文化语境与其象征表意之间建立起一种明显的依存关系。它类似于一种"图—底"关系，其象征符号的运用依赖于具体节目的叙事语境，就像明星"走秀"之于"红地毯"，正是由于电视等媒介的介入，"红地毯"才足以成为一条熠熠生辉的"星光大道"。这里，作为一种象征符号的"红地毯"，在电视叙事当中也就有了其鲜明的寓意与价值指向。

电视叙事以其技术的便捷，极大地丰富了信息时代的寓意符号的创造，然而，电视叙事本身其实只是当今时代世界现代化进程中的一个象征物而已。尼尔·波兹曼在《娱乐至死》中担心的是，由美国电视业所象征的现代文化的娱乐化、平庸化，正在把我们的世界变成一个《美丽新世界》中"如今人人都快乐"的"反乌托邦"。其"意"之所在与"意"之所寓，根本上也就难免成为一个个实实在在的消费意象，成为人们日常娱乐的一部分。

第三节　电视叙事的情感聚合功能

相对于电视叙事的信息传递与象征表意功能而言，其审美娱乐功能也许是更为本质的。电视能够走进现代社会的每一个家庭，作为一个家庭的"魔盒"，正是其情感聚合功能的具体体现。

电视叙事固然离不开信息的传递，但是主要的还是免不了情感的表达，并且更主要的还是需要满足人们的各种情感欲望。因而，电视叙事话语并非也不可能是纯粹客观的记录，而无疑是有着浓厚的情感的聚合。情感的表达也许正是衡量电视叙事从单纯的信息传达走向复杂的艺术表现的最主要的标尺，同时也是电视叙事审美化的重要体现。从而使得电视成为人们主要的娱乐方式，成为家庭日常生活之外的最重要的情感寄托，以至于使得一些人形成某种程度上的对于电视的依赖性。电视能够创造一种娱乐氛围，一个娱乐的场域和公共的娱乐空间，能够创造生命内在的体验性快感。

所以，这里所谓电视叙事的情感聚合功能主要是指一种三位一体的情感体验与认知的功能，它包括叙述者（谁在叙述）、聚焦者（谁在看/听）以及被聚焦者（谁在被叙述）三者之间的相似、紧密的情感关联，形成某种或对立、或相隔的情感关系。

首先，电视叙事的情感聚合功能最突出地表现在虚构性的电视叙事当中，如电视剧、电视电影等。它们往往具有便捷的收看方式，大有取代传统的剧场观剧之势。正如同那些古今中外无数的叙事性的艺术作品一样，电视剧、电视电影等，作为一种当代虚构性的大众审美文化的创造，结合了戏剧表演与评书演义等多种叙事艺术形态，无疑凝聚着人们丰富的审美想象，成为当代最为典型的大众审美之梦。如果说，商业电影叙事如今已逐渐走向奇观化，那么，电视剧则更主要的成为人们日常化的情感寄托。

其次，电视叙事中的情感聚合功能，还突出地表现在电视综艺类及竞技游戏类节目当中。电视叙事似乎天然地与游戏娱乐有着密切的关联。20 世纪 90 年代，中央电视台周末版的《综艺大观》成为人们每周的期盼。后来娱乐节目越来越多，声势也越来越大。当然，起得更大反响的当属中央电视台包括"春节联欢晚会"在内的各类综艺晚会。自 1983 年以来，各类电视晚会陆续开办。数十年间，无论形态样式怎么变化，其情感聚合的特质却始终如一。所以说，这些晚会与其说只是一个电视节目类型，不如说它们成了亿万中国人逢年过节的精神寄托之所在。

此外，电视叙事中的情感聚合功能，当然也表现在那些非虚构的新闻报道、纪录片、谈话节目、综艺节目、专题等之中。虽然，新闻类的电视节目往往需要相对客观冷静的叙事态度，但是也不可能表现出纯粹的价值中立的立场。如果没有具体深入的细节发掘，没有能够感动人心的情感表达，当然也就不可能给人留下深刻的印象。在综艺节目中，类似《超级女声》《明日之子》之类的电视明星制造节目，无疑成为一种民主化的大众娱乐的现象和 2005 年以来中国电视重要的"媒体事件"之一，它们无疑更是凝聚了无数观众的情感和梦想。

作为日常化的文化消费，电视叙事日益成为一种"时间的马赛克"。它在自身"片段化"的同时又对社会中无数"原子化"的个体进行整合，形成以家庭为单位的基本接受群落，从而通过电视叙事以减少社会的疏离感。因为以家庭为单位的电视叙事接受或者说家庭受众参与的电视叙事，其"娱乐性""交往性""同源性"和"共同性"的品格，与一个人在一种具有强烈的震撼性、感染性的集体氛围下的对其进行观赏产生的体验不同，其非但难以使受众进入到一种激情、快乐、充实的状态，甚至也难以超越日常生活的平淡、乏味、琐屑状态。所以，与其说电视叙事有助于公共娱乐空间和交往共同体的形成，毋宁说，电视叙事通过日常化叙事实现了真正意义上的日常化消费。然而，事实上，电视叙事的复杂性在于：作为一种家庭化的娱乐方式，它在使人回归到日常生活的状态而解构激情娱乐的同时，又往往试图营构宏大叙事、制造种种奇观。

具体说来，电视叙事的情感聚合功能，一方面使得电视叙事不是简单的"生活流"，而更多的是"意识流""情感流"，另一方面，更使得各类电视节目成为人们日常生活中的情感的"聚餐"，也因此使得电视叙事成为人们日常生活中所不可或缺的情感营养、情绪寄托。这里，正如我们的日常生活一样，既然有"正餐""大餐""套餐"，也就有各种"小吃""零食"。它们往往聚集着普通人的日常的生活欲望。所以，即使平淡如水的电视节目，也为人们经常性的收看，甚至成为不可或缺的娱乐项目。美国学者艾伦（Robert C. Allen）就曾提醒电视的制作者们，"电视即使最无关紧要的那些瞬间我们都会看得有味，可从中获得乐趣。何至于此，这个问题是值得思考的"①。

电视叙事的情感聚合功能，主要通过电视节目的趣味性、情趣性发挥作用。电视节目将人们日常生活的情绪感受诸如爱恋、烦恼、好奇等加以聚集、放大、变形、勾兑，并进而经电视"魔盒"的发酵而最终呈现给受众。人们可以在其中有所感受，所以那些被人们称之为"煽情"的节目总是充斥着电视荧屏。

电视叙事之所以能够成为市民情感娱乐消费的典型文本，还在于其引起受众的热情关注及参与。电视叙事可以使参与者获得一种替代性的满足。所以，即使是电视新闻节目在发挥着舆论监督的作用时，带有情感"娱乐"的影子。另外，关于家庭化的电视叙事，其主要有两大热点。第一，纪实性的婚恋内容的"真人秀"大行其道，如《非诚勿扰》，该节目与其说是"服务类节目"，还不如说是生活中的婚嫁"替代性满足"的"情感类节目"。其搭起舞台直接为青年男女当起"红娘"。第二，就是虚构性质的婚恋题材电视剧一轮又一轮的热播，如《媳妇的美好时代》《金婚》《娘要嫁人》《父母爱情》等。其中，《金婚》所采取的是纪实化的手法，以普通人的视角展现一对夫妻风雨六十年的生活历程。

---

① 艾伦，等. 重组话语频道［M］. 北京：中国社会科学出版社，2000：21.

　　更大的范围内的电视叙事的情感聚合，必然要超越家庭，走向社会。这也就意味着不同年龄层次、不同类型的受众的聚合。韩剧在中国所刮起的"韩流"对作为收视主体的家庭主妇来说就是一种聚合；《超级女声》《明日之子》对万千热爱音乐的人来说也无疑是一种聚合。正是这些聚合体现出电视叙事在现代社会群落中所应有的区隔和整合的价值。

　　显然，电视叙事中无论是综艺节目还是电视专题片、纪录片、电视剧等，都具有鲜明的大众娱乐与情感聚合的功能。与市场经济伴随的往往是电视叙事当中多元并存的大众市民文化，从而，电视叙事的情感聚合功能本质上体现为一种情感娱乐消费，以满足人们的情感消费的欲望。它以休闲消费文化为特征，娱乐是其本位，情感消费是其题中应有之义。或者说，电视叙事已然加入了大众市民文化的建设，其打破神圣等级、鼓励自我参与、受众与媒体共娱共乐的存在方式，其弃表演而求真实、有程式却生活化、共时性交流的特点给予受众多方面的深刻影响。从情感表现与交流的维度上来理解电视叙事，可以说，作为情感娱乐的电视叙事能提供一种"宽松自由的公共领域对话和真实互动的'主体间性'的交流平台"①，电视叙事所创造的公共娱乐空间能为人们提供身份和文化的认同，能对公众思想和精神文化生活产生深远而广泛的影响，并进而形成公众舆论和干预社会政治与文化进程。

　　以湖南卫视的《超级女声》、凤凰卫视的《锵锵三人行》栏目为代表，21世纪以来的中国电视叙事多倡导并呈现出一种不紧张、非做作的日常化的情感娱乐方式，主张自我的自然裸露。《超级女声》等之所以能够曾经在一年多的时间内激发全国范围的疯狂跟踪和引起热烈反响，甚至受到亚洲和世界范围内受众的热捧，与其作为大众市民文化简单易学、速学速成，最大限度容许自由发挥的特点分不开。休闲消费中的精神等级、政治等级、伦理等级、文化等级仿佛都逐一被消解，老板与一般职员、达官名流与百姓庶民、文化巨擘与市井小民，各色人等均一样投入了自己的热情，仿佛无贵无贱，共娱共乐，人们仿佛达到一种高度超越时空限制的交流。应该说，这样一种情境之下的电视叙事，其情感聚合功能的实现也就使得一种电视审美乌托邦的建构成为可能。

---

　　①　王岳川. 媒介哲学［M］. 郑州：河南大学出版社，2004：308.

第四节 电视叙事的逻辑转换功能

电视叙事，无论是对于真实情境的再现还是假定情境的设定，对于现实的生活事件的展示还是对于虚构的故事的叙述，都是在具体的节目形态中体现出来的。对于受众来说，这些节目呈现出的各种样貌虽然不是现实本身，却总是能够嵌入到人们的日常生活的进程当中。也许，人们的日常生活本身是琐碎的、无序的，但是，电视叙事却为人们编织出一种虚幻却有序的图景。电视叙事的片段化的外观下，往往却建构起自身的秩序和逻辑，在这个意义上，电视叙事（体现在电视节目中）无疑都需要遵循一定的逻辑构架，体现出一定的逻辑线索，实现自身的逻辑转换的功能。电视叙事的逻辑转换的功能既是电视表意性思维的具体体现，也是电视节目编导和构造的主要依据。

在一般人看来，电视叙事所展示给受众的，无非就是一个"窗口"的世界。或者说电视叙事通过一个"窗口"给受众呈现了种种人生故事、社会记忆。事实上，这种"窗口"的故事既是叙事者的一个选择的结果，是现实世界的一个侧面，一个缩影，更是一个主体表现性的世界。所以，电视叙事无疑具有某种"假定"的或者建构中的逻辑，有着叙事者的先在的文化立场。或者说，电视叙事本身就有着某种程度上的假定性。这种假定性甚至成为我们理解电视叙事的一个重要尺度。虽然，电视叙事确实具有明显的日常性、及时性与纪实性，甚至通过"现场直播"而给人一种明显的"现场感"。但是，它和人们在现实生活中的身临其境、耳闻目睹是不一样的，电视叙事本质上是对于生活的选择、截取甚至改造。所以，它毕竟有着其自身的逻辑结构，需要遵循其自身的逻辑转换的规则，或者说，电视叙事最终必然表现出一种自身的逻辑建构。

我们知道，现实生活的世界总是"立体的"、多维的，人们不可能"共时"地把握其全貌，哪怕是一个瞬间、一个场面。因为进入人们视野的永远只能是一个空间下的一个侧面，一个时段中的一个节点。而在电视叙事的时空结构中，却可以在方寸之间尽显历史和现实的风云变幻，能够满足人们的多角度的观看的欲望和丰富变化着的想象与幻想。所以者何？这正是电视叙事的媒介特性使然，也是电视叙事所体现的逻辑使然。电视叙事，无疑需要建立起并遵循着这样一种自身的逻辑。它需要把现实的客观逻辑转换为自身的叙事逻辑。或者说，电视节目通过自己的叙事而让人们生活在一种媒介的逻辑之中。

还有一种十分注重电视叙事的逻辑关系。这种逻辑分析突出的就是线性时间中的因果关系，对于电视叙事有深远的影响。由于过于注重逻辑分析，所以对于叙事中事件发展的前后承传关系也便很在意，它往往使得叙事一线到底，时间感很强。当然，为了摆脱依次叙事的平板呆滞，电视叙事大多是在因果关系上做文章。在因果关系上做文章，主要是打破时间的次序，摆脱"前因后果"的束缚，也就是说，较多地施行倒述和预述，将原因后置，将结果提前。倒述主要是事件的倒述，叙述者本人一般不直接露面。倒述的内容一般便是前面所说情况的原因，这样，倒述一方面将事件的结果放在前面，然后对这一结果进行分析，寻找原因，这符合逻辑分析的要求；另一方面，将结果放在前面，使其位置比较突出，使倒述的内容围绕着前面所说的结果，这就显示了叙述者对结果的关注，表明了叙述者的意图。较之严格按线性时间展开事件，这种将结果放在前面的做法，由于其时间上的次序变更，使人们更加注意其逻辑关系。预述主要是叙述者直接露面，或假借人物之口，对事件将来的某种情况预先加以指点，它总体上对事件的时间次序影响不大。叙述者预先指点的内容，经常不是事件的某个场景，而是对某种情况的总结和说明，由于将总结和说明放在前面，使叙述者颇有先入为主之嫌，他所叙述的事件似乎只是为了说明他的先见之明，只是一个生动的注释而已。这就给人一个印象，叙述者主要是在灌输他的某种思想或观念，而不是在对事件进行逻辑分析。因此，逻辑分析的强大力量，使西方叙事中的预述比较少。

具体说来，电视叙事的逻辑转换大体上应该有以下几种类别：时间逻辑、序列逻辑以及内在逻辑等。

其一，时间逻辑。电视叙事也就是电视叙事所表现出来的对于时间的规定，体现为电视叙事之于观众接受在时间上的影响。可以说，电视叙事时间在电视节目的编排上得到了充分的尊重。这不仅是因为电视叙事本身所具有的时间属性，而且它对于人们生活时间也起到明显的标识与刻分的作用。这是因为，电视叙事的时间逻辑，一方面有着对于日常时间的标示的意义。如每到 19：00点，便可以收看中央电视台的《新闻联播》，似乎已成为人们日常生活的一部分；另一方面，电视叙事还往往能够营造出一种审美的时间，特别是各种"节日"时间，成为人们超越日常生活的重要的时间刻度。比如，在中国已举办连续三十多年的《春节联欢晚会》就足以制造出一种的新的"民俗"传统，更创造出一种的节日化的"神圣时间"。即使是日常化生活，也可能由于电视叙事的介入而实现时间逻辑的转换。再如，美国"肥皂剧"的播出也显示出日常生活的时间刻度；中国电视剧的黄金播出时间则一般都在20：00或22：00，因为这一时间是一般中国家庭晚饭后团聚和休闲的时间。这种由真实再现的或审美虚构的叙述所带来的时间逻辑转换不仅有其自身的规律，并且表现出其特殊的社会意义与娱乐价值。因为，其一方面既受其社会制度、文化方式、传统习俗等诸多因素的影响，另一方面，更是由人们的生活习性、情感需求等方面的因素所决定。

其二，序列逻辑。所谓"序列"，也就是电视叙事的空间属性的体现。罗兰·巴特曾从话语表达的方面指出："序列是一连串合乎逻辑的、由连带关系结合起来的核心。序列始于一个与前面没有连带关系的项，终于另一个没有后果的项。"① 电视叙事在其文本结构及其具体表现中所体现出来的序列逻辑，也就是这样"一连串合乎逻辑的、由连带关系结合起来的"序列组合。故而，可以说，所有的电视节目都是一个相对独立并有其"连带关系"的意义单元。电视叙事的序列逻辑不是外在现实的翻版，也并非是对日常生活的简单的模拟，而是一种人为的设置的结果。且不说虚构性电视叙事，即使是电视纪录片、电视新闻报道、电视娱乐节目、电视综艺晚会等，也明显地体现出各自独特的序列逻辑而自成一体。比如，电视新闻报道，固然是需要受现实事件的制约，但是电视新闻毕竟是严格选择的结果，它不仅需要遵循意识形态的规制，亦即所谓"舆论导向"的作用，而且也需要遵循市场规律的制约，受到收视率的制约。电视节目中的纪录片或专题片，更不是一股自在"生活流"。而在电视节目中经常性的广告的插播，不仅不是电视叙事的序列逻辑的一个中断，而且，可以理解成，由于受媒介经营的市场规则的约束，它甚至还有可能成为构筑电视叙事序列逻辑的一个重要的手段。

其三，内在逻辑。电视叙事不仅是他律的，同时也是自律的；也就是说相

---

① 罗兰·巴特. 叙事作品结构分析导论［M］//美学文艺学方法论. 文化艺术出版社，1985：546.

对于社会文化的他律性而言，电视叙事还必然显示出一种自主性。电视叙事惟其不是对于现实的简单复制与单向度的介入，从而必然表现出其自身的内在的叙事逻辑。这种内在逻辑更强调的是电视叙事本身的话语特性及逻辑构架。就电视叙事的进程而言，尽管某些电视节目（如新闻报道）在其叙事展开过程中表面上完全受制于客观事件进程，甚至体现出某种非逻辑化的倾向，在叙事过程当中有意打破原有的时序和空间，然而，却仍然是出于某种内在的逻辑构架的需要。因为根据叙事自身的要求，呈现不仅仅是避免叙述的平铺直叙；更重要的还在于电视叙事自身的逻辑使然，叙事中所蕴涵的信息量大，或者出于强化其审美功能的考虑。所以，在那些虚构性电视叙事中，其叙述的内在逻辑的呈现自不待言，即使是重大电视新闻的现场直播，作为重要的媒介事件也必然有其自身的内在逻辑的设定与构造。譬如，长江三峡水利工程的建设及其后续的运营，由于电视叙事的介入及其对于这一历史的见证，不仅成为了一件重要媒介事件，而且几乎与三峡大坝的兴建历程同步，显示出一种电视叙事本身的内在逻辑。再如，2008 年北京奥运会及 2010 年上海世博会的电视报道，其电视叙事的内在逻辑建构更是必不可少，电视作为重要的媒介，不仅介入其整个进程，而且引领甚至主导电视受众参与其中。

事实上，无论电视叙事中表现的是怎样的逻辑结构，在根本上电视叙事所遵循的就是一种所谓现实的法则，一种生活本身的逻辑。它不是生活逻辑的翻版，而是必然体现出对于生活逻辑的一种审美的和历史的乃至市场的转换和改造。在这个意义上，作为一门特殊艺术的电视叙事还具有某种"解放"和"解构"的功能。用马尔库塞（Herbert Marcuse）的话来说，艺术是一种独特的现实形式，它凭借它自己的内在动力，正在成为一种政治力量。这是因为它否定日常生活的升华，为现实的事物提供最切近的意象、语言和声音形式："这一发展解放了人的身心并使之具有了新的感性，这种新感性再不能容忍支离破碎的经验和支离破碎的感性。"① 由电视叙事而带来一种新感性的建立，确乎成为现代社会一种审美理想的重构的重要契机。

电视作为媒介的功能呈现从来都不是单向度的，也不能脱离其具体的社会

---

① 马尔库塞. 作为现实形式的艺术［M］//西方文艺理论名著选编（下卷）. 北京：北京大学出版社，1987：720 – 721.

文化的语境。电视既是重要的信息传播的媒介，又是现代社会人们家庭日常生活中所必不可少的感官娱乐媒介。因而，无论是信息传达与交流，还是作为重要的象征表意的媒介和手段，无论是对于社会的情感聚合，还是建构起一种现代人文化思维与表达的逻辑关联，电视叙事功能的呈现显示出多层面与多维度的特征。故而，人们对于电视叙事，无论是毁是誉，它与现代人的生活愈来愈密不可分已然是一个不争的事实。

　　关于电视叙事的艺术和文化的功能，也许永远是一个开放的话题。而且，电视叙事的功能还在不断地被发现与更新。可以设想，随着技术的进步，社会财富的积累、民主和法制进程的加快，特别是人们对于精神生活的品质的更多更高的需求，电视叙事将不仅在审美的领域成为人们的最为普及的娱乐方式，而且成为人们介入社会和相互沟通的方式之一。这样，电视叙事也就必然体现出越来越多样化的功能和价值，承担起更多的推进社会文明进步的职责。

第六章

媒介与受众
——电视叙事与传播接受

显然，电视毕竟属于人的创造，电视叙事也是服务于人的。既然电视叙事文本离不开传者和受众，那么，电视叙事与其受众之间的关系究竟如何？确实，长期以来，人们"对电视在如何向我们说话，吸引住我们，向我们播报新闻，让我们享受娱乐，表述电视本身及表述世界，等等方面予以关注甚少……人们与电视打交道时什么情况在发生？换言之，人们是如何理解电视和从电视得到乐趣的"①？这也就成为理解电视叙事的另一个重要侧面，或者说，对于诸如此类问题的不同回答，也就构成了电视叙事研究的另一维度，即受众的维度。故而，从根本上讲，电视叙事的奥秘，并非仅仅存在于叙事文本当中，离不开受众的接受。也可以说，正是在与各个层面的受众的接受交流当中，电视叙事才得以呈现其意义、实现其价值的。

在这个意义上，可以说，电视叙事本质上从来都不是单向度的。电视叙事在向受众传达信息、提供娱乐、交流共享的同时，又在不断地影响和塑造着它的受众，甚至造就出人们的一种新的社会生活方式，一种社会心理与文化生态。电视作为一种媒介，之所以能够通过其叙事话语而娱乐大众甚至人心，乃是因为它对于当下人们信息交往的需求及感性欲望的满足。不同形态的电视叙事离不开其受众的参与，就在于它对受众的依存度；依存度越高，其参与性也就越强；反之亦然。或者，也可以说，正因为电视叙事吸引了如此庞大的受众群体，才有可能与其受众一起共同营造了一种当代大众叙事文化的奇观。

从而，在其本源的意义上，电视叙事的功能价值的实现离不开作为当代最

---

① 罗伯特·C.艾伦，等. 重组话语频道 [M]. 北京：中国社会科学出版社，2000：33.

具影响力的大众媒体的电视本身，离不开不同民族的具体的社会历史传统和现实的文化语境，更离不开其作为特定媒介所服务和交流的对象：现实社会的接受大众。固然，相对于戏剧和电影，电视叙事并没有彻底改变叙事者与受叙者之间的关系模式，即一种"施动—受动"的关系模式，但是，在接受方式上，电视叙事却有其自身的功能价值的特性和意义实现的方式，那就是一种基于日常生活体验的现实交流以及"家庭化"和"郊区化"的共享式的信息生活方式。尽管这种"日常化"交流仍然还只是间接的和被动的，"共享式"的生活方式也还是虚拟的而非现实的。

于是，电视叙事的研究也就从经典叙事学的文本中心走向了后经典叙事学的以传受关系为内核的人本中心；从侧重于内在的文本的话语分析走向了侧重于传受关系中的心理分析和行为分析。电视叙事文化研究当中的媒介与受众的关联，也由此而得到了人们更多的关注。

第一节　电视叙事与文化传播

如前所述，作为一种自觉的文化行为，叙事虽然根植于人类的本性，然而叙事行为本身却离不开具体的社会文化语境；它虽然总是与受叙者的文化接受有着密切的关联，却体现出对于现实的文化意义的追寻。所以，理解电视叙事的价值实现，不仅要把握电视叙事的媒介特质与本文要素，而且还要关注电视叙事的整个流程，特别是关注电视叙事的接受者及其接受方式和接受语境。作为一种"传—受"关系，电视叙事的叙述主体与接受主体不仅密切相关，而且在密切关联中显示出一种独特的生活方式和精神品格。所以，由电视的传受关系所带来的也必然成为理解电视叙事的新视域。

这里需要进一步追问的是：如同电视构造出了当代丰富的公共性社区文化景观，通过电视叙事，人们究竟建立起了怎样的一种社会关联？比如，在电视叙事中，"肥皂剧是如何日复一日、年复一年地把我们带进它的世界的，或者，情景喜剧是如何每周都让我们开怀大笑的……说话叙事是怎么奏效的，我们有关男子汉气概和女性气质的概念是如何构成的，不同的文化产品是如何吸引、为何吸引不同人群的；此外，最普通的亦最重要的就是，对于我们每天接触的数不清的千差万别的符号系统，我们是如何让它们富有意义的并令人愉悦的。"① 诸如此类的问题，既关乎电视叙事的文本价值的实现，更涉及电视叙事文化传播的立场的选择。

一、电视叙事的家庭化接受

无疑，在相当长的一段时期内，电视叙事成为当代文化传播的主要形式。而且，由于技术的日新月异的发展，电视叙事已经或将要创造出当代文化传播的种种神话和奇迹。

从历史的发展来看，可以根据传播技术的差别，将人类传播媒介的发展分为口头媒介、书面和印刷媒介、电子媒介三个阶段。人类原始的媒介是人际直接交流的口头媒介，口头媒介借助于人际间面对面的接触，通过身体和声音得以传播，具有直观、直觉、形象生动的特点。同时，由于这种传播方式基于人的身体所先天具备的能力，从而使每个人都可以享用信息的传播所带来的利益。"自从人类的口头传播成为可能的时候起，人们就开始相互告诉对方他们共通的东西。其他任何事情都是毫无意义的。当猎人们回到他们的村落时，有关打猎和在打猎中碰到别的部落的故事，就像他们所携带回来的猎物一样是人们所热烈期待的。他们有许多东西可以与人们分享，这对村庄里的每一个人都是有意义的。传播内容具有了真正的实质性意义和易于理解的交流环境。"② 但是，口头媒介在时间的留存上是一瞬的，在空间上的影响是一隅的。当一小群祭司在古埃及和巴比伦建立起复杂的文字系统，如象形文字和楔形文字，人类文化就开始进入了书面媒介的阶段。早在公元 11 世纪，中国就发明了活字印刷并对欧洲印刷术的发展产生了深刻的影响。1450 年，德国人古腾堡发明了金属活字印刷机。这种变化的意义是十分深远的，书面媒介和印刷媒介的出现使语言文化脱离了口头传统，使文化的传播成为一种破解和使用文字符号的技术，克服了人类文化交流中时空的限制，发展了人类抽象思维的能力和想象的能力。在欧洲，由于印刷术的出现，大量复制成为可能，独一无二的手抄"文本"逐渐成

① 罗伯特·C. 艾伦，等. 重组话语频道 [M]. 北京：中国社会科学出版社，2000：21.
② 罗杰·菲德勒. 媒介形态变化：认识新媒介 [M]. 明安香，译. 北京：华夏出版社，2000：98.

为历史的遗迹。这就在一定程度上打破了知识的权力垄断。《圣经》逐渐走向世俗化，教廷僧侣无法再垄断《圣经》的诠释权力，其话语霸权实际上也就被颠覆了。结果人与上帝的关系被私人化了，教堂讲坛的神圣性被打破，并被融进了千千万万本书籍当中。但是，书面的或印刷的媒介仍然是有局限性的。因为只有掌握了文字符号才能参与到书面和印刷媒介的传播之中，而大部分劳动者则由于识读的障碍而被排除在传播领域之外。传播因而成为一种权利的标志，成为少数掌握和使用文字符号技术的人（读书人）的文化特权。而近代以来，以电子媒介为基础的文化是人类文化的发展经过书面和印刷媒介向口头媒介更高层次的回归。这里，如果说，广播提供了一种聆听的便捷，电影则造就了人们视觉观赏的奇观，那么，电视更是结合了两者的优势，在视听结合中实现了快速便捷的信息传递与文化输送。

确实，以电子媒介为基础的文化既具有口语媒介的直观直觉性质，也能像文字符号一样克服人类直接交流中的时空限制。同时，由于电子媒介使文化重新通过声音和形象得以传播，从而清除了书面及印刷媒介的文字符号对大众的限制。因而，从传播方式上看，以电视为代表的电子媒介也就更具有普及性、大众性和民主性。这些特性使得电视叙事成为当代大众文化可以利用的最重要的因素之一。

如前所述，电视叙事媒介的出现，给人类的日常生活和文化生活带来了更加深刻而广泛的影响。电影和电视都是集声像于一体的媒体，主要用于提供娱乐和信息，都沿用叙述性故事的习惯方式。但是电影和电视仍有着较大的差别。埃利斯就认为，电影和电视主要有四个方面的不同。其一，电影主要是构思一桩公共事件，本身具有完整单一的表演特点；电视则常常把一系列片段的东西编成系列片或连续的电视剧，并以此作为其主要表现形式，收看方式也比较随意，以个人或家庭形式进行。电视的制作和收看方式使其具有自己的一些特色。或者说，电视基本上是一种家用媒体，一般而言，它锁定的是家庭观众；同时，电视叙事采用日常口语化风格，它同观众的交流方式与其在家庭中的地位是相称的。电视似乎成了家庭谈话的又一位参与者。其二，电影技术的发展使电影在画面和声音的质量上比电视要好得多。电影的逼真效果给观众以特别强烈的感受，使他们认同电影里发生的一切。在影院里看电影要求观众目不转睛、全神贯注，而家庭背景下的电视观众则往往无须全神贯注，偶尔分个神也无妨。

所以，如埃利斯所言，看电视常用的方式是扫视而不是盯视、凝视。其三，电影与电视叙事形式不同，安排故事情节的方式有别。电影故事通常以某种杂乱无序的状态开始，然后是一系列跌宕起伏的情节铺陈，再到无序状态的结束，最终得以恢复平静。电视则一般没有这样的结局或结尾。它表现的是一套不完整的、反复的片段内容。电视系列片或电视连续剧就是典型。虽然每集电视剧似乎都可以自成一体，却很难找到贯穿全剧的结局感。电视节目的连贯性不是由故事本身而是由人物和地点串联而成的。其四，电影和电视对观众的看法不同。电影认为其观众是在忧喜交集中等待着故事结局的。从某种意义上说，电影观众的受控方式如同读书人的受控方式一样，而电视则采取更贴近观众的姿态。在观众看来，电视如同一双眼睛以及其背后的大脑，借助它，可以观察世界甚至对其中的一切都深信不疑。在这个意义上也可以说，观众把"他（她）"自己的视野、思维和判断似乎都一股脑儿地交给了电视机。

在这个意义上，电视叙事的传播媒介惟其拥有真实生活存在的全部外在形态：时间、空间、人物形象、语言声响、相互关系、环境氛围、运动状态，等等。所以，电视叙事的观众总是能够在一种自发的感官和思维的状态中接收其中的信息和涵义。这也就是所谓的"电视的全息传播"的特质。这不仅是说，电视叙事对于现实的模拟几乎达到"乱真"的程度，能够将现实本身具有的情节、细节、心态、氛围表现出来，释出全部的信息，而且它还能够通过与观众的时空共享，让电视叙事以家庭成员的方式介入人们的日常生活，满足人们日常现实中所缺乏的某种体验感。因为，一方面，"模拟的东西可能会让人感到比真实的东西更加逼真——'甚至比真实的东西更好'"①。另一方面，也就像波德里亚所言，"电视图像宛如一扇面向房间的反向窗口，世界残酷的外在性在这个房间里变得亲切、热烈"②。所以，由电视叙事媒介所带来的与其说是观众身临其境的现场感，还不如说是一种从"窗口"看世界的旁观感。而电视叙事媒介的这种"窗口"效应，从传受关系来看，实则体现为两个方面：其一是传者以"窗口"有选择性、可控地来呈现人们的家国大事乃至家长里短；其二是

---

① 约翰·斯道雷. 文化理论与通俗文化导论［M］. 杨竹山，等译. 南京大学出版社，2001：256.

② 波德里亚. 消费社会［M］. 刘成富，等译. 南京大学出版社，2000：14.

电视观众从"窗口"来瞭望的整个世界既遥远又切近，既真实又虚幻。特别是当今运用卫星传输及网络技术而实现的电视全球直播，已经是对各种媒介事件现场效应的全方位公开，对各种现场元素的有机联系的集约式发送（如各种电视"真人秀"节目等），电视叙事更是呈现出一种足不出户且前所未有的观演效果，在足以引发人们的普遍情感认同的同时，以一种空前的家庭化娱乐消费来代替以往人们的广场化狂欢。也就是说，电视叙事的家庭化接受在带来人类社会化、全球化程度的不断提高的同时，更是成为人们回归家庭的必要的手段与方式之一。

如今，世界范围内的后工业化社会不断地生产和消费人们的各种欲望，包括各种精神的、想象性和虚拟化的生产和消费。这些生产和消费与电视叙事的传播媒介形成了很好的契合。电视叙事所传播的内容是一种适合全球共享的"文化快餐"，奉行的是"快乐原则""游戏原则"，采取适应主流意识形态的生存策略，同时更加注重追求商业性。在娱乐性的面罩下，其一方面淡化、消解着传统与意义，另一方面则又试图重构一种世俗化的社会伦理与家庭娱乐模式。或者说，电视叙事本质上就是调用人们的感官、本能作为赢得收视率、换取商业利润的方式，将商业逻辑运作深入到了人的本能、欲望的层次，借人们的快感满足以实现意义和利润的增殖。无论是新闻还是娱乐，电视叙事的媒介传播无非都是凭借政策扶持、商业操作和大众文化叙事的完美结合而显示出它们很大的影响力，造就了一种十分突出的模式化的"传播—接受"方式。

二、电视叙事的日常化消费

毋庸置疑，当今的电视业已成为主导当代文化的一种权威叙事。在社会认知、人性情感、历史判断的层面上，它一方面要求担保一种先进的、正确认识和面对过去与未来的抒情态度，并要求把这种信念转换为一种有感染力的阐释性话语灌输给观众；另一方面，电视叙事又显示出越来越明显的消费性特质。或者说，在相当长的一段时期，电视叙事保持了舆论宣传与日常娱乐的双重品格。

应该说，中国电视的转型源自 20 世纪 90 年代计划经济向市场经济体制的转型，电视叙事的主导话语及其运作方式也就从较为清晰、单一的宣传模式走向多元化的市场模式。从而，电视叙事既要求将权威的理念灌输给大众，要求用更强有力的形式影响民众，同时随着市场化改革的深入，又不可避免地走向一种大众文化的日常化消费，甚至不时地营构出一个又一个的消费浪潮。电视叙事的日常化消费的兴起使得电视内容的生产直接指向了消费。诚如杰姆逊所言："商品化进入文化，意味着艺术作品正在成为商品，甚至理论也成了商品；当然这并不是说那些理论家用自己的理论来发财，而是商品化的逻辑已经影响到人们的思维。总之，后现代主义的文化已经从过去那种特定的'文化圈层'中扩张出来，进入了人们的日常生活，成为了消费产品。"① 电视叙事最终成为人们日常消费的对象。

如前所述，在电视叙事当中，现实的景观却早已被喻体化、寓言化乃至叙事化了。所谓叙事化也就是故事化。这既是一个意识形态的运作过程，在某种程度上也是工业化生产制作的过程，从而可以对其作为一种"生产/流通"的环节来加以考察。对于电视叙事的生产制作来说，受众的反馈、市场的定位、消费需求的检测，以及它们背后的种种权力关系，都与电视叙事形成一种明显的"互动"。在这样一种背景下，那些被摄入电视镜头中的"现实"景观无不成为某种寓言化的产品，屈从于电视叙事语言所赖以指涉的所有复杂的形式规则，甚或是已按照某种叙事模式成为消费性的"故事"的"现实"。

随着"现实"本身已越来越符号化、虚拟化、类像化，现实、仿真、复制乃至幻象之间已无所谓原型—摹本的关系，已经无法用真—伪二元对立的话语来加以言说。恰如波德里亚所指出："日常性提供了这样一种奇怪的混合情形：由舒适和被动性所证明出来的快慰，与有可能成为命运牺牲品的'犹豫的快乐'搅到了一起。这一切构成一种心理，更确切地说，一种特别的'感伤'……其意识形态也产生于此。"② 电视叙事的日常化消费实际上也就因其混合形态构建起一种后现代的文化景观。

所以，对于当代世界性的文化传播来说，电视叙事的力量不可小觑。在人类历史的进程中，正如传统文化可以借助各种历史叙事或民间叙事而得以广泛传播，当代电视叙事更是造就了大众文化传播日常化消费的一波一波的新浪潮。可以说，正是借助于跨文化的电视叙事，后现代才足以作为全球化的一个重要

---

① 弗·杰姆逊. 后现代主义与文化理论［M］. 北京大学出版社，1997：158.
② 让·波德里亚. 消费社会［M］. 刘成富，等译. 南京大学出版社，2000：15.

部分而介入了当代中国人的日常生活。

然而，正如当下世俗社会中的艺术审美又毕竟不同于一般的日常活动领域，电视叙事的审美化和消费化究竟是怎样连接在一起的呢？或者说，消费化浪潮中的电视叙事是否就具有天然的权威性与合法性？电视怎样才能担当其生产和传播先进文化的重任而不仅仅成为某种消极的"传声筒"，甚至只是生产一些劣质的文化产品的呢？

当代电视叙事文化处在一个典型的媒介融合的时代。电视叙事在横向上与其他文化进行组合，创造出包括电视剧、纪录片、杂志性电视栏目、报纸性电视新闻等多种节目形态；在纵向上，电视叙事更是聚合了20世纪初以来广播乃至电影的叙事经验，在电视叙事演进历程中显示出更为直接、更为清晰、也更为便捷的媒介叙事功能。因为电视叙事作为直接面向家庭的传播媒介，而任何一个阶层的人都离不开家庭生活，所以也就形成了电视叙事对多种文化阶层的极强的辐射力和超强的包容性。在这个意义上，可以说，电视叙事媒介集多种传播优势于一身，成为当代大众文化传播集大成的载体，在电视叙事传播中大众文化属性的审美意义和主导意义显而易见。当然，电视叙事的日常化消费所承载的并非仅仅是广义上的大众文化，而是媒介融合背景下的多种文化的汇聚，并且也由此带来了电视叙事受众群体的进一步细分以及新的媒介融合的可能性。

当代电视叙事文化的日常化消费本质上体现出各种文化艺术的综合特征与边缘特征，催生出电视叙事的一种"郊区化"的生活方式。这里的"郊区"，不仅属于城乡的结合，而且更属于传统与现代文明的交汇处。"郊区"无疑不属于现代城市的中心，但也不是偏僻的乡村和野外。"郊区"的边缘化的位置，决定了它的休闲式及娱乐性的生活特质。故而，正如英国学者罗杰·西尔弗斯通所指出的，"电视不仅是现代世界郊区化的产物，而且其自身也在往郊区走"；从而，可以说，"电视是为郊区创造出来的，并且在这个意义上它也是郊区化的"。当然，这并不是说：电视只是放在郊区观看的。"与此相反，观看电视可以在各种各样的地方，可以在家里，也可以在户外"①。从而，在电视叙事的消费网络中，"郊区"化的既综合又边缘的特征才得以彰显。

---

① 罗杰·西尔弗斯通. 电视与日常生活［M］. 陶庆梅，译. 南京：江苏人民出版社，2004：79.

如果说，电视叙事的主体（所谓传者）往往是处于中心的位置的话，那么，与此相应的电视叙事的接受一般意义上却是边缘化的。从而，电视叙事的"传—受"关系实际上也就体现出"中心—边缘"的关系。这也就使得电视叙事的传播方式呈现出一种由中心向边缘的辐射格局。按理，这种格局，自古而然。从古老的一神教的神谕，到各种政治宣传，无非都是在这样一种传播模式下进行的。然而，何以到了电视叙事中，这种"中心—边缘"的辐射格局才逐渐被彰显、被认知甚至被强化呢？

从一种文化场域与权力关系的立场上来看，一方面，电视叙事因其技术属性而获得的社会文化所重构的"场域"，本身就具有极大的宽容度和兼容性，它可以将文化艺术的时间流和空间场综合起来，也可以将各种类型、不同特质的文化艺术综合为一体，从而体现出时空的综合和各种文化艺术的综合特征；另一方面，这种综合意味着取舍而非杂凑，如果从文化艺术的时间特征来审视，电视叙事则是以空间来表现时间，体现的是时间与空间的边缘特征；如果从文化艺术的空间角度来审视，电视又不单纯是空间文化，而是通过时间的流动实现空间的扩展与建构，从而体现的是空间与时间交错的边缘性的特征。由此，电视叙事所建构起来的"传—受"关系才凸显出一种隐含其中的独特的权力关系。

第二节　电视叙事的交流特质

如前所述，叙事离不开具体的媒介。叙事行为总是与具体的媒介特质分不开的。某种意义上可以说，媒介的特质决定了叙事的品格；而媒介的转换也必然带来叙事意义的重构。对于电视叙事来说，电视叙事的媒介特质决定了其单向度的品格，而相对缺乏的是"交流"的属性。然而，电视叙事却往往又在单向度传播的基础上，竭力追求某种程度上的传受"交流"，虽然这种"交流"只是间接的，有限度的。而且，事实上，非常令人遗憾的是，从电视叙事的接受之维来看，它不仅难以增进传受之间的交流，而在现实层面上，电视叙事更是难免使得人与人之间变得疏远起来。电视叙事不仅大大地侵占了现实中人与人之间情感交流的时间，而且如果一味地沉湎于电视叙事，还只能增加人们的疏离感，拉大人与人的距离。

那么，电视叙事能否真正实现传受之间的交流？能否增进人们的现实交往？究竟怎样理解电视叙事的交流特质？诸如此类，也就成为理解电视叙事传播所不可回避的问题。

一、单向度、技术性与媒介转换

电视叙事的单向度品格究竟缘何而生？应该说，这既是电视的技术特性使然，也是叙事媒介的历史转换的产物。

从电视叙事的技术特性来看，电视传播，由点到面的技术路径，决定了电视叙事只能是单向度且易操控的；这种单向度不仅是一种只是从制作到传播的技术流程，而且更是一种技术操作的规则，它使得电视叙事的内容生产成为整个电视媒介的核心。当然，电视叙事的内容生产最终还是要指向消费，并且塑造出受众的收视需求。正如麦克卢汉所曾经指出的，正是这种电视媒介的技术特性，既可以促成艺术的"深度结构"，又能够造成受众的"深度卷入"。他进而用乔伊斯的话解释其原因：受众的"灵魂表层饱和着潜意识的知觉"。因为，电视叙事调动的不只是人的视听知觉，甚至还包括人的动觉和触觉，特别是触觉，它意味着全身感觉器官的联动，并非单纯是皮肤和物体的接触①。固然，电视叙事的技术属性决定了那种由创作者直接指点给受众"这是什么"而"就是什么"的直陈性，并且也由此设定了电视叙事的单向度的界限，因而电视叙事总是以试图突破技术性的局限，以调适受众的接受心理，在电视叙事当中尽量给受众留下更多地参与的空间和发挥其想象的余地，让受众自己在感知接受、分析和判断的过程中，有所发现，有所领悟，有所升华，以便有效地激发受众的接受兴趣。

确实，从历史发展进程来看，电视叙事媒介绝非一时的技术发明，而是一个历史性的叙事媒介转换的产物。在人类叙事艺术发展序列当中，叙事媒体经历了一个从低级到高级、从简单到复杂的发展转换进程。我们知道，最初的叙事媒体转换，表现为从歌谣、巫祭表演等口耳相传的叙事到结绳记事、刻在龟

---

① 麦克卢汉. 理解媒介——论人的延伸［M］. 何道宽，译. 北京：商务印书馆，2001：384－387.

甲和兽骨以及钟鼎铭文的图案文字叙事阶段，这是人类叙事从无形到有形的媒体转换的最初形式。在以后很长的历史时期里，叙事媒体的转换在技术手段上主要表现为由"刻"文字和"抄"文字到"印"文字的转换，在叙事形态上则主要表现为叙事文类的转换。这是两种相互关联相互促进的转换，技术手段上的转换从物质条件上促进了叙事文类的转换。如在"刻"文字阶段，由于受成本和刻写工作量的限制，叙事文体也只能是采用简洁的文言文写成的短小精悍的史传文学作品，从物质条件上难以引发白话小说的产生。造纸术发明后，由于纸张成本低廉，叙事文学的篇幅可以加长，面对广大市民阶层的讲唱文学盛行，促成了白话小说的产生。随着经济的繁荣和小城镇的出现，固定剧场的出现使戏剧等新的叙事艺术样式涌现，并在一定时期内得到了非常迅猛的发展。这样，叙事媒体转换又呈现出新的特点，表现为小说—戏剧—小说的双向转换。现代科学技术的发展将人类带入了信息时代，报刊、广播、电视和国际互联网被人们称为当今时代的四大主流媒体。在这四大主流媒体的发展过程中，叙事艺术也由过去的口头叙事、文字叙事、舞台叙事、电影叙事发展成为以广播、电视、互联网为主的多媒体叙事，构成以小说、舞台剧、广播剧、影视剧、网络艺术等多种叙事艺术样式共存共生的叙事艺术发展新格局。

然而，也正是电视叙事的媒介技术一方面促进了叙事媒介的现代转换，另一方面却又难免强化了工具理性对于人的制约。马尔库塞曾在其《单面人》中对启蒙以来的技术至上和工具理性做了犀利的批判，他指出："技术逻格斯被转化为持续下来的奴役的逻各斯。技术的解放力量——物的工具化——成为解放的桎梏；这就是人的工具化。"① 美国传媒学者波兹曼在其《娱乐至死》一书中利用《美丽新世界》的模式和《1984》的模式作为隐喻，认为当下正在出现的恰恰是《美丽新世界》的模式，由此来分析包括电视在内的媒介信息、娱乐和新闻的功能时，就明显包含有这样一层意思，亦即意识形态的管理者（有意或无意地）利用这种东西来实现其权力的控制。在电视叙事当中，技术进步的结果往往不是解放了人性、唤醒了自由，而是走向了它的反面，带来艺术和人的工具化。

---

① 马尔库塞. 单面人 [M]. 长沙：湖南人民出版社，1988：136.

二、交流：电视叙事双向性的追求

怎样摆脱电视叙事的单向度和操控性？电视叙事如何在发挥自身的技术性优势、铸就自身的叙事品格的同时又能有效地突破电视媒介的局限？充分利用后发的数字媒体技术，实现媒介融合可能是一个关键。惟其叙事艺术的媒体转换是否体现了媒体特点，是否能够发挥电视媒体的优势，关系到叙事媒体转换的成功与失败，也决定着最终的叙事艺术传播效果。故而，在电视叙事的发展及其媒介转换与融合的历史进程中，始终存在着叙事传统和媒体特性之间的矛盾。尤其是在电视以其几乎"一统天下"的强势媒介地位出场之时，电视叙事以其强势的话语权力而成为绝对的主流媒体；而如今，随着网络媒体强势崛起，开始打破甚至逐渐取代电视的强势媒介地位，电视叙事走媒介融合之路也才成为一种趋势。这也就使得电视叙事中的受众开始从单纯的被动接受走向自主的选择，甚至真正实现双向的交流。

因而，就传者与受众的关系而言，电视叙事最终需要走出单向度，实现与受众之间的双向性交流。为实现这种双向交流，电视叙事究竟应该有着怎样的姿态和立场？而电视叙事的研究也无疑需要对相关媒介的属性有着更为清醒的认知。

确实，在叙事学的研究中，经典叙事学的研究者们关注较多的是叙事的文本结构、话语规则等，尽管在理论上他们也承认不同媒介都具有各自的叙事功能与品格，然而，经典叙事学对于不同的叙事媒体的关注是不够的；或者说，叙事研究主要还是局限在自然语言的文本领域。正如罗钢指出："尽管罗兰·巴尔特、托多洛夫等人早期曾经雄心勃勃地试图在一切叙事行为中去发掘叙事特性，但叙事学二十年来的发展仍然主要是依赖对自然语言，尤其是书面语言为媒介的叙事文学作品的研究，即使对其他领域，如电影、电视等偶有涉足，也是以叙事文学的研究为参照，作为模式，就叙事学理论本身而言，并没有太重要的意义。"[①] 而较早地对不同的叙事媒体给予了一定程度的关注的当属法国叙事学家布雷蒙，他曾经指出："一部小说的内容可以通过舞台或银幕重现出来；电影的内容可用文字转述给未看到电影的人。通过读到的文字，看到的影像或

[①]　罗钢. 叙事学导论［M］. 昆明：云南人民出版社，1994：3.

舞蹈动作，我们得到一个故事——可以是同样的故事。"① 当然，这里布雷蒙所看到的还只是媒介叙事的同质性或继承性的一面，所忽视的仍然是电影电视等影像叙事媒介的新的品格，特别是对于电视叙事媒介及其与最新的数字网络技术的结合鲜有预见。

事实上，电视声画同步的记录和传播，实现了人物活动、环境氛围、语言声响等生活信息的现场全记录及长距离地直接传递，特别是与覆盖全球的网络技术的结合，真正使得地球成为一个小小的村落。全球卫星定位技术，使得电视的传播讲述的是地球人都知道的故事。电视叙事的记录传播拥有真实生活存在的全部外在形态：时间、空间、人物形象、语言声响、相互关联着的环境氛围、运动状态，受众在电视及网络的直观当中就能运用自身的感官和思维接收其中的信息和涵义。从而，电视叙事已然不仅承担本土化文化使命的民族叙事，而且随着跨文化的交流实现而成为构建人类想象共同体的

从而，电视叙事只有通过与现代数字网络等新媒介的整合，才有可能实现与受众的双向的交流与共享。于是，电视叙事固然离不开诸如报纸、杂志、广播、电影等传统媒介的内容模式，可能更需要国际互联网等数字新媒体的协同与帮助。对此，麦克卢汉早在 1961 年就曾预见性地指出："电视是一种整合性的媒介，它迫使长久分离和分散的经验成分之间产生相互作用。"② 也只有在这种整合中的电视叙事中，电视剧、电视娱乐节目都不再仅仅局限于观赏与娱乐，而构筑起一种文化想象的空间；正如"电视新闻的社会批评功能，不仅仅体现在新闻舆论监督方面，还应当更为深刻地体现在思想批评、文化批评、道德批评以及价值观念的引导方面"③。

所以，无论是一档 45 分钟的新闻评论性节目，还是数集电视连续剧，抑或电视娱乐节目、"真人秀"等，虽然都不太可能承担起如何神圣的文化使命，但是在其传播场域中通过与受众的交流能实现一种精神的共享。如果说，作为大众传播媒介的电视，已经不再是一种受支配的文化表征的手段；就人类的精神需要而言，在人们的乌托邦激情被解构以后，电视叙事已经成为当代文化叙事

① 申丹. 叙述学与小说文体学研究 [M]. 北京：北京大学出版社，2001：19.
② 埃里克·麦克卢汉 弗兰克·秦格龙等编. 麦克卢汉精粹 [M]. 何道宽，译. 南京大学出版社，2000：439.
③ 柯泽. 电视新闻角色定位的困惑与展望 [J]. 南方电视学刊，2000（3）.

主导方面和文化消费的主要形式，建构起一种人们关于现实与理想的镜像世界，那么，在人的生活与命运，社会的历史与未来，时代的精神与心理等精神文化领域，确实已开拓出一片全新的电视空间。当然，在大众文化支配下制造的虚假的需求特别是消费欲望的虚幻满足，很有可能迷失人类的真实需求，即追求超越生物性的自在自为而走向自由自适的人性理想，从而使得电视叙事很容易沦为市场的奴隶。

曾经有论者乐观地宣称："视听兼备的电视以无形的电波载体冲破时空对人类文化交流的束缚。"① 恰如好莱坞有着一整套的观众接受的理论以保证其商业化生产制作的成功率，电视作为当代最具广泛性的大众传播媒介，更需要建构起自己的一种双向交流的收视理论，尽管这种交流还只是一种"象征性互动"。从传播学中的"象征性互动"理论来看，"意义的交换有一个前提，即交换的双方必须要有共同的意义空间。共同的意义空间有两层含义，一是对传播中所使用的语言、文字等符号的共通的理解，二是大体一致或接近的生活经验和文化背景。"② 从而，对于电视叙事的受众来说，就更需要寻求一种"共同的意义空间"，以求在获得一种"象征性互动"和"替代性的满足"的同时，还可能有着意义的增值和境界的提升。

第三节　电视叙事的受众：参与抑或受控

电视叙事最终是必须面向受众的，特别是要为观众所乐于接受与共享。董小英曾指出："叙事的本质是信息的传递，是交流过程中一个单方面的发射过程……叙事可以通过各种方式、途径进行，但是它不能不考虑到接收。这是一个为接收着想的发射。"③ 对于电视叙事来说，其主体受众当然不只是出于对故事的倾听的欲望，而是一种电视收视行为中的有意无意地参与和共享。而且，叙事不是故事的一种静态的呈现和反映过程，而是故事的讲述者通过故事文本与

---

① 陈龙. 在媒介和大众之间：电视文化论 [M]. 上海：学林出版社，2001：24.
② 郭庆光. 传播学教程 [M]. 北京：中国人民大学出版社，2003：53.
③ 董小英. 叙述学 [M]. 北京：社会科学文献出版社，2001：23–24.

故事的接受者之间形成的一种动态的双向交流的过程。所以，从本质上讲，电视叙事中的受众就不是可有可无，相反，正是受众构成了电视叙事的最终的检验者和评判者。

在电视传的两端，也就是在电视制作者和电视受众之间，惟其不只是一种单向度的灌输，所以也就必然存在着一种互动和互制的关系。在这个意义上，电视叙事的传播和接受，其实就是一个相互激发又相互制约的"故事场"的构建。细究起来，这里其实有两个故事的现场，一个是荧屏展示（故事讲述）的现场，一个是家庭收视（阅听故事）的现场。那么，如何让这两个现场互相激发、相得益彰，往往也就成为电视叙事成败的关键所在。

众所周知，电视传播中通常把在一个以固定频率稳定播出的整套节目叫频道，而把在频道中每天固定时段播出的节目内容叫栏目。在英文中，"频道"（Channel）本为"河床、水道"之意：固定的河床中流淌着来自于各个水源的河水，源源不断，从不间歇，生生不息。其实，无论对电视制作还是对受众接受来说，"频道"和"栏目"似乎都早已成为人们的常识。电视台的播出时间表一般提前一周就告知观众，观众可以根据各自的爱好，在固定时间选择固定频道，准时收看固定栏目。这种电视叙事的"传—受"关系实际上也就是电视与其受众之间的"约会关系"。

电视叙事与其受众之间所存在的这样一种契约关系，与其说是电视媒体的体制所致，还不如说是一种媒介与大众的审美之约。正是通过一种双向互动的审美交流，电视叙事的制作者与受众之间才得以相互依存、互为前提。这里，一方面，电视叙事的目的就是要创造出便于观众理解且更富观赏性的电视叙事作品；另一方面，电视节目（栏目）及频道的固定化，本质上也是为适应观众日常接受的需要而形成的。如美国社会学家马克斯·韦伯所言，"艺术确实承担了一种世俗的拯救功能。它把人们从一种从日常生活的平庸刻板中拯救出来。"① 那么，对于电视叙事来说，叙事者固然可以做宣教者，但是受众却不仅仅是"被救赎"，而是有权选择适合自己品味的故事。所以，作为一种艺术形态的电视叙事并不能强制让受众接受。这也就是说，究竟应该让受众采取什么样

---

① H. H. GERTH & C. WRIGHT MILLS, （eds.）. From Max Webber: Essays in Sociolgy, NewYork: Oxford University Press, 1946, p. 342.

的姿态和立场，成为决定电视叙事成败的重要因素之一。

所以，这里需要进一步追问的是：电视叙事凭什么能够与其受众建立一个相对稳定的关系？如果说，"约会"的前提是"我能找得到你、等得到你"，那么，又是什么条件才能使得观受众总能够如其所愿得看到他们所期望的节目？换言之，受众的收视固然可以支撑起电视叙事频道或栏目的稳定运行，那么，又是什么使得电视叙事的"频道"（Channel）中流淌着的水能够源源不断？它流向何处？又是怎样为受众所接受并进而对社会产生影响的呢？

一、受众的位置

有论者曾经指出："电视的受众既是作为一个外延模糊的群体而常常难以做到十分准确的量化统计，同时又是（或者本质上更属于）作为日常化接受中个性差异巨大的一个个具体的接受者，却又往往表现出相同的认同趋向甚至也不乏比较强烈的集体性的体验。"① 也有人指出："电视的观众是不可靠的。电视与其周围的注意对象的竞争，就像它做广告的产品所做的竞争。这样在总体上它就更具话语性，向观众致意并把观众卷入对话，叫他们看、听，参与那些供他们看的东西。"② 那么，就电视叙事而言，电视叙事与其受众之间究竟有者怎样的关联？或者说，受众究竟是怎样的存在？仅仅是一个个被动的阅听人吗？抑或是一个被动的盲目的群体？简而言之，究竟应该怎样来理解电视叙事中受众的位置和立场呢？

豪塞尔（Hauser, A.）曾经指出：电影电视的"生产、复制和发行的方法从一开始就决定了它必将呈现批发商品的形式，决定了它必将成为娱乐工业的样板。它不久就拥有了所有的手段——文字和图像，声音和色彩，不受限制的物质资料和无穷无尽的财富——供它随意支配，以便适应于上述任务。"③ 正是受到这种生产与传播方式的制约，电影电视的受众接受既有相似之处，又有着明显的不同。人们已经认识到，"电影是处在影院情境中的收视，是仪式化的社

① 张凤铸. 中国当代广播电视文艺学［M］. 北京：北京广播学院出版社，2004：371.
② 里克·奥尔特曼. 电视/声［EB/OL］. 白文字，译. http：//ptext. nju. edu. cn/bc/d4/c12244a244948/page. htm.
③ HAUSER, A., The Sociology of Art, London：Routledge & Kegan Paul, 1982：623.

会行为，而电视则是客厅中的收视，是日常生活的文化代理"。① 而在电视叙事的接受当中，受众是主人，电视叙事者则是不请自来的客人，是登门献艺者，主动权完全掌握在受众手里。受众是在现实生活的时间和空间里接受电视叙事，是以清醒的现实意识面对屏幕，其接受过程中始终与电视叙事保持一定的距离，因而可以对电视叙事的内容做出自己的评价。这种旁观的、与现象保持一定距离的批判视点与布莱希特的"陌生化"理论有某种相似之处：它将主动权交给受众，使受众在接受作品的过程中时刻保持清醒的头脑，独立地进行审美判断，受众的参与意识也就被充分地调动起来。

因此，电视叙事与其受众之间事实上已经形成了一种隐含的既互动又互制的关系。所谓"互动"，主要是指受众的需求决定了电视叙事的节目供给，比如精品化、多样化、专业化、对象化以及叙述内容方面的贴近性、故事性、娱乐性，等等。同时，电视叙事的节目供给也创造出受众的新的需求，如《东方时空》《新闻早班车》等的出现，不仅创造了中国观众养成了一种早间收视的习惯与需求，也改变了人们早晨只听广播的习惯，而且，随着网络电视的兴起，使得更多的受众摆脱了定时收视的惯例而趋向栏目搜索与追踪收视。而所谓"互制"，则是指电视叙事的节目制作不仅决定而且受制于受众的选择，因为电视的遥控器总是为受众所掌握，同时也正是受众的情趣与喜好之所在，所以，电视"观众将倾向于选择那些与他们自己的文化最接近和更紧密的节目"② 。确实，在传统的电视型态里，观众对播出内容也许更多的是照单全收，找到什么节目就看什么节目。这种电视叙事的状态下，受众当然无从选择。但是现在随着各种电视节目的增多，受众可以选择的也越来越多，电视节目制作也更加需要迎合受众的喜好。但是，电视叙事媒体对于受众也不能一味迎合，如色情、暴力、低俗，等等，这不仅仅是电视叙事的社会责任和道德约束，也是电视叙事的家庭属性所要求的。从而，受众在解读上的自由，已成为电视媒介叙事结构的一部分，而从总体上来说，这种叙事文化中存在的整体意义系统，对于受众解码的影响，当远胜于电视叙事主体的任何有意无意地操纵或支配。

① 蔡贻象. 影视的休闲与生态 [J]. 读书，1998（2）.
② JOHN SINCLAIR, Neither West nor Third World: The Mexican Television Industry Within the NWICO Debate. Media Culture and Society, 12/3：343－60.

电视叙事文化不同于其他娱乐文化，它制造了被动的数量庞大的消费人群，养成了社会大众特别是青少年的依赖性收视习惯。许多人把看电视当成他们生活中一个必不可少的内容。电视，似乎成为一个无所不包的"魔盒"，特别是在网络电视日趋普及的当下，更是造就了电视叙事在人们日常生活中的无所不在，人们学习、休闲、宣泄、沟通、获得资讯，似乎都离不开电视与网络。同时，人与人之间却又因为电视而变得涣散，人与人距离疏远，人们越来越变得浅薄和无所不知，自以为是，越来越需要被号召、被理解。每一个人都变成了旁观者，把火热的社会生活都当成电视来欣赏，而不是积极参与。人们自觉或不自觉地承受着电视叙事的隐性的控制。

事实上，由于电视等当代大众传媒介入了人与人、人与社会之间的交往，使得电视叙事所造就的交往缺乏亲历性。在电视叙事的进程中，接受者往往成为众多分散的原子，彼此分离，也就是说，电视受众虽然数量众多但无法形成强大的组织机构。从而，电视等大众传媒难免造成个人的孤独无助感，而这种感觉反过来加强了大众对传媒的依赖。受众对大众媒介的依赖还缘于受众与媒介之间的不平等关系，尽管在网络媒体所营造的虚拟时空中，信息传播可望成为真正意义上的平等交流，但延续至今并将继续存在下去的电视叙事媒介体现的依然是一种典型的"沙漏"模式，一种单向度的线性传播模式，这种模式的运作程式导致了传受之间明显的权势落差，从而导致权力的天平总是向传播者阵营倾斜①。

在雷蒙·威廉斯（Raymond Henry Williams）看来，"核心的电视体验是流动的事实"②。确实，电视的观众不再需要凝心静想，不再有着长期的"审美期待"，因而不再需要先期的智识投资以期回收具有某种稀缺性的精神利润的回报；当人们的眼睛在永不困倦地追随着画面和节目的快速变换时，总是可以轻而易举地介入到荧屏的故事之中，使自己成为某种事件的目击者或旁观者。这种与电视叙事共时性的存在必然会产生一种身临其境的经验幻觉。想象力和反思的智性已经成为阻挠着人们实现直接的审美快感的无用的废物：显然，在电

---

① 马克·利维. 新闻与传播：走向网络空间的时代［J］. 新闻与传播研究，1997（1）.

② RAYMOND WILLIAMS, Television: Technology and Cultural Form（NewYork: Schocken1974），p. 95.

视的接受中，观众一般都是被催眠了。当人们沉溺在影像之中迷失自己的时候，当人们在欲望的幻像中放纵自己的时候，事实上并不总是需要一种批判性智慧来提醒大家注意生活的另一种真理。在精英主义日益丧失市场的大众社会中，在商业逻辑逐渐成为凌驾于各种社会规范标准的条件下，无论人们做出怎样的价值评判，作为一种文化暴力，电视叙事在相当程度上垄断了人们对生活和艺术的感知。正如丹尼尔·贝尔（Daniel Bell）所指出的："目前据'统治'地位的是视觉观念。声音和景象，尤其是后者，组织了美学，统率了观众。在一个大众社会里，这几乎是不可避免的。群众性的娱乐（马戏、奇观、戏剧）一直是视觉的。然而，当代生活中有两个突出的方面必须强调视觉成分。其一，现代世界是一个城市世界。大城市的生活方式，为人们看见和想看见（不是读到和听见）事物提供了大量优越的机会。其二，就是当代倾向的性质，它包括渴望行动（与观照相反）、追求刺激、贪图轰动。而最能满足这些迫切欲望的莫过于艺术中的视觉成分了。"①

无疑，在过去人类社会的很长的一段时期内，寓教于乐的文字传播或者舞台演出总是围绕着它所声称的教化目的而将阅读和观演建构成一种习性与传统，并建立起一种可以辨识社会身份的标志，且由此将它的接受者按照其欣赏能力和接受水平建构成一种金字塔式的等级族群。而在当下，电视作为一种文化叙事在制作和传播的不断进步和技术手段的支持下，竖起大众性的旗帜，不仅将触角深入千家万户的日常生活，而且营造出一种鲜活的话语方式和生活空间。

观众总是可以舒服地坐在自家客厅里，或者是靠在床头上看电视，在这样的环境和心态下，难道有人会愿意请一个"家庭德育教师"，站在自家客厅里、甚至是站在自己的卧室里来教训自己吗？那种强硬的、居高临下的传播态度在这样的环境中显得滑稽和不合时宜。这一点今天人们已经有非常深刻的认识了，但在过去很长一段时间，电视叙事却充当着那个滑稽的角色而不自知。

故而，对于电视叙事的接受者来说，家庭既是一个相对独立的"私人空间"，又是一个有着很强的道德规定性的"公共"场所。如果遵循电视所具有的"家用属性"，我们就应当更深刻地理解社会学意义上的"家庭"的含义，在这

---

① 丹尼尔·贝尔. 资本主义文化矛盾 [M]. 北京：生活·读书·新知三联书店，1989：154.

个人们心目中最有安全感的环境中，所有家庭成员所能接受的信息应当是有"级别限制"的，只有尊重和不侵略这个社会场所中的道德约定性，电视叙事才能真正地完成自己的道德建设，才会真正地成为"大众媒体"。

应该说，自1972年11月开始运作的美国HBO彻底改变了电视叙事与受众的关系，不仅因为HBO结束了受众无偿收视的历史，而且更为重要的还是改变了受众的被动地位。特别是数字化技术的迅猛发展，"互联网＋高清电视"更是带来了受众对于电视叙事的主动参与的热情。因为，对电视叙事受众来说，只要支付费用就可以有更丰富、更个性化的选择；也只有互动也才有更为自主的参与。从而，某种意义上也可以说，数字化网络技术不仅作为从无偿到有偿的转折，更是电视叙事由叙事者主导向接受大众主导转变的分水岭。

随着这种电视叙事的接受模式的转变，电视叙事从话语到结构也都需要适应受众的参与和选择。这不仅使得电视叙事需要更多地适应受众的趣味需求，同时又难免造成电视叙事的"平均化"甚至"平庸化"。与以往电视叙事的"精英化"的宣传教化不同，为了赢得受众的青睐，电视叙事中的刻意"炫技"或制造"流行"也便逐渐成为一种趋势。像电视剧《甄嬛传》或纪录片《舌尖上的中国》那样，更是有意制造出一种被人们称之为"甄嬛体"或"舌尖体"的语体模式，引发大众的收视热潮；或者，与普遍的跟风模仿不一样，反其道而行之，故作高深，制造"经典"，甚至有意疏离受众，也都可能发生。

电视叙事本质上不仅仅是以影像和声音将人们引入一个日常生活所耳闻目睹的现实世界，而且引入了一个人们在平庸刻板的生活中所达不到的超现实世界，一个"想象的共同体"，所以从电视叙事来说，那些有着强烈的人生命运感，具有真实具体的生活内容，透视着人伦精神理性，反映着正在发生的历史面貌的电视叙事节目，总是能够引人注目并且给人留下深刻印象。譬如，1998年4月24日播出的节目《大官村里选村官》，记者就曾深入到东北农村，捕捉到农民兄弟对于行使自己投票选举村主任权利的那份神圣感，引人入胜。该节目1999年2月荣获摩纳哥蒙特卡罗电视节纪录片类"女神"银质奖。1999年4月9日播出的节目《第二次生命》，通过对一起活体换肾手术新闻事件的调查，抓住了生活中令人揪心的手术场面，为人们提供了重新体会并审视东方人伦的机会。正是这种可以惊天动地的母性光辉，感动了叙事者，也感动了受众。该节目也因此而荣获第36届亚洲及太平洋地区广播联盟大会（"亚广联"）广播电视节目特别奖。

二、理解与共营

如前所述，电视叙事的媒介性质决定着电视受众的家庭化的接受和体验。它有别于作为集体性的电影观赏和剧场观剧的体验，成为一种当代日常化的大众文化的景观。事实上，电视叙事这种所谓"日常化"意味着，电视机前的每一位观众在接收信息、了解事实之前，一般都与事实有着不小的距离。受众往往是在一个"未知的远方"来观察并理解电视叙事所陈述的事实。那么，怎样才能让这些"从远处看"的观众接受电视叙事，更少障碍地直面事实真相、进而理解叙事者的立场与观念呢？换句话说，受众虽宅在家中，电视媒体的叙事却可以作为受众的代言人走近事实，并且可以进一步地去解了事实，由此为受众呈现出一种"如在目前"的景观世界。而电视叙事者究竟应该怎样才能做到通过丰富的事实的叙述与景观的呈现，来有效地激发受众的认知与体验呢？

可以说，正是基于受众参与度的考量，麦克卢汉曾经根据信息传播的清晰度的高低而把电影定义为"热媒介"，把电视定义为"冷媒介"。所谓"热媒介"是指由于信息清晰度高而不需要受众"深度卷入"和"参与"；而"冷媒介"则是由于信息清晰度低，而需要受众深度卷入、积极参与、填补信息。电视之所以成为被大众广泛关注和参与的媒介，麦克卢汉的这些概念似乎为我们理解电视叙事的受众参与提供了权威的理论解释。

应该说，受众之于电视叙事的视听经验，本质上是一种叙事文化传统所造就的产物，而并非是简单的直观的视听。如果说，电视媒介重塑了受众的视听感知，那么，电视叙事就是要力图把接受者引导进入"事件"内部，让他们"身临其境"来对"事件"进行"现场"感知，从而，受众的接受也就不可避免地受制于传受之间文化交流的语境，受制于受众自身的文化修养。电视叙事也就需要顺应受众的心理而不能根本无视其文化需求。电视叙事的受众的反应，应该是对保守价值体系的同情，在其中找回已在日常生活中失去的礼节规矩和安定感；但观众又时时被提醒，这一类价值体系的命运已经宣判了，在同情失败者之余，即使再不情愿，他也必须为自己的保守价值观做一番调整更新。

从心理学角度讲，受众的兴趣主要不在过去，而在故事未来的发展，正如威廉·米勒所指出的那样，"任何审美体验都包括期待和期待的实现"。① 电视观众在其中所获得的不只是某种补偿性的心理满足，而且还包括一种现实的参与。这里，甚至可以说，受众正是以一种"共营"的方式参与电视叙事。受众对于电视叙事的接受明显是建立在某种"前理解"基础之上的。这种"前理解"常常体现为一种"格式塔质"。而事实上，"各种完美简洁的格式塔，不管它是一种知觉样式，还是一种意象，乃至抽象的观念和某种思维模式，它们固然会使人满足，使活动变得简单、快速、舒适、省力，但同时也会造成人对它过多的依赖，造成一种忽视外部客观条件、仅以格式塔惯性力量行事的惯性，这时那种极力想要改变眼前现状的革命性力量（压强）便能化为一种消极的束缚力，使人们的思维活动永远按照某种简单省力的圆圈机械地进行，在思想观念领域，对这种简单格式塔的依赖，是造成思想凝滞不变的重要原因。"② 这也就是说，格式塔具有相对稳定性，这种影响可能是正面的，也可能是负面的。

虽然电视叙事可能更主要的是以外在的世界图景作为其描述的对象，但是其中真正吸引观众的又绝不仅仅是其表现的对象本身，而是作为一种生活方式给人们的心灵的交流与体验，特别是天才的心灵。当然，故事的讲述和倾听的冲动是人所共有的，与他人心灵求得共鸣构成了表现和交流的动力，而这一切都是人们发自心灵的需求，因此，哪怕是刚刚坐在球场的最佳位置上观看了一场激动人心的球赛，从外在经验的被给予性上已经达到现实性的巅峰，人们依然会觉得意犹未尽，我们很难对一场如此令我们心灵振奋或沮丧的戏剧保持沉默，我们必须叙述、表达、交流，要将我们的内在体验告诉他人，要享受他人关于这同一外在体验的内心版本，尤其是，我们需要比我们更有观察感受能力、心灵深度和灵魂升华高度的体验者来对我们叙述这一我们已经用自己的内心体验过的事件，也就是说：我们并不满足于在一种外在的意义上的"在场"，我们要在他人的内心深处"在场"，我们要到他人以之为出发点来归整和理解其体验的原点中去，这个原点就是人的内在意识。每个电视观众都难免以为自己在电视叙事中的所见所感是真实的，都不免确信自己的"在场"，甚至会不由自主地把自己想象为电视中的主角。

①　威廉·米勒. 影视叙事结构［J］. 电影文学，2000（2）.

②　滕守尧. 审美心理描述［M］. 北京：中国社会科学出版社，1987：100.

电视叙事与观众接受的距离的调整："现场"体验及其对叙事的反映，都必然会对叙事行为本身产生积极的影响。

即使在描述外在经验时，电视叙事的特征和长处也在于它能将观众带到作为体验者的作者的内心"现场"。这一点在电视与音乐的关系处理上出现了微妙的挑战。音乐固然是历来被视为非叙事性艺术的极点，其实也并非绝对排斥叙事性因素，特别是在十九世纪的西方，文学性高扬的时代，几乎所有的艺术都被用文学的方法来加以欣赏和接受，以至于至今还在有人坚持那种能从纯器乐中听出细节清晰的童话故事的童话（"注意！单簧管响了，这是一只红嘴斑鸠!!"），姑且把音乐看作是完全不带叙事性的，但是又是如何解释音乐能给人类心灵带来具有强烈"真实性"的深刻体验呢？这难道不也是一种"现场"吗？当然，我们绝不否认其他的艺术（或非艺术）能给人带来"真实"的内心体验。宗教、哲学、科学（这里不列历史是因为历史不能脱离叙事，其实宗教也通常不能离开叙事，但宗教有教义一面，不一定非要叙事，单是教义似乎也能使人"觉醒"）都能达到这一点，同样，人们的日常生活经验也能够做到这一点。

随着网络数字技术的发展，媒介融合进程的加快，电视频道和栏目经过不断地增加与改版，电视叙事的受众群体形成进一步分化已是不争的事实。有论者认为是文化的多元化促使受众需求的多样化，其实，中国家庭的结构变化和收入变化也是受众分化的物质基础。整个社会的家庭结构日益小型化，这种结构的变化必然使电视的观众分化，老少三代或四代同看一个电视节目的时代已经改变了。

在中国，电视受众一般是从 20 世纪 80 年代末才开始逐渐把电视作为获知新闻及娱乐生活的第一选择的。而这个时期也正是各种便携式新闻采集设备（ENG）在中央电视台大规模使用的时期。ENG 技术设备使电视新闻采访变得快捷而方便，但电视超越广播的优势却不仅仅是由于 ENG 的出现使新闻变得迅速，更为重要的还在于，ENG 使电视变得更加真实和更具参与感，而且，日益增长的移动互联网使得这种优势还在不断而迅速地扩大和延展。世界范围内的风起云涌的"真人秀"和互动电视的浪潮自不必说，录像技术的小型化和家庭化使每个人都可能成为"记者"和"编导"，而这些"非全职记者"，他们有时候更有可能拍到真实的瞬间。美国"9·11"事件一周年的时候，凤凰卫视制作了一个纪念性的节目，其中大量的画面都是从"民间"搜集到的，是由千百个目击者从自己当时所处的角度拍摄到的与众不同的灾难瞬间，这些画面从无数个角度记录了那个历史时刻。

在这个意义上，与其说电视叙事是一种最终的文化产品，还不如说电视叙事本身就是未完成的，更需要观众的多种方式多种层次的参与。或者说，只有受众的参与才能最终赋予电视叙事以意义，体现出电视叙事的价值实现。因此，电视叙事，电视娱乐中观众的被动模式被打破，娱乐受众的公共参与和互动意识变得十分重要。但娱乐活动的过程受游戏规则的制约，具有一定的交往理性和严肃性。如果没有遵循规则的理性、平等、民主意识，就不可能有真正的公共空间，娱乐也就不成其为娱乐。

电视叙事与电视媒介的发展表现出一种足以面对与承认本身基础不稳的信心，这也就是电视叙事的自我解构。这种现象之所以值得人们注意，就在于电视叙事中的许多喜剧现象，常常刻意以电视本身为取笑的对象。特别是在一些节庆的节目中，刻意营造节庆气氛，而不是经常播放库存的旧带。电视叙事能够站在今昔的对照中，有破解电视迷思的功效。更多的时候，电视叙事节目甚至播放某些节目在摄制排演过程中吃螺丝、NG、犯错误的漏网镜头或者所谓"拍摄花絮"。这些都显示了电视具有某种程度的自我批评心态，并乐意将批评与观众分享。

当然，电视受众的参与，仍然是间接的、象征性的，而不是直接的、现实的。受众之于叙事主体的关联依然是被动大于主动，所以，受众对于电视叙事的接受就不免产生很大的差异。早在1970年代，美国传播学家蒂奇诺等人就提出了一种"知沟"理论假说，认为："由于社会经济地位高者通常能比社会经济地位低者更快地获得信息，因此，大众媒介传送的信息越多，这两者之间的知识鸿沟也就越有扩大的趋势。"①

在这个意义上，对于受众的媒介素养的强调与训练无论如何都是不过分的。如今的现实却是，面对错综迷离的电视叙事的"万花筒"，受众的媒介素养往往是十分贫弱的。受众学会如何理解、阐释和批评电视叙事的讯息及意义也就变

---

① TICHENOR, P. J., Mass Communication and differential Growth in Knowledge ［M］. Public Opinion Quarterly, Summer, 1970, p158 – 170.

得举足轻重。从而，有效地进行电视受众媒介素养的培养甚至已然迫在眉睫。美国学者瑞尼·赫伯斯就认为："素养是一种对各种形式的信息进行存取、分析、评估和传播的能力。这几个方面其实展现了受众接受媒介信息的进程中的一种理性的批判的状态。"① 长期以来，人们普遍认为，看电视只是一个消极的接受行为过程而已，理性的认知卷入程度很低；受众看电视时往往是非逻辑性的、感性的、被动的。然而，后来的研究则表明，看电视也是一种主动的认知活动，它是观众、节目以及观看情境之间的一种主动的认识转换过程。当今的受众在享受"快乐电视"的同时，需要具备的娱乐素养有：提升自我的媒介素养，培养一定的批判意识和审美能力；懂得如何利用电视娱乐满足自己、释放压力、寻求快乐等心理需要；怎样既达到休养身心的目的，又不受消极信息的影响，自觉抵制娱乐节目中消极因素的误导；实现感性与理性的平衡，达到身心的愉悦。

　　虽然，电视叙事在普通大众的生活中也许不过是一些浮光掠影的东西，或者说，电视叙事充其量只是在现实生活之外营造了一个镜像的世界，一个虚幻的现实，但是，电视叙事中完整的事实和深入的背景则仿佛能够把受众带进电视所呈现的"现场"之中，虽然所有的电视叙事能给予受众的依然是一个异在的想象的世界。

　　所以，在这个意义上，可以说，只有社会现实本身才是电视叙事的立法者，只有广大的电视受众才是电视叙事成败得失的最终裁判者。

---

　　① 瑞妮·霍布斯. 美国媒介素质教育运动中的七大分歧 [J]. 国际新闻界, 2003 (1).

第七章

解释的循环

——电视叙事的文化悖论

毋庸置疑，电视叙事的产生与发展乃是 20 世纪以来人类文化史上的一件大事。它在给人类带来了一种全新的生活体验和精神寄托的同时，无疑也传承并延续着诸多传统文化的因子。如前所述，在人类历史的传承中，曾经有着诸多不同叙事形态的存在。这些叙事形态既体现了人类精神文化的建构过程，同时，随着传播载体的发展和变迁也带来了人类经验共同体的不断生成。而如今，在一种信息传媒"全球化"的趋势之下，如果说，大众传媒正在"以非常深刻的方式重构我们的生活方式"①，那么，可以说，电视叙事也在其中扮演着一个十分重要的角色。

然而，需要反思的是，在走出了的政治意识形态之传声筒的单一境遇之后，如今的作秀与表演正充斥于各路电视媒体，这不仅使得电视叙事成为一种当代的消费时尚和精神镜像，而且进一步形成了相对成熟的产业形态。电视已然充斥人们的日常生活，人们的生活中失去了它们仿佛便少了些什么，这一结果不是因为人们出于对文化的理解、对信息的需求、对知识的崇拜以及对交流的渴望，而是由于电视的操作能够进行议程设置，制造媒介事件，刻画媒体时间，引领消费时尚，填补日常空白，甚至还可能混淆真伪，消弭意义。消费时代的人们似乎普遍性地渴求作秀、表演与拟仿。面对诸如此类的现象，电视叙事又是如何重构意义，体现出对于时代的价值引领的呢？

这里，其实已经隐含着一个十足的悖论：电视既是媒介，却又成了人们生

---

① 安东尼·吉登斯（Anthony Giddens）. 失控的世界——全球化如何重塑我们的生活 [M]. 南昌：江西人民出版社，2001：2.

活的主宰，控制人们的生活；电视叙事既为我所需，制造着人们日常的想象和欲望，同时更制造出远方的世界；它让人们了解世界，却又让人疏离了世界。诸如此类问题，已使得电视叙事处于一种十分尴尬的境界。它不仅使得电视叙事陷入理论上的"解释的循环"，而且更容易造成其实践中价值的迷失。

故而，这里的问题是，怎样才能破解电视叙事的悖论？究竟如何才能走出"解释的循环"的怪圈？以大众化、复制化、模式化为特征的当代电视叙事是如何承续传统文化的因子，又是怎样体现出其应有的文化创新？

第一节　电视叙事如何走出文化怪圈

如前所述，电视叙事之于社会大众既是一种特殊的精神食品，又可以称之为一种消费的产品；既能满足当代社会大众的叙事需求，又刻意营造出人们的欲望和想象。按照美国文化研究学者梅里尔和格温斯坦曾提出过一个著名的"EPS 循环"说，即所谓从"精英文化"（E）→"大众文化"（P）→"专业文化"（S）的"循环"①，大众传媒的发展使得任何一种文化的演进都不可避免地由"精英文化"走向"大众文化"，并且以专业化的追求为其较高阶段的标志。确实，随着当今世界大众传媒的发展无疑正处于这样一个发展趋势之中，当代中国的电视文化也已然从"精英文化"正大踏步地走向"大众文化"。由此也可以理解，电视叙事何以随着技术的进步却越来越具有更多的反精英的色彩，在平民化的同时也就难免日趋平庸化。

然而，这里的问题是：当下电视叙事的平民化（反精英化）的文化立场及其走向是否意味着一种本质上的设定？为什么在技术不断进步的同时却难以带来文化品质的提升？电视叙事怎样才能走出这个文化怪圈呢？

一、电视叙事的文化矛盾

麦克卢汉曾经指出：某种情况下，选择媒介的意义远远超过媒介所负载的

---

① 蔡骐，蔡雯. 美国传媒与大众文化——200 年美国传媒现象透视 [M]. 北京：新华出版社，2001：22.

内容本身。对于电视叙事来说，电视所叙述的内容本身也许已经渐渐为人们所习以为常，因为在电视的叙述中，任何重大的社会历史事件都仿佛离我们很近，其实它又离我们很远。电视叙事的阻隔与屏障的意义也正在于此。在由当代传媒技术架构的一个以国际互联网为中心的传播体系当中，电视叙事因其以主流意识形态为核心的指导思想而表现出难得的且一以贯之的整体性和同一性。而且，电视叙事的主导思想还有可能受其媒介技术的导入、限定、流传、整合和处置，往往能起到某种社会黏合剂的作用，塑造着人们的社会感知。虽然它并不一定能够决定一个时代社会文化的内在走向，但是，这种在技术框架的整体和流动中实现的社会感知却以其整体性维系着一个社会价值的稳定与公平。

本书一再强调，电视叙事的信息、文本、形态、样式、技巧和意义，都需要仰赖一种总体的文化过程。电视叙事不仅仅关乎技巧，而且更为重要的是关乎叙事主体的文化修养，关乎电视受众的精神需求，关乎一个社会的文化生态。电视叙事的世界完全出乎人的心灵构造，出乎人们的观看和想象的经验；或者说，电视叙事的"真相"，其实是人为的构筑和解释，是完全可以加以控制、加工和改造的。因此，电视叙事本身也就天然地具有某种审美和体验的意义。而审美又总是关乎人们的感性的愉悦，体验关乎人们的情感需要的满足，所以，电视叙事的审美属性又使其难免与"真实"或"真相"相距甚远。故而，在审美的炫惑下，电视叙事在试图揭示某种"真相"的同时，事实上又总是遮盖了更多的"真相"。

其实，自古以来，所有的叙事作品无疑都有其自身历史的进阶和文化的语境。在传播媒介技术还不发达的社会之中，叙事文化可以通过极权国家式的政治制度、道路交通、风俗习惯、宗教信仰以及科学艺术建构起某种统一性或者说整体性的幻象与景观，并且浸透到人类日常生活之中，进而将人类的思想情感、行为约束和控制在一定的地域时空之中。随着传媒技术的发展，传媒叙事在人类社会中立体地建构起一种普遍交流情境，使得一种乌托邦化的媒介控制模式得以显现出来。在一种传媒乌托邦界域和技术中，流动的思想观念或情感意志也随之意识形态化，并且为传媒乌托邦带来了意识形态思想形式与内容的限定。

在这个意义上，当代电视一方面伴随着技术进步逐步而深入到家庭客厅，另一方面又无疑是一种强制性的媒体。就像布尔迪厄所指出的："电视是一种极少有独立自主性的交流工具。电视在当代社会中并不是一种民主的工具，而是带有压制民主的暴力性质和工具性质。"① 美国学者阿瑟·A. 伯杰也在其《社会中的电视》一书中明确指出："电视是一种思想统治的工具。"② 在这种自觉而普遍的强制之中，受众更多的只能是被动地接受；电视叙事全息化的视听符号的运用，使受众产生身临其境之感，却取消了受众的选择权，事实上这更是对受众认知能力和判断能力的放逐。

自然，用电视叙事表达技巧的谁轻谁重甚至信息传达物质形态的谁先谁后的争辩来掩盖当前电视作为大众文化叙事媒介的理性缺失，应该是值得人们关注的一个问题。叙事学原本就是以其形式主义批判而闻名于世，但是，事实上任何叙事文本都不仅仅只关涉到形式问题，它还必然会关乎具体的社会的情态和历史的语境，折射出特定时代的政治、经济、文化、道德等方面的问题。因此，将电视叙事形式与更深远的社会文化背景相结合，才有可能对于电视叙事的内在矛盾及其成因进行全面的把握。

美国学者罗斯·钱伯斯指出：许多人并"没有认识到叙事是一种社会存在，一种影响人际关系并且由此获取意义的行为；叙事之所以成为叙事，依赖于一种隐含的社会契约关系。这种契约关系使得叙事作品与社会之间具有一种交换性质，而交换就意味着存在于社会的欲望、目的和各种制约力量之间的综合关系"③。电视叙事当然并不例外。它不可能也不应该画地为牢，将自己局限为一种媒介本身的功能，而必然是通过电视的媒介以实现与大众的叙事交流。其实，在这里，一方面，电视叙事的主导者从来都不是大众自身，另一方面电视又需要真正地深入到大众当中，而且不只是都市大众，还应包括乡村大众。如果说，这种叙事交流乃是以通俗化为其价值取向，"反精英"遂成为当代电视大众文化叙事的本质，那么，"电视叙事"究竟应该如何才能走出这种在专业人士和社会精英主导下的大众化"悖论"或"循环"呢？

追根究底，电视叙事的价值悖论原本就与其叙事品格分不开。举例来说，早在 1978 年 1 月到 4 月，英国广播公司（BBC）播放了十五集电视系列节目

---

① 皮埃尔·布尔迪厄. 关于电视 [M]. 辽宁教育出版社，2000：7.

② 阿瑟·A·伯杰. 社会中的电视 [J]. 胡正荣，译. 世界电影，1991 (5).

③ 王丽亚. 分歧与对话——后结构主义批评下的叙事学研究 [J]. 外国文学评论，1999 (4).

《思想家》，该电视系列片以人物访谈的形式系统介绍了当代哲学研究的进展。这个节目以其不同寻常的严肃性，试图一改电视媒介浅薄、浮躁、幼稚的社会形象，创造出电视媒介在大众叙事领域中一个思想性的典范。《思想家》的出现曾一度使评论家们看到了电视媒介的传播潜力，声称"这个节目恢复了我对电视的信念"。以至于在其后三年多的制作时间里，《思想家》的作者麦基（Robert McKee）顶住了很多画面崇拜者的压力，坚持使用人物谈话的方式来制作这个理性色彩相对浓厚的节目。某种意义上，麦基的坚持确实导致了电视叙事理性色彩的增强，事实上也为电视叙事通俗化的执拗倾向带来了一定程度上的改变。

至于这种改变的内在动因，麦基也做出了饶有兴味的解释："这很像人类发展中的青春期反抗阶段一样，个体企望通过反抗双亲的支配而确立自己的身份；对他来说，重要的只是做他双亲做梦都没有想到要做的事情。这是发展中的必经阶段，但这本质上是不成熟的阶段。成熟意味着在不受任何胁迫的意义上无忧无虑地与双亲共享整个世界。当电视成熟时，它就应成为声音和视觉形象内容充实、浑然一体的综合性传播媒介，以至于人们自然地觉得它的伴音内容的重要，而决不以为它主要是一种视觉传播媒介。只有幸运地达到了这样一个阶段，它才获得了自我，开始发挥自己的潜力，而目前只不过是依稀看到了这种实现。"①

那么，究竟怎样才能使得电视叙事真正走出"大众/精英"的对立？又怎样使电视叙事更加趋向民主、关注民生，而不仅仅是充当喉舌，不只是人为地制造众声喧哗，成为一种喧嚣尘上的商业机器？

诚然，电视之成为当代最具影响力的大众传媒，电视叙事需要仰赖其总体的文化过程。但这并不表示电视叙事只是被动地"服从命令"，只是受操纵的木偶，事实却正好相反。如前所述，叙事学的发展，已经逐步向我们显示，人文的世界乃是人为的，完全出乎人们的意愿和想象，只是出于人们认识社会、认识自我的需要。电视叙事作为一种人文世界的建构，出乎叙事的需要。电视的世界也正是当代人文世界的一个缩影，所以，电视叙事所追求的"真相"，本质

---

① 布莱恩·麦基编. 思想家——当代哲学创造者们［M］. 北京：生活·读书·新知三联书店，1987：476，478.

上作为一种人为的构筑和解释，是可以加以分析研究的。从表面上看，电视叙事原本是以展示"真相"为目的的，然而，对"真相"的掩盖，却又是电视叙事与生俱来的本质。电视叙事免不了被某种隐形的巨手操纵着。

从叙述表达及媒介方式上来看，当今电视媒体对于传统叙事方式既有着整合继承，又有着一定冲击和改变。电视叙事不仅在重复着人类古老的童话和民谣，延续着人类一代又一代的故事；同时，它又作为是一个新的时代的叙述者，作为新的媒介技术条件下的大众文化叙事，它更需要适应市场的需求表现出一种碎片化的叙事格调。所以，出于电视媒体的商业效能，一般的电视剧集、新闻报道或纪录片、娱乐节目等的叙事过程，每每会被广告所中断。广告的叙述时间也许只有数十秒，却以频繁播出为主，并且总是尝试以最吸引人们眼球的方式和影像宣传其产品。广告过后，叙述又回归到有关的电视节目当中。而以遥控器快速转台，随意挑选及转换电视节目的媒体叙述的方式，更是令后现代语境下的人们接收到一大堆没有多少内在关联的资讯，资讯之间甚至不存在任何关系，而只是随意浮现在观看者面前，观看者根本无暇去理解或组织所有资讯。这正是电视叙事何以会出现"精神分裂"式症候的根本原因所在。

电视叙事的文化矛盾也与其作为一门文化产业的属性分不开。当代西方一些马克思主义学者如霍克海默（M. Max Horkheimer）和阿多诺（Theodor Wiesengrund Adorno）等曾提出"文化产业"的概念，以及由此推演出来的"大众消费文化""媒体产业"等也是基于对这种文化矛盾的揭示。从一种文化批判的立场上来看，阿多诺把包括电视叙事在内的现代影视称为"文化工业"（Culture Industry）或"娱乐工业"（Entertainment Industry）。在《启蒙的辩证法》一书的"文化工业，作为大众欺骗的启蒙"一节中，他不无担心地指出：人在丧失了自身的自然之后，对快乐的体验只能存在于幻想之中。大众文化正是作为一种幻象和幻想的制造者为人们提供了体验的补偿。大众文化变成一种谎言，使人们忘掉真实的、现实的困境，陶醉到虚假的、外在的幻境中去。"在文化批判中，最为坚实和核心的问题之一便是一个关于谎言的问题：文化创造了对人类劳作其上的物质条件，它通过抚慰和催眠维持了经济对生存的恶劣决定。""文化工业用它不断许诺的东西不断欺骗它的消费者。"①

-----

① 霍克海默，阿多诺. 启蒙的辩证法［M］. 重庆：重庆出版社，1990：139.

　　基于此，阿多诺在《文化工业再思考》一文中指明了现代文化（包括电视叙事文化）的特征："文化工业的总体效果之一是反启蒙，在这一效果中，正如霍克海默和我曾经指出的作为不断进步的对自然的技术统治的启蒙变成了大众欺骗，转变成束缚自觉意识的工具。它妨碍了自主的、独立的个人（他们自觉地为他们自己下判断，做决定的）发展。"因此，可以说，作为当代文化工业的一部分，电视叙事虽然不仅仅是像电影那样以制造现实的幻觉为能事，但它同样以逼真的画面和音响效果掩盖了幻想与现实的差异。电视叙事只是当代文化工业生产的一个方面。

　　对此，提倡"解放叙事"也许是一项不错的选择。所谓"解放叙事"，也就是对于传统叙事方式的一种解构。对于电视叙事而言，"解放叙事"与其说是一种技术手段上的更新、一种生存策略的选择，还不如说是当代社会大众文化拯救自身的一种姿态、一种路径、一种模式。或者说，它本质上乃是属于一种后现代社会使用"技术"与享受"技术"的生存模式。这种生存模式遵循的是工具理性的价值取向，并使得诸种社会事件在媒介叙事碎片化的呈现当中得以序列化与逻辑化，并获取一种体系性的结构整体。当然，从某种意义上来说，这种结构整体的获得本身也就是一种"叙事"，并且这种生活模式在一种惬意与享受中使这种"叙事"结构整体被大众主体接受且合法化。换言之，网络多媒体时代的电视作为一种后现代生活模式，其"行动"自身在本质上就是一种"言说""书写"这种社会状况的叙事。一种社会生活的合法化模式在时间的序列中体系化为一种生存行动，这本身就是在历史文本上进行"书写"和追求"解放"的叙事。

　　总之，从某种意义上说，当代电视叙事的生存之所以表现出更多瞬间性、片段式、碎片化的特征，根本就在于其内在的文化矛盾。电视叙事试图将我们的生存片段缀合起来，却又难免进一步地加以破碎化的处理。它既是单一的、分离的诸多自我，同时又是一个时代的生命"整体"的组成部分。它使得人们将自己的生活视为一种日常生活的汇合体，一系列矛盾而分离的自身，但是这些自我又神秘地融汇为一种统摄一切的统一体，形成人们一种充满碎片化的生活方式，形成一种无所不包的"解放叙事"。可以说，恰是电视叙事这种无所不包的本质，使得当代大众文化成为一种具备所有枝节的整体，且由此而构成了整个世界形象的混合体。

二、电视叙事的两难抉择

诚然，曾有人乐观地宣称："电视媒介的超常发展打破了人类孤立隔绝的文化封闭状态，使人们共享有价值的文化。传播的时效性和共时性，使人类分享科学、技术、知识成果，认识深度和思维方式更加浑然一体，价值观愈来愈出现同构。"① 但是，与这种乐观的意见并不一致的是，也有论者认为："这是一个论证和论争的时代，或者说是各种信息传播的时代，而不是叙事或讲故事的时代。"② 当今时代，电视叙事究竟何去何从，其命运究竟如何，也就成了人们经常讨论的话题。

阿多诺曾经指出：在一些"显见的、书写的历史"的背后总是有着某种"隐含的历史"：这种历史"包含在被文明移置和扭曲的人类本能和热情的厄运中"③。如何揭示并理解电视叙事历史背后的这种"隐含的历史"，也就成为电视叙事文化研究的题中应有之义，更是电视研究者义不容辞的责任。

事实上，从人类叙事文化的历史演进来看，电视叙事已然面临着一项两难状况，它既是一种逻辑上的二元对立，同时也是一种文化上的"悖论"状态。在这里，一方面电视叙事虽然面向大众，却又往往受到意识形态的权力的掌控，表现出社会主流意识形态的话语品格；另一方面，电视叙事的制作与生产是模式化、类型化以及其技术特性带来的复制化，使其不可避免地走向商品化。而机械复制的生产特性又恰是"文化工业"的基本特征，"它是指事物本身的标准化——例如西方电影院的常客了如指掌的那些东西的标准化"④。因此，电视叙事，既为意识形态"喉舌"而发声，又常常为大众的趣味而定制。

就当下的中国的电视叙事而言，其复制的特性已然成为电视叙事的基本症候，具体表现之一就是电视叙事文本生产的模式化。电视叙事以频道（栏目）为支柱，而频道（栏目）节目的生产总是在不断地复制栏目策划时设计的叙事蓝本。越是工业化的流水线生产，其具体电视节目文本对于其叙事蓝本的复制

① 刘建明. 电视文化概说 [J]. 中国广播电视学刊, 1998 (1): 17, 18.
② 耿占春. 为什么我们要有叙事？[J]. 天涯, 2001 (3).
③ 霍克海默, 阿多诺. 启蒙的辩证法 [M]. 重庆出版社, 1990: 231.
④ 阿多诺. 文化工业再思考 [M] //陶东风, 等. 文化研究（第1辑）. 天津：天津社会科学出版社, 2000: 200.

性就越强，也就越能鲜明地显现栏目的标识——叙事蓝本的识别性特征。电视叙事的栏目化早在 20 世纪 90 年代就以中央电视台《东方时空》等栏目为发轫，但那些栏目中的一个节目与另一个节目之间，仅在基本的叙事方式上保持一致（比如《东方之子》为面对面的采访方式，《生活空间》为外景记录方式）；而在具体的叙述流程中，各节目之间则有较大的个体差异。如今，全国众多上星卫视所涌现的众多栏目，其叙事模式的复制性更加明显，每一个节目的开头、中间、结尾，似乎都是对于相关栏目叙事蓝本准确无误的复制，故而其产品也都是水平相当的标准件。在当下电视的栏目化生存的时代，这种个体产品对栏目叙事蓝本的复制，使得电视叙事节目的生产制作愈发平庸。

电视叙事究竟应该如何消解模式，拒绝简单复制而走出平庸？无论人们对于电视叙事有着怎样突破禁忌的渴望，但是在现实的伦理和政治条件下，这种渴望往往要被加以掩饰甚至隐藏起来。但是隐藏不代表不存在，隐藏渴望的最终目的是为了有效地实现某种突破。电视总是在进行着一种最公开化的叙事。所以电视叙事中的禁忌也就特别多，同时不断突破禁忌的驱动力也就最为明显。可以想象的是，关于电视叙事的种种规则总是由于各种各样的禁忌而产生，它们也会在一种动态的过程中不断地被消解，而消解的另一种方式也就是被新的规则所替代。

与此相关是电视叙事对于深度的探求。作为大众文化的电视叙事，原本就是以"削平深度"为特色。既然电视属于一种公共空间中的叙事，它就不仅是叙事者的自言自语，更重要的，还是为了让他人得到更多的故事和经验的分享。然而，在追求收视率的背景下，电视叙事更多的只能是迎合大众口味，满足娱乐需求。这种价值目标的设定，只能导致电视叙事的平面化甚至平庸化。追求深度，也就成为电视叙事走出平庸的必然选择。所以，关心电视叙事的思想深度的，不仅仅只有讲述者，而且还有更多的倾听者。

和传统的媒介叙事方式不一样，电视叙事与社会权力还有着天然的联系。一般情况下，电视叙事更为经常地表现出对于某种权力的依赖，从而体现出某种不确定性的危机。如今，当人们发现电视叙事是社会生活中一个不可或缺的日常化消费时，避免危机的唯一出路就是远离权力的影响。所以，电视叙事有时也会有意识地躲开与权力的纠葛，然而又难免会逐步丧失权力话语赋予其的政治正确性，由此却会永久赢得自己的生存空间。

很显然，作为大众文化的电视叙事的兴衰不仅伴随着当代技术文明的进程而改变，而且也与电视叙事观念的自觉关系密切。作为与电视传媒兴盛相共生的文化现象，电视叙事文化研究因此成为一些具有理性精神的传媒学者开辟的学术热点领域之一。其实，自从 20 世纪 50 年代以来，从麦克卢汉开始，越来越多的传统人文学者转向以电影电视及网络叙事为中心的媒介研究，而致力于在大众文化批判的立场上，运用叙事学的方法，展开对包括电视在内的媒介叙事的分析和探讨，这不仅使媒介叙事成为跨越多种学科的一门显学，更使其获得了一种理性的价值尺度，以及更为开阔的文化视野。因此，在一个充满悖论的时代，电视叙事究竟如何做出自己的抉择，也就成为决定电视叙事未来走向的一个关键。

三、中国电视叙事的当下困境

毋庸置疑，20 世纪 90 年代以来，中国电视已经广泛而深刻地影响着人们的文化生活：只要一打开电视，人们无须费神就能对港台歌曲、日韩时尚、与我们远隔重洋的墨西哥和巴西的电视连续剧、美国的大片、以足球为代表的商业化体育比赛、人文和自然的纪录片，以及 MTV、卡拉 OK、各种真人秀、模仿秀、脱口秀等一一道来，因为这些已经成为日常化电视的日常化内容。面对这些与社会转型、市场经济共生的现象，人们已经习惯性地称之为"大众文化"。而在西方学界，"大众文化"却是一个内涵十分明确的概念，按照李陀的说法，"主要是指与当代工业生产方式密切相关（因此往往必然地与当代资本主义密切相关），并且以工业方式大批量生产、复制消费性文化商品的文化形式"①。这也就是提醒人们：其一，"大众文化"不是传统的"民间文化""通俗文化"。"民间文化""通俗文化"等是按阶级、阶层以及文化本身的品级作为划分标准的，而"大众文化"是以生产方式作为界定其内涵的依据；其二，"大众文化研究"不同于我们惯常进行的"文化讨论"。"文化"的内涵十分庞杂，举凡与人有关的一切都可称为文化，国内学界自 20 世纪 80 年代以来进行了细致而深入的讨论。进入 20 世纪 90 年代，市场经济体制逐渐确立，必然涉及到与市场经

---

① 李陀. 大众文化批评丛书·序 [M] //南帆. 当代电子文化分析. 南京：江苏人民出版社，2001：3.

济密切相关的一些文化现象，如休闲、时尚、广告等。大众文化似乎有着无边无际的魔力，让你无所逃遁于天地之间。"大众文化"背景下的电视叙事无疑显示出一种全新的景观与格局，但也难免带来一些现实的困境。

确实，在当代中国，随着"改革开放"的不断深入，人们在致力于社会经济的现代化建设的同时，特别是20世纪90年代提出的建立社会主义市场经济的目标，使得社会转型的进程加快、文化的自觉与自强，大众文化消费的需求也相应地凸现出来，时尚杂志、畅销小说、商业影视、广告、通俗歌曲、卡通音像制品、商业性体育比赛、选美比赛、时装秀等借助于电影电视、电脑及手机移动网络等大众媒介，浪潮汹涌，铺天盖地，广泛而深刻地影响甚至左右着人们的生活，从繁华的都市到僻远的乡村都不例外。因此，电视叙事在"讲好中国故事"的同时还需要适应市场趣味、切合受众的需求，以至于难免深受大众文化的裹挟而陷入"收视率"的怪圈。所谓"收视率"怪圈就体现在，一方面高收视率常常被当作是电视节目生存的保证，另一方面，一味地追求"收视率"却又难免让电视叙事屈服于资本与市场。

当下中国的电视叙事如何走出怪圈？如前所述，电视叙事往往是以模式化的方式，通过栏目叙事蓝本的互文与复制来展开。而近些年来，国内一些走红的栏目，基本上是国外或境外栏目的复制品。比如当初的《实话实说》就是模仿美国脱口秀女王温弗莉的节目，《时空连线》"拿来"的是美国《拉里金直播》的卫星连线方式，《非常6＋1》走的依然是美国"真人秀"的路子。从积极的方面说，将别人经过市场检验的成熟的叙事模式直接复制过来，既节省中国电视的创作成本，又减少节目的商业风险；但从消极的意义上来说，每一种文化产品的模型都不可避免地隐含着它所赖以生长的文化无意识和政治无意识。这种叙事模式移植到中国往往只有两个选择，要么原汤原味地复制，但我们又无法接受这种叙事模式中蕴含的负面文化、意识形态的影响；要么进行本土化的扬弃和改造，使其适合中国的文化表达与受众趣味。然而，国外电视叙事模式可能刚好以一种负面的价值为节目的主要收视卖点，如剔去叙事模式中的负面价值取向，则抽掉了栏目的存在之本，经过扬弃和改造而来的栏目也就失去了收视基础。广东卫视的《生存大挑战》等国内"真人秀"节目没有太大影响也就是因为其回避了"人性弱点暴露"这一收视卖点。中央电视台的《开心辞典》抛弃了美国《百万富翁》节目惊心动魄的博彩性，在国内的影响也就远不能与《百万富翁》在美国市民中的影响相比。故而，即使中国电视叙事进行栏目复制时进行了必要的扬弃与改造，但这种复制事实上也就意味着对西方文化的一种臣服式的认同。这种认同召唤了西方文化对本土文化的殖民。因此，在电视叙事的复制上，一些具体文本对栏目叙事蓝本的复制是文化工业生产的标志，似乎成为当今电视叙事的必然走势；但对栏目之间叙事模式的复制现象并不值得称道，并且在某种意义上，这些电视栏目之间相互克隆大多是属于人、财、物和频道资源的比拼，因此难免造成诸多不必要的浪费。

诚然，当下电视叙事的大众文化的另一个重要特征就是商业性。作为一种现代工业形式，它以实现利润最大化为目标。尤其是在今天这样一个后工业时代里，大众文化的商品化是一个不可避免的趋势与事实。今天的"文化产业"也的确成为足以与西方资本主义传统产业（汽车、化工、服务业等）相比拟、相抗衡的经济部门。电视叙事栏目的商品化也不例外。电视叙事栏目所处的时间段本身就具有极大的商业价值（如电视剧或综艺栏目一般是晚上的黄金时段），其中间插入的商业广告，已经是其重要商业价值的体现。在利奥塔德看来，后现代派环境下的通俗文化（现代大众文化）通常是以一种玩世不恭、"懒散懈怠"的方式呈现出来的文化，是一种娱乐价值取向的文化，在这种文化中是谈不上品位的，金钱才是价值的唯一标志。所以，当前的许多电视叙事栏目都存在着过于注重商业性而忽视节目的艺术审美特性的问题，从而使得电视叙事存在着另一普遍倾向：缺乏原创性。叙事模式的雷同、节目内容的重复，几乎体现于每一个电视频道。这不仅反映了这个时代的电视叙事媒介的急功近利，而且其所带来的只能是"个人主体的消失，伴随着其形式上的后果，即个人风格日渐消失，产生了当今几乎普遍存在的实践，即所谓的模仿作品"①。这也许就是电视叙事的后现代主义转化的尴尬之处。

---

① 约翰·司道雷. 文化理论与通俗文化导论［M］. 杨竹山，等译. 南京：南京大学出版社，2001：265.

第二节 电视叙事的文化场域

事实上，电视叙事涉及的不仅仅是纯粹的个人领域或"私人空间"，而更多的还是属于一个社会的公共领域，或者说，属于一个社会历史的"文化场域"，故而，理解电视叙事也就不能不关注其与社会文化的复杂关联。而从电视叙事文化建构的角度来看，构建一个良好生态的电视叙事文化场域，走出其当下困境，也就必然成为优化中国电视叙事的文化生态当务之急。

一、电视叙事不仅仅是叙事

对于当代种种五彩斑斓的文化景观，电视叙事的理论与实践究竟应该有着怎样的应对？一些电视业者和学者从一开始就敏锐地感受到并且力求摆脱西方的或者传统式的知识谱系的束缚，而关注现实人生并思考，于是，电视叙事也就很自然地以西方的叙事研究、传播研究、媒介批评等作为参照系，挪用、套用乃至直接引用西方的理论和方法，也很自然地产生一些异乎寻常的结论，甚至有把中国电视也纳入单一的现代乃至后现代文化历程的倾向。在这种情形下，建立起一种属于中国自己的电视叙事文化研究，即将电视叙事本土化也就成了当务之急。这样，中国电视和关于电视叙事的大众文化研究也就不仅仅是具有现实感的学院知识分子所面临的"问题意识"的产物，而且是更广泛的意义上，一代人肩负着一种将大众文化进行提升、将西方化的文化经验进行本土化改造与重塑的历史使命。

在这个意义上审视电视叙事，就不难发现电视叙事诸多新的特质。可以说，本质上电视叙事属于一种当代社会的文化修辞现象。作为一种文化修辞的电视叙事，其目的不仅仅在于满足人们的视听、迎合大众的趣味，或者仅仅只是粉饰现实，更为重要的，还是在于通过电视叙事来表达关于社会的精神自我、关于传统的文化镜像，塑造出一种公共想象的世界。其中，尽管人类面临着种种政治的、法律的、宗教的乃至道德的难题和困境，但毕竟它还能使人从中获得某种想象性的满足。

所以，电视叙事中的各种因素，包括人物、事件、场景等，都将影响作为修辞的叙事。叙事不仅仅是故事本身，"叙事是作者向读者传达知识情感、价值和信仰的一种独特而有力的工具。实际上，认为叙事的目的是传达知识、情感、价值和信仰，就是把叙事看作修辞"①。应该说，电视作为一种时空媒介技术的架构完成之后，特别是随着卫星传输和国际互联网技术的成熟，全球真正实现了传播"地球村"。而当国际互联网传播使得自然与人文的内在分化和综合实现时，也使得人类想象的共同体呈现出一种原子的状态，以至于在后现代主义语境中建构一个新的未来人类叙事整体，就显得尤其重要。作为一种文化修辞的电视叙事，无疑为这种综合与整体的时空文化形态尽到了一份自己的职责，甚至会在新的发展中作为人类叙事整体承担起更大的职责和更艰巨的任务。

同时，电视叙事更是属于一种镜像的存在。作为一种时代和家国的镜像，电视叙事无疑隐含着某种单向度的霸权和独语的倾向。所以，人们有理由期待着一种超越电视叙事话语的全面的综合和整体的叙事出现。然而，即使是后来居上的互联网传播，其媒介连接中的思想观念综合和整体，也并非是一个综合、统一和整体的叙事，相反却更多地表现为碎片化的形态，并且往往与媒介传播中的整体意识形态或综合叙述形态相背离。那么，电视叙事又是如何通过媒介融合以实现综合性的超越和整体性的追求的呢？

首先，在技术层面上，电视叙事的传播媒介恰是由于传播技术的创造和发明而决定了文化传承与思想表达的方式和进程。而且，随着媒介技术的更新，新近发展起来的电视叙事形态也就有了更多的价值实现的可能性。但是，由于电视叙事完全从技术性的传播条件上建构起一整套以商业文化或意识形态为中心的思维意识、操作标准和平面浅薄的价值观念，使得文化的价值存在很容易被引入到媒介技术的扭曲和变形之中，以至于叙事主体的存在被彻底地解构。或者说，电视叙事的主体性被媒介技术所控制甚至异化，已经成为不争的事实。在这种情况下，强化叙事主体的存在也就是势在必行的了。

其次，在内容层面上，电视媒介的传播技术创造的大众文化叙事愈演愈烈，特别是由于全球化媒介技术的传播体系正在无限扩大并整合了人类叙事整体的神话体系，使得人类对于自己的未来充满着精神的幻象以及一切不确定性的恐

---

① 詹姆斯·费伦. 作为修辞的叙事 [M]. 陈永国，译. 北京：北京大学出版社，2002：23.

惧，因而，为消除精神的虚幻和不确定性，电视叙事无疑更需要根基厚植，在日常化和消费化的浪潮之下，真正实现对文化品格的追求和内涵的养成。

故而，当今世界，叙事媒介的发达更需要人们在叙事的整体上来构筑起一种文化的"防火墙"以及应对危机的策略。如果人们已经无力用另一种叙事体文化（如网络自媒体的叙事）中的创造发明与之抗衡，那么是否就意味着我们必须在电视叙事中束手就擒？在一种商业文化语境和科技意识叙事体的共时性进程当中，整个世界的生存与发展正在被一种技术至上的叙事整体和传播媒介所控制和掌握，使之成一种趋时逐利的工具。而这，也许正是我们这个时代的悲哀之处。

在这个意义上，在人类未来的共同叙事整体的存在形式中，电视叙事无疑有着非常重要的地位。它一方面必须以容纳各民族、各地区的差异文化为前提，以抑制商业文化或意识形态中心论的叙事整体中的霸权思想意识以及新的乌托邦存在为由，建构人类多元文化和多地域平等的共同叙事体的文明规则和文化模式，在文化的时空上形成人类未来叙事的整体存在，将人类的知识传播和价值重构带到未来的新时期；另一方面，电视叙事仍需要从西方文化的后殖民主义叙事整体中解放出来，迎接新世纪更为宏大的人类叙事文化的整体发展形态，并将知识和价值的共同体和传播媒介的重建和重构的历史重任接过来，将其共同推向更为深远的人类时空文化的文明健康发展的新阶段。

二、权力的界域

电视叙事不是单纯的叙事，而是一种文化上的竞技场，而根本上涉及的是一个社会"公共领域"的构建。何谓"公共领域"？哈贝马斯认为，公共领域就是一个社会公民们自由形成和传达公共意见的开放领域。公共领域所表现出的"公共性"，乃是与私人领域相对立，而和公共权力机关相抗衡："公共性本身表现为一个独立的领域，即公共领域，它和私人领域是相对立的。有些时候，公共领域说到底就是公众舆论领域，它和公共权力机关直接相抗衡。"① 从而，电视叙事之"公共领域"的构建则又必然涉及到权力的运作及其界域的设定。

关于权力，福柯曾经指出，"权力不应该看作某个个人对他人，或者说某一

---

① 哈贝马斯. 公共领域的结构转型［M］. 曹卫东，等译. 上海：学林出版社，1999：2.

群人或一个阶级对他人的稳定的同质的支配现象。相反，我们应该牢记，如果我们不是站在很远的地方来看权力的话，权力并不在独占权力的人和无权而顺从的人之间制造差异。权力可以看成是在循环的过程中，具有一种链状的结构。它从不固定在这里或那里，不是在某某人的手中，不像商品或是财富。权力是通过网状的组织运作和实施的，不仅个人在权力的线路中来回运动；他们同时也总是处于实施权力的状态之中。他们不仅是被动接受的对象，他们也是发号施令的成员。换言之，个人是权力的运载工具，而不是权力实施的对象"①。在福柯的表述当中，权力的运作事实上贯穿于人们文化行为的始终。电视叙事自然不能例外。

我们知道，当代法国社会学家皮埃尔·布迪厄曾把整个社会生活的世界解释为诸多"场"（如经济场、文化场、政治场等）的集合。而一切的"场"无非都是权力场的表现形式。在布迪厄看来，所谓"权力场"，"是一个包含许多力量的领域，受各种权力形式或不同资本类型之间诸力量的现存均衡结构的决定。同时，它也是一个存在许多争斗的领域，各种不同权力形式的拥有者之间对权力的争斗都发生在这里"②。所以，一个正常的社会关系中，行动者总是借助于自己所拥有的资本（如经济资本、政治资本或文化资本等），去争夺更多的权力或者资本，从而在社会文化场中占据一个支配性的地位。布迪厄认为，在传统社会中，由于诸多场域尚未获得其独立存在的自律性和合法性，因此，社会空间也就更为明显、更无中介联系地展现为一种权力场。一切事物都可以在相应的权力关系中找到与其对应的意义和性质。但是，尽管如此，在一些具体的运作上，权力常常是通过符号权力来发挥效力的。所谓"符号权力"，即是一种得到了合法化的权力，这种权力的拥有者利用自己在权力场中所处的位置，将自身的观点赋予其一种普遍、绝对的价值，从而力图摆脱其固有的相对性。一般来说，符号权力总是基于对符号资本的占有。换言之，符号权力的大小与

---

① 福柯. 权力的眼睛——福柯访谈录［M］. 严锋译. 上海：上海人民出版社，1997：232－233.

② 布迪厄，华康德. 实践与反思［M］. 李猛，等译. 北京：中央编译出版社，1998：285.

符号资本的大小成正比例关系。①

　　由此，布迪厄特意标举"文学场"，同样也是将其理解为一个处在不断变化之中的权力场。正如《文化生产场：论艺术和文学》一书的英译者 R. 约翰逊所指出的："布迪厄的文化场理论可以说具有一种激进的互文本化（contextual-ization）的特性。"② 在考虑文本的因素时，布迪厄把它结合到作家的策略、社会轨迹及其文学场的客观位置中加以考察，从而指出：艺术形式自身也是被社会历史所建构出来的。而且，在考察文学场的自在结构时，他不仅研究占主导地位的作家，而且注意到那些居次要地位的作家，有时甚至是已经被今天所遗忘了的作家；他不仅研究作为生产者的作家，而且注意那些赋予文学场以合法性的人，诸如阅读大众、出版商、批评家、学校及媒介等；最后，他不仅研究文学场自身，而且将其置于权力场的背景下来进行探讨。因此，与俄国形式主义批评、英美新批评派不同，布迪厄更注意文本之外的生产、流通、消费等诸多方面的社会条件、环节以及一定的客观社会关系；也与新康德主义符号哲学及结构主义符号学不同，布迪厄并不寻求文本的普遍的、非历史的最终解释，而是将目光投向了使文本成为可能的复杂的社会网络；甚至与卢卡契、戈德曼、新历史主义等也不同，布迪厄更强调的是文学场的自足性特质和自主性品格。

　　借用布迪厄"文学场"理论来解读电视叙事，可以说，当代电视叙事从来也就是一个各种权力角逐的"文化场"。可以说，中国当代电视叙事的基本格局的形成，除了主流意识形态的表达，还不可避免地承受着市场规律以及审美趣味等诸多方面的制约；甚至体现出当代中国电视叙事"外部的"与"内部的"诸多因素之间丰富复杂的关联，体现出它与各种社会文化矛盾的纠结。正是受到这种"权力场"的支配，特别是 20 世纪 70 年代末以来，中国进入了改革开放的新时期，中国当代电视叙事的表现形式及话语方式也随之发生根本的变化，从一开始完全作为主流意识形态的"喉舌"，逐步发展到适应市场经济的需要而走向以娱乐消费为主导的格局。应该说，这是一个影响深远的历史变革。市场经济与意识形态构成了权力结构的两极，它们既依赖又对抗。用英国社会学家

---

① PIERRE BOURDIEU, In Other Words, trans. Matthew Adamson (Stanford：Stanford Univer-sity, 1990) p. 137.

② BOURDIEU, P. The Field of Cultural Production：Genesis an d Structure of the Literary Field, (ed), Randal Johnson, Cambridge：Polity Press, 1993, p. 9.

鲍曼（Bauman）的观点来看，这种既依赖又对抗的关系其实正是现代性自身的内在矛盾和辩证法所致。"现代文化的积极性就在于它必然的否定性。现代文化的功能混乱就是它的功能。现代权力为建立人为的秩序的努力需要一种可以探究人为权力界线及其局限的文化。建立秩序的努力激发了这种探求，反过来又从其发现中有所获益。"①

处于这样一个文化权力的角力场中，某种文化形式一旦形成传统也便具有了权威性与控制力。电视叙事自身的权威性与控制力也由此而来，形成了一种传统或惯例。正如布迪厄所特别强调的：在文化场中，由于不同的人掌握了数量不等、类型不同的文化资本，因而在文化场域中占据了不同的地位。知识分子的文化或艺术立场与姿态选择，实际上更多的是为了改善或强化自己在场域中的位置所采用的策略。在这个意义上说，文化与知识利益同时也是"政治利益"或"资本利益"。在布迪厄看来，"那些似乎只是为科学进步做出贡献的理论、方法以及概念，同时也总是'政治'花招（'political' maneuvers），是尝试确立、强化或颠覆符号统治的业已确立的关系结构的政治花招"②。

由此来看中国电视叙事的话语权力场的角逐，可以说，它一方面是主流意识形态的支配，一方面则是市场规律的制约；一方面是人性价值的坚守，一方面是消费主义浪潮之下对流行趣味的迎合。而且，中国当代电视叙事的话语权力场的角逐之结果就必然表现为：无论是在政府和市场之间，还是在实验与表现之间，或在外来文化与传统文化之间，矛盾都在加深，甚至是无可逃遁。亦如哈贝马斯所指出的："话语并不具有统治功能。话语产生一种交往权力，并不取代管理权力，只是对其施加影响。"③电视叙事的话语权力往往只不过是经济或行政权力的替代或表征而已。比如，在政府主导的体制下，电视节目制作的经费基本上都能得到保证；然而，受主流意识形态的宣传与舆论导向的牵制，各级政府部门的"会商"之下，作为个体性的艺术表达的空间难以得到保证，甚至会被挤压到一个相对逼仄的境地。与之相反，市场主导的体制下的电视栏目（节目）制作，虽然追逐大众趣味会带来良好的收视效益，但是一味追逐经

---

① Zygmunt Berman, Modernity and Ambivalence, Cambridge：Polity, 1991, p. 10.

② David Swartz（大卫·施瓦茨）：Culture and Power：The Sociology of Piere Bourdieu（《文化与权力：布迪厄的社会学》），the University of Chicago Press, 1997.

③ 哈贝马斯. 公共领域的结构转型［M］. 曹卫东，等译. 上海：学林出版社，1999：28.

济效益，又必然会使得电视叙事沦为收视率的奴隶。甚至在经济利益的驱动之下，一些传媒主体难免将自己的职业道德放到了脑后，唯利是图，只重经济效益，忽视社会效益："某些大众传媒主体在商业利益的驱使下，把营利的目的置于大众传播的基本目标之上，甚至把经济利益作为媒介权力唯一的价值取向，从而使大众媒介权力成为媒介权力者维护其商业利益的工具，导致媒介权力应有的道德正义力量、知识理性力量和实践效应力量不断衰退。"① 布迪厄就是从其场域理论的分析中指出："新闻场与理论场和经济场一样，要比科学场、艺术场甚至司法场更受制于市场的裁决，始终经受着市场的考验。"② 因此，作为融合了新闻场、艺术场、经济场、科学场的电视叙事，在受市场规律的制约之外当然更应该有着自身的权力关系和话语规则。同样是对事实的报道却能体现不同的立场及其背后的政治、社会及文化背景，这种背景是一种力量，每一个电视叙事的把关者的判断都受这种力量的支配。其实，电视对新闻事实的处理以及对艺术经验的表达，不仅受政治的、社会的、文化的因素影响，同时也受不同的电视传播理念的影响。很多时候，人们没有办法对节目涉及的经验和事实做出节目之外的解释，其传播效果很大程度上取决于传播者是否通过节目本身传达了有价值的事实，是否传达了丰富的、具有说服力的事实背景。

故而，在当今社会的诸种现实权力面前，中国的电视叙事究竟有何作为？电视叙事又能够发挥怎样的作用？电视叙事的主体应该拥有怎样的文化自信与自觉，以显示自身的存在和价值呢？特别是在当代中国文化的历史转型期，电视叙事应该采取怎样的姿态，应该表现出怎样的话语方式，应该担当起怎样的历史责任？这不仅是属于电视媒介自身及其价值定位的问题，更应该是关乎电视媒介知识分子的责任、使命与良知的问题。

---

① 赵继伦. 论大众媒介权力的滥用及其社会控制 [J]. 东北师范大学学报（哲社版），2003（4）.
② 周宪. 文化工业—公共领域—收视率—布尔迪厄的媒体批判理论 [J]. 国外社会科学，1999（2）.

第三节　电视叙事与媒介知识分子的责任、使命及良知

在中国电视叙事的历史发展进程中，从以往的宣传"喉舌"到现今的传媒文化产业化，无疑经历了一个当代的转型。在这一历史过程中，作为电视叙事主体的媒体知识分子参与就不仅是一个理论的问题，同时更是一个实践的问题；媒介知识分子的身份立场的设定以及角色意识的自觉，对于电视叙事的主体责任来说也无疑成了一个关键。那么，就电视叙事而言，媒介知识分子的职责与使命究竟何在？在媒介叙事的历史上，知识分子曾经发挥了十分重要的作用，譬如印刷传媒时代占主导地位的文人叙事就是如此。那么，电视叙事时代，知识分子是否应该缺席？是否还能够继续发挥精神引领和启蒙大众的作用呢？或者说，电视叙事当中媒介知识分子是否应该登台亮相，他们究竟能够发挥着怎样的作用？他们是否有可能以及究竟如何推动电视叙事的良性生态的建设？诸如此类，在本书关于电视叙事的研究中无疑会有一个具体的回应。

一、何谓"媒介知识分子"

那么，究竟何谓"媒介知识分子"？"媒介知识分子"又称"媒体知识分子"，乃是在当代政治意识形态默许的前提下，大众传媒时代媒体文化和知识分子共同召唤与合作的产物，也就是与电视叙事行为密切相关的知识生产者与传播者。法国思想家布迪厄所命名的"电视知识分子"，指的就是那些在电视上"依托媒体生存的人"。他指出，"电视只赋予一部分'快思手'（fast-thinker）以特权，让他们去提供事先已经消化的文化食粮，提供预先已形成的思想。"所有的电视制作部门往往都掌握着一本通讯录，其名单或许永远不变，电视节目若涉及俄罗斯，找 X 先生或太太；涉及德国，就找 Y 先生。这些媒体常客，随时可以为媒介效劳，时刻准备制造文章或提供访谈"①。其实，本书所说的"媒介知识分子"与此相关，却并非此类。本书所谓"媒介知识分子"主要还是指在电视媒体平台上的那一类知识分子。他们并非只是媒体的"客串"，而是服务

---

① 布迪厄. 关于电视 [M]. 许钧译. 沈阳：辽宁教育出版社，2000：30.

于各类电视节目的制作，同时也是制作者或者制作者团队的一份子；他们不只是接受媒体运作的规训而试图传播、推广自己的知识和名望的，更应该是公共媒介平台上的知识生产者与传播者。所以，在"媒介知识分子"这一偏正结构的词汇中，"媒介"既是修饰，也是限制；"知识分子"才是其立场和身份的见证。

余英时在《士与知识分子》一书中考释"知识分子"的概念时曾指出：所谓知识分子，必须具备两种质素：一是知识技能，能够从事脑力劳动职业，如教育、科学、新闻、法律等；二是社会良心，能维护人类基本的价值和信仰，如自由、公平、正义、理性、文明等。这种知识分子，在西方产生于近代，以法国启蒙学派为发端；在中国则产生于先秦时期，为孔墨诸子所彰显，已有两千多年的历史。他们"有勇气在一切公共事务上运用理性"，并且对于许多重大社会问题直抒己见。① 所以，所谓"知识分子"并非泛指一切有知识的人。他首先必须是以某种知识技能为专业的人；同时还必须深切地关怀着国家、社会，以及世界上一切有关公共利害之事，而且这种关怀又必须是超越于个人（包括个人所属的小团体）的私利之上的。

就知识分子之于传播媒介的身份和立场而言，如果细加探究，则不难发现，"媒介的知识分子角色"和"知识分子的媒介角色"两种提法虽有差异，但都能体现出上述"知识分子"两个方面的特质，即知识技能和社会良知，并进而表现出知识分子在传播媒介上说话的权力与职责，换言之，也就是知识分子在传播媒介所构建的公共领域中的社会作为和社会责任。知识分子对于媒介的参与，费瑟斯通称其为"新型文化媒介人"。"这些人从事符号产品的生产与服务工作"，包括"广告人、公共关系专家、广播和电视制片人、表演者、杂志记者、流行小说家及专门性服务工作者（如社会工作者、婚姻顾问、性治疗专家、营养学家、游戏带领人等）"。② 媒介知识分子从某种程度上纠正了以往专业知识分子的封闭姿态，从一开始就带有敞开的平民意识和专业性特点。媒体的大众化，特别是国家媒体（如CCTV）所肩负的公共教育、价值训导、文化传播的功能，导致了对知识分子之公共性的必然期许。值得一提的是，在当代中国，

---

① 余英时. 士与知识分子·自序 [M]. 上海：上海人民出版社，1987：4.

② 费瑟斯通. 消费文化与后现代主义 [M]. 刘精明，译. 南京：译林出版社，2000：66.

知识分子介入媒体（或者说媒体吸纳知识分子）还有一层抵制大众媒体"泛娱乐化"或过分商业化的含义。以创办于 2001 年的中央电视台《百家讲坛》栏目为例，面对新闻、娱乐、广告统治的媒体，其制片人万卫的定位是："让专家学者走出象牙塔为百姓服务，做学术大师与普通百姓之间的桥梁，这就是'百家讲坛'所追求的目标。"① 也就是说，媒体与知识分子的结合不仅改变了大众传播时代的媒介生态，将象牙塔内的精英文化注入大众媒体，同时也移换了知识分子的话语岗位和文化立场，正如布尔迪厄所洞察到的：一方面，媒介为知识分子提高自己文化资本提供了场所；另一方面，知识分子又利用媒体来提高媒体的收视率。于是，双赢也就成了这类节目开办的题中应有之义。

当然，这里也存在着一个明显的悖论：一方面，当代知识分子，似乎只有通过大众媒介才能搭建和进入自由讨论的公共领域；另一方面，一旦以大众媒介作为自己的意见工具，知识分子的自行表达和自由讨论权利又将不可避免地受到制约和规训。而如何破解这一悖论，不仅关涉到媒介叙事本身的运作方式及其价值和意义，而且还关系到媒介知识分子的身份认同与立场选择。正如本书在有关电视叙事者的章节所讨论的，电视叙事的主体精神如何体现？电视叙事的主体品格如何界定？这些问题显然都是与这一悖论的破解有着密切的关联。

如前所述，法国社会学理论家皮埃尔·布尔迪厄曾经提出一种"文化资本"理论，旨在解读后资本主义条件下文化产业的运作方式，颇能说明有关当代的电视叙事的主体现象。布尔迪厄认为，文化资本的掌握者在其专门领域内获取了一种文化的权力资本。这些人对于重大事件的反应速度、深度和广度均优于普通大众。这种高人一筹的知识和技术上的专家操作，符合当代大众的知识和信息需求。在当今的市场文化中，大众已离不开传媒；人们不仅在物质上需要保姆，文化上也需要精神保姆。故而，所谓"电视叙事主体"，也就成为当代电视文化市场中拥有资本和技术的知识阶层中的成功者和话语权威。在后现代状况下的当代世界，由高科技电子技术所负载的符号与传媒越来越成为一种统治社会的力量，成为可以直接获取利润的资本，执行着对于社会的、文化的和意识形态的掌控与规制。他们通过包括电视在内的大众传媒广泛行使其特权，将文化和知识变为资本，并进而与市场、与意识形态联系起来。因此，一种集专

---

① 万卫. 百家讲坛的电视语态 [J]. 电视研究，2007 (12).

家身份与市场操作者于一体的新型社会角色诞生了，这也就是被称为"电视人"的媒体创意、策划及从业者，以及频频亮相电视媒体的专家学者、嘉宾主持。他们往往深谙市场操作的"机关""谋略"和各种传媒炒作的技巧，懂得以最小的文化资本获得最大的名利效应，甚至行使着电视传播者与守门人的双重职责。当然，其中的大部分人，因为有专业知识，又需要为社会发声，所以有别于传统的知识分子，他们不妨被称之为"媒介知识分子"。如果说，传统"知识分子"一般都具有某种宗教般的精神和情怀的话，那么，当今"媒介知识分子"实际上更多的还是出于面向大众言说的职业态度。

"知识分子"并非传统意义上的"读书人"，更需要他通过电视媒体参与社会、面向公众，所以，媒体言说也便是他的职责所在。在这一点上，他也许更类似于传统的"说书人"。就媒介知识分子的身份而言，布鲁斯·罗宾斯曾指出："我们必须把知识分子看成一个正在寻找一种叙述的角色。"① 安东尼奥·葛兰西也认为：在现代社会，作为一个"有机知识分子"是合乎需要的，也是可能的，而当务之急就是要发现在自己的领域里如何有所作为。"人人都可以是知识分子，但并不等于说所有人都在社会中具有知识分子的功能。"② 或者亦如萨义德（Edward W. Said）所指出的："知识分子的重任之一就是努力破除限制人类思想和沟通的刻板印象和化约式的类别。"③ 作为知识分子，他/她必须具备对本阶层或同行业人员的组织指导才能，并有能力创造新的思维模式。更重要的是，知识分子总是问题的提出者，他需要对时代不断提出问题、反省问题，把怀疑和追问放到优先的地位。作为媒介知识分子，作为电视叙事的主导者与组织者，电视节目的策划、编导与制作者们无疑都有着文化传播的职责和道义上的承担。他们的文化素质决定着电视节目的品位、文化的含量和精神的质素。在电视叙事的国家权力、意识形态权力以及社会道德的影响力之中寻找属于电视媒体自身的权力与义务，以消解电视叙事中意识形态或市场的话语霸权，体

① BRUCE ROBBINS, ed. , Intellectuals Politics Academics ［M］. Minneapolis：University of Minnesoda Press, 1990, XXV.

② ANTONIO GRAMSCI, Selection from the Prison Notebooks, ed. and trans. Quintin Hoare and Geoffrey Nowell Smith ［M］. New York：International Publishers, 1971：9.

③ 爱德华·W. 萨义德. 知识分子论 ［M］. 单德兴，译. 北京：生活·读书·新知三联书店，2002：2.

现出了电视叙事的所应有的主体精神和启蒙意识。

在当今大众文化泛滥的时代，电视叙事无疑更需要意义的守护。而这也正是媒介知识分子的责任和使命所在。如果说，真正的知识分子应该在"形而中""形而上""形而下"三个层面对社会现实加以关注，那么，媒体知识分子所关注的应该主要是在"形而中"及"形而下"层面上的问题。知识分子强调一切文化制度社会都与人的欲望有关，讨论各种欲望及其压抑和敞开问题又就触及到人的全面发展、片面发展、片段性异化，社会制度和社会公正、社会发展方向是否正确、人类远景是否辉煌，人们日常生活的价值、人与人之间的新型关系、人与社会的生态学联系，等等。进入"形而上"的层面，则将引发关于死亡的看法以及此岸彼岸的宗教问题的思考，是对理性的设限和对禁忌的设立，以及关于生命终极意义问题的追问之类的问题。而进入"形而下"层面，则关注社会边缘群体，诸如下岗女工、边缘人、关于社会底层处境的思考，等等。

事实上，伴随着电视叙事与节目生产的职业化或专业化，是公共的、独立的知识分子群体的衰落。电视叙事中常常表现出反启蒙的姿态，在电视话语中表现为对意义深度的消解，浅表化、能指化都成为反启蒙在电视话语中的突出表征。

电视作为大众媒体的价值取向与精神诉求毕竟要受到多种权力的控制，或者说，电视叙事的媒介方式也决定了其控制与反控制的特性。如果说，电视叙事传承了人类叙事文化的古老传统，其精神源头甚至可以追溯到原始巫术的仪式心理，如偶像崇拜等，都有其古老的精神原型；那么，作为当代大众文化叙事的电视则明显地由古老的偶像崇拜转向了"明星崇拜"。而由电视叙事所造就的"明星"知识分子也自然成为崇拜的对象之一。因为"大众媒体取代了宗教的位置，成为传递'常识'的监护人和真理仪式的主要生产者和再生产者"。真正体现了"大众媒体向社会渗透自己制定的意义的力量绝对是空前的"。①其间，一个很重要的方面就是被称为"媒介知识分子"的意见领袖的出现。作为媒介知识分子的角色之一，他们不仅仅自居"喉舌"和"话筒"，他们的发声，更需要面对社会重大事件引领舆论，而不是"媚俗"和"取悦"大众。形成关于

---

① 约翰·斯道雷. 霸权与大众媒体的象征性权力［M］//陶东风，周宪. 文化研究：第6辑. 桂林：广西师范大学出版社，2006.

主流价值的强有力的舆论导向，才是真正的知识分子的价值之所在。

所以，电视叙事中，叙事方法与技巧方面的训练和养成较之作为叙事主体的媒介知识分子的文化立场的选择、精神道义的持存也许更为容易做到。然而，目前，起码在业界所重视的却恰恰是前者，而很容易被忽略的则往往是后者。电视，惟其满足于"知道主义""技术至上"，而往往无须深究所述故事背后的意义和价值，所以，电视叙事体现出的媒介特性只能是"平面"的，没有深度，甚至价值标准都是紊乱的。譬如，中央电视台《道德观察》栏目 2006 年 3 月 25日播出的一期节目《哀乐长响的背后》，讲述的是辽宁省辽阳市一个"违章建筑"拆迁的事。节目制作者显然自认为是站在公德的立场上来叙述的，谴责该"违章建筑"的主人徐氏兄弟；然而，整个节目显示出的却是"违章建筑"的主人徐氏兄弟与房产商的对垒，在道德的立场背后复杂的经济根源等多方面的因素被隐去了；节目的制作除了站在道德的制高点上进行空洞的谴责外，几乎拿不出任何令人信服的意见和建议以体现社会公平正义的到来。诸如此类的例子不胜枚举，因为其叙事视角的限制及其叙事立场的选择就决定了其意义的缺失。

诚如英国学者约翰·斯道雷所言，后工业文明的高科技以工具理性成就的解放叙事使得人文历史的元叙事或宏大叙事走向坍塌，"人们认为后现代主义标志着享有特殊地位的各种号称有着普遍意义的元叙事的崩溃，听到了日益增强的不同呼声，这些呼声坚持求异，主张文化多样性，推崇百家争鸣，反对一花独放"①。联系到电视叙事，约翰·斯道雷所指出的"文化多样性"与"百家争鸣"就是大众文化叙事的背景下媒介知识分子所主导的个人叙事。的确，由于在电视叙事的文化传统中，个人叙事与宏大叙事总是在意义的呈现中纠缠在一起，而且在本质上，两者都隶属于人文价值领域，依赖于工具理性的后现代叙事在把控电视的宏大叙事时，也就有可能会把包括媒介知识分子在内的个人叙事几乎一网打尽。

于是，电视叙事当中也就难免形成了媒介"公共性"的悖论，或谓之媒介知识分子"公共表达"的悖论。在这里，"媒介"之于"知识分子"，既是修

---

① 约翰·斯道雷. 文化理论与通俗文化导论 [M]. 杨竹山，等译. 南京：南京大学出版社，2001：251.

饰，也是限制。哈贝马斯已经充分讨论了以大众媒介出现为标志的公共领域的结构转型："大众传媒影响了公共领域的结构，同时又统领了公共领域。"① 因而其结果便是，一种自我形成的、以批判为特征的公共领域转变为机构型的、体制化的和操纵性的公共领域。这也就是布迪厄所指出的，"上电视的代价，就是要经受一种绝妙的审查，一种自主性的丧失，其原因是多种多样的，其中之一就是主题是强加的，交流环境是强加的，特别是讲话的时间也是有限制的，种种限制的条件致使真正意义上的表达几乎不可能"②。

就电视叙事的人文意义的追求来说，它究竟是仅仅甘愿作为一种主流意识形态的"喉舌"，还是需要发出自己的声音？是顺应受众的需求还是引领时代的风尚？是成为社会大众的精神导师抑或仅仅是大众文化消费品的生产者？是张扬电视叙事文化传播之所长，还是满足于甚至局限于电视的经济效能、商业品格？对此，作为电视叙事主体的媒介知识分子就不仅需要明辨是非，而且更应该是在对媒体的参与当中责无旁贷地发挥自己的作用。电视媒介知识分子要有自己的良知和使命。这不仅意味着媒介知识分子拥有一种天然的精神启蒙的立场，发挥价值引领的作用，而且意味着知识分子须利用媒体，特别是电视叙事，来实现自己的文化使命，担当起自己应尽的历史责任。

在中国，中国曾经收视最火的人文电视栏目《百家讲坛》就曾打造出了这样一批媒介知识分子，也有人称之为"学术明星"，甚至称之为"学术超男""学术超女"等，引发了收视的热点。然而，与之相伴的一个严酷的事实就是，当《百家讲坛》这类节目收视率不断飙升的时候，同样是中央电视台的知识分子介入的文化类节目如《文化视点》《读书时间》等却因收视率的不断走低而惨遭删除，已然印证了这一"公共性"的悖论。

对此，英国学者弗兰克·富里迪（Frank Furedi）的观点可谓一针见血，他指出："虽然知识分子的工作比过去更引人注目，但其职能是由机构及其专业人员而不是知识分子实现的。那些试图通过媒体传播思想的知识分子，常常变成服务于这一节目的发言者特写头像（talking head）。他们常常发现只有他们提供

---

① DAVID MORLEY. Television, Audiences and Cultural Studies［M］. London：Routledge，1996：15.

② 布尔迪厄. 关于电视［M］. 许钧，译. 沈阳：辽宁教育出版社，2000：11.

没有损害的针砭和娱乐时，才会被容忍。"① 这也就是说，电视媒体表面上拓展了知识分子的公共空间，但实际上却缩小或限制了其话语空间（比如批判话语、学术话语等）。

因为，对于电视叙事来说，为了获得最大范围的收视效应，媒体知识分子不得不顺应作为文化商品的节目包装生产线。弗兰克·富里迪曾引述阿伦特的观点，认为文化产品的市场化导致它们质量的下降，这样做的结果"不是解体而是腐烂，那些推进它的人不是锡盘巷（Tin Pan Alley）的作曲家，而是特殊类型的知识分子，他们通常大量阅读，信息广泛，他们的唯一作用就是将文化产品加以组织、传播和改变，以便说服大众《哈姆雷特》可以像《窈窕淑女》一样有趣，而且或许一样有教育意义"②。正是基于这样一个目的，2018 年以来，中央电视台以《中国诗词大会》《中国戏曲大会》《经典咏流传》《朗读者》等栏目，吸纳专家学者的参与，发挥媒介知识分子的功能，在努力吸引受众的同时更注重开掘中国传统文化的深厚内涵，确实为当下的电视叙事带来了新的质量与特色。

二、意义的守望与媒体知识分子的使命及责任

如前所述，作为电视叙事的主体功能的人格化的集中体现，媒介知识分子是不可缺席的。所以，电视叙事绝不仅仅是叙事技巧、方法的问题，而且还关系到叙事主体的身份认同、立场选择与文化修养。因此，作为电视叙事的精神准绳和价值尺度的社会道德良知，也就成为衡量媒体知识分子的一个重要的标准，其专业素养也许还在其次。

如果说，批判精神是知识分子最重要的特征之一，那是来自于历史上所形成的知识分子"全无居所"（萨义德语）的社会地位，来自于知识分子自身某种既关注世事又遗世而独立的精神情怀。

在中国，19 世纪末 20 世纪初以来康有为、梁启超、胡适、李大钊、陈独秀、鲁迅等一大批锐意变法维新的中国知识分子，缔造了中国历史上深刻的文

---

① 弗兰克·富里迪. 知识分子都到哪里去了 [M]. 戴从容，译. 南京：江苏人民出版社，2005：37 – 38.

② 弗兰克·富里迪. 知识分子都到哪里去了 [M]. 戴从容，译. 南京：江苏人民出版社，2005：104.

化变革。他们或许自觉不自觉地以法国"百科全书学派"哲学家为楷模，以启蒙为己任，高扬"德先生"和"塞先生"的旗帜。尽管这一文化变革在一定程度上是一个由先进知识分子策动的自上而下的运动，但知识分子与民众的关系较为密切，从推广识字教育到开办新式学堂和创办书局，从对传统文化进行深刻批判，到对中国未来抱有的强烈的忧患意识，此时的文化人大都以追求一种新的"元叙事"（比如对于"德先生"与"塞先生"的呼唤等），来取代那些已经流传了几千年的古老的"宏大叙事"（特别是那些正统的儒家思想经典），转而向西方寻求济世救民之道。

而 20 世纪 80 年代以来的中国社会改革，已经从根本上改变了中国知识分子的集体命运。"文革"时期与改革开放之后中国媒体知识分子的差别，就在于它从社会主导的依附阶层（即所谓"皮之不存，毛将焉附"的那种"依附"）转变成为今天的"嵌入"式阶层甚或中坚阶层，从被剥夺、被批判、被同情的对象转变成为被供奉、被尊重的对象，甚至在相当程度上成为社会底层敌视的对象。现代化中国的进程正在步入西方启蒙理性的框架，"专家治国"成为社会共识，知识阶层逐渐分化、融合、演变成为社会政治、科技、法律、教育、文化体制中的专业人士。知识分子以其在专业领域对知识的掌控而获得权威。

在日益狭窄和局限的制度化和专业化的领域里，进行着越发艰难、越发专门的知识建构。宏大叙事正在被消解为次要的，甚至是可有可无的东西。专业化和规范化的知识，越来越演变成为一种技术的强制和暴力，思想从一种生存的智慧退化为专门的学问技能，日趋专业化的操作主义和追逐名声的功利社会学，使学者们越发满足于狭小领域"井底之蛙"的成就感，这似乎就是我们今天人文知识的真实现状和普遍景观。这么来看，有人奋力呐喊"人文精神"，呼唤"终极关怀"，这些说法看来并非空穴来风。

作为这种权威的显现，我们既看到以电视叙事为中心的前所未有的媒介力量，也看到了专业知识分子在媒介上的全面出击：在几乎所有的议题上（包括尖端武器、历史遗产、金融股票甚至饮食男女等）和盘开讲、传道解惑。拉扯知识分子和媒介联姻的是"专业主义"这个媒婆，这是一场现代性的"明媒正娶"。

所以，知识分子如果无条件地借助于大众媒介，热衷于在媒体上的抛头露面，并沾沾自喜地把"媒介知识分子"看作是自己"公共"身份的认同标记，那么对知识分子群体而言将是既危险又可悲的现象。如今，"媒介方面独特的事件的传递，使人产生一种短暂感和肤浅感。在这一方面，现代性有助于培育一种浅薄的文化，在这种文化里，没有任何东西看起来具有持久的价值"①。面对这种情形，知识分子又是如何显示出一份责任、使命和承担的呢？对此，布迪厄曾经发出这样的警告："上电视的代价，就是要经受一种绝妙的审查，一种自主性的丧失。"②

哈贝马斯已经充分讨论了以电视等大众媒介出现为标志的公共领域的结构转型。"大众传媒影响了公共领域的结构，同时又统领了公共领域。"其结果便是，自我形成的、以批判为特征的公共领域转变为机构型的、体制化的和操纵型的公共领域。大众媒介"在一种无限扩展的公共领域中削弱了公共性原则的批判功能"③。布迪厄也曾经警告说："当国家在医院、学校、电台、电视台、博物馆、实验室方面以盈利和利润作为思考与行动的原则时，人类最高的成就就受到了威胁，也就是说一切具有普遍性、涉及总体利益的东西受到了威胁。"因此，他大声疾呼："不能让文化生产依赖于市场的偶然性或者资助者的兴致。"④

在当代大众传媒的生态群落中，"知识与日常洞见的界限模糊得最厉害"。正如弗兰克·富里迪在追问"知识分子都到哪里去了"时所得出的结论一样，媒介知识分子把大众视为"儿童"，既降低了文化和学术标准，同时也淡化或转化了自身的身份感。媒介知识分子亦经历了鲍曼所说的从"立法者"到"阐释者"的转换，他们并没有"立法者"所承担的建构和创见的责任，所做的也只是推进交流，"转译在一个团体传统之内的言说，使它们能在另一个传统的知识

---

① 尼克·史蒂文森. 认识媒介文化——社会理论与大众传播 [M]. 王文斌，译. 北京：商务印书馆，2005.
② 布尔迪厄. 关于电视 [M]. 许钧，译. 沈阳：辽宁教育出版社，2000：30.
③ 哈贝马斯. 公共领域的结构转型 [M]. 曹卫东，等译. 上海：学林出版社，1999：15.
④ 布尔迪厄，[美] 哈克. 自由交流 [M]. 桂裕芳，译. 北京：生活·读书·新知三联书店，1996：17－18.

体系内被理解"① 而已。

由此，我们将可以看到，所谓电视制片人，就是这样一个特殊的角色。他既是电视生产的组织者，又是电视节目策划、制作的实施者。确实，既然现行电视体制赋予了制片人这样的功能，也给予了制片人与其功能相适配的权力，制片人作为媒体知识分子的责任、使命和良知就显得相当重要了。他们甚至曾经是以"立法者"和"执法人"的双重角色出现的。也就是说，作为媒介知识分子，制片人应该是一个什么样的人？一个优秀的制片人应该具有前卫的电视理念、求实的工作作风、公正的处事原则、平等的为人之道。但是，制片人首要的还是应该做"人"，应该具备知识分子的良知和品格。因为制片人的思想道德品行和行为价值取向将影响甚至决定栏目的品质。许多出色的制片人个性有差异，学历背景和年龄都不一样，但他们往往有着一些共同的品质特征：正直、真诚、智慧等，他们具备带领一个栏目、一个集体的人格魅力和职业素养。身为制片人，他不一定是剪辑工夫最过硬的编导，不一定是画面感觉最到位的摄像，也不一定是语言表达最精当的记者……但是他的业务素养应该足够鉴定这些业务表现的优劣和高下，他应该始终倡导这样的业务追求，他能够让优秀的编导、摄像、主持人因为出色的业务表现受到及时的表彰和鼓励。身为制片人，他不可能是一个道德完人，他也会有这样那样的毛病，但是他会建设一个管理运营的制度，用制度的力量奖勤罚懒、抑恶扬善。一切因为制片人的个性因素而产生的不稳定，交由制度去稳定它、完善它，使得一个电视节目制作组的氛围健康向上，得以保持创造的活力。无疑，好的制度的设计完全可以保证资本和资源的付出得到回报并为人们所认可，善良受到保护，正气得以张扬，更为重要的，还是节目制作的质量得到保证。

这种制片人以及由他所代表的权力所主导的电视叙事规则及生产体制，究竟有着怎样的优势和不足呢？电视编导、主持人、摄影、录音等制作人员又在其中扮演着怎样的角色？起到什么样的作用？诸如此类，无疑都需要进一步加以探讨。这种以电视制片人主导的电视生产体制，也就不能不影响到电视叙事的整体风格及其效果。

然而，电视传媒的发达、大众文化的泛滥带来的不应该是一种"主体性的

---

① 鲍曼. 立法者与阐释者［M］. 洪涛，译. 上海：上海人民出版社，2000：6.

黄昏"。作为社会良知代表的知识分子的个性特质的消失，也许正是电视发展的诸多负面结果之一。而且，这也正是当今时代难以超越的一个悖论。随着传媒的急速发展，社会文化的公共领域被空前拓展，电视叙事甚至更直接将交流的空间拓展到家庭之中，深入到人们的日常生活当中。照理说电视叙事为古德纳所强调的各种"批判话语文化"的生长提供了更多的可能性。但是，实际倾向却是，公共领域的扩展并未给批判话语文化的发展提供可能性，甚至可以说是相反，它们极大地限制和萎缩了批判话语的公共空间，甚至以牺牲知识分子应有的专业的分析、精准的思考、理性的批判及道义的立场，仅以某种花言巧语或危言耸听来换取大众一时的喝彩与青睐。

事实上，大众媒介与知识分子的某些特殊群体合谋的一个结果便是：由于电视叙事的需要，兼具"说故事"才能的知识分子毕竟是少数；或者说，能够把理性的知识叙述演绎成绘声绘色的"评书"样式的知识分子为数不多，于是，《百家讲坛》等栏目也就几乎成为"几家"讲坛：易中天、于丹、纪年海、阎崇年等人似乎也就成为家喻户晓的人物；他们在公共领域中的过度表达乃至答非所答，事实上不仅无关真正的媒介知识分子的责任，而且与一般的公共知识分子相距甚远。或者，还不如说这只是一种"圈内"知识分子的话语游戏而已。甚至可以说，这种状况既显示出一种隐性的话语霸权，又遮盖了真正的知识分子的人文关怀；应该说，它既体现出当下电视叙事中知识分子总体上的表达不足，实际上也映衬着其他社会边缘阶层的无所表达。

故而，作为媒介知识分子，当代电视人的使命就必须表现出这样一种职业的操守，也就是对于某些共同的精神价值和意义的守望，对于人类的精神家园的呵护。或者说，呼唤社会良知、促进社会公平，提升人们的精神境界，丰富人们的精神生活，无疑成为当今电视叙事中媒体知识分子的重要的历史使命。

为此，作为媒介知识分子的电视人不仅责无旁贷，而且更应该以一种积极的姿态介入当代电视叙事的文化批判与文化精神的重建当中。这无疑是时代的使命。

附录一：本书主要概念、人名、作品索引

附录二：主要参考书目

中文部分

[1] 华莱士·马丁. 当代叙事学 [M]. 伍晓明，译. 北京：北京大学出版社，1990.

[2] 热拉尔·热奈特. 叙事话语　新叙事话语 [M]. 王文融，译. 北京：中国社会科学出版社，1990.

[3] 米克·巴尔. 叙述学：叙事理论导论 [M]. 谭君强，译. 北京：中国社会科学出版社，1995.

[4] W. C. 布斯. 小说修辞学 [M]. 华明，胡小苏，周宪，译. 北京：北京大学出版社，1987.

[5] 浦安迪. 中国叙事学 [M]. 北京：北京大学出版社，1996.

[6] 张寅德，选编. 叙述学研究 [M]. 北京：中国社会科学出版社，1989.

[7] 王泰来，等，编译. 叙事美学 [M]. 重庆出版社，1987.

[8] 董小英. 叙述学 [M]. 北京：社会科学文献出版社，2001.

[9] 胡亚敏. 叙事学 [M]. 武汉：华中师范大学出版社，2004.

[10] 孟繁华. 叙事的艺术 [M]. 北京：中国文联出版社，1989.

[11] 赵毅衡. 当说者被说的时候——比较叙述学导论 [M]. 北京：中国人民大学出版社，1998.

[12] 赵毅衡. 苦恼的叙述者 [M]. 北京：北京十月文艺出版社，1994.

[13] 罗钢. 叙事学导论 [M]. 昆明：云南人民出版社，1994.

［14］徐岱. 小说叙事学［M］. 北京：中国社会科学出版社，1992.

［15］申丹. 叙述学与小说文体学研究［M］. 北京：北京大学出版社，2004.

［16］申丹，王丽亚. 西方叙事学：经典与后经典［M］. 3版. 北京：北京大学出版社，2010.

［17］陈平原. 中国小说叙事模式的转变［M］. 上海：上海人民出版社，1988.

［18］谭君强. 叙事理论与审美文化［M］. 北京：中国社会科学出版社，2002.

［19］曲春景，耿占春. 叙事与价值［M］. 上海：学林出版社，2005.

［20］罗伯特·麦基. 故事——材质、结构、风格和银幕剧作的原理［M］. 周铁东，译. 北京：中国电影出版社，2001.

［21］博格. 通俗文化、媒介和日常生活中的叙事［M］. 南京：南京大学出版社，2000.

［22］戴卫·赫尔曼. 新叙事学［M］. 马海良，译. 北京：北京大学出版社，2002.

［23］J. 希利斯·米勒. 解读叙事［M］. 申丹，译. 北京：北京大学出版社，2002.

［24］詹姆斯·费伦. 作为修辞的叙事：技巧、读者、伦理、意识形态［M］. 陈永国，译. 北京：北京大学出版社，2002.

［25］马克·柯里. 后现代叙事理论［M］. 宁一中，译. 北京：北京大学出版社，2003.

［26］尤瑟夫·库尔泰. 叙述与话语符号学［M］. 怀宇，译. 天津社会科学院出版社，2001.

［27］马丁·海德格尔. 存在与时间［M］. 陈嘉映、王庆节，译. 北京：生活·读书·新知三联书店，1987.

［28］皮亚杰. 结构主义［M］. 倪连生，王琳，译. 北京：商务印书馆，1984.

［29］沃尔夫冈·韦尔施. 重构美学［M］. 陆扬，张岩冰，译. 上海：上海译文出版社，2002.

［30］达维德·方丹. 诗学——文学形式通论［M］. 陈静，译. 天津：天津人民出版社，2003.

［31］特伦斯·霍克斯. 结构主义和符号学［M］. 瞿铁鹏，译. 上海：上海译文出版社，1987.

［32］罗伯特·休斯. 文学结构主义［M］. 刘豫，译. 北京：生活·读书·新知三联书店，1988.

［33］尤瑟夫·库尔泰. 叙述与话语符号学［M］. 怀宇，译. 天津：天津社会科学院出版社，2001.

［34］乔纳森·卡勒. 结构主义诗学［M］. 盛宁，译. 北京：中国社会科学出版社，1991.

［35］W. 舒里安. 影视心理学［M］. 罗悌伦，译. 成都：四川人民出版社，1998.

［36］彼得·斯丛狄. 现代戏剧理论（1880—1950）［M］. 王建，译. 北京：北京大学出版社，2006.

［37］安德烈·戈德罗、弗朗索瓦·若斯特. 什么是电影叙事学［M］. 刘云舟，译. 北京：商务印书馆，2005.

［38］詹姆逊. 后现代主义与文化理论［M］. 唐小兵，译. 北京：北京大学出版社，1997.

［39］詹明信（一译：杰姆逊）. 晚期资本主义的文化逻辑［M］. 陈清桥，等译. 北京：三联书店、牛津大学出版社，1997.

［40］詹姆逊. 政治无意识［M］. 王逢振，等译. 北京：中国社会科学出版社，1999.

［41］丹尼尔·贝尔. 资本主义文化矛盾［M］. 赵一凡，等译. 北京：生活·读书·新知三联书店，1989.

［42］让—弗朗索瓦·利奥塔尔. 后现代状态——关于知识的报告［M］. 车槿山，译. 北京：生活·读书·新知三联书店，1997.

［43］保尔·利科. 虚构叙事中时间的塑形［M］. 王文融，译. 北京：生活·读书·新知三联书店2003.

［44］罗杰·菲德勒. 媒介形态变化：认识新媒介［M］. 明安香，译. 北京：华夏出版社，2000.

［45］索绪尔. 普通语言学教程［M］. 高名凯，译. 北京：商务印书馆，1999.

［46］爱德华·福斯特. 小说面面观［M］. 广州：花城出版社，1984.

［47］R. A. 布卢姆. 电视写作艺术［M］. 李醒，肖丁，译. 北京：文化艺术出版社，1987.

［48］马歇尔·麦克卢汉. 理解媒介［M］. 何道宽，译. 北京：商务印书馆，2000.

［49］大卫·麦克奎恩. 理解电视［M］. 苗棣，等译. 北京：华夏出版社，2003.

［50］皮埃尔·布尔迪厄. 关于电视［M］. 沈阳：辽宁教育出版社，2000.

［51］安德鲁·古德温，加里·惠内尔. 电视的真相［M］. 魏礼庆，王丽丽，译. 北京：中央编译出版社，2001.

［52］罗杰·西尔弗斯通. 电视与日常生活［M］. 陶庆梅，译. 南京：江苏人民出版社，2004.

［53］戴维·莫利. 电视、观众与文化研究［M］. 冯建三，译. 台北：远流出版事业股份有限公司，1995.

［54］约翰·塔洛克. 电视受众研究［M］. 严忠志，译. 北京：商务印书馆，2004.

［55］约翰·道格拉斯，格林·哈登. 技术的艺术［M］. 蒲剑，等译. 北京广播学院出版社，2004.

［56］让·波德里亚. 消费社会［M］. 刘成富，等译. 南京：南京大学出版社，2000.

［57］尼尔·波兹曼. 娱乐至死［M］. 章艳，译. 桂林：广西师范大学出版社，2004.

［58］戴安娜·克兰. 文化生产：媒体与都市艺术［M］. 赵国新，译. 南京：译林出版社，2001.

［59］戴维·英格里斯. 文化与日常生活［M］. 张秋月，等译. 北京：中央编译出版社，2009.

［60］多米尼克·斯特里纳. 通俗文化理论导论［M］. 阎嘉，译. 北京：商务印书馆，2001.

［61］沃尔夫冈·韦尔施. 重构美学［M］. 陆扬，张岩冰，译. 上海译文出版社，2002.

［62］张凤铸. 音响美学［M］. 北京：中国广播电视出版社，1997.

［63］张凤铸. 电视声画艺术［M］. 北京：北京广播学院出版社，1997.

［64］张凤铸. 影视艺术前沿——影视本体和走向论［M］. 北京：中国广播电视出版社，1999.

［65］张凤铸、施旭升. 广播电视艺术学通论［M］. 北京：中国传媒大学出版社，2010.

［66］苗棣. 电视艺术哲学［M］. 北京：北京广播学院出版社，1997.

［67］高鑫. 电视艺术美学［M］. 北京：北京广播学院出版社，1998.

［68］陈龙. 在媒介与大众之间——电视文化论［M］. 上海：学林出版社，2001.

［69］蔡琰. 电视剧：戏剧传播的叙事理论［M］. 台北：三民书局，2000.

［70］周靖波. 电视虚构叙事导论［M］. 北京：文化艺术出版社，2000.

［71］杨新敏. 电视剧叙事研究［M］. 北京：文化艺术出版社，2003.

［72］卢蓉. 电视剧叙事艺术［M］. 北京：中国广播电视出版社，2004.

［73］张育华. 电视剧叙事话语［M］. 北京：中国广播电视出版社，2006.

［74］肖锋等. 媒介融合与叙事修辞［M］. 北京：中国传媒大学出版社，2012.

［75］张智华. 电视剧叙事研究［M］. 北京：中国电影出版社，2013.

［76］李鹏飞. 中国历史电视剧叙事艺术［M］. 上海：上海文化出版社，2012.

［77］李显杰. 电影叙事学：理论和实例［M］. 北京：中国电影出版社，2000.

［78］吕新雨. 纪录中国·当代中国新纪录运动［M］. 北京：三联书店2003.

［79］肖平. 纪录片编导实践理论［M］. 上海：上海大学出版社，2003.

［80］何苏六. 中国电视纪录片史论［M］. 北京：中国传媒大学出版社，2005.

［81］郑征予. 电视文化传播导论［M］. 上海：复旦大学出版社，2003.

[82] 殷乐. 电视娱乐：传播形态及社会影响研究 [M]. 北京：中国社会科学出版社，2011.

[83] 王彩平，钱淑芳. 电视变形计：外国经典节目的中国化改造 [M]. 广州：南方日报出版社，2008.

[84] 凌燕. 可见与不可见：90 年代以来中国电视文化研究 [M]. 北京：中国传媒大学出版社，2006.

[85] 曾庆香. 新闻叙事学 [M]. 北京：中国广播电视出版社，2005.

[86] 陆生. 走进美国电视 [M]. 上海：复旦大学出版社，2008.

[87] 鲁晓鹏. 文化·镜像·诗学 [M]. 天津：天津人民出版社，2002.

[88] 戴锦华. 隐形书写：90 年代中国文化研究 [M]. 南京：江苏人民出版社，1999.

[89] 南帆. 双重视域：当代电子文化分析 [M]. 南京：江苏人民出版社，2001.

[90] 张同道. 时尚拼贴：解析中国电视栏目 [M]. 合肥：安徽教育出版社，2002.

[91] 俞建章、叶舒宪. 符号：语言与艺术 [M]. 上海：上海人民出版社，1988.

[92] 严建强、王渊明. 西方历史哲学 [M]. 杭州：浙江人民出版社，1997.

[93] 翁振盛、叶伟忠. 叙事学　风格学 [M]. 台北：行政院文化建设委员会2010.

[94] 张慧敏. 想象与叙事——童话·史诗·寓言 [M]. 北京：社会科学文献出版社，2013.

[95] 傅修延. 叙事丛刊：第一辑 [M]. 北京：中国社会科学出版社，2008.

[96] 傅修延. 叙事丛刊：第二辑 [M]. 北京：中国社会科学出版社，2009.

[97] 傅修延. 叙事丛刊：第三辑 [M]. 北京：中国社会科学出版社，2010.

[98] 傅修延. 叙事丛刊：第四辑 [M]. 北京：中国社会科学出版

社，2012.

外文部分

［1］ALLEN, ROBERT C. (ed.) . *Channels of Discourse Reassembled* ［M］. London：Routledge，1992.

［2］ALTMAN, RICK. *A Theory of Narrative* ［M］. New York：Columbia University Press，2008.

［3］BAL, MIEKE. *Narratology：Introduction to the Theory of Narrative* ［M］. Second Edition. Toronto：University of Toronto Press，1999.

［4］CAMPBELL, RICHARD. 60 *Minutes and the News：A Mythology for Middle America* ［M］. University of Illinois Press，1991.

［5］CARE, JAMES W. (ed.) . *Media, Myths and Narratives：Television and the Press* ［M］. London：Sage，1988.

［6］CHAMBERS, ROSS. *Story and Situation* ［M］. Minneapolis：University of Minnesota Press，1984.

［7］CHATMAN, SEYMOUR. *Story and Discourse：Narrative Structure in Fiction and Film* ［M］. Ithaca：Cornell University Press，1978.

［8］GROSSBERG, LAWRENCE, Wartella, Ellen and Whitney, D. Charles. *Media Making：Mass Media in a Popular Culture* ［M］. New York：SAGE Publications，1998.

［9］HEBDIGE, DICK. *Hiding in the Light* ［M］. London：Routledge，1988.

［10］HILL, STEPHEN. *The Tragedy of Technology* ［M］. London：Pluto Press，1988.

［11］LODZIAK, CONRAD. *The Power of Television：A Critical Appraisal* ［M］. London：Frances Pinter，1986.

［12］KAELIN, EUGENE F. *Art and Existence* ［M］. Cranbury：Associated University Press, Inc. 1970.

［13］MARTIN, WALLACE. *Recent Theories of Narrative* ［M］. Ithaca：Cornell University Press，1986.

［14］MELLENCAMP, PATRICIA (ed.) . *Logics of Television：Essays in Cultur-*

al Criticism [M]. Bloomington and London: Indiana University Press and British Film Institute, 1990.

[15] MONIKA, FLUDERNIK. *Towards a "Natural" Narratology* [M]. London: Routledge, 1996.

[16] MORLEY, DAVID. *Television, Audiences and Cultural Studies* [M]. London: Routledge, 1996.

[17] ONG, WALTER J. . *Rhetoric, Romance and Television: Studies in the interaction of Expression and Culture* [M]. Ithaca: Cornell University Press, 1971.

[18] PHILO, GREG. *Seeing and Believing: The Influence of Television* [M]. London. Routledge, 1990.

[19] PUNDAY, DANIEL. *Narrative Bodies: Toward a Corporeal Narratology* [M]. Palgrave: Mcmilan, 2003.

[20] PRINCE, GERALD. *A Dictionary of Narratology* [M]. Lincoln: University of Nebraska Press, 1987.

[21] RIGNEY, ANN. *The Rhetoric of Historical Representation* [M]. Cambridge: Cambridge University Press, 1990.

[22] ROBERT. S & ROBERT. K. *The Nature of Narrative* [M]. Oxford University Press, 1981.

[23] ROBINS, KEVIN. *Into the Image: Culture and Politics in the Field of Vision* [M]. London and New York: Routledge, 1996.

[24] ROBINSON, MARC. *Brought to You in Living Color: 75 Years of Great Moments in Television & Radio from NBC* [M]. John Wiley & Sons, INC, 2002.

[25] RIMMON – KENAN, SHLOMITH. *Narrative Fiction* [M]. 2 [nd] edition. London: Routledge, 2002.

[26] SAHLINS, MARSHALL. *Culture and Practical Reason* [M]. Chicago: Chicago University Press, 1976.

[27] SCHILLER, HERBERT. *Culture Inc: The Corporate Takeover of Public Expression* [M]. New York: Oxford University Press, 1989.

[28] SILVERSTONE, ROGER AND HIRSCH, ERIC (eds.) . *Consuming Technologies: Media and Infromation in Domestic Spaces* [M]. London:

Routledge, 1992.

[29] SILVERSTONE, ROGER. *The Message of Television: Myth and Narrative in Contemporary Culture* [M]. London: Heinemann Educational Books, 1981.

[30] SMITTEN, JEFFREY R. AND DAGHISTANSY, ANN (eds.). *Spatial Form in Narrative* [M]. Ithaca and London: Cornell University Press, 1981.

[31] STANZEL, F. K. . *A Theory of Narrative* [M]. Cambridge: Cambridge University Press, 1984.

[32] STEPHENSON, WILLIAM. *The Play Theory of Mass Communication* [M]. New Brunswick: Transaction Books, 1988.

[33] THOMPSON, JOHN B. *Ideology and Modern Culture: Critical Social Theory in the Era of Mass Communication* [M]. Cambridge: Polity Press, 1990.

[34] WILLIAMS, RAYMOND. *Televion: Technology an Cultural Form* [M]. London: Fontana, 1974.

[35] ZUIDERVAART, LAMBERT. *Art in Public* [M]. New York: Cambridge University Press, 2011.

后　记

本书的写作过程，真的有些类似于一个新的生命的诞生，从选题构思到布局成篇，虽历经寒暑、春秋数易，却充满着一种希望与憧憬，也确实想把自己对于电视的理解都尽量寓于其中。然而，在本书的成书及反复修改的过程当中，特别是随着书稿经过几次较大幅度的修缮并趋于完成，在历经艰辛、克服一个又一个的困惑之后，按理应该有一些"柳暗花明又一村"的轻松和解脱之感，但是，事实上并非如此。随着研究的深入，问题似乎越来越多，甚至有一种言之不尽的窘迫感，更有一种学海无涯的无奈感。而且，书一旦脱稿，就属于社会性的存在，是我非我，就得任由人去评说了。

本书的选题，原本出于作者对于电视叙事艺术的一种感悟和理解。我们至今生活在这样一个电视时代。电视之于我们，无论是或不是，事实上都无法逃遁。因此，作为对于当代电视文化的一种审视，选择叙事研究的视角，本书力求以学术创新的精神，把叙事作为当代电视文化的本体特质加以把握，并在此基础上深入探究电视叙事的规则与逻辑，总结电视叙事的话语与模式，追问电视叙事主体的权力与责任，进而思考电视文化的前途与隐忧，这当属本书的意义和价值所在。

本书的出版却是属于体制性的，它一方面得益于中国传媒大学对于学科建设、学术出版的支持：研究先是作为学校的科研项目获得了一定的经费支持，后又经中国高校影视学会原会长张凤铸教授的热情推荐，得以列入中国传媒大学"211"工程第二期重点建设规划项目，成为"广播电视艺术学学科体系研究"之一部分；另一方面，确实也是由于体制的原因而使得本书的写作得以持续下来。这是一段漫长的马拉松式的自我挑战。在本书写作的过程中，我几乎失去信心和耐心来完成它。这倒不是时间的局限，而是不时地受到各种纷扰而难以集中精力。对此，我应该感谢本书的出版部门和责任编辑，正是他们的不断催促，我才勉力而为。至今本书在内容和体例上都还不是十分令人满意，我不得不一而再再而三地反复斟酌、删改甚至重写。因为，我深知，文章千古事，得失寸心知。这是一件我不能草率、务须慎重对待的工作。

在中国，广播电视艺术学科的建设业已历经草创，走向了全面的基础理论建设的阶段。理论建设之所以必需，就在于经验的积累到一定阶段之后必然要上升为一定的理性认知和价值判断，必须有着学术文化的理性自觉。特别是在中国广播电视事业日新月异发展的当下，电视艺术经过数十年的发展，走向了空前的普及。电视通过有线网络而走入千家万户甚至通过"三网合一"而将触角深入到现实的每一个角度，影响到社会政治、经济、文化及日常生活的方方面面，而且这些无疑都已成为不争的事实。更重要的是，无论是生产制作还是欣赏接受，全社会的电视思维水平也得到了极大的提升。因此，电视艺术学的基础理论也就往往为人们所忽视。

一门学科要想变得成熟，基础理论的建设是必不可少的。而基础理论的建设，既需要"瞻前顾后"，也需要"左顾右盼"，还需要"东张西望"。所谓"瞻前顾后"，就是要有一种贯穿古今的历史意识和一种连接现实的反思与批判的精神；所谓"左顾右盼"，也就是需要充分吸收相关学科领域的优秀思想成果，在此基础上才能建立起一个触类旁通的思想体系，特别是对于一个新兴学科的基础理论建设来说，这种"左顾右盼"更是必不可少的；所谓"东张西望"，就是要在东西方文化的视野中展开研究和探讨，从而需要有一种明确的文化比较意识与国际视野。毋庸讳言，对于广播电视的研究，最初确实源自西方，特别是那些重要的媒介研究的思想家和理论家。广播电视艺术学的学科建设，就不仅需要自身长期的实践经验的积累，而且更需要一种基于现代技术进步之上的理论的自觉。特别是在其历经草创、走向成熟的阶段，更免不了要借鉴相关学科的理论与方法。

正是处于这种"瞻前顾后""左顾右盼"以及"东张西望"的状态之中，本书的写作延宕至今。对于电视叙事艺术研究来说，目前国内外还没有多少十分成熟的理论成果。所以，这无疑需要我们在积极汲取西方叙事学的理论与方法的基础上，结合当代中外电视的发展现状而提出自己的思考，真正建构起一种电视叙事研究的理论体系和思维方法来。这就不仅需要广泛地吸收和借鉴中外叙事学的研究成果，而且需要明确认识电视叙事艺术对于传统叙事文化的历史传承，更需要有跨东西方文化的视野，有鲜明而自觉的文化创新的观念和意识。

在研究目的上，本书的写作既是对于电视叙事艺术实践进一步进行理论上的反思与总结，也是为了适应电视艺术实践的发展、广播电视艺术学科建设以及我们的教育教学实践的需要而进行的学理思考与学术探索。而且，这不是一般的学术嫁接，也不是简单地将叙事学的一些概念和方法对于电视叙事现象加以释读，而是从电视叙事的实践及文本出发，提炼出以"电视叙事"为核心的一系列概念范畴，形成一个电视叙事学的概念体系；并且试图通过这些概念范畴体系来阐释电视叙事的形态、规律及其困境，尤其是在理论的阐释中发现问题、分析问题、解决问题。

因而，在具体的研究方法上，本书不是"对着讲"，而是"接着讲"，甚至某种意义上也可以说是"照着讲"。按理，电视叙事研究，照着一般叙事学的理论来讲，应该是顺理成章的事，理应属于经典叙事学乃至后经典叙事学在其应用研究方面的一个自然延伸。但是，电视毕竟是当代大众文化叙事的新样本，而且其技术与表现模式的发展更新的速度非常之快，以至于难以留下一些足够经典的可供分析的文本。故而，本书的探究就力求在遵照叙事学的研究规范的基础上，试图以叙事学的概念、范畴、命题来有效地阐释电视叙事文化的复杂的文本和现象，探索电视叙事艺术独特的路径、方法和规律。所以，这种"接着讲"或"照着讲"，我希望不是简单地"照搬"，而是一种新的阐发。

然而，本书是否真正得以深入电视叙事艺术之堂奥，对于电视艺术的创作实践和理论批评究竟有着怎样的意义，这一切都还有待于广大读者、专家以及电视从业者的评判，特别是需要经过电视艺术创作实践的不断检验，需要经得起当代电视文化发展的检验。如果五至十年之后，本书还能够有些学术和实践的价值的话，那将是作者求之不得的了。

再回到本书写作的主旨上来。20 多年前，曾经有一部热播的电视连续剧《宰相刘罗锅》，它鲜明地打出自己的旗号——"不是历史"。标明作品不是为历史作注，也不必用所谓历史剧的概念来加以框定。其"主题歌"里有着这样一段歌词：

> 故事里的事，说是就是，不是也是；
> 故事里的事，说不是就不是，是也不是。

其实，"不是历史"只是该电视剧的十分重要的叙事策略与话语修辞方式之一。其叙事主旨还是要揭示一些社会历史规律的，而且它也确实做到了这一点。我们的社会人生、我们身之所处的电视时代以及我们所经历的一切是是非非又何尝不是时时刻刻处于这样一种"是也不是、不是也是"的叙事悖论中呢？这已然不是一种相对主义的艺术观与历史观，而实在是一种超然的人生智慧的体现。

对我来说，读书、教书和写书，就像是一种宿命。当然，我更愿意把它当作一种使命。在这种使命感的驱使之下，我一直在勤勉而为。特别是在我近些年指导的硕士和博士研究生中，以叙事研究为中心的论文选题已有多篇，他们从不同的角度展开了对于电视及相关领域的文本（如广播剧、电视剧、纪录片、综艺节目以至影视动画等）的叙事学探讨，如马丽娟的硕士论文《论电视剧的张力叙事》、张正学的硕士论文《在真实中追求悬念——"家庭"节目的叙事结构分析》、王晓宁的博士论文《电视动画叙事情境研究》等。指导这些学位论文的写作，实际上也促使了我较为系统地去读书和思考。与我的研究生的交流、论辩及其在相关领域的学术思考，也给了我很多的启发。这理应属于典型的教学相长的过程。对此，我感到充实而自豪。

最后，还应该感谢中国传媒大学学术休假制度的设立。这次能够有机会到美国游学，特别是在访问美国的大湖之城芝加哥以及西海岸的斯坦福大学期间，有了一段相对充裕而从容的时间，能够让我心无旁骛地读书思考，使得本书不仅在视野上有所拓展，而且文字的修饰也得以按计划、有步骤地进行。这种状态也给了我一种超脱具体事务的闲暇以及置身事外的立场。域外写作的体验，不仅使自己获得了一种跨文化的视野，而且，有趣的是，基本上是在一种疏离电视的状态下来思考电视。这种状态能够采取一种回溯式的姿态来看待电视现象，特别是对于中国电视的远距离的观望和反思。美国西北大学、芝加哥大学、斯坦福大学图书馆丰富的藏书、资料以及十分便利的网络设施也为此番修改和完善提供了必要的保证。

著者

2006 年夏初稿于南京—北京

2012 年冬再稿于北京

2013 年夏秋三稿修订于芝加哥

2018 年春再修订于北京—旧金山